新日本古典文学大系
18

落窪物語　住吉物語

藤井貞和
稲賀敬二
校注

岩波書店刊行

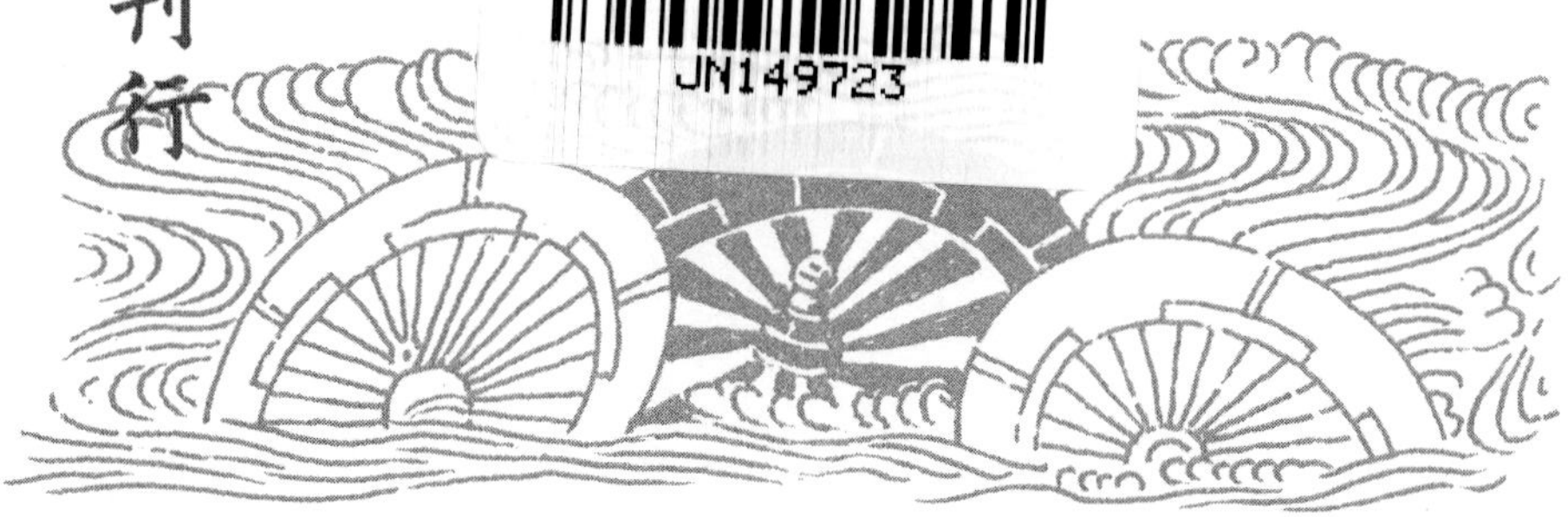

目次

解説

凡例

落窪物語

一　底本には、九条家本『をちくぼ』四巻三冊（吉田幸一編著、私家版「古典聚英」4）を用いる。

二　底本の本文を訂正する場合には、すべてその旨を脚注に明記して、原態が分かるようにする。三字以上の欠文部分について他本に依拠する場合には、〔　〕によってそれを示す。

三　翻刻に際しては、現在に行われる仮名の字体に拠り、常用漢字表にある漢字については、その字体を使用する。「む」「ん」の類別は依拠する本文のままとする。「見」の草体は「み」の仮名と見ておく。

四　通読の便を考慮して、依拠する本文の仮名書きに、適宜、漢字を当て、漢字書きには、適宜、読み仮名を施し、清濁はこれを区別し、句読点を加え、会話文については、かぎかっこを用いて分かりやすくする。なお明細を記せば以下の通り――

1　仮名に漢字を当てる場合には、もとの仮名を読み仮名（振り仮名）にして残す。

2　校注者の付ける読み仮名には、（　）を施す。頻出する漢字（例「御」）、易しい読みのそれ、また読みを決定しえない場合（例「侍」の一部、「夜」など）には、読み仮名を施さないことがありうる。

3 依拠する本文にある振り仮名には、〈 〉を施す。

4 仮名遣いについて、依拠する本文が歴史的仮名遣いに一致しない場合には、( )でそれを傍記する。「ぬいたる」「まいる」などあるのは、「ぬひたる」「まゐる」の音便形かもしれないが、本書では「縫《ぬ》い《(ひ)》たる」「まい《(ゐ)》る」としておく。

5 依拠する本文にある当て字(漢字)は、原則としてそのままとし、( )により読み仮名を施す。

6 反復記号「ゝ」「ゞ」「〱」については、原則として依拠する本文のままとし、これらを仮名または漢字に改める場合には、もとのそれを傍記する。

7 底本には濁点を欠くので、翻刻に当たり、平安時代語の清濁によってそれを付す。清濁を明らかにしえない場合にはその限りでない。

8 適宜、段落を分かち、改行や字下げを作って、物語の節目や展開の把握を容易ならしめ、会話、和歌、書簡ないし伝言の部位を分かりやすくする。

9 文の終止には句点を、その他には適宜、読点を加える。なお心内文の続くところについては、句点であるべき箇所が読点になることがありうる。

五 本文の段落の切れ目にあたる脚注欄の部分に、段落に対応する小見出しを付す。

六 脚注は、(1)本文に関する注、(2)文意を一読して取りがたい箇所について、現代語訳あるいは大意、語注、(3)場面の説明、会話主の指示、登場人物の説明など、(4)解釈の助けとして留意すべきもろもろの事柄、(5)その他として一般的語法の説明、引用、話型、研究史、などからなる。参照すべき箇所については、↓で示す。

七　脚注に示す現代語訳は、文法に精確であることを期したので、会話文の場合に会話らしからぬ言い回しになっていることがある。和歌については多少ふくらみのある現代語訳になっている。

八　本文を整定するに当たって利用した主な写本と刊本の略号は次の通りである。

底——底本(九条家本)　写本

宮——宮内庁書陵部蔵本甲(一六七九六・四・四五九・三)　写本

近——京都大学付属図書館蔵近衛本　写本

尊——尊経閣文庫蔵本〔古典文庫第二六一、二六三〕　写本

慶——慶長大形本〔吉田幸一編著、私家版「古典聚英」4〕　写本

斑——斑山文庫旧蔵本(酔生書菴現蔵)〔笠間影印叢刊80—83〕　写本

三——三手文庫蔵本〔塚原教授華甲記念刊行会編『落窪物語　賀茂別雷神社三手文庫蔵本』〕　写本

木——木活字本(「くはん政六つのとし神無月初三日」と刊記のある本。国文学研究資料館蔵)　刊本

その他、大成(中邨《なかむら》秋香『落窪物語大成』、大日本図書)、大系(日本古典文学大系、岩波書店)、全集(日本古典文学全集、小学館)、集成(新潮日本古典集成、新潮社)、角川(角川文庫、角川書店)などの略号を用いる。

九　巻末に解説を掲げる。

十　吉海直人氏をはじめとする平安前期物語の共同研究(国文学研究資料館)のメンバーの協力によってこの校注が完成したことを明記する。

住吉物語

一　底本は、慶長古活字十行本により、内閣文庫本（楓・特一〇―3）を用いた。底本下巻は、第九丁が重複して第七丁相当部分に入り、第七丁を欠く。この部分は同文庫の同種本（和・特一一九―6）によって補った。

二　翻刻に際しては、原則として現在通行の字体に拠り、常用漢字表にある漢字については、その字体を使用した。「む」「ん」の類別は底本のままとする。

三　通読の便を考慮して、底本の仮名書きに、適宜、漢字を当て、漢字書きには、適宜、読み仮名を施し、清濁はこれを区別し、句読点を加え、会話文については、かぎかっこを用いて分かりやすくした。なお明細を記せば以下の通り――

1　仮名に漢字を当てる場合には、もとの仮名を読み仮名（振り仮名）にして残した。

2　校注者の付けた読み仮名には、（　）を施した。

3　底本の仮名遣いが歴史的仮名遣いに一致しない場合には、（　）でそれを傍記した。ただし、仮名に漢字を当てた場合は、これを省略した。

4　底本にある当て字（漢字）は、原則としてそのままとし、（　）により読み仮名を施した。

5　反復記号「ゝ」「ゞ」「〱」については、原則として底本のままとし、これらを改めた場合には、もとのそれを傍記した。

6　底本には、濁点を欠くので、翻刻に当たり、新たに濁点を付した。

7　適宜、段落を分かち、句読点を施し、改行や字下げを作って、会話、和歌、書簡ないし伝言の部位を分かりやすくした。

四　本文の段落の切れ目にあたる脚注欄の部分に、段落に対応する小見出し〔1〕―〔49〕を付し、各小見出しの下に、その段落の本文が、非流布本系であるか、流布本と一致するかの別を次のように示した。

白峯寺本同文　　非流布本系の白峯寺本と同文であることを示す。

流布本同文　　流布本系の藤井本などと同文であることを示す。

一部白峯寺本　　大部分が流布本と一致するけれども、部分的に白峯寺本と合致する異文があることを示す。

一部別本　　白峯寺本に共通異文はないが、非流布本本文を持つ他本の存在が予想されることを示す。

小見出しに「白峯寺本同文」、あるいは「一部白峯寺本」等と記した非流布本本文部分の中、長文のものは、付録の「広島大学蔵奈良絵本(流布本系)の部」に、それぞれ対応する流布本本文が示してある。

五　奇数頁の脚注欄左端に、本文中に洋数字で付した校異番号に従って、流布本の主な異文を次のように記した。

〔1〕全文―流布本〔1〕参照　　底本〔1〕全文は白峯寺本と同文なので、「広島大学蔵奈良絵本(流布本系)の部」に、当該流布本全文があげてあることを示す。

女郎花の…持ちて参りたりければ―流布本〔4〕参照　　底本の当該部分が白峯寺本と同文なので、「広島大学蔵奈良絵本(流布本系)の部」に、流布本本文があることを示す。

其日―漸その日　　底本(其日)は流布本と同文ではあるが、多くの流布本に「漸その日」の異文があることを示す。

年は―年わ(底)　底本を流布本系の諸本によってあらためたことを示す。
おとなになるままに(成田本)―おとこにてありける(底)　成田本によって底本をあらためたことを示す。

六　本文の後に、参考本文として、広本系(野坂家蔵本)、流布本系(広島大学蔵奈良絵本)の本文を収めた。

七　巻末に解説を掲げた。

落窪物語

藤井貞和 校注

この物語に登場する主な人々

女君(おんなぎみ)　この物語のヒロイン。継母(ままはは)北の方からは継子(ままこ)にあたる。祖母は故大宮(こおおみや)。父は源(げん)中納言。実母は女君が六、七歳のころまで存生で、そののち亡くなった。父源中納言邸に引き取られ、落窪(おちくぼ)の間(ま)に住む。男君(おとこぎみ)によって救い出され、二条邸に、ついでわが伝領の三条邸に住む。女君・落窪の君・三位中将(さんみのちゅうじょう)の北の方・大将殿(だいしょうどの)の北の方・左の大い殿の上(うえ)などいろいろの呼称があるものの、姫君と呼ばれることはない。

男君　この物語の男主人公。左大将の長男。母は左大将の北の方。少将(しょうしょう)(右近の少将とも左近の少将ともある)、三位中将、中納言兼衛門督(えもんのかみ)、大納言、左大将、左大臣、太政大臣。名をみちよりと言う。

左大将　男君の父。時の太政大臣をしのぐほどの権勢を誇る。右大臣、左大臣、太政大臣をきわめて、致仕する。

左大将の北の方　男君の母。二条邸はこの人の所有する邸宅である。

帯刀(たちわき)　あこきに通い、不遇な女君のために活躍する。男君の乳兄弟。蔵人少将(くろうどのしょうしょう)に仕えていた。名をこれなりと言う。小帯刀、左衛門尉(さえもんのじょう)兼蔵人、三河守(みかわのかみ)、左少弁。

めのと　男君の乳母(めのと)。帯刀の母。

あこき　女君のために大活躍する。帯刀を通わせている。あこきは継母北の方からつけられた童名で、もとはうしろみと言った。大人(おとな)女房となり、衛門(えもん)と言う。(三河守の)妻(め)、弁の北の方、宮の内侍(掌侍(ないしのじょう))。将来は内侍のすけ(典侍)になることが予告される。

和泉守(いずみのかみ)**の妻**(め)　あこきの亡き母の妹。物質面の協力を惜しまない。

源中納言　女君の父。中納言が極官であるべきところを、最後に大納言になる。名をただよりと言う。

継母北の方　源中納言の妻。ヒロインをいじめる、この物語の重要人物である。

大い君　実子(じっし)の一。

中の君　実子の一。夫は右中弁。

三の君　実子の一。蔵人少将を夫に迎えるが、のち離婚する。中宮の御匣殿になる。

四(し)**の君**　実子の一。兵部(ひょうぶ)の少(しょう)(面白の駒)とのあいだに娘が生まれる。のち帥(そちの)中納言と再婚し、九州へ赴く。

四の君の娘　兵部の少(面白の駒)とのあいだにできた女の子。

越前守(えちぜんのかみ)　源中納言の長男。越前守、播磨守、弁官になる。男君家の家司。名をかげずみと言う。

三郎君　源中納言の三男。女君の味方である。大夫(たいふ)、左衛門佐(さえもんのすけ)、少将、中将、中宮の亮(すけ)になる。名をかげまさと言う。

蔵人少将　源中納言家に婿取られて三の君の夫になる。のち左大将家に婿取られて男君の妹中の君の夫になる。宰相中将、中納言。

右中弁　左少弁とも。源中納言家の中の君の夫。のち美濃守となり、男君家の家司をつとめる。

少納言(侍女)　交野の少将の手紙を女君に届けようとする。のち男君家の長男の乳母になる。

典薬助(てんやくのすけ)　継母北の方の伯父(おじ)。老人。女君に拒まれて失敗する。

兵部の少(面白の駒)　治部卿(じぶきょう)の子。兵部少輔(ひょうぶのしょう)。源中納言家の四の君と結婚し、娘ができる。

治部卿　兵部の少(面白の駒)の父。

右大臣　娘を男君にめあわせようとして、断わられる。

殿なる人　左大将家に仕える人。右大臣の娘の縁談を取り持とうとする。

みかど(一)　巻三の後半に譲位する。

女御の君　左大将家の長女。男君の姉妹(姉か、あるいは妹)。みかど(一)の女御で、その譲位ののち后に立つ。

春宮(とうぐう)　みかど(一)と女御の君とのあいだの一の宮。即位してみかど(二)になる。

姫宮　みかど(一)と女御の君とのあいだの女一の宮。

二の宮　みかど(一)と女御の君とのあいだの宮。春宮になる。

中の君　男君の妹。蔵人少将と結婚する。

男君の弟たち　二男は侍従・少将・宰相中将に、三男は童殿上して兵衛佐(ひょうえのすけ)になる。

太郎　男君と女君とのあいだの子。春宮に童殿上し、兵衛佐、左近衛(さこんえ)の少将、左大将になる。

おと太郎(二郎君)　男君と女君とのあいだの子。左大将に引き取られる。童殿上する。兵衛佐、右近衛の少将、右大将になる。

姫君　男君と女君とのあいだの子。長女である。女御、后(中宮)に至る。

中の君　男君と女君とのあいだの二女。

帥中納言　源中納言の四の君と結婚し、九州へ伴う。先に二回結婚して、子供が多い。中納言、筑紫(つくし)の帥(そち)(大弐(だいに)とも)、大納言に至る。

を《(お)》ちくぼ　第一

[一]いまはむかし、[二]中納言なる人の、[三]むすめあまた持《も》たまへるおはしき。大君《(おほいぎみ)》、中の君には婿《むこ》取りして、西《にし》の対《たい》、ひんがしの対《たい》に[四]はなぐ〵として住《す》ませたてまつり給《(たまふ)》に、[五]三、四《(し)》の君、[六]裳着《もき》せたてまつり給はんとて、[七]かしづきそしたまふ。又、ときぐ〵[八]通《かよ》ひ給《(たまひ)》ける[九]わかうどをり《(ほ)》腹《ばら》の君とて、母《はゝ》もなき御むすめおはす。[一〇]北の方《かた》、心やいかゞおはしけん[一一]、仕《つか》うまつる御《ご》[一二]たちのかずにだにおぼさず、寝《しん》殿《でん》の[一三]放出《はなちいで》の、[一四]また一間《ひとま》なる、[一五]おちくぼなる所の[一六]二間《ふたま》なるになん住《す》ませ給《(たまひ)》ける。[一七]きんだちとも言《い》はず、[一八]御方《かた》とはまして言《い》はせ給《(たまふ)》べくもあらず。[一九]名をつけんとすれば、さすがにおとゞのおぼす心あるべしとつゝみ給《(たまひ)》て、

「おちくぼの君と言《い》へ。」

[二〇]との給へば、人〳〵も[二一]さ言《い》ふ。おとゞもちごよりらうたくやおぼしつかずなりにけむ、まして北の方の御[二二]まゝにて、[二三]わりなきこと多《おほ》かりけり。[二四]はかぐ〵しき人もなく、[二五]めのともなかりけり。たゞ親《おや》のおはしける時より使《つか》ひつけたる[二六]わらはのされたる女《をんな》、[二七]うしろみとつけて使《つか》ひ給《(たまひ)》ける、[二八]あはれに思ひ

一 説話や物語文学の起句。物語の内容を過去のこととする。　二 中納言である人が。

三 娘をたくさんお持ちになっている(そんな)方がいらっしゃった。「き」は叙事文の文末形式の一つで過去を示す。以下、住吉に似る人物設定。

四 はなやかに。豪勢に。　五 三の君と四の君と。

［1］落窪の君　以下、物語は落窪の君がこの二人と結婚の仕合せを競う。

六 裳を着せてさしあげなさろうとて。落窪の君には裳着が行われないことと対比的。　七 十二分に愛育しなさる。　八 (中納言が)お通いになってきた。「けり」はことが伝来したり過去から続いたりしたことを主にはあらわす。　九 皇族系統の女性を母として生まれた女君。女主人公の落窪の君である。隋書・倭国伝に「和歌弥多弗利」。「はら」は底本「はゝ」に見えるのを訂正。

一〇 貴族家にはいった妻。この物語の重要な人物である継母の登場。　一一 物語の書き手(解説参照)の判断はしばしば過去の推量となる。

一二 上級の侍女。ご婦人たち。　一三 寝殿の一部の開け放たれた空間。　一四 さらに柱を一つ隔てて。　一五「おち」は、低くなっている、の意。物語の名はこれに由来し、話型的には一種の聖なる空間。　一六 間口が二間(けん)の居室。

一七 君(きみ)の複数で敬意を伴う。「君たち」とも。

一八 実子についてだけ御方と言わせることになるから継子への差別。　一九 話型的には成人儀礼としての命名にあたる。継母北の方が名づけ親。　二〇「の給ふ」は、おっしゃる。

二一 侍女たちも。　二二 お思い通りであって。

二三 理不尽なこと。いじめや意地悪の数々。

二四 しっかりした(親戚などの)人。　二五 乳母。

二六 子供(であるところ)のしゃれている女。しゃれ者。　二七 (親の時代から)うしろみと名づけて。　二八 互いに不愍に思って。

かはして片《かた》時離《はな》れず。

[一]さるは、この君の[二]かたちはかくかしづき給《（たまふ）》御むすめどもよりもを《（お）》[三]とるまじけれど、[四]いでまじらふことなくてあるものとも知《し》る人もなし。[五]やうやうもの思ひ知《し》るまゝに、世中《（よのなか）》[六]のあはれに心うきをのみおぼされ[七]ければ、[八]かくのみぞうち嘆《なげ》く。

[九]日に添《そ》へてうさのみまさる世中《（よのなか）》に心尽《こゝろづ》くしの身をいかにせん

と言《い》ひて、いたうもの思ひ知《し》りたるさまにて、[一〇]おほかたの心ざまさとくて、琴《こと》[一一]なども習《なら》はす人あらばいと[一二]よくしつべけれど、[一三]たれかは教《をし》へん。母《はゝ》君の、六《（むつ）》[一四]七《（ななつ）》ばかりにておはしけるに、習《なら》はしをい《（お）》給《（たまひ）》けるまゝに、箏《しやう》[一五]の琴《こと》をよに[一六]をかしく弾《ひ》き給《（たまひ）》ければ、向《む》[一七]かひ腹《ばら》の三郎君、十《（とを）》ばかりなるに、琴《こと》[一八]心に入《い》れたりとて、

「これに習《なら》はせ。」

と北の方《かた》のたまへば、時ゝ《（ときどき）》教《をし》ふ。

[一九]つくづくと、いとまのあるまゝに、[二〇]もの縫《ぬ》ふことを習《なら》ひければ、[二一]いとをかしげにひ[二二]ねり縫《ぬ》い《（ひ）》給《（たまひ）》ければ、

「[二三]いとよかめり。[二四]ことなる顔《かほ》かたちなき人は[二五]ものまめやかに習《なら》ひたるぞよき。」

一 じつは。落窪の君の美質に関する記事を起こす。　二 あとに「顔かたち」(注二四)とも。
三 劣ることはなかろうが。話型から言うと継子の容貌の美しさは最初あいまいにされる。みにくいあひるの子や灰かぶり姫のように。
四 出て交際することがなくて。

〔2〕琴の才

五 しだいに何かと分別する心が出てくるのにつれて。「もの」は世間の道理、わけ、物象一般または明言しがたい対象を漠然とさして、あるいは接頭語のように冠して言う。
六 (身を置く)この世がしみじみと(悲しく)つらいことをばかり。
七 「る」は自発。　八 「かく」は次の歌の内容。
九 日の移ろいにつれて、憂さ(宇佐)つらさばかりが増大するこの世に、思い尽くし(筑紫)のわが身を何としようか。地名を詠みこむ歌。
一〇 全般の性質が聡明で。
一一 琴(きん)の琴(こと)。七弦無柱(じむ)の高貴な琴。
一二 きっと上手に弾いたことであろうけれど。落窪の君の才能はその美貌と同じくあいまいにされる。
一三 だれが教えようか(だれも教えない)。
一四 (女君が)六、七歳ほどであられたころに。
一五 琴の一種で十三弦あり、「さうのこと」「さう」とも言う。　一六 ことのほかにおもしろく。
一七 嫡妻所生の三男。
一八 箏を関心事にしているとて。

〔3〕もの縫う習い

一九 専念するさま。
二〇 話型的には機を織りながら神である結婚相手を待つ女性のイメージ。この物語では物縫い。
二一 いかにも好ましげに。「いと」は、まことに、本当に、大いに。
二二 裂地の端を内側に折って糊をつけてよること。工夫を凝らすこと、上手に縫うこととも。

[二六]ふたりの婿《むこ》の装束《さうずく》[二七]、[二八]いさゝかなる暇《ひま》なく[二九]かきあひ縫《ぬ》はせたまへば、[三〇]しばしこそものいそがしかりしか、夜《よ》るもいも寝《ね》ず縫《ぬ》はす。いさゝか[三一]を《お》そき時は、
「かばかりのことをだに[三二]うけかくにし給《たまふ》は、[三三]何《なに》を役《やく》にせんとならん。」

と責《せ》めたまへば、うち嘆《なげ》きて、いかで猶《なほ》消《き》え失《う》せぬるわざもがなと嘆《なげ》く。

三の君に御裳着《もぎ》せたてまつり給《たまひ》て、やがて[三四]蔵人少将《くらうどのせうしやう》[三五]あはせたてまつり給《たまひ》て、いたはり給《たまふ》事かぎりなし。おちくぼの君、ましていとまなく苦《くる》しき事まさる。若《わか》くめでたき人は多《おほ》く、かやうのまめわざする人や少《すく》なかりけん、[三六]あなづりやすくて、[三七]いとわびしければ、うち泣《な》きて縫《ぬ》ふまゝに、
[三八]世中《よのなか》にいかであらじと思《おも》へどもかなはぬ物はうき身なりけり
うしろみと言《い》ふは髪長《かみなが》く[三九]をかしげなれば、三の君の方《かた》にたゞ召《め》しに召《め》しいづ。うしろみ、いと[四〇]本意《ほい》なくかなしと思ひて、

「わが君に仕《つか》うまつらんと思ひてこそ[四一]親《した》しき人の迎《むか》ふるにもまからざりつれ。何《なに》のよしにか[四二]異《こと》君取《ど》りはしたてまつらん。」

と泣《な》けば、君、

「[四三]何《なに》か。を《お》なじ所に住《す》まんかぎりはおなじことと見《み》てん。きぬなどの見苦《みぐる》しかりつるに、[四四]中〳〵うれしとなん見《み》る。」

二三 継母北の方の詞。
二四 とりたてていい顔立ち(器量)がない人は。
二五 何か実用的(な方面)で。
二六 大い君と中の君と。 二七 婿取り婚では妻の実家が衣裳など身の回りを整えるのが通例。
二八 縫い物の技倆を北の方に知られた落窪の君は一転して忙しくなる。話型的には難題が継子に課せられる場面だと見る見方がある。
二九 語義不明。かき集め取り混ぜて、の意か。 三〇 「最初の程こそ甚《はなは》だいそがしくも感ぜられつれ、はて〳〵はいそがしないふをば通り過ぎて夜るも寝る間合なきまでに縫はせらると也」(大成)。 三一 遅い。
三二 語義不明。底本以下「うけかくに」、三・木「ものうけに」。あとにも語義不明の「かてうけに」(→四五頁注二八)、「うけかへなる」(→六八頁注三)という関連語がある。
三三 何を仕事に。 三四 蔵人を兼ねる近衛少将(近衛府の次官の一)。 三五 配偶させ。めあわせ。 三六 (裁縫する落窪の君を)とかく軽侮しがちで。

[4] あこき命名

三七 (そのために落窪の君は)まことに満たされない思いがするから。
三八 この世に生きていたくない(どうかして消え失せたい)と思うけれども、その思いをうらぎるもの、それはつらいこの身であったことだ。死なぬわが身を嘆く独詠歌。
三九 魅力的な感じなので。
四〇 不本意に。 四一 親戚の人が迎えることに対してもいとまをいただかなかったところです。
四二 別の主人を取ること。侍女の側から主体的に表現する言い回し。 四三 なあに。何の。
四四 かえってうれしいと。自分が十分なことをしてやれないのに対して三の君方は十分な待遇をしてくれることであろうとうれしく思う。

とのたまふ。[一]げにいたはり給《(たまふ)》事めでたければ、あはれに心細《ぼそ》げにておはする[二]をまもらへ習《なら》ひて、[三]いと心苦《ぐる》しければ、つねに[四]入《い》りゐれば、[五]さいなむ事かぎりなし。

「[六]おちくぼの君もこれを[七]いまさへ[八]呼《よ》びこめ給《(たまふ)》こと。」

[九]腹立《はらだ》たれ給へば、心のどかに[一〇]もの語《がた》りもせず。

うしろみと言《い》ふ名いと便《びん》なしとて、[一一]あこきとつけ給《(たまふ)》。

かゝるほどに、蔵人少将の御方なる[一二]小《こ》帯刀《たちはき》とて[一三]いとされたる物《(もの)》、このあこきに文通《ふみかよ》はして、とらへてのち[一四]いみじう思《おも》ひて[一五]住《す》む。かたみに隔《へだ》てなく物語《がた》りしけるついでに、このわが君の御ことを語《かた》りて、北方《(きたのかた)》の御心のあやしうて[一六]あはれにて住《す》ませたてまつり給《(たまふ)》事、さるは[一七]御心ばへ、御かたちのおはしますやう[一八]と語《かた》る。うち泣《な》きつゝ、

「いかで[一九]思《おも》ふやうならん人に[二〇]盗《ぬす》ませたてまつらん。」

と、明《あ》け暮《く》れ、

「[二一]あたらもの。」

と言《い》ひ思《おも》ふ。

この帯刀《たちはき》の女親《めおや》は、[二二]左大将と聞《き》こえける御むすこ、[二三]右近の少将にておはしけ

一 なるほど(三の君方は)一通りでなく大切にしてくださるから、の意。
二 (うしろみは)ずっと見馴れて(いるので)。
三 (両女君を比較して)まことに心苦しいから。
四 (落窪の君方に)入りびたっているので。
五 (北の方は)虐待することが際限ない。
六 北の方の詞。(うしろみも悪いが)落窪の君も。
七 (三の君付きになった)現在までも。
八 「呼びこむ」は、呼び寄せてそとに出さない。
九 (落窪の君は北の方に)立腹されなさるので。あるいは北の方が自然とお腹立ちになるので。
一〇 親しく談話すること。
一一 北の方の命名である。以下あこきと呼ぶ。

[5] 帯刀

一二 帯刀とも。「小」は父か兄が帯刀であったからか。この物語の中で大活躍する人物。蔵人少将に私的に仕える。帯刀は東宮坊に仕える帯刀舎人《とねり》、武官。
一三 しゃれている人物。しゃれ者。
一四 はなはだ愛して。
一五 夫婦になる。男がかよって女の所に泊まること、その状態が継続することを「住む」と言う。
一六 (女君を)いたわしい状態で。
一七 心づかい。　一八 並立・対立を示す「と」。
一九 理想とするような男性。「思ふやうならむ人」(源氏物語・桐壺)は理想と思う女性の場合。
二〇 「盗む」は男による女を直接に連れ出す結婚形態。巻二の伏線(→九七頁注三)である。
二一 惜しい人物よ。　二二 左大将と申し上げてきた方のご子息の。「左大将」は左近衛府の長官。
二三 この物語の男主人公の紹介。名はのちに明らかにされる(→二〇九頁注四〇)。
二四 育て申してきたことだ。乳母《めのと》である。
二五 (少将の君は)良家の娘など(について)人(侍女など)に話しをさせて。

[6] 右近少将

二六 (またわざわざ求めて)人に

るをなん養《やしな》[二四]ひたてまつりける。まだ妻《め》もおはせで、よき人[二五]のむすめなど人に語《かた》らせて、人[二六]に問《と》ひ聞《き》き給《(たまふ)》ついでに、たちわき(は)、おちくぼの君の上《うへ》[二七]を語《かた》り聞《き》こえければ、少将耳《みゝ》止《と》まりて、しづかなる人間《ひとま》[二八]なるにこまかに語《かた》らせて、

「[二九]あはれ、いか[三〇]に思《おも》ふらん。さるはわか[三一]うどをり(ほ)腹《ばら》[三二]なりかし。我[三三]にかれみそかにあはせよ。」

とのたまへば、

「[三四]たゞいまは世にもおぼしかけ給はじ。いま[三五]かくなんとものし侍らん。」

と申せば、

「[三六]入《い》れに入《い》れよかし。離《はな》[三七]れてはた住《す》むなれば。」

との給《(たまひ)》[三八]て、帯刀《たちはき》、あこきに、かくなん、と語《かた》れば、

「[三九]たゞいまはさやうの事か[四〇]けてもおぼしたら[四一]ぬうちに、いみじき色好《ごの》[四二]みと聞《き》きたてまつりし物を。」

とも[四三]て離《はな》れていら[四四]ふるを、帯刀《たちはき》うらむれば、

「[四五]よし、いま御けしき見《み》ん。」

と言《い》ふ。この御方《かた》[四六]の続《つゞ》きなる廂二間《ひさしふたま》、曹司《ざうし》[四七]には得《え》たりければ、おな[四八]じやうなる所はか[四九]たじけなしとて、お[五〇]ちくぼ一間《ひとま》をしつらひてなん臥《ふ》しける。

聞きただし。 二七 身の上について話してお聞かせしたことだから。 二八 人のいないあいだである時に綿密に。 二九 少将の詞。ああ。 三〇 (その女は)どんなに悩んでいることだろう。 三一 高貴な血筋に引かれる少将の君。 三二 と聞いているのだね。帯刀が聞き伝えていることを「かし」と念を押す。 三三 わたしにその人をひそかに会わせろ。「あふ」は向き合う、面会する意から、男女関係を持つことをも意味する。配偶者になること、 三四 帯刀の詞。現在のところはけっして(結婚を)お考えでいらっしゃるまい。「おぼしかく」不遇な女性に惹かれることは色好みの条件の一。 三五 おっつけかようの次第ですと何することでござろう。少将の気を引いておいてじらす会話。「給ふ」と敬語を併用するのは異例。 三六 (落窪の君のいる所へ)まっすぐ導いてくれよね。 三七 (母屋から)離れてそれでも住むようだから。 三八 叙述を展開する「て」。帯刀があこきと会っている場面になる。 三九 あこきの詞。前半は先に帯刀が少将に述べたのと同じ内容。 四〇 けっしてお思いにならない中でも特に。 四一 底・宮「ら」か「ゝ」かあいまい、近「ら」、尊・慶・斑「ゝ」。 四二 色好みと聞き申したことだから…。「色好み」は恋愛の情趣を追求し選り好みする人。 四三 突き放した内容の返辞であるさま。 四四 「いらふ」は、あしらうように答える。 四五 あこきの詞。言い出しっぺの彼女はこの話に乗り気であるはず。 四六 主筋の三の君のいる方面。三の君のこと。 四七 居室としては。 四八 (三の君と)同じ感じの所は。 四九 (分に過ぎて)恥ずかしい。もったいない。 五〇 (落窪の君の居室と同じ)低床を一間(けん)居室にしたてて臥所(ふしど)にしたことだ。

八月ついたちごろなるべし。君ひとり臥《ふ》して、[一]いも寝《ね》られぬまゝに、

「[二]は君《きみ》、我を迎《むか》へ給へ。いとわびし。」

と言《い》ひつゝ、
[三]我に露《(つゆ)》あはれをかけば立《た》ち帰《かへ》りともにを消《き》えようき離《はな》れなん
[四]心《こゝろ》なぐさめに、いとかひなし。
[五]つとめて、[六]物語《がた》りしてのついでに、
「[七]これがかく申すはいかゞし侍らん。[八]かくてのみはいかゞはし果《は》てさせ給はん。」

と言《い》ふに、いらへもせず、[九]言《い》ひわづらひてゐたる程に、

「[一〇]三の君の御手水《てうづ》まい《(ゐ)》れ。」

とて召《め》さるれば立《た》ちぬ。心のうちには、[一一]とありともかゝりとも[一二]よきことはありなんや、[一三]女親《めおや》のおはせぬにさいはい《(ひ)》なき身と知《し》りて、いかで死《し》なん、と思《おも》ふ心深《ふか》し。尼《あま》になりても[一四]殿《とのゝ》のうち離《はな》るまじければ、たゞ消《き》え失《う》せなんわざもがな、
と思《おも》ほす。

帯刀《たちはき》、[一五]大将殿にまい《(ゐ)》りたれば、

「[一六]いかにぞ、かの事は。」

一　眠ることもできないままに。
二「はゝきみ」の誤りか。底・宮・近・慶「はきみ」、尊・斑「は君」、三「はゝ君」、木「母君」。

〔7〕我につゆあはれをかけば

三　わたしにわずかにでも(露の一雫の)憐れみの情をかけてくれるのならば、引き返し一緒に、ええ、消えておくれ、きっとつらさを離れることになろう。「つゆ」は、わずか。裏面に露をかける。独詠歌で亡き親の魂に呼びかける話型。
四　気休めで、少しも効果がない。書き手による感想。　五　翌朝。　六（帯刀が帰ったあと、落窪の君と）お話ししてのおりに。
七　あこきの詞。「これ」は、この人(帯刀)。
八　かように(お話し)だけではどうして終りになさることがあろうか、の意。「させ給ふ」は少将に対する高い尊敬。「さす」は少将の女君への使役とも見られる。そのうちに手紙が届けられることであろう、と遠回しに予告するあこき。
九（あこきが）言いにくくして座っている時に。
一〇　北の方の詞。三の君のご洗顔の世話をしてさしあげよ、の意。あこきは立ち去る。
一一　以下落窪の君の心内。「結婚しようとも、しまいとも」(全集)。
一二　よい事態(境遇)なんかあるはずがない。
一三　女親がいらっしゃらぬからわたしはよい運勢を持たない身であるのだと覚悟して、の意。
一四　邸内をちょっと離れられないことであろうから。のちに邸内を脱出し仕合せになることの伏線である。
一五　少将の父左大将の邸。少将はそこに住む。

〔8〕帯刀の文使い

一六　少将の詞。どんな様子だね、あのことは。
一七　帯刀の詞。直前の会話文にすぐ続く。早いテンポで会話が進行する感じを出す技法か。

「[一七]言《い》ひ侍《(はべり)》しかば、[一八]しか／＼なん[一九]申す。まことに[二〇]いとはるけげなり。かやうの
筋《すぢ》[二一]は親《おや》ある人はそれ[二二]こそともかくもいそげ、[二三]おとゞも北方《(きたのかた)》に取《と》[二四]りこめられてよ
もし給はじ。」
と申せば、
「さればこそ入《い》[二五]れに入《い》れよとは。婿取《むこど》[二六]らるゝも[二七]いとはしたなき心《(ここ)》ちすべし。
[二八]らうたうなを《(ほ)》おぼえば、こゝに迎《むか》[二九]へてん。」
[三〇]と、

「[三一]さらずは、あなかまとてもやみなんかし。」

とのたまへば、

「[三二]そのほどの御定《さだ》め、[三三]よくうけ給はりてなん。仕《つか》[三四]うまつるべかなり。」

と言《い》へば、少将、

「[三五]見《み》てこそは定《さだ》むべかなれ。[三六]そらにはいかでかは。[三七]まめやかには猶[三八]たばかれ。

よに[三九]ふとは忘《わす》れじ。」

とのたまへば、帯刀《たちはき》、

「『[四〇]ふと』ぞ[四一]あぢきなき文字《もじ》[四二]ななる。」

と申せば、君うちわらひ給《(たまひ)》て、

一八 (あこきが)かくかくしかじかと。読者が知っている内容について叙述を省略する手法。
一九 「申す」は話題のあこきをへりくだらせる。
二〇 いかにも関心がない感じです。帯刀は先にあこきが「もて離れて」答えたさまを受ける。
二一 関係。縁談のこと。二二 それ(親)があれもこれもと支度に勤しむものだが。
二三 (親といえば男親はいるのにその)中納言も。
二四 「取りこむ」は、丸めこむ。二五 →七頁注三六。以下は結婚に関する四態である。第一に「入れに入れよ」は直接の(自媒の)結婚。
二六 第二の結婚形態である婿取り婚の場合。
二七 まことに中途半端な。冷遇されている落窪の君のもとに通うのは不自然。二八 (会ってみて)かわいらしくそれでも思われるのならば。
二九 迎えてしまおう。第三の結婚形態は女を引き取る据え婚の場合。
三〇 会話文を「と」で受けて、すぐまた同じ会話主の会話文を続ける叙述のしかた。一呼吸置いて次の会話文を加える技法。
三一 少将の詞。そうでないのならば、(どこかから)制止があったりしてきっと終りになることだろうねえ。「あなかま」は「言うな、静かに」という制止。第四の場合は結婚の解消である。
三二 帯刀の詞。そこいらへんのご決定を。虫のよい少将の言に少々うんざりする帯刀。
三三 しっかり伺ってですね。「給」は、底本「給ゝ」。訂正しておく。三四 (お定めに沿って)お仕えし申すのがよかろうと判断される、の意。
三五 会ってみてから定めるべきであるようだ。帯刀の言った「定め」から口をついて出た一句。
三六 推測ではどうして(定められよう)。
三七 「冗談はさておき」と真顔になって命じるきもち。実務としては、の意とも。
三八 計らえ。工作せよ。三九 簡単には。

「[一]「長《なが》く」と言《い》はんとしつるを、言《い》ひたがへられぬるぞや。」

などうちわらひ給《(たまひ)》て、

「これを。」

「御文《ふみ》。」

とて御文《ふみ》給へば、しぶ〳〵[二]に取《と》りて[三]、あこきに、

とて引《ひ》きいでたれば、

「[四]あな見苦《みぐる》し。[五]何《なに》しにぞとよ。[六]よしない事は聞《き》こえて。」

と言《い》へば、

「猶御返《かへ》り[七]せさせ給へかし。よにあしきことにはあらじ。」

と言《い》へば、取《と》りてまい《(ゐ)》りて、

「[八]かの聞《き》こえ侍《(はべり)》し御文《ふみ》。」

とてたてまつれば、

「[九]何《なに》しに。[一〇]上《うへ》も聞《き》い給《(たまひ)》ては「よし[一一]」とはの給《(たまひ)》てんや。」

とのたまひて、

「[一二]さてあらぬ時はよくやは聞《き》こえ給《(たまひ)》てや。上《うへ》の御心なつゝ[一三]みきこえ給《(たまひ)》そ。」

と言《い》へど、いらへもし給はず。

四〇 少将の詞の中の「ふと」を軽くとがめる。
四一 理にかなわない。「まめやかには」などと言うそばから「ふと」と言う調子のよさをとがめる。
四二 音節的に意識される言葉。

一 「長く(いつまでも)」と言おうとしたところなのに。
二 いやいやながら。内心のうれしいきもちを隠して渋面を作りながら。
三 「て」接続のあと場面は一挙に帯刀とあこきとの対話に。首尾よく少将の手紙を手に入れた帯刀のきもち、あこきのきもち、そして読者の期待に沿う書き方。
四 あこきの詞。ああ見るのがつらい。あこきも心の中でのうれしさを押し隠して、帯刀に呼吸を合わせている感じ。
五 何のためにそうするというのか、の意。
六 せんないことは申し上げて…。落窪の君のことを少将の耳に入れたことをさす。
七 帯刀の詞。ご返辞なさりませよね。落窪の君への高い尊敬。あるいは「さす」は書かせなされよという使役か。
八 あこきの詞。先に手紙が寄せられることを予告してあった(→八頁注八)。
九 落窪の君の詞。何のためなの。何でこんな手紙を持って来たのか、といううきもち。
一〇 北の方(その他)も。「も」は継母北の方だけをずばりとさすことを避けた。
一一 「よいことだ」とおっしゃることがあろうか。
一二 あこきの詞。そうでない(別の)時は「よいことだ」と申されて(です)か。「あらむ」が省略されている感じ。「よく」は落窪の君の詞の中の「よし」を受ける。
一三 気がねし申されるな。
一四 紙燭とも。松の木を細くけずり手元に紙を

あこき、御文《ふみ》を[一四]脂燭《しそく》さして見《み》れば、たゞかくのみあり。

[一五]君ありと聞《き》くに心をつくばねの見《み》ねど恋《こひ》しき嘆《なげ》きをぞする

「[一六]をかしの御手《て》や。」

と[一七]ひとりごちゐたれど、[一八]かひなげなる御けしきなれば、[一九]を《(お)》し巻《ま》きて御櫛《くし》[二〇]の箱《はこ》に入《い》れて立《た》ちぬ。

[二一]帯刀《たちはき》、

「[二二]いかにぞ。御覧《らん》じつや。」

「[二三]いで、[二四]まだいらへをだにせさせ給はざりつれば、[二五]を《(お)》きて立《た》ちぬ。」

と言《い》へば、

「[二六]いでや。[二七]かくておはしますよりはよからん。[二八]われらがためにも思《おも》ふやうにて。」

と言《い》へば、

「[二九]いでや。[三〇]御心の頼《たの》もしげにおはせば、などかはさも。」

と言《い》ふ。

つとめて、[三一]おとゞ、[三二]樋殿《ひどの》におはしけるまゝに、おちくぼをさし覗《のぞ》いて見《み》たまへば、[三三]なりのいとあしくてさすがに[三四]髪《かみ》のいとうつくしげにてかゝりてゐたるを、

〔9〕見ねど恋しき

一四 巻いて持ち、先端に火をつける。

一五 君のことを(音に)聞いてそのまま心を尽くすという、そのつくばねの峰ではないが、いまだ見ねども恋しい嘆きを木のようにたくさんする。少将の贈歌。拾遺集・恋一「音に聞く人に心をつくばねの見ねど恋しき君にもあるかな」(詠み人知らず)が類歌。

一六 あこきの詞。(ああ)魅力あるご筆跡だわ。

一七 落窪の君に聞こえるように独り言を言う。

一八 効果のなさそうな。 一九 押し巻いて。

二〇 化粧道具のほか手紙類も入れることのできる落窪の君の大切な持ち物。櫛笥(くしげ)である。

二一 以下帯刀との対話。

二二 どんな様子か。ご覧になったか。

二三 あこきの詞。「いで」は、肯定できない感じ。

二四 まだ返辞をさえ言ってくださらなかったところですから。「させ給ふ」は落窪の君に対する高い尊敬。 二五 置いて。 二六 さてまあ。いやはや。 二七 (いつまでも)かようにしていらっしゃるよりはいいことだろう。「よからん」は手紙の斡旋をしたことについて、しないよりまし、というきもち。

二八 (うまく行けば)私どもにとっても理想的なので…。自信のない言いさし。

二九 (あこきも合わせて)いやはや。

三〇 (少将の)お心が頼もしそうでいらっしゃるから、(女君は)どうしてそのままでは…。うまく行くことだろうよと不安を隠しながら言う。

三一 中納言は。 三二 便所。用を足したついでに落窪の間にまで足をのばす。 三三 身なり(衣裳)がきわめて粗末で。

〔10〕父と娘

三四 そうはいうものの髪がいかにも愛らしい感じで(頬の辺りに)かかって座っているのに対して。

あはれとや見《み》給《(たまひ)》けん、

「[一]身《み》なりいとあし。あはれとは見《み》たてまつれど、[二]まづやんごとなき子どものことをするほどに、え心知《し》らぬなり。[三]よかるべき事あらば心ともし給へ。かくてのみいますが[四]いとを《(ほ)》しや。」

とのたまへど、[五]はづかしくてものも申されず。

帰《かへ》り給《(たまひ)》て、北の方《かた》に、

「おちくぼをさし覗《のぞ》きたりつれば、いと[六]頼《たの》み少《すく》なげなる白《しろ》き[七]あはせ一《ひと》つをこそ着《き》てゐたりつれ。子どもの古《ふる》ぎぬやある。着《き》せ給へ。夜《よる》いかに寒《さむ》からん。」

とのたまへば、北の方、

「つねに着《き》せたてまつれど、[八]ほゝかし給《(たまふ)》にや、[九]あくばかりも[一〇]えきつき給はぬ。」

と申《(まうし)》給へば、

「[一一]あならうたてのことや。親《おや》にとく[一二]をくれ《(お)》て、[一三]心もはか〴〵しからずぞあらんかし。」

といらへたまふ。

婿《むこ》の少将の君の[一四]うへのはかま[一五]縫《ぬ》はせにを《(お)》こせ給《(たまふ)》とて、

一 中納言の詞。
二 先に捨てておけない子たちの(結婚の)世話をするあいだに。北の方の実子たちのこと。「やんごとなし」は、やめられない、重んずべき。
三 よさそうなこと(縁談)があるなら一存でしなされ。「心と」は、自分から求めて。
四 気の毒なことよ。
五 (落窪の君はわが身が)恥じられて。
六 頼りになりそうにない。寒さを防ぐことができると思えないこと。
七 袷《(あはせ)》。裏表べつの布をあわせて作る衣服。
八 「ほほかす」は、捨てる、ほったらかす、の意か。玉勝間五「物を棄つることを、俗言にほかすといふは、おちくぼの物語にほゝかし給ふとあり」。北の方の詞には珍奇な語句が多い。
九 語義不明。「あく」は灰汁か、芥(あくた)の意か。「飽くばかり」と取るのはどうか。
一〇 語義不明。「え…ぬ」(…できない)であろうが、「きつく」が分からない。三二「ゑ」。
一一 中納言の詞。何と嘆かわしいことじゃ。
一二 後れて。残されて。 一三 (身なりばかりか)精神もしっかりしていないのであろうよね。
一四 表の袴。男子が束帯の時に着用する白袴で、紅の平絹の裏がつく。
一五 (落窪の君に)縫わせるために送って寄越しなさるとて。
一六 北の方の詞。実際には使いの者の口上。
一七 軽い尊敬。 一八 褒美。衣類が通例。
一九 伝える者から口上を聞く。
二〇 悲しく思うことは限界がない。「いみじ」の意味は高橋巖論文による。
二一 じつに早く(しかも)いかにもきれいに。「きよげ」は目に美しく感じられるさま。

〔11〕はりわたの禄

二二 真綿を張った衣類。
二三 (着古して)やわらかく

「一六これはいつよりもよく縫《ぬ》は一七れよ。緑《ろく》一八にきぬ着《き》せたてまつらん。」

とのたまへるを聞《き》一九くに、二〇いみじきことかぎりなし。二一いととくきよげに縫《ぬ》い《(ひ)》で給へれば、北の方《かた》、よしと思《おも》ひて、を《(お)》のが着《き》たるあや二二のはりわたのな二三へ《(え)》たるを着《き》せさせ給へば、風《かぜ》二四はたゞはやになるまゝに、二五いかにせましと思《おも》ふに、二六すこしうれし、と思《おも》ふぞ心《(ここ)》ち二七のくし過《す》ぎたるにや。

この婿《むこ》の君は二八あしきことをもか二九しかましく言《い》ひ、三〇よき事をばけちえんに褒《ほ》むる心ざまなれば、

「この装束《さうぞく》どもいとよし。よく縫《ぬ》ひおほせたり。」

と褒《ほ》むれば、御《ご》たち、北の方に、かくなん、と聞《き》こゆれば、

「三一あなかま、おちくぼの君に聞《き》かすな。心をご三二(お)りせんものぞ。かやうのもの三三は三四くせさせてあるぞよき。三五それをさいはい《(ひ)》にて三六人にも用《もち》ゐられん物ぞ。」

とのたまへば、御《ご》たち、

「三七いといみじげにもの給《(たまふ)》かな。三八あたら君を。」

と三九しのびて言《い》ふもありかし。

四〇かくて、少将、言《い》四一ひそめ給《(たまひ)》てければ、又御文《ふみ》すゝきにさしてあり。

四二ほにいでて言《い》ふかひあらば花《はな》すゝきそよとも風にうちなびかなん

なっているのを。

二四 風はただもう激しくなるにつけて。

二五 (防寒の服を)どのように調達しようと。

二六 (着古したのでも)少々うれしいと思うのは。

二七 くよくよし過ぎているのではないか。「くし」は「屈し」。書き手による批評、あるいは落窪の君への励ましである。

二八 正しからざること(まで)をも。「も」は、不正なことは分かっていてもなかなか指摘できないのが人情であるから。

二九 やかましくとがめ。

三〇 よいことはよいこととして持ちあげて。「けちえん」(掲焉)は高く掲げるさま。

三一 北の方の詞。 三二 思い上がりすることであろうよ。

三三 「もの」は人を低める表現。

三四 屈せさせて。いじけさせて。

三五 裁縫の才能が好い運で、の意。「さいはひ」は好条件、プラスに働く事柄。

三六 人さまにも使用されることになろうよ。北の方が落窪の君を使用する予定であることを持って回って言う。 三七 まことに呪わしげに。

三八 惜しい。 三九 内々に(同情して)言う者もあるよ。書き手の注意である。

四〇 それから。話題を転換する説話単位の起句。

四一 もう言い出しておられたことだから。先に「君ありと」の歌(→一二頁注一五)を贈ってあったことを受ける。

四二 穂が出るように言葉に出して言う、その効(かい、穎)があるのなら花すすきよ、風にそよそよ、そうよとも言って、ちょっとでいいからなびいてほしいもの。返辞を要求する歌。「ほ」「かひ」「そよ」「なびく」はそれぞれ掛詞表現として働き、花すすきの縁語。

〔12〕又御文すすきにさして

すすきは秋の景物。

御返《かへ》りなし。一しぐれいたくする日、
二さも聞《き》きたてまつりし程よりは、ものおぼし知《し》らざりける。

とて、

三雲間《ま》なき時雨《しぐれ》の秋は人恋《こ》ふる心のうちもかき暮《く》らしけり

御返《かへり》もなし。又、

四天《あま》の川《がは》雲のかけはしいかにして踏《ふ》みみるばかり渡《わた》し続《つゞ》けん

日ゝ《ひび》にあらねど、五絶《た》えず言《い》ひわたり給へど、絶《た》えて御返《かへ》りなし。

「六いみじうもの七のつゝましきうちに、かやうの文《ふみ》もまだ八見《み》知《し》らざりければ、九いかに言《い》ふとも知《し》らぬにやあらん。一〇もの思ひ知《し》りげに聞《き》くを、一一などかはかなき返事《かへりこと》をだに絶《た》えてなき。」

と帯刀《たちはき》にのたまへば、

「知らず。北の方のいみじく心あしくて、一二我《わが》ゆるさざらん事露《つゆ》にてもしてはいみじからん、と明《あ》け暮《く》れおぼいたるに、一三おぢつゝみ給へる、となん聞《き》き侍《はべる》。」

と申せば、

「我をみそかに。」

一 時雨。巻一にしきりに降る重要な景物。
二 少将の手紙。そのようにも(情趣を解する方であると)聞き申したわりには、その情趣をご理解でなかったことだよ、の意。
三 雲の晴れ間のない時雨の降る秋は、女人を恋うるわが心の中までもすっかり暗くなってきたことだ。「九月のしぐれの秋は」(万葉集十三)の記例がある。 四 天の川に雲のかけ橋を、せめて踏んでみる(文見る)だけでもかけ続けるとしたら、どうすればいいのだろう。このまま続けるべきかためらってみせる少将の贈歌。
五 「絶えず」「わたり」は歌から続いて橋の縁語。
六 少将の詞。
七 何かと遠慮がちである中に(そればかりか)。
八 見ることがなくて知らなかったことだから。
九 どのように返辞するとも。
一〇 「もの思ひ知りたるさま」(→四頁)であることを少将は聞いて知っているという趣向。
一一 せめて無内容な返辞なりとどうして一向にないのか。 一二 自分の許さぬような事柄を少しでもしてはひどい目に会うよ、と(北の方が)朝晩お思いであるのに対して。「露」は当て字。
一三 (落窪の君は)恐れ引っこみ思案でいらっしゃる、と。 一四 (帯刀は)主人のお言葉をいやだと言いにくかったのであろうか。 一五 何とかしようと。 一六 「おとづる」は、手紙をする。
一七 この毎日は。歌詞の「かき絶えて」へ続く。
一八 すっかり打ち切って(手紙を)書くのはやめてしまおうかしら、つらさばかりがますます益田の池の水草みたいだよ。「かき」(かき、書き)、「ます」(増す、ますだの池)は掛詞。
一九 益田の池と書き、奈良県の歌枕。平安時代にはいり古今和歌六帖、拾遺集から見られる。
二〇 「水草」の喩は、つらさが池一面にひろがる。底・尊「水草」、近「水くさ」、宮・慶・斑「水くき」。

と言《い》ひわたり給へば、[14]わが君の御事を否《いな》びがたくやありけん、[15]いかでと見《み》ありく。

十日ばかりを《(お)》[16]とづれ給はで、思ひいでてのたまへり。

[17]日《ひ》ごろは、

[18]かき絶《た》えてやみやしなましつらさのみいとゞますだ[19]の池の水[20]草

[21]思《おも(う)》ふたまへしのびつれど、[22]さても[23]えあるまじかりければなん。人[24]知《し》れず、

人わろく。

とあれば、帯刀《たちはき》、

「[25]このたびだに御返《かへ》り聞《き》こえ給へ。[26]しか〳〵なんの給《(たまひ)》て、「[27]心に入《い》れぬぞ」とさいなむ。」

と言《い》へば、あこき、

「まだ言《い》ふら[28]んやうも知《し》らずとて、[29]いとかたげに思《おも》ほしたる物を。」

とて、[30]まい《(ゐ)》りて見《み》たてまつれど、中の君の御おと《(を)》この[31]右中弁と[32]みにていで給《(たまふ)》、[33]うへのきぬ縫《(ひ)》い給《(たまふ)》ほどにて御返《(かへり)》なし。

少将、[34]げに言《い》ひ知《し》らぬにやあらんと思《おも》へば、[35]いと[36]心深《こゝろふか》き御心も[37]聞《き》き染《し》みにければ、[38]さる心ざまやふさはしかりけん、

水茎なら筆あるいは筆跡の意で、「書くのをやめようか、手紙を」という倒置的な歌意。
二一 (と)思いこらえさせていただくけれど。「思う」は「思ひ」の音便形。 三二 底本「と」ナシ。宮・近・尊・慶・斑により補う。 三三 そのようにもこらえていられそうになかったことだから…。

〔13〕いとどますだの

二四 人に知らせるわけにゆかず、また(知られては)外聞が悪くて…。 二五 せめて今度なりと。
二六 (少将の君は)かくかくしかじかと。
二七 「気を入れていないぞ」と。 二八 「らん」は、世間で行われていることであろう返辞のしかたを自分は知らない、というきもちを示す。
二九 いかにも難しい感じに。「おもほし」は、宮・近・尊「おもし」、慶・斑「おほし」。
三〇 (女君のもとに)参上して(様子を)伺い申すけれど。手紙を見せるチャンスを探すあこき。
三一 太政官の右弁官局の次官。
三二 急のことでお出になる。束帯で出席すべき臨時の公用がはいったという設定。
三三 表の衣。袍《うは》。束帯の上衣である。
三四 なるほど返辞のしかたを知らないのであろうかと。伊勢物語一〇七段「若ければ文もをさをさしからず、ことばも言ひ知らず、いはむや歌は詠まざりければ」とあるような状態を主人公の少将は想像してますます引かれる。
三五 底「は」、宮・近・尊・慶・斑「と」(尊は不明瞭)。
三六 先に「おほかたの心ざまさとくて」(→四頁注一〇)とあった聡明な思慮深さ。少将は表面的に情趣を解することよりも深いところで機知、分別の働く人柄の女性をよしとする(解説参照)。

〔14〕中納言家の石山詣で

三七 耳にしっかり入れてしまってあったことだから。
三八 (落窪の君の)そうした気立てが心に適っていたのであろうか。不遇の女

「帯刀《たちはき》、を《(お)》そし〳〵。」

と責《せ》め給へど、[一]御方《かた》〴〵住《す》み給《(たまひ)》ていと人さは《(わ)》がしき程なれば、[二]さるべきおり《(を)》もなくて思ひありく程に、この殿、[三]古《ふる》き御願果《は》たしに[四]石山《いし》にまうで給《(たまふ)》に、[五]御供《とも》に慕《した》ひきこゆるまゝにもておはすれば、[六]を《(お)》んなさへとゞまらんことを恥《はぢ》と思ひてまうづるに、おちくぼの君、[七]かぞへのうちにだに入《い》らねば、[八]弁の御方《かた》、

「おちくぼの君い《(ゐ)》[九]ておはせ。ひとり止《と》まり給はんがいとを《(ほ)》しきこと。」

と申《(まうし)》給へば、

[一〇]「さて、それがいつかありきしたる。[一一]旅《たび》にては縫《ぬ》ひものやあらんとする。[一二]なを《(ほ)》ありかせそめじ。[一三]うちはめてを《(お)》きたるぞよき。」

とて、[一四]思ひかけでやみ給《(たまひ)》ぬ。

あこきは[一五]三の御方《かた》人にて、[一六]いときなく[一七]さうぞかせておはするに、[一八]を《(お)》のが君《きみ》のたゞひとりおはするに、[一九]いみじく思ひて、

[二〇]「にはかにけがれ侍《(はべり)》ぬ。」

と申《(まうし)》て[二一]止《と》まれば、

[二二]「世にさもあらじ。かのおちくぼの君のひとりおはするを思ひて[二三]言《い》ふなめり。」

性に引かれることはのちの交野の少将に同じである。

一 大い君・中の君・三の君のそれぞれに婿がいる。
二 居室に導き入れることのできるチャンス。
三 願は成就したらほどいておくのが信仰習俗。
四 滋賀県大津市の石山寺。観音信仰の霊場。
五 おともについてゆきたいと申し上げるのに任せて連れていらっしゃるので。
六 「おんな(嫗)」。「おみな」の転、おうな。「さへ」は足腰の弱い老人でさえ、というきもち。
七 参詣のメンバー。 八 中の君。夫が右中弁だったので、かく言う。昔話の話型に実子が同情的である場合は多い。この中の君がのちに同情的に描かれることがないのは、構想の変更か。
九 連れていらっしゃれ。この物語では「おはせよ」より「おはせ」が多い。 一〇 北の方の詞。それで、その何(落窪の君)が以前に出歩きをしたかい。継母北の方らしい変な言い回し。
一一 自分の土地や家を離れて別の場所に行ったり、またその途中のことを広く「旅」という。
一二 ありましょうか。「んとす」(「むとす」に同じ)は「むず」(推量)の改まった表現。 一三 閉じ

[15]にわかのけがれ

込めて。変な言い方。 一四 (連れてゆくことを)心に掛けないで。 一五 三の君付きのお人。
一六 「いときなし」は、愛らしく子供らしいさま。
一七 着飾らせてお出になるのに。底「おはするに」、宮・近・尊・慶・斑「いておはするに」。
一八 あこきが認める「自分の君」は落窪の君だけ。
一九 ひどく悲しく思って。
二〇 突然に不浄になってしまったのでございます。「けがる」は出産・月経(月の障り)・触穢などにより身体が不浄になったと見なされること。ここは月の障り。神仏への参詣を堅く戒める。

と腹立《はらだ》てば、

「[二四]いとわりなき事。[二五]よくはべなり。[二六]さぶらへとあらばまい《(ゐ)》らん。かく[二七]をかしきことを見《み》じと思《おも》ふ人はありなんや。を《(お)》んなだに慕《した》ひまい《(ゐ)》る道《みち》にこそあめれ。」

と言《い》へば、[二八]げにさや思ひけん、[二九]はしたわらはのあるにさうぞき変《か》へさせてと[三〇]ゞめ給ふ。

[三一]のゝしりていで給《(たまひ)》ぬれば、[三二]かいすみて心細《ぼそ》げなれど、わが君とうち語《かた》らひてゐたる程に、帯刀《たちはき》がもとより、

御供《とも》にまい《(ゐ)》り給はずと聞《き》くはまことか。さらばまい《(ゐ)》らん。

と言《い》ひたれば、

[三三]御方《かた》のなやましげにおはして止《と》まらせ給《(たまひ)》ぬれば、[三四]何《なに》しにかは。[三五]いとつれ〴〵なるをなんなぐさめつべくておはせ。[三六]ありとのたまひし絵《ゑ》、かならず持《も》ておはせ。

と言《い》ひたるは、[三七]「[三八]女御殿《どのゝ》の御方《かた》にこそいみじく多《おほ》く[三九]候へ。[四〇]君おはし通《かよ》はば《ゝ》見《み》給《(たまひ)》てんかし」と言《い》[四一]へるなりけり。帯刀《たちはき》、この文《ふみ》をやがて[四二]少将の君に見《み》せたてまつれば、

[四三]「これやこれなりが妻《め》の手《て》。[四四]いたうこそ書《か》きけれ。よきおり《(を)》にこそはありけ

二一 あとに残るから。 二二 北の方の詞。絶対にそうだというわけでもあるまいよ。
二三 言うのであるようだ。あこきと北の方とは互いに第三者を介して言い合っている。
二四 えらく理不尽な仰せ言よ。
二五 結構なことのようでございます。
二六 不浄の身をおして同道するぞとの脅迫。
二七 かように興味ある行事を見ないでおこうと思う人は果たしてあろうことかしら。
二八 なるほどそうだと思ったのであろうか。
二九 下働きの女の子がある(その子)に。

〔16〕**笑みせじとこそ思ひ顔なれ**

三〇 (あこきを邸に)お留めになる。
三一 (人々が)騒ぎたててお出になってしまったあとは。
三二 「かいすむ」は、ひっそりする。
三三 あこきの返状。女君のために居残ったこと、会う時間がたっぷりあることとを知らせる。
三四 なんだって。参るわけがない。
三五 いたって所在がなく退屈な気分をばきっと慰めることができるようにしていらっしゃれ。
三六 在るとおっしゃった絵を必ず持っていらっしゃれ。女君に見せるため。あこきが絵を所望したことは図らずも主人公の少将を招請する意味を持つことになる。「し」は帯刀が以前に言ったことをあらわす過去。
三七 底・慶・斑「たる」、宮・近・尊「ける」。
三八 以前に帯刀があこきに言った内容。女御は皇后・中宮に次ぐ高い位で高級貴族家から出る。ここは主人公の少将の姉または妹。「御方」は大将邸の中にある女御の居室。
三九 「候ふ」は貴人《(きにん)》の傍らに控える感じ。人についても物品についても言う。
四〇 男君がかよっていらっしゃるならば、きっと(あなたも)ご覧になることであろうね。

れ。一行《い》きてたばかれ。」

とのたまふ。

「二絵《ゑ》一巻《ひとまき》下《お》ろし給はらん。」

と申せば、君、

「三かの言《い》ひけんやうならんおり《(を)》こそ見《み》せめ。」

との給へば、

「さも四侍《(はべり)》ぬべきおり《(を)》にこそは侍めれ。」

五うちわらひ給《(たまひ)》て、六御方《かた》におはして、七白《しろ》き色紙《しきし》に、八こゐひさして九口《くち》すくめたるかたをかき給《(たまひ)》て、

一〇召《め》し侍《(はべる)》は、

　一一つれなきをうしと思《おも》へる人はよに笑《ゑ》みせじとこそ思ひ顔《がほ》なれ

　一二お《(を)》さな。

と書《か》い給へれば、一三いづとて、親《おや》に、

「一四をかしきさまならんくだもの一餌袋《ひとゑぶくろ》して置《お》い給へれ。一五いまたゞいま取《と》りにたてまつらん。」

一六と言《い》ひを《(お)》きていぬ。

四一 言っているのであったことだ。「けり」は以前に言ったことがあるから、と右のあこきの言葉に関連することを示す書き手の説明。

四二 そのまま。　四三 少将の詞。これがこれなりの妻の筆跡か。「これなり」が帯刀の名前で、会話文中であるために出てきた。

四四 えらく立派に書いたことよ。

一 行って工作しろ。

二 絵を一巻おさがりをたまわりましょう、の意。工作のために絵を所望する。

三 その(おまえが)言ったとかのそれらしいチャンスの時こそ見せてやろう。

四 帯刀の詞。きっとその通りでもございましょう(その)チャンスでまさにございますようですよ。　五 (少将は)軽くお笑いになって。

六 ご自分の居室。　七 白っぽい料紙。ふつう懸想文には使わないという。

八 語義不明。底・宮・近・尊・慶・三「こゐひ」、斑・木「こいひ」。子指をくわえることか。但し「子指」という用例は古く見つからない。

九 口をこわばらせてある図柄か。「かた」は、絵図、像。　一〇 少将の手紙。(絵の)お召しでございますこと(について)は。歌へ続く。

一一 すげない君を恨めしいと思っている人、わたしは、けっして笑みせぬ(絵見せぬ)つもりの顔つきなのだ。返辞をくれない落窪の君を難じてみせる少将の贈歌。

一二 幼稚なことよ。少将自身のことを言うか。

一三 (受け取って帯刀は)退出するとて、母親に。母親は少将の乳母で、少将が成人したのちも大将邸に住み続ける。　一四 気のきいた感じのくだ物(菓子や木の実など、また間食用の摂取物や酒の相手となる食品)を餌袋(食料入れ)一つにして残していてくだされ。「れ」は「り」の命令

あこき呼《よ》びいでたれば、

「一七いづこへは。」

と言《い》へば、

「一八くは。この御文《ふみ》見せたてまつり給へ。」

「一九いで、そらごとにこそあらめ。」

と言《い》へど、取《と》りて二〇いぬ。

二一君、いとつれづれなるおり（を）にて、見《み》たまふ（う）て、

「二二絵《ゑ》や聞《き》こえつる。」

とのたまへば、

「二三帯刀《たちはき》がもとにしかじか言《い》ひて侍（はべり）つるを御覧《らん》じつけけるに侍めり。」

と言《い》へば、

「二四うたて、心な、と見《み》えられたるやうにこそ。二五人に知《し》られぬ人はうしむなる二六こそよけれ。」

とて、二七ものしげに思《おも》ほしたり。二八帯刀呼《たちはきよ》べばいぬ。

物語《がた》りして、

「二九たれたれか止《と》まり給へる。」

〔17〕人は有心なるこそ

形。　一五 たった今すぐ取りに(使いを)さしあげよう。　一六 と言い置いて出る。「いぬ」は、去る、帰る。物語の場面から退場する感じで、次の場面に登場する。
一七 あこきの詞。「いづこ、ゑは」(どこ、絵は)と期待していきなり帯刀に問うか。とすれば「へ」は古く「ゑ」が誤って表記されたもの。底・宮・近・尊・木「いつこへは」、慶「いつこへか」、斑「いつこへ(以下不明)」、三「いつよりか」。
一八 帯刀の詞。ほれ。そら。そう言いながら絵でなく手紙を渡す。　一九 あこきの詞。いやもう、うそでしょうね。軽い非難。　二〇 (あこきは)去る。続いて女君のご前に登場する。
二一 女君はいたって無聊の時とて、(少将の手紙を)ご覧になって。「見たまうて」は「見たまひて」の音便形。　二二 絵を所望し申したのかい。少将の歌の裏の意味(絵を見せたくない)を理解してそう言う。　二三 あこきの詞。帯刀のもとにかくかくしかじか言ってございましたの(私の手紙)を、(少将の君が)発見しなさったということでございますようです。
二四 落窪の君の詞。おおいや、思慮がないよ、と自然に見られたみたいで…。「らる」は自発。先に少将がこの女君を「心深き」女性だと思っていたことと対応する。「たる」の「る」底本、虫損。
二五 男に見いだされず埋もれる境涯の女。
二六 有心。心あること、思慮あること。うつほ・蔵開下「かの仁寿殿の腹のみこたちを見よや。うしむにこそ」。　二七 不快そうに。
二八 帯刀が呼ぶので(あこきは)去る。一場面を去って、次の場面へ移動するあこき。　二九 帯刀の詞。だれとだれとが残っておられるか。

〔18〕まめくだもの

[一]とさりげなくて案内《あない》問《と》ふ。

「[二]いとさう〴〵しや。を《(お)》んなどものみもとにくだもの取《と》りに遣《や》らん。」

とて、

「[三]何《なに》もあらんもの給へ。」

と言《い》ひに遣《や》りたれば、餌袋《ゑぶくろ》[四]二《ふた》つして、[五]をかしきさまにして入《い》れたり。[六]いま一《ひと》つの大《おほ》きやかなるにはさま〴〵のくだ物、[七]色〳〵のもちゐ《(ひ)》、薄《うす》き濃《こ》き入《い》れて、紙《かみ》隔《へだ》てて《ゝ》[八]焼《や》い米《ごめ》入《い》れて、

[九]こゝにてだにあやしく、あは《(わ)》たゝしき口《くち》つきなれば、旅《たび》にてさへいかに見《み》給《(たまふ)》らん。はづかしう。[一〇]この焼《や》い米《ごめ》は[一一]つゆと言《い》ふらむ人にものし給へ。

と言《い》へり。[一二]さう〴〵しげなるけしきを見《み》て、いかではかなき心ざしを見《み》せん、と思ひてしたるなりけり。女《をんな》、見《み》て、

「[一三]いで、あやし。まめくだ物や。けしからず。そこにしたまへるにこそあめれ。」

と[一四]え《(ゑ)》んずれば、帯刀《たちはき》うちわらひて、

「知《し》らず。[一五]まろはかやうに見《み》苦《ぐる》しげにはしてんや。を《(お)》んなどものみ[一六]さかしらなめり。つゆ、[一七]これ取《と》り隠《かく》してよ。」

一 それらしい様子でなしに邸内の様子を尋ねる。
二 帯刀の詞。えらく物が足りないな。おうな(老女)どものお所にくだ物を取りに(使いを)やろう。先に用意させておいた食品(→一八頁注一四)を取り寄せる。
三 帯刀の口上。何なりともありそうな食物を下され。 四 先に注文した餌袋は一つ。少将のいつも使うのに、今一つ大きめのが添えてある。
五 (注文通り)「をかしき」さまに。
六 母親が足してくれた大きめの餌袋。
七 色とりどりの餅の、薄い色のや濃い色のや。母親の心尽くしの理由はすぐあとに示される。
八 焼き米のことと言う。うつほ・国譲中「焼い米はおうなの歯いたへでかみのこしたる」。
九 母親の手紙(あるいは口上)。私どもだけでも見苦しく、せわしない口もとなのだから、旅(出先)でましてどのようにご覧になっていることであろうか。恥じられて…。「ここ」は母親の自称。この一文は難解。くだ物や餅についてか。「旅にてさへ」で切るべきか。
一〇 この焼き米(のほう)は。
一一 つゆと言うらしい人に何してくだされ。
一二 (留守で)いかにも物が不足している様子を表情から見てとって、何とかしてなけなしの好意を見せよう、と思って(焼き米まで)作っていたのであったわけだ、の意。帯刀の表情から母親は食料不如意の事情を察して、実用的食品まで奮発してやったのだという書き手からの説明。
一三 あこきの詞。いやもう、見苦しい。実用的くだ物よ。とんでもない。あなたがなさっていることであるようね。焼き米について言うか。
一四 「怨ず」(軽くすねる)。それに対して「うらみ」「うらむ」はあとを引く怨恨。 一五 私はそんなに体裁悪そうに作ったりはしようか。
一六 おせっかい(さし出たご行為)であるようだ。

とて遣《や》りつ。ふたり臥《ふ》してかたみ[一八]に君の御心ばへどもを語《かた》る。こよひ雨降《ふ》れば、[一九]よもおはせじとて、[二〇]うちたゆみて臥《ふ》したり。

女君、人なきおり《(を)》にて、琴《こと》[二一]いとをかしうなつかしう[二二]弾《ひ》き臥《ふ》し給へり。帯刀《たちはき》、をかしと聞《き》きて、

「[二三]かゝるわざし給ひける[二四]は。」

と言《い》へば、

「[二五]さかし。[二六]故上《こうへ》の、六歳《さい》におはせし時より教《をし》へたてまつり給へるぞ。」

と言《い》ふほどに、少将、いとしのびておはしにけり。[二七]人を入《い》れ給《(たまひ)》て、

「[二八]聞《き》こゆべきことありてなむ。立《た》ちいで給へ。」

[二九]と言《い》はすれば、帯刀《たちはき》心得《え》て、おはしにけると思ひて、心《こゝろ》あは《(わ)》たゝしくて、

「[三〇]たゞいま対面《たいめん》す。」

[三一]とていでていぬれば、あこきおまへにまい《(ゐ)》りぬ。

[三二]少将、

「[三三]いかに。かゝる雨に来《き》[三四]たるを、[三五]いたづらにて帰《かへ》すな。」

とのたまへば、帯刀《たちはき》、

「[三六]まづ御消息《せうそこ》を給はせて。[三七]を《(お)》となくてもおはしましにけるかな。[三八]人の御心も

一七 これ(焼き米)を取り片づけてしまえ。
一八 互いに主君のそれぞれのお心づかいを。
一九 よもや(少将の君は)いらっしゃるまいとて。
二〇 つい油断して。雨で少将が来ないならそれでよし、二人はむつまじくいられる。

〔19〕忍び来る少将

二一 箏(しょう)の琴(こと)。 二二 親しみやすい感じで臥しながら弾いていらっしゃる。
二三 こんな芸ごとをしてこられたとは。
二四 底・宮・近「い」、尊・慶・斑「は」。尊などにより訂正しておく。 二五 その通り。賢いという意味の「さかし」から来た語で、あこきの返辞。
二六 亡き母上が。→四頁注一四。
二七 従者。帯刀のところへ使いの者を入れる。
二八 少将の詞。申し上げるべきことがあって(伺いました)。ちょっと出てくだされ。従者に言わせる伝言。あこきに気取られないように、朋輩が所用で帯刀を訪ねてきた風を装う会話文。
二九 と(従者に)言わせると。
三〇 今すぐ対面する。「対面」は会って話しをすること。朋輩への返辞を装い、敬語がない。
三一 (帯刀が)出て去るから。舞台から退場する感じ。 三二 帯刀に、少将の君は車の中から。
三三 (首尾は)どうか。
三四 やって来ているのだから。
三五 むだ足で帰らせるな。「入れに入れよ」(→七頁注三六)と言った通りに計らえ、の意。

〔20〕物忌みの姫君のようなら

三六 (では)先ずお手紙を与えなさって(ほしい)。「給はす」は高い尊敬。
三七 (それにしても)先触れもなくていらっしゃってしまったことよな。底本「をく」。宮・近・慶「をと」、尊「音」、斑「おと」。宮などによって訂正する。「おはします」は高い尊敬。
三八 その人(女君)のお心も分からない。

知《し》らず。いとかたき事にぞ侍《(はべる)》。」

と申せば、少将、

「一いといたくなすくたちそ。」

とて、二しとと《ゝ》打《う》ちたまへば、

「三さはれ、下《お》四りさせ給へ。」

とて、もろともに入《(いり)》たまふ。御車《くるま》は、

「五まだ暗《くら》きに来《こ》。」

とて返《(かへ)》しつ。六我曹司《(わが)ざうし》の遣《や》り戸口《ぐち》にしばしゐて、七あるべき事を八聞《き》こゆ。人少《ずく》なな《ゝ》るおり《(を)》なれば、心やすしとて、

「九まづかいば見《み》をせさせよ。」

とのたまへば、

「一〇しばし。心を一一《(お)》とりもぞせさせ給《(たまふ)》、一二もの忌《い》みの姫《ひめ》君のやうならば。」

と聞《き》こゆれば、

「一三かさも取《と》りあへで、袖をかづきて帰《かへ》るばかり。」

とわらひ給《(たまふ)》。一四格子《かうし》のはさまに入《(いれ)》たてまつりて、留守《るす》の一五とのゐ人や見《み》つくる、と一六を《(お)》のれもしばしすのこにおり《(を)》。

一 えらくたいそうに生真面目なことを言うな、の意か。「すくたつ」の清濁不明。
二 ぴしりと。ものを打ち据える音のさま。親しみをこめながらも大げさな音をさせて打った。
三 帯刀の詞。ともあれ。ともかくも。打たれたのでしかたなく、という段取り。
四 お下(お)りになってくだされ。高い尊敬。
五 帯刀の詞。(明朝)まだ暗いうちに来い。
六 自分(帯刀)の。あこきの居室のこと。
七 座って。
八 手はず。段取り。
九 少将の詞。最初に覗き見をさせろ。物語の始まりに垣間見(かいまみ)があることは基本的な話型。
一〇 帯刀の詞。しばらく(我慢を)。
一一 心劣り。いきなり覗いて悪くすると期待にはずれたきもちもなさる、の意。
一二 かの「物忌みの姫君」物語の姫さまみたいならば。倒置的な言い方。「物忌みの姫君」は今に失われた物語の一つで、醜女が女主人公か。
一三 少将の詞。笠を取るも取りあえず、(笠の代りに)袖をひっかずいて帰るだけ。この会話文も「物忌みの姫君」物語に拠ろう。同じように雨の日のことであったと分かる。
一四 格子のすきま。「格子と柱との間隙」(角川)。
一五 宿直者(邸宅に宿直して警固する人)が見つけやしないかと、の意。
一六 帯刀自身もしばらく簀子(すのこ)にいる。簀子は一種の濡れ縁。
一七 消えてしまいそうに灯火を。
一八 几帳。屏風とともに基本的な障屏具で、室内に立てて外部の目を遮断する隔てとし、貴人(きにん)のいる空間を作る。

君見《み》たまへば、消《き》[一七]えぬべく火ともしたり。木丁《(きちやう)》[一八]、屏風《びやうぶ》[一九]ことになければよく見《み》ゆ。向《む》かひゐたるはあこきなめりと見《み》ゆる、[二〇]やうだゐ《(い)》、かしらつきをかしげにて、[二一]白《しろ》きゝぬ、上《うへ》につやゝかなるかいねりのあこめ着《き》たり。添《そ》ひ臥《ふ》したる人あり。君なるべし。[二二]白《しろ》きゝぬのなへ《(え)》たると見《み》ゆる着《き》て、かいねりのはりわたなるべし、腰《こし》より下《しも》に引《ひ》きかけてそばみてあれば、顔《かほ》は見《み》えず。かしらつき、髪《かみ》[二三]のかゝりば、いとをかしげなり、と見《み》るほどに火消《き》えぬ。くちをしと思《おも》ほしけれど、[二四]つい《(ひ)》には、とおぼしなす。

「[二五]あな暗《くら》のわざや。[二六]人ありと言《い》ひつるを、早《はや》、いね。」

[二七]と言《い》ふ声《こゑ》もいといみじく[二八]あてはかなり。

「[二九]人にあひにまかりぬるうちに、おまへに候はん。[三〇]おほかたに人なければ、おそろしくおはしまさん物ぞ。」

と言《い》へば、

「[三一]なを《(ほ)》早《はや》。おそろしきは目馴《めな》[三二]れたれば。」

と言《い》ふ。

君、いで給へ[三三]れば、

「[三四]いかゞ。御《(お)》をくり仕《つか》うまつるべき。御かさは。」

〔21〕垣間見

一九 とりたててないので。必需品にもこと欠く生活。
二〇 容姿全体や、頭の格好が。
二一 白い単《ひとえ》、その上につやつやしたかい練り(練り絹)の衵《あこめ》を。衵は単の上に袿《うちき》のように着る少女のくつろいだ平常着。
二二 (女君は)白い単の着なれしていると見られるのを着て、(上に)かい練りのはりわたであろう、腰から下に引きかけて横向きで。このはりわたは北の方からいただいたもの(→一三頁注二二)。「そばむ」は、横を向く。
二三 髪の前方が頰にかかっている辺り。
二四 最後には(この女を見られる)、とあえて自分に思わせなさる。
二五 落窪の君の詞。ああ暗いことね。ここでの「わざ」はそういう事態になること。
二六 人(帯刀)が来ていると(さっき)言ったばかりだから、早く行け。先に「帯刀呼べば」(→一九頁注二八)とあった。
二七 垣間見は立ち聞きの場面でもある。ここは暗闇に声ばかり聞こえる。垣間見の見られる側には敬語の用いられないのが通例。
二八 上品である。けはいや様子について「あて」(貴)である感じを言う。
二九 あこきの詞。(帯刀は)人(朋輩)に会いに退出してしまった上は、(私は)ご前に控えよう。
三〇 辺り全体に。
三一 落窪の君の詞。(そう言わずに)やはり急いで(行け)。
三二 いつも見て感じなくなっているから、の意。
三三 (格子のすきまから)お出になっているので。

〔22〕帯刀の計略

三四 帯刀の詞。どのように(しましょう)か。お見送りいたしますか)。お笠は(お持ちしますか)。「物忌みの姫君」物語をふまえる会話。

と言《い》へば、

「[一]妻《め》を思《おも》へばいたく方引《かたひ》く。」

とわらひ給《(たまふ)》。心のうちには、[二]きぬどもぞなへ《(え)》ためる、はづかしと思《おも》はんものぞ、

と思《おも》ほしけれど、

「[三]早《はや》、その人呼《よ》びいでて寝《ね》よ。」

とのたまへば、[四]曹司《ざうし》に行《ゆ》きて呼《よ》ばすれど、

「[五]こよひはおまへにさぶらふ。早《はや》うさぶら[六]ひにまれ[七]おはしね。」

と言《い》へば、

「[八]たゞいま人の言《い》ひつる事聞《き》こえん。[九]たゞあからさまにいでたまへ。」

[一〇]と聞《き》こえさすれば、

「[一一]何事《なに》ぞとよ。かしかましや。」

とて、遣《や》り戸《ど》をを《(お)》しあけてさしいでたれば、帯刀《たちはき》[一二]とらへて、

「[一三]『雨降《ふ》る夜なめり。ひとりな寝《ね》そ』と言《い》ひつれば。いざ給へ。」

と言《い》へば、女わらひて、

「[一四]そよ。ことなかり。」

と言《い》へど、[一五]し《(ひ)》ゐ《(ゐ)》ていて行《ゆ》きて臥《ふ》しぬ。[一六]ものも言《い》はで寝入《ねい》りたるさまを作《つく》りて臥《ふ》

一　少将の詞。妻のことを思うと大いにえこひいきする、の意か。帯刀があこき(妻)を愛するゆえに女君に味方するのだとからかう。「方引く」は、片方をひいきする。「物忘みの姫君」物語に出てくる歌の一節か。
二　衣類が(着古して)くたくたになっているようであるのを、(女君は)恥ずかしいと。
三　少将の詞。急いで、その人(あこき)を。
四　帯刀は曹司に引き返して改めてだれか(つゆであろう)をやってあこきを呼ぶ。
五　あこきの伝言。
六　従者の詰め所。うつほ・藤原の君「板屋をさぶらひにしてなんありける」。
七　「もあれ」に同じ。
八　帯刀の詞。たったいま人が言ったばかりの言葉をお伝えしたい。
九　ほんの少しだけ出ていらっしゃれ。「あからさまに」は、ちょっと持ち場を離れるさま。
一〇　と申し上げさせると。「さす」(使役)は、人を介するから。
一一　あこきの返辞。どんな言葉があるというの。うるさいわね。
一二　あこきが出てくるところを待ちかまえてつかまえる帯刀。
一三　帯刀の詞。(その客人が)「雨の降る夜であるようだ。独り寝するな」と言ったところだから。さあいらっしゃれ。少将の言葉に古物語の話型(寺本直彦論文がある)をアレンジした言い訳であろう。「いざ給へ」は人を促す時の慣用的な言い回し。
一四　あこきの詞。そうよ。何もありはしない。
一五　無理に連れていって横になってしまう。
一六　何も言わずに眠り込んでいる様子を装って横になっている。
一七　おしなべてこの世がつらくなる時は身を隠

せり。

女君、なを《(ほ)》寝入《ねい》らねば、琴《こと》を臥《ふ》しながらまさぐりつゝ、

一七 なべて世のうくなる時は身隠《かく》さんいはほの中の住《す》みか求《もと》めて

と言《い》ひて、一八 とみに寝入《ねい》るまじければ、一九 又人はなかりつと思ひて、格子《かうし》を木《き》の端《はし》にていとよう放《はな》ちて、二〇 を《(お)》しあげて入《(いり)》ぬるに、二一 いとおそろしくて二二 を《(お)》きあがる程に、二三 ふと寄《よ》りてとらへ給ふ。

二四 あこき、格子《かうし》を二五 あげらるゝを二六 と《》を《(お)》聞《き》きて、いかならんとおどろきまどひて起《お》くれば、帯刀《たちはき》さらに起《お》こさず。

「二七 こはなぞ。み格子《かうし》の鳴《な》りつるをなぞと見《み》ん。」

と言《い》へば、

「二八 犬《いぬ》ならん、ねずみならんとおどろき給《(たまふ)》ぞ。」

と言《い》へば、

「二九 なでう《(ふ)》ことぞ。したるやうのあれば言《い》ふか。」

と言《い》へば、

「三〇 何《なに》わざかせむ。寝《ね》なん。」

三一 といだきて臥《ふ》したれば、

そうよ、（古歌に言う）巌の中の住みかを求めて。琴にあわせて声を出す落窪の君の独詠歌。古今集・雑下「いかならむいはほのなかに住まばかは世のうきことのきこえこざらむ」。ここで「いはほの中」とは死を意味する喩であり、「世中にいかであらじと」（→五頁注三八）の歌から一貫するその希求であるが、それは「事し有らば小泊瀬山の石城《(いは)(き)》にも隠らば共にな思ひ我が背」（万葉集十六）のごとき「石城にこもる」（死ぬ）モチーフに深くつながる。

〔23〕犬かねずみか

一八 急速に眠りにつくのではないようだから。

一九 （少将は、室内に）ほかに人はいなかった、と思って。「つ」は、いない状態になったところだ、という心。

二〇 押し上げてはいってしまうことに対して。

二一 落窪の君は。

二二 起きあがるそのあいだに。

二三 少将の君は。

二四 （一方）あこきは。隣室にいる。

二五 上げられる。「らる」は受身であろうが、異例である。

二六 物音。

二七 あこきの詞。これ（帯刀が起こさないこと）は何なの。み格子が（がたがた）鳴ったばかりなのを何かと見よう。

二八 帯刀の詞。犬かしら、ねずみかしらと（女君が）目をお覚ましになるぞ。

二九 何ということか。仕組んであるわけがあるので（そんなことを）言うのか。事情を察するあこき。

三〇 どんな行為を（わたしが）しようか。寝てしまおう。

三一 と（あこきを）両手にかかえて（再び）横になるから。

「[一]あなわびし。あなうたて。」

と、いとを《(ほ)》しくて腹立《はらだ》てど、動《うご》きもせずいだきこめられてかひもなし。[二]少将、とらへながら、装束《さうぞく》解《と》きて臥《ふ》し給《(たまひ)》ぬ。[三]女、おそろしうわびしくて、わなゝき給《(たまひ)》て泣《な》く。少将、

「[四]いと心うくおぼしたるに、世中《(よのなか)》のあはれなる事も聞《き》こえん、[五]いはほの中求《もと》めてたてまつらんとてこそ。」

とのたまへば、[六]たれならんと思《おも》ふよりも、[七]きぬどものいとあやしう、はかまのいとわろび過《(すぎ)》たるも思《おも》ふに、たゞいまも死《し》ぬるものにもがな、と泣《な》くさま、[八]いといみじげなるけしきなれば、わづらはしくおぼえてものも言《い》[九]はで臥《ふ》[一〇]いたり。

あこきが臥《ふ》したる所も近《ちか》ければ、泣《な》[一一]い給《(たまふ)》声《こゑ》もほのかに聞《き》こゆれば、[一二]されば よ、と思ひてまどひを《(お)》[一三]くるも、[一四]さらに起《お》こさせねば、

「[一五]わが君をいかにしなしたてまつりて、[一六]かくはするぞや。[一七]あやしとは思《おも》ひつ。[一八]いとあいぎやうなかりける心持《も》たりけるものかな。」

とて腹立《はらだ》ち、[一九]かなぐりてを《(お)》くれば、帯刀《たちはき》わらふ。

「[二〇]事こまかに知《し》らぬ事もたゞおほせにおほせ給《(たまふ)》こそ。[二一]そへにこの時盗人《ぬす(びと)》入《い》[二二]らんやは。[二三]を《(を)》とこにこそおはすらめ。いまはまいり《(ゐ)》給《(たまひ)》てもかひあらじ。」

一 ああなさけない。ああ不愉快。
二 こちらの室内では。　三 落窪の君。
四 先の「なべて世のうくなる時は」の歌を今まで少将が何度も贈った歌への返歌と見なしての会話文。
五 先の歌の中の「いはほの中の住みか求めて」を受ける。女君は気づいていなかったことであろうが、その歌には万葉歌の「石城にも隠らば共にな思ひ我が背」のような、男と一緒なら死んでもいいというメッセージがはいっていた。
六 （この人は）だれだろうと思うと（とたんに）。以前に手紙をくれた少将であることに気づく。
七 （上に着る）衣類がじつに見苦しく、袴がいっそう過度に劣って見えることも思うと。袴は下半身の下着。これがみすぼらしいことを恥の中の恥として、「たった今にも死にたい」と泣く。また袴は貴族の身分象徴でもあった。
八 じつにつらそうな様子であるから。
九 底本、重ね書きして「は」。
一〇 「臥したり」の音便形。

[24] 恨むあこき

一一 （先に物音を聞き今度は）お泣きになる声も。
一二 それだからさ。思った通りだ。
一三 起きる。　一四 （帯刀は）少しも（あこきがからだを）起こすことをさせないので。
一五 あこきの詞。わが女君に対して（あなたは）どうしてさしあげる（つもり）で。「女君に何をしてくれるの」というきもち。
一六 かように（起きられなく）はするのであるか。
一七 変だとは思ったんだ。
一八 本当に憎たらしくてあった考えをずっと持ち続けてきたことねえ。二つの「けり」は帯刀がそんな計略をずっとしてきたこと（をあこきが知らなかったこと）をあらわす。
一九 払い除けて起きると。

と言《い》へば、

「二四いで、猶つれなくものな言《い》ひそ。たれとだに言《い》へ。いといみじきわざかな。二五いかに思《おも》ほしまどふらん。」

とて泣《な》けば、

「二六あなわらはげや。」

とわらふ。二七ねたき事添《そ》ひて、二八あひおぼさざりける人に見《み》えけることと、いとつらしと思ひたれば、二九心苦《ぐる》しうて、

「三〇まことに、少将の君なんものゝ給はんとておはしたりつるを。いかならん事ならん。三一あなかま。とてもかくても三二御宿世《すくせ》ぞあらん。」

と言《い》ふを、

「三三いとよし。三四けしきをだに知《し》らせねど、君は心《こゝろ》あはせたりとおぼさんがわびしき事。」

と、

「三五何《なに》しにこよひこゝに来《き》つらん。」

とうらむれば、

「三六知《し》らぬけしきをだに見《み》給はずやある。三七腹立《はらだ》ちうらみ給《(たまふ)》。」

二〇 帯刀の詞。(わたしが)ことの次第を詳細に知らない内容の話をもひたすら一方的に(あなたは)おっしゃることよ。「おほす」はもともと言葉を負わせるの意で、「給ふ」を伴って敬語になる。「知らぬ事」の「事」は、言葉。
二一 そうだからといって。だれかが侵入したからといって。「そゑ(故)に」あるいは「添へに」か。
二二 はいるものか。
二三 (ちゃんとした)男性でいらっしゃるらしいよ。通わせている夫がいるのだろう、の意。
二四 あこきの詞。いやもう、まだ知らないふりして何かを言うな。(男が)だれ(である)とだけでも言え。 二五 (女君は)どんなに心乱れていられることだろう。
二六 ああなんて子供みたいよな。あこきの言う「いかに思ほしまどふらん」に対して言う。
二七 (あこきは)悔しい(と思う)ことが加わって。
二八 相手のことを思ってくださらなかった人(男)と結婚したことよと。
二九 帯刀は。 三〇 真実のことを言うと。
三一 うるさいよ。静かに。
三二 女君のご運。生まれた時に運が定められているという考え(昔話「産神問答」などにあらわれる)に仏教的な「宿世」(前世)が結びつき、男女の結合をすべて運命的なものと考えた。
三三 あこきの返辞。(それは)大いに結構。
三四 (あなたは)顔付きにさえ知らせない(のでわたしの知らないことなのだ)けど、女君は(わたしが)示し合わせているとお思いになろう、それがつらいことよ。慶・斑「しらねと」。
三五 重ねてあこきの詞。
三六 (あなたが事情を)知らないでいる顔付きをさえもご覧にな(って分か)らないことがあろうか(お分かりになるはずだ)。
三七 (それなのに)腹立ちお恨みになる。

と、[一]腹立《はらだ》たせもあへず、たはぶれしたり。

[二]おとこ《(を)》君、

「[三]いとかうしもおぼいたるは、[四]いかなる人かずにはあらねど、[五]またいとかうまでは嘆《なげ》い給《(たまふ)》ほどにはあらずとおぼゆる。たび〳〵の御文《ふみ》、[六]見《み》つとだにの給はざりしに、[七]便《びん》なき事と見《み》てき。[八]聞《き》こえでもあらばやと思ひしかども、[九]聞《き》こえそめたてまつりてのち、[一〇]いとあはれにおぼえ給《(たまひ)》しかば、[一一]かくにくまれたてまつるべき宿世《すくせ》のあるなりけり、と[一二]思《おも(う)》ふ給へらるれば、[一三]うきもうからずのみなん。」

[一四]とかいらせたてまつりて、臥《ふ》し給へれば、女、[一五]死《し》ぬべき心《(ここ)》ちし給ふ。[一六]ひとへぎぬはなし。はかま一《ひと》つ着《き》て、[一七]所《ところ》〴〵あらはに身につきたるを思《おも》ふに、いといみじとは[一八]を《(お)》ろかなり。涙《なみだ》よりも汗《あせ》にしとゞなり。おとこ《(を)》君も[一九]そのけしきをふと見《み》給《(たまひ)》て、いとを《(ほ)》しうあはれに思《おも》ほす。よろづ多《おほ》くの給へど、御いらへあるべくもおぼえず。[二〇]はづかしきに、あこきをいとつらしと思《おも》ふ。

からうして明《あ》けにけり。鳥《とり》の鳴《な》く声《こゑ》すれば、おとこ《(を)》君、

「[二一]君がかく泣《な》き明《あ》かすだにかなしきにいとうらめしき鳥の声《こゑ》かな

いらへ時〻《(ときどき)》はしたまへ。御声聞《こゑき》かずは[二二]いとゞ世づかぬ心《(ここ)》ちすべし。」

とのたまへば、からうしてあるにもあらずいらふ。

一 腹を立てるひまも与えず。

二 一方、女君方ではいよいよ情事が進行する。

〔25〕情　交

先ず男君の口説き。

三 かようにも(私を憎く)お思いになっているのは。

四 (自分は)どんな…人並みではないが。文がややねじれる。底本以下「いかなる」、三・木「いかなるにか」。

五 また一方でまことにかようにまではお嘆きになる分際ではないと思われるのだが…。

六 せめて「目にした」とだけでもおっしゃらなかったことに対して。以下「き」文体。

七 (手紙を申し上げることとは)都合の悪いことであると判断してしまった。

八 (何とかして手紙を)申し上げずにも(いられるならそう)ありたいと。

九 初めて手紙をさしあげて(から)あと。

一〇 まことに恋しく思われなさったから(手紙をさしあげたのに)。

一一 かように(あなたに)嫌われ申すはずの運命が身についていたのであったことだ、と。

一二 存ぜられてならないので。「らる」は自発。

一三 「つらきもつらからず」と言うばかりですよ。あなたを断念するつらさに比べたらほかのつらさはつらさじゃない、の意。引き歌「忘れなむと思ふ心の悲しきは憂きも憂からぬものにぞありける」(在原滋春歌、大和物語一四三段)。

〔26〕泣くよりほかの

一四 語義不明。底・宮・近・尊・慶「かいらせ」、斑「かゐらせ」、三「かいいたきて」、木「かたらせ」。

一五 衣どもの恥ずかしさから。

一六 単衣。袿《(うちき)》の下に着る裏のない肌着。「ひとへぎぬ」(名義抄)。

一七 所々(肌が)見えて(衣服が)身に。

一八 (表現するのも)不十分だ。

一九 その表情をひょいとご覧になって。

二〇 (下着が)恥ずかしくて、(事前に知らせない)あこきをひどくな

二三人心《ごゝろ》うきには鳥《とり》にたぐへつゝ泣《な》くよりほかの声は聞《き》かせじ

と言《い》ふ君、二四いとらうたければ、少将の君《きみ》、二五なを《(ほ)》ざりに思ひしを、二六まめやかに思ふべし。

「二七御車ゐてまい《(ゐ)》りたり。」

と言《い》ふを聞《き》きて、帯刀《たちはき》、あこきを、二八

「まい《(ゐ)》りて申《(まうし)》給へ。」

と言《い》へば、

「二九よべはまい《(ゐ)》らで、けさまい《(ゐ)》らん、げにまろが知《し》りたる事とこそ思《おも》ほさめ。三〇はぢきたなく、人に疎《うと》ませたてまつること。」

と三一怨《ゑん》ずる、三二いはけなきものからをかしければ、帯刀《たちはき》うちわらひて、

「三三君疎《うと》み給はば、まろ思《おも》はんかし。」

と言《い》ひて、格子《かうし》のもとによりてこは《(わ)》三四づくれば、少将をき《(お)》三五給《(たまふ)》に、女のきぬを引《ひ》き着せ給《(たまふ)》に、三六一《ひと》つもなくていと冷《つめ》たければ、三七一《ひと》つを脱《ぬ》ぎすべして起《お》きていで給ふ。

女君、いとはづかしき事かぎりなし。

あこき、三八あいなくいとを《(ほ)》しけれど、三九さてはゝ四〇入《い》りゐたらねば、まい《(ゐ)》りて見《み》れば、まだ臥《ふ》したまへり。四一いかで言《い》ひいでんと思ふ程に、四二帯刀《たちはき》のも君のもあり。

〔27〕帯刀からあこきへの手紙

さけないと思う。あこきの手づるかと疑う落窪の君。　二二 あなたがかように泣いて(一夜を)明かすのさえ悲しいのに、(鳴いて暁を告げる)まことに恨めしい鳥の声よな。

二三 いよいよ(結婚したはずなのに)結婚していないきもちがすることだろう。

二三 人(男)の心がつらいのには、の「には」ではないが庭鳥に、わが身を並ばせ並ばせして、一緒に鳴く、泣くよりほかの声は聞かせられまい。

二四 底・宮・近・慶「君」、尊・斑「きみ」、なお三・木「こゝゑ」。「こゝゑ」の草体は「君」に似る。

二五 (最初)本気でなく。　二六 (今)かりそめでなく愛情を持つようだ。　二七 従者の言。

二八 「に」に同じ。やや古い言い回し。

二九 あこきの詞。昨夜は参上しないで。

三〇 厚かましく、人(女君)に(わたしを)嫌うように仕向け申すことよ、の意か。底本以下「はちきたなく」(斑「ち」の右傍に「ら」)、三・木「はらきたなく」。

三一 すねて見せる(その様子は)「うらむ」(→二七頁)より機嫌を直している。

三二 子供っぽい。　三三 女君がお嫌いになるなら、わたしが(あなたを)好きになるよね。

三四 「声づくる」は、合図の咳払いをする。

三五 お起きになる時に。　三六 (ましな衣服は)一つもなくて。　三七 (少将の君は自分の着ている)一つを脱ぎすべらせて。「脱ぎすべす」は、するりと脱ぐ。　三八 「あいなし」は、不都合きわまりない。　三九 「さては」の誤りか。底・宮・近・尊「さてはゝ」、慶「さてもは」、斑「さてもさてもは」、三「さてもは」、木「さては」。

四〇 (自室に)入りこもっていられないから。

四一 何とか言葉を出そうと思案するあいだに。

四二 帯刀の手紙も、少将の君の手紙もある。

帯刀《たちはき》のには、

[一]夜《(よ)》一《(ひと)》夜《よ》、知《し》らぬ事により、[二]うちひき給ひつるこそいとわりなかりつれ。[三]御ためにすこしにてもを《(お)》ろかならん時には、まい《(ゐ)》らじ。[四]まいていかなるめ見《み》せ給はんと。御心[五]ばせかな。[六]おまへにも、いかによくもあらざりけるものかなとおぼしのたまはすらん、と思ふ《おも(う)》給《(たまふ)》れば、この宮[七]づかひいとわづらはしく侍れど、御文《ふみ》侍めり。御返《(かへり)》聞《き》こえいで給へ。[八]この世の中はさるべきぞや。[九]何《なに》か思《おも》ほす。

と言《い》へり。

[一〇]持《も》てまい《(ゐ)》りて、

「こゝに御文《ふみ》侍めり。[一一]よべいとあやしく、思ひかけずて臥《ふ》し侍《(はべり)》しほどに、はかなく明《あ》け侍《(はべり)》[一二]にけり。[一三]聞《き》こえさすとも、[一四]あらがふとぞを《(お)》しはからせ給《(たまふ)》らん。」

と、

「[一五]を《(お)》しはかりことは《(わ)》りなれど、[一六]このけしきをだに見《み》て侍らば。」

と、よろづに誓《ちか》ひゐたれど、いらへもせず、[一七]を《(お)》きもあがり給はねば、

「[一八]なを《(ほ)》、知《し》りて侍《(はべり)》と思《おも》ほすにこそ侍めれ。心うく、[一九]こゝらのとしごろ仕《つか》うまつり侍《(はべり)》て、かくうしろめたき事はし侍《(はべり)》なむや。ひとりおはしまさむを思ふ《おも(う)》たま

一　帯刀のあこきに宛てた手紙文。一晩中、身に覚えなきことを理由に。
二　「うちひく」は、責めさいなむ。うつほ・祭の使「とりよりて、うちひかぬばかり引きしぞけ、押し倒しなどすれど」。
三　あなたのためにいささかでも疎略であるような時には、参るまい。「おろか」は、おろそか。
四　(身に覚えがなくても責められるのだから)まして(越度のある時は)どんな目をお見せになろうと…。　五　気づかい。気立て。
六　女君におかれても、どんなにたちのよからぬ者であったことかなとお思いになりお話しになっていることであろう、と愚考いたすと。
七　少将の君と女君とを取り持つ仕事。「宮づかひ」は「宮仕へ」に並行してあった語か。
八　この世の中(男女のあいだがら)というものはそうあってしかるべきものよな。
九　ご心配めさるな。あこきをみごとに懐柔する手紙である。
一〇　女君に言葉をかけるいい切っ掛けである。

〔28〕言い聞かせるあこき

一一　昨晩まことに普通でなく、(何が起きるか)予想せずに横になってございましたあいだに。「ずて」はたぶんあこきが緊張から思わず発した古風な言い回し。
一二　「にけり」は気がついたら夜が明けてしまってあったことをあらわし、直前の「臥し侍し」の「し」がしっかり寝たことをあらわすのと対比的。
一三　お耳に入れたてまつるとも。敬意の強い謙譲表現。　一四　弁解するとご推量あそばしていることであろう。　一五　その推量はもっともであるが。この辺りやや文脈不分明。
一六　この(帯刀の)そぶりから(かれらの意向を)せめて見てとっておりますなら、の意か。先の「けしきをだに」(→二七頁注三四)云々を受ける。

へて、[二〇]をかしき御供《とも》にもまい《(ゐ)》り侍らずなりにしかひなく、[二一]かゝる事を聞《き》かせ給はず、便《び》なき御けしきならば、さぶらはんもいといと《〱》を《(ほ)》しう侍り。[二二]いづちもいづちもまかりなん。」

とてうち泣《な》けば、君、いといと《〱》お《(ほ)》しうて、

「[二三]そこに知《し》りたらんとも思《おも》はず。いとあさましう、[二四]思ひもかけぬことなれば、いと心うく思《おも》ふうちに、[二五]いといみじげなるはかま、ありさまにて見《み》えぬるこそ、いと言《い》はん方《かた》なくわびしけれ。[二六]故上《こうへ》おはせましかば、何《なに》ごとにつけてもかくうきめ見《み》せましや。」

とて、いみじう泣《な》きたまへば、

「[二七]げにことはり《(わ)》に侍れど、[二八]いみじきまゝ母《はゝ》と言《い》へど、北の方《かた》の心のいみじうあさましきよしはさき〴〵[二九]も聞《き》かせたまへれば、[三〇]さこそはおぼすらめ。[三一]たゞ御心だに頼《たの》みたてまつりぬべくはいかにうれしからん。」

「[三二]それこそは、まして。かく[三三]異《こと》やうにあらむ人を見《み》て、心止《と》まりて思《おも》ふ人はありなんや。ものの聞《き》こえあらば北の方いかにの給はん。「[三四]わが言《い》はざらん人の事をだにしたらば、こゝにも置《お》いたらじ」とのたまひしものを。」

とて、いみじと思ひたまへれば、

一七 起きあがりもなさらないから。
一八 やはり、(私が)知っておりますと思っておられるようでございます。
一九 多年お仕えしおりまして、かように安心できないことはするものでございましょうか。
二〇 石山詣でのお供のこと。
二一 かような(私の)言をお聞きくださらず、不都合なご様子ならば。
二二 どちらへなりともおいとましてしまおう。だんだん饒舌になるあこき。
二三 そなたにおいて知っていようとも思わない。
二四 意外な。驚きいった。
二五 いかにもみじめな感じの袴、ありさまで見られる(会う)に至ったことこそは。
二六 亡くなった母上が生きておられるとしたら、どんなことに関してもかようにつらい状態に会わせることがあろうか。
二七 あこきの詞。がぜん説得調になる。
二八 (世間一般に)継母ははなはだ無体だと言うけれど、(それと比較して当家の)北の方の心がはなはだ無体で不快きわまる事情は、の意。継母の冷酷さを話型として認識している口調。
二九 以前にもお聞きあそばしているから。
三〇 きっとそのように(身なりが不如意のはずだと)お考えになっていることでしょう。
三一 ただもう(少将の君の)お心さえ頼り申しても大丈夫ならば。
三二 落窪の君の詞。あこきの詞を間髪入れず、思いも寄らないこと、と強く否定する。
三三 異様な身なりであるような人を見て、心がとまって愛情を持つ人はあるわけがない。
三四 北の方の詞の引用。わたしが命じないような人の用事をなりとしているのならば、ここ(落窪の間)にも置いてやるまい。裏のコードとして、男の用事(縫い物など)をするとは結婚す

「[一]されば中〳〵思ひ離《はな》れたてまつりたらんがよからん。かくて[二]言《い》はれおはしますは、いづくの世にぞ。[三]もしよくもならせ給はば、かくてもよにおはしまさじ。[四]かくてこめ据《す(ゑ)》へたてまつり給《(たまひ)》て使《つか》ひたてまつり給はんの心のいと深《ふか》くてあらせきこえたまふにはあらずや。」

と、いと[五]おとな〳〵しう言《い》ひゐたり。

「御返《かへ》りことは。」

と請《こ》[六]へば、

「[七]早《はや》う御文《ふみ》も御覧《らん》ぜよ。いまはおぼし嘆《なげ》くともかひあらじ。」

とて、御文広《ふみひろ》げ[八]てたてまつれば、うつぶしながら見《み》給へば、[九]たゞかくのみあり。

[一〇]いかなれやむかし思ひし程よりはいまの間《ま》思《おも》ふことのまさるは

とありけれど、

「いと心《(ここ)》ちあし。」

とて御返事《(かへりこと)》なし。あこき、[一一]返《かへ》りこと書《か》く。

[一二]いでや、心づきなく。こは何《なに》ごとぞ。[一三]よべの心《こゝろ》はかぎりなくあいなく、心《こゝろ》づきなく、腹《はら》ぎたなしと見《み》[一四]てしかば、[一五]いま行《(ゆく)》さきもいと頼《たの》もしげなくなん。おまへにはいとなやましげにて、[一六]まだ起《お》きさせ給はざめれば、御文《ふみ》もさな[一七]

ることの喩になりうる表現。継母が落窪の君の結婚をとりしきることを意味し、のちの構想的展開にかかわる。

一 あこきの詞。ですからいっそのことさっぱり(この邸を)見捨て申しているようなのがよいことでしょう。女君が、であろう。

二 かようにして(北の方から)言われていらっしゃるとは、どこの世界にね(そんな人がいるか)。

三 もし(将来)よい身分にでもおなりあそばすなら、今の状態でもけっしていらっしゃるまい。

〔29〕まさる思い

四 (北の方は)かようにして閉じこめ据えておさしあげになって召し使っておさしあげになろうとの魂胆がじつに深くあって(ここに)住まわせ申しなさるのではないですか。

五 大人の感じで言いながら座っている。

六 使いの者が。

七 あこきの詞。

八 底本「せ」に見えるのを「け」に訂正する。

九 ただ歌だけがある。

一〇 どうしてなのか、契らぬ昔に恋した期間よりは、契ったあとの今という時の間のほうが、恋しく思うことの多いのは。

一一 「他の物語や記録類によると、普通最初の後朝の文に対して、女は直接返事をしない習慣らしく、両親や侍女などが代作する例が多い」(全集)。

一二 あこきの帯刀への手紙。いやもう、好ましからぬこと。これ(帯刀の手紙の文面)は何という言葉か。

一三 昨夜のあなたの心はこの上なく不都合で、好ましからず、根性がきたないと。言いたい放題に毒づくあこき。

一四 (はっきりと)見てとってしまったから。

がらなん。いとこそ心苦《ぐる》しけれ、御けしきを見《み》るは。

と言《い》へり。

少将の君に、[一八]かくなん、と聞《き》こゆれば、[一九]我をいとものしと思《おも》はんやは、たゞかのきぬどもをいといみじと思ひたりつるなごりならむ、[二〇]とあはれにおぼす。

昼間《ひるま》に又御文《ふみ》書《か》き給《(たまふ)》。
[二一]などか、いまだに、いとわりなげなる御けしきのいとを《(ほ)》しさは。[二二]ふたりだに、

[二三]恋しくもおぼほゆるかなさゝがにのいと解けずのみ見《み》ゆるけしきに

[二四]ことは《(わ)》りな。

とあり。帯刀《たちはき》が文《ふみ》、

[二五]こたびだに御返《かへ》りなくば、便《びん》なかりなん。いまはたゞ[二六]おぼせかし。[二七]御心はいと長《なが》げになん見《み》たてまつりのたまはする。

と言《い》へり。あこき、

「[二八]なを《(ほ)》こたみは。」

と言《い》へども、[二九]いかに思ひいで給《(たまふ)》らんと思《おも》ふに、[三〇]はづかしう、つゝましく、わびしくて、返《かへ》りこと書《か》くべくもおぼえねば、たゞきぬを引《ひ》きかづきて臥《ふ》したり。

一五 今後ともいかにも信頼できない感じです。
一六 いまだにお起きあそばさないようなので。
一七 そのままに…。
一八 かように(あこきからの手紙があった)、と。
一九 少将の君の心内。わたしをそんなに不快だとは思うものか。

〔30〕また御文

二〇 「なごり」は、尾を引くこと。
二一 少将の君の手紙。どうしてであるか、今においてすら(返歌がなく)、まことに分別しがたいご様子の心苦しい感じは。
二二 二人一緒ですら。以下の歌にそのまま続く。
二三 (二人一緒でもそうなのだから、まして一人でいると)恋しくも思い出されることであるかな、蜘蛛の糸が解けないように、いといと(いよいよ)うち解けないでばかり見られるご様子に対して。「おほゝゆる」は「おもほゆ」の転じた「おぼほゆ」という語があったと考えたい。「いと」は通例として動詞にかからないので、「解けず」という否定を含めたかたちに対してかかると見る。
二四 道理であるよ、の意か。通説に「ことわりなし」の語幹とするが、「わりなし」ならともかくも、「ことわりなし」の用例を知らない。
二五 このたびにさえご返書がないのなら、不都合なことできっとあろう。
二六 (返辞をいただくことばかり)考えくだされ、の意か。底・慶・斑「おほせかし」、宮・近・尊「おぼすかし」とあり、確定できない。
二七 少将の君のお心はいかにも(愛情が)長続きしそうであると(私は)見申し上げ(るしまた本人もそう)おっしゃるよ。
二八 それでもやはり今度は(ご返辞を)。
二九 どのように(わが身なりを)お思い出しになっていることであろうかと思うと。
三〇 恥ずかしく、気が引け、つらくて。

聞《き》[一]こえわづらひてあこき返《かへ》りこと書《か》く。

御文《ふみ》は御覧じつれど、[二]まめやかに苦《くる》しげなる御けしきにてなん。[三]御返《かへ》りことも。[四]さていと長《なが》げにはなどか。[五]いつのほどにかはみじかさも見《み》え給はん。

[六]又頼《たの》もしげなくともうしろやすくの給《たまふ》らん。

と書《か》きて遣《や》りつ。帯刀《たちはき》、[七]見《み》せたてまつりたれば、

「[八]いみじくされてものよく言《い》ふべきものかな。[九]むげにはづかしと思《おも》ひたりつるに、気《け》ののぼりたらん。」

とほゝ笑《ゑ》みての給《たまふ》。

さて、あこき、たゞひとりして、言《い》ひ合《あ》はすべき人もなければ、心一《ひと》つを千《ち》[一〇]ぢになして立《た》ちゐつゝ、おまし所《どころ》の[一一]塵払《ちりはら》ひ、[一二]そゝくりて、屏風《びやうぶ》、木丁《きちやう》なければ、[一三]しつらひなさん方《かた》もなければ、[一四]いとわりなけれど、君はものもおぼえで臥《ふ》し給へるを、おましなをさんと引《ひ》[一五]きをこ《お》したてまつれば、おもて赤《あか》みて[一六]げに苦《くる》しげなるまで御目《め》も泣《な》きはれ給へり。いとをしう《ほ》あはれにて、

「[一七]御《み》ぐしかきくだし給へ。」

とおとな〳〵しうつくろへど、

「心《ここ》ちあし。」

一　申しあぐねて。　二　本格的に(病気で)苦しげなご表情で…。　三　ご返辞も(書けそうにない)。

四　ところで「いかにも長続きしそうだ」というのにはどうして(それが言えるか)。

五　いつの間にかは(「長さ」と反対に)「短さ」(愛情が一時的であること)も見られなさる(お見せになる)ことであろう。反語ととらないでおく。

六　頼りがいがなさそうであっても心強いことをおっしゃっているのであろう。「うしろやすし」は、将来に不安のないさま。

七　あこきからの私信を見せる。

八　少将の詞。「さる」は、しゃれて気がきく。

九　(落窪の君は)この上なく恥ずかしいと思っていたところだから、上気したのであろう。少将の心内では女君に対して敬語がない。「思ひたりつる」の「つる」はけさ別れてきた時に見たばかりの様子を示し、それを「まめやかに苦しげ」であることに思い合わせる。

〔31〕第二夜の準備

一〇　細かにさまざまにあえてして。

一一　男を迎える準備の一つ。この「おまし所」は従って寝所のこと。古今集・夏「塵をだに据ゑじとぞ思ふ咲きしより妹とわがぬるとこ夏の花」(凡河内躬恒)は塵払いを背景にした詠歌。

一二　忙しく手仕事をして。

一三　飾り立ててみせよう方法もないので。

一四　(木丁、屏風のないことが)まことに途方に暮れることであるけれど。　一五　引き起こし。

一六　なるほど(病気で)苦しい感じにまで。

一七　「御髪を梳き下ろしなされ」と、大人女房のようにして(髪の)手入れをするけれど。

一八　少しばかり。「持たまへりける」にかかるか。

一九　手道具。身の回り品。

二〇　ずっとお持ちになってきていた、(それは)母親のお持ち物であったの(が今にあるの)だ、

とてたゞ臥《ふ》しに臥《ふ》しぬ。

この君は[一八]いさゝかよき[一九]御調度《てうど》持《も》[二〇]たまへりける、母君の御ものなりけり、鏡《かゞみ》などなんまめやかにうつくしげ也《(なり)》ける、

「[二一]これをだにも持《も》たまへらざらましかば。」

と言《い》ひて、かきのごひて枕がみに[二二]を《(お)》く。かく[二三]おとなになりわらはになり、一人《(ひとり)》いそぎ暮《く》らしつ。

[二四]いまはおはしぬらんとて、

「[二五]かたじけなくとも、[二六]まだいたう身にも馴《な》れ侍らず。[二七]いとを《(ほ)》しう、よべをだにさて見《み》えたてまつりたまひけんを。」

とて、を《(お)》のがはかまの二《ふたゝ》たびばかり着《き》ていときよげなる、[二八]とのゐものにて持《も》たりける、[二九]一《ひと》つを持《も》たりけるを、いとしのびてたてまつるとても、

「[三〇]いと馴《な》れ〳〵しう侍れども、また見知《みし》る人の侍らばこそあらめ。いかゞはせん。」

と言《い》へど、かつははづかしけれど、こよひさへおなじやうにて見《み》えんことをわりなく思ひつるに、[三一]あはれにて着《き》たまひつ。

「[三二]たきものは[三三]この御裳《(も)》着《ぎ》に[三四]給はせたりしも、[三五]ゆめばかり[三六]つゝをきて侍り。」

鏡などは本当の話いかにも美しげでありきたっている(それを)。三つの「けり」はすべて母親から伝来して今にあることを示す。
二一 あこきの独り言。せめてこれをなりとも持っていられないとしたら(どんなにみじめであったことか)。 二二 (その鏡を)置く。
二三 大人女房になり、女童になり。「髪をけづり、座席の装飾などするは女房の事、また塵はらひ掃除するなどは女の童のわざ」(大成)。底本「おとな〳〵」。宮・近・尊・慶・斑「おとな」。それらによって訂正する。
二四 今はもう(少将の君が)おいでになってしまうことであろうとて。時間が切迫している。

〔32〕袴、薫き物

二五 あこきの詞。(たとい)恐れ多くとも。
二六 まだたいして身にも着古してございません。
二七 気の毒に、(つい)昨日の夜さえそれで(その袴で)逢い申されたことであろうから。「だに」は、何日も経って同じ袴ならともかくも、つい昨晩と同じ袴であるのは、という心。袴が貧しいのを知っていても、今夜は同じ袴でないほうがいいとだけ言って新しいのを勧めるあこき。
二八 夜着。
二九 (袴)一着を持ちきたってあるのを。上の「とのゐものにて持たりける」を言い換える。
三〇 あこきの詞。まことに近づき過ぎるようでございますけれども、また見て(あこきの袴であると)分かる人がございますのならばともかくも。「見知る」は、見て気がつく。
三一 しみじみうれしいきもちで。 三二 香(こう)。
三三 三の君の裳着。 三四 下されてあったのをも。「も」は底本以下異同ないが、以下やや文脈に乱れがあるか。 三五 ほんの少し。 三六 語義不明。底・宮・近・尊・慶「つゝをきて」、斑「おきて」、三「つゝみをきて」、木「つゝみおきて」。

とて、いとかうばしうたきにほはす。

[一]三尺の御木丁《(きちやう)》一《ひと》つぞ要《い》るべかめる、[二]いかゞせん、たれに借《か》らまし、御とのゐ物もいと薄《うす》きを思ひまはして、[三]お《(を)》ばの殿[四]ばら、[五]宮仕《づか》へしけるがいまは[六]和泉守《いづみのかみ》の妻《め》にてゐたりけるがり文遣《ふみや》る。

[七]とみなる事にて、とゞめ侍《(はべり)》ぬ。[八]はづかしき人の[九]方《かた》たがへに曹司《ざうし》に[一〇]ものし給ふべきに、[一一]木丁《(きちやう)》一《ひと》つ。[一二]さてはとのゐ物に人の請《と》ふも、[一三]便《び》なきはえいだし侍らじと思ひ侍りてなん。さるべきや侍る。[一四]給はせてんや。[一五]お《(を)》り〳〵はあやしき事なれど、とみにてなん。

と走《はし》り書《か》きて遣《や》りたれば、

[一六]を《(お)》とづれ給はぬをこそいと心うく思ひ給ふれ。[一七]何《なに》も〳〵なを《(ほ)》のたまへとの給へれば、よろづとゞめつ。[一八]いとあやしけれど、を《(お)》のが着《き》んとてしたりつる也《(なり)》。[一九]さはしもものし給《(たまふ)》らん。木丁《(きちやう)》たてまつる。

とて、[二〇]しお《(を)》ん色の[二一]はりわたなどおこせたり。いとうれしきことかぎりなし。取《と》りいでて見《み》せたてまつる。

[二二]木丁《(きちやう)》のひも解《と》き下《お》ろすほどに君おはしたれば、入《い》れたてまつりつ。[二三]女、臥《ふ》したるがうたておぼゆれば、を《(お)》くれば、

一 高さが三尺の几帳。
二 どうしよう、だれに借りたものだろうか。書き手があこきの心に重なって言う。

[33] 和泉殿へ依頼状、その返状

三 母の姉妹。おそらく妹。親族関係上、姪に対して親愛なあいだがらにある。この和泉殿は一貫して協力者として描かれる。
四 女性の敬称か。但し他例を知らない。一般には男子の複数を示す語。
五 宮仕えをしてきたのが今は。
六 和泉国(今の大阪府南部)の国守の奥方でおさまってきてあった(その人の)もとへ。
七 あこきの手紙。にわかなことで、(前文は)やめてしまいます。
八 (身分が高くてこちらが)恥じられる人。
九 方角を変えたり自宅を避けたりするために方違《(がた)》え所に宿泊すること。
一〇 いらっしゃるはずなので、の意。
一一 几帳を一つ(借りたい)。
一二 それからまた。 一三 不都合なのは出すことができますまいと思いまして…。
一四 きっとお与えくだされ。「給はす」は高い尊敬で、それに軽い命令の「てんや」(きっとしてくれるか)がついた。
一五 その時その時は妙な言(申し出)ですが、にわかなことで…。あとから詳しく説明すると含めた言い方。
一六 和泉殿の返状。お便りをしてくださらぬことをまことにつらいことに思い申しますよ。
一七 何も何もやはり(あとで)おっしゃれと(そちらが)おっしゃっているから、(こちらも)万事省略したところです。

[34] 婚姻第二夜とその翌朝

一八 えらく粗末であるが。

「[二四]苦《くる》しうおぼえ給はんに、何《なに》かを《(お)》き給《(たまふ)》。やがて。」

とて臥《ふ》し給《(たまひ)》ぬ。こよひははかまもいとかうばし。はかまもきぬもひとへもあれば[二五]例《れい》の人心《(ごこ)》ちし給《(たまひ)》て、[二六]お《(を)》とこもつゝましからず臥《ふ》し給《(たまひ)》ぬ。こよひは時ゝ御いらへしたまふ。[二七]いと世にならうあるまじうおぼえ給《(たまひ)》て、よろづに語《かた》らひ給ふ程に、夜も明《あ》けぬ。

「[二八]御車《くるま》ゐてまい《(ゐ)》りたり。」

と申せば、

「[二九]いま雨《あめ》やみて。しばし待《ま》て。」

とて臥《ふ》し給《(たまへ)》れば、あこき、[三〇]御手水《てうづ》、かゆ、[三一]いかでまい《(ゐ)》らん、と思ひて、[三二]み厨子《づし》にや[三三]語《かた》らはましと思《おも》へど、[三四]おほかたにもおはしまさねば、[三五]御かゆもよにせじと思《おも》へど、行《い》きて語《かた》らふ。

「帯刀《たちはき》のともだちなんよべもの言《い》はんとて来《き》たりしを、雨に止《と》まりてまだ帰《かへ》らぬに、かゆ食《く》はせんと思《おも》ふをなん、なくて。[三六]かはらけすこし給へ。さては[三七]ひきぼしなどや残《のこ》りたる。すこし給へ。」

と言《い》へば、

「[三八]あないとを《(ほ)》し。心いそぎをかうしてしたまふがいとを《(ほ)》しさ。[三九]帰《かへ》らせ給はん

一九　こんなのはたしかにお持ちになっていることでしょう、の意。「さは」は「然は」、「しも」を強めと見ておく。
二〇　紫苑色。かさねの色目の一つ。表薄紫、裏青かと言われる。　二一　前出(→一三頁注二二)。
二二　几帳を運搬する時は手(横木)に帳を巻きつけてひもで括る。それを解き下ろす時に少将の君がやってきたのだから、間一髪間に合った。
二三　女(落窪の君)は横になっていることがいけないことであると感じられるので、起きると。
二四　少将の詞。気分が悪く感じておられるのでしょうから、何だってお起きになるのか。そのまま。　二五　(女君は)人並みの心地がなさって。
二六　少将の君も気がねしないで横におなりになってしまう。前夜はみすぼらしい衣裳に対してはばかられるきもちがあった。
二七　まことに世間にたぐいなく生きていられそうになくお感じになって。　二八　従者の詞。
二九　もうじき雨がやんで(帰ろう)。
三〇　ご洗顔の水とご飯(朝食)と。固粥《(かたかゆ)》なら今のご飯に当たる。
三一　どうかしてさしあげよう、と。
三二　お台所(み厨子所)の女。
三三　相談しようかしら。「語らふ」は、語りかけて依頼する。
三四　全般にも留守でいらっしゃるから。
三五　ご飯も絶対にできまいと思うけれど。
三六　素焼の土器。食器か。ここはご飯を所望か。酒かとも。　三七　海藻のたぐいを干したものか。かげろふ日記・上「海松《(るみ)》のひきぼし」。
三八　み厨子の女の詞。あら気の毒。準備の気苦労をそのようにしてなさるのが気の毒なこと。食事の世話はランクの低い者のすることだ、という意味での気の毒さ。　三九　(中納言らが)お帰りあそばされよう時の材料として。

料《れう》にいますこしあらん。」

と言《い》へば、

「帰《かへ》り給はんには御としみ一をぞし給はん。」

二北方、けしきよろしと見《み》て、かたはらなる三へいじをあけてたゞ四取《と》りに取《と》れば、

「すこしは残《のこ》し給へ。」

と言《い》へば、

「五さよ〳〵。」

と言《い》ひて、六紙《かみ》に取《と》り分《わ》けて、七炭取《すみと》りに入《い》れて引《ひ》き隠《かく》して持《も》て行《い》きて、八つゆかに、

「九御かゆいとよくして持《も》て来《こ》。」

とて、一〇をかしげなる御台《だいもと》求めありく。御手水《てうづ》まい《(ゐ)》らんと求《もと》めありく。

「一一御方《かた》にはいづくのはざう《(ふ)》、たらい《(ひ)》かあらん。三の御方のを取《と》り持《も》て来《き》て御《(お)》前《まへ》にまい《(ゐ)》らん。」

とて、一二かしらかいくだしなどしてゐたり。一三女君はわりなう苦《くる》しと思《おも》ひ臥《ふ》し給へり。一四あこき、いときよげにさうぞきて、いときよげにけさうじて、おびゆるゝかにかけてまいる《(ゐ)》うしろで、髪丈《かみたけ》に三尺ばかりあまりて、いとおかしげなりと帯刀《たちはき》も一五見《み》を《(お)》くる。

一「おとしいみ」の約と言われる。精進落としに豪勢な饗宴をなさることであろう、の意。

二「とて」の誤りか。底・宮・近・尊「北方」、慶「北のかた」、斑「きたのかた」、三「このかた」、木「とて」。「北方」の草体は「とて」に似る場合がある。

三 瓶子なら、とっくりのこと。但し、ひきぼしのたぐいを取るのだとしたら、疑問が残る。

四 ただもうどんどん取るので。ひきぼしを、あるいは酒を。

五 そうよそうよ。但し他例がない。

六 (ひきぼしのたぐいは)紙に分けて取って。

七 炭を運ぶための箱。これなら見つからない。

八「つゆに」か。あこきの召し使う女童(→二〇頁注一一)。底・宮・近・尊・慶・三「つゆかに」、斑「つゆかは」、木「つゆに」。

九 ご飯をうまくこしらえて持って来い。

一〇 (あこき自身は)気のきいた感じのお膳を探し歩く。(また)お手水をさしあげようと(器を)探し歩く。

一一 あこきの詞。女君のおん方にはどこに半挿《(はんざう)》やたらいがあろうか。「はざふ」は「はんざふ」(半挿、水注ぎ)に同じ。

〔35〕粥、手水を参る

一二 かいがいしく働くために髪を上げていたのを、三の君(あこきの正式の主人)方へ行くので垂れ髪にする。以下、映画的カメラワーク。

一三 女君のワンショット。

一四 次に三の君方へゆくために十分に衣裳を整え、化粧して、美しい少女に変身するあこきのシーン。帯をゆるやかにかけたうしろ姿、丈より長い髪はまことに魅力的だと見送る帯刀の目から追うカメラ。

一五 見送る。「を」は底本「せ」字に見えるのを訂正する。

「[一六]このみ格子《かうし》はまい《(ゐ)》らでやあらんずる。」

とひとりごとしてまい《(ゐ)》るを、[一七]少将の君もゆかしとて、[一八]

「[一九]「いと暗《くら》し、あげよ」との給《(たまふ)》めり。」

とのたまへば、もの[二〇]踏《ふ》み立《た》ててあげつ。

お《(を)》とこ君を《(お)》き給《(たまひ)》て、御装束《さうぞく》し給《(たまひ)》て、

「車《くるま》はありや。」

と問ひたまふ。

「[二一]み門《かど》に侍《(はべり)》。」

と申せば、[二二]いで給《(たまひ)》なんとするに、いときよげにて御かゆまい《(ゐ)》りたり。御手水取《てうづと》り具《ぐ》してまい《(ゐ)》りたり。[二三]あやしう、便《び》なしと聞《き》きしほどよりは、とおぼす。[二四]女君は、いとあやしう、いかで、と思ひ給へり。

雨すこしよろし[二五]うなれば、人さは《(わ)》がしうあらねば、やをらいで給《(たまひ)》なんとす。[二六]女君の御方を見《み》たまへば、まめやかに[二七]いとうつくしければ、いとゞかぎりなく思《おも》ほしまさりて、いとあはれとおぼす。
[二八]かゆなどすこしまい《(ゐ)》りて臥《ふ》し給《(たまひ)》ぬ。
[二九]夜《よ》さりは三日《(みか)》の夜なれば、[三〇]いかさまにせむ、こよひもち[三一]ゐ《(ひ)》いかでまい《(ゐ)》るわざ

一六 あこきの独り言。この(居室の)み格子はお上げしないでいようかしら。女君の居室のまえを通る時にちょうどつぶやく。「んず」は会話文、心内語に見られる推量的表現。
一七 少将の君も(女君を)見てみたいとて。少将の君のワンショットである。「も」は帯刀があこきを見たいように、少将の君も女君を。書き手の思い入れ。
一八 宮・近・尊・慶・斑「う」。
一九 (女君が)「えらく暗い、(格子を)上げよ」とおっしゃるようだ。少将の君の出任せ。
二〇 あこきは働く身なりでないから大変。
二一 帯刀の詞であろう。
二二 (いよいよ)お出になってしまおうとする時に。読者は朝食や洗面の準備が間に合うかはらはらしているところ。間一髪間に合った。「まゐりたり」の繰り返しに語気がこもる。
二三 (少将の君は)変だな、不如意だと聞いた程度よりは(上等だ)、とお思いになる。
二四 女君は(女君で)、本当に変だわ、どうやって(用意したのか)、と思いなさっている。
二五 小降りに。
二六 先程格子を上げたので内部が見渡される。
二七 実際に。女主人公が「うつくし」と書かれるのはありきたりの表現である。ここはそれを十分に踏まえて、本当に美しく少将の君の目に見えたことを強調する。
二八 女君もまた。
二九 今夜は第三夜なので。結婚第三夜にふつう所あらわしがある。連続三夜通うことにより正式に婚姻が成立する。
三〇 どのようにしよう。あこきの思案。
三一 結婚第三夜に新郎新婦に供する祝いの餅。

[36] 再び和泉殿へ所望 三日の餅。婚姻成立を示す呪術的意味が強い。

もがな、と思《おも》ふに、又言《い》ふべき方《かた》もなければ、和泉殿《いづみどの》へ文書《ふみか》く。

[一]いとうれしう、聞《き》こえさせたりし物を給はせたりしなん[二]よろこび聞《き》こえさする。[三]又あやしとはおぼさるべければ、こよひもちゐ《(ひ)》なんいとあやしきさまにて[四]用《よう》侍《(はべる)》。[五]取《と》りまずべきくだものなど侍《(はべり)》ぬべくはすこし給はせよ。[六]まらうとなんしばしと思ひ侍《(はべり)》しを、[七]四十五日の方《かたゝ》たがふるになん侍《(はべり)》ける。さればこの[八]ものどもはしばし侍《(はべる)》べきを、いかゞ。[九]たらい《(ひ)》、はざう《(ふ)》のきよげならんとしばし給はらん。[一〇]取《と》り集《あつ》めていとかたはらいたけれど、頼《たの》みきこえさするまゝに。

とて、遣《や》りつ。

[一一]つねの御もとより、たゞいま、

[一二]よそにてはなを《(ほ)》我恋《(わが)》をます鏡《かゞみ》添《そ》へるかげとはいかでならまし

とあれば、[一三]けふなん御返《(かへり)》、

[一四]身をさらぬかげと見《み》えてはます鏡《かゞみ》はかなくうつることぞかなしき

[一五]いとをかしげに書《か》きたれば、いとをかしげに見《み》たまへるけしきも、[一六]心ざしあり顔《がほ》なり。

あこきがもとには、[一七]和泉《いづみ》の家《いへ》より、

一 あこきの手紙。先ず昨夕の好意に対して謝意を表明する。

二 お礼の言葉を申し上げます。

三 再び変だとはお思いになることであろうので(言いにくいのですが)。

四 要り用。用向き。

五 取り合わせることができそうな。

六 客人。先にあこきが言い訳にした架空の客人(→二六頁注八)。

七 四十五日の方違えをするのでございましたとです。ここは四十五日のあいだ自宅を避ける方違え。

八 この(お借りしている)品々はもうしばらく(ここに)ございましょうが、いかがですか。借用期間を延長したいという願い。

九 (それから)盥と半挿と、見た目にきれいであるようなのをしばらく下されたい。

一〇 いろいろに集めて(の願い)ではなはだ面目ありませんが。

一一 いつものお所から。「つね」は「少将」の草体の誤りかもしれない。底・宮・近・尊・慶「つねの」、斑「ほねの」。木も「つねの」。

〔37〕ますかがみ…後朝の手紙

一二「少将の」。

一三 離れた所にいてはなおいっそう我が恋心を増すゆえに、その増すではないが(あなたの手もとの)真澄みの鏡に映って、つき添うている影にどうかしてなりたいものを。だが離れているので残念だというきもち。落窪の君の枕もとにあった鏡を思って詠む。

一三 女君の初めての手紙による返歌である。

一四 身を離れぬ影であるとあなたが見られるのであっては、それが真澄みの鏡に空しく映るように、(お心もまた)空しく移るのが悲しいことよ。男心の頼めがたさを詠むのは常套である。

〔38〕和泉殿からの返状

[一八]むかしの人の御代《かは》りはあはれに思ひきこえて、女子《ご》も侍らねば、むすめにしたてまつらん、身一《ひと》つはいとやすらかにうちかしづきて据《す》へ《(ゑ)》たてまつらん、と思ひて、さき[一九]〴〵も御迎《むか》へすれども、渡《わた》り給はぬこそうらみきこゆれ。[二〇]ものどもはいとよかなり。いかにも〳〵使《つか》ひたまへ。たらい《(ひ)》、はんざう《(ふ)》たてまつる。[二一]あな異《こと》やう。[二二]宮づかひする人はかやうのものかならずは[二三]持《も》たるはなきか。いまま《ゝ》では頼《たの》まざりつる。[二四]身になきはいと見苦《みぐる》しきを、いとあやしきこと。たてまつる。もちゐ《(ひ)》はいとやすき事。いまたゞいましてたてまつる。ものの《ゝ》具《ぐ》、もちゐ《(ひ)》など召《め》すは、[二五]御婿取《むこど》りし給《(たまひ)》て、三日の設《まう》けし給《(たまふ)》か。まめやかにいかで対面《たいめん》もがな。いと恋しくなん。何《なに》事もなを《(ほ)》のたまへ。[二六]時のず両《(りやう)》はよにと[二七]くあるものと言《い》へば、たゞいまそのほどなめれば[二八]仕《つか》まつらん。

と、[二九]いと頼《たの》もしげに侍り。見《み》るにいとうれし。君《きみ》に見《み》せたてまつれば、

「もちゐ《(ひ)》は何《なに》の料《れう》に請《こ》ひつるぞ。」

とのたまへば、うち笑《ゑ》みて、

「[三〇]な《(ほ)》をあるやうありてなん。」

と聞《き》こゆ。[三一]台《だい》のいとをかしげなる、たらい《(ひ)》、はざう《(ふ)》、いときよげなり。大《おほ》きな

一五　じつにおもしろそうに書いてあるから、じつにおもしろそうにご覧になっている表情も。「いとをかしげに」の繰り返しが生きる。

一六　愛情ありげな顔である。帯刀あるいは見聞者の目から見て。

一七　和泉殿のおばから。

一八　故人（あこきの母で、おばの姉妹）のお身代りとては（あなたを）いつくしみ申し上げて、女の子もおりませぬから、わが娘にしてさしあげよう、からだ一つはなに不自由ないように大切にして住まわせ申し上げよう、と思って。

一九　以前にもお迎えするのであるけれども、（わが家へ）お越しにならぬことを。「親しき人の迎ふるにもまからざりつれ」（→五頁注四一）。

二〇　（先の）用立て品どもは（おっしゃる通りで）大いに結構であるようです。

二一　（それにしても）まあ変な様子ね。

二二　前出（→三〇頁注七）。

二三　必ずは持っているということではないのか。この辺り文脈不安。「なきか」は「なきが（いままでは…）」と続いてゆくようにも読まれる。

二四　自身に持たないのは本当にみっともないことであるから。

二五　あこき自身に男ができた（結婚した）かと、おばは鋭く見当をつけた。

二六　時勢にあっている受領（国守）はとりわけ財産持ちだと言うから、ちょうど今（和泉守は）その段階であるようなので。「ず両」は受領《(ずりやう・じゅりよう)》の慣用的書き方。

二七　利得。財産。得《(とく)》は徳《(とく)》でもある。

二八　ご奉仕しましょう。

二九　いかにも頼みがいありげでございます。「侍り」が地の文に出てくることは異例である。

三〇　やはりあるだけのわけがあってですね。

三一　膳。以下おばから届けられた品々。

る餌袋《あぶくろ》に[一]しい米《こめ》入れて、紙《かみ》を隔《へだ》てて《ゝ》くだ物[二]からもの包《つゝ》みて、いと[三]くはしくなんを《(お)》こせたりける。こよひはたゞをかしきさまにてもちゐ《(ひ)》をまい《(ゐ)》らんと思ひて、取《と》りて、よろづにくだもの、栗《くり》など[四]かきゐたり。

日やう〳〵暮《く》るゝほどに、[五]すこしやみたる雨降《ふ》る事かぎりなし。[六]もちゐ《(ひ)》や得《え》ざらんと思《おも》ふ程に、お《(を)》とこ、[七]大傘《おほがさ》さ《ゝ》させて、[八]ほうの櫃《ひつ》[九]にを《(お)》こせたり。うれしき事ものに似《ゝ》ず。見《み》れば、いつの間《ま》にしたるにかあらん、[一〇]草《くさ》もちゐ《(ひ)》二《ふた》くさ、例《れい》のもちゐ《(ひ)》二《ふた》くさ、ちい《(ひ)》さやかにをかしうしてさま〳〵なり。文《ふみ》には、

[一一]にはかにの給へりつれば、いそぎて。[一二]思《おも》ふさまにやあらざらん。[一三]心ざしくちをし。

と言《い》へり。[一四]雨《あめ》いたう降《ふ》るとていそげば、酒《さけ》ばかり飲《の》ます。返事《(かへりこと)》、

[一五]すべて聞《き》こえさすれば、世《よ》のつねなり。

とよろこび遣《や》りつ。[一六]しそしつとてうれし。ものの《ゝ》蓋《ふた》にすこし入《(いれ)》て[一七]君にまい《(ゐ)》る。暗《くら》うなるまゝに、雨《あめ》いと[一八]あやにくに、[一九]かしらさしいづべくもあらず。少将、帯刀《たちはき》に語《かた》らひ給《(たまふ)》。

[二〇]「くちお《(を)》しう、かしこにはえ行《い》くまじかめり。この雨《あめ》よ。」

とのたまへば、

一 語義不明。「しひこめ」か「しゐこめ」であろうが、語例を探求できない。底「しいこめ」、宮・近・尊「いこめ」、慶「しい(こ補入)め」、斑「しかしゐこめ」。三・木「しいこめ」。

二 乾物。底本「かしもの」のように見える。宮・近・慶「からもの」、尊・斑「から物」。それらによって訂正する。

〔39〕雨の中、餅が届く

三 こまごまと寄越してきてあったことだ。あるいは「心づかいが行き届いている」の意。おばは二日の祝い用と見当をつけて送ってきた。

四 「かく」は、堅果などの皮を掻いてむく。

五 いっとき雨があがっていたのがまた降り出していよいよ本降りになる場面。旧暦九月あるいは十月の大雨(長沼英二論文の示唆による)。

六 餅は手に入らないことになろうか。

七 大傘を(もう一人の男に)さささせて。

八 朴(ほほ)。器材に使われる。

九 に(入れて)寄越してある。

一〇 草餅二種、いつもの餅二種。

一一 和泉殿の添え状。急のことにおっしゃっているところだったから。

一二 思い通りのさまではないようですか。

一三 志が(うまくあらわせなくて)残念だ。

一四 雨がどしゃぶりに降るとて(使いの者どもが)急ぐので。使いの者を接待して帰すのが習慣である。いよいよ往来もままならぬほど雨が激しくなるという緊迫感を読者に伝える。

〔40〕雨いよいよあやにくに、行けぬよし少将の手紙

一五 何もかも、言葉に出して申し上げては、世間並みです。

一六 (これで)十分にやったとて。

一七 (試食として)女君にさしあげる。あこきのうれしいきもちがこもる。

「[二一]ほどなく、いとを《(ほ)》しくぞ侍らんかし。さ侍れど、あやにくになる雨はいかゞはせん。心[二二]のを《(お)》こたりならばこそあらめ。さる御文《ふみ》をだにものせさせ給へ。」

とて、[二三]けしきいと苦《くる》しげなり。

「[二四]さかし。」

とて書《か》い給ふ。

[二五]いつしかまい《(ゐ)》り来《こ》んとてしつる程に、かうわりなかめればなん。心[二六]の罪《つみ》にあらねど、を《(お)》ろかに思《おも》ほすな。

とて、帯刀《たちはき》[二七]も、

たゞいまい《(ゐ)》らん。君おはしまさんとしつるほどに、かゝる雨なれば、くちお《(を)》しと嘆《なげ》かせ給ふ。

と言《い》へり。

か[二八]ゝれば、いみじうくちお《(を)》しと思ひて、帯刀《たちはき》[二九]が返事《(かへりこと)》に、

[三〇]いでや、「降《ふ》[三一]るとも」と言《い》ふ事もあるを、いと[三二]ゞしき御心ざまにこそあめれ。さらに[三三]聞《き》こえさすべきにもあらず。御[三四]みづからは何《なに》の心《(ここ)》ちのよきにも来《こ》んとだにあるぞ。か[三五]ゝる誤《あやま》ちしいでてかゝるやうありや。さても世の人

一八 都合の悪いことに。おりあしく。
一九 豪雨の形容。源氏物語・明石「かしらさしいづべくもあらぬ空の乱れに」。
二〇 残念なことに、あちら(女君の所)には行くことができそうにないようだ。「まじ」「めり」と二つの推量語を重ねている。
二一 (通い初めて)まもなくのことで、気の毒なことでござりましょうよね。
二二 心の怠慢(愛情が薄いこと)から行かないのならば罪なことであろう、の意。
二三 (帯刀の)顔付きはいかにも困りはてた感じだ。
二四 なるほど。賢い。
二五 少将の君の手紙。早く参上しようとて(支度が)完了したところに(なって)、かようにやむをえないことのようですので…。「来ん」は相手側や目的地からの表現で、こちら側から言えば「行く」。
二六 心の過ちではないが、(行けないことを)おろそかであるとお思いになるな。
二七 帯刀も(あこきへ手紙を書いて)。
二八 不参を告げる文面なので、(あこきは)はなはだしく残念だと思って、の意。
二九 帯刀の(手紙の)返状に。
三〇 あこきの手紙。いやもう。
三一 「降っても(雨に邪魔されない)」という古歌もあるのだから。「石(さい)のかみふるとも雨にさはらめやあはむと妹に言ひてしものを」(拾遺集・恋二・大伴像見。万葉歌で、古今和歌六帖にもあり)の第二句から。「事」は言(こと)つまり古歌。
三二 いっそうひどい。
三三 けっして(言葉に出して)申し上げることができそうにもない。少将への非難である。
三四 あなたご自身は何が気分のよいことでもあると(思って)来ようとまで(手紙に)あるのか。
三五 そんな不心得をしでかしてそんなやり口はあるかしら。それはないでしょう、という心。

は、「[一]こよひ来《こ》ざらん」とか言《い》ふなるを、おはしまさゞらんよ。

と書《か》けり。君《きみ》の御返《(かへり)》には、たゞ、

[二]世に経《ふ》るをうき身と思《おも》ふ我《(わが)》袖の濡《ぬ》れはじめけるよひの雨かな

とあり。
[三]持《も》てまい《(ゐ)》りたる程、いぬの時も過《(すぎ)》ぬべし。[四]火のもとにて見給《み(たまひ)》て、[五]君もいとあはれと思《おも》ほしたり。帯刀《たちはき》がもとなる[六]文《ふみ》を見給《み(たまひ)》て、[七]いみじうくねりためるは、[八]げにこよひは三日の夜なりけるを、[九]もののはじめにものあしう思《おも》ふらん、いといとを《(ほ)》し。雨はいやまさりにまされば、思ひわびて、[一〇]つらづえ《(ゑ)》つきて、しばし寄《よ》りゐ給へり。帯刀《たちはき》、[一一]わりなしと思《おも》へり。うち嘆《なげ》きて立《た》てば、少将、
「[一二]しばしゐたれ。いかにぞや。行《い》きやせんとする。」

「[一三]かちからまかりて、言《い》ひなぐさめ侍らん。」

と申せば、君《きみ》、

「[一四]さらばわれと行《い》かん。」

とのたまふ。うれしと思ひて、

「[一五]いとよう侍なり。」

と申せば、

一「今夜は訪ねて来ないのだろう」とか言うのを聞くから、いらっしゃらないことであろうよ。「今宵来ざらん」は「夕占とふうらにもよくあり今宵だに来ざらむ君をいつか待つべき」(拾遺集・恋三・人麿。万葉歌で、古今和歌六帖にも)によるか。これによれば「あなたは(三日めの)今夜さえ訪ねて来ないなら、のちは頼めないことだ」というきもちをこめる。大系は「引歌があろうが不詳」とし、「今夜来ないことがあろうか」と解くべきかとする。

〔41〕逡巡、決意

二 この世に生き長らえることをつらい身と思うわたしの袖がはじめて濡れたという、(それを濡らしたのは降り続くこの)夜の雨であることかな。女君の返歌は歌一首のみ。
三「持てまゐる」は、使いの者が持参する、たてまつる。戌(いぬ)の時は午後七時から九時まで。使いの者が手紙を持ってきたころは午後九時を過ぎてしまおうとするぐらいになっている。
四 灯火。 五 少将の君もまことにかわいそうだと。「も」は女君もそうだが少将の君も。
六 あこきの手紙。
七 えらくねじけている感じであるのは。「くねる」は、捻じれ曲がる、すねる。以下、叙事文を少将の君の心内に重ねた書き方。 八 いかにも今夜は三日の夜であったということを。
九 物事の最初(結婚早々)に何かと縁起が悪く(今ごろは)思っていることであろう、の意。
一〇 以下、困りいるさま。
一一 しかたがない。余儀ない。帯刀はでかけることを決意して立ち上がる。
一二 もうしばらく座っておれ。どうするのか。(あちらへ)行きでもしようというつもりか。
一三 帯刀の詞。徒歩にて参って、機嫌を取るつもりでございます。
一四 それなら自分から行こう。

「大傘一《おほがさひと》つ設《まう》けよ。一六きぬ脱ぎて来《こ》ん。」

とて入《い》り給《(たまひ)》ぬ。帯刀《たちはき》、傘求《かさもと》めにありく。

一七あこき、かくいで立《た》ち給《(たまふ)》も知《し》らで、いといみじと嘆《なげ》く。かゝるまゝに、

「一八あいぎやうなの雨や。」

と腹立《はらだ》てば、君、一九はづかしけれど、

「二〇などかくは言《い》ふぞ。」

との給へば、

「二一なを(ほ)よろしう降《ふ》れかし。二二をりにくゝもおぼえ侍《(はべる)》かな。」

と言《い》へば、

「二三降《ふ》りぞまされる。」

二四としのびやかに言《い》はれてぞ、二五いかに思《おも》ふらんとはづかしうて添《そ》ひ二六臥《ふ》し給へり。

二七われはただ白《しろ》き御ぞ一重《ひとかさ》ねを着給《き(たまひ)》て、二八いとかてうけに引《ひ》きつれて、帯刀《たちはき》とたゞふたりいで給《(たまひ)》て、大傘《おほがさ》をふたりさして、門《かど》をみそかにあけさせ給《(たまひ)》て、いとしのびていで給ひぬ。二九つつやみにて、三〇わらふ〳〵道《みち》のあしきを三一よろぼひおはする程に、三二さきを(お)ひてあまた火ともさせて、三三小路《こうぢ》三四ぎりに、つじにさしあひぬ。いとせばき小路《こうぢ》なれば、え歩《あゆ》み隠《かく》れず。三五片《かた》そばみて傘《かさ》を垂《た》れかけて行《ゆ》けば、三六ざ

一五 まことに結構なことのようでございます。一六 着物を脱いで行こう。「来ん」は前出(→四三頁注二五)。一七 (こちら女君方では)あこきが。一八 あこきの詞。憎たらしい雨だこと。一九 「少将を待ちこがれる気持ちが」(全集)。

〔42〕降りぞまされる

二〇 なぜそのように(憎たらしいと)は言うのか。二一 どうせなら小降りに降ってくれよね。二二 (この雨は)おりあしくも思われますなあ。二三 「(涙が)降りまさっているよ」と。古今集・恋四「数々に思ひ思はず問ひがたみ身を知る雨は降りぞまされる」(在原業平が女に代って詠む歌)による。伊勢物語一〇七段にも見え、そこでは男は「蓑も笠もとりあへで、しとどに濡れてまどひ」やって来た。業平歌の「身を知る雨」はあとにも使われる(→四九頁注一七)。二四 こっそり(歌句が)自然に口をついて出ては。以下、話型的に、歌の力が男を引き寄せる場面である。「ぞ」の結びは流れる。二五 あこきが。二六 何かに。二七 自分(少将)は。先に「きぬ脱ぎて来ん」(→注一六)とあったから、直衣も狩衣も脱いだ、内着に指貫の姿であろうか。「一重ね」は内着を一つ重ねただけということか。二八 語義不明。先にあった「うけかくに」(→五頁注三二)、あとの「うけかへなる」(→六八頁注三)と関連する語か。底本以下、三・木も「かてうけに」。宮・近は「かて」の右傍に「本」とある。

〔43〕雨の中、嫌疑を受ける

二九 真の闇。三〇 笑いながら。三一 「よろぼふ」は、よろよろと行く。あるいは「わらふ」に震えるなどの意味があるか。三二 前面を追い払ってたくさん(たいまつの)火をつけさせて。

う《(ふ)》しきども、

「この[一]まかるものども、しばしまかり止《と》まれ。かばかり雨《あめ》[二]もよに夜中《よなか》にたゞふたり行《い》くはけ[三]しきあり。とらへよ。」

と言《い》へば、わ[四]びしくて、しばし歩《あゆ》み止《と》まりて立《た》てれば、火[五]をうち振《ふ》りて、

「人[六]〳〵、足《あし》どもいと白《しろ》し。盗人《ぬす(びと)》にはあらぬなめり。」

と言《い》へば、

「ま[七]うとの小盗人《こぬすびと》は足白《あしゝろ》くこそ侍らめ。」

と、行《い》き過《す》ぐるまゝに、

「かく立《た》てるはなぞ。ゐ[八]侍れ。」

とて、傘《かさ》をほ[九]う〳〵と打《う》てば、くそのいと多《おほ》かる上《うへ》にか[一〇]ゞまりゐぬ。また[一一]うちはやりたる人、

「[一二]し《(ひ)》ゐてこの傘《かさ》をさし隠《かく》して顔《かほ》を隠《かく》すはなぞ。」

とて、行《い》き過《す》ぐるまゝに、大傘《おほがさ》を引《ひ》きかたぶけて、傘《かさ》[一三]につきてくその上《うへ》をゐたる、火を[一四]うち吹《ふ》きて見《み》て、

「[一五]さしぬき着《き》たりけり。身まづしき人の思《おも》ふ妻《め》の[一六]がり行《い》くにこそ。」

など口《くち》〴〵に言《い》ひて、[一七]おはしぬれば、立《た》ちて、

三三 叙述が転換する「て」。たいまつの一行が来て、少将たちが…と主語を転換させる語法。
三四 (少将たちは)小路ぎりに、四つ辻に(たいまつの一行と)出くわしてしまう。「小路ぎり」は裏小路か。太平記十七「小路ぎりに、前後左右の敵を防ぎかねて」という用例が知られる。「出アヒガシラ」(大成)の意かとも、小路が切れた所(小路が大路にぶつかる所)かとも。すれちがう場面である。 三五 片側に寄って。
三六 雑色。雑役に携わる下級官人。

一 「行く」の謙譲表現。これを相手に使うと尊大な表現になる。どうやらたいまつの一行は、前面を追うことと言い、雑色の尊大な言い方と言い、長官クラスのそれらしい。
二 雨もしとどに(降る中を)。和歌に使われやすい表現。高橋巌論文がある。
三 わけありの様子がある。 四 心細くて。
五 雑色Aが。「ヒヲフル」(日葡辞書)。
六 この二人は。
七 雑色Bの詞。貴人(きにん)のこそどろは足が白くてござろう。「まうと」を真人(まひと)、身分高い人の意にとることは校注古典叢書による。二人の履き物は不明。
八 しゃがんで控えろ。 九 ぽんぽんと。
一〇 (少将たちは)かがまりしゃがんでしまう。
一一 また(別に)調子に乗っている人が。
一二 無理に。わざと。
一三 傘と一緒になってくその真上にしゃがんでいる(少将たちを)。「を」は「に」よりも狭い一点(くその上)を示す感じ。
一四 「うち」はちょっと、「ふく」は吹く(吹いて火勢をつよめる)。「ヒヲフク」(日葡辞書)。
一五 指貫を着てあったことだ。
一六 のもとへ行くのであろうて。「こそ」のあと

「[一八]衛門督《(ゑもんのかみ)》のおはするなめり。我を[一九]嫌疑《けんぎ》のものと[二〇]ゝや、[二一]とらふると思ひつるにこそ死《し》にたりつれ。我、[二二]足白《あししろ》き盗人《ぬす(びと)》とつけたりつるこそをかしかりつれ。」

など、たゞふたり語《かた》らひてわらひ給《(たまふ)》。

「[二三]あはれ、これより帰《かへ》りなん。くそつきにたり。いと臭《くさ》くて、行《い》きたらば中[二四]〳〵疎《うと》まれなん。」

とのたまへば、帯刀《たちはき》、わらふ〳〵、

「かゝる雨にかくておはしましたらば、[二五]御心ざしをおぼさん人は[二六]麝《ざ》香《かう》の香《か》にもかぎなしたてまつり給《(たまひ)》てん。殿はいとと《ゝ》を《(ほ)》くなり侍《(はべり)》ぬ。行《(ゆく)》さきはいと近《ちか》しなを《(ほ)》おはしましなん。」

と言《い》へば、かばかり心ざし深《ふか》きさまにて[二七]おりたちて、[二八]いたづらにやなさんとおぼしておはしぬ。

[二九]門《かど》からふ《(う)》してあけさせて入給《(いりたまひ)》ぬ。[三〇]帯刀《たちはき》が曹司《ざうし》にて、[三一]まづ水《みづ》とて、御足《あし》すまさす。又帯刀《たちはき》も洗《あら》ひて[三二]、

「[三三]あか月《(つき)》にはいみじくとくを《(お)》きよ。まだ暗《くら》からんに返《(かへり)》なむ。とゞまりてあるべきにもあらず。いと異《こと》やうなるすがたなるべし。」

との給《(たまひ)》て、格子《かうし》しのびやかに叩《たゝ》い給《(たまふ)》。女君は、[三四]こよひ来《こ》ぬをつらしと思《おも》ふには

に「あらめ」があるきもち。

一七 いらっしゃってしまうと。通り過ぎていったのが衛門督の一行らしいと分かったので敬語である。

一八 衛門府の長官。中納言や参議を兼ねる場合が多く、主人公の少将の君ものちに衛門督になる。 一九 怪しい者。「ケンギ」(日葡辞書)。

二〇 底・宮・近「とゝや」、慶「ととや」、尊「とや」、斑「とくや」、三「と思ひてや」、木「とてはや」。誤写があろう。

二一 (雑色が)捕らえると観念してしまった時には生きた心地がしていなかったよ。この前後に四つある「つる」「つれ」などの「つ」はたったいま起きたばかりのことについて興奮冷めやらぬ感じをあらわす。

二二 私について「足白き盗人」と(名を)。

二三 少将の君の詞。やれやれ。

二四 かえって嫌われてしまうのにちがいない。「る」は受身。 二五 ご愛情が分かってくださろう人(落窪の君)は。

二六 麝香の香であるともきっとあえて嗅ぎ申されることであろう。「じやかう」とも書く。麝香鹿の雄の分泌器官から作る香料。

二七 「おりたつ」は、直接に身を入れて何かを行う。 二八 (努力を)むだにしようかと。

〔44〕身を知る雨

二九 門をやっとのことで開けさせて。

三〇 あこきの曹司。

三一 最初に水をとて、(少将の)お足を洗わせる。下働きのつゆに命じたか。

三二 動作主が転換する「て」。以下は少将の君の詞。 三三 夜明けの早い時。暁の当て字。

三四 今夜(男が)来ないのを。「来ぬ」が敬語でないのは恋愛の当事者どうしについての描写だから。

あらで、[一]おほかた聞《き》こえいでばいかに北《きた》の方《かた》のたまはん、[二]世中《(よのなか)》のすべてうき事思ひみだれて、うち泣《な》きて臥《ふ》し給へり。あこき、[三]思ひ設《まう》けけるかひなげに思ひて、おまへに寄《よ》[四]り臥《ふ》したれば、ふとを《(お)》きて、

「など御格子《かうし》の鳴《な》る。」

とて寄《よ》りたれば、

「あげよ。」

との給《(たまふ)》声《こゑ》におどろきて[五]引《ひ》きあげたれば、入《い》りおはしたるさま[六]しほるばかりなり。[七]かちよりおはしたなめりと思《おも》ふに、めでたくあはれなる事[八]二《ふた》つなくて、

「[九]いかでかくは濡《ぬ》れさせ給へるぞ。」

と聞《き》こゆれば、

「[一〇]これなりが勘当《かんだう(お)》をもしとわびつるが苦《くる》しさに、[一一]くゝりをはぎにあげて来《き》つるに、倒《たふ》れて土《つち》つきにたり。」

とて[一二]脱《ぬ》ぎ給へば、女君の御ぞを取《と》りて着《き》せたてまつりて、

「干《ほ》し侍らん。」

と聞《き》こゆれば、脱《ぬ》ぎ給ひつ。女の臥《ふ》し給へる所に寄《よ》り給《(たまひ)》て、

「[一三]かくばかりあはれにて来《き》たりとて、ふとかきいだき給はばこそあらめ。」

一　世間一般にうわさが聞かれ出すなら(継母北の方の耳にはいって)どんなに北の方はがみがみおっしゃることだろう。書き手の筆が女君の心内に重なる表現。
二　(この)世の中が何から何までつらいということを。
三　考えて準備してきてある(努力の)かいがなさそうに思って。
四　寄りかかり横になっていたところ。その時ノックの音が聞こえる。
五　(格子を)引き上げたところ。
六　(雫が)したたるほどだ。衣類がぐっしょり。
七　徒歩でいらっしゃっているのであるようだと思うと。
八　並ぶものがなくて。
九　どうしてそのようにはお濡れあそばしているのか。いくら豪雨といえ雫がしたたるほどであるのは濡れ過ぎなので疑う。
一〇　これなりが(あこきから)重々責められると困惑したところだったのが気の毒だから、の意。「これなり」は帯刀の名。
一一　指貫を足に括りつける紐。括り緒。すねの上で紐をしばって指貫をまくり上げている格好である。
一二　指貫を脱ぐ。あとの「脱ぎ給ひつ」は白い御衣も脱いでしまう。
一三　かようにまで愛情深くやって来ているとて、さっと抱き締めてくださるならうれしいのだが、の意。

とてかい[一四]探《さぐ》り給《(たまふ)》に、袖《そで》のすこし[一五]濡《ぬ》れたるを、お《(を)》とこ君、来《こ》ざりつるを思ひけるもあはれにて、

[一六]何《なに》ごとを思《おも》へるさまの袖ならん

とのたまへば、女君、

[一七]身を知《し》る雨のしづくなるべし

との給へば、

「[一八]こよひは身を知《し》るならば、いとかばかりにこそ。」

とて臥《ふ》し給ひぬ。

あこき、[一九]このもちゐ《(ひ)》を箱《はこ》の蓋《ふた》にをかしう取《と》りなしてまい《(ゐ)》りて、

「[二〇]これ、いかで。」

と言《い》へば、君いとねぶたしとてを《(お)》き[二一]給はねば、

「[二二]なを《(ほ)》こよひ御覧《らん》ぜよ。」

とて聞《き》こゆれば、

「何《なに》ぞ。」

とてかしら持《も》たげて見《み》あげ給へば、もちゐ《(ひ)》ををかしうしたれば、少将、[二三]たれかくをかしうしたらん、かくて待《ま》ちける、と思ふも[二四]されてをかしければ、

一四 (手で)探し求めなさると。

一五 (女君も涙で)濡れているのを、男君は、自分が来なかったのを(つらく)思い続けてきたのかともしみじみ感じられて。前文(→注一・二)によると継母に叱られることのつらさや、世の中のつらさ全般を思い乱れて女君は泣いていた。

一六 どんなことを考えていての袖なのであろう、濡れているさまは、の意。少将の君が上の句を詠みかけた連歌である。

一七 わが身の運命を思い知る(涙の)雨の雫によるのでしょう、濡れているさまは、の意。「身を知る」は先に口ずさんだ業平代作の歌(→四五頁注二三)を引き続きここでも本歌とする。身についた幸不幸を占い知ることを言うらしい。身将来にわたっての身の不安を観じる女君の下の句である。

一八 今夜は身の運不運が判明する、というのならば、(それは)まことにこれほどにですよ。私の愛情の深さによってあなたの将来を占いたまえ、の意。

[45] 三日の餅

一九 くだんの(用意の)餅を。結婚三日めの夜は夫婦がいったん同衾してすぐ三日の餅をいただく儀礼に移るものらしい。あこきは待ちかまえていた。

二〇 これをどうかして(召しあがれ)。

二一 起きなさらぬから。

二二 やはり今夜ご覧あれ。

二三 だれがそのように感心に整えているのだろう、かように(準備)して待ってきたことよ、と。

二四 (あこきのことを)気がきいて感心であるから。

「もちゐ《(ひ)》にこそあめれ。[一]食う《(ふ)》やうありとか。いかゞする。」

との給へば、あこき、

「[二]まだやは知《し》らせたまはぬ。」

と申せば、

「[三]いかゞ。ひとりあるには食《く》ふわざかは。」

とのたまへば、

「[四]切《き》らで三《み》つとこそは。」

と申せば、

「[五]まさなくぞあなる。女はいくつか。」

との給へば、

「[六]それは御心にこそは。」

とてわらふ。

「これま[七]い《(ゐ)》れ。」

と女君にまい《(ゐ)》り給へど、はぢてまい《(ゐ)》らず。いと[八]じほう《(ふ)》に三《(みつ)》食《く》い《(ひ)》て、

「[九]蔵人少将もかくや食《く》い《(ひ)》し。」

とのたまへば、

一 食う作法があるとか。どうするのか。

二 まだご存じでいらっしゃりませぬか。

三 どうして(知ろうか)。独身である身には食うことがあるものか。

四 (食い)切らないで三つとですね(聞いている)。底本「きゝて」か「きらて」か分かりにくい。宮・近・慶・三「きらて」、尊・斑「きゝて」か。木「聞て」。

五 見苦しいことであるそうだ。食い切らずに食うという風習があったらしく、それを伝聞して言ったか。

六 それ(女が食べる数)はご随意で。「御心」は少将の心であろう。

七 召しあがれ。

八 「じほふ」(実法)は、律儀。三日の餅は一種の呪術として、これをいただくことにより正式に夫婦になる。

九 三の君の夫。あこきは正確には三の君付きの侍女である。

一〇 帯刀のもとに。帯刀はあこきの曹司で待っ

「さこそは。」

と言《い》ひてゐたり。夜ふけぬれば寝《ね》給ひぬ。

一〇たちわ《(は)》きがり行《い》きたれば、まだ一一しとゞにかいかゞまりてゐたり。

「傘《かさ》はなくやありつらん、かく濡《ぬ》れたるは。」

と言《い》へば、一二しのびて道《みち》の程の事言《い》ひてわらふ。

「一三かばかりの御心ざしはいまもむかしもあらじ。たぐひなしとは一四思ひきこえ給《(たまふ)》や。」

と言《い》へば、

「一五すこしよろしかんなり。」

一六と、

「一七猶飽《あ》かぬぞな、すこしよろしきは。」

一八と、

「一九女はおほけなきこそにくけれ。二〇いみじくつらき御心の続《つゞ》くとも、三十《みそ》たびばかりはこよひにゆるしきこえ給《(たまひ)》てん。」

など言《い》へば、

「二一例《れい》のを《(お)》のが方《かた》さまにもの言《い》ふ。」

ている。
一一 ぐっしょり濡れすっかりこごんで座っている。
一二 (帯刀は)ひそかに道中の出来事を告げて笑う。衛門督の一行に会ったこと、倒れてくそがついたこと。

〔46〕あこきと帯刀

一三 これほどの(深い)ご愛情は古今にも例を見ないことであろう。少将の愛情深さをことばかりに売り込むが、帯刀自身のあこきへの愛情も深いことを訴えている感じ。
一四 (少将のことを)思い申し上げてくださるか。ついでに帯刀自身のことをも、というきもちを裏にこめて。
一五 ちょっとまあいいようだ。「よろし」は、悪くない、まあ及第だ。敬語がないから、少将の君について言うより、少将の君にかこつけて言う帯刀の愛情売り込みに対して「よろし」という感じ。来るなら来ると最初から言えばいいのに、一度は来ないと言って心配させただけ減点である。
一六 と(あこきが言うと、帯刀は)。
一七 それでもなお不満であるとな、ちょっとまあいいとは。驚いてみせる帯刀。「すこしよろしき」はあこきの詞を受ける。
一八 と(帯刀は言葉をついで)。
一九 女は身の程知らずであるのが憎たらしいよ。
二〇 仮にたいそう冷淡なお心が続くとも、三十回分ぐらいは今夜に免じ大目に見てさしあげなさるのがよかろう。「つらき御心の続く」とは通わない日々が続くこと。底本「ゆかし」に見えるが、宮・近・尊・慶・斑「ゆるし」。それらによって訂正する。
二一 いつものように自分のほうに都合よく何か言う。

など言《い》ひて寝《ね》ぬ。

「[一]まめやかに、こよひおはせざらましかば、いみじからまし。」

など言《い》ひ寝《ね》に寝《ね》ぬ。

夜[二]さへふけぬれば、いととく明《あ》け過《（すぎ）》ぬ。

「[三]いかでかいでんとする。人しづかなりや。」

など言《い》ひ臥《ふ》し給へる程に、あこき、いといと〈を《（ほ）》しきわざかな、石山《いし》[四]へもけふは帰《かへ》りおはしぬらん、人[五]もこそふと来《く》れ、と思《おも》ふもしづ[六]心なくて、御かゆ、御手水《てうづ》など思《おも》ふに、いそ[七]ぎありければ、帯刀《たちはき》、

「などかくしづ心なくはありきたまふ。」

と言《い》へば、

「いかゞ[八]は。ほど[九]もなき所に人を据《す》へ《（ゑ）》たてまつりたれば、人やふと来《く》るとてさは《（わ）》ぎありくぞかし。」

といらふ。

「[一〇]車《くるま》取《と》りに遣《や》れ。やをらふと[一一]いでなん。」

と[一二]のたまふ程に、石山《いし》[一三]の人のゝしりて帰《かへ》りおはしぬ。不用《ふよう》[一四]なめり、といで給はずなりぬ。

一 冗談はさておき、今夜いらっしゃらないとしたら、ひどくつらいことになろう。結婚の成立は最初に三日連続して通うことが条件であるから、今夜来なかったら不首尾に終わったことになる。
二 訪れたのが夜遅くなってしまってさえあったので、えらく早く明けて時間が経ってしまう、の意。

〔47〕中納言、石山から帰還

寝過ごしたのである。「さへ」は安堵感などの上にさらに、というきもち。
三 どのようにして出ようか。人が(いなくて)静まっているか。
四 石山辺りも、今日はきっとお帰りになってしまうことだろう。「へ」は疑わしい。底・宮・近・尊「いし山へも」、慶「いし山より」、斑「石山より」、三「石山よりも」、木「いし山よりも」。
五 (そうすると)人がひょいとやって来る(ことは必至だ)。「もこそ」は悪い予想を持つ感じ。
六 落ち着いたきもち。「なし」を伴う。
七 準備に忙しく動き回るので。
八 どうして(落ち着いていられるか)。
九 広くもない所に人(少将の君)を入れ申してあるので。すぐあとにも「かく隠れもなき所に」とある。今朝は早く帰らせたいと思う。
一〇 少将の詞。　一一 こっそり急に。
一二 「と」底本、虫損。
一三 石山詣での人(中納言)が、がやがやと音を響かして。
一四 (車は)だめであるようだ、とて。「不用なめり」は少将の詞と見てもいい。
一五 かように身を隠す場所もない(あらわな)居所に。あこきと同じく、女君も心配する。
一六 心臓がどきっとして。
一七 以下、少将の君の朝食と手水とをせわしなくさしあげ、呼ばれて北の方たちの世話をし、

女、一五かく隠《かく》れもなき所に、人もこそ来《く》れ、いかにせん、と一六胸《むね》つぶれて、いとおそろし。一七あこきもいとあは《(わ)》たゝしくおぼゆ。一八あはせいときよげにてかゆまい《(ゐ)》りたり。御手水《てうづ》まい《(ゐ)》り、一九いそぎありくが心もとなければ、いま人ひとりもがな、と思《おも》ふに、二〇いとゞしく、二一車《くるま》より下《お》り給《(たまふ)》やを《(お)》そきと、北の方《かた》、

「あこき。」

と呼《よ》びのゝしり給へば、二二隔《へだ》ての障子《しやうじ》をあけて入《い》るはさすべき人もおぼえず。格《かう》子《し》のはさま二三隔《へだ》てにまい《(ゐ)》りたれば、

「二四きごうじたる人は苦《くる》しければ、二五うちやすむに、二六このごろやすみおり《(を)》つらん、二七下《お》るゝ所に来《こ》ぬはなぞ。二八すべて人の身人ばかり腹立《はらだ》たしくよしなきものなし。二九いかでこれ返《かへ》し申《(まうし)》てん。」

との給へば、三〇心《(ここ)》ちにはいとうれしきことゝと思ひながら、

「三一きたなきものうちこし侍《(はべり)》つるほどなり。」

と聞《き》こゆれば、

「早《はや》う御手水《てうづ》まい《(ゐ)》れ。」

との給へば、三二立《た》ちてありく空《(そら)》もなし。

三三おものいで来《き》にければ、御厨子《づし》所に来《き》て、

［48］あこき、立って歩く空なく大忙し

また少将の君へのご馳走を確保するのと、おおわらわのあこきの働きを活写。　一八 あわせもの。おかず。

一九 忙しく動き回るのがじれったくて、今もう一人いてくれたらな、と。あこきはいま北の方たちの出迎えに行かなければならないはず。

二〇 はなはだしく。仰山に。

二一 車より下りなさるが早いか、すぐと。

二二 難解。直訳すれば、隔ての障子を開けてはいることはとざすべき人(がだれであるか)も考えられない。あとにも「中隔ての障子」(→五四頁注一四)とあり、寝殿と落窪の間に続く所とのあいだにある引き違いの障子らしい。「さす」は、じょうやしんばりを施して開かなくする。

二三 不詳。「母屋と廂、廂と簀子の間にある二つの格子を隔てて、つまり廂を間にして」(全集)。

二四 北の方の詞。行きくたびれている人は。「きごうず」は「来極(こう)ず」。かげろふ日記・中「きごうじたる心地なれども」。以下、継母北の方独特のややこしい言い回し。

二五 ちょっと休憩しておるのに対して。

二六 この日ごろ休暇を取っておったろう(おまえが)。　二七 下車する所に来ぬのはなぜか。

二八 ぜんたい他人の身人ぐらい腹立たしく役立たぬものはない。「身人」は語義不明。

二九 どうかしてこれを(落窪の君に)返し申してしまいたい。

三〇 落窪の君のもとに返されるのはうれしい。

三一 けがれたものをちょっと越えておりましたばかりの期間です。よく分からない。

三二 (しっかりと)立ちふるまう心地もない。忙しくて無我夢中である感じ。

三三 ご食事もできてきてあったということなので。中納言方の精進落としのご膳である。あこ

「[一]あが君〳〵。」

と言《い》ひて、かの白《しろ》き米多《こめおほ》くに代《か》へて、御台《だい》[二]まい《(ゐ)》りに来《き》ぬ。[三]ものきりはみならひたれば、少将の君、便《び》[四]なしとのみ聞《き》きしに、いと心にく[五]ゝおぼす。女君もいか[六]なるならんと、お《(を)》とこ君もをさ〳〵まい《(ゐ)》らず、女君はた起《お》きゐ給はねば、御ま[七]かりして帯刀《たちはき》にいときよげにして食《く》はせたれば、言《い》ふやう、

「[八]こゝらの日ごろさぶらひつれど、かく下《お》ろしなどや見《み》えつる。なを《(ほ)》わが君のおはしますけなりけり。」

と言《い》へば、

「[九]うれしき御心見《み》えんとするむまのはなむけ。」

と言《い》へば、

「[一〇]あなおそろしのことや。」

とてたれも[一一]〳〵わらふ。

[一二]かうて、昼《ひる》まで二所《ふたところ》臥《ふ》い給へる程に、例《れい》はさしも[一三]覗《のぞ》きたまはぬ北方《(きたのかた)》、[一四]中隔《なかへだ》ての障子《さうじ》をあけ給《(たまふ)》に、[一五]固《かた》ければ、

「[一六]これあけよ。」

との給《(たまふ)》に、あこきも君も[一七]いかにせんとわび給へば、

きとしては本格的に逗留する少将の君のために(朝食のかゆと別に)一膳確保したいところ。

一 あなた、あなた。懇願する時の親しげな呼びかけ。
二 (手に入れた)ご膳をさしあげに。
三 語義不明。底・宮・近・慶・斑「ものきりはみならひたれは」、尊「ものきりはみなしひたのは」、木「ものゝくさはひはならひたれは」、三「ものゝくさはひならひたれは」。
四 不如意だとばかり聞いたのに対して。
五 奥ゆかしく。
六 女君もどういうわけなのだろうかと(思うが)、男君もなかなか召しあがらず、女君は女君で起きて座ってくださらないので。
七 おさがりでもって帯刀にいかにも見た目にきれいにして食わせると。「まかり」は、膳を下げること、下賜の食事。あとの「下ろし」に同じか。
八 ずいぶんになる日数を伺候したけれど、かように下賜のご馳走などがお目にかかれたことはあったか。やはりわが主君と思う君のいらっしゃるゆえであったということだ。「け」は、しるし、ため。
九 うれしいお心が見られようとする餞別の宴。但しなぜここが旅の門出になるのか分からない。先の継母北の方の言葉に「いかでこれ返し申してん」とあり、あこきが心内に「いとうれしきこと」と思ったことを踏まえる文脈らしい。

[49] 北の方やって来る

一〇 ああ恐ろしいことであるな。北の方が恐ろしいことを言うか。
一一 あこきも帯刀も。
一二 かくて。かようにして。
一三 さし覗きもなさらぬ。「も」は強め。
一四 前出の「隔ての障子」(→五三頁注二二)であ

「[一八]さはれ、あけ給へ。[一九]木丁《(きちやう)》あげて臥《ふ》せ給へらば、もの引《ひ》きかづきて臥《ふ》いたらん。」

とのたまへば、[二〇]さしもこそ覗《のぞ》き給へとわりなけれど、遣《や》るべき方《かた》もなければ、[二一]木丁《(きちやう)》つらにを《(お)》し寄《よ》せて女君ゐ給へり。北方《(きたのかた)》、

「[二二]などを《(お)》そくはあけつるぞ。」

と問《と》ひ給へば、

「[二三]けふあす御もの忌《い》みに侍《(はべり)》。」

といらふれば、

「[二四]あなこと〳〵し。[二五]なでう《(ふ)》我《(わが)》いゑ《(へ)》などなき所にてかもの忌《い》み侍《(はべる)》。」

との給へば、

「[二六]あが君、猶あけよ。」

とてあけさすれば、[二七]あらゝかにを《(お)》しあけて入《い》りまして、[二八]ついゐて見《み》れば、例《れい》ならずきよげにしつらひて、木丁《(きちやう)》立《た》て、君もいとをかしげに取《と》りつくろひて、大かたの香《か》もいとかうばしければ、あやしくなりて、

「[二九]などこゝのさまも身《み》さまも例《れい》ならぬ。もし我《(わが)》なかりつる程にことやありつる。」

ろう。通路の隔てであって、落窪の間の戸ではない。

一五 しんばりなどで開かないようにしてあるか。

一六 北の方の詞。大声で。

一七 どうしようかと。「と」底本、虫損。

一八 少将の詞。構わないから、開けなされ。「さはれ」は、ままよ、いいから。

一九 几帳を上げて(わたしを)寝かせておいてくださっているならば。几帳をあげるという表現は不審。三「木丁あけ給へらは」(木もほぼ同文)ならば北の方がである。あるいは、几帳を室内の上手のほうへ押し寄せることか。

二〇 さし覗きなさる(のは必至だ)と。

二一 几帳を面に押し寄せて女君はお座りになっている。つら(面、側)は何か(廊下、壁など)に面した側を言うか。

二二 何でぐずぐずとは開けたところか。開けるのに時間がかかったのかと問う北の方らしい変な言い方。まだあこきは開けない。

二三 今日と明日とお物忌みでございます。とっさの出任せを言うあこき。

二四 まあおおげさな。あこきの子供じみた嘘を見抜いた感じ。

二五 何だって自分の家なんかない場所で物忌みがござるのか。北の方的表現。

二六 男君の詞。ねえおまえ、やはり開けてやれ。

二七 乱暴に押し開けてはいっていらっしゃって。

二八 「ついゐる」は、(膝を)ついて座る。

二九 北の方の詞。何でここ(室内)の様子もおたくの様子も普通でないのか。「身さま」は身のありさまを言うか。源氏物語・若菜下「古めかしき御みさまにて」という用例はあるが、ここは独特の北の方用語か。

とのたまへば、おもてうち赤《あか》みて、

「[一]何《なに》事か侍らん。」

といらへ給《(たまふ)》。少将、[二]いかゞあるとゆかしうて、木丁《(きちやう)》のほころびより臥《ふ》しながら見《み》たまへば、[三]白《しろ》きあや、かいねりなど[四]よからねど重《かさ》ね着《き》て、[五]おもてひらゝかにて、[六]北の方《かた》と見《み》えたり。[七]口《くち》つきあい行《(ぎやう)》づきて、すこしにほひたるけつきたり。[八]きよげなりけり、たゞまゆの程にぞ[九]を《(お)》よすげ、[一〇]あしげさもすこしいでゐたりと見《み》る。

「[一一]まい《(ゐ)》りたるやうは、[一二]けふこゝに買《か》い《(ひ)》たる[一三]鏡《かゞみ》のをかしげなるに、[一四]この御箱《はこ》の入《い》りぬべく見《み》えし、しばし給へと聞《き》こえんとてなん。」

「[一五]ようはべなり。」

とのたまへば、

「かう心やすくものし給へば、いとよくなん。[一六]割《さ》いたまへ。」

とて引《ひ》き寄《よ》せ[一七]たてまつり給へり。[一八]うち移《うつ》して、[一九]我《(わが)》持《も》たまへる入《い》れ給へり。[二〇]げに入《い》りたれば、

「[二一]かしこきものをも買《か》い《(ひ)》てけるかな。この箱《はこ》のやうに[二二]いまの世の蒔絵《まきゑ》こそさらにかくせね。」

一 落窪の君の返辞。何ごともございません。
二 どんな様子(の女)かと見たくて。
三 白い綾の袿《(うちき)》やその下に着るかい練りの内衣などを。 四 配色などが。 五 顔がひらたくて。 六 (なるほど)北の方だと見える。
七 口もとは魅力あり、少々色めかしい感じも具えている。「あい行」は「愛敬」の当て字。
八 (見た目には)こぎれいであったことだ。
九 「およすぐ」は、成長する、老人くさくなる。
一〇 性格の悪さも少々表面にとどまっていると観察する。 一一 北の方の詞。参上しているわけは。 一二 わたしのほうで。「ここ」は自称。
一三 鏡が趣のある感じなので。本当にいい品ならば箱もついているはず。 一四 こちら(落窪の君)のお鏡箱がきっとはいるのにちがいなく見受けた(ことがある、その鏡箱を)しばらく下されと。

[50] 鏡の箱

一五 女君の詞。結構なことのようでございます。やや語義不安である。底・宮・近「さいたまへ」、尊「さはたまへ」、慶「さは給へ」、斑「さはの給へ」、三・木「さは給へ」。
一六 分けてくだされ。
一七 女君の持ち物なので女君に対しての書き手による謙譲である。
一八 ちょこっと移して。女君の鏡を外へ出す。
一九 自分が持っている鏡を。
二〇 この箱をまきあげることが目的で鏡を買ってきたのだとしたら、ぴったりはいるはず。
二一 りっぱな品物をまあ買ってのけたことよな。
二二 当世の蒔絵は絶対にかように作らないよ。継母北の方が鏡から箱に唐突に話題を移すのは狙いがそれだから。
二三 まったく醜悪だと。北の方の真意がこの箱をまきあげることにあったとあこきは気がつく。
二四 こちらの(女君の)お鏡の箱もないと(困るのでは)…。「あしからん」が省略されている感じ。

とてかき撫《な》で給へば、あこき、[二三]いとにくしと見《み》て、
[二四]「この御鏡《かゞみ》の箱《はこ》もなくてや。」
と言《い》へば、

「いまま《ゝ》た求《もと》めてたてまつらん。」

とて立《た》ち給《(たまふ)》。[二五]いと心ゆきたるさまにて、

「かの木丁《(きちやう)》はいづこのぞ。いときよげなり。[二六]例《れい》に似《に》ぬものもあり。[二七]猶けしきづきたり。」

とのたまへば、女君、[二八]いかに聞《き》くらんとはづかし。
[二九]「なくてあしければ取《と》りに遣《や》り侍《(はべり)》。」
と聞《き》こゆ。

[三〇](ほ)なをけしきをうたがはしく思ひ給《(たまひ)》ぬるのちに、あこき、
[三一]「まめやかには[三二]をかしくこそ侍れ。[三三]たてまつり給はんことこそなからめ。[三四]持《も》たせ給へる御調度《てうど》をかくのみ取《と》[三五]らせ給へるよ。さきぐ〳〵の御婿《むこど》取りには、[三六]「し変《か》へて。[三七]たゞしばし」と、屛風《びやうぶ》よりはじめて取《と》り給《(たまひ)》て、たゞ我《(わが)》[三八]ものの《ゝ》具《ぐ》のやうにて立《た》[三九]て散《ち》らしておはします。御[四〇]ごきをだに[四一]きたに聞《き》[四二]こえ取《と》り給《(たまひ)》てき。いま殿《との》にも[四三]いてまうで来《き》なん。[四四]この御方のものはたゞ見《み》るまゝに御方《(かたがた)》〳〵のものに

二五 まことに心が満ち足りている様子で。「き」底本、虫損。 二六 いつも(見馴れているの)に似ない調度もある。「例に」の「に」底本、虫損。 二七 北の方は落窪の君が男をひっぱりこんでいるのかもしれないとこの時点で考える。 二八 少将の君が。 二九 あこきの返辞。ないと困るので取りにやってございます。 三〇 (それでも、北の方は)やはり様子を変だとお感じになってしまったあとで。北の方は疑いをいだきつつ戻っていった。 三一 「(本当に)おかしくなります」(角川)、「(あの鏡箱は)すばらしく立派なものでございます」(全集)。 三二 実際には。 三三 おさしあげになろうことなんかなかろうのに。あるいは、北の方が女君に何かをさしあげることなどはなかろうのに一方女君は、の意か。 三四 お持ちあそばしている。 三五 女君から「お取らせになる」という使役の表現。 三六 北の方の詞の引用。「し変ふ」は、修繕する、取り替える。 三七 ほんのしばらく(持ち出すだけだ)。 三八 道具。 三九 置き散らかして。屛風などだから「立て」という。 四〇 食器。蓋のある椀のたぐいを言うか。

〔51〕あこきの腹立ち

四一 「きたに」衍字か。底・宮・近・尊・斑「きたに」、慶「北に」、三「こゝに」、木ナシ。 四二 うまく申して取ってしまわれた。「聞こえ取る」は「言ひ取る」の謙譲的表現で、請い申して取る、言い含めて取る感じ。「き」は確かな過去として、そういうことがあったことを示す。 四三 語義不明。底・宮・近・尊・慶「いてまうて」、斑「いてもうて」、三「いかてまうて」、木「こひてもうて」。 四四 この落窪の君方。あとの「御方〳〵」は北の方腹の娘たち。

のみなり果《は》てぬ。一かく心広《ひろ》くおはしませども、人の御心ざしやは見《み》ゆる。」

と腹立《はらだ》ちゐたれば、女君をかしくて、

「さはれ、二いづれも〳〵用果《ようは》てなばたびてん。」

といらふれば、三まことと聞《き》き《ゝ》給《(たまふ)》。

四木丁《(きちやう)(お)》をし遣《や》りていでて《ゝ》、女君五引《ひ》き入《い》れて、

「六まだ若《わか》う物したまひけるは。むすめどもは七これにや似《に》たる。」

とのたまへば、

「八さもあらず。九みなをかしげになむおはしあふめる。一〇あやしう見苦《みぐる》しうても見《み》給へるかな。一一聞《き》き《ゝ》つけていかにの給はん。」

と言《い》ふ。すこしうちとけたるを見《み》るまゝに、いとをかしげなれば、一二なを《(ほ)》あらじにて、一三思ひやみなましかばと一四思《(おもふ)》。

鏡《かゞみ》の箱《はこ》の代《かは》り、一五このあこ君と言《い》ふわらはしてをこ《(お)》せたり。黒塗《くろぬ》りの箱《はこ》の九寸ばかりなるが深《ふか》さは三寸ばかりにて、一六古《ふる》めきまどひて所〳〵はげたるを、

「一七これ黒《くろ》けれど、一八漆《うるし》つきていとよきなり。」

とのたまへれば、

「一九をかしげ。」

一 かようにきもちが寛大でいらっしゃるのですけれども、(それに対して)北の方の感謝のおきもちは見られるものですか。

二 どれもこれも用事が済んでしまったならばきっと(返して)くださることであろう。

三 (男君は女君の)心が寛大だというのは真実だとお聞きになる。

四 (少将の君は)几帳を押しやって出て。壁に押しつけられた窮屈な几帳の中に男君ははいっていた。

五 (胸元に)引き込んで。

[52]代りの鏡箱

六 少将の詞。(北の方は)まだ若く何でいらっしゃったことだね。「けり」は北の方の若さが今に続いてきてある、という感じ。「は」は軽い感動。

七 北の方に似ているか。

八 落窪の君の詞。そのようでもありません。似ているという程度でなくもっと、という感じ。

九 いずれも互いに美しい感じでいらっしゃるようですよ。「おはしあふ」は「おはす」の動作主が複数の場合に言う。

一〇 (北の方は)みっともなく見るにたえない状態であるとまあご覧になっていることとねえ。男君が北の方のことを、ともとれる。

一一 (男君のことを)耳にしてどんなに(こっぴどく)おっしゃることだろう。

一二 (少将の君は)このままに捨てておけそうにないとて。

一三 (もしあの道の途中で)断念してしまったらば(残念だった)と思う。

一四 底・斑「思ひ」。宮・近・慶「思」、尊「思ふ」。底本の誤記とは認めがたいが「思」に訂正しておく。

一五 北の方付きの女童の名。

一六 古ぼけきわまって。

一七 北の方の詞。あこ君がその口上を述べる。従って「のたまへれば」(おっしゃってあるので)

とわらひて、御鏡《かゞみ》入《(いれ)》て見《み》るに、[二〇]こよなければ、

「いで、あな見苦《みぐる》し。なか〳〵[二一]入《い》れで持《も》たせ給へれ。[二二]いとうたてげに侍り。」

と聞《き》こゆれば、

「[二三]さはれ、な言《い》ひそ。[二四]給はりぬ。げにいとよう侍り。」

とて[二五]使《つか》ひ遣《や》りつ。少将、取《と》り寄《よ》せて見給《み(たまひ)》て、

「[二六]いかでかゝるこたいの物を見《み》いで給《(たまひ)》つらん。[二七]おいたまへめるものを、[二八]さるすがたにて世になきものもかしこしかし。」

とわらひ給《(たまふ)》。[二九]明《あ》けぬればいで給《(たまひ)》ぬ。

女君、[三〇]を《(お)》き給《(たまひ)》て、

「[三一]いかにしてかく恥隠《はぢかく》すことはしつるぞ。[三二]木丁《(きちやう)》こそいとうれしけれ。」

との給《(たまふ)》。あこき、

「[三三]しかして侍《(はべり)》し。」

など語《かた》りきこゆ。[三四]お《(を)》さなき心《(こゝ)》ちにも思ひ寄《よ》らぬことしいでけるも、あはれにらうたくて、[三五]げにうしろみとつけしかひありと思《おも》ふ。[三六]たちわ《(は)》きが語《かた》りしことどもを語《かた》りて、いとあはれにて、

「[三七]御心長《なが》くは、ねたく思ひ落《お》としたる世に、いかにうれしからん。」

と敬語になる。あこ君はそのまま帰る。
一八 うるしの樹液を精製した塗料。うつほ・俊蔭「天女くだりまして、うるしぬり」。
一九 いい感じね。箱について言う。「をかしげ」と言い切る言い方には感動がこもる。
二〇 はなはだしい(大きい)ので。
二一 いっそのこと入れないで(むきだしのまま)お持ちでいらっしゃれ。むきだしを忌むのが鏡の民俗だが、ここはそれにもかかわらず。
二二 いかにも怪しい感じでございます。
二三 落窪の君の詞。かまわないから、言うな。
二四 頂戴しました。なるほどじつに結構でございます。伝言である。
二五 使いを派遣した。言上を伝えさせる。
二六 どのようにしてかような古風の品を見いだされたろう。「こたい」は、古態、古体。
二七 語義不明。底・慶「おいたまへるものを」、宮・近「おいたたまへめるものを」、尊「おいたまへめる物を」、斑「をいたまへめる物を」、三「おい給へめるものは」、木「おい給へるものを」。

［53］女君とあこき

二八 そんな格好で世に二つとないというものも恐れ多いよね、の意か。「さるす」底本、虫損。
二九 明けてしまうと(すぐ)お出になってしまう。
三〇 お起きになって。
三一 どのようにしてかように恥を隠すわざは用意したのか。調度や食事を調えて不如意のさまを見せずに済んだこと。
三二 特に少将の君を隠すことのできた几帳が女君はうれしい。
三三 かくかくしかじかしてございましたよ。「さ」の意味の「しか」をふつう女は使わない。ここは述べたことを書き手が省略する「しかしか」の意。
三四 (あこきが)子供心ながらも意外なわざを行

と言《い》ふ。

一その夜はうちにまいり《(ゐ)》給《(たまひ)》てえおはせず。つとめて御文《ふみ》あり。

二よべはうちにまいり《(ゐ)》てなん、えまいり《(ゐ)》来《こ》ずなりにし。三いかにあこき、これなり勘当《かんだう》侍《(はべり)》けん、と思ひ遣《や》りしもをかしうこそ。四さがなさは五たがを習《なら》ひたるにか、と思《おも》ふにもおそろしうなん。こよひは「六むかしはものを」となむ。

七さらでこそそのいにしへも過《(すぎ)》にしを一夜《(ひとよ)》経《へ》にけることぞかなしき

八つゝましきことのみ多《おほ》うおぼされためる世は九離《はな》れ給《(たまひ)》ぬべしや。一〇心やすき所求《もと》めてん。

一一とこまやかに聞《き》こえ給へり。

「御返《かへ》り早《はや》。」

とて、

「持《も》てまいら《(ゐ)》ん。」

とたちわ《(は)》き聞《ゝ》こゆ。御文《ふみ》をあこき見《み》てわらふ。一二語《かた》り申《(まうし)》てけり、と、

一三「言《い》ふべき人のなきまゝにこそいさかはれ侍れ。」

と言《い》ふ。

ったということも、しみじみと愛情が感じられかわいらしくて。「けり」は非目撃の過去。

三五 →三頁注二七。

三六 雨の中で嫌疑を受けたこと、くそがついたことなど。

三七 あこきの詞。(男君の)お心がいつまでも変わらないのなら、しゃくにさわって軽蔑している世間なのに、どんなにうれしいことでしょう。

［54］少将の手紙、女君の返状

一 (少将の君は)その晩は宮中に参上なさって(女君のところへ)いらっしゃることができない。

二 少将の手紙。

三 どんなにあこきの、これなり(への)勘当がございましたろうか、と。「勘当」は、→四八頁注一〇。

四 意地悪。本性丸出し。「さがし」の程度のはなはだしいのが「さがなし」である。「さが」はものの本性。 五 だれの(さがなさ)を。

六 「昔はものを」(という古歌の心境)であるよ。拾遺集・恋二「逢ひみてののちの心に比ぶれば昔はものを思はざりけり」(藤原敦忠)により、次の作歌へ続く。

七 「昔はものを」という歌の通り、逢うまえはたいして物思いもせずにその「昔」というやつも過ぎてしまった、なのに今は逢わぬ一夜を経てしまったことが悲しいよ。

八 気がねさせられることばかり多いように自然と思われなさっているらしい境遇は。

九 お離れになってしまうのがよくはないか。

一〇 きっと安心できる所を求めてみよう。先々から出離の希望を述べていた女君の歌の内容を受けて、それなら女君を別の所へ移し据えようという提案である。

一一 こまごまと。女君を移し据えようとまで行

[一四]よべは、[一五]まだきしぐるゝ、

　[一六]一筋《(ひと)すぢ》に思《おも》ふ心はなかりけりいとゞうき身ぞ分《わ》く方《かた》もなき

[一七]まことうき世は門《かど》させりとも、と言《い》ふやうに、いでがたくなん。[一八]あこきは罪《つみ》あらん人はおぢ給《たまひ》ぬべかめり。

とあるを、[一九]持《も》ちていづるほどに、蔵人少将まづ召《め》すと言《い》ふめれば、[二〇]えを《(お)》きあへでふところにさし入《い》れてまい《(ゐ)》りたり。[二一]御鬢《びん》まい《(ゐ)》らせ給はんとてなりけり。御うしろをまい《(ゐ)》るとて君もうつぶし、我もうつぶしたる程に、ふところなる文《ふみ》の落《お》ちぬるもえ[二二]知《し》らず。少将見《み》つけ給《たまひ》てふと取り給《たまひ》つ。御鬢《びん》かき果《は》てて入給《(いりたまふ)》に、いとをかしければ、三の君に、

「これ見《み》たまへ。これなりがを《(お)》としたりつるぞ。」

とて[二三]たてまつり給《(たまふ)》。

「手《て》こそいとをかしけれ。」

との給《(たまふ)》。

「おちくぼの君の手《て》にこそ。」

とのたまふ。少将、

「[二四]とはたれをか言《い》ふ。あやしの人の名や。」

き届いた内容であること。

一二 (少将の君に)お話しし申してしまったことだな、と(あこきは知って)。

一三 話しする適当な人が(ほかに)ない(からその)ままに自然と(あなたと)口論になるのでございますよ。

一四 女君の返状。昨夜は。

一五 早くも時雨に袖が濡れる、の意。古今集・恋五「わが袖にまだき時雨のふりぬるは君が心に秋や来ぬらん」(詠み人知らず)の第二句に似る。

一六 一本の糸のようにまっすぐに愛するきもちはなかったことですね、その糸ではないが、いともいともつらい私の身は(糸が分けられるのとちがって)分別する方法もない。

一七 真実「つらい世の中は門をとざしているとも見えないのに…」と歌にあるごとく、出るのが難しいのです。古今集・雑下「うき世には門させりとも見えなくになどか我が身のいでがてにする」(平貞文)による。

〔55〕女君の手紙、三の君の手へ

一八 あこき(について)は、負い目のあろう人はきっと恐れていらっしゃることであるようです。少将の手紙のあこきに関する個所について言い返す。

一九 (帯刀が)持って出る時に、蔵人少将がともあれ召すと。

二〇 (女君の手紙を)置くひまがなくて。

二一 お髪の手入れを奉仕させなさろうとて。「まゐらせ給ふ」は奉仕する意の「まゐる」に使役の「す」、尊敬の「給ふ」がついた表現。

二二 知ることができない。「え」底本、補入。

二三 底本「なてまつり」。宮・近・尊・慶・斑「たてまつり」。それらによって訂正する。

二四 (おちくぼの君)とはだれのことを言うのか。「とは」から始まる口語的な言い回しと見ておく。

「[一]さ言《い》ふ人あり。もの縫《ぬ》ふ人ぞ。」

とて[二]やみぬ。三君《(さんのきみ)》は文《ふみ》を取《と》り給《(たまひ)》て、あやしと思ひゐたまへり。帯刀《たちはき》、[三]御ゆするの調度《てうど》など[四]取《と》りを《(お)》きて、立《た》つとて[五]かい探《さぐ》るになし。心さは《(わ)》ぎて[六]立《た》ちゐ振《ふ》るひ、ひも解《と》きて求《もと》むれど絶《た》えてなければ、いかになりぬらんと思ひて顔赤《かほあか》めてゐたり。[七]身よりほかにありかねば、落《お》つともこゝにこそあらめとて、[八]おましをまづ取《と》りあげて振《ふ》るへども、いづこにあらん。人や取《と》りつらん、[九]いかなる事いで来《こ》んと思ひ嘆《なげ》きて、つらづえ《(ゑ)》をつきて[一〇]ほれてゐたるを、少将、いづとて見給《み(たまひ)》て、

「などこれなりはいたう[一一]しめやぎたる。ものや失《うしな》ひたる。」

とてわらひ給《(たまふ)》に、この君取《と》り隠《かく》し給へるなめりと思《おも》ふに、死《し》ぬる心《(ここ)》ちす。[一二]いとわりなげなるけしきにて、

「いかで給はり侍らん。」

と申せば、

「我は知《し》らず。[一三]姫《ひめ》君こそ「すゑの松山」と言《い》ひつめれ。」

とていで給《(たまひ)》ぬ。

言《い》はん方《かた》なくて、[一四]あの君と思《おも》はん事はづかしけれど、いかゞはせんとて、あ

一 三の君の詞。そう呼ぶ人がいる。
二 その場はおしまいになってしまう。
三 洗髪。「ゆする」は洗髪のための汁で、米のとぎ汁や強飯《こわいい》を蒸したあとの湯などであるという。

[56] 帯刀、手紙の紛失に気づく

四 取り片づけて。
五 (懐を)触って確かめると(手紙が)ない。
六 立ち座り身をふるわし。
七 身辺から離れて、か。難解。底・宮・近・慶・斑・木「身よりほかに」、尊・三「身より外に」。
八 ご座所。
九 どんな事態が出来《しゅったい》することだろうと。
一〇 ぼんやり座っているのに対して。
一一 しんみりしている。しょんぼりしている。但し「しめやぐ」は他例を知らない語である。
一二 (帯刀は)まことに困り果てた表情で。
一三 姫君が「これは末の松山(三角関係)だ」と言ったようだよ。古今集・東歌「君をおきてあだし心を我が持たば末の松山波も越えなん」による。帯刀があこきから落窪の君へ心変わりした、と邪推する。姫君はだれのことか、不明。姫君はふつう一家の長女など特定の人物をさす。蔵人少将の出任せか。
一四 あの君が、と。だれのことをさすのか、難解。底・宮・近・慶・斑「あの君」(三・木も)、尊「あのきみ」。
一五 帯刀の詞。さっきの(女君の)ご返状を、自分が参上しよう際に持って参上しようとて出たばかりの時に。
一六 かくかくしかじかお呼び出しになって。
一七 かようにして。
一八 自分が自分でないといった風情で。うろたえるさま。

[57] ふたり汗になりて

一九 帯刀が「いかなる事

こきがもとに行《い》きて、

「[一五]ありつる御返《(かへり)》、身づからまい《(ゐ)》らんに持《も》てまい《(ゐ)》らんとていでつるほどに、[一六]しか召《め》して御鬢《びん》かゝせ給へるほどに、[一七]かうして取《と》られたてまつりぬ。いといみじうこそ。」

と、[一八]あれにもあらぬけしきにて言《い》へば、あこき、

「いといみじき事かな。[一九]いかなるのゝしりいで来《こ》んとすらん。[二〇]いとゞしく、この御方けしきありとうたが[二一]ひ給《(たまふ)》ものを、[二二]いかにさは《(わ)》がれ給はんとすらん。」

と、ふたり汗《あせ》[二三]になりていとを《(ほ)》しがる。

三の君、この文《ふみ》を北方《(きたのかた)》に、

「[二四]しかくしてありつる。」

とて見《み》せたてまつり給へば、

「[二五]さればよ。[二六]けしきありと見《み》つ。たれならん。帯刀《たちはき》[二七]が住《す》むにやあらん、そが持《も》たりつらんは。迎《むか》[二八]へんと言《い》ひたるにこそあめれ、「いでがたし」と言《い》へるは。お《(を)》[二九]とこあはせじとしつるものを、いとくちお《(を)》しきわざかな。お《(を)》[三〇]とこいで来《き》なばかうて世にあらじ。迎《むか》[三一]へてん。[三二]なくては大事《(だいじ)》なり。[三三]よきあこたちの使《つか》ひ人と見《み》[三四]をお《(お)》きたりつるものを。[三五]いかなる盗人《ぬすびと》のかゝるわざをしいでつらん。[三六]まだきに言《い》

いで来ん」(→注九)と心配し、あこきも不安に思う。

二〇 いよいよはなはだしく。

二一 先に「あやしくなりて」(→五五頁)、「なほけしきをうたがはしく思ひ給ひぬるのちに」(→五七頁注三〇)とあった。

二二 (女君は)どのように評判を立てられなさろうことであろうか。

二三 冷や汗になって。源氏物語・帚木「汗になる」。

二四 これこれの次第で手にはいった(手紙です)。「ありつる」(連体形)はあとを省略した感じの表現。

二五 北の方の詞。そうれやっぱり。以下、北の方による独特の推理と言い回しとからなる。

二六 「猶けしきづきたり」(→五七頁注二七)。

二七 帯刀めが住むのであろうか、そやつが持っておったろうのは。倒置的表現である。「住む」は、男が女のもとに通い続けて泊まり込む。

〔58〕手紙、北の方の手に

二八 (男が)呼び寄せようと言っているようだ、「出るのが難しい」と(手紙に)言ってあるのは。→六一頁注一七。ここも倒置的言い回し。

二九 夫を持たせまいとしたところなのに、まことに失望させられる行為よな。女君の結婚について継母北の方に采配権がある感じ。

三〇 男ができてしまったら、そのまま絶対におることはあるまい。「いで来」は出現するの意かもしれない。

三一 (男が)きっと引き取ってしまおう。

三二 (落窪の君が)いなくては大変だ。

三三 大切なわが子たちの召使いとして。「よき」は「使ひ人」にかかるとも見られる。

三四 目をつけておいたところなのに。「見おく」は、かねがね見て心にとどめておく。「を」字は

はば隠《かく》しまどはん物ぞ。」

一この文《ふみ》もいださせでけしきを見《み》るに、人も言《い》ひさは《(わ)》がねば、あやしう二思ふ。

女君には、

「御文《ふみ》はかう三〳〵し侍りにけり。四おもてはづかしきやうなれど、五侍《(はべり)》つるやうに御文書《ふみか》かせ給《(たまひ)》て、給はらん。」

と言《い》へば、君六いとわびしと思ひ給へりとはを《(お)》ろかなり。七北方《(きたのかた)》も見給《み(たまひ)》つらんと思《おも》ふに、八心《(ここ)》ちもいとわびしうて、

「九又もえ聞《き》こゆまじ。」

と嘆《なげ》き給《(たまふ)》事かぎりなし。帯刀《たちはき》もいとを《(ほ)》しくて、少将の君の御《(お)》まへにもえまい《(ゐ)》らず、こもりゐたり。

暮《く》れぬれば一〇おはしぬ。

「御返《かへ》り一一はなど給はざりつる。」

とのたまへば、

「一二北の方《かた》のを《(お)》はしつる程に。」

との給《(たまひ)》て、御一三とのごもりぬ。ほどなく明《あ》けぬれば、いで給ふに、明《あ》け過《(すぎ)》て人〳〵さはが《(わ)》しければ、一四えいで給はで、返入給《(かへりいりたまひ)》て臥《ふ》し給《(たまひ)》ぬ。あこき、例《れい》の御台《だい》、

底本「せ」のように見えるのを訂正する。
三五 どんな盗人がかかる行為をしでかしよったのだろう。親の立場から許さぬ結婚相手について盗人と悪態をつく感じ。継母は話型的に見ると代理の母として落窪の君に苦難を与え結果において結婚へ導く役割にある（解説参照）。
三六 時期にならないうちに言い立てるなら（男は）あわてて隠すことであろうぞ。

〔59〕落胆する女君

一（時期を待って）くだんの手紙も取り出させないで。 二 あこきや帯刀は。
三 かくかくしかじかしてしまったことでございます。帯刀の失敗をあこきが女君に告げる。
四 恥ずかしくて顔を向けられそうにないことですが。
五（まえに）ございました（のと同じ）ようにお手紙をお書きあそばして、頂戴したい。
六 はなはだつらいとお思いになっているという表現では不十分だ。書き手の感想がこもる。
七（もう）北の方もご覧になってしまったことであろうと。
八（思いも）気分もいっそう滅入って。
九 もう一回もお手紙を申し上げることはできそうにない。

〔60〕少将の君の来訪、四の君のこと

一〇 少将の君は。
一一 なぜ下さらなかったのか。「つ」は手紙をくれない状態のまま今になった、という感じ。
一二 落窪の君の詞。北の方が（ずっと）いらっしゃった時に…。とっさの言い訳（帯刀をかばうためのうそ）を言いさす。
一三 おやすみになってしまう。「おほとのごもる」に同じ。
一四 出ることができなくて、引き返し（室内に）

[一五]けいめいありく。

少将君《(の)》、しづかに臥《ふ》し給《(たまひ)》て、[一六]もの語《がた》りし給《(たまひ)》て、

「[一七]四君《(しのきみ)》はいくら大《おほ》きさにかなり給《(たまひ)》ぬる。」

とのたまへば、

「十三四のほどにてをかしげなり。」

と言《い》へば、少将、

「[一八]まことにやあらん、[一九]まろにあはせんなど中納言のたまふなるとぞ。[二〇]めのとなる人こそ[二一]殿《との》なる人を知《し》りて、[二二]御文《ふみ》いで、[二三]北の方もいかでとなむの給《(たまふ)》とて、[二四]めのとなる人こそにはかに責《せ》めしか。[二五]かゝると聞《きゝ》給へと言《い》はんよ。いかゞおぼす。」

とのたまへば、

「[二六]心うしとこそは思《おも》はめ。」

との給《(たまふ)》。[二七]子子《こゝ》しければ、らうたしと思ひて、

「[二八]こゝはいみじう、まい《(ゐ)》りくるも人げなき心《(ここ)》ちするを、[二九]渡《わた》したてまつらん所におはしなんや。」

とのたまへば、

おはいりになって横になられてしまう。

一五 準備に奔走する。「けいめいしありく」とありたいところ。「けいめい」は「経営」か。

一六 しみじみと語らいなさって。そのついでに以下の四の君の話題が出る。

一七 四の君はどれぐらい大きさにおなりになってしまったか。「いくら」は副詞だが、ここでは「大きさ」にかかる。

一八 真実の話であろうか。「まこと」は実体のある言葉の意。

一九 わたしにめあわせようなど中納言がおっしゃるそうだとね。

二〇 乳母である人が。四の君の乳母である。

二一 少将の父大将の殿の人。

二二 (その関係で中納言方から)お手紙が出て。

二三 (それによると手紙の主はもちろん、当の)北の方も何とかして(この結婚話をまとめてほしい)とおっしゃるとて。

二四 乳母である人が突然(わたしを)責めたてたよ。この「めのと」は少将の君の乳母つまり帯刀の母である人のこと。男君の結婚話には乳母が大いに発言権を持つ。

二五 かような状態だ(あなたと結婚している状態だ)と聞いてくだされと言うつもりだよ。どうお思いですか。

二六 つらいとは思うことでしょう。少将との関係が知られると北の方からさらに迫害されるから。　二七 子供子供しているさまなので。

二八 ここ(落窪の間)はひどくて、お伺いするのも(逃げ隠れして)人並みでない感じがするから。「人げなし」は結婚している男らしからぬ肩身の狭い思いをしているさま。

二九 お移しし申そうと思う場所にきっと来てくださるか。先に「心やすき所求めてん」(→六〇頁注一〇)と手紙に書いたこと。

「[一]御心にこそは。」

との給へば、

「[二]さらばよ。」

などの給《(たまひ)》て臥《ふ》し給へり。

[三]ほどは十一月廿三日の程なり。三の君のお《(を)》とこの蔵人少将、にはかに[四]臨時《りんじ》の祭《まつ》りの[五]舞《ま》ひ人にさゝれ給《(たまひ)》ければ、北方《(きたのかた)》、[六]手《て》まどひし給《(たまふ)》。あこき、[七]論《ろん》なう御縫《ぬ》ひもの持《も》て来《き》なんものぞ、と胸《むね》つぶるゝもしるく、[八]うへのはかま裁《た》ちて、

「[九]これたゞいま縫《ぬ》はせ給へ。[一〇]御縫《ぬ》い《(ひ)》ものいで来《き》なんとなん聞《き》こえ給《(たまふ)》。」

と言《い》ふ。君は木丁《(きちやう)》のうちに臥《ふ》し給へれば、あこきぞいらふる。

「いかなるにか、[一一]よべよりなやませ給《(たまひ)》て、うちやすませ給へり。いまを《(お)》きさせ給《(たまひ)》なん時に聞《き》こえさせん。」

と言《い》へば、使《つか》ひ返《(かへり)》ぬ。女君、[一二]縫《ぬ》はんとてを《(お)》き給《(たまふ)》。

「[一三]まろひとりはいかでつく〴〵と臥《ふ》いたらん。」

とて[一四]を《(お)》こしたてまつり給はず。

北の方、

「[一五]いかに縫《ぬ》い《(ひ)》給《(たまひ)》つや。」

一 女君の承諾の言葉。
二 少将の詞。それならば(そうしよう)よ。
三 ここまで物語の時間の流れは結婚初夜からずっと連日で、旧暦九月ごろ、おそくとも十月以前であったはずである。いま十一月とするのは構想の立て直しか。
四 賀茂の臨時祭。本祭と別に行われるのが臨時祭で、賀茂神社の場合十一月の酉の日。巻二の記事(→一一〇頁注一〇)によると二十七日に行われる計算になる。

[61] 蔵人少将の縫い物

五 通例では祭りの三十日まえに舞人が指名されるという。「にはかに」とあるから代役である。
六 あわてふためきをなさる。
七 むろんお縫い物を持ってくるのにちがいないことだ、とどきどきするのも予想通り。
八 表の袴を裁断して。　九 使いの者の詞。
一〇 お縫い物がきっと出てくることであろうと(北の方が)申しておられる。のちにも縫い物があるからこの表の袴を先にすぐ縫え、の意。
一一 昨夜より気分が悪くおなりあそばして。以下、落窪の君への高い尊敬の表現が多用される。
一二 縫おうとて起きなさる。起きようとする。
一三 少将の詞。わたしひとりはどうしてぽつねんと横になっていよう。
一四 起こしてさしあげなさらない。
一五 どのようにお縫いになっておったところか。
一六 使いの者の詞。そうでもありません。まだ(女君は)おやすみあそばしている、とあこきが申したところですよ。使いの者はあこきのややこしい敬語的表現を勝手に要約して「まだ御とのごもりたり」と言い換えた。

[62] うちあざ笑う北の方

一七 いったい何のおやすみじゃ。以下、北の方的表現。

と問《と》ひ給へば、

「[一六]さもあらず。まだ御とのごもりたり、とあこきが申《まうし》つるは。」

と言《い》へば、北の方、

「[一七]なぞの御とのごもりぞ。[一八]もの言《い》ひ知《し》らずなありそ。[一九]われらと一《ひと》つ口《くち》になぞ言《い》ふは。[二〇]聞《き》きにくゝ。[二一]あな若《わか》〳〵しの昼寝《ひるね》や。[二二]しが身のほど知《し》らぬこそいと心うけれ。」

とてうちあざわらひ給《たまふ》。
[二三]したがさね裁《た》ちて持《も》ていましたれば、[二四]おどろきて木丁《きちやう》の外《と》にいでぬ。[二五]見《み》ればうへのはかまも縫《ぬ》はで[二六]を《お》きたり。[二七]けしきあしうなりて、
「[二八]手《て》をだに触《ふ》れざりけるは。[二九]いまはいで来《き》ぬらんとこそ思ひつれ。あやしう、[三〇]を《お》のが言《い》ふ事こそあなづられたれ。[三一]このごろみ心そりいでゝ、[三二]けさうばやりたりとは見《み》ゆや。」

とのたまへば、女いとわびしう、いかに聞《き》こえんとわれにもあらぬ心《ここ》ちして、

「[三三]なやましう侍《はべり》つれば、しばしためらひて。」

とて、

「[三四]これはたゞいまいで来《き》なんものを。」

一八 ものの言い方を知らないでいるんじゃないよ。使いの者をとがめるのでなく、あこきひいては女君をとがめる北の方。
一九 われわれと同一の言葉でなぜ言うの。変な言い回し。 二〇 聞き苦しくて…。
二一 あら子供みたいな昼寝よな。
二二 自分(女君自身)の身の程を知らないのはほとほとなさけないよ。女君憎さを言いたい放題の継母北の方。
二三 下襲。袍や半臂のしたに着る衣服。先に予告してあったように縫い物が次々に出てくる。それを持ってみずからやって来る北の方。
二四 (女君は)愕然として。または目を覚まして。
二五 (北の方が)見ると。先に依頼した表の袴もまだ放置したままである。

[63] 下襲を手に、北の方やって来る

二六 置いてある。
二七 顔色が変わってゆく感じ。
二八 北の方の詞。手をさえずっと触れないであったことだね。
二九 今はできあがってしまっておろうと思ったところなのに。
三〇 わたしの言うこと(頼みごと)が軽んじられているよ。北の方特有の言い回しと見て「れ」を受身としておく。
三一 お心がほかへ向きだして。「そる」(逸る)は、あらぬ方向を向く。
三二 しきりに化粧づいているとは見られるか。「はやる」は、心がしきりに進む。ここは「けさうばやる」一語と見ておく。「見ゆ」は受身の表現で、女君が見られる。「や」は疑問。
三三 気分がすぐれずございましたところなので、少々置いてから…。言いさし。
三四 これ(表の袴)は今すぐできあがりましょうから…。

とて引《ひ》き寄《よ》すれば、

「[一]おどろきむまのやうに手《て》な触《ふ》れ給《(たまひ)》そ。[二]人たねのたえたるぞかし、[三]からうけかへなる人にのみ言《い》ふは。[四]このしたがさねもたゞいま縫《ぬ》ひ給はずは[五]こゝにもなおはしそ。」

とて、腹立《はらだ》ちて、[六]投《な》げかけて立《た》ち給《(たまふ)》に、少将の[七]なを《(ほ)》しのあとの方《かた》よりいでたるをふと見《み》つけて、

「[八]いで、このなを《(ほ)》しはいづこのぞ。」

と立《た》ち止《ど》まりてのたまへば、あこき、いとわびし、と思ひて、

「[九]人の縫《ぬ》はせにたてまつり給へる。」

と申せば、

「[一〇]まづほかの物をし給《(たまひ)》て、[一一]こゝのををろ《(お)》かに思ひ給へる。[一二]もはらかくておはするにかひなし。[一三]あなしら〳〵しの世や。」

と、[一四]うちむつかりて行《い》くうしろで、子多《おほ》く産《う》みたるに[一五]落《お》ちて、わづかに[一六]十筋《すち》ばかりにて[一七]い《(ゐ)》丈《たけ》なり。[一八]うちふくれていとをこがましと、少将、つく〴〵とかいば見《み》臥《ふ》したり。女、[一九]あれにもあらでもの折《を》る。少将きぬのすそをとらへて、

「[二〇]まづおはせ。」

一 北の方の詞。驚き馬みたいにして手をお触れでないよ、の意か。「おどろきむま」は他例なく語義不明。目を覚ましてのろのろする馬か。
二 語義不明。底・近・尊・慶・三「人たねのたえたる」、宮「人たぬのたくたる」、斑「へたねのたえたる」、木「人たねのたへたる」。
三 語義不明。底・宮・近・尊・慶「からゝけかへ」、斑・三「からうけかへ」、木「うけかへ」。底・宮・近には「う」の右傍に「本」がある。「うけかへなる」は先の「うけかくに」(→五頁注三二)、「かてうけに」(→四五頁注二八)とかかわりある語か。
四 (表の袴はむろん)この下襲も。
五 落窪の間。あるいはこの邸。 六 下襲を。
七 直衣が足もとのほうから出ているのを。落窪の君の足もとに。几帳のうしろのことども。
八 はてさて、この直衣はどこのじゃ。
九 ある人が縫わせにさしあげなさっている(直衣です)。とっさの出任せを言うあこき。
一〇 先によその仕立てをなさって。 一一 ここ(この邸)の物をいいかげんに考えていらっしゃるよ。あきれた、という感じの連体形止め。
一二 まったくかようにして(ここに)いらっしゃるのに意味がない。このお邸の縫い物のために置いてやっている、ということ。
一三 ああ味けない世の中だこと。
一四 ぶつぶつ不平をならして出て行くうしろ姿は。去って行く北の方を背後から見送る少将の目から見た描写。 一五 髪が。 一六 語義不明。
一七 居丈。座るぐらいの長さ。
一八 からだつきは。
一九 無我夢中で縫い物を折る。「ものをる」は縫い物に先ず折り目をつける。 二〇 何はともあれいらっしゃれ。 二一 責めて引き寄せるので。
二二 困惑して(几帳の中へ)はいった。
二三 少将の詞。気に入らない。縫いなさるな。

と引《ひ》[二一]き責《せ》むれば、[二二]わづらひて入《いり》ぬ。

「[二三]にくし。な縫《ぬ》ひ給《たまひ》そ。いますこしあらだてて[二四]まどはしたまへ。[二五]このこと葉《ば》はなぞ。[二六]このとしごろはかうや聞《き》こえつる。[二七]いかで堪《た》へ侍らん。」

とのたまへば、女、

「[二八]山なしにてこそは。」

と言《い》ふ。

暗《くら》うなりぬれば、格子《かうし》下《お》ろさせて、[二九]灯台《とうだい》に火ともさせて、いかで縫《ぬ》ひいでんと思ふ程に、北の方《かた》、縫《ぬ》ふやと見《み》に[三〇]みそかにいましにけり。[三一]見《み》たまへば、縫《ぬ》い《ひ》ものはうち散《ち》らして、火はともして人もなし。入臥《いりふ》しにけりと思《おも》ふに、大《おほ》きに腹立《はらだ》ちて、

「[三二]おとゞこそ。[三三]このを《お》ちくぼの君心のあい行《ぎやう》なく、[三四]見《み》わづらひぬれ。[三五]これいましてのたまへ。かくばかりいそぐものを。[三六]いづこなりし。[三七]木丁《きちやう》にかあらん。[三八]持《も》ち知《し》らぬもの設《まう》けて、つい立《た》てて入臥《いりふ》し〳〵することよ。」

とのたまへば、[三九]おとゞは、

「[四〇]近《ちか》くおはしての給へ。」

とのたまへば、いらへとをく《ほ》なりぬ。[四一]例《れい》のことばは聞《き》こえず。

二四 ことを荒立てて(怒らせて)困らせなされ。北の方が
二五 今の言いざまは何ということか。北の方が「こゝにもなおはしそ」など言ったこと。
二六 この数年はかように(北の方は)申し上げておったのですか。 二七 (わたしだったら)何だって辛抱することでござろうか。
二八 古歌の「山なし」ですから…。「世の中を憂しと言ひてもいづこにか身をば隠さむ山なしの花」(古今和歌六帖・山なし)によるか。
二九 灯架の上に油皿を置いた室内照明具。火は点(とも)させたが、まだ女君は几帳の中にいて縫い方を思案している場面である。
三〇 ひそかに。底本「みこそかに」。宮・近・尊・慶「みそかに」、斑「うそかに」。宮などによって訂正する。

〔64〕北の方、偵察に来る

三一 垣間見の穴から。
三二 ご主人さまぁ。思わず大声を立てる継母北の方。「こそ」は呼び掛ける時の敬称。
三三 この落窪の君は心がかわいげなく。「あい行」は「愛敬」。底本「あい給」。宮・近・尊「あい行」、慶「あいきやう」、斑「あひきやう」。底本の誤記かと認めて訂正する。
三四 面倒を見切れなくなってしまったよ。「ぬれ」と已然形であるのは不審。上の「おとゞこそ」に引かれたか、北の方特有の表現か。
三五 この人(落窪の君)に。 三六 どこへ行ったのか。「いづこなりし木丁」と続くとも取れる。
三七 几帳にいるのかしら。几帳に目をつける北の方。
三八 使いなれないものを設置して、立て回して入っちゃあ寝、入っちゃあ寝することよ。「持ち知らぬ」は他例なく、語義が分かりにくい。
三九 (寝殿にいる)中納言は。
四〇 近くいらっしゃっておっしゃれ。「おとゞこそ」の呼び掛けへの返答。これも大声で。

[一]少将、おちくぼの君とは聞《き》かざりければ、

「何《なに》の名ぞ、おちくぼは。」

と言《い》へば、女いみじくはづかしくて、

「[二]いさ。」

といらふ。

「人の名にいかにつけたるぞ。論《ろん》なら[三]くしたる人の名《な》ならん。[四]きら〳〵しからぬ人の名なり。北の方《かた》、[五]さいなみだちにたり。さがなくぞ[六]おはしすべき。」

と言《い》ひ臥《ふ》し給《(たまひ)》けり。

[七]うへのきぬ裁《た》ちてを《(お)》こせたり。[八]又を《(お)》そくもぞ縫《ぬ》ふとおぼして、[九]よろづの事おとゞに聞《き》こえて、

「[一〇]行《い》きての給へ〳〵。」

と[一一]責《せ》められて、おはして、遣《や》り戸《ど》を引《ひ》きあけ給《(たまふ)》[一二]よりの給《(たまふ)》やう、

「[一三]いなや、[一四]このおちくぼの君の、[一五]あなたにの給《(たまふ)》事に従《したが》はず、[一六]あしかんなるはなぞ。[一七]親《おや》なかんめれば、[一八]いかでよろしく思《おも》はれにしがなとこそ思《おも》はめ。かばかりいそぐにほかの物を縫《ぬ》ひて、こゝのものに手《て》触《ふ》れざらんや何《なに》の心ぞ。」

とて、

四一 (北の方の)応答は遠くなってしまう。「このおちくぼの君」以下北の方の言葉は寝殿へ戻る途中でのせりふ。落窪の君のいる所から遠のいて聞こえなくなってゆく感じ。

四二 いつもの悪態は聞こえない。底「れいの」、宮・近・尊・木「れははての」、慶・三「れは残の」、斑「れはのこりの」。

一 少将の君は(女君の名を)落窪の君とは聞かなかった(知らなかった)ことだから。垣間見されたと知らない男君は近くで聞こえた北の方の言葉の中の「おちくぼの君」が目のまえの女君のことであると気づかない。

二 さあ。しらばくれる女君。

三 気のふさいだ。意気あがらぬ。

四 輝かしからぬ。

五 すっかり責めさいなんでしまっている。名からの判断。

六 「おはしますべき」か。底・宮・近・尊「おはしすへき」、斑「をはしますへき」、慶・三「おはしますへき」、木は欠文部分。

〔65〕中納言の叱責

七 袍。表の袴、下襲に続いて三番めの縫い物。

八 遅く縫うといけないとお思いになって。祭りに間に合わなかったら大変。

九 縫い物がまだ一つもできあがらないこと、よその縫い物を優先させていることなど。

一〇 行って言い聞かしてくだされ、言い聞かしてくだされ。

一一 中納言は。

一二 や否や。落窪の君の境遇をまったく考慮しない中納言。

一三 いやこれは。驚きや呆れ返ったという感じの表現。

一四 ここなる落窪の君が。以下もったいぶった叱責の口調。これによって女君の名が落窪の君であることを少将の君は知る。

「夜《よ》[一九]のうちに縫《ぬ》ひいださずは子《こ》とも見《み》えじ。」

とのたまへば、女、いらへもせで、つぶ〳〵[二〇]と泣《な》きぬ。おとゞ、さ言《い》ひかけて帰《かへ》り給《(たまひ)》ぬ。

人の聞《き》[二一]くにはづかしく、恥《はぢ》のかぎり言《い》はれ、言《い》[二二]ひつる名《な》を我と聞《き》かれぬる事と思《おも》ふに、たゞいま死《し》ぬる物にもがなと、縫《ぬ》ひ《(ひ)》ものはしばしをし《(お)》[二三]遣《や》りて、火の暗《くら》き方《かた》に向《む》きていみじう泣《な》けば、少将あはれにことはり《(わ)》[二四]にて、いかにげには[二五]づかしと思《おも》ふらんと、我もうち泣《な》きて、

「しばし入《(いり)》て臥《ふ》し給へれ。」

とて、責《せ》めて引《ひ》き入給《(いれたまひ)》て、よろづに言《い》ひなぐさめ給ふ。おちくぼの君とはこの人の名を言《い》ひけるなりけり、我言《(わが)い》[二六]ひつる事いかにはづかしと思《おも》ふらん、といとをし《(ほ)》。まゝ[二七]母《はゝ》こそあらめ、中[二八]納言さへにくゝ言《い》ひつるかな、いといみじう[二九]思ひたるにこそあめれ、いかで[三〇]よくて見《み》せてしがな、と心《こころ》[三一]のうちに思《おも》ほす。

北の方《かた》、多《おほ》[三二]くの物どもを、ひとり[三三]はあり、腹立《はらだ》たしからん、えひとりは縫《ぬ》ひいでじ、と思ひて、少納言とてかため[三四]なる人のきよげ[三五]なる、

「行《い》きてもろともに縫《ぬ》へ。」

とておこせ[三六]たれば、来《き》て、

一五 あちら(北の方)においてお言いつけになる言葉に従わず。
一六 (態度が)悪いと聞くさまは何たることか。
一七 親がいないようなものであるから。「親」はここでは母親。
一八 どうかして一通りでも気に入られたいものだと思うのがよい。継母北の方は母親代りだという理屈。
一九 (この)夜のうちに縫い出さないのなら子であるとも見られまい。朝までに三着ともできあがらないとわが子として取り扱われないぞという脅かし。話型的には難題を与えている感じ。
二〇 しくしくと。　二一 人(少将の君)が。
二二 (継母が)口にしたばかりの(落窪の君という)名を。　二三 押しやって。
二四 (女君が泣くのは)道理であると。
二五 なるほど(泣くばかりに)恥ずかしいと。
二六 →注三・四。
二七 継母はそれとして。継母が継子につらいのはあることであるとして、という感じ。
二八 (実父の)中納言までが。「にくく」は中納言が女君を憎んで、または醜悪に。
二九 じつに忌み嫌うみたいに思っているのであるようだ。
三〇 何とかして(女君を)幸福にして(中納言らに)見せつけたいものだ、と。
三一 心内にお思いになる。

〔66〕侍女の少納言を派遣　巻二、巻三以下への展開の予告である。

三二 表の袴、下襲、袍といった縫い物。
三三 一人ではあり、の意か。
三四 語義不明。固め(補佐役)の人か。底本以下「かためなる」、三二「かたちある」、木「かたへなる」。　三五 きれいな感じの(人を)。
三六 派遣して寄越したところ、(少納言は)来て。

「[一]いづこをか縫《ぬ》ひ侍らん。などか御とのごもりにける。[二]さばかりを《(お)》そからん
ものぞと聞《き》こえ給《(たまふ)》ものを。」

と言《い》へば、

「[三]心《(ここ)》ちのあしければなん。その縫《ぬ》ひさしたるは[四]ひおまへ縫《ぬ》ひ給へ。」

と言《い》へば、取《と》り寄《よ》せて縫《ぬ》い《(ひ)》て、

「[五]猶よろしうはを《(お)》きさせ給へ。[六]こゝのひだおぼえ侍らず。」

と言《い》へば、

「[七]いましばし。教《をし》へて縫《ぬ》はせん。」

とて、からうしてを《(お)》きてゐざりいでたり。[八]少将見《み》れば、少納言火影《ほかげ》にいときよげなりと、[九][一〇]よきものこそありけれ、と見《み》給《(たまふ)》。[一一]女君をうち見《み》を《(お)》こせたれば、いといたう[一二]泣《な》きつやめきたるを見《み》て、あはれとや思ひけん、言《い》ふやう、

「[一三]聞《き》こえさすればことよきやうにはべり。[一四]さりとて聞《き》こえさせねば、[一五]さる心ばへありとだに知《し》らせ給はじ、とくちをしさになん。[一六]えさらずさぶらひ侍《(はべる)》御方《かた》よりも、このとしごろ[一七]御心ばへも見《み》まい《(ゐ)》らするに、[一八]仕《つか》まつらまほしう侍れど、[一九]世中《(よのなか)》のうたてわづらはしう侍れば、[二〇]つゝましうてなん人知《し》れぬ宮仕《づか》へもえ仕《つか》

一 どこを縫うのでございますか。どうしておやすみになってしまったきりですか。
二 あれほど遅れそうだとわいわい申し上げていらっしゃることですのに。
三 落窪の君の詞。気分がすぐれなくて…。
四 「ひおまへ」語義不明。「襞前(ひだまへ)」か。底・宮・近・慶・木「ひおまへ」、尊「ひたまへ」、斑「ひをまへ」、三「おまへ」。
五 少納言の詞。やはり(ご気分が)まあまあならお起きあそばせ。
六 ここの襞(の縫い方)が思い出さないのでございます。
七 落窪の君の詞。いま少々(待って)…。
八 几帳のかげから少将の透き見。
九 下の「と」とともに「見給」にかかる。会話文が「…」と「…」と続くのに同じ。
一〇 いい女がおったことよ、と。
一一 (少納言が)女君をちらと見て寄越したところ。「見おこす」は、むこうから視線をこちらへ寄越す。
一二 泣いて顔が赤く上気している感じ。
一三 少納言の詞。言葉に出して申し上げますとお世辞がうまいという感じでございます。
一四 かと言って申し上げませずには。

[67] 四の君の縁談のうわさ話

一五 そのような心情。以下に述べる少納言のきもち。女君に同情を示すことは住吉における心寄せの式部に似る。
一六 避けられず伺候してございますお方よりも。
一七 女君の。
一八 底本「つかまつらほしう侍と」。宮・近・尊・慶・斑「つかまつらまほしう侍れと」。それらによって二箇所補う。「仕まつる」は「仕へまつる」に同じ。

うまつらぬ。」

と聞《き》こゆれば、女君、

「二一さるべき人もことにま心《ごゝろ》なるけしきも見《み》えぬに、うれしくも思《おも》ひたま二二へる
かな。」

といらへ給へば、少納言、

「二三げにこそあやしうは侍れ。上《うへ》二四のあやしうおはせんは例《れい》の事。二五御はらからのきんだちさへ二六身づから聞《き》こえ給はざめるこそいと心づきなけれ。二七あたら御さまを、かくて二八つく〴〵とおはしますこそあいなけれ。二九四の君もまた御婿《むこど》取りしたまはんと設《まう》け給《(たまふ)》めり。北の方《かた》の御心に任《まか》せて延《の》三〇べしゞめし給《(たまふ)》。」

「三一めでたきや。たれをか取《と》り給《(たまふ)》。」

とのたまへば、

「三二左大将殿《どの》の左近の少将とか三三。かたちはいときよげにおはするうちに、たゞいまなり三四いで給《(たまひ)》なんと人〳〵褒《ほ》む。三五みかども時めかしおぼす。御妻《め》はなし。いとよき人三六の御婿《むこ》なり。三七いかでこのわたりにもがなと思《おも》ふとおとゞもつねにの給《(たまふ)》とて、北の方いそぎにいそぎ給《(たまひ)》て、三八四の君の御めのと、かの殿《との》なりける人を知《し》りたりけるをよろこび給《(たまひ)》て、三九さゝめきさは《(わ)》ぎ給《(たまひ)》て、四〇文遣《ふみや》らせ給《(たまふ)》めり。」

一九 世間が不快に面倒でございますので。
二〇 遠慮させられて他人に分からせぬ宮仕えもいたすことができませぬよ。
二一 そうあってしかるべき人。好意を示してくれてもよかりそうな方とは継母北の方腹の姉妹たちのこと。以下の四の君の話へ展開する。
二二 底「たまへる」、慶「給ける」、宮・近「たまへける」、尊「給へける」、斑「給ひける」。
二三 (おっしゃる通り)たしかに。
二四 北の方。
二五 ごきょうだいの方々。異母をも「はらから」と言う例である。ここでは主に姉妹を指すが、男きょうだいをも含みうる。
二六 自分からお話し申し上げなさらないようであるとはまことに気に入らないことですよ。直接に話しをせず、人を介して間接的に意志を伝えるだけ。 二七 もったいないお有様なのに。
二八 もの寂しく。つくねんと。
二九 (三の君に続き)四の君もまた。
三〇 延ばし縮めしなさる。「女君は延べる方、四の君は縮める方」(角川)。
三一 女君の詞。めでたいことね。だれを婿取りなさるの。間髪入れずに言う。
三二 主人公の少将。先に「右近」(→六頁注一三)とあった。構想の変更(立て直し)か。
三三 とか(聞く)。うわさ話だから。
三四 きっと出世なされるのにちがいないと。
三五 帝も寵愛なさる。「時めかす」「おぼす」ともに、寵愛する意。
三六 「人の」は「御婿」に軽く添えた語。
三七 何とかしてこのお邸に迎えたいものだと思うと、の意。 三八 →六五頁注二〇。
三九 ささやきかわしまたおおっぴらになさって、の意か。
四〇 結婚申し入れの手紙。

と言《い》へば、一いとうれしくて、

「二さて。」

と言《い》ひて、いとよくほゝ三笑《ゑ》みたるまみ、口《くち》つきの火の明《あ》かきに映《は》へ《(え)》て、にほひたるものからはづかしげなり。

「少将の君はいかゞ言《い》ふ。」

と、君《きみ》のたまへば、

「知《し》らず。よかなりとやのたまふらん。人知《し》れずいそぎ給《(たまふ)》。」

と言《い》ふに、少将、「四そらごと」といらへまほしけれど、五念《ねん》じ返《かへ》して臥《ふ》し給へり。

少納言、

「六まらうと又添《そ》ひ給はゞ、七御《(お)》まへの八御み所いと苦《くる》しげにおはしますべかめる。九よきこともあらばせさせ給へかし。」

と言《い》へば、

「一〇なでう《(ふ)》かゝる見苦《みぐる》しき人がさることは思ひかくる。」

と言《い》へば、

「いで、あなけしからずや。一一などかくはおほせらるゝ。一二このかしづかれ給《(たまふ)》御方《かた》〴〵はなか〳〵。」

一 先に少将から聞いたことについてさらに情報を得られるからうれしい。四の君の幸福を喜ぶさまと取る考えもある。
二 それで。話しの先を促す。背後で少将が聞き耳を立てているのを十分に意識して。
三 微笑している目つき、口もとが。縁談に対する少将の君の反応を知りたくて、また少将がかげで聞いていると思うとにっこり。
四 「うそだよ」と。
五 思い直してこらえ横になっていらっしゃる。
六 客人。ここはかよってくる婿。
七 あなた様の。
八 語義不明。「御身ぞ」(おからだが)か。底本以下「御み所」、三「御身」、木「御身そ」。
九 よい縁談でもあるならば結婚なされませよ。自媒による結婚を薦める少納言。読者にとっては落窪の君がもう男を通わせていることを知っているから、おかしい。

〔68〕交野の少将のうわさ話、その一

少納言にとっては交野の少将のことを思い出す切っ掛けとして、あるいは交野の少将の件を切り出さんとしての結婚の薦め。

一〇 どうしてかような見苦しい女がそんなこと(結婚)は思い掛けますか。
一一 どうしてそんなことはおっしゃるの。
一二 こちらのお邸の大切にされていらっしゃるお方々なんかはかえって…。比較しかけて口をとざす少納言。
一三 そうそう。「まことや」というのに同じ。
一四 こちらが恥じられるほどの人と思われていらっしゃる。
一五 近衛の少将で弁官を兼ねる。
一六 交野の少将。古物語の主人公の名。やはり有名な古物語の主人公かくれみのの中将の兄であるとも伝えられる。「こまの物語」というオ

と言《い》ひさして、

「[一三]まこと、この世の中《なか》には[一四]づかしきものとおぼえ給へる[一五]弁の少将の君、世《よ》人は[一六]かたのゝ少将と申《まうす》めるを、[一七]その殿に、[一八]かのお《を》とこ君の御方《かた》に[一九]少将と申すは少納言がいとこに侍り。[二〇]殿《とのゝ》のつぼねにまかり侍《はべり》しかば、かの君も[二一]この殿の人と知《し》りて心づかひし給へりき。御[二二]かたちのなまめかしさはげにたぐひあらじとこそ見《み》侍《はべり》しか。「御むすめ多《おほ》かりと聞《きゝ》しはいかゞ」とて、大《おほ》い君よりはじめてくはしく問《と》ひきこえ給ひしかば、かたはしづつ聞《きゝ》[二三]こえ侍《はべり》しかば、[二四]おまへの御上《うへ》を申《まうし》侍りしかばなん、いといたうあはれがりきこえ給《たまひ》て、「[二五]我《わが》いと思《おも》ふさまにおはすなるを、かならず御文伝《ふみつた》へてんや」との給《たまひ》しかば、「かくいとあまたおはしますうちに、御母《はゝ》君などおはしまさねば、心細《ぼそ》げにおぼして、か[二六]ゝる筋《すぢ》の事おぼしかけず」と申《まうし》侍りしかば、「その御母《はゝ》おはせぬこそはいと心苦《ぐる》しくあはれまさらめ。[二七]我本《わがもと》には、いとはなやかならざらん女のもの思ひ知《し》りたらんがかたちをかしげならん[二八]こそ、[二九]唐土《もろこし》、新羅《しらき》まで求《もと》めんと思《おも》ふ。こゝにおはする[三〇]宮《みや》すどころ[三一]放《はな》ちたてまつりては父母《ちゝはゝ》おはする[三二]人やおはする。[三三]さて心に任《まか》せでおはすらんよりは、[三四]わたくし物にて[三五]ところに住《す》ませたてまつらん」など、いとこまやかになん夜《よ》ふくるまでの[三六]給はせしが、[三七]まい《ゐ》りてのちも、「[三八]かの事はいか

ムニバス式の物語の一部か。現存しない。この「おちくぼ」にも出てくるから古物語どうし連絡がある。
一七 交野の少将の父の殿であろう。
一八 その男君(交野の少将)のご居室(付き)に。底本「かのおとこ」の下に「に侍り」見せ消ちがある。
一九 少将と申す侍女は私のいとこでございます。交野の少将の恋人の一人であろう。
二〇 お邸の(いとこの)局に出向いたしましたところ。以下、「き」を多用する体験談の文体である。
二一 こちらの中納言邸。
二二 ご容貌のしっとりと美しいさまは。
二三 底本「きゝこえ」。宮・近・尊・慶「きこえ」、斑「き聞え」。宮などによって訂正しておく。
二四 あなたさまのお身の上。
二五 交野の少将の詞。わたしのじつに理想と思うありさまでいらっしゃるようだから。「いと」は「思ふさまに」にかかる。
二六 結婚関係の話は。
二七 わたしのもとには。「求めん」にかかる。底・宮・近・慶「我本には」、尊「我もとには」、斑「我ほんには」、三「我本ゐには」、木「我ほいには」。
二八 「こそ」の係結びとして「唐土、新羅まで求めめ」とありたいところ。
二九 中国や新羅の国まで。
三〇 御息所。あとの「みかどの御妻(め)」(→七七頁注一三)のことか。あるいは交野の少将の姉妹か。　三一 除外し申し上げては。
三二 いらっしゃるか(いらっしゃらない)。
三三 心に任せない生活をしていらっしゃるようなのよりは。
三四 うつほ・国譲下「おとどはこの君をぞわた(くし物にてらうたくし給へど」、源氏物語・桐壺「この君をばわたくし物におぼほしかしづき

に。御文《ふみ》やたてまつるべき」とのたまはせたりしかど、「おり《(を)》あしくて。いま御覧ぜさせん」と申しし。」

と言《い》へど、いらへもし給はずなりぬる程に、曹司《ざうし》より人尋《たづ》ね来《き》て、

「一とみの事聞《き》こえん。」

と言《い》へば、二いでたり。

「三人おはして。まづいで給へ。聞《き》こゆべき事なんある。」

と言《い》へば、

「しばし待《ま》て。四御消息聞《せうそこき》こえさせん。」

とて入《(いり)》ぬ。

「五御あへつらひ仕《つか》まつり侍らんと思給《(おもひ)》へ侍りつるを、とみのこととて人まうで来《き》たればなん。聞《き》こえさせつることの残《のこ》りもまだいと多《おほ》かり。六えんにおか《(を)》しうて侍《(はべり)》し、まめやかに聞《き》こえさせ侍らん。七上《うへ》にはかく八下《お》り侍《(はべり)》ぬとな聞《き》こえさせ給《(たまひ)》そ。九おどろきさいなまん物ぞ。一〇さりぬべくはまうのぼらん。」

とて一一下《お》りぬ。

少将、一二木丁《(きちやう)》を《(お)》し遣《や》りて、

「一三おか《(を)》しくもの聞《ぎゝ》きよく言《い》ひつる人かな、かたちもきよげなり、と見《み》つるほ

給ふこと限りなし」。

三五 語義不明。底・宮・近・尊・慶「ところに」、斑「所に」、三「我ところに」、木「わか所に」。

三六 おっしゃった(そのこと)が。「が」は「…について」と話題の格を提示する。のちに接続助詞になる。

三七 (こちらのお邸へ)参上してのちも。

三八 交野の少将の詞。

一 急ぎの話。

二 少納言は。

三 使いの者の詞。人がいらっしゃって…。会話的な言いさし。 四 伝言。

五 少納言の詞。(話しの)お相手をいたしましょうと、の意か。「あへつらひ」は他に例を見ない。

六 はなやいでおもしろくございましたことを。

七 北の方には。

八 (自室に)下がってしまってございますと。

九 びっくりし責め苦しめることであろうよ。

一〇 必要であるような時は(また)参上しましょう。

一一 役どころとして四の君の縁談と交野の少将の件とを伝えるべく登場した少納言はここでいったん退場する。

一二 押しやって。

一三 おもしろおかしく何かと聞き探って上手に話して聞かせた人であるよな。「もの聞き」は様子を聞き探ること。

一四 (少納言の顔を)見るのがいやになってしまったよ。

〔69〕交野の少将のうわさ話、その二

一五 (あなたは)そうも返辞をなさることができなくて。「さも」は「色よくも」ということをあいまいに言う。少将がうしろで聞いているから色よい返辞ができな

どに、かたのの少将をかたちよしと褒《ほ》め聞《き》かせたてまつりつるにこそ[一四]見《み》まうくなりぬれ。[一五]さもえいらへ給はで、こなたを[一六]見《み》を《(お)》こせ給《(たまひ)》て、[一七]心もとなげに[一八]口《くち》づくろひし給へるかな。[一九]侍らざらましかば、かひある御いらへどもあらまし。[二〇]文《ふみ》だに持《も》て来《き》そめなば、かぎりぞ。かれはいと[二一]あやしき人のくせにて、[二二]文一《ふみひと》くだり遣《や》りつるが外《はづ》るゝやうなければ、[二三]人の妻《め》、みかどの御妻《め》も持《も》たるぞかし。[二四]さて身いたづらになりたるやうなるぞかし。[二五]そがうちに、わたくしものと聞《き》こゆなれば、[二六]いとおぼえ異《こと》におはするは。」

と、いとあいなく[二七]ものしげにおぼしてのたまへば、女、いとあやしとおぼしてものもの給はず。

「[二八]などものものたまはぬ。[二九]をかしう思ひ給へることをものしう聞《き》こゆるが、いらへにくゝおぼさるゝか。京のうちに、女と言《い》ふかぎりは[三〇]かたのの少将めでまどはぬなきこそいとうらやましけれ。」

とのたまへば、女君、

「[三一]そのかずならねばにやあらん。」

としのびやかにのたまへば、少将、

「[三二]この筋《すぢ》はいとやんごとなければ、中宮ばかりにはなり給ひなんをや。」

かったのだろう、と軽くからかうきもち。
一六 ご覧になって。底本「を」字が「せ」字に見えるのを訂正しておく。　一七 不安げに。
一八 言葉をつくろう(気をつける)こと。
一九 私がもしここに居合わせておりませんのでしたらば、色よいお返辞がいろいろにあろうのに、の意。
二〇 手紙なりと持って来はじめてしまったら、最後だよ。あなたはわたしを見捨てることであろう、の意。
二一 不可思議な性向(の持ち主)で。「人の」は「くせ」に軽く添える語。
二二 手紙一本やったのが空振りになる様子がないから。
二三 他人の妻、帝のお后をも愛人にしていることですよね。
二四 それで無用者の系譜につらなっている格好なのですよ、といったところ。
二五 その(愛人たちの)中に「わたくしもの」として大切にし申すという話であるから。「わたくし物」(→七五頁注三四)。
二六 まことに寵愛は格別でいらっしゃるのですよ。
二七 不快な感じに。交野の少将のような色好みと俺とは今や違うのだ、というきもち。
二八 少将の詞。なぜ一言もおっしゃらないの。
二九 (あなたが)興味を感じていられる事柄を(わたしが)不快げに申すことが。
三〇 交野の少将を褒め騒がない者はないのが。
三一 その(京の女の)数にはいらないからでしょうか(その気になりません)。
三二 その(交野の少将の)家筋はまことに高貴であるから、(生まれた娘は)中宮ぐらいにはきっとおなりになることよな、の意か。「ばかり」は中宮ぐらいの高い身分をさす。「をや」は感動。

とのたまへど、をさ〳〵さも知《し》らぬことなれば、いらへず。もの縫《ぬ》ひゐたまへる手《て》つきいと白《しろ》うをかしげなり。

あこきは[一]少納言ありと思ひて、[二]帯刀《たちはき》が心《(ここ)》ちあしうしければ、しばしと思ひて入《い》りにけり。したがさねは縫《ぬ》い《(ひ)》いでて、うへのきぬお《(を)》[三]らんとて、

「[四]いかであこき起《お》こさん。」

とのたまへば、少将、

「[五]ひかへん。」

との給へば、女君、

「[六]見苦《みぐる》しからん。」

とのたまへど、木丁《(きちやう)》を戸《と》の方《かた》に立《た》てて起《お》きゐて、

「[七]なを《(ほ)》ひかへさせ給へ。いみじき[八]ものしぞ、まろは。」

とて、向《む》かひてお《(を)》[九]らせ給《(たまふ)》。いと[一〇]つれなげなる物から、[一一]心しらひのやうゐ《(い)》過《す》ぎて、いと[一二]さかしらかなり。女君わらふ〳〵折《を》る。

「[一三]四の君の事はまことにこそありけれ。」

[一四]とのたまへば、

「[一五]おほんゆるされあるを知《し》らず顔《がほ》なりや。」

一 少納言がいる(お相手をしている)と思って。

［70］いみじきものし

二 帯刀の気分がよくなかったことだから。病気であろう。

三 折ろうとて。「をる」は、折り目をつける作業をする。

四 落窪の君の詞。何とかしてあこきを起こそう。

五 引っ張ろう。布の片方を持って引く。

六 格好が悪いことでしょう。

七 やはり引っ張らせてくだされ。

八 職人。物をする人の意。

九 (女君に)折らせなさる。

一〇 (表面は)そっけない様子であるのに。

一一 心づかいが行き届き過ぎて。「心しらひ」「ようい(用意)」は同類の言葉。

一二 語義不明。「さかしら」か。底・宮・近・尊・慶・木「さかしらか」、斑「さくしらか」、三「さかしら」。

一三 落窪の君の詞。四の君の件(少将の君との縁談)は真実だったことですね。

一四 このあとの「とのたまへば」とともに落窪の君の詞を受ける。少将の君が答えをためらっているうちに女君がたたみかけて言葉を継ぐ感じ。

一五 落窪の君の詞。ご許可があるのを知らぬ顔ですか。「許され」は中納言家からの結婚の許可。底本以下「おほん」(御)は珍しい仮名書きの例である。底「おほん」(三・木も)。

とのたまへば、

「[一六]ものぐるを《(ほ)》し。[一七]かたのの少将のわたくし物設《まう》けむ時はしも、おほやけおほやけしくて取《と》られん。」

とわらふ。

「[一八]夜いたうふけぬ。多《おほ》[一九]し。寝《ね》たまひね。」

と責《せ》むれば、

「いますこしなめり。早《はや》う寝《ね》給《(たまひ)》ね。縫《ぬ》[二〇]ひ果《は》てらんよ。」

と言《い》へば、

「[二一]ひとりを《(お)》き給へるよ。」

とて寝《ね》[二二]たまへる程に、北方《(きたのかた)》、縫《ぬ》[二三]はで寝《ね》やしぬらんとてうしろめたうて、寝《ね》[二四]しづまる心《(ここ)》[二五]ちに、例《れい》のかい間見《まみ》の穴《あな》より覗《のぞ》けば、少納言はなし。[二六]こなたに木丁《(きちやう)》立《た》てたれど、[二七]そばの方《かた》より見入《みい》るれば、女、こなたの方《かた》にうしろを向《む》けて持《も》たるものを[二八]お《(を)》る。向《む》かひてひかへたるお《(を)》とこあり。なまねぶたかりつる目《め》も覚《さ》め、おどろきて見《み》れば、白《しろ》きうちきのいときよげなる、かいねりのいとつやゝかなる一重《ひとかさ》ね、山吹《ぶき》[二九]なる、[三〇]またきぬのあるは女の裳着《もき》たるやうに腰《こし》より下《しも》に引《ひ》きかけたり。火のいと明《あ》かき火影《ほかげ》に、いと見《み》まほしうきよげにあい[三一]行《(ぎやう)》づきをかしげな

一六 少将の詞。とんでもない。巻二にやはり縁談を強く打ち消す際にも「ものぐるほし」(→一六八頁注七)とある。
一七 交野の少将が「わたくしもの」をこしらえよう時、ほかならぬその時にはわたしは公然と婿取られてやろう。

〔71〕北の方、覗き見て驚く

一八 少将の詞。
一九 (縫い物が)多い。
二〇 縫い終わりますから、というような意味であろうが、文法的に説明できない。底・宮・近・尊「ぬひはてらんよ」、慶「ぬひはてんよ」、斑「ぬいはてゝよ」、三「ぬいはて(て補入)んよ」、木「ぬひはてゝんよ」。
二一 一人で起きていらっしゃるよ。自分は横になるよ、という感じ。
二二 横になっていられるところに。寄り添い寝て縫い物を手伝うさま。馴れない仕事に少将は疲れてきている。
二三 縫わずに寝てしまっていやしないことであろうかとて心配で。
二四 宮・近・尊・慶・斑「ねしつまりたる」。「寝しづまりたる」のほうが分かりやすい。
二五 感じ。
二六 「木丁を戸の方に立てて起きゐて」(→七八頁)とあった。
二七 (その)脇のほうから覗きこむと。
二八 折る。以下の地の文に敬語がないのは北の方の垣間見を通しての描写であるから。
二九 山吹襲《(ねがさ)》の。
三〇 またほかにある着物は。着物をかけて横になっている様子が女の裳のように見えて美しい男君のさま。
三一 「愛敬」の当て字。

り。[一]またなく思ひいたはる[二]蔵人少将よりもまさりていときよげなれば、心まどひぬ。お《(を)》[三]とこしたるけしきは見《み》れど、[四]よろしき物にやあらむとこそ思ひつれ、さらにこれはたゞものにはあらず、かくばかり添《そ》ひゐて女《め》女《ゝ》[五]しくもろともにするは[六]おぼろけの心ざしにはあらじ、いといみじきわざかな、[七]よくなりて我《(わが)》次第《しだい》にはかなふまじきなめり、など思ふに、もの縫《ぬ》ひのこともおぼえず、ねたうて、なを《(ほ)》しばし立《た》てれば、

「知《し》[八]らぬわざしてまろもごうじにたり。[九]そこもねぶたげに思《おも》ほしためり。[一〇]なを《(ほ)》縫《ぬ》い《(ひ)》さして臥《ふ》し給《(たまひ)》て、北方《(きたのかた)》例《れい》の[一一]腹立《はらた》て給へ。」

と言《い》へば、

「[一二]腹立《はらだ》ち給《(たまふ)》を見《み》るがいと苦《くる》しき也《(なり)》。」

とてなを《(ほ)》縫《ぬ》ふに、[一三]あやにくがりて火をあふぎ消《け》ちつ。女君、

「いとわりなきわざかな。[一四]取《と》りだにを《(お)》かで。」

と、いと苦《くる》しがれば、

「たゞ木丁《(きちやう)》にかけ給へ。」

とて手づから[一五]わぐみかけて、かきいだきて臥《ふ》しぬ。

北の方《かた》聞《き》き《ゝ》果《は》て《ゝ》て、いとねたしと思ふ。例《れい》の腹立《はらた》てよと言《い》ひつるは、さき

一　底本「る」を見せ消ちにして「り」。
二　底本「り」。宮・近・尊・慶・斑「る」。それらによって訂正する。
三　夫を持っているけはいは。
四　並みの男。
五　女のように。縫い物の手伝いをすることを「めめし」と言うか。
六　並み大抵の愛情ではあるまい。
七　(これでは)女君の身分がよくなってわたしの意には従わなくなろうことであるようだ。
八　少将の詞。馴れない仕事をしてわたしも疲れ果ててしまっている。「ごうず」は「極ず」であろう。　九　そなたも。
一〇　やはり縫うのを途中にして。「なほ」はもう一度寝るのを誘うきもち。
一一　腹を立てさせなされ。先にも「あらだててまどはしたまへ」(→六九頁注二四)とあった。
一二　落窪の君の詞。
一三　意のままにならぬのを困って。
一四　(縫い物を)取り片づけさえしないで。「おく」は、取り置く。
一五　丸めて(几帳に)かけて。「わぐむ」は、わがねる。
一六　心の晴れる方法がないから。「行」は「ゆき」かもしれない。慶・斑「ゆきかた」。
一七　やはり中納言に申してしまおうかしら。
一八　(その垣間見に見た男の)器量はよいし。
一九　以前に(よい)直衣など見ているしするから。直衣を見たことは、→六八頁注七。北の方はそれを思い合わせる。
二〇　身分の高い男ならば(中納言は)表沙汰にしなさるのでは、と懸念せられて。
二一　やはり帯刀に通じているとあえて言って。

〔72〕北の方の悪巧み　讒言により人を陥れる話型は住吉にも見られる。

〴〵わが腹立《はらだ》つを聞《き》きたるにやあらん、語《かた》りにけるにやあらん、いとねたし。つく〴〵と臥《ふ》して思《おも》ふに[一六]行方《(ゆく)かた》なければ、[一七]なを《(ほ)》おとゞにや申《(まうし)》てましと思《おも》へど、[一八]かたちはよし、[一九]さき〴〵なを《(ほ)》しなど見《み》るに、[二〇]よき人ならばもていでやし給はん、とあやう《(ふ)》くて、猶[二一]帯刀《たちはき》にあひたると言《い》ひなして、[二二]放《はな》ち据《す》へ《(ゑ)》たればかゝるぞ、[二三]部屋《や》にこめてん、[二四]いかでか腹立《はらた》ゝせよとは言《い》はすべきと、いとねたきまゝに思ひたばかる。[二五]こめたらんほどにお《(を)》とこは思《おも》ひ忘《わす》れなん、我《(わが)》お《(を)》ぢなるがこゝ[二六]に曹《ざう》司《し》して[二七]典薬助《てんやくのすけ》にて身まづしきが、六十ばかりなる、[二八]さすがにたはしきに[二九]からみまはさせてを《(お)》きたらん、と夜《よ》一夜思ひ明《あ》かすも知《し》らで、少将いとあはれにうち語《かた》らひて、明《あ》けぬればいで給《(たまひ)》ぬ。

[三〇]やがていそぎ縫《ぬ》ひかけつる程に、北の方《かた》を《(お)》[三一]きて、縫《ぬ》ひさすと[三二]見《み》しを[三三]まだしくは血《ち》あゆばかりいみじくのらん、とおぼして、

「[三四]縫《ぬ》ひもの給へ。いで来《き》ぬらん。」

と[三五]言《い》はせ給へれば、いと[三六]うつくしげにし重《かさ》ねていだしたれば、[三七]本《ほ》意《い》なき心《(ここ)》ちしてくちお《(を)》しく、

「[三八]いかに。いで来《き》にけり。」

とて[三九]やみぬ。

まえに継母北の方はいったん帯刀が落窪の君に通じたかと疑った。
二二 (母屋から)放して住まわせているからそうなるのだ。
二三 曹司や物置きの称。もともと辺屋の意で、寝殿のはずれ(廂)にある。女を「部屋」にこめることは篁物語にも見える。「間(ま)」よりランクの低い一室である。
二四 断じて「腹を立たせよ」とは言わせるものかと。　二五 (部屋に)閉じこめていようあいだに。
二六 この邸に。
二七 典薬寮の次官。典薬寮は宮中の医薬関係を司る。住吉では主計助に相当する人物。
二八 年にも似ず好色である(その老人)に。「たはし」は、女性に対してふしだらだ、たわけている。
二九 まといつかさせて置いていよう。「からみまはさす」は北の方らしい変な言い方。ここは話型的に見ると成人儀礼に伴う性的ヴァイオレンスを継母が用意する。典薬助は退けられるべき求婚者の一人である。
三〇 (少将の君が出て行くと)そのまま引き続いて。　三一 起きて。　三二 (前夜)見たのを。
三三 まだならば血が流れるぐらい厳しく叱ろう。「のる」は、罵る、叱る。
三四 縫い物を下され。できあがってしまっていることでしょう。
三五 (人を介して)言わせなさっていると。
三六 美麗な感じに畳んで出したから。
三七 当てがはずれた感じがして。
三八 どうれ。できてしまったことだ。仕あがりを見て文句をつけようとしても、非のうちどころがない。
三九 (叱らずに)終わってしまう。話型的には難題の一つが解かれた感じ。

少将の御もとより御文《ふみ》あり。

一いかにぞ、よべの縫《ぬ》ひさしものは。腹《はら》二又立《た》ちいでずや。いと三聞《き》かまほしくこそ。さて笛忘《ふえわす》れて来《き》にけり。取《と》りてたまへ。たゞ四いまうちの御遊《あそ》びにまいる《(ゐ)》也《(なり)》。

とあり。げにいとかうばしき笛《ふえ》あり。包《つゝ》みて遣《や》る。

五腹《はら》はけしからず。六人もこそ聞《き》け。七かうなおぼしいでそ。八いとよう笑《ゑ》みてなんあめる。笛《ふえ》たてまつる。九これをさへ忘《わす》れ給《(たまひ)》ければ、

一〇これもなを《(ほ)》あだにぞ見《み》ゆる笛《ふえ》竹の手馴《な》るゝふしを忘《わす》ると思《おも》へば

とあれば、少将いとを《(ほ)》しと思ひて、

一一あだなりと思ひけるかな笛竹《ふえたけ》の千代も根絶《ねだ》えんふしはあらじを

となん有《(あり)》ける。

この一二少将いでぬるすなはち、北の方《かた》、おとゞに申給《(まうしたまふ)》。

一三「さることはありなんやと思《おも》ふもしるく、このおちくぼの君の一四やさしいみじきことをしいでたりけるがいみじさ。一五さすがにさし離《はな》れたる人ならばともかくもすべきに、一六いとこそかたはなれ。」

とのたまへば、おとゞ、おどろきまどひて、

〔73〕笛にちなむ贈答歌

一 少将の手紙。どうなりましたか、昨夜の縫い途中の物は。 二 (北の方の)腹はまだ。「又」は「まだ」の借字であろう。
三 大いに聞きたいことですよ。
四 今すぐ内裏のご管弦に参上するのです。
五 落窪の君の返状。腹がどうしたこうしたというのははなはだよくない、の意。「けしからず」は、「けし」(怪しい、異常だ)どころではない、と強く否定する表現。
六 他人が聞きますよ。聞いたら困る、の意。
七 かようなことは思い出しなさるな。
八 (北の方は)まことに機嫌よくにこにこしているようですよ。但し敬語のないことは不審。
九 これ(大切な笛)をさえお忘れになったことだから。手紙文から歌へ続く。
一〇 この二人の仲もやはりおろそかに忘れられるかと見られます、使い馴れている笛竹(笛に同じ)に関してあなたは忘れることがあるのだと思うと。「ふし」は、何かに関しての点、心に留まる箇所。竹の節にかける。次の歌も同じ。
一一 おろそかだなんてあなたは思ってきたのかなあ、笛にする竹が千年も根を絶やさないように、寝ることを絶やすわけがないでしょうのに。

〔74〕北の方、中納言に讒言

一二 この少将の君が出てしまったその時。但し前文と時間的にやや前後し、また内容的にも合わない。
一三 さようなことがありもしようかと。
一四 「やさしくいみじき」か。分かりにくい。「やさし」は、恥ずかしい、面目ない。
一五 とはいえ無関係でいる人ならばともかくも処置できるのに。中納言の実子であることをもって回って言う。
一六 (あなたの子なのだから)まことにもって不

「何事《なに》ぞ。」

と問《と》ひ給へば、

「この蔵人少将の方《かた》なる[一七]小帯刀《こたちはき》と言《い》ふは、[一八]この月ごろ[一九]あこきに住《す》むと聞《き》ゝ思ひつるは、[二〇]早《はや》うさうじみに立《た》ちかゝりにけり。[二一]文《ふみ》の返事《かへりこと》を、[二二]しれたるものにて、ふところに入《いれ》て持《も》たりけるを、[二三]この少将の君のまへに落《お》としたりければ、見《み》つけ給《たまひ》て、[二四]くはしき心つきたる君にて、[二五]「たがぞ」と帯刀《たちはき》に[二六]問《と》ひせため給《たまひ》ければ、[二七]隠《かく》さでしかゝゝと申《まうし》ければ、[二八]「いときよげなる[二九]あひ婿《むこと》取り給《たまひ》てけりな。[三〇]あな名立《だ》ゝし。人の見聞《みき》かんもいといみじ。これな住《す》ませ給《たまひ》そ」と[三一]いとはづかしげにの給《たまひ》ける。」

とくはしく申給《まうしたまひ》てければ、[三二]老《お》いたまへる程よりは[三三]つまはじきをいと[三四]力《ちから》ゝゝしうし給《たまひ》て、

「いと言《い》ふ[三五]〔かひなき事をもしたるかな。[三六]かくておれ《を》ば〕みな人は子のかずと知《し》りたるに、[三七]六位と言《い》へど蔵《くら》人にだにあらず。[三八]つちの帯刀《たちはき》のとしはたちばかり、[三九]丈《たけ》は一寸ばかり也《なり》。かゝる事はしいづべしや。[四〇]さるべき受領《ずらう》あらば、[四一]知《し》らず顔《がほ》にてくれて遣《や》らんとしつる物を。」

北の方、

体裁ですよ。　一七 帯刀（→六頁注一二）。　一八 この何か月か。　一九 あこきのところにかよって住み込む。同棲することを「住む」と言う。　二〇 とっくに女君その人に取りついてしまったということです。「立ちかかる」は、かかってゆくことか。北の方独自の表現であろう。以下、伝え聞きの「けり」文体。　二一 →六一頁。　二二 愚かな。　二三 蔵人少将。　二四 詳細に気がつく。先に「この婿の君はあしきことをもかしかましく言ひ、よき事をばけちえんに褒むる心ざまなれば」（→一三頁）とあった。　二五 だれの手紙か。以下、北の方のでたらめ。　二六 責め問いなされたとのことで。「せたむ」は、責めさいなむ。　二七 帯刀は。　二八 蔵人少将の詞。えらくきれいな（体裁のいい）相婿を。「きよげなる」は皮肉な表現のつもり。　二九 婿どうし。　三〇 ああ評判が立ちそうだ。　三一 じつにこちらが恥ずかしくなるほどにはっきりとおっしゃったということですよ、の意。　三二 高齢でいらっしゃるわりには。　三三 人さし指の爪を親指にかけて強くはじく動作。不快を示すしぐさ。「き」底本、補入。　三四 力いっぱいに。　三五 「かひなき事をもしたるかなかくておれは」底本独自の欠文。宮・近・尊によって補う。慶・斑にもほぼ同文がある。　三六 かようにして（この邸に）いるから、の意か。　三七 六位でも蔵人ならば殿上人。　三八 語義不明。地下（げじ）の、ということか。　三九 背丈は三センチほどだ。よく分からない。御伽草子の「一寸法師」の、一寸法師の計りごとにより父宰相殿が激怒する話（継母の話でもある）に話型的に似ているが。　四〇 適当な国守があるならば。　四一 「（身分の相違は）知らぬ顔で」（校注古典叢書）。

[一]「そがいとくちをしき事。を《(お)》のが思《おも》ふやうは、[二]あまねく人知《し》らぬさきに部屋《へや》にこめて[三]まもらせむ。[四]女《をんな》思ひたればいであひなんず。さてほど過《す》ぎてともかくもし給へ。」

と申給《(まうし)》へば、

「いとよかなり。たゞいまを《(お)》[五]い《(ひ)》もて行《い》きてこの北《きた》の部屋《へや》にこめてよ。[六]ものなくれそ。[七]しほ《(を)》り殺《ころ》してよ。」

と、老《お》いほけてもののおぼえぬまゝにのたまへば、北方《(きたのかた)》いとうれしと思ひて、きぬ高《たか》らかに引《ひ》きあげて、[八]おちくぼにいまして、つい給《(たまひ)》て、

「いと言《い》ふかひなきわざをなんし給《(たまひ)》たる。[九]子どものおもてぶせにとて、おとゞのいみじく腹立《はらだ》ち給《(たまひ)》て、「[一〇]こなたにな住《す》ませそ。[一一]とくを《(お)》きたれ。我まもらん。たゞいま追《お》い《(ひ)》もて来《こ》」となんのたまへる。[一二]いざ給へ。」

と言《い》ふに、女、あさましくわびしうかなしうて、たゞ泣《な》きに泣《な》かれて、[一三]いかに聞《き》き給《(たまひ)》たるならん、[一四]いみじとはを《(お)》ろかなり。

あこき[一五]まどひいでて、

「いかなることを[一六]聞《き》こしめしたるぞ。[一七]さらにし誤《あやま》ちせさせ給へる事おはしまさざめるものを。」

一 それがまことに残念なことよ。身分の低い男にしてやられたことを「そ」と言うか。
二 広く世間の人が気づかぬまえに。
三 見張りを立てよう。
四 女は(男を)思っているから。先の手紙の内容から北の方は判断している。
五 「おひ(追ひ)」であろう。底・慶「をいもていきて」、宮・近・尊「をもていきて」、斑「をひもていきて」、三「おいもていきて」、木「おひもてゆきて」。
六 食い物を与えるな。 七 責め殺してしまえ。
八 落窪の間。 九 面汚しになるとて。
一〇 この落窪の間に。
一一 早く置いておけ。部屋に、ということを省略している。 一二 さあいらっしゃれ。
一三 どのように(中納言は)お聞きになっているのであろう。
一四 ひどくつらいとは言うもおろかだ。
一五 あわててまえに出て。
一六 お聞きあそばしているのか。
一七 けっして失敗(過誤)をなさっていらっしゃることはおありでいらっしゃらないようであるのに。
一八 北の方の詞。いやもう。以下あこきに向かって言う。
一九 「しをさき」「かりて」共に語義不明。底・宮・慶・三「しをさき」、近「しをきき」、尊「しをきゝ」、斑・木「しほさき」。
二〇 さし出たことをするな。「さくじる」は、小賢しいふるまいをする。
二一 (女君が)どのようにしでかしたこと(不始末)なのであろうか。
二二 私には隠して遠ざけなさるけれど、おとどが邸外から。

〔75〕引き立てられて行く女君、嘆くあこき

と申せば、

「[一八]いで、[一九]このしをさきをかりて。[二〇]なさくじりそ。[二一]いかにしたりつる事にかあらん、我[二二]には隠《かく》し隔《へだ》て給へど、おとゞの外《と》より聞《き》きてのたまふぞ。すべて、[二三]いとあしきも知《し》らぬしう《(しゆう)》も持たりて、[二四]わきばみ思《おも》ふ君[二五]にまさらせんと思ひつる。[二六]こゝにのわらはい[二七]ゑ《(へ)》のうちになありそ。[二八]いざ給へとおとゞの給《(たまふ)》ことあり。」

とて、きぬの肩《かた》[二九]を引《ひ》き立《た》てて《ゝ》立《た》ち給へば、あこき泣《な》く事いみじ。[三〇]君はたさらにわれにもあらず。[三一]ものも散《ち》らしながら、[三二]逃《に》ぐるものからむるやうにそでをとらへ、さきに[三三]を《(お)》し立《た》てて《ゝ》おはす。し[三四]お《(を)》ん色のあやのなよゝかなる、白《しろ》き、又かの少将の脱《ぬ》ぎをき《(お)》しあやのひとへ着《き》て、髪《かみ》はこのごろしもつくろひ[三五]ければいとうつくしげにて、丈《たけ》に五寸ばかりあまりてゆらめき行《い》くうしろ[三六]で、いといみじくをかしげなり。あこき見《み》を《(お)》くりて、いかにしなしたてまつりたまはんとするにかあらんと思ふに、[三七]目《め》くるゝ心《(ここ)》ちして、[三八]足《あし》ずりして泣《な》かるゝ心《(ここ)》ちを思ひしづめて、[三九]うち散《ち》らし給へるものども取《と》りしたゝむ。

[四〇]君はあれにもあらず、おとゞのおまへに引《ひ》きいで来《き》て、[四一]はくりとつい[四二]据《す(ゑ)》へられて、

「[四三]からうして。[四四]足《あし》づから行《い》かずは、[四五]いますこしかりけり。」

二三 何ら悪いことも分からない主人を持っていて。難解。
二四 「わきばむ」語義未詳。大切にすることか。北の方用語であろう。 二五 三の君。
二六 語義不明。あこきをおとしめる北の方用語か。底・宮・近・尊「こゝにのわらは」、慶・三「こゝになわらは」、斑「こゝになはらは」、木「こゝになくは」。
二七 家の内におるな。出て行け、ということ。ここまでがあこきに対してで、以下落窪の君のほうに向き直って。
二八 さあいらっしゃれとおとどがおっしゃっている話がある。
二九 肩であろう。「肩」字を施しておく。
三〇 君は君でまったく正気を失う。
三一 物(調度など)も散らかしながら。継母北の方の乱暴なさま。
三二 逃げる人物を捕らえるごとくに。
三三 まえに押し立てて。
三四 以下、落窪の君の様子、美しさ。
三五 手入れをしたことだから。
三六 うしろ姿。見送るあこきの目にひとしお美しく見られる。
三七 目のまえがまっ暗になる感じ。 三八 「足ずり」は転んだ状態で足をすりあわせ嘆く動作。
三九 (北の方の)散らかしている道具類を取り片づける。 四〇 落窪の君は茫然自失して。
四一 ばたりと、の意か。巻二に「はくと」(→一七八頁注二〇)がある。

中納言、命じて
[76] 女君を部屋にこめる

四二 座らせられて。「つい」は、突き。
四三 北の方の詞。ようやっと(連れてきた)。
四四 (わたしが)足を運んで行かないなら。
四五 語義不明。

との給へば、

「早《はや》[一]、こめ給へ。われは見《み》じ。」

とのたまへば、また引《ひ》き立《た》てゝこめ給《たまふ》[二]。女の心にもあらずものしたまひけるかな。[三]おそろしかりけんけしきになからは死《し》にけん。[四]くるゝ戸《ど》の廂二間《ひさしふたま》ある部屋《へや》の、酢《す》、酒《さけ》、魚《いを》など[五]まさなくしたる部屋《へや》の、たゞ畳一《たゝみひと》[六]ひら口《くち》[七]のもとにうち敷《し》きて、

「我《わが》[八]心を心《こゝろ》とするものはかゝるめ見《み》るぞよ。」

とて、いとあららかにをし《お》[九]入《い》れ、手《て》づからつい[一〇]さして、上《じやう》[一一]つよくさしていぬ。

君、よろづにものの香《か》臭《くさ》くにほひたるがわびしければ、いとあさましきには涙《なみだ》もいでやみにたり。[一二]かく罪《つみ》したまふ事ぞ、[一三]そのこととも聞《き》かず、おぼつかなくあやし。あこきをだに[一四]いかであはんと思《おも》へど、見《み》えず。いとうかりける[一五]と身を思ひて、泣《な》く〳〵うつぶしふしたり。

北の方、おちくぼに[一六]おはして、

「いづら[一七]、櫛《くし》の箱《はこ》のありつるは。あこきと言《い》ふさくじり[一八]おり《を》て、早《はや》う取《と》り隠《かく》してけり。」

との給《たまふ》もしるく、

一 中納言の詞。
二 以下、北の方の無義横暴ぶりを批評するていの書き手の感想。
三 (北の方の)おっかなかったろう形相に(女君は)ほとんど生きた心地がしなかったろう。これも書き手が想像して継母の顔はそのときまるで鬼のようであったことだろうと述べる感想である。書き手は現場に立ち会わず、物語の内容を間接的に知って書いている(解説参照)。
四 枢(くる)によって開閉する戸のある廂にある二間(ふたけん)取りの部屋の。この部屋は、あたかも美しい蝶になるまえのさなぎのように以後三日間こもることになる豊穣な空間である。
五 見苦しくしてある部屋の。「部屋の」を繰り返している。
六 縁取りをした敷物(うすべり)。まさに厳冬(冬至のころ、死と復活の季節)にござ一枚である。
七 入口の辺り。これはあとの文によるとくるる戸でなくやり戸のある出入り口らしい。
八 自分の心のままにふるまう人物は。自媒の結婚をしたことをさす。 九 押し入れ。
一〇 じょうを戸につきさすことを言うか。あとに「じやうをついさして」(→一一二頁注一二)。
一一 (その)じょうを強くさし固めて。じょうは門や戸に設置してかぎを使って開けたてする戸じまりの金具。「上」は当て字。

〔77〕落窪の間を閉鎖

一二 かようにおとがめになることは。「罪す」は、罰する。「ぞ」はあるいは終助詞か。
一三 (罰せられる理由を)その内容とも。
一四 底本「て」を見せ消ちにして「に」。
一五 つらくてあったこととわが身(の不運)を思って。 一六 落窪の間。
一七 どこ、櫛の箱が置いてあったのは。北の方

「[一九]こゝに取《と》りてを《(お)》きて侍《(はべり)》。」

と言《い》へば、[二〇]さすがにえ請《こ》ひ取《と》らず。

「[二一]こなた、わがあけざらんかぎりはあ[二二]くな。」

とて、さし固《かた》めておはしぬ。[二三]しつと思ひて、[二四]いつしか此《(この)》こと典薬助《てむやくのすけ》に語《かた》[二五]らんと思ひて、[二六]人間《ま》を待つ。

[二七]あこきさしいだされて、いみじくかなしければ、[二八]なぞや、[二九]いでてやいなまし、と思《おも》へど、[三〇]君のなり果《は》てたまはんやうだいも見《み》んとて、[三一]いかなるさまにておはすらんとゆかしければ、三の君の御もとに、

[三二]ひとへにうち頼《たの》みたてまつる。いともあさましく、知《し》り侍らぬ事によりさいなみて、[三三]「まかでね」との給へれば、[三四]宮仕《づか》へをしさし侍《(はべり)》ぬることといとかなしくなん。[三五]いかでなを《(ほ)》いま一《(ひと)》たびだに見《み》[三六]たてまつり侍らん。なを《(ほ)》[三七]上《うへ》によきさまに聞《き》こえさせ給《(たまひ)》て、このたびの勘事《かうじ》[三八]ゆるさせ給へ。[三九]ちい《(ひ)》さくてこそ仕《つか》うまつりしか。[四〇]いまはあかれ、異《こと》になりにて侍れば、[四一]このおちくぼの君の御事まを《(ほ)》に知《し》り侍らず。[四二]いとわびしくなん、あはれに召《め》し使《つか》ひ、仕《つか》うまつり侍《(はべり)》ぬる御手《て》をまかで侍《(はべり)》なば。

[四三]などことよくちぎりて、みそかにたてまつりたれば、三の君、まことと思《おも》ひて、

は落窪の間を閉鎖しに来たついでに櫛の箱(→一一頁注二〇)をまきあげるつもり。そのきもちが先に出た。 一八 でしゃばりがおって。「さくじる」(→八五頁注二〇)の名詞。
一九 あこきの詞。あこきは鏡の箱の先例があるから、北の方の出方をあらかじめ察知して櫛の箱を確保していた。
二〇 そうはいうもののやはり。
二一 この落窪の間は。 二二 あけるな。
二三 (北の方は)してやったと思って。
二四 早く。 二五 相談しようと。
二六 他人のいない時。
二七 あこきは閉め出されて。
二八 どうしてなの(このようなことになるのは)。 二九 (お邸を)出て行こうかしら。 三〇 女君が最後にどうおなりになるかその成り行きも見届けようとて。

〔78〕あこき、三の君に嘆願

三一 (また現在)どのようにしていらっしゃるかと知りたいので。 三二 あこきの手紙。ひたすらにただ頼り申し上げる。 三三 さがっておしまい、と(北の方が)おっしゃっているので。
三四 お仕えすることを中断してしまいますこと。あこきは正式に三の君に仕える女童である。
三五 何とかして。 三六 (わが主人として)見申し上げたいのでございます。
三七 北の方によしなにとりなし申しくだされて。「させたまふ」は高い尊敬。
三八 勘気を解かせてくだされ。「す」使役。
三九 (落窪の君には)幼少時にこそお仕えしました。しかし今は、と下文に続く語調。
四〇 今は離れ、主筋を別に。
四一 普通には絶対にあこきの使わない呼称。「まほに」は、十分に。
四二 「いとわびしくなん」は下文を受け、倒置的言い回しになっている。 四三 言葉上手に。

あはれにて、母北《はゝ》の方に、

「あこきをさへ何《なに》しにさいなむ。[一]使《つか》ひつけて侍れば、なきはいとあし。[二]召《め》してん。」

とのたまへば、

「[三]あやしく、あひ思ひたてまつりたるわらはなめり。盗人《ぬす》がましきわらはにて、[四]くやつがよくなさんとてしたるにこそあめれ。[五]おちくぼはよに心とはせんと思《おも》はじ。[六]お《(を)》とこ心は見《み》えざりつ。」

とのたまへば、三の君、

「[七]猶二たびはゆるし給へ。[八]らうたくわびを《(お)》こせて侍《(はべり)》つ。」

と申《(まうし)》給へば、

「[九]ともかくもみ心《こゝろ》。[一〇]さて使《つか》ひよしとはしもなの給《(たまひ)》そ。[一一]いとしれがまし。」

と、[一二]心ゆかずのたまへば、[一三]さすがにわづらはしくて、[一四]えふとも呼《よ》ばで、

「[一五]しばし念《ねん》ぜよ。いまよく申す。」

とのたまへり。

あこき、[一六]思へど〳〵尽《つ》きもせず、部屋《へや》に[一七]こもり給へる君、たゞものもおぼえ給はず。[一八]あこきはた思ひ寄《よ》らぬことなく嘆《なげ》く。[一九]御台《だい》をだにまい《(ゐ)》らでこめたてま

一 使い馴れてございますから、いないとまことによくない。
二 きっとお召しになるのがよいことでしょう。
三 北の方の詞。変に、(あなたと)気のお合い申しておる童であるようだ。皮肉のつもり。
四 こやつが(落窪の君を)よい身分にしてやろうとて。 五 落窪めはまさかみずからそうしようとは思うまい。「おちくぼ」と呼び捨てている。
六 男をほしがるきもち。
七 「こたひ」(此度)の誤写か。底・宮・近・尊「二たひ」、慶・三「こたひは」、斑・木「このたひは」。
八 いじらしく嘆願して寄越したところでございます。
九 何とでもご随意に。実子には甘い北の方。
一〇 ところで使いよいとはけっしておっしゃるでない。「しも」は打ち消しを強める。
一一 ばかばかしい。
一二 不満を残して。 一三 三の君は。
一四 すぐにも(あこきを)呼ぶことができなくて。
一五 三の君の詞。しばらく辛抱せよ。謹慎していなさいという感じ。
一六 あれこれ考えるけれど(悲しみは)尽きることもない。 一七 おこもりになっている女君は、ただもう何も考えられないでいらっしゃる。継母たちからは「こむ」(こめる)だが、女主人公から言えば「こもる」話型。
一八 あこきはそれでも考えの及ばないところがなく嘆く。 一九 お食膳をさえさしあげずに(部屋に)幽閉し申した。
二〇 「おこのやつは」語義不明。「お」を「を」と見て、「を、このやつは」としてみてもやはり意味を取りがたい。底・宮・近・尊・慶・三「おこのやつは」、斑・木「をこのやつは」。

[79] あこきの心痛、女君の悲嘆

つりつる[二〇]おこのやつはよもまい《(ゐ)》らじ、[二一]さばかりらうたげなりつる御さまを引《ひ》きいでたてまつりつるほどのけしき思ひいづるに、いみじうかなし。[二二]我身《(わが)》たゞいま人とひとしくてもがな、報《むく》ひ《(い)》せん、と思《おも》ふ胸走《むねはし》る。[二三]君や夜《よ》さりおはせんとすらん、いかに思《おも》ほさんずらん、[二四]ことしも亡《な》くなりたらん人を言《い》はんやうに、[二五]ゆゝしうかなしうて起《お》き臥《ふ》し泣《な》き[二六]いらるれば、[二七]使《つか》う人もやすからず見《み》る。

女君は、ほど経《ふ》るまゝに、もの臭《くさ》き部屋《へや》に臥《ふ》して、[二八]死《し》なば少将に又もの言《い》はずなりなむ事、[二九]長《なが》くのみ言《い》ひちぎりし物を、といとかなしく、よべものひかへたりしのみ思ひいでられていとあはれなれば、いかなる[三〇]罪《つみ》を作《つく》りてかゝるめを[三一]見《み》るらん、[三二]まゝ母《はゝ》のにくむは[三三]例《れい》の事に人も[三四]語《かた》るたぐひありて聞《き》く、[三五]おとゞの御心さへかゝるをいといみじう思《おも》ふ。

[三六]かの少将聞《き》き《ゝ》て、[三七]いとまばゆく、いかに女君おぼすらん、とてもかくてもわ[三八]れゆへ《(ゑ)》にかゝることを見給《み(たまふ)》こと、と《ゝ》かぎりなく嘆《なげ》く。

「[三九]人間《ま》に寄《よ》りてかくなんとも聞《き》こえよ。」

とて、

「[四〇]いつしかとまいり《(ゐ)》来《き》たるおり《(を)》、[四一]あさましとは世《よ》のつねに、[四二]ゆめのやうなる事どもをうけ給はるに、ものもおぼえでなん。いかなる心《(ここ)》ちし給《(たまふ)》らんと思ひ遣《や》

二一 それほどいたわしげであった(女君の)ご様子なのに、それを引っ張り出し申し上げた時の(北の方の)顔付きを思い出すと。

二二 わたしの身分がたったいま人並みに同等でありたいものよ、復讐しよう、と思う胸の思いが走る。この報復の一念がのちに少将の君に協力して中納言方をやっつけることの正当性の主張につながる。「人」は漠然と身分ある人を言い、具体的には継母北の方をさすと読みうる。

二三 少将の君。

二四 あたかも。ちょうど。

二五 まがまがしく。涙とともに話題にするので。

二六 「いらる」は、いらだつ、焦慮する。

二七 底本以下「つかう人」(三・木も)。「使ふ人」か。「使ひ人(とび)」(→六三頁注三二)に類する一語かもしれない。つゆという女があこきに仕えている。

二八 死ぬなら少将の君に再び何かお話しすることなくきっと終わってしまおうことよ。

二九 末長くとばかり言葉に出して約束したのに、と。 三〇 過失。あるいは前生の罪業。

三一 今生に。 三二 継母が継子を憎むことは。

三三 通例の言種(ことぐさ)として。 三四 世間話や昔話などの語りに。

三五 中納言のお心までがそのよう(継母みたい)であるのをひどく悲しく思う。

あこき、女君に〔80〕近づき、少将の伝言を伝える

三六 (一方)あちらの少将の君は。訪ねてきて初めて事態を知る。あこきの居室である。

三七 きまりわるく。

三八 わたし(少将)のせいで。

三九 人のいないあいだに近寄ってこれこれだとも申し上げてくれ。「かく」は以下の伝言をさす。

四〇 少将の君の伝言。早く(会いたい)と。

四一 「あさまし」(意外だ、あきれた)とは尋常の

りきこゆるも、[一]おぼすらんにもまさりてなん。対面《たいめん》は[二]いかでかあらんとすると、いとわびしくなん。」

とのたまへり。

あこき、[三]鳴《な》るきぬどもを脱《ぬ》ぎをきて、はかま引《ひ》きあげて、[四]下廂《しもびさし》よりめぐり行《い》く。人も寝《ね》しづまりにければ、

「[五]やや。」

とみそかに寄《よ》りてうち叩《たゝ》く。[六]をともしたまはず。

「[七]御とのごもりにけるか。あこきに侍《はべり》。」

と[八]言《い》ふ、ほのかに聞《き》こゆれば、[九]君やをら寄《よ》りて、

「いかに来《き》たるぞ。」

と、泣《な》く〳〵、

「[一〇]いみじうこそあれ。[一一]いかなる事にてかくはしたまふにかあらん。」

とも言《い》ひ遣《や》り給はで泣《な》き給へば、あこき、泣《な》く〳〵、

「けさよりこの部屋《へや》の辺《あた》りを[一二]かけづり侍れど、[一三]えなんさぶらはざりつるは。[一四]いみじくもさぶらひつる物かな。[一五]しか〳〵の事言《い》ひいでたるなりけり。」

と申せば、いとゞ泣《な》きまさり給ふ。

四二　夢のうちのような事態をいくつも承るに。表現でしかなく。

一（今のあなたの）お思い嘆きになっていることであろう思いにまさっております。
二　どうして可能であろうかと。
三（衣ずれの）音のする。
四　廂の間のさらに外側にあるか。
五　ややあや。呼びかける言葉。「ややといへど」（大和物語一五六段）、「ヤァヤァ」（日葡辞書）。
六（落窪の君は）物音もなさらない。
七　おやすみになってしまったことですか。
八　言う（声が）。　九　そっと。静かに。
一〇　落窪の君の詞。むごいことですよ。
一一　どのような事情でかようにはなさるのであろうか。
一二「かけづる」語義未詳。現代語の「かけずりまわる」と同じなら、駆け回る。
一三　どうしてもおそばに参れなかったのですわ。
一四　ようやっとおそばにやって来たことであるよ、の意か。
一五（北の方は）かくかくしかじかのことを構えて言い出したのだったことです。「しか〳〵」は女君が帯刀に通じた云々という継母北の方の讒言の内容。
一六　引き続いてあこきの詞。
一七　これこれであると（事情を）お聞きあそばして。
一八（伝言は）かくかくしかじかとございましたよ。
一九「さらに」から歌までが落窪の君の少将への返辞（伝言）。全然何も考えられないおりで、申し上げられない。
二〇　少将の君の伝言の中の「対面は」云々を受け、歌で答える趣向。

「一六少将の君おはしたり。一七かくなんと聞《き》かせ給《たまひ》て、たゞ泣《な》きに泣《な》き給ふ。一八かうく〳〵なん侍《はべり》つる。」

と中せば、いとあはれとおぼして、

一九「さらに物もおぼえぬほどにて、え聞《き》こえず。二〇対面《たいめん》は、

二一消《き》えかへりあるにもあらぬ我身《わが》にて君をまた見《み》ん事かたきかな

と聞《き》こえよ。いみじう臭《くさ》きものどもの並《なら》びゐたる、いみじう二二みたしく苦《ゝる》しうてなん。生《い》きたれば、かゝるめも見《み》るなりけり。」

とて泣《な》き給《たまふ》とは世《よ》のつねなりけり。二三あこきが心《ここ》ちもたゞ思ひ遣《や》るべし。二四人やおどろかんとみそかに帰《かへ》りぬ。

二五聞《き》こゆれば、少将、いとかなしく思《おも》ひまさりて、いといたう泣《な》二六かるれば、二七なを《ほ》しの袖《そで》を顔《かほ》に二八を《お》し当《あ》てて《ゝ》ゐたまへれば、あこきいみじと思《おも》ふ。しばし二九ためらひて、

三〇「猶いま一《ひと》たび聞《き》こえよ。三一あが君や、三二さらにえ聞《き》こえぬものになむ。

三三あふことのかたくなりぬと聞《き》くよひはあすを待《ま》つべき心こそせね

三四かうは思ひきこえじ。」

とのたまへば、三五またまい《ゐ》る道《みち》に、三六心にもあらずものの《ゝ》鳴《な》りければ、北の方《かた》ふと

二一 すっかり消えいらんばかりに、生きてあっても生きてあらぬに変わらぬ今のわたしの境遇で、あなたの姿を再び目にしようことは至難であることかな。対面は難しい、という返辞。男に呼びかける贈歌でもある。伊勢物語六十五段の蔵に幽閉される女の歌の一節に「あるにもあらぬ」とある(真淵本の注その他)。
二二 語義不明。底・宮・近・尊・慶「みたしくゝるしうて」、斑「みたしくるしうて」、三「みたりかはしくくるしうて」、木「みたりかわしうて」。
二三 書き手の感想。
二四 (あこきは)だれか人が目を覚ますことであろうかとひそかに帰ってしまう。話を早くきりあげて帰った。
二五 (あこきが)報告し申すと。
二六 泣けてならないので。
二七 直衣。 二八 押し当てて。
二九 「ためらふ」は、心を静める、落ち着かす。
三〇 少将の詞。伝言(返歌)を再び依頼する。
三一 わたしの君よ。「あが君や」から歌をさしはさんで「かうは思ひきこえじ」までが女君への伝言である。

〔81〕少将の君の悲嘆、再び伝言して歌の贈答

三二 (こちらも)全然申し上げられないのですよ。女君の伝言の中の「え聞こえず」を受けるか。
三三 逢うことが難しくなってしまったと(あなたのご返辞を)聞くこの夜は、明日(の命)を待つことのできそうな心(思い)がしないよ。自分も消えいらんばかりだという返歌。
三四 そのようには思い申すまい。そう励まして言ってみてもまた心細くなるきもち。
三五 あこきは再度女君のもとへ赴く。
三六 不本意にも何かが音を出したので。

[一]おどろきて、

「この部屋《へや》の方《かた》に[二]物の足《あし》を《(お)》とのするはなぞ。」

と言《い》へば、あこき泣《な》く〳〵、

「[三]とくまかりなん。」

と申せば、女君、

「[四]こゝにも、

[五]みじかしと人の心をうたがひしわが心《こゝろ》こそまづは消《き》えけれ」

との給《(たまふ)》も、[六]え聞《き》き《ゝ》あへず。

「[七]しか〳〵おどろきてのたまへれば、[八]よろづもえうけ給はらずなりぬ。」

と言《い》へば、少将、[九]たゞいまもはい《(ひ)ゝ》入りて北の方《かた》を打《う》ち殺《ころ》さばやと思《おも》ふ。

[一〇]たれも嘆《なげ》き明《あ》かして、明《あ》けぬればいで給《(たまふ)》とて、

「[一一]ゐていでたてまつらんおり《(を)》を告《つ》げよ。いかに苦《くる》しうおぼすらん。」

と、[一二]をろ《(お)》かならず言《い》ひを《(お)》きていで給《(たまひ)》ぬ。帯刀《たちはき》、かくまば[一三]ゆきことをおとゞも聞《き》き《ゝ》給《(たまふ)》らんに、こゝにあらん事も便《びん》なければ、御車《くるま》のしりに乗《の》りていぬ。

あこき、[一四]いかでものまいら《(ゐ)》ん、いかに御心《(ここ)》ちあしからんと思ひまはして、[一五]こわ《(は)》ゐ《(ひ)》を[一六]さりげなく構《かま》へて、いかでと思《おも》へどせん方《かた》なければ、[一七]この語《かた》らふちい《(ひ)》さ

一 目を覚まして。
二 何かの足音が。
三 早くおいとましてしまいましょう。男君の言葉と歌とを伝えたことは省略されている。
四 こちらにも。
五 心短い(長続きしない)と、人の心を疑ったわたしの心のほうこそ短命で、先に消えてきたことよ。少将の歌の「心」を受ける。長続きしないと疑ったというのは例えば「一筋に思ふ心はなかりけり」(→六一頁注一六)の歌の内容がそれである。あこきの手紙には男君の「みじかさ」を疑う内容の言葉があった(→二四頁注五)。
六 最後まで聞くことができない。北の方が起きてこないかと気が気でない感じ。
七 居室に戻って、あこきの詞。かくかくしかじかと(北の方が)目を覚ましておっしゃっているので。
八 さまざまにも承ることができないで終わりました。
九 たった今も忍びこんで。
一〇 少将の君も女君もあこきも。
一一 連れ出し申し上げよう好機を知らせよ。救出の計画である。
一二 懇切に言い置いて。
一三 きまりわるい。
一四 どうかして食事をさしあげよう、どんなにご気分が悪かろうと。
一五 ご飯。「こはいひ(強飯)」である。
一六 そんな様子もないように準備して。あとに「はかなきさまにして」(→九四頁注一九)とあるのも同じ。手紙で包んだ。

〔82〕三郎君を文の使いに

一七 これなる親しく話しをかわす小さな子。先に三郎君とあった子(→四頁注一七)で、落窪の君と親しい。あこきとも親しい

き子《こ》に、

「かの君のかくておはしますをば、いかゞおぼす。[一八]いとを《(ほ)》しうおぼすや。」

と言《い》へば、

「[一九]いかゞは。」

と言《い》ふ。

「[二〇]さらば人にけしき見《み》せで、この御文《ふみ》たてまつるわざしたまへ。」

と言《い》へば、

「[二一]いで。」

とて取《と》りて、[二二]あやにくに、かの部屋《へや》に行《い》きて、

「[二三]これあけん〳〵、いかで〳〵。」

と言《い》へば、北の方いみじくさいなみて、

「[二四]何《なに》しにあくべきぞ。」

とのたまへば、

「[二五]くつをこれにを《(お)》きて。[二六]取《と》らん。」

[二七]とのゝしりて、[二八]打《う》ちこほめかしてのゝしれば、おとゞ、[二九]を《(お)》と子《(こ)》にてかなしうしたまへば、

のであろう。

一八 気の毒に。

一九 どうして(気の毒に思わないことがあろうか)。省略した表現だが、子供言葉のつもりであろう。以下、三郎君の言葉は児童らしい表現である。

二〇 それならば人(北の方)にそぶりを見せないで。

二一 さあ。どうぞ。

二二 困らせる感じに。きかない気で。「と言へば」にかかる。

二三 これあけたい〳〵、何とかして〳〵。

二四 どうしてあけなければならないのか。

二五 沓をこれ(この部屋)に置いてあって…。

二六 取りたい。

二七 「のゝしる」は、大声で騒ぐ。

二八 (戸を)打ってゴホゴホと音を鳴らして。「こほめかす」の「こほ」は擬音。「ごほ」あるいは「ごぼ」であろう。がたがたと鳴らす音である。

二九 末っ子でかわいがっておられるので。

「[一]おごりありかんと思《おも》ふにこそあらめ。早《はや》う[二]あけさせ給へ。」

とのたまへど、[三]いみじくの給《(たまひ)》て、

「[四]いましばしありて、あけんついでに。」

とのたまふに、[五]を《(お)》そばへて、

「[六]あれを《(お)》しこほちてん。」

と腹立《はらだ》ちのゝしれば、[七]おとゞ手《て》づからいましてあけて入《い》り[八]給へれば、[九]くつも取《と》らで、

「[一〇]いづら。」

とて[一一]ついかゞまりて、[一二]さし取《と》らせて、

「[一三]あやし。なかりける。」

とて[一四]いでぬれば、

「[一五]まさにさかしき事せんや。」

とて走《はし》り打《う》ち給ふ。
[一六]かの文《ふみ》を、はさまより[一七]火の光の当《あ》たりたるより、[一八]これはあこきがよろづのこと書《か》きて、[一九]はかなきさまにしてを《(お)》こせたるなりけり。されどももの食《く》はんともおぼえで[二〇]を《(お)》きつ。

一 中納言の詞。「おごる」は、得意になる。
二 (侍女に)あけさせなされ。
三 (北の方は)こっぴどくおっしゃって。
四 今しばらくして、(戸を)あけようついでに(沓をお取り)。
五 「おそばふ」は、ふざける。「いそばふ」「そばふ」と関連する語。
六 ぼく押しこわしちゃうぞ。
七 中納言はいらっしゃって自分の手であけて。語順は「いまして」「手づから」のほうが分かりやすい。そのように解しておく。
八 (自室へ)おはいりになっていると。中納言はじょうをあける用事が済んで物語の舞台から退場する。
九 (三郎君は)沓も取らないで。
一〇 どこ。女君に呼びかける。外にいる人には「沓はどこ」という独り言のように聞こえる。
一一 (膝を)ついてかがんで。
一二 「さし取らす」は、押しつけて受け取らす。落窪の君に手紙と強飯とを。
一三 変だな。(沓は)なかったんだ。しらばくれる演技。「けり」は、最初から沓はなかったままだというきもち。
一四 底本「いて」ナシ。宮・近・尊・慶「いて」、斑「出」。底本の誤記と認めて訂正する。
一五 北の方の詞。どうして小賢しいことを(おまえが)しようか。そんなまねはさせないよ、の意か。「さがし」(険し)かもしれない。
一六 落窪の君は。 一七 外光。
一八 (見ると)これは。あるいは「みれは」(見れば)の誤りか。「これは」とすると以下落窪の君の心内が地の文に重なる感じになる。底・宮・近・尊・慶・三「これは」、斑「是は」、木「みれは」。
一九 何でもない装いにして(強飯を)。
二〇 置いてしまった。

北の方《かた》二一さすがに、日に一《ひと》たびもの食《く》はせん、もの縫《ぬ》ひによりいのちは殺《ころ》さじ、と思ひて、典薬助《てんやくのすけ》を二二日ゝに呼《よ》びて、

「二三かう〳〵なん。二四しか〳〵の事あれば二五こめを《(お)》きたるを、二六さる心思ひたまへ。」

と語《かた》らひ給へば、いとも〳〵うれし、いみじ、と思《おも》ひて、二七口《くち》は耳《みゝ》もとまで笑《ゑ》み曲《ま》げてゐたり。

「夜《よ》さりかのゐたる部屋《へや》へおはせ。」

二八などちぎり頼《たの》め給ふに、人来《く》れば去《さ》りぬ。

あこきがもとに少将の御文《ふみ》あり。

いかに。二九その部屋《へや》はあくやと、いみじくなん。なを《(ほ)》三〇便宜《びんぎ》あらば三一告《つ》げられよ。三二さりぬべくはかならず〳〵三三たてまつり給《(たまひ)》て、御返《(かへり)》あらばなぐさむべき。

いとあはれなることを思《おも》ふに。

とあり。三四さうじみに、を《(お)》ろかならずいみじきことを書《か》き給《(たまひ)》て、

いと心細《ぼそ》げなりし御消息《せうそこ》を思ひいづるに、いとわりなくなん。

三五いのちだにあらばと頼《たの》むあふことを絶《た》えぬと言《い》ふぞいと心うき

わが君《きみ》、三六心つよくおぼしなぐさめよ。三七もろともだにこめなん。

と書《か》き給へり。帯刀《たちはき》も、

〔83〕北の方、典薬助に語らう

二一 そうはいっても。先に中納言が「物を食わせるな」(→八四頁注六)と言ったことを踏まえ、それでもやはりというきもち。
二二 語義不明。底・宮「日ゝに」、近・尊「日ひに」、慶・三・木「日〻に」、斑「ひらに」。
二三 かくかくしかじかですよ。先に考えた計画(→八一頁)を説明するところ。
二四 これこれのことがあるので。落窪の君を幽閉した理由の説明。 二五 こめ置いてあるのを。
二六 さようの心づもり(落窪の君との結婚)を考えておきなされ。
二七 にんまりすることのおおげさな形容。「笑み曲ぐ」は、笑みの余りに顔を曲げる。

〔84〕少将の励ましの御文

二八 確約し期待させていられる時に、人が来るので(典薬助は)退場してしまう。
二九 その部屋は(戸が)ひらくかと、ひどく(心配だ)。
三〇 よい機会。先に「をりを告げよ」(→九二頁注一一)とあったように、少将の君は会うチャンスつまり連れ出しの好機を知りたく思う。
三一 知らせて下され。「らる」は軽い尊敬。
三二 (また)そうできるのなら。
三三 (この手紙を)さしあげなさって。
三四 落窪の君自身に。
三五 せめて命なりと残るのならば(会うこともあるか)と頼む、その会うことをぷっつりと(あなたが)絶えてしまうと言うのには、はなはだもって心苦しい。 三六 我慢強く思いなだめていなされよ。励ましの言葉を送る少将の君。
三七 一緒になりと閉じ込めてほしい。「た」底本、補入。「もろともにだに」とありたいところ。慶・斑「もろともにたに」。

一さらに、このことを思《おも》ふに、心《(こと)》ちもいとあしくてなん臥《ふ》して侍《(はべる)》。いかに二思《おも》ほすらんと三かたはらいたく、いとを《(ほ)》しきに、四ほう《(ふ)》しにもなりぬべくなん。

と書《か》きてを《(お)》こせたり。あこき、五御返《(かへり)》、

六かしこまりてなん。七いかでか御覧《らん》ぜさせ侍らん。戸《と》はいまだあき侍らず。さらにいと固《かた》くなん。いかにし侍らん。御文《ふみ》も八いかでか御覧《らん》ぜさせ侍らんとすらん。御返《かへ》りは九これよりも聞《き》こえさせ侍らん。

と聞《き》こゆ。帯刀《たちはき》がもとにも、おなじさまにいみじきことをなん言《い》へりける。

一〇二の巻《まき》にぞこと〳〵もあべかめるとぞある。

一 いっそう。ますます。帯刀自身の失敗(手紙を落としたこと)が原因だから、思えば思うほど落ち込む。
二 女君が。
三 はたから見るのも苦しく、(かつ)気の毒で。
四 法師。
五 (少将への)ご返辞。
六 慎んで(承ります)。手紙の表現。
七 どうしてお会わせできることでございましょうか。「便宜あらば告げられよ」に対する返辞。
八 どうしてお目にかけられることでございましょうやら。「んとすらん」は「んずらん」の丁寧な言い方。
九 当方(あこき)からも申し上げる所存でございます。
一〇 第二巻に(この続きの)あれこれもあるはずであるようだと(元の本に)ある。うつほにも、「つぎつぎにぞ」(俊蔭)、「のこりはつぎつぎにあるべしとぞ」(国譲中)などある。書き手による注記である。「とぞある」は、元の本が存在するかのように見せかける虚構になっている。

を《(お)》ちくぼ　第二

あこき、い[一]かでこの御文《ふみ》たてまつらん、と握《にぎ》り持《も》ちて思《おも》[二]ひありくに、さらに部《へ》屋《や》の戸あかず、わびしと思《おも》ふ。少将と帯刀《たちはき》とはたゞ盗《ぬす》[三]みいでんたばかりをし給《(たまふ)》。我《(われ)》[四]ゆへ《(ゑ)》にかゝ[五]るめ見《み》るぞと思ふに、いとゞあはれにて、いかでこれ盗《ぬす》みいでてのちに北の方《かた》に心[六]まどはすばかりに[七]ねたきめ見《み》せん、と思《おも》ひ言《い》ふ程[八]、し[九]う《(ふ)》ねく心深《こゝろふか》くなむおはしける。

[一〇]かの語《かた》らひせし少納言《なごん》、かたのの少将の文持《ふみも》て来《き》たる[一一]に、か[一二]くこもりたれば、あさましくくちをしうあはれにて、あこきと、

「いかにおぼすらん。などかゝる世ならん。」

とうち語《かた》らひて、しのびて泣《な》く。

日の暮《く》るゝまゝに、いかで[一三]たてまつらんと思ふ。少将[一四]のふゑ《(え)》の袋縫《ふくろぬ》はするに、取《と》[一五]り触《ふ》れん方《かた》のおぼえぬまゝに、と[一六]みに手《て》も触《ふ》れぬほどに、北の方、部《へ》屋《や》の遣《や》[一七]り戸をあけて入《い》りおはして、

「これ、たゞ[一八]いまのほどに縫《ぬ》い《(ひ)》給へ。」

一 何とかしてこのお手紙をさしあげよう、と。巻一で少将の君から託された「いのちだに」(→九五頁注三五)の歌を含む手紙。
二 思い悩みながら(部屋の近くを)歩く時に。
三 「盗む」は婚姻習俗の一つに、親の許可なく娘と合意の上、あるいは合意なしに娘を掠奪する結婚を言いあらわす場合があり、ここはそれを思わせる。

〔1〕落窪の君、蔵人少将の笛の袋を縫う

四 わたし(少将)のせいで。「われゆゑに」(→八九頁注三八)。
五 かような(つらい)境遇にあうことよと。底「かゝるめ」、宮・近・尊・慶「かゝるめも」、斑「かかるめも」。　六 半狂乱に陥らせるぐらいに。
七 (負けて)悔しがる状態にあわせてやろう、と。
八 期間は。あるいは、程度には。
九 執念深く思いをめぐらしておられたことだ。「心深し」はここでは、思いをめぐらすことが深い。落窪の君への同情からしつこく継母北の方に復讐することであろうと予告し、読者の了解を求める口ぶり。
一〇 →七五頁。「語らひ」は、親しく談話をすること。
一一 底本「り」。宮・近・尊・慶・斑「る」。それらによって訂正する。
一二 底「かく」、宮・近・尊・慶・斑「かくも」。
一三 手紙を。　一四 蔵人少将。
一五 (侍女たちは)手をつけよう方法が分からない状態だから。
一六 (だれも)すぐに手もつけないあいだに。
一七 先のくるゝ戸(→八六頁注四)と別にやり戸(引き戸)があるか。
一八 たった今のうちに縫いなされ。底「たゝいまのほとに」、宮・近「たゝいまの」、尊・慶・斑「たゝいま」。

と言《い》へば、

「心《(ここ)》ちなんいとあしき。」

とて臥《ふ》したれば、

「これ縫《ぬ》い《(ひ)》給はずは[一]下部屋《しもべや》に遣《や》りてこめたてまつらん。[二]かやうの事を申さん[三]とてこゝには置《お》[四]きたてまつりつるにこそあれ。」

と言《い》へば、[五]まことにさもしてんとわびしくて、[六]あれにもあらず苦《くる》しけれど、起《お》きあがりて縫《ぬ》ふ。

あこき、部屋《へや》の戸あきたる[七]と見《み》て、[八]例《れい》の三郎君呼《よ》びて、

「[九]いとうれしくの給《(たまひ)》しかばなん。[一〇]これ北の方《かた》の見《み》たまはざらん間《ま》にたてまつり給へ。[一一]ゆめ〳〵けしき見《み》えたてまつり給《(たまふ)》な。」

と言《い》へば、

「よかなり。」

とて取《と》りつ。行《い》きてかたはらにゐて、[一二]ふゑ《(え)》取《と》りて見《み》など遊《あそ》びゐて、きぬの下にさし入《(いれ)》つ。[一三]いかで見《み》んと思ふに、袋縫《ふくろぬ》い《(ひ)》果《は》てて《ゝ》、[一四]見《み》せに持《も》て行《い》きたる[一五]程にからうして見《み》て、あはれと思ふ事かぎりなし。硯《すゞり》、筆もなかりければ、[一六]あるまゝに[一七]針《はり》のさきして、たゞかくなん、

一 さらに劣等の部屋。
二 そのような(縫い物の)仕事を(頼み)申そうとてこの部屋には。
三 「とて」のあとに底本「こそ」がある。宮・近・尊・慶・斑ナシ。それらによって訂正する。
四 置いてさしあげたところなのですよ。「たてまつりたる」(宮・近・尊・慶・斑)ならば、(置いて)さしあげてある。
五 実際にそのようにもきっとしようと。残虐な継母北の方なら下部屋に押し込みかねない。
六 (自分が)自分でないように、の意。
七 底「る」、宮・近・尊・慶・斑「り」。
八 →九二頁注一七。
九 (先に)まことにありがたくおっしゃったから…。「再びお願いしたい」というきもち。

〔2〕三郎君、再び文の使い

一〇 少将の君の手紙。
一一 けっしてけっして様子を見てとられ申されるな。「たてまつる」は北の方への謙譲。
一二 笛を手にして眺めたりなど遊びながら座って。「あそひ」のあとに底本「かたわらに」がある。宮・近・尊・慶・斑ナシ。衍字と認めて訂正する。
一三 (落窪の君は)何とかして見ようと思う時に。北の方がそこに見張っているので衣の下の手紙を取り出せない。
一四 北の方が蔵人少将に。
一五 底本「り」。宮・近・尊・慶・斑「る」。それらによって訂正する。
一六 (針が)あるのに任せて。
一七 針の先でただそのように(書く)。紙に押しつけた凹線で字を書くいわゆる角筆(かくひつ)である。底「なん」、宮・近・尊・慶・斑「かきたり」。
一八 人に分からせないようにして(ひそかにあなたを)思うわが心も明かさずにそれでは露のようにはかなくきっと消えてしまうことかなあ。

[一八]人知《し》れず思《おも》ふ心も言《い》はでさは露とはかなく消《き》えぬべき哉《(かな)》
[一九]と思《おも》ひ給《(たまふ)》るこそ。

とて持《も》たり。北の方いまして、

[二〇]「ありつる袋《ふくろ》はいとよく縫《ぬ》い《(ひ)》たる。[二一]遣《や》り戸《ど》あけたりとて[二二]おとゞさいなむ。」

とて、引《ひ》[二三]きたてて[二四]じやうさゝむとすれば、

「[二五]いかであなたに侍りし箱《はこ》[二六]取《と》りてとあこきに告《つ》げ侍らん。」

と言《い》へば、[二七]たてさして、

[二八]「あの櫛《くし》の箱《はこ》ゑ《(え)》[二九]んとある。」

とのたまへば、[三〇]まどい《(ひ)》来《き》てさし入《い》るゝ手《て》に入《(いれ)》たれば、引《ひ》[三一]き隠《かく》して立《た》ちぬ。

[三二]からうして、御ふへ《(え)》の袋縫《ふくろぬ》はせたてまつり給ふとてあけ給へる間《ま》になん。

と言《い》ふ。少将いとゞあはれと思《おも》へる事かぎりなし。

暮《く》れぬれば、典薬助《てんやくのすけ》、[三三]いつしかと心げさう[三四]しありきて、あこきがい《(ゐ)》[三五]たる所に寄《よ》り、いと心《こゝろ》[三六]づきなげに笑《ゑ》みて、

[三七]「あこきはいまは翁《おきな》を思ひ給はんずらんな。」

と言《い》へば、あこき、いと[三八]むくつけく思ひて、

[三九]「などさあるべき。」

真実の心を明かしたいのにそれがかなわぬのかと嘆き、少将の「いのちだに」(→九五頁注三五)の歌に答える。
一九 と考えさせていただくことは(つらい)。
二〇 さっきあった袋は。継母北の方が落窪の君を褒めるのは珍しい。
二一 底「る」、宮・近・尊・慶・斑「り」。
二二 中納言が責め叱る。北の方の出任せか。
二三 引いて閉めて。
二四 じょう(→八六頁注一一)。
二五 あちら(落窪の間)に。底本「あるたに」。宮・近・尊・慶・斑「あなたに」。それらによって訂正する。
二六 箱を取って(くれ)と。北の方がまきあげることに失敗した櫛の箱(→八六頁注一七)だが、そのことは落窪の君の存知の外である。
二七 閉めるのを中断して。
二八 落窪の君は「あなたに侍りし箱」と言っただけなのに「あの櫛の箱」と受けて伝える滑稽さ。
二九 得たいと(言うことが)あるよ。「ある」は、宮・近・尊・慶・斑「あめり」。
三〇 (あこきが)あわてふためきやって来て。宮・近・尊・慶・斑「まとひもてきて」。
三一 (その手紙を)引き隠して立ち去ってしまう。

〔3〕あこき、急を告げる

三二 落窪の君の手紙に添えるあこきの伝言。かつがつ、お笛の袋を縫わせ申しなさるとて(戸を)おあけになっているあいだに…。
三三 早く(落窪の君を)と。待ち遠しい典薬助。
三四 思いにわくわくしながら歩きまわって。「けさう」は、思いをかけること。
三五 座っている所に近づき。底「より」、宮・近・尊・慶・斑「よりて」。
三六 見るからにいやらしそうに。(こちらから見て)意に満たない感じに。

と言《い》へば、

「おちくぼの君をおのれに給へれば、一この御方《かた》の人にはあらずや。」

と言《い》ふに、おどろきまど《(ひ)》いて、二ゆゝしと思《おも》ふに、涙《なみだ》もつゝみあへずいづれど、三つれなくもてなして、

「四おとこ《(を)》君おはせず、五つれ〴〵成《(なり)》つるに、六頼《たの》もしの御事や。七さてもおとゞの八ゆるし給へるか、北の方の《ゝ》給ふか。」

と言《い》へば、

「おとゞの君もめぐみ給ふ。九あが北の方《かた》は一〇まして。」

と、いとうれしと思《おも》へり。あこき、よろづの事よりも、一一いかさまにても、一二いかでかくとだに告《つ》げたてまつらん、と思《おも》ふに、一三しづ心なくて、

「一四さて、いつか。」

と言《い》へば、

「こよひぞかし。」

と言《い》へば、

「一五けふは御忌日《き(にち)》なる物を。一六何からうたがい《(ひ)》あらん。」

と言《い》へば、

二七 あこきはもう今はこの老人を(大切に)思いなさろうことであろうな。
二八 ぞっと気味悪く。
二九 なんでそうあるはずなのでしょう。底「など」、宮・近・尊・慶・斑「なとか」。

一 (わたしは)こちら(落窪の君)のお方の人ではないか。
二 いまわしいと。底「ゆゝしと」、宮・近・尊・慶・斑「ゆゝしく」。
三 平気を装って。「もてなす」は、ふるまう。
四 夫君がいらっしゃらず。底「おはせす」、宮・近・尊・慶「おはせすと」、斑「をはせすと」。
五 無聊であったところだから。「成」は「なり」の当て字。 六 ああ心強いなさり方ですわ。
七 それにしても。 八 「ゆるし」のあとに、宮・近・尊・慶・斑「きこえ」がある。
九 「あが」は親近感をあらわす。典薬助にとって北の方は身内。
一〇 一段と。おとど以上に、というきもち。
一一 どのようにしてでも。底「にても」、宮・近・尊・慶・斑「にせん」。
一二 何とかしてせめてそのように(事態が急迫している)とだけでも知らせ申し上げよう、と。応急の対策はなくとも、というきもち。
一三 落ち着いたきもちがなくて。
一四 それで、いつのことか。
一五 今日はご命日であるのに。「忌日」は、亡くなった当日。母上の命日だととっさに言いのがれるあこき。
一六 どうして疑問があろうか(疑問はない)。
一七 通う男を持っていらっしゃるのだから、の意。口をすべらせる典薬助。「なり」は断定。
一八 早くね(実行しよう)。
一九 北の方が殿(中納言)のご食事をさしあげる

「されど人[17]持《も》たまへるなれば、あやう《(ふ)》し。[18]とくなん。」

と言《いゝ》ひて立《た》ちぬ。

あこき、わびしき事かぎりなし。[19]北の方、殿《とのゝ》の御台《だい》まい《(ゐ)》るほどに、はい《(ひ)》寄《よ》りて打《う》ち叩《たゝ》く。

「[20]たぞ。」

と言《い》へば、

「[21]かう〳〵の事侍る。[22]さる用意《ようい》せさせ給《(たまひ)》て。[23]御忌《き》日《にち》となん申《(まうし)》つる。[24]いみじくこよなくもあれ。[25]いかゞせさせ給はん。」
[26]と、ゑ《(え)》言《い》ひ遣《や》らで立《た》ちぬ。
女君、聞《き》くに胸《むね》[27]つぶれて、[28]さらにせん方《かた》なし。[29]さき〳〵思ひつる事ものにもあらずおぼえて、わびしきに、逃《に》げ隠《かく》るべき方《かた》[30]はなし、[31]いかでたゞいま死《し》なんと思《おも》ひ入《い》るに、胸《むね》いたければ押《お》さへて、うつぶし臥《ふ》して泣《な》く事いみじ。[32]火などとぼしてければ、おとゞは[33]よひまどい《(ひ)》し給《(たまひ)》て、臥《ふ》し給《(たまひ)》ぬ。[34]北の方、かの典薬助《てんやくのすけ》の事により起《お》[35]きまして、部屋《へや》の戸引《ひ》きあけて見《み》たまふに、うつぶし臥《ふ》していみじく泣《な》[36]く。いといたく病《や》む。

「[37]などかくはのたまふぞ」

あいだに。
二〇 落窪の君の詞。だれか。
二一 かくかくしかじかの緊急事態がございますよ。底「侍る」、宮・近・慶・斑「侍なり」、尊「はへるなり」。
二二 ご命日とは申したところです。 二三 相応の対策をしあそばして…。
二四 はなはだしく(これまでとは)格段にちがって(以下、意味不明)。「こよなし」は、格別の差があるさま。底本「こよなくもあれ」は、宮・近「こそ侍れ」、尊・慶・斑「こそあれ」。これらに従えば「こよなし」は消える。
二五 どのようにしあそばすのがよかろうか。
二六 と(最後まで)言い続けることができずに。
二七 胸がどきんとして。
二八 まったくなしよう方策がない。
二九 これまでに思い悩んだところであったことは(これに比べれば)問題でなく思われて。
三〇 方面。方法。 三一 何とかして今すぐ亡くなろうと思いつめる時に。
三二 灯火などを点(とも)したことだから。宮・尊・慶・斑「ともして」、近「とりて」。

[4] 典薬助、部屋へ

三三 宵から眠けをもよおすこと。宮・近・尊・慶・斑「ゆふまとひ」。
三四 底「北の方」、宮・近・尊「北の方は」、慶・斑「北のかたは」。
三五 「起きます」は、起きてやって来ることの尊敬。「入りまして」(→五五頁注二七)と同じ用法の「ます」。
三六 視点人物(北の方)から見た叙述の場合、敬語がないのが普通。すぐあとの「病む」に敬語がないのも同じ。
三七 何でそうはおっしゃるのか。但し苦しげに泣くことを「のたまふ」という他例を知らない。北の方独特の言い回しか。

と言《い》へば、

「胸《むね》のいたく侍れば。」一

と二息《いき》の下に言《い》ふ。

「あないとを《(ほ)》し。三ものの《ゝ》罪《つみ》かとも。四典薬《てんやく》のぬし、くすしなり。五かい探《さぐ》らせたまへ。」

と言《い》ふに、六たぐひなくにくし。

「七何《なに》か。八風《かぜ》にこそ侍らめ。九くすし要《い》るべき心《(ここ)》ちし侍らず。」

と言《い》へば、

「一〇さりとも胸《むね》はいとおそろしきものを。」

と言《い》ふほどに、典薬来《てんやくき》一一たれば、

「こちいませ。」

と呼《よ》び給へば、ふと寄《よ》りたり。

「一二こゝに胸病《むねや》み給ふめり。物の罪《つみ》かと。かい探《さぐ》り、一三くすりなどまい《(ゐ)》らせ給へ。」

とて、やがて預《あづ》けて立《た》ちぬれば、

「一四くすし成《(な)》り。御病《や》まい《(ひ)》もふと一五やめたてまつりて。こよひよりは一六いからにあ

一 底本「い」。宮・近・尊・慶・斑「は」。それらによって訂正する。
二 「息の下に」はかすれた声で苦しげに言うさま。
三 何かの罪かとも(考えられる)。「罪」はさまざまな違犯、過失、けがれ、また前生の悪縁の報い、罰などを言う。先に「いかなる罪を作りてかゝるめを見るらん」(→八九頁注二〇)、あとに「何の罪にてかゝるめを見給ふらん」(→一〇五頁注一九)。
四 典薬の主は医者だ。「くすし」は医をする人。
五 手探りさせ(診察させ)なされ。
六 この上なくいとわしい。北の方の企みをあこきから聞き知っている落窪の君の心内。
七 なんの。平気です。
八 風邪(感冒)。風病(ふびやう)。
九 医者が要るような病み心地は。
一〇 さりながら胸(の病)はじつに恐ろしいものだから。胸の病気で苦しんだ例に源氏物語の紫上がいる。
一一 底「きたれは」、宮・近「さわされは」、尊・慶・斑「さわたれは」。底本が分かりやすい。
一二 北の方の詞。こちらに。落窪の君をさす。
一三 薬や何やさしあげてくだされ。底「なと」、宮・近・尊・慶・斑「なとも」。
一四 典薬助の詞。(わたしは)医者だ。「成り」は「なり」(断定)の当て字。
一五 簡単に治してさしあげて…。「て」は会話や書簡に見られる言いさしの文末。
一六 一向に。ひたすらに。
一七 手が。
一八 仰山に。
一九 語義不明。「まとふ」は「まどふ(惑ふ)」、「せい」は「制」であろう。底「まとふといせい」、宮・近・尊・慶・斑「まとふといひせい」(近「せい」やや不明、尊「ひ」と「せ」とのあいだに「て」見せ消ち

い《(ひ)》頼《たの》み給へ。」

とて、胸《むね》かい探《さぐ》りて[一七]手触《てふ》るれば、女[一八]おどろ〳〵しう泣《な》きまとふ[一九]といせいすべき人もなし。[二〇]こしらへかねて、[二一]せめてわびしきまゝに、[二二]思ひて、泣《な》く〳〵、

「いと頼《たの》もしき事なれど、[二三]たゞいまさらにものなんおぼえぬ。」

といらふれば、

「[二四]さや。[二五]などてかおぼすらん。いまは御代《かは》りに翁《おきな》こそ病《や》まめ。」

とて[二六]かゝへており《(を)》。北の方は典薬《てんやく》[二七]あると思《おも》ひ頼《たの》みて、例《れい》のやうに上《(じやう)》[二八]などもさし固《かた》めて寝《ね》にけり。

あこき、[二九]典薬《てんやく》や入《い》りぬらんとまどひ来《き》て見《み》るに、遣《や》り戸細《ほそ》めにあきたり。胸《むね》つぶるゝものから、うれしくて引《ひ》きあけて入《い》りたれば、典薬《てんやく》かゞまりおり《(を)》。[三〇]入《(いり)》にけりと[三一]心もなくて、

「けふは御忌日《き》と申《(まうし)》つるものを、心うくも入《い》り給ひにけるかな。」

と言《い》へば、

「何《なに》か。[三二]近《ちか》〳〵しくあらばこそあらめ。「[三三]御胸《むね》まじなへ」と[三四]上《うへ》の預《あづ》けたてまつり給《(たまひ)》つなり。」

とて、まだ[三五]装束《しやうぞく》も解《と》かでおり《(を)》。君《きみ》はいと[三六]いたくなやみ給ふに添《そ》へて、泣《な》き給ふ

あり)、三「まとへといひせい」、木「まとへとせひ」。
二〇 (典薬助を)ごまかしかねて。「こしらふ」は、機嫌を取る。「かぬ」は、できない、の意。
二一 たまらなく切ないのに任せて。
二二 思いついて。判断して。
二三 (病気で)現在全然何にも思案されない。典薬助の「あひ頼み給へ」に対する返辞のつもり。
二四 そうか。病気の程度を心配する典薬助。
二五 どうしてお悩みになっているのであろうか。病気に苦しむことを「おぼす」(「思ふ」の尊敬)と言っている。
二六 だきかかえて。
二七 底「る」、宮・近・尊・慶・斑「り」。
二八 じょう。
二九 典薬助が(部屋へ)はいってしまっていることであろうかと。
三〇 もうはいってしまってあったことと。

[5] 焼き石

三一 (落ち着いた)きもちもなくて。底「心」、宮・近・尊・慶「心ち」、斑「心地」。
三二 (もし)大接近の状態ならばともかくもだ。「近々し」は、ごく接近するさま。肉体関係を持つことを婉曲に言う。
三三 お胸病を病《(やま)》除けせよ、と。「まじなふ」は祈禱してその影響を他に及ぼすこと。呪詛にも厄除けにも言う。ここは病人祈禱である。
三四 北の方が預け申されたところだと聞く。「たてまつる」は落窪の君への謙譲。「つ」はたった今しがたのことだとし、「なり」は北の方から間接的に依頼されたという口ぶり。底・宮・近・尊「給つなり」、慶・斑「給ふつなり」。
三五 近々しくなかったことの証拠。底本「しやうそく」は、宮・近・尊・慶・斑「さうそく」。
三六 底「いたく」、宮・近・尊・慶・斑「いたう」。

事かぎりなし。あこき、[一]取《と》り分《わ》きて、などしものをかくいみじくおぼして、[二]かゝるはいかなる[三]べきにか、と思ひて、心細《ぼそ》くかなし。

「[四]御焼《や》き石当《あ》てさせ給はんとや。」

と聞《き》こゆれば、

「よかなり。」

とのたまへば、あこき、典薬《てんやく》に、

「[五]ぬしをこそいまは頼《たの》みきこえめ。御焼《や》き石求《もと》めてたてまつりたまへ。みな人も寝《ね》しづまりて、[六]あこきが言《い》わ《(は)》んによも取《と》らせじ。[七]これにてこそ[八]心ざしありなし[九]見《み》えはじめ給はめ。」

と言《い》へば、典薬《てんやく》うちわらい《(ひ)》て、

「[一〇]さなり。残《のこ》りの齢《よはひ》少《すく》なくとも、一筋《(ひと)すぢ》に頼《たの》みたまはば仕《つか》うまつらん。[一一]いわ《(は)》山をもと思《おも》へば、まして焼《や》き石はいとやすし。[一二]思《おも》ひにさし焼《や》きてん。」

と言《い》へば、

「[一三]おなじくはとく。」

と責《せ》められて[一四]そいにゝけんやは。[一五]入《い》り立《た》ちたるやうなればいとやすし、[一六]心ざし、なさけを見《み》えんとて、石求《もと》めんとて立《た》ちぬ。

一 あこきは(落窪の君が)選りに選って、何でまあ物思いをかように人一倍なさって(と)。難解である。落窪の君に苦悩が集中することを嘆くか。「取り分きて」は、あこきが格別に、とも。
二 かような状態であるのは(この先)どんなことが起きることになろうか、の意。
三 底本「へにか」。宮・近・尊・慶・斑「へきにか」。それらによって訂正しておく。
四 あこきの詞。お焼き石を当てあそばそうとは(思いますか)。落窪の君に向かって言う。「焼き石」は焼いて箱に入れるなどして包み身体を温める石。「させ給ふ」は落窪の君への高い尊敬。
五 おまえさまをば今は頼り申そう。
六 あこきが言ってみてもけっして渡してくれまい。あこきはとがめを受けている身でもある。
七 焼き石。難題婿の話型が奥にあるか。
八 愛情の有無が。
九 見られはじめなさろう。底本「人と」は「みえ」の誤写であろう。宮・近・尊・慶・斑「みえ」。それらによって訂正する。
一〇 そうであると判断される。
一一 岩山をも(動かそう)と思うから。「愚公山を移す」(列子・湯問)に拠ると言われる(集成)。
一二 思いの火ですぐに焼こう。「思ひ」の「ひ」に「火」をかけた表現。底本「おもひまさし」。宮・近「おもひさし」、尊・慶・斑「思ひにさし」。尊などにより「ま」を「に」に訂正しておく。
一三 同じことなら早く。
一四 語義不明。底・宮・近・尊・慶「そいにゝけんやは」、斑「そいにしけんやは」、三「そいにゝけるさは」、木「いかゝはせんさは」。
一五 親密になってきているようなのでまことに安心だ、の意か。難解。典薬助の心内であろう。
一六 愛情、親愛の情を見られようとて。
一七 この何年間はなはだつらくございました事

あこき、

「[一七]このとし比《(ころ)》いみじく侍《(はべり)》つる事の中《なか》に、[一八]わびしくもいみじくも侍るかな。いかゞせさせ給はんずる。何の[一九]罪《つみ》にてかゝるめを見《み》給ふらん。[二〇]さても何の身にならんとて[二一]かゝるわざをしたまふらん。」

と言《い》へば、[二二]

「[二三]さらになん物もおぼえぬ。いまま《ゝ》で死《し》なぬ事の心うき。」

と、

「[二四]心《(ここ)》ちはいとあし。この翁《おきな》の近《ちか》づき来《く》るに[二五]いとわびしき。[二六]その遣《や》り戸かけこめてな入《い》れそ。」

とのたまへば、

「[二七]さて、腹立《はらだ》ちなん。[二八]なを《(ほ)》なごめさせおはしませ。[二九]頼《たの》む方《かた》のあらばこそこよひはたてこめて、あすはその人に言《い》はんとも思ひ侍らめ。少将の君嘆《なげ》きわび給へども、[三〇]いかでたゞいま。[三一]辺《あた》りにだにおぼし寄《よ》らん[三二]ことかたくなん。御心の[三三]中《(うち)》にも[三四]仏神を念《ねん》ぜさせ給へ。」

と言《い》へば、君、[三五]げに頼《たの》む方《かた》なく、[三六]はらからとてもあひ思ひたる事なし、[三七]はしたなげにのみあれば、[三八]その人と言《い》ふべき事もおぼえず、いみじうかなしくて、

柄のうちで(とりわけ)。

〔6〕頼みは涙とあこきと

一八 (一段と)みじめにもつらくも。
一九 前生の罪。あるいは過失。
二〇 それにしても(北の方は)どんな(後生の)身に生まれ変わろうとて。
二一 かような意地悪をなさるのであろう。底本「したまらん」。宮・近・尊・斑「し給らん」、慶「し給はん」。宮などを根拠にして「ふ」を補う。
二二 「は」のあとに、宮・近・尊・慶・斑「君」がある。
二三 落窪の君の詞。もう何にも考えられない。
二四 落窪の君の詞、続き。
二五 底「に」、宮・近・尊・慶「になん」、斑「なん」。
二六 落窪の君の思いついた典薬助撃退の戦術。「かけこむ」はすぐあとの「たてこむ」に同じか。
二七 それで、きっと立腹しよう。
二八 やはり(典薬助のきもちを)落ち着かせ(て一晩)いらっしゃりませ。
二九 頼れる方面(人)があるのならば(なるほど)今夜は閉じこもって、明日はその人に知らせようとも思うのでございます。
三〇 どうしたって今すぐは…。底「いかて」、宮・尊・慶・斑「いかてかは」、近「いかてかい」。
三一 せめてこの辺になりと思い立って近づこうとなさることなど至難のわざで…。「思ひ寄る」(「おぼし寄る」はその尊敬)は「思いをかけて近寄る」が本来の意味。
三二 底本「こそ」。宮・近・尊・慶・斑「こと」。それらによって訂正する。 三三 底「中にも」、宮・近・尊・慶・斑「うちも」。なお三・木「うちにも」。
三四 仏と神と。「ブッジン」(日葡辞書、「ツ」は入声)。 三五 なるほど(あこきの言う通り)。
三六 継母北の方の実子たち。継子から異腹の兄弟姉妹を「はらから」と称している例である。
三七 いかにも無愛想な感じばかりであるから。

たゞ頼《たの》む事とては涙《なみだ》とあこきとこそ[一]心にかない《(ひ)》たる物にて、[二]さらにこゝにこよひはあれば、たれも〳〵泣《な》くほどに、翁《おきな》、焼《や》き石《いし》包《つゝ》みて持《も》て来《(きた)》るを、[三]わびて手《て》づから取《と》る心《(ここ)》ち、おそろしうわびしく[四]おぼゆる。

翁《おきな》、[五]装束《さうぞく》解《と》きて臥《ふ》していだき[六]寄《よ》すれば、[七]

「[八]あが君、[九]かくなし給《(たまひ)》そ。いみじくいたきほどは起《お》きて押《お》さへたる[一〇]ほどなんすこしやすまる心《(ここ)》ちする。のちをおぼさば、こよひはたゞ[一一]に臥《ふ》し給へれ。」

と言《い》ふ。[一二]いとわびしくて、いたう病《や》む。あこき、

「[一三]こよひばかりにてこそあれ。御忌《き》日《にち》なれば、なを《(ほ)》たゞ臥《ふ》し給へれ。」

と言《い》へば、[一四]さもある事とや思ひけん、

「[一五]さらば[一六]これに寄《よ》りかゝり給へ。」

とてまへに寄《よ》り臥《ふ》せば、わびし。押《お》しかゝりて泣《な》きい《(ゐ)》たり。あこきも[一七]ゐて、にくけれど、うれしき翁《おきな》の[一八]とくに[一九]御辺《あた》りにこよひまい《(ゐ)》りたることと《ゝ》思《おも》ふ。ほどなく寝入《ねい》りて[二〇]くつち臥《ふ》せり。[二一]女、少将の君のけわ《(は)》ひ思ひあわ《(は)》せられて、[二二]いとゞあいなくにくし。あこき、[二三]いかにしていでなんのたばかりをす。翁《おきな》の[二四]うちおどろく時はいとゞいたく苦《くる》しがり病《や》みたまへば、

「[二五]あないとを《(ほ)》し。翁《おきな》の侍る夜[二六]しもから病《や》み給ふがわびしき[二七]。」

実子と継子とがしっくり行かないこと。
二八 (頼りになるのは兄弟姉妹のうちの)その人と指名するようなことも思いつかず。

一 底「こそ」、宮・近・尊・慶・斑「そ」。
二 その上(あこきは)。
三 困って(落窪の君)自身の手で。

〔7〕危機を逃れる

四 底「おほゆる」、宮・近・尊・慶「おほゆ」、斑「をほゆ」。
五 「解く」は、紐などをほどいて脱ぐ。先の落窪の君の焼き石の依頼によって合意ができたと典薬助は解釈している。
六 底「いたき」、宮・近・尊・慶・斑「かき」。
七 「は」のあとに、宮・近・尊・慶・斑「女」がある。
八 落窪の君の詞。「あが」は「わが」よりも親しげさをこめる言い方。典薬助を懐柔しにかかる。
九 かようになさるな。
一〇 底本「ほと」は、宮・近・尊・慶・斑ナシ。
一一 何もしないで横になっていらっしゃれ。
一二 落窪の君は。以下、病気は典薬助を忌避するための盾、つまり仮病の感じである。
一三 (我慢するのは)今夜だけでありますよ。典薬助にご命日を理由に説得を試みるあこき。
一四 (典薬助は)そうもあることと思ったのであろうか。落窪の君とあこきとから説得されてその気になる典薬助。
一五 それならば。起きているのが楽ならば。
一六 私に。「これ」は自称。
一七 座って。底・宮・近・慶「ゐて」、尊・斑「いて」。「いでにくけれど」(出るのが難しいけれど)とあとに続く文かもしれない。 一八 おかげ。
一九 (落窪の君の)お近くに。
二〇 「くつつ」は、いびきをかく。くつくつと息の音を出す意であろう。 二一 落窪の君は。

とては又寝入《ねい》りぬ。

明《あ》けぬれば、いとうれしとたれも〳〵思《おも》ふ。翁《おきな》を突《つ》きおどろかして、

「いと明《あ》かくなりぬ。いで給《(たまひ)》ね。しばしは人に知《し》らせじ。[二八]長《なが》く思ひ給はゞ、[二九]のたまはん事に従《したが(ひ)》い給へ。」

と言《い》へば、

「[三〇]さかし。我もさ思《おも》ふ。」

とて、ねぶたかりければ、[三一]目《め》くそ閉《と》ぢあい《(ひ)》たる[三二][三三]払《はら(ひ)》いあけて、腰《こし》は[三四]うちかゞまりて出《(いで)》ていぬ。

あこき、遣《や》り戸《ど》[三五]引《ひ》きたてゝ、[三六]こゝにありけりと[三七]見《み》えたてまつらじと思《おも》ひて、いそぎて[三八]曹司《ざうし》に行《い》きたれば、帯刀《たちはき》が文あり。見《み》れば、

「[三九]からうしてまい《(ゐ)》りたりしかど、御門《かど》さしてさらにあけざりしかば、[四〇]わびしくてなん帰りまうで来《き》にしや。[四一]おろかにぞおぼすらん。少将の君の[四二]おぼしたるけしきを見《み》侍るに、[四三]心のいとまなくなん。是《(これ)》は御文《ふみ》なり。[四四]いかで夜《よ》さりだにまい《(ゐ)》らん。」

と言《い》へり。[四五]文たてまつらんに[四六]よきひまなりといそぎ行《い》きて見《み》れば、北の方部屋《かたへや》さし給ふ。あなくちをし、と思《おも》ひて[四七]帰《かへ》る道《みち》に、[四八]典薬《てんやく》行《(ゆき)》あい《(ひ)》て文くれたるを、

二二 はなはだもって不快でいとわしい。
二三 どのようにして出てしまおうかとの思案をする。女君連れ出しの考えをめぐらすあこき。
二四 ちょっと目をさます時は。仮病を行使する落窪の君。　二五 ああ気の毒だ。
二六 よりによって、というきもち。
二七 底・慶「き」、宮・近・尊・斑「さ」(斑は「いとをし」に続く)。　二八 末長く。心変わりなく。
二九 落窪の君がおっしゃろう言葉に。
三〇 その通り。「賢し」の意。
三一 目くそが閉ざしあっている(目を)。
三二 底本「り」。宮・近・尊・慶・斑「る」。それらによって訂正する。
三三 (その目くそを)払い(目を)あけて。
三四 ひょこっとかがんで。　三五 引いて閉めて。
三六 ここ(部屋)にずっといたことと。
三七 (北の方に)見てとられ申すまいと。底本「人に」。宮・近・尊・慶・斑「みえ」。それらによって訂正する。

〔8〕少将の御文を差し入れる

三八 あこきの自室。
三九 帯刀の手紙。やっとのことで参上していたけれど。帯刀は来づらいのをあえてやって来た。
四〇 困り果ててね引き返し(こちらへ)参上してきてしまったよ。「まうで来」は引き返した先である主家への謙譲。「や」は感動。
四一 (あなたを)疎略にするとお思いになっていることだろう。　四二 心配なさっている様子を。
四三 (私は)心の休まるひまがなくて…。
四四 何とか今夜なりと参上しよう。
四五 底「文」、宮・近・尊・斑「御ふみ」、慶「御文」。
四六 底本「に」は、宮・近・尊・慶・斑ナシ。
四七 底本「り」。宮・近・尊・慶・斑「る」。それらによって訂正する。
四八 典薬助が出会わして。

取《と》りて走《はし》り帰りて、北の方に、

「こゝに典薬《てんやく》のぬしの文《ふみ》あり。いかでたてまつらん。」

と言《い》へば、北の方うち笑《ゑ》みて、

「[一]心《(ここ)》ち問《と》い《(ひ)》給へるか。よし。[二]まめやかにあい思い《(ひ)》たるぞよき。」[三]

とて、さし固《かた》めし[四]こゝちを引《ひ》きあけたれば、いとお《(を)》かしうて、少将の君の文取《と》[五]り添《そ》へてさし入《(いれ)》たる。[六]

[七]少将の文見《ふみみ》たまへば、

[八]いかゞ。[九]日の重《かさ》なるまゝに、いみじくなん。

[一〇]君がうへ思ひ遣《や》りつゝ嘆《なげ》くとは濡《ぬ》るゝ袖こそまづは知《し》りけれ

いかにすべき世にかあらん。

とあり。女、いとあはれと思《おも》ふ事かぎりなし。

[一一]おぼし遣《や》るだにさあんなり。

[一二]嘆《なげ》くことひまなく落《お》つる涙《なみだ》川うき身ながらもあるぞかなしき

と書《か》きて、翁《おきな》の文見《み》[一三]ん事のゆゝしうて、

「あこき返《かへ》り事《(こと)》せよ。」

と書《か》きつけてさしいでたれば、[一四]文取《ふみと》りて立《た》ちぬ。

一 病のかげんをお問いになっているのかい。おもて向きの理由はあくまでも病気治療のために典薬助を部屋に入れた。
二 底「よし」、宮・近・尊・慶・斑「いとよし」。
三 実意があって相思の関係であるのがよいことだよ、の意。夫婦になるのがよいのだということを北の方はややこしく言う。
四 語義不明。底「こゝち」、宮・近・尊・慶・斑「心ち」、三・木「とくち」。誤写があろう。
五 典薬助の手紙に添えて。
六 底「る」、宮・近・尊・慶・斑「り」。
七 底「少将のふみ」、宮・近・尊・慶「少将の君のふみ」、斑「せうしやうのきみのふみ」。
八 (具合は)どのようですか。
九 日が積み重なるままに、ひどく恋しくて…。
一〇 あなたの境遇に対して、繰り返し繰り返し思いを馳せて嘆いているとは、この濡れるわたしの袖が一番先に知ってきたことですよ。
一一 女君の返状。お思い馳せになるだけでもそうであると聞きます。まして当のわたしは、と歌に続く言い方。筆記用具は取り寄せた櫛の箱にはいっていた。
一二 嘆くことが絶え間なく、そのように絶え間なく落ちる涙の川に浮き、憂き身ながらにも生きてあるのが悲しいよ。
一三 見ようことがいまわしくて。
一四 (あこきは)手紙を取って。底「ふみとりて」、宮・近「ふとゝりて」、尊・慶・斑「ふととりて」。
一五 夜通し(ずっと)苦しみあそばしてこられたことに対して。「せ給ふ」は、高い尊敬。
一六 老人(自分)は何かがよくないきもちがするのでござる。底本「おきな」は、宮・近・尊・慶「おきなの」、斑「をきなの」。
一七 いとしのいとしのわが君よ。
一八 今夜なりとありがたい場面にあわせておく

あこき、翁《おきな》の文《ふみ》を見《み》れば、

いと〳〵いとを《(ほ)》しく、一五夜《(よ)》一夜《(ひと)よ》なやませ給ひける事をなん、一六翁《おきな》もののあしき心《(ここ)》ちし侍る。一七あが君〳〵、一八夜《よ》さりだにうれしきめ見《み》せ給へ。一九御辺《あた》りに近《ちか》く候《(さぶら)》はば、いのち延《の》びて二〇心も若《わか》く成《(なり)》侍りぬべし。あが君《きみ》〳〵、

二一老木《おい》ぞと人は見《み》るともいかでなを《(ほ)》花咲《さ》き出《(いで)》て君に見馴《みな》れん

なを《(ほ)》〳〵二二なにくませ給ひそ。

と言《い》へり。あこき、いと二三あひ《(い)》なしと思《おも》ふ〳〵書《か》く。

いとなやましく見《み》二四えさせ給ひて、二五御身づからはゑ《(え)》聞《き》こえたまはず。

二六枯《か》れ果《は》てていまはかぎりの老木にはいつかうれしき花《はな》は咲《さ》くべき

と書《か》きて、二七腹立《はらだ》ちやせんとおそろしけれど、二八おぼゆるまゝに取《と》らせたれば、翁《おきな》うち笑《ゑ》みて取《と》りつ。

二九帯刀《たちはき》御返《かへ》り事《(こと)》書《か》く。

三〇よべはこゝにも、言《い》ふ方《かた》なき事を聞《き》こえてだに三一なぐさめば、と思《おも》ひきこえしに、三二かい《(ひ)》なくてなん。三三御文《ふみ》からうしてなん。三四いといみじきことどもいで来《き》て。三五対面《たいめん》になん。

とて遣《や》りつ。

れ。「め」は、境遇、状態。

〔9〕典薬助の手紙の内容、あこきの返状

一九 おそばに近く伺候いたすのなら。

二〇 底「心」、宮・近・尊・慶「心ち」（斑は欠文部分）。「に」のあとに、宮・近・尊・慶「たに」がある（斑は欠文部分）。

二一 老木よと他人はたとい見るとしても、何とかしてやはりそれでも花が咲きだして（実になるごとく）あなたに見馴れよう。「見馴る」は、昵懇になる。

二二 お嫌いあそばすな。

二三 あんまりだ。不愉快至極。

二四 底「みえ」、宮・近・尊・慶・斑「せ」。

二五 （君）ご自身は（返状を）申し上げなさることができない。

二六 枯れ切って今や最後の老木には、いつありがたいその花なるものは咲くことであろうか。「うれしき」は典薬助の手紙文中の語を借りる。

二七 （典薬助が）立腹しようかと。

二八 思いつく通りに。感じるままに書いたのを手渡した、ということか。

二九 帯刀の（手紙の）ご返状。あこきの帯刀への返状である。「御」は返状の相手への敬意。

三〇 昨夜はこちらでも、せめて（この）言葉にあらわしようのない次第をお耳に入れなりとして。「ここ」はあこきの自称。

三一 気分を晴らせるなら、と思い申した（時だった）のに。

三二 そのかいがなくて…。残念というきもち。

三三 お手紙はようやっと…。苦心して落窪の君に手紙を届けたことを言いさす。

三四 じつに大変なことどもが出来《(しゅったい)》して…。底「ことゞも」、宮・近・尊「事ともゝ」、慶「こととも」、斑「こととも」。

三五 （詳細は）会って…。

北の方は典薬《てんやく》に預《あつ》け[一]つと思ひて、いとありしやうに[二]も遣《や》り戸《ど》さし固《かた》めさせねば、あこき、うれしと思《おも》ふ。暮《く》れゆくまゝに、[三]いかにせんと思ひわぶ。[四]うちざしにさしこもらんと思《おも》ひて、よろづにあくまじきやうに構《かま》ふ。翁《おきな》、

[五]「あこき。[六]いかにぞ、御心《(こゝ)》ちは。」

と言《い》へば、

「いみじくなんなやみ給ふ。」

と言《い》へば、

[七]「いかにおはせんずらん。」

と[八]我《(わが)》物顔《がほ》にうち嘆《なげ》くを、[九]あひ《(い)》ぎやうなしと見《み》る。

「あすの臨時《りんじ》[一〇]の祭《まつ》りに、三の君に見《み》せたてまつらん、蔵人《くら》の少将の渡《わた》り給ふを。」

と北の方《かた》[一一]はねきりおる《(を)》を、あこき聞《き》きて、いとうれしきひま[一二]あるべかなり、と胸《むね》[一三]うちつぶれて思《おも》ふ。[一四]こよひだに逃《のが》れさせ給ひなば、と思《おも》ひて、遣《や》り戸のしり[一五][一六]にさすべき物求《もと》めて、[一七]わきにはさみてありく。

「[一八]御となぶらまいれ《(ゐ)》。」

など言《い》ふまぎれに[一九]はい《(ひ)》寄《よ》りて、遣《や》り戸の方《かた》の火[二〇]に添《そ》へて、[二一]ゑ《(え)》探《さぐ》らすまじくさし[二二]

〔10〕やり戸の内外を固める

一 (落窪の君を)託したところだと思って。
二 (以前)あった状態にも。
三 (あこきは)どうしようと思案に暮れる。
四 内側から閉ざしてあかないようにしようと思って、の意か。あこきの思案だが、どうやら内ざしはむずかしそう。「さしこもらんと」は、宮・近「さしこもらしと」、尊「さしこもらむ」。
五 あこきよ。呼びかけ。
六 どうかね、(君の)おかげんは。底本「いるにそ」。宮・近・尊・慶・斑「いかにそ」。それらによって訂正する。
七 どうしていらっしゃろうことだろう。
八 (落窪の君を)自分の所有物であるかのような顔付きで。
九 (あこきは)感じわるいと見る。「あいぎやう」は「愛敬」。
一〇 →六六頁注四。
一一 「はねきる」は、跳ね回る、か。あるいは羽ばたきしてしぶきをあげることか。万葉集九「翼霧(はねきる)」の例がある。
一二 時間のすき。　一三 急にどきどきして。
一四 せめてこの夜なりと逃れあそばしておしまいになるのならば。明日には救出されることであろうから、というきもち。「させ給ふ」は高い尊敬。但し「させ」は、宮・近・尊・慶・斑ナシ。
一五 「に」、宮・近・尊・慶・斑ナシ。
一六 さしこむための何かを。「さす」は、(さして)閉じる。
一七 (見つけたものを)こわきにはさんで。
一八 御殿油。宮中や貴族家の殿中に点す灯火。
一九 とりこみ。(忙しさの)まがい。
二〇 「樋(ひ)」なら、戸のみぞのこと。底本以下「火にそへて」。

くさりぬ。[二三]うちなる君は、いかにせんと思ひて、大《(おほき)》なる[二四]杉唐櫃《すぎからひつ》のありけるを、あとをかきて[二五]遣《や》り戸口《ぐち》に置《お》きて、[二六]とかうしてわな[二七]ゝきゐて、[二八]これあけさせ給ふなと願《ぐわん》を立《た》つ。

北の方、[二九]かぎを典薬《てんやく》に取《と》らせて、

「人の寝《ね》しづまりたらん時に入《い》り給へ。」

とて寝《ね》たまひぬ。みな人〳〵[三〇]しづまるお《(を)》りに、典薬《てんやく》[三一]かぎを取《と》りて、さしたる戸《と》あく。[三二]いかならんと胸《むね》つぶる。じやうあけて遣《や》り戸《ど》あくるに、いと固《かた》ければ、[三三]立《た》ちい《(ゐ)》ひろゝくほどに、[三四]あこき来《き》てすこし戸《と》[三五]を隠《かく》れて見立《みた》てるに、[三六]じやうしも探《さぐ》れど、[三七]さしたるほどを探《さぐ》り当《あ》てず。

「あやし〳〵。」

と、

「[三八]うちにさしたるか。翁《おきな》をかく苦《くる》しめ給ふにこそありけれ。[三九]人もみなゆるし給へる身なれば、[四〇]ゑ《(え)》逃《のが》れさせ給はじ物を。」

と言《い》へば、[四一]たれかはいらゐ《(へ)》ん。打《う》ち叩《たゝ》きを《(お)》[四二]し引《ひ》けど、うち外《と》に詰《つ》[四三]めてければ、ゆるぎだにせず。

「[四四]いかにや〳〵。」

二一 探りあてさせることができまいように。
二二 さしこんでつながり合わせてしまう。
二三 中にいる落窪の君は。
二四 杉で造られた唐風の大きな箱。
二五 「かく」は、持ち上げる。
二六 あれこれして。「とかうして」のあとに、宮・近・尊・慶・斑「をさへ」がある。
二七 わななきながら座って。
二八 これ(戸)をあけさせなさるな、と(神仏に)願を立てる。

〔11〕ひりかけ

二九 今夜は典薬助に直接に行かせる。再び危機が迫る第二夜である。
三〇 (寝て)静かになるころに。底「しつまる」、宮・近・尊・慶・斑「しつまりぬる」。
三一 かぎを手にして、閉ざしてある戸をあける。「あく」は、あける動作をする、の意。「とりて」のあとに、宮・近・尊・慶「きて」がある(斑ナシ)。
三二 (落窪の君は)どんな具合だろうとどきどきする。
三三 立ち座りひょろひょろする、の意か。「ひろろく」は他例を知らない。「ひろろぐ」かとも。
三四 あこきはやって来て。底・慶「きて」、宮・近「ゝきて」、尊「きゝて」、斑「ゝて」。
三五 戸のかげに隠れて。
三六 じょうはたしかに探り当てるものの。
三七 (戸のしりに)さしこんである辺りを。
三八 内がわに(何かを)さしこんであるのか。
三九 中納言も北の方も。
四〇 お逃げあそばすことなどできまいものなのに。「させ」は、宮・近・尊・慶・斑ナシ。
四一 だれが応答しようか(だれもしない)。
四二 押したり引いたりするけれど。
四三 固めてあったことだから。
四四 どうであるか、どうであるか。宮・近・尊・慶・斑「いまや〳〵」。

と、夜ふくるまで板《いた》の上にゐて、冬の夜なれば身もすくむこゝちす。そのころ腹《はら》そこない《(ひ)》たる上《うへ》に、きぬいと薄《うす》し。板《いた》の[一]冷《ひ》ゑ《(え)》のぼりて[二]腹《はら》ごほ〳〵と鳴《な》れば[三]、翁《おきな》、

「あな[四]さがな。[五]冷《ひ》えこそ過《す》ぎにけれ。」

と言《い》ふに、[六]しゐ《(ひ)》てごほめきて、[七]びちびちと聞《き》[八]こゆる、[九]いかになるにかあらんとうたがはし。[一〇]かい探《さぐ》りて、[一一]出《(いで)》やするとて尻《しり》をかゝへて、まどい《(ひ)》出《(いづ)》る心《(ここ)》ちに、[一二]上《(じやう)》をつゐ《(い)》さして、かぎをば取《と》りていぬ。あこき、かぎ置《お》かずなりぬるよ[一三]やと[一四]あいなくにくゝ思《おも》へど、あかずなりぬるをかぎりなくうれしくて、遣《や》り戸のもとに寄《よ》りて、

「[一五]ひりかけしていぬれば、[一六]よもまうで来《こ》じ。[一七]おほとのごもりね。[一八]曹司《ざうし》に帯刀《たちはき》まうで来《き》たれる。」

[一九]と、

「[二〇]君の御返事《(かへりこと)》も聞《き》こえ侍らん。」

と言《い》ひかけて[二一]下《しも》に下《お》りぬ。

帯刀《たちはき》、

「[二二]などいままでは下《お》り給はぬぞ。[二三]世中《(よのなか)》いかゞはある。」

一 冷えが(伝わり)のぼって。
二 おなかがごろごろと鳴るから。「ごほごほ」は「ごぼごぼ」かもしれない。
三 「は」のあとに、底本「いと」がある。宮・近・尊・慶・斑ナシ。それらによって訂正しておく。
四 「さがなし」は、たちがわるい、性悪だ。
五 冷え方が度を超えてしまったことよ。底本「ひ」。宮・近・尊・慶・斑「ひえ」。それらによって訂正する。
六 むやみにごろごろ音がして。
七 「びちびち」はひりかけの音。語頭が濁音の語であると見ておく。木「びち〳〵」。
「ごほめく」は「ごぼめく」かもしれない。
八 あこきの耳に聞かれる。「る」のあとに、宮・近・尊・慶・斑「は」がある。
九 どうなろうことかと疑われる。典薬助自身が。
一〇 (典薬助は)手で探って。
一一 (くそが)漏れ出でもするかとて。衣類の外へ、であろう。
一二 じょうをつきさして。戸にさしこみ施錠する。
一三 「や」、宮・近・尊・慶・斑ナシ。
一四 不快にいとわしく。
一五 下痢をしかけること。「ひる」は、排泄する。
一六 まさかやって参るまい。
一七 お寝みになってしまわれよ。
一八 私室に帯刀が参って来ているよ。「来たれ」はこのままで正しければ四段動詞「来たる」。
一九 底本「と」は、宮・近・尊・慶・斑「を」。「を」ならば直前の文から「まうで来たれるを」と続く。
二〇 少将の君へのご返辞でも。先の返状に続きその他もろもろの伝言や報告のたぐい。
二一 落窪の君の今いる所が上(かみ)。
二二 どうしてこんな時間(現在)までは退出なさらぬのか。「は」は「いままで」を特に強調したい帯刀のきもちをこめる。
二三 情勢はどのようであるか、の意か。

〔12〕救出の計画

と、

「[二四]まだいだしたてまつらずや。[二五]いみじくこそおぼ[二六]つかなけれ。君のおぼし嘆《なげ》くこといみじくなん。「[二七]夜《よる》などみそかに盗《ぬす》みいでたてまつりぬべしや。その事[二八]案内《あんない》して来《こ》」と[二九]のたまわ《(は)》せつる。」

と言《い》へば、

「[三〇]さらにいとこそいみじき、日に一度《ど》なん[三一]御台《(み)だい》まい《(ゐ)》りにあけ給ふ。[三二]かくて構《かま》ふるやうは、北の方の御[三三]お《(を)》ぢにていみじき翁《おきな》のあるになんあわ《(は)》せたてまつらんとて、こよひも部屋《へや》に入《い》るとてかぎを取《と》らせ給へれど、うち外《と》にしか〳〵固《かた》めたれば、[三四]ひろちあけつるに、[三五]冷《ひ》ゑ《(え)》てかう〳〵していぬ。[三六]君は[三七]この事聞《き》ゝ給《(たまひ)》しより、[三八]御胸《むね》をなんいみじく病《や》み給《(たまひ)》し。」

と泣《な》きつゝ言《い》ふ。帯刀《たちはき》、[三九]いみじきこともあわ《(は)》せて、[四〇]ひりかけのほどえ[四一]念《ねん》ぜでわらふ。

「「[四二]いつしか盗《ぬす》みいでたてまつりて、この北の方《かた》の[四三]たう《(ふ)》せん」となん君はの給ふ。」

と言《い》へば、

「あす祭《まつ》り見《み》にいで給《(たまひ)》ぬべかめり。そのひまにおわ《(は)》しませ。」

二四 引き続き帯刀の詞。(北の方は落窪の君を)まだお出しし申さないのか。
二五 はなはだもって気がかりであるよ。
二六 底本「へる」。宮・近・尊・慶・斑「つか」。それらによって訂正する。
二七 夜分。底本「する」。宮・近・尊・慶・斑「よる」。それらによって訂正しておく。以下「案内して来」までは少将の君の詞の引用。
二八 内情を問うて来い。
二九 おっしゃられたところですよ。「のたまはす」は「のたまふ」よりも高い尊敬。
三〇 あこきの詞。さらにいっそう厳重です、の意か。難解。
三一 御膳をさしあげること(→五四頁注二)。日に一回食事を与えることは、→九五頁注二一。
三二 そのようにして(閉じ込めて)企むしかたは。
三三 伯父でひどい年寄りがいるその老人に、の意。
三四 語義不明。底「ひろち」、宮・近・尊・慶・三「たちゐひろき」、斑「たちゐひろけ」、木「たち居ひろき」。先の「立ちゐひろゝく」(→一一一頁注三三)と同じか。とすれば誤写があろう。
三五 冷えてしかじか(ひりかけ)して去る。
三六 落窪の君。
三七 この話(北の方の悪巧み)をお聞きになったはなから。「し」(「き」の連体形)はその夜よりももう一晩まえの夜のことだから。
三八 お胸の病気をえらくお患いになった。まえの晩の話だから「き」文末。
三九 めちゃくちゃな話(に憤慨すること)ともあわせて。底本「も」は、宮・近・尊・慶・斑「に」。
四〇 「ひりかけのほど」は、あこきの語りが進行してひりかけにさしかかる辺り。
四一 我慢できなくて。 四二 少将の君の詞の引用。帯刀の詞。 四三 (北の方への)報復。答《とう》。

と言《い》へば、帯刀《たちはき》、

「いとうれしきひまにもあなるかな。一いつしか夜も明《あ》けなん。」

と心もとなく言《い》ひ明《あ》かす。を《(お)》きなははかまにいと多《おほ》く二しかけてければ、三けさうの心《(こゝ)》ちも忘《わす》れてまづとかくかれ四洗《あら(ひ)》いしほどに、五うつぶしうつぶしにけり。

明《あ》けぬれば、帯刀《たちはき》、いそぎま六い《(ゐ)》りぬ。少将、

「七いかゞ言《い》ひつる。」

とのたまへば、

「八しか〳〵なんあこきが言《い》ひし。」

と申すに、典薬助《てんやくのすけ》のことを、九あさまし、一〇ねたし、一一げにいかにわびしからんと一二思《おも》ひ遣《や》るに、いとあわ《(は)》れ成《(なり)》。

「一三こゝにはしばし一四住《す》まじ。一五二条殿に住《す》まん。行《い》きて格子《かうし》あげさせよ。一六きよめさせよ。」

とて帯刀《たちはき》つかはしつ。一七胸《むね》うちさは《(わ)》ぎてうれしき事かぎりなし。一八あこき、人知《し》れず心《(こゝ)》ちさは《(わ)》ぎて、一九せんやうを構《かま》へありく。二〇むまの時ばかりに、車二《くるまふた》つ、三、四の君、二一我やなど乗《の》りて出《(いで)》給ふ二二さは《(わ)》ぎにあ

一 早く夜も明けてほしい。
二 「しかく(し掛く)」は、(便を)ひっかける。
三 色恋に気色ばむ心。先に「心げさう」(→九九頁注三四)。
四 それ。汚れた袴。
五 うつ臥しつつ臥し寝していったことだ。「うつふしふしにけり」とありたいところ。底本は「うつふしうつふし」と改頁の箇所。宮・近・尊・慶「うつふし〳〵」、斑「うつふしうつふし」(改頁箇所ではない)。なお木「うつふしふし」。
六 少将のもとへ。
七 (あこきは)どのように言ったの。先に「案内して来」(→一一三頁注二八)と命じたその復命を請う。
八 かくかくしかじかあこきが言いましたよ。

〔13〕 二条殿に女君受け入れの準備

九 あきれるばかりだ。あまりの卑劣さに茫然とする感じ。
一〇 いまいましい。憎たらしい。
一一 なるほどどんなにつらかろう、と。「げに」は実態を聞いて納得する感じ。
一二 心配すると、まことにしみじみといとしい。底本「に」は、宮・近・尊・慶・斑「も」。「成」は、「なり」の当て字。
一三 父大将邸。
一四 しばらく住まないことにしよう。結婚は二世代同居を避けるのが通則か。底本「しはし」は、宮・近・尊・慶・斑「しはしは」。
一五 二条の邸。母が所有していることはのちに知らされる(→一四三頁注四〇)。
一六 掃除をさせろ。底「きよめさせよ」、宮・近・尊・慶・斑「きよめせよ」。
一七 帯刀は。
一八 あこきは(あこきで)。
一九 なすべき手はずを思いめぐらして動き回る。
二〇 正午前後。
二一 北の方自身やなんかが。
二二 混雑に時を同じくして。
二三 かぎを請求しに(人を)つかわして。

〔14〕 救出

二四 心配で。心もとなくて。底本「あやしう」は、宮・近・尊・慶・斑

わ《(は)》せて、北の方、典薬《てんやく》がもとにかぎ[二三]請《こ》い《(ひ)》に遣《や》りて、

「[二四]あやしう、[二五]わがなきほどに人もぞあくる。」

とて、かぎ持《も》ちて乗《の》り給《(たまひ)》ぬる事を、いみじくにくしとあこき思《おも》ふ。おとゞも、婿《むこ》いだしたてて、ゆかしがりて出給《(いでたまひ)》ぬ。みなのゝしりて、[二六]さゝとして出《(いで)》給ふす[二七]なはち、あこき告《つ》げに走《はし》らせ[二八]遣《や》りたれば、少将たが[二九]い《(ひ)》て、[三〇]例《れいの》乗り給ふ車にはあらぬに、[三一]朽《く》ち葉《ば》の下すだれかけて、おの《(を)》こども多《おほ》くておはしぬ。[三二]帯刀《たちはき》、馬にてさき立《だ》ちて、[三三]おこせ給へり。中納言殿には婿《むこ》の[三四]御供《とも》、北の方の御供《とも》、[三五]人みかたにをのこども分《わ》かちまい《(ゐ)》りて人もなし。御門《かど》にしばし[三六]立《た》ちて、[三七]帯刀隠《たちはきかく》れより入《い》りて、

「御車《くるま》あり。いづくにか寄《よ》せむ。」

と言《い》へば、

「[三八]たゞこの北おもてに寄《よ》せよ。」

と言《い》へば、[三九]引《ひ》き入《(いれ)》て[四〇]寄《よ》する、からうして[四一]このおの《(を)》こ一人いで来《き》て、

「[四二]なぞの車ぞ。[四三]みないで給《(たまひ)》ぬる所には[四四]。」

ととがむれば、

「[四五]あらず。御《ど》たちのまい《(ゐ)》り給ふぞ。」

「あやうし」。
二五 わたしのいないあいだにだれかが(必ず)あけでもする。「もぞ」はだれかが戸をあけるかと心配されることをあらわす。
二六 ざわざわと声を立てて、の意か。「ざざ」かもしれない。
二七 や否や。
二八 少将のもとに人を。
二九 通常とちがって、の意か。底「たかいて」、宮・近・尊・慶・斑「心ちたかひて」。
三〇 いつも乗りなさる車ではないのに。少将のしわざであると分からせないために車を替える。あとで網代車(→一一八頁注九)と知らされる。
三一 朽葉色(赤黄色)の下すだれ。牛車の前後のすだれの内がわからかけて外に垂らす。女を迎えに行く目的からここではかけた。
三二 帯刀は馬で先に立って。「て」の前後で動作主が入れ替わる。
三三 (少将の君はその帯刀をこちらへ)お寄越しになっている。
三四 底「御とも北の方」、宮・近・尊・慶・斑「御ともおとゝ北のかた」。
三五 語義不明。人を三方に、か。
三六 (車は)立って。立ち止まり待っている状態。
三七 人目につかない入り口。
三八 あこきの詞。直接にこの北面につけよ。
三九 (車を)引き入れて。底「ひき入て」、宮・近・尊・慶「ひきいりて」、斑「ひきいれて」。
四〇 底「よする」、宮・近・尊・慶・斑「よするを」。
四一 ここ(中納言邸)の。
四二 いったい何の車か。怪しみとがめる言い方。
四三 全員出払ってしまわれた所には。
四四 底・宮・近「い」、尊・慶・斑「は」。尊などにより、一応訂正しておく。
四五 何でもない。あやしい車ではない、の意。

と言《い》ひて、[一]たゞ寄《よ》せに寄《よ》す。御《ご》たちの止《と》[二]まりたりけるもみな下《しも》に下《お》りて、人もなき程[三]なり。あこき、

「早《はや》う下《お》り給へ。」

と言《い》へば、少将下《お》り走《はし》り給ふ。部屋《へや》には上《(じやう)》[四]さしたり。[五]これにぞこもりけると見《み》るに、[六]胸《むね》つぶれていみじ。はひ寄《よ》りて、[七]上《(じやう)》ひねり見《み》給ふに、[八]さらに動《うご》かねば、帯刀《たちはき》を呼《よ》び入給《(いれたまひ)》て、[九]うちたてをふたりして打《う》[一〇]ち放《はな》ちて、遣《や》り戸《ど》の戸を引《ひ》[一一]き放《はな》ちつれば、[一二]帯刀《たちはき》はいでぬ。いともらうたげにてゐたるを、[一三]あわ《(は)》れにてかきいだきて車に乗《の》り給《(たまひ)》ぬ。

「あこきも乗《の》れ。」

とのたまふに、[一四]かの典薬《てんやく》が近《ちか》〳〵しくやありけんと北の方《かた》思ひたまはん、[一五]ねたういみじうて、かのを《(お)》こせたりし文[一六]二《(ふた)》たびながらを《(お)》[一七]し巻《ま》きて、ふと[一八]見《み》つくるやうにを《(お)》[一九]きて、御櫛《くし》[二〇]の箱《はこ》引《ひ》きさげて乗《の》りぬれば、お《(を)》[二一]かしげにて飛《と》ぶやうにて出《(いで)》[二二]給《(たまひ)》ぬ。たれも〳〵いとうれし。門《かど》[二三]だに引《ひ》きいでてければ、お《(を)》のこどももいと多《おほ》くて二条殿におはしぬ。

[二四]人もなければ、いと心やすしとて、下《お》ろしたてまつり給《(たまひ)》て、臥《ふ》[二五]し給《(たまひ)》ぬ。日比《(ひごろ)》[二六]の事どもかたみに聞《き》こえ給《(たまひ)》て、泣《な》[二七]きみわらい《(ひ)》み[二八]し給ふ。かのひりかけの事を

一 ひたすら寄せに寄せる。
二 底本「とまりたるよるもみな」。宮・近・尊・慶「とまりたりけるもみな」、斑「とまりたりしる」。宮などにより、訂正する。
三 底本「ねさり」。宮・近「程なり」、尊・慶・斑「ほとなり」。宮などによって訂正する。
四 じょう。　五 これ(この部屋)にこそこもってきたことよと見ると。
六 胸がどきんとしてたまらない。
七 じょうをいじくってご覧になると。
八 全然作働しないから。
九 副木のたぐいか。戸に打ってじょうをつけるための金具のことかとも。延喜式四・神祇「打立」。うつほ・蔵開上「うたて」(前田家本)は、ウッタテか。　一〇 打ってはずして。
一一 引っぱってはずし終わると。
一二 帯刀は(外に)出てしまう。
一三 しみじみとあいらしい感じで手にだいて。

〔15〕二条殿へ

一四 あの典薬助が馴れ馴れしく接近したことであろうかと。
一五 いまいましくいとわしくて。「近々し」は、関係を生じるさま。
一六 手紙二回とも、か。物語に書かれているのは一通だけ(→一〇七頁注四八)。
一七 押し巻いて。　一八 見つけるように。底「みつくるやうに」、宮・近・尊・慶・斑「みつくへく」。
一九 置いて。　二〇 →九九頁注二六。
二一 下すだれを垂らした美しい車のさま。底「にて」、宮・近・尊・慶・斑「にして」。
二二 (中納言邸を)お出になってしまう。
二三 (車を)せめて門なりと引き出してしまったあとは、の意。門外には従者が多く待つ。
二四 (遠慮する)人もいないので。
二五 横になられてしまう。
二六 この数日のいろんな出来事を互いに。「と」

ぞいみじくわらひ」給《(たまひ)》[二九]ける。

「[三〇]ふかうなりける御けさう人かな。北の方いかにあさまし[三一]と思《おも》ひ給はん。」

と、うちとけて言《い》ひ臥《ふ》し給へり。帯刀《たちはき》[三二]、あこきと臥《ふ》して、[三三]いまは思《おも》ふ事もなきよしを言《い》ふ。暮《(くれ)》ぬれば御台《だい》[三四]まい《(ゐ)》りなどして、帯刀《たちはき》[三五]あるじだちてしありく。

[三六]かの殿には、物見《み》[三七]て帰り給《(たまひ)》て、御車《くるま》より下《お》り給ふまゝに見《み》たまへば、部屋《へや》の戸打《う》ち倒《たふ》して、うちたても打《う》ち散《ち》らしければ、たれも〳〵おどろきまどひて、見《み》れば部屋《へや》には人もなし。いとあさましく、

「[三八]こはいかにしつる事ぞ。」

とさわぎ満《み》ちてのゝしる。

「この家にはむげ[三九]に人はなかりつるか。[四〇]かくある所まで入《い》り立《た》ちて打《う》[四一]ち割《わ》り引《ひ》[四二]き放《はな》ちつらんをとがめざりつらんは。」

と腹立《はらだ》ちて、

「[四三]たれか止《と》まりつらん。」

と尋《たづ》[四四]ねのゝしる。[四五]北の方、言《い》はん方《かた》なき心《(ここ)》ちして、[四六]ねたくいみじき事かぎりなし。あこきを尋《たづ》ね求《もと》むれど、[四七]いづくにかあらん。[四八]おちくぼをあけて見《み》給へば、[四九]ありと見《み》し木《(き)》[五〇]ちやう、屏風《びやうぶ》[五一]もなし。北の方《かた》、

底本、補入。
二七 泣きまた笑いしなさる。
二八 底本、欠文。宮・近・尊により補入する。慶・斑も「事」が「こと」になるほかは同じ文がある。
二九 底本「けり」。宮・近・尊・慶・斑「ける」。それらによって訂正する。
三〇 だらしがなかったご求婚者よな。「ふかう」は「不覚」の音便かと見ておく。「不幸」かともされる。「けさう人」は、色恋をする人。 三一 驚きいったさまだと。

〔16〕中納言邸の大騒ぎ

三二 帯刀は(帯刀で)あこきと横になって。
三三 現在は悩むこともない趣きを話す。
三四 ご夕食。 三五 もてなし役ぶって。
三六 そちらの中納言邸においては。
三七 「物」は、見物(みもの)。祭りのこと。
三八 中納言の詞。これはどうしたことか。「つ」は起きたばかりの事件であるとの認識を示す。
三九 全然。 四〇 かように生活する所まで立ち入って、の意か。底本「ある」は、宮・近・尊・慶・斑「ぬる」。「ぬる所」ならば、寝所。
四一 うちたてを。 四二 (戸を)引っぱってはずしたろうことを。「つらん」は完了したばかりの事柄についての推量を示す。
四三 だれが留守居したろうか。宮・近・尊・慶・斑「とまりたりつらん」。
四四 (中納言は)大声で尋ねる。 四五 (一方)北の方は。あこきが犯人であると推知する。
四六 (北の方は北の方で)いまいましく不快でたまらない。先にあこきも北の方を「ねたういみじう」(→注一五)思った。
四七 どこにもいやしない。 四八 落窪の間。
四九 →五七頁、六九頁。まきあげようと目をつけていた。 五〇 几帳。
五一 底「も」、宮・近・尊・慶・斑「ひとつも」。

「あこきと言《い》ふ[一]盗人《ぬす》のかく人もなきおり《(を)》を見《み》つけてしたるなり。[二]やがて追《お》い《(ひ)》うてんと思《おも》ひし物を、「[三]使《つか》い《(ひ)》よし」との給《(たまひ)》て、[四]かくつゐ《(ひ)》に負《ま》けぬること。」

と、

「[五]心肝《ぎもゝ》もなく[六]あい《(ひ)》思ひたてまつらざりしものを、[七]しい《(ひ)》て使《つか》ゐ《(ひ)》給ひて。」

と、三の君をいみじく[八]申《(まうし)》給ふ。おとゞ、止《と》まりたりけるをのこ一人尋《たづ》ねいでて問《と》ひ給へば、

「さらに知《し》り侍らず。たゞいときよげなる[九]網代車《あじろぐるま》の下すだれかけたりし、い[一〇]でさせ給《(たまひ)》てすなはち入《(いり)》まうで来《き》て、[一一]ふとい《(ゐ)》てまかりにし。」

と申《(まうす)》。

「[一二]たゞそれにこそあなれ。[一三]女はゑ《(え)》さは打《う》ち割《わ》りて出《(いで)》じ。お《(を)》のこのしたるなめり。何《なに》ばかりの物《(もの)》なれば、かく我《(わが)》家を[一四]あかのひる入《い》り立《た》ちて、かくして出《(いで)》ぬらん。」

とねたがりまどい《(ひ)》給ふかい《(ひ)》もなし。

北の方《かた》、[一五]このを《(お)》きたる文を見給《み(たまひ)》て、まだ寝《ね》ざりけりと思《おも》ふに、[一六]ねたさまさりて、典薬《てんやく》を呼《よ》び据《す》へ《(ゑ)》給《(たまひ)》て、

「かう〳〵して逃《に》げにけり。ぬしに預《あづ》けしかい《(ひ)》もなくかく逃《に》がし給へり。[一七]

一 先には「盗人がましきわらは」(→八八頁)とあった。ここでは盗人に決定する。
二 (その時)すぐに追放しようと思ったのに。
三 (三の君が)「使いよい」とおっしゃって。
四 そのように結局してやられたことよ、の意。
五 (あこきは)忠誠心もなく。「心肝」は、心魂、性根。「肝心」(→一九七頁注二四)は類語。
六 一緒に慕い申すことがなかったのに。「あひ」は、こちらが目をかけても、というきもちをこめる。　七 押して。無理に。
八 叱り申される。
九 「網代」は竹やひのきを編んだもの。それを屋形に張ったのが網代車で、下すだれをかけて女車に仕立ててあった(→一一五頁注三一)。
一〇 「させ給ふ」は中納言への高い尊敬。
一一 底本「いと」。宮・近・尊・慶・斑「ふと」。それらによって訂正する。
一二 それであると判断されるよ。
一三 女はそんなにはぶち割って出られまい。
一四 白昼のことか。宮・近・尊・慶・斑「あかひる」。
一五 置いてある手紙。
一六 いまいましさがつのって。
一七 「り」、宮・近・尊・慶・斑「る」。
一八 親しくは何しなさらなかったことかえ。悪巧みをみずから人まえでばらした格好。
一九 底本「のたまひ」は、宮・近・尊・慶「の給て」、斑「の給ひて」。
二〇 底本「おきたり」。宮・近・尊・慶「をきたる」、斑「をきける」。宮などによって「り」を「る」に訂正する。

〔17〕典薬助の弁明

二一 そちら。そこもと。
二二 まことに理不尽な仰せごとであるな。
二三 身の近辺にも。「御(み)辺り」かもしれない。
二四 じっと。
二五 この夜をやり過ごして。宮・近・尊・慶・斑に

近《ちか》[一八]〳〵しくはものし給はざりけるか。」

とのたまひ、[一九]

「置《お》[二〇]きたるそこの文[二一]どもお《(を)》見《み》れば。」

と言《い》へば、典薬《てんやく》がいらへ、

「[二二]いとわりなきおほせなりや。その胸病《むねや》みたまひし夜は、いみじうまどひて身辺《あた》[二三]りにも寄《よ》せ給はず。あこきもつ[二四]と添《そ》ひて、御忌《き》日なり、[二五]こよひ過《す》ぐして、[二六]さうじみもの給ひし、いみじくまどひたまい《(ひ)》しかば、や[二七]をらたゞ寄《よ》り臥《ふ》しにき。[二八]のちの夜、責《せ》[二九]め添《そ》ゐ《(ひ)》せむと思ひて、まうで来《き》てあく[三〇]るに、う[三一]ちざしにさしてさらにあけぬを、板《いた》の上に夜中《なか》まで立《た》[三二]ちゐあけ侍《(はべり)》し程に、か[三三]ぜ引《ひ》きて腹《はら》[三四]ごほ〳〵と申《(まうし)》しを、一[三五]二度《ど》は聞《き》き《ゝ》過《す》ぐして、猶《(なほ)》[三六]しふねくあけんとし侍りし程に、乱《みだ》[三七]れがはしきことのいでまうで来《き》にしかば、もの[三八]もおぼえでまづまかり出《(いで)》て、し[三九]つゝみたりし物を洗《あら》ひしほどに夜は明《あ》けにけり。翁《おきな》[四〇]のおこたりならず。」

と述《の》[四一]べゐたるに、腹立《はらだ》[四二]ち死《し》にながらわら[四三]わ《(は)》れぬ。ましてほ[四四]の聞《き》く若《わか》き人は死《し》[四五]に返《かへ》りわらふ。

「いでや。よし〳〵。立《た》ち給《(たまひ)》ね。いと言《い》ふかい《(ひ)》なくねたし。異《こと》人にこそ預《あつ》くべかりけれ。」

は「こよひすくして」のあとに「と」がある。
二六 (あこきが言い)落窪の君自身もおっしゃった、(そして)たいそうお苦しみになったので。「の給ひし」は「たゞに臥し給へれ」(→一〇六頁注一一)と落窪の君が述べたこと。
二七 そろそろと。静かに。
二八 (その)あとの夜。
二九 責め添いしようと思って。異文の多いところである。底「せめそゐせむ」、宮・近・尊・慶「せめそさむ」(近・尊・慶には「そ」の右傍に「本」あり)、斑「せめ本そさむ」。底本が分かりやすい。
三〇 「あく」はここでは、あける動作をする。
三一 本当は外がわにさしてあったのを気づかない。　三二 立ったり座ったり。
三三 風邪を引き寄せて。「引く」は(邪悪なものを)引きつける、の意。
三四 ごろごろと申したのを。
三五 一度二度は(腹の訴えを)聞かずにやり過ごして。　三六 執念して。
三七 無作法なことが出来《(しゆつたい)》し参ったから。粗相したこと。「乱れがはし」は、秩序がない、あるいは、秩序を乱すべき。
三八 前後も分からなくなって。
三九 し隠してあった何かを。びろうな話をぼかして言ったつもり。「し包む」かもしれない。
四〇 老人(自分)の過ちではない。出物が悪いのだ、の意。
四一 「述べ」のあとに、宮・近・尊・慶・斑「申て」がある。
四二 「腹立ち死ぬ」は、死ぬほど腹立つ。底本「しに」は、宮・近・尊・慶・斑「しかり」。
四三 (自然に)笑ってしまう。
四四 底本「ほのきゝ」。宮・近・尊・慶・斑「ほのきく」。それらによって訂正する。
四五 すっかり死にそうにまで笑う、の意。

とのたまふに、典薬腹立《てんやくはらだ》ちて、

「わりなき事の給ふ。一心にはいかで〳〵と思《おも》へど、老《お》いのつたなかりける事はあやまちやすくて、二ふと三ひりかけらるゝを四いかゞせん。五翁《おきな》なればこそあけむ〳〵とはせしか。」

と腹立《はらだ》ち言《い》ひて立《た》ちて行《い》けば、いとゞ人六わらひ死《し》ぬべし。

七わらはなる子の言《い》ふやう、

「すべて八上《うへ》のあしくしたまへるぞ。九何しに部屋《へや》にこめ給《(たまひ)》て、一〇かくをこなる物《(もの)》にあわ《(は)》せんとしたまい《(ひ)》しぞ。いかにわびしく一一おぼしけん。一二御むすめども多《おほ》く、一三まろらも行《(ゆく)》さき侍れば、一四行《い》きあい《(ひ)》来《き》あい《(ひ)》、一五聞《き》こえ触《ふ》るゝことも一六こそあれ。一七いみじき事なりや。」

と一八およすげ言《い》へば、北の方、

「一九やつはいづち行《ゆ》くともよくありなんや。二〇行《い》きあふともわれら二一が子どもいかゞせん。」

といらへ給ふ。お《(を)》のこ三人ぞ持《も》たまへりける。太郎は二二越前守《ゑちぜんのかみ》にて国に、二三二郎はほう《(ふ)》し、三郎ぞこのわらはなりける。二四かく言《い》ひさは《(わ)》げどかひなければ、みな臥《ふ》しぬ。

一 きもちでは何とかして何とかしてと思うが。
二 底本「ふす」。宮・近・尊・慶・斑「ふと」。それらによって訂正する。
三 底本「ひかけ」。宮・近・尊・慶・斑「ひりかけ」。それらによって訂正しておく。
四 底「を」、宮・近・尊・慶・斑「をは」。
五 老人(私)だからこそ。あなた(北の方)の身内だから、ということか。
六 「わらひ死ぬ」は、死にそうに笑う。
七 三郎君。
八 母上がいけなくなさっているのですよ。
九 どうするために。

〔18〕三郎君の批判

一〇 そんなあほな人物にめあわせようと。
一一 (落窪の君は)お思いになったことだろう。
一二 (父の中納言には)女のお子たちがたくさんで。落窪の君もそのなかに含まれている。
一三 ぼくらも将来がございますから。
一四 行って会い来て会い。慣用的表現か。
一五 言葉に出して申し(また)耳に触れて聞くとが、の意か。「え」は底本「と」のように見えるのを、宮・近・尊・慶によって訂正しておく。
一六 あるのは必至だ。そうなったら困る、というきもちをこめて言う。
一七 ひどい話ですよ。三郎君は兄弟姉妹を同腹異腹によって別け隔てしない考え方。
一八 大人びて。
一九 あいつは。底「やつ」、宮・近・尊・慶・斑「すやつ」。
二〇 よい身分でいるわけがない。
二一 わたしらの子供らをどうかする(引きたてる)などできやしまい。
二二 越前国の国守で任国に。越前国は今の福井県東部。
二三 二男は法師。
二四 そのように口に出して騒ぐけれど効果がないから、みな横になってしまう。
二五 二条邸では。
二六 御殿油。宮・尊・慶の「御となふら」のほうが分かりやすい。

[二五]二条には、御[二六]となあぶらまい《(ゐ)》りて、少将の君臥《ふ》し給ひて、あこきに、
「日《ひ》ごろの事よく語《かた》れ。こゝ[二七]にはさらにのたまはず。」

との給ゑ《(へ)》ば、あこき、北の方の心をありのまゝに言《い》へば、君、あさましかりける事かな、と[二八]おぼし臥《ふ》し給へり。

「[二九]人少《ずく》なにていとあしかめり。あこき、人求《もと》めよ。殿《との》[三〇]なる人〳〵も聞《き》こえんと思《おも》へども、ゆかしげなき。あこき[三一]おとなになりね。いと心《こゝろ》[三二]およすげためり。」

と言《い》ひ臥《ふ》し給へれば、何《なに》[三三]も〳〵うれしくのたまはせて、明《あ》けぬればいとのどかなるこゝちして、[三四]みむまの時まで臥《ふ》し、昼《ひる》つ方《かた》、殿にまい《(ゐ)》り給ふとて、帯刀《たちはき》に、

「近《ちか》くい《(ゐ)》[三五]たれ。たゞいま来《と》[三六]ん。」

とてい[三七]で給《(たまひ)》ぬ。あこき、お《(を)》[三八]ばのもとへ文遣《や》[三九]る。

いそぐこと侍《(はべり)》てなん昨日けふ聞《き》こえざりつる。けふあすのほどにきよげな[四〇]るわらはは、おとな、求《もと》[四一]め給へ。そこに[四二]もよきわらははあらば、一二人しばしたまへ。あるやうは対面《たいめん》に聞《き》こえん。あからさまにを《(お)》[四三]はせ。

と言《い》ひ遣《や》りつ。

少将の君、殿におはしたれば、かの[四四]中納言殿の四の君《きみ》のこと[四五]言《い》ふ人出来《(いでき)》[四六]て、

「[四七]ものけ給はる。かの事[四八]一日ものたまへりき。「とし返《かへ》らぬさきにしてんと

〔19〕あこき大人になり、人集め

二七 わたし(少将)には。あるいは、こちら(女君)にあっては、の意か。
二八 お思いになり(つつ)横になっておられる。
二九 侍女が不足でまことに不如意であるようだ。
三〇 本邸にいる侍女たちもお願いしようと思うけれども、好奇心が湧きそうにないよ。
三一 大人。「わらは」に対する成人の侍女。この物語は主君とともに艱難を乗り越えるあこきにとっての通過儀礼の文学でもある。
三二 心が大人びているようだ。　三三 底「なにも〳〵」、宮・近・尊・慶「かく」。斑は欠文部分。
三四 巳・午の時。十時十二時。　三五 座っておれ。
三六 (帰って)こよう。「来ん」から次行にかけて、底本「こんととてい給ぬ」、慶「こんとて給ぬ」、斑「こんとて出給ぬ」。疑問を残すものの、宮・近・尊「こんとていて給ぬ」。宮などによって一応訂正しておく。
三七 お出になってしまう。但し底本「い給ぬ」。
三八 和泉守の妻である人。　三九 底本「り」。宮・近・尊・慶・斑「る」。それらによって訂正しておく。　四〇 底「なる」、宮・近・尊・慶「ならん」。斑は「なん」の「ん」を見せ消ちにして「なる」。
四一 底「もとめ給へ」、宮・近・尊・慶・斑「もとめいて給へ」。　四二 そちらにも。
四三 底「をはせ」、宮・近・尊・斑「をはせよ」、慶「おはせよ」。
四四 「殿なる人」(→六五頁注二一)とあった人。
四五 縁談。すぐあとの「かの事」も。
四六 出て来て。　四七 ものをお伺いします。「ものうけたまはる」の転で、「申し上げる」の意の慣用的表現。「る」は底本「り」。宮・近・尊・慶・斑「る」。それらによって訂正する。

〔20〕少将の君に四の君との縁談

四八 先日も(中納言は)おっしゃっていました。

思《おも》ふやうなんある。[一]御文聞《ふみき》こえて」と[二]いみじく責《せ》め侍り。」

と言《い》へば、[三]殿の北の方《かた》、

「[四]さかさまにも言《い》ふなるかな。[五]しゐ《(ひ)》てたゞ言《い》ふ事を聞《き》きてよかし。[六]人のためにはしたなきやうなり。いままで[七]ひとりある、見苦《みぐる》し。」

との給へば、少将、

「[八]さ思《おも》はば早《はや》う取《と》りてよかし。[九]文はいまは、とて遣《や》らん。[一〇]いまやうはことに文通《かよ》はしせ[一一]でもしつなり。」

とて笑《ゑ》みて立《た》ち給《(たまひ)》ぬ。
[一二]我《(わが)》御方《かた》におはして、つねに使《つか(ひ)》い給ふ調度《てうど》ども、厨子《づし》などかし[一三]こに遣《や》り給ふ。
[一四]御文《ふみ》、
いまの間《ま》いかに。[一五]うしろめたうこそ。[一六]うちにまい《(ゐ)》りてたゞいま帰りいで[一七]侍る、
[一八]からころも着《き》て見《み》ることのうれしさを包《つゝ》まば袖ぞほころびぬべき
[一九]中〳〵つゝましとなん、けふのこゝちは。
とあり。御返《かへ》り、
[二〇]こゝには、

一 お手紙をお願いしてくれ。
二 たいそうにせっつくのでございます。
三 父大将の北の方。少将の母親。
四 方向が逆にも言うみたいであるよな。女方から手紙を請求することを通例と逆だと言うか。
五 無理してでも(そんな)一途に言う話だから聞いておしまいよね。底本「たゝ」は、宮・近・尊・慶・斑「かう」。
六 先方にとってひっこみがつかない様子だ。
七 独身でいることが見苦しい。
八 そう思うのなら早く婿取りしてしまってくれよね。縁談を持ってきた人に向かって答える。
九 手紙はいよいよの段階でつかわすことにしよう、の意。のちの面白の駒の手紙のために筆跡を知られないようにする用意である。底「いまはとて」、宮・近・尊・慶・斑「いまとて」。
一〇 今日的流儀はとりたてて。
一一 「せでもしつなり」でよければ、(文通)しなくても結婚してしまうという話だ、の意。底本「とても」。宮・近・尊・慶・斑「せても」。仮に訂正しておく。
一二 二条邸に。
一三 自分のご居室に。
一四 少将の君のお手紙。
一五 気がかりで…。
一六 内裏。
一七 底「侍る」、宮・近・尊・慶・斑「侍り」。
一八 舶来の衣裳を着てみる、(そのように会いに)来てあなたを見ることのうれしさ、それを包んで隠すのならば、(その包む)袖はきっとほころんでしまおうよ。あなたに会うことは唐衣を着る時の喜びのようで、その喜びは隠しても包み切れずにはち切れそうだ、の意。古今集・雑上「うれしきを何に包まむ唐衣たもとゆたかに裁てと言はましを」(詠み人知らず)。
一九 かえって遠慮されるとね、今日のきもちは(感じられる)。
二〇 「ここ」は女君の自称。
二一 つらいことを嘆いたあいだにその舶来の衣裳の袖は(涙で)朽ち果ててしまった、(それで

[二二]うきことを嘆《なげ》きしほどにからころも袖は朽《く》ちにき何に包《つゝ》まん

と聞《き》こえ給へる、[二三]あはれにおぼす。

帯刀《たちはき》、[二三]心しらい仕《(ひ)つか》うまつることねん比也《(ごろなり)》。

[二四]和泉守《いづみのかみ》の返事《(かへりこと)》、

[二五]おぼつかなさに[二六]これより聞《き》こえたりしかば、[二七]はやうすさまじきわざして逃《に》[二八]げ給ひにきとて、使《つか(ひ)》[二九]ゐどもほと[三〇]〳〵打《う》たれぬべかりけるを、[三一]からふ《(う)》してなん逃《に》げて来《き》たりしかば、いかならんと思[三二]ひ給へ嘆《なげ》きつるに、うれしくたい《(ひ)》らかにものし給へる事。人はいま[三三]案内《あない》して聞《き》こえん。こゝに侍[三四]る、はか〴〵しきものなし。[三五]この守《かみ》のいとこにてこゝにおはするこそさやうにものしつべけれ。

と言《い》へり。

暮《く》るれば、君、おはしたり。

「かの四の君の事こそしか〳〵言《い》[三六]ひつれ。[三七]われと言《い》ひて人求《もと》めてあはせん。」

との給へば、女君、

「いとけしからず。否《いな》[三八]とおぼさばお[三九]いらかに侍[四〇]らめ。本《ほ》[四一]意《い》なくいかにいみじとを《(お)》[四二]もはむ。」

二一 はそのうれしさとやらを)何で包もう。
二二 底「る」、宮・近・尊・慶・斑「るを」。
二三 気を配り仕え申すことが念入りである。
二四 和泉守の北の方からの返状。
二五 (事情がつかめず)気がかりさに。
二六 こちらより、「これより」のあとに、宮・近・尊・慶・斑「きのふ」がある。

〔21〕和泉守の返状

二七 ひどく乱暴な行為をして。底「すさましき」、宮・近・尊・慶・斑「すましき」。
二八 お逃げになってしまったとて。底本「かけ」。宮・近・尊・慶・斑「にけ」。それらによって訂正する。
二九 使者ども。底「つかゐとも」、宮・近・尊・慶・斑「つかひをも」。
三〇 あぶなく。もう少しで。
三一 底本「り」に見えるが、宮・近・尊・慶・斑「る」。それらによって訂正する。
三二 底・斑「思ひ」、宮・近・尊「思ふ」、慶「おもふ」。
三三 すぐに問い尋ねて申し上げよう。
三四 底本「侍り」。宮・近・尊・慶・斑「侍」。それらに基づき、「り」を「る」に訂正しておく。
三五 和泉守の従妹でこちらにいらっしゃる方こそは。
三六 話したところだよ。「つ」は今しがた本邸で話題になったことを示す。
三七 わたしだと称して他人(替え玉)を探してめあわせよう。
三八 (四の君との結婚を)いやだとお思いなら。

〔22〕少将の君、計画を明かす

三九 穏やかに。おとなしく。
四〇 誤写があろう。底「侍らめ」、宮「こそ(約二字分空白)はめ」、近「こそ(約四字分空白)はめ」、尊「こそけしきはハめ」(「ハ」字、後補)、慶・斑・三・木「こそし給はめ」。
四一 (先方は)不本意に。
四二 思うことだろう。底「をもはむ」、宮・近「おも(約二字分空白)」、尊「おもへはなり」、慶「おもほす」(「も」と「ほ」とのあいだに「ひ」見せ消ちあり)、斑「をほす」。なお三・木「おほさん」。

との給ふ。少将、

「かの北の方に[一]いかでねたきめ見《み》せん、と思《おも》へばなり。」

とのたまへば、女、

「[二]これは早忘《はやわす》れ給《(たまひ)》ね。[三]かの君やにくかりし。」

との給へば、少将、

「[四]いと心よは《(わ)》くおはしけり。人のにくき[五]ふし[六]おぼしを《(お)》くまじかりけり。」

と、

「[七]いと心やすし。」

との給《(たまひ)》て、臥《ふ》し給《(たまひ)》ぬ。

かの中納言殿には、

「[八]「よかなり」となんの給ふ。」

と[九]言《い》ひ遣《や》りたれば、よろこびて[一〇]設《まう》けしのゝしるにつけては、[一一]おちくぼと言《い》ふもののあらばうち[一二]預《あづ》けて縫《ぬ》はせまし、[一三]いかによからまし、[一四]仏[一五]これ生《い》けらばくるを[一六]し。[一七]蔵《くら》人の少将も[一八]御ぞどもわろしとて、[一九]いづと入《い》るとむつかりて、着《き》給はずなどある時はわびしうて、[二〇]ものせん人もがな、とてこゝかしこ手《て》を分《わ》かちて求《もと》め給ふ。

一 何とかして悔しく思う状態にあわせてやろう。

二 このことはとっくに忘れておしまいよ。底「これははや」、宮・近・尊・慶・斑「これはや」。

三 あの四の君が憎くありましたか。

四 (あなたは)まことに意志が弱くていらっしゃったことだ。「心弱し」はここでは、情にもろくて決意が鈍るさま。

五 箇所。点。

六 (いつまでも)おぼえておかれるようではなかったことだ。「思ひ置く」(「おぼし置く」はその尊敬)は、心に思いを持つ。「まじかりけり」は、底本「ましけり」。宮・近・尊・慶・斑「ましかりけり」。それらによって訂正する。

七 まことに気が楽だ。

八 「よさそうな話だ」と。

九 少将方から。

一〇 大騒ぎで準備するのにつけては。「設け」は、準備、用意。

一一 以下、継母北の方の心内あるいは会話文。但しその終りの部分はよく分からない。

[23] 婚礼の準備をいそぐ

一二 (縫い物を)ちょっと預けて縫わせるものを。

一三 どんなによいことだろう。底本「よから」。宮・近・尊・慶・斑「よからまし」。それらによって訂正する。

一四 仏よ。呼びかけ。

一五 落窪の君が生きているのならば、の意か。底・慶・斑「これいけらは」、宮・近「いけしは」、尊「これいけしは」(「し」の右傍に「ら」あり)。

一六 語義不明。底「くるをし」、宮・近「くるをし(約二字分空白)」、尊「くるをしむしくひたり」、慶・斑・三「くるやうし給へ」、木「やうし給へ」。

一七 底「くら人の少将も」、宮・近・尊・慶「蔵人少将の君も」、斑「くら人せうしやうの君も」。

一八 ご衣裳の数々が。

「「よかなり」との給ふ時に取《と》りてん。[二一]思ひもぞ返《かへ》る。」

とて、[二二]おとゞゐ立《た》ちいそぎ給ふ。[二三]しはすのついたち五日と定《さだ》めたる程は、[二四]しも月のつごもりばかりよりいそぎ給ふ。[二五]御婿《むこ》の少将、

「たれを取《と》り給《(たまふ)》ぞ。」

と問《と》ひ[二六]給ひければ、

「[二七]左大将殿《どの》の左近の少将殿とか。」

の給へば、

「[二八]いとをかしき君ぞかし。[二九]うち語《かた》らひて出入《(いでいり)》せんに、いとよき事かな。」

とゆるしければ、北の方栄《かたは》[三〇]へ《(え)》ありてうれしと思ふ。[三一]かの少将は北の方《かた》のいとねたくにくゝて、いかでこれにわびしと思《おも》はせんと思《おも》ひ染《し》みにければ、心の中《(うち)》に[三二]思ひたばかるやうありて「よかなり」と言《い》ふなりけり。

かくて、二条殿には、十日ばかりになりぬれば、[三三]いままい《(ゐ)》りども十余《よ》人ばかりまい《(ゐ)》りて、いといまめかしうお《(を)》かし。[三四]和泉守《いづみのかみ》のいとこなる、かう〳〵と聞《き》ゝて、[三五]まい《(ゐ)》らせて、[三六]兵庫《(ひやう)ご》と言《い》ふ。[三七]あこきはおとなになりて衛門《(ゑ)もん》と言《い》ふ。ちい《(ひ)》さくをかしげなる若人《わかうど》にて、思《おも》ふことなげにてありく。[三八]お《(を)》とこも女もたぐひなく[三九]おぼしたる、ことは《(わ)》りぞかし。

一九 出ると入るとにつけて機嫌を損ねて。底本「いか」。宮・近・尊・慶「いる」、斑「ゐる」。宮などによって訂正する。
二〇 物縫いしよう人を欲しい、とて。
二一 考えが戻ると困る。底本「かへり」。宮・近・尊・慶・斑「かへる」。それらによって訂正する。
二二 中納言。
二三 十二月上旬の五日と(婚礼の日を)決めている期間は。　二四 十一月の下旬ぐらいから。
二五 蔵人少将。
二六 「給ひ」、宮・近・尊・慶・斑ナシ。
二七 三の君の詞と見てよかろう。「とか」から次行にかけて、底・慶・斑「とかの給へは」、宮・近・尊「とかのたまへは」。
二八 蔵人少将の詞。まことに魅力的な君であるよね。「をかし」は、惹かれる、美しい。
二九 親しく話しをかわして(お邸を)出入りしようのに。　三〇 「栄え」は、光栄、面目。
三一 以下、主人公の少将がひどい仕打ちをすることについてあらかじめ読者の了解をとりつける感じの書きぶり。書き手のアピール。
三二 考え計画するわけがあって「よさそうな話だ」と返辞をしたことだ。
三三 新参者たち。　三四 →一一三頁注三五。

〔24〕母君、落窪の君を知り文を通わす

三五 (和泉守が)参上させて。
三六 底本、約二字分空白で右傍に「むしくい候」と書き入れがある。宮・近・尊も二字分空白がある。慶は空白がなく当該部分右に「むしくゐ」、斑は本文中に「むしくひ」。
三七 先に「あこきおとなになりね」(→一一一頁注三二)とあった。「衛門」という名をつけられる。
三八 少将の君も女君も。
三九 衛門を大切に。

少将の君の母《はゝ》北の方、

「一二条殿に人据《す(ゑ)》へたりと聞《き》くはまことか。二さらば中納言には「よかなり」とはの給ふか。」

少将、

「三御消息《せうそこ》聞こえてと思《おも(う)》ふ給へしかど、四人も住《す》み給はぬうちに、たゞしばしと思《おも(う)》ふ給へてなん。五問《と》はせ給へ。中納言は六中《(なか)》にもさ言《い》ふと聞《き》ゝ侍りしかば。七をのこ、ひとりにてやは侍る。八うち語《かた》らひて侍かし。」

とわらひ給へば、北の方、

「いで、あなにく。九人あまた持《も》たるは嘆《なげ》きを《(お)》一〇ふなり。一一身も苦《くる》しげなり。一二なものし給《(たまひ)》そ。一三その据《す(ゑ)》へ給へらんにおぼしつかば、一四さてやみ給《(たまひ)》ね。一五いまとぶらひきこえん。」

とて、のちは一六をかしき物たてまつり給《(たまひ)》て、聞《き》こへ《(え)》かはし給ふ。

「一七この人よげにものし給ふめり。一八御文書《ふみか》き、手《て》つきいとをかしかめり。たがむすめぞ。一九これにて定《さだ》まり給《(たまひ)》ね。二〇お《(を)》んな子《ども》持たれば、人のおぼさんこともいとを《(ほ)》しう、心苦《ぐる》しうなんおぼゆる。」

と少将に申《(まうし)》給へば、ほゝ笑《ゑ》み給ひて、

一「据う」は、置く、住まわせる。据え婚である。
二 そうならば中納言には「よさそうな話だ」とはおっしゃるか。断わるなら断わりなさい、の意。
三 (母上に)お話しを申し上げてと。女君のことを。 四 だれもお住みにならないあいだに。「人」は正妻とすべき人。
五 (落窪の君へ)消息してくだされ。
六 とりわけそう(急ぐと)言うと聞いたものでございますから…。結婚を急ぐことの言い訳。
七 男子たる者、独身のままでは(いつまでも)おりましょうか(おりませぬ)。先に母親の言った「ひとりある、見苦し」(→一一三頁注七)を受けて言う。底「をのこ」、宮・近・尊・斑「をのこは」、慶「おのこは」。
八 少し話しを進めているのでございますよね、の意か。底本「侍」は訓みを確定しがたい。宮・近・尊・慶・斑「侍れ」。
九 女性をたくさん。
一〇 負うとか聞く。世間でそう言われるのを聞く。 一一 自身もいかにも苦しそうだ。
一二 (そんなことは)何しなさいますな。
一三 その(二条邸に)据えておられよう方にお気が召すのなら。
一四 それで終りになさってしまえよ。
一五 そのうちに訪ね申すことにしよう。
一六「か」底本、補入。
一七 この人はいかにも良家の方でいらっしゃるようだ。
一八 お手紙の書き方、筆跡が。
一九 この娘で落ち着いてしまわれよ。
二〇 (自分が)女の子を持っているから。
二一 二条殿の女君もけっして。
二二 また別にも知りたいのでございます。底本「侍る」のように見えるが、宮・近・尊・慶・斑「侍り」によって訂正しておく。

「二一これもよも忘《わす》れ侍らじ。二二またもゆかしう侍り。」

と申《(まうし)》給へば、

「二三いかでか。けしからず。二四さらに思ひきこゆまじき御心なめり。」

とわらひ給ふ。御心《こゝろ》なんいとよく、かたちもうつくしうおはしましける。

かくて、二五月たちて、

「二六あさてなん。さは知《し》り給へりや。」

と、二七いとを《(ほ)》しくおぼしたれば、二八かくなん、と申せば、

「よかなり。まい《(ゐ)》らん。」

といらへ給《(たまひ)》て、心のうちにはいとを二九かしうおぼしけるやう、三〇北の方の御おぢ《(を)》にて、三一世の中《なか》三二ひがみしれたるものに思《おも》はれて治部卿《ちぶきやう》なるが、三三まじらふ事もなき人の三四大郎、三五兵部《(ひやう)ぶ》の少《(せう)》と言《い》ふ人ありけり。少将おはして、

「少《(せう)》はこゝにか。」

との給へば、

「三六曹司《ざうし》の方《かた》に侍らん。三七わらふとて三八ゐ《(え)》いで立《た》ちもし侍らず。三九君たち御かへり見《み》ありて、これまじらい《(ひ)》つけさせ給へ。四〇を《(お)》のれもしか侍《(はべり)》にき。四一わらひ立《た》てられたるほどだに過《(すぎ)》ぬれば、宮仕《づか》へしつきぬる物なり。」

二三 どうして。
二四 けっしていつくしんでさしあげるつもりのないお心のようだ。
二五 十二月が始まって。
二六 母君の詞。あさってが(結婚の日だ)。そうはお分かりになっているのかい。
二七 (先方を)気の毒にお思いになっているから。
二八 「かく」は「あさてなん。…」の詞をさす。
二九 おもしろおかしく考えてこられたことは。底「をかしう」、宮・近・尊・斑「をかし」、慶「おかし」。

〔25〕治部卿のばか息子

三〇 母北の方のおん伯父で。あとに「まろがをぢ」(→一三三頁注二三)とあるから母方のおじのつもりか。
三一 世間に。底本「世のなか」は、宮・近・尊・慶「世のなかに」、斑「世中に」。
三二 ねじけて愚かになっている者であると思われて治部卿である人が。「が」は下文に対して同格。治部卿は治部省の長官。
三三 世間付き合いもしない(その)人の。
三四 長男で。「太郎」に同じ。
三五 兵部省の次官。兵部少輔。あとに面白の駒という名で呼ばれる人。中納言方の典薬助に対抗してこちらも母北の方のおじを持ち出す。底「兵ふの少」、宮・近・尊「兵部少輔」、慶・斑「ひやうふのせう」。
三六 治部卿の詞。(兵部の少は)居室のほうにござろう。
三七 底「わらふ」、宮・近・尊・慶・斑「人わらふ」。
三八 外に出ることもできないのでございます。
三九 あなた方がご恩顧あって、これ(兵部の少)を交際させてくだされ。
四〇 自分もそのようでずっとございました。
四一 どっと笑われている時間さえ過ぎてしまったあとは、の意。

と申せば、少将うちわらひて、

「[一]いとようなし侍らん。」

とて、立《た》ちて曹司《ざうし》におはして見《み》たまへば、まだ臥《ふ》したまへり。[二]またしれがましうをかしうて、

「[三]やゝ、を《(お)》き給へ。聞《き》こゆべき事ありてなん。[四]申《(まうし)》てき。」

とのたまへば、[五]足手《あして》あわ《(は)》せていとよく[六]伸《の》び〱して、からうしてを《(お)》[七]きゐて、手《て》洗い《あら(ひ)》ゐたり。

少将、

「[八]などかかしこにもさらにおはせぬ。」

とのたまへば、[九]少《(せう)》のいらへ、

「人の[一〇]ほゝとわらへば、はづかしうて。」

と言《い》へば、

「[一一]疎《うと》き所ならばこそはづかしからめ。」

とて、

「君は妻《め》はなどていままで[一二]持《も》たまへらぬぞ。[一三]やまめ臥《ぶ》ししてはいと苦《くる》しきものを。」

一 ちゃんとよくしてみせることでござろう。底「いと」、宮・近・尊・慶・斑「いかゝ」。
二 これまたばかばかしく滑稽で。少将の心。
三 ややあ、起きてくだされ。
四 (父君にはそのことを)申し上げた、の意か。底本「申き」。宮・近・尊・慶・斑「申てき」。疑問が残るものの、それらによって訂正しておく。なお三「もふてき」、木「まうてき」。
五 (兵部の少は)足と手とを合わせて。
六 伸びを繰り返して。「伸び〱」は幼児語か。赤ちゃんのような伸びをするか。
七 起きて座って。
八 どうしてあちらにも全然いらっしゃらぬのか。「かしこ」は少将の君の父大将の邸。

〔26〕いうといななきて引き離れていぬべき

九 兵部の少の受け答えは。
一〇 ほほほと。あるいはぷっと吹き出す笑いか。
一一 知らない所ならば恥ずかしいことであろうよ。親戚づきあいしている大将邸なのだから恥ずかしくはないよ、というきもち。笑われることには変わりないから滑稽。
一二 持っていらっしゃらないのか。
一三 やもめの独り寝。「やまめ」は独身の、夫のいない女、または妻のいない男。

とのたまへば、[一四]少《(せう)》のゐ《(い)》らへは、

「[一五]あはする人のなきうちに、ひとり臥《ふ》して侍るもさらに苦《くる》しくも侍らず。」

と言《い》へば、少将、

「さは苦《くる》しからずとて、妻《め》も設《まう》けで[一六]やみ給《(たまひ)》なんや。」

少《(せう)》、

「[一七]あはする人や侍《(はべる)》〔とて待《ま》ち侍《(はべる)》〕なり。」

少将、

「いで、[一八]まろあわ《(は)》せたてまつらん。いとよき人あり。」

との給ふに、[一九]さすがに笑《ゑ》みたる顔《かほ》色は雪の白《しろ》さにて、首《くび》いと長《なが》うて、顔《かほ》つきたゞ[二〇]駒《こま》のやうに、鼻《はな》の[二一]いらゝぎたる事かぎりなし。[二二]いうといな[二三]ゝきて引《ひ》き[二四]離《はな》れていぬべき顔《かほ》したり。[二五]向《む》かゐ《(ひ)》ゐたらん人はげにわらはではゑ《(え)》あるまじ。

「[二六]いとうれしき事に侍るなり。たがむすめぞ。」

と言《い》へば、少将、

「[二七]源《げん》中納言の四の君也《(なり)》。まろにあわ《(は)》せんと言《い》ゑ《(へ)》ども、[二八]え思《おも》ひ捨《す》つまじき人の侍れば、君に譲《ゆづ》りきこえんと思ひて。あさてとなん定《さだ》めたる。さる用意《ようい》し給へ。」

一四 兵部の少の返辞は。

一五 めあわせる人がいないから。

一六 終りになさってしまうつもりなのか。

一七 (じつは)めあわせる人がござろうかとて待ってござるのです。底本「侍なり」。宮・近・慶・斑「侍とてまち侍なり」、尊「侍とてまち侍也」。それらによって訂正する。

一八 わたしがめあわせてさしあげよう。

一九 やはり。それでも。

二〇 馬。「馬のやうに」でもかまわないようなものだが、のちに知られる面白の駒というあだなからすれば「駒」がいい。

二一 「いらゝぐ」は、ふくらます。あるいは、突っ張る、角張る、の意かとも。

二二 「いう」は、馬のいななく声。現代発音のヒンにほぼ相当する音韻が古代にあり、それがイウと書かれたと考えたい。

二三 「いなゝく」は「いなく」「いばゆ」に類する馬の鳴き声をもとにする語。

二四 (手綱を)引っ張って離れていなくなりそうな。

〔27〕所あらわしに備えて口上の伝授

二五 向き合って座っているような人はなるほど笑わずにはよういられまい。少将の心、あるいは書き手の感想である。

二六 兵部の少の詞。

二七 源氏の中納言。源氏は皇族を離れた(臣籍降下した)家柄。中納言が源氏であることはここにはじめて明かされる。

二八 (わたしには)思い捨てることのできそうにない人がございますので。

少《(せう)》のいらへは、[一]

「本意《ほい》[二]なしとてわらひもこそすれ。」

と言《い》へば、少将、わらふ[三]があるまじきと思ひける[四]こそあわ《(は)》れにをかしけれど、

[五]つれなくて、

「[六]よもわらはじ。[七]の給はんやうは、「[八]を《(お)》のれなんしのびてこの秋より通《かよ》ふを、[九]少将取《と》り給ふと聞《き》きて、[一〇]おのれに離《はな》れぬ人なれば、[一一]かう〳〵なり、いかでゑ《(え)》給ふぞ、[一二]とうらみしかば、[一三]いとことは《(わ)》りなり、[一四]さらば不用《ふよう》にこそは、[一五]かの親《おや》たち知《し》り給はねば、[一六]まろならぬ人も取《と》り給《(たまひ)》てんもをこなり、[一七]このたびあらはれ給《(たまひ)》ね、[一八]と言《い》ひしかばなん」といらへ給へ。さらばなで[一九]う《(ふ)》こと言《い》わ《(は)》ん。よもわらはじ。さてを《(お)》はし通《かよ》ひなば、[二〇]人もおぼえありて思ひなん。」

と言《い》へば、

「[二一]さななり。」

とうなづきゐたり。

「さらば、あさて、夜[二二]うちふかしておはせ。」

と言《い》ひ置《お》き給《(たまひ)》て出《(いで)》たまひぬ。女[二三]いかゞと思《おも》はんと思《おも》へども、[二四]まさりてにくしとを《(お)》きてければなりけり。

一　「は」、宮・近・尊・慶・斑ナシ。
二　期待はずれだとて笑いもするのが心配だ。「本意なし」は、当てが外れる、不本意だ。「もこそ」は懸念をあらわす。
三　(人が)笑うことがあってはなるまいよと考えめぐらしたということこそしみじみもし、またおかしくもあるけれど。
四　底「と」、宮・近「事と」、尊・斑「こと〻」、慶「ことと」。
五　そ知らぬ顔で。面白の駒であることが露見した時の言い訳を以下に伝授する。まさか露見した時にはなどと言えないから、そ知らぬ顔で。
六　けっして(だれも)笑うまい。以下のことをきちんと言えたら、という含みである。「よもわらはじ」はあとにも繰り返される。
七　以下、所あらわしで言うべき口上だが、複雑で面白の駒にはおぼえられそうにないのが滑稽。
八　私が忍んでこの秋から通うのに。
九　少将を(婿に)お取りになると聞き知って。
一〇　(少将の君は)自分に縁続きの人なので。
一一　かくかくの次第(わたしが通い所にしている女)だ、なんで得(ぇ)なさるのか。
一二　と(少将の君に)恨みを述べたところ。
一三　(少将の君は)まことに正当な理屈だ。
一四　それならば(わたしが婿になるのは)無用だ。「こそは」文末。
一五　あの両親は(あなたが通うことを)ご存じないから。底本「君の」。宮・近・尊・慶・斑「かの」。「君」は「閑」字の誤写か。「かの」に訂正する。
一六　わたし(少将の君)以外の人でも(婿に)取っておしまいになるのもばかばかしい。
一七　今度(の機会に)正式に公表してしまわれよ。
一八　言ったから…。底本「いひかは」。宮・近・尊・慶・斑「いひしかは」。それらによって訂正する。
一九　どんな文句を言おう(言うまい)。底「こと」、

二条におはしたれば、雪の降《ふ》るを見《み》[二五]いだして、火おけ《(を)》にを《(お)》[二六]しかゝりて、はい《(ひ)》[二七]まさぐりてゐたまへり。[二八]いとをかしければ、向《む》かい《(ひ)》ゐたまへるに、

[二九]はかなくて消《き》えなましかば思《おも》ふとも

と書《か》[三〇]くお《(を)》、あ[三一]われ《(は)》に見《み》給ふ。まことにとおぼして、お《(を)》とこ君、

言《い》[三二]はでを恋に身をこがれまし

とて、やがてお《(を)》とこ君、

埋《うづ》[三三]み火の生《い》きてうれしと思《おも》ふにはわがふところにいだきてぞ寝《ぬ》る

と書《か》[三四]きて、[三五]かきいだきて臥《ふ》し給《(たまひ)》ぬ。女君、

「いとさ[三六]しことなり。」

とてわらひ給ふ。

中納言殿には、その日になりて、しつらひ給ふ事かぎりなし。けふと言《い》へば、少将、兵部のもとへ、

「かの聞《き》こえし事はこよひ也《(なり)》。[三七]いぬの時ばかりにおはせよ。」

との給へば、

「こゝにもしか思ひ侍り。」

[三八]と、[三九]てゝにかう〳〵と言《い》ひければ、[四〇]便《びん》しれはひんなからんとも思《おも》はで、

〔28〕連歌

宮・近・尊・慶・斑「ことか」。

三〇 他人も信望が厚く大切にきっと思うことであろう。

三一 そういうことかと判断される。すぐ本気になる兵部の少。

三二 夜がちょっと更けるのを待って(中納言邸へ)いらっしゃれ。

三三 四の君がどうかと。底「いかゝと」、宮・近・尊・慶・斑「いかゝ」。

二四 それ以上に(継母北の方を)憎いと決めてきたからであったことだ。決意してきたことだから実行するのだ、と読者の了解を求める書き手からのアピールである。底「をきて」、宮・近・尊・慶「おほしをきて」、斑「をほしおきて」。

二五 女君は。　二六 押しかかって。　二七 灰。

二八 底「り」、宮・近・尊・慶・斑「る」。

二九 もしあのはかないままに消えてしまったのならば、あなたを思い慕うとしても…。女君の上句。　三〇 (灰に)書くのを。

三一 (少将の君は)しみじみとご覧になる。

三二 口に出さずにただもう恋の火に身を焦がし、思いこがれることであろうのに。男君の下句。これも灰に書いた。

〔29〕結婚第一夜の首尾

三三 埋み火が生きている、そのようにあなたが生きて、うれしいと思うにつけては、わがふところにだいて寝るよ。

三四 底「とかきて」、宮・近・尊・慶・斑「とて」。

三五 底本「かきいたきて」のあとに「そ」がある。宮・近・尊・慶・斑ナシ。それらによって訂正する。

三六 語義不明。底本以下「さしことなり」、三「おかしきことなり」、木「さかしきことなり」。

三七 午後八時ごろ。

三八 底本「と」は、宮・近・尊・慶「といへり」、斑「といえり」。

三九 父親(治部卿)にかくかくしかじかと言った

「[一]ようありて人に褒《ほ》められ給ふ事は[二]よもあしからじ。早《はや》う行《い》け。」

とて、[三]装束《しやうぞく》の事いそぎ、いだし立《た》てたりければ、[四]うちさうぞきていにけり。

[五]人〻《(ひとびと)》さうぞきそして待《ま》つに、

「おはしたり。」

と言《い》へば、入《い》れたてまつりつ。その夜は[六]しれも見《み》えで、[七]火のほの暗《ぐら》きに、[八]やうだい細《ほそ》やかにあてなりければ、御《ご》たちは、人に褒《ほ》められ給《(たまふ)》君ぞかしと思《おも》ふに、[九]うちつけに、

「細《ほそ》やかに[一〇]なまめきても入《い》り給《(たまひ)》ぬるかな。」

と言《い》ひあへるを、聞《き》ゝ給《(たまひ)》て、北の方[一一]笑《ゑ》み曲《ま》げて、

「かしこくも[一二]取《と》りつるかな。我は[一三]さいわ《(は)》ゐ《(ひ)》ありかし。思《おも》ふやうなる婿《むこ》どもを取《と》るかな。たゞいまこの君[一四]大臣《(だいじん)》がね。」

と[一五]吹《ふ》き散《ち》らし給へば、人〳〵、

「[一六]げに。」

と聞《き》こゆ。女、[一七]かゝるしれ物《(もの)》とも知《し》らで[一八]臥《ふ》し給《(たまひ)》けり。明《あ》けぬればいでぬ。

少将、[一九]いかならんと思ひ遣《や》られてお《(を)》かしければ、[二〇]女君、

「[二一]中納言殿にはよべ婿《むこど》取りし給《(たまひ)》にけり。」

ことだから。「てて」はもともと幼児語か。

四〇 不都合であろうとも思わないで。「しれはひん」は衍字であろう。底本以下「ひんしれはひんなからん」。

一 語義不明。底「ようありて」、宮・近・尊・慶・斑・木「らうありて」、三ナシ。

二 けっして悪いことではあるまい。

三 底「しやうそく」、宮・近・尊・慶・斑「さうそく」。

四 (兵部の少は)ちょっと装束をつけて。

五 (中納言邸では)人々(侍女たち)が十分に装束をつけて待つ時に。底本「さうそきてそして」。宮・近・尊・慶・斑「さうそきそして」。それらによって訂正する。

六 愚かさも見破られないで。

七 灯火。

八 姿態。様体あるいは容体。

九 性急に。深く考えずに、というきもち。

一〇 優雅な感じでまあ。

一一 相好をくずして。「笑み曲ぐ」は、笑みで顔をゆがめる。

一二 底本「とりいる」。宮・近・尊・慶「とりつる」、斑「とけつる」。宮などによって訂正する。

一三 よい運勢。

一四 大臣候補。

一五 吹聴しなさると。

一六 なるほど。仰せの通り。

一七 四の君は。

一八 横になられたことだ。底「けり」、宮・近・尊・慶・斑「にけり」。

一九 どんな(首尾)であろうと。底本「いならんと」。宮・近・尊・慶・斑「いかならんと」。それらによって訂正する。

二〇 「女君に」とありたいところだが、底本以下「女君」。

二一 少将の君の詞であろう。中納言殿には昨夜婿取りをなさってしまったということだ。

〔30〕少将の君、後朝の手紙を授ける

「[二二]たれぞ。」

とのたまへば、

「[二三]まろがおぢ《(を)》にて治部《ぢぶ》卿なる人の[二四]子、[二五]兵部の少《(せう)》、かたちいとよく、鼻《はな》いと[二六]をかしげなるを婿取《むこど》り給へる。」

とのたまへば、女君、

「[二七]ことに人の取《と》り分《わ》きて褒《ほ》めぬ所に[二八]。」

とてわらひ給へば、

「[二九]中《なか》にすぐれてをかしげなる所を聞《き》こゆるぞかし。[三〇]いま見《み》たまい《(ひ)》てん。」

とて、[三一]さぶらい《(ひ)》に[三二]出《(いで)》給ふ。[三三]少《(せう)》のがり文遣《や》り給ふ。

いかにぞ。文遣《ふみや》り給《(たまひ)》つや。まだしくはかう書《か》きて遣《や》り給へ。いとをかしき[三四]事こそ。

とて書《か》きて遣《や》り給ふ。

[三五]世の人のけふのけさには恋すとか聞《き》きしにたがふ心《(ここ)》ちこそすれ

[三六]たま〳〵なきの。

と書《か》きて遣《や》り給へれば、少《(せう)》、[三七]ふと遣《や》らんとてうたを[三八]によひおる《(を)》程に、かくて[三九]給《(たまへ)》れば、よき事、と思ひていそぎ書《か》きて遣《や》りつ。[四〇]少将の返《かへ》り事《(こと)》には、

二二 女君の詞。(それは)だれか。
二三 先に「北の方の御をぢ」(→一二七頁注三〇)とあった。
二四 底・慶・斑「子」、宮・近・尊「て子」。なお三「子」、木「て子」。
二五 底「兵部の少」、宮・近・尊「兵部少輔」、慶「ひやうゑの少輔」、斑「ひやうふのせうゆう」。
二六 「をかしげなり」には魅力があるという感じから滑稽だという感じまで含みの幅がある。
二七 格別に人が取り分けて褒めない所に。鼻のこと。
二八 底「に」、宮・近・尊・慶・斑「よ」。
二九 中でも。
三〇 そのうちに(様子を)きっとご覧になろう。
三一 侍所。従者の詰め所。
三二 底「出給ふ」、宮・近・尊・慶「いて給て」、斑「いて給ひて」。 三三 兵部の少のもとに。
三四 底「事こそ」、宮・近・尊・慶・斑「ことそ」。
三五 世間の人が、(初夜の明けた)今日の朝には妻を恋しく思うとか聞いたが、わたしは聞いたことにあわない気がするよ。ちっとも恋しくないというひどい後朝の手紙案。
三六 語義不明。古今和歌六帖に「秋はぎに玉まくくずのうるさうるさ我をなこひそあひも思はず」(五・あひおもはぬ)があり、この第二句かという説がある(大成)。底本以下・三「たま〳〵なきの」、木「たま〳〵なるの」。宮・近・尊には「た」字の右傍に「本」。
三七 すぐにやろうとて和歌を。底「ふと」、宮・近・尊・慶・斑「ふみ」。
三八 「によふ」は、うめく、あえぐ。ここでは苦吟する。
三九 下さっているので。「給」をタマヘと訓むのは異例な感じだが、今はそれに従う。
四〇 少将の君への返状。

[一]よべはことなりにき。わらはずなりにしかばうれしくなん。くはしくは対《たい》面《めん》に。文はまだしく侍りつる程に、よろこびながらこれをなんつかはしつる。

と言《い》ゑ《(へ)》ば、[二]少将いとお《(ほ)》しく、[三]女に恥《はぢ》を見《み》するぞ、など思《おも》へども、とくいかで是《(これ)》[四]が報《むく》いせんと思ひしほどに、[五]遂《と》げてのちに[六]引《ひ》きかへてかへり見《み》んとおぼす事深《ふか》くてなりけり。

女君は[七]なを《(ほ)》思ひわびたるけしきいとを《(ほ)》しうて、[八]聞《き》かせ給はず。心一《ひと》つにお《(を)》かしければ、帯刀《たちはき》〔[九]になん語《かた》りてわらひ給《(たまひ)》ければ、帯刀《たちはき》〕、

「いとうれしうせさせ給ひたり。」

とよろこぶ。

[一〇]かの殿には、御文待《ふみま》つほどに持《も》て来《き》たれば、[一一]いつしか取《と》り入《い》れてたてまつる。[一二]見《み》給ふに、かゝれば、いみじうはづかしうて、[一三]ゑ《(え)》うちも置《お》き給はず。[一四]くみたるやうにてゐたまへり。北の方、

「[一五]御手《て》はいかゞある。」

とて[一六]見《み》たまふに、[一七]死《し》ぬる心《(ここ)》ちする事、[一八]かのおちくぼと言《い》ふ名聞《き》かれて[一九]思《おも》ふよりもまさる[二〇]こゝちすべし。北の方[二一]うち見《み》て、あやしう、[二二]さき〴〵の婿取《むこど》りの文見《み》

一　昨夜はことがうまく運んでしまった。
二　少将は気の毒で。底本「少将おしく」。宮・近・尊「少将いとをしく」、慶「少将いとおしく」、斑「いとをしく」。宮などにより「いと」を補う。
三　四の君。
四　これ（継母北の方）の復讐をしようと思ったあいだに。復讐を決意した期間だけ実行する、という考え方である。
五　（復讐を）果たしてその後に。
六　うって変わって（四の君を）世話しようとお思いになることが深くて（したの）であったことだ。書き手が読者に了解を求める口つき。
七　やはり心苦しく思っているそぶりが気の毒で。
八　（少将の君は）お耳に入れなさらない。
九　底本独自の欠文。宮・近により補う。尊・慶・斑にもほぼ同文がある。
一〇　中納言邸。
一一　早くと。早速。
一二　（四の君が）ご覧になるとそんな調子なので。
一三　よう（下に）ちょっとお置きにもなれない。
一四　語義不明。「すくみたる」か。底・宮・尊「くみたる」、近・慶・三・木「すくみたる」、斑「ゝくみたる」。

〔31〕兵部の少の文

一五　ご筆跡。
一六　ご覧になると。覗きこもうとする北の方。
一七　四の君は。
一八　→六九頁注三三。
一九　（恥ずかしく）思う。底「おもふ」、宮・近「思し」、尊・慶「思ひし」、斑「をもひし」。
二〇　（恥ずかしさが）まさるきもちがすることだろう。書き手の忖度である。
二一　ちらと見て。「御手はいかゞある」と覗く。
二二　従来の婿取りの手紙を見る中で（この手紙だけ）そんななので。
二三　（文面を）遠くにしたり引き寄せたり。

る中に、かゝれば、いかならんと胸《むね》つぶれぬ。おとゞ、[二三]押《お》し放《はな》ち引《ひ》き寄《よ》せて見《み》たまへど、[二四]ゑ《(え)》見《み》給はで、

「[二五]色好《いろごの》みのいと薄《うす》く書《か》きたまひけるかな。これ[二六]よみ給へ。」

との給へば、[二七]ふと取《と》りて、蔵《くら》人の少将の[二八]つとめての文《ふみ》の[二九]おぼえけるをうちよみて、

「「[三〇]堪《た》え《(へ)》ぬは人の」となん書《か》き給へり。」

と言《い》へば、おとゞ、うちわらひて、

「[三一]好《す》き物《(もの)》なれば言《い》ひ知《し》りためり。[三二]早《はや》御返事《(かへりこと)》をかしくしたまへ。」

とて立《た》ち給《(たまふ)》を、聞《き》くに四の君、かたはらいたくわびしくて[三三]寄《よ》り臥《ふ》しぬ。

北の方《かた》、三の君と、

「[三四]いかにのたまへるならん。」

と嘆《なげ》けば、[三五]女《(むすめ)》の御方《かた》、

「[三六]いみじく思《おも》ふにも[三七]かう言《い》はんやは。[三八]な《(ほ)》を《(お)》しなべて「けふは恋し」など言《い》わ《(は)》ん事の[三九]古《ふる》めきたれば、[四〇]やう変《か》へてと思《おも》ひ給へるにや。[四一]心得《え》ず。あやしくもあるかな。」

と[四二]のたまふ。

二四 ご覧になれなくて。「見る」は、読む。

二五 色好みが、じつに(墨の色を)薄く書いてこられたことであるよな。

二六 「よむ」は、声に出して読む。

二七 (北の方は)ひょいと取って。

二八 三の君の婿取りの時の新婚の翌朝。

二九 思い出してきたのを、あるいは記憶してきてあるのを。

三〇 「がまんできないのが人の(心)」と書いておられる。後撰集・恋四「けふそへに暮れざらめやはと思へどもたへぬは人の心なりけり」(藤原敦忠、大和物語にも)の第四句である。手紙文中に引く和歌の一節。「(書き給へ)る」とありたいところだが、底本以下「り」。

三一 風流人だから言葉を心得ているようだ。

三二 早速ご返辞をおもしろくしなされ。

三三 底「て」、宮・近・尊・慶「おほえて」。斑は「をほえ(ふしぬ)」と続く。

三四 どのようにおっしゃっているのであろう。どんな理由でこんなひどいことを、という嘆き。

〔32〕北の方の返歌

三五 三の君。「女」は底本以下同じ。「むすめ」と訓むのであろう。

三六 いやだ(あんまりだ)と思うことについても。底「おもふにも」、宮・近・慶「おもふとも」、尊「思ふとも」、斑「おもへとも」。

三七 かように言うことであろうか。「やは」は、言うはずがないという反語。

三八 一様に。平均的に。　三九 歌の文句が。

四〇 詠みざまを変えて。歌全体が逆説的表現になっていると三の君は解釈しようとした。でも無理な解釈だとすぐに気づく。

四一 納得できない。

四二 底「のたまふ」、宮・近「の給北の方」、尊「の給北のかた」、慶・斑「の給ふ北のかた」。

「[一]さなり。色好《ごの》みは[二]人のせぬやうを[三]せんとなん[四]思ひなる。」

と言《い》ひて、

「早返事《はや(かへりこと)》したまへ。」

と申《(まうし)》給へど、親《おや》はらからゐ立《た》ちてかくあやしがり嘆《なげ》き給ふを聞《き》くに、さらに起《お》きあがるべき心《(ここ)》ちもあらで臥《ふ》したまへれば、

「[五]われ聞《き》こえん。」

「[六]とて、北の方書《か》き給《(たまふ)》。

[七]老《お》いの世に恋もし知《し》らぬ人はさぞけふのけさをも思ひ分《わ》かれじ」

[八]くちをしう、となん女は思ひきこゆる。

とて使《つか(ひ)》いに物かづけて遣《や》[九]りつ。四の君は[一〇]を《(お)》きあかして臥《ふ》し暮《く》らしつ。

暮《く》れぬれば、いととくおはしぬ。北の方《かた》、

「さればよ。[一一]ものしくおぼさましかば、遅《おそ》くぞを《(お)》はせまし。げにやう変《か》へてのたまへる[一二]なりけり。」

[一三]と、よろこびて入《(いれ)》たてまつり給《(たまひ)》つ。四の君はづかしけれど、いかゞはせんとて[一四]出給《(いでたまひ)》にけり。[一五]ものうち言《い》ひたる声《こゑ》けはひほ[一六]れ〳〵しく後《おく》れたれば、女[一七]君、蔵《くら》[一八]人の少将などに聞《き》きあはするに、あやしげなれば、我《(われ)》こそ恋《こ(ひ)》[一九]いざめとは言《い》はま

一 きっとそうなのでしょう。
二 他人がしない詠み方をしようと。
三 底本「せぬ」。宮・近・尊・慶・斑「せん」。それらによって訂正しておく。
四 そう考えるようになる、の意か。
五 北の方の詞。わたしが申し上げよう。
六 底本、欠文。宮・近により補う。尊・慶・斑もほぼ同文がある。
七 (世といっても)年老いての世に、さらに恋のしかたも知らない人は、さぞかし新婚明けの今朝をも、(ふだんの朝と)区別がつかないことであろう。年若く色好みのあなたさまはそんなことはあるまい、のきもちをこめるか。「もし」は「も＋し」か、「し」は「す」の連用形か、仮定の「もし」か、分かりにくい。
八 残念に、と娘は思い申すよ。
九 底本「やつ」。宮・近・尊・慶・斑「やりつ」。それらによって訂正しておく。
一〇 「起きあがらで」(起きあがらないで)がいいか。底「をきあかして」、宮「おきあからて」、近・尊「おきあかして」、慶「おきあからて」(「ら」は「し」を消して訂正)、斑「をきあからて」。
一一 「ものし」は、不快だ、いやだ。
一二 底本「りなりける」。宮・近・尊・慶・斑「るなりけり」。それらによって訂正する。
一三 底「と」、宮・近・尊・慶・斑「とて」。
一四 底「とて」、宮・近・尊・慶「にて」、斑ナシ。
一五 何かをちょっと言っている声や雰囲気が。
一六 放心している感じで劣っているので。
一七 四の君。「女」底本、補入。
一八 蔵人少将その他(の声やけはい)に聞き比べると。身近に知るのは蔵人少将である。
一九 恋の心がさめること。校注古典叢書の説による。底「こいさめ」、宮・近・慶「恋さめ」、尊・斑「こひさめ」。

ほしけれ、とおぼす。夜深《ふか》く出《(いで)》ぬ。

[二〇]三日の設《まう》けいといかめしうしたまふ。[二一]さぶらひのいる《(ゐ)》[二二]べき所、[二三]ざうし《(ふ)》き所《どころ》などさま〴〵にもの[二四]据《す》へ《(ゑ)》などして待《ま》ち給ふ。御婿《むこ》の[二五]少将までいで給ひていそぎ給ふ。[二六]たゞいまの御世、[二七]おぼえのたぐい《(ひ)》なき君なれば、[二八]もてはやさんとておとゞもいでゐて待《ま》ち給《(たまふ)》に、

「[二九]まづこなたに入《い》り給へ。」

と呼《よ》[三〇]ばすれば、[三一]ゆくりもなく[三二]のぼりてゐぬ。火のいと明《あ》かきに見《み》れば、首《くび》よりはじめていと細《ほそ》くちい《(ひ)》さくて、おもては[三三]白《しろ》き物つけけ[三四]さうしたるやうにて白《しろ》う、[三五]鼻《はな》[三六]いらゝがし、[三七]さし仰《あふ》ぎていたる《(ゐ)》を、人々《(ひとびと)》あさましうてまもるに、[三八]この兵部の少《(せう)》に[三九]見《み》なしては念《ねん》[四〇]ぜず、[四一]ほゝとわらふ中にも、蔵《くら》人の少将は[四二]はな〴〵ともののわらひする心にて、わらい《(ひ)》給ふ事かぎりなし。

「[四三]面白《おもしろ》の駒《こま》なりけり[四四]や。」

と扇《あふぎ》を叩《たゝ》きてわらひて立《た》ちぬ。殿上《てん(じやう)》[四五]にて[四六]ものよりことに「[四七]面白《おもしろ》の駒離《こまはな》れて来《き》たる」とて[四八]わらふなりけり。[四九]隠《かく》れにゐて、

「こはいかなる事ぞ。」

とも言《い》ひ遣《や》らずわらふ。おとゞはあきれてゑ《(え)》物も言《い》はれず、人のはかりたりけ

二〇 三日の夜(の宴会)の準備。結婚は第三夜に公表することによって正式のものになるのがしきたり。妻方の家で祝宴を開催する。 二一 従者。

〔33〕所あらわしに面白の駒の出現

二二 座る。「入る」にも解される。
二三 雑色の詰め所。 二四 食べ物。
二五 蔵人少将。 二六 現在の帝のみ世に。
二七 信望。 二八 ほめそやそうとて中納言も。
二九 中納言の伝言。ともあれこちらへおはいりあれ。臥床のまえに見参があるか。
三〇 (人に)呼ばせると。 三一 突然に。ふらりと。
三二 (上座に)あがって座ってしまう。
三三 おしろい。 三四 化粧。
三五 底「はな」、宮・近・尊・慶「はなを」、斑「はなをは」。 三六 ふくらまし。あるいは、突っ張らせて。 三七 上を向いて。
三八 ご存じ兵部の少(みたい)に見なしては。「見なす」は、あえて見る。少将の君であるはずの人をまるで兵部の少のようだと思って見て。
三九 底本「は」の右傍に「み」と書き入れる。宮・近・尊・慶・斑「み」。訂正しておく。
四〇 我慢せず。 四一 笑い声。ほほほ。ぷっ。
四二 はなばなしく(はでに)何かと笑う性分で。
四三 顔が白い馬。「おもしろし」は気分が晴れやかになるような趣きがあるさま。趣きのある顔の馬だ、という意味でもある。
四四 底本「る」。宮・近・尊・慶・斑「り」。それらによって訂正しておく。 四五 底「にて」、宮・近・尊・慶・斑「にても」。 四六 何より格別に。
四七 七七音からなるからかい言葉。底「きたる」、宮・近・尊・慶・斑「きたり」。
四八 蔵人少将には宮中でそう言って笑う習慣があったのがいま現実になったからおかしい。
四九 人目につかない場所。

るなめりとおぼすに、たゞ腹《はらだ》立ちに腹《はらだ》立たれ給[一]へど、いと人[二]多《おほ》く見《み》るとおぼししづめて、

「[三]こはいかでかくおぼえなくてものし給へる[四]。」

いとあやしくものたまへば、かの少将の教《をし》へしまゝにほ[五]れて言《い》ひい《(ゐ)》たれば、言《い》[六]ふかひなしとて、さかづきもさゝで入《(いり)》給ひぬ。供《とも》の人〳〵はかくわらわる《(は)》ゝを[七]も知《し》らで、据《す》[八]へ《(ゑ)》たる所どもにつきて食《く》ひのゝしりて、座《ざ》にい《(ゐ)》[九]並《な》みい《(ゐ)》たり。人ひとりもなく立《た》ちぬれば、少《せう》、[一〇]はしたなくて例《れい》[一一]の方《かた》より入《(いり)》ぬ。北の方《かた》聞《き》[一二]きて、さらにものもおぼゑ《(え)》ず、あきれまどふ。おとゞは、

「老《お》[一三]いの上《うへ》にいみじき恥《はぢ》[一四]を見《み》つる世かな。」

とつ[一五]まはじきをし入《い》りてゐたまへり。四の君は丁《(ちやう)》[一六]のうちに据《す》へ《(ゑ)》たりけるに、ふ[一七]と入《(いり)》来《き》て臥《ふ》しにければ、ゑ《(え)》逃《に》[一八]げず。御《ご》たちはいとを《(ほ)》しがりあへり。中《(なか)》だちしたる人とても、あ[一九]たにもあらず、四の君のめのとなれば、言《い》ふべき方《かた》なし。たれも〳〵嘆《なげ》き明《あ》かすに、[二〇]四日よりはとまると言《い》ひしと思ひてむ[二一]ごに臥《ふ》せり。

蔵《くら》人の少将の君、

「世[二二]に人こそ多《おほ》かれ、かゝる面白《おもしろ》の駒《こま》をばいかで引《ひ》き寄《よ》せ給ひしぞ。いと言《い》ふかひなかりけるわざかな。」

一 底本「給ふと」。宮・近・尊・慶・斑「給へと」。それらによって訂正する。
二 人が大勢見る(から)と心をおしずめになって。
三 これはどうしてそう心当たりがなくて(そなたは)いらっしゃっているのか。「おぼえなくて」は、思いがけなくて、という感じ。
四 「る」から下文にかけて、底「るいとあやしくも」、宮・近・尊・慶「るそいとあやしくと」、斑「るにいとあやしく」。宮などに従うべきか。
五 朦朧とした口調で。
六 言っても始まらない。四の君に早くかよっていたというのだから、もう何をか言わんや。
七 「も」、宮・近・尊・慶・斑ナシ。
八 (酒肴を)置いてあるあちこちの席に着いて。
九 底「いなみいたり」、宮・近・尊・慶「ゐなみたり」。斑は「いなみたり」として「い」見せ消ち、「み」と「た」とのあいだの右傍に「い」書き入れ。
一〇 中途半端もいいところで。
一一 いつもの方向(入り口)から(寝所へ)。
一二 伝え聞いて。
一三 老人の身の上に。「寿《(いのち)》《ながが》けれぱ則ち恥多し」(荘子)によるという(集成)。
一四 「を」、宮・近・尊・慶・斑ナシ。 一五 爪で弾くことをもっぱらにして。 一六 帳内に。
一七 (兵部の少が)ひょいとはいって来て。
一八 逃げられない。そのまま共寝。 一九 敵。
二〇 四日めからは(男は婚家に)留まるものと(人が)言ったと思って。 二一 いつまでも。
二二 世間に男はたくさんいるのに。

[34] 四の君の嘆き

二三 そんな者と(一緒にお邸を)出入りしようことはつらいよ。
二四 語義不明。底本以下・三「殿上のまり」、木「殿上のこま」。 二五 名を。 二六 (人まえに)頭もよう出すことのできない者が。

と、

「[二三]かゝるものと出入《(いでいり)》せんこそわびしけれ。[二四]殿上《(てんじやう)》のまりと[二五]つけて[二六]かしらもゑ《(え)》さしいでぬ[二七]物《(もの)》のいかで寄《よ》り来《き》にけん。[二八]そこたちの[二九]見《み》はかりてしたまへるならん。」

とわらひ[三〇]嘲弄《てうろう》し給へば、三の君、[三一]さらに知《し》らぬよしをいとを《(ほ)》しがり嘆《なげ》き給《(たまふ)》。

かゝる[三二]ひが物《(もの)》なれば[三三]世《よ》づかぬ文《ふみ》は書《か》きいだしたるなりけり、と人知《し》れず思ひて、いみじ[三四]ういとお《(ほ)》し。[三五]北の方、心《(ここ)》ちたゞ思《おも》ひ遣《や》るべし。[三六]みむまの時まで[三七]手をも洗《あら》わ《(は)》せず、かゆも食《く》はせで、[三八]ありとあるかぎり、その[三九]御方にとて多《おほ》かりし[四〇]人ゝ《(ひとびと)》も、[四一]たれかそのしれ物《(もの)》に使《つか》はれむとていで来《き》にもいで来《こ》ず。
[四二]つく〴〵と臥《ふ》したるに、四の君見《み》るに、顔《かほ》の見苦《みぐる》しう、鼻《はな》の穴《あな》よりは[四三]人とを《(ほ)》りぬべく[四四]吹《ふ》きいらゝげて臥《ふ》したるに、[四五]心づきなくあいぎやうなくなりて、[四六]やお《(を)》らものするやうにて起《お》きて出《(いで)》たるを、北の方待《ま》ち受《う》けての[四七]給《(たまふ)》 [四八]ことかぎりなし。
「[四九]おいらかにはじめよりかう〳〵したりと言《い》はまし[五〇]かば、[五一]しのびてもあらましを、[五二]所あらはしをさへして、かくのゝしりて、我も人もゆゝしき恥《はぢ》を見《み》る事。たがなかうどしてしはじめしぞ。」

と、

「言《い》へ。」

二七 底「物」、宮・近・尊・慶・斑「しれもの」。
二八 あなたたちが。三の君たちのこと。
二九 適当に計画して、の意か。
三〇 なぶりなさるから。
三一 (自分らは)いっこうに身におぼえがない旨を。あるいは四の君について言うか。
三二 変わり者。 三三 世馴れぬ手紙。
三四 底「う」、宮・近・尊・慶・斑「く」。
三五 北の方(について)、きもちをともかくも推察してやるのがいい。読者への書き手のアピール。底「北の方」、宮・近「北の方の」、尊・慶・斑「北のかたの」。
三六 午前十時十二時。「む」底本、補入。
三七 兵部の少に。底「手をも」、宮・近・尊・慶・斑「手も」。 三八 一人残らず。
三九 四の君。 四〇 侍女たち。
四一 だれがそんなあほうに使われようかとて。
四二 じっと(兵部の少が)横になっているのを。
四三 人がまさに通りそうなほど。
四四 (鼻を)吹きふくらませて、の意か。
四五 意に満たずがっかりさせられて。 四六 そっと用足しする感じで。
四八 底本「を」。宮・近・慶・斑「こと」、尊「事」。宮などによって訂正する。 四七 お叱りになる。
四九 おとなしく最初からかくかくしかじかしている(兵部の少を通わせている)と言ってくれるのならば、の意。
五〇 底本「う」。宮・近・尊・慶・斑「か」。それらによって訂正する。
五一 内々にしてもいようのに。所あらわししないまえなら正式の結婚ではないから、引き離してなかったことにすることができるという含み。
五二 結婚披露の宴。三日めの夜、妻の家で開くのが通例。底本「所〳〵あらはし」。宮・近・尊・慶・斑「所あらはし」。それらによって訂正する。

と責《せ》むれば、四の君、[一]あさましういみじう也《(なり)》て、たゞ泣《な》きに泣《な》く。[二]我《(われ)》かゝるものあらんとも知《し》らぬに、[三]かくつき〴〵しく言《い》ひければ、[四]あらがふべき方《かた》なし。[五]蔵《くら》人少将いかに思《おも》ひ給ふらん、と、女の身は心うき物[六]にこそありけれと泣《な》けば、[七]言《い》ふかひなし。

[八]少《せう》いつとなく臥《ふ》したりければ、おとゞ、

「[九]いとを《(ほ)》し。かれに手《て》洗《あら》はせよ。ものくれよ。[一〇]かゝる物《(もの)》に捨《す》てられぬと言《い》はむは又[一一]たてもなくいみじかるべし。[一二]宿世《すくせ》やさしもありけん。いまは泣《な》きのゝしるとも事[一三]のきよまはらばこそあらめ。」

とのたまへば、北の方、

「[一四]あたらあが子《こ》を何《なに》のよしにてかさるものにくれては見《み》ん。」

とまどひ給へば、

「[一五]あしき事[一六]なのたまひそ。かゝるものに捨《す》てられぬと言《い》はれんは[一七]いと見苦《みぐる》しかるべき[一八]。」

「来《こ》ずならん時やさも思《おも》はん。[一九]たゞいまはさせまほしくぞある。」

とのたまへば、[二〇]ひつじの時まで人も[二一]目《め》見《み》入《い》れねば、少《(せう)》、苦《くる》しうていでていにけり。

一 あまりに意外ではなはだ悲しくなって。四の君としては兵部の少の口上を聞かず事情を知らないから、母親から言われてびっくり。
二 自分はそんな男のあろうとも知らないのに。
三 そのようにいかにも事実らしく(兵部の少が)言ったということだから。
四 抗弁すべき方法がない。
五 蔵人少将がどのようにお思いになっていることであろうか、と。「泣けば」にかかる。四の君の心情。
六 「に」底本、補入。
七 (北の方もまた)嘆くだけのかいがない。

〔35〕第四夜

八 いつまでも。延々と。
九 気の毒だ。根負けして、折れる中納言。
一〇 そんな者に(娘が)捨てられてしまうと(世間が)言おうのは。
一一 語義不明。底本以下・三「たてもなく」、木「たくひなく」。
一二 生まれ運がそうであったのであろうか。結婚は前世からの契りだという考え。
一三 事態が清められるのならば(嘆くのも)よかろうが。兵部の少は中納言家にとってけがれ。
一四 あったらわが(大切な)子をどんな理由でそんな者に与えて見はしようか。
一五 よくない言葉を。
一六 底本「なのたまいゐそ」。宮・尊「なのたまひそ」、近「のたまひそ」、慶・斑「なの給ひそ」。宮などによって仮に訂正しておく。
一七 底「いとみくるし」、宮・近・尊・慶・斑「いかゝいみし」。
一八 「き」のあとに、宮・尊・慶「北のかた」、近・斑「北の方」がある。
一九 ただ今はそのように(手も洗わせずかゆも食わせぬままに)しておきたく思う、の意か。底・尊「たゝいまはさせまほしく」、近「たゝまいさせまほしく」、宮「たゝまはさせまほしく」、斑「たゝいまはさもせまほしく」、慶「たゝいまさもせまほしく」、三「たゝいまさもせまほしく」、

[二二]夕さり来《き》たるに、四の君泣《な》きてさらに[二三]いで給はねば、おとゞ腹立《はらだ》ち給《(たまひ)》て、

「[二四]かくおぼえたまひけん物をば、[二五]何《なに》しかは[二六]しのびては呼《よ》び寄《よ》せ給ひし。[二七]人の知《し》りぬるからにかく言《い》ふは、親《おや》、はらからに二方《ふたかた》に恥《はぢ》を見《み》せたまはんとや。」

と添《そ》ひゐて責《せ》め給へば、いみじうわびしながら泣《な》く〳〵[二八]出給《(いでたまひ)》ぬ。少《(せう)》、泣《な》き給ふをあやしと思ひけれど、物も言《い》はで臥《ふ》しぬ。

かくお《(を)》んなもわびしと思《おも》ひわび、北の方《かた》も[二九]取《と》り放《はな》ちてんとまどひ給へど、おとゞのかくの給《(たまふ)》に[三〇]つゝみて、出給《(いでたまふ)》夜、いで給はぬ夜《よ》ありけるに、[三一]宿世《すくせ》心うかりける事は、[三二]いつしかと[三三]つはり給へば、

「[三四]いかでと産《む》ませんと[三五]思《(おもふ)》少将の君の子は出来《(いでこ)》で、[三六]このしれものの広《ひろ》ごること。」

とのたまふを、四の君ことは《(わ)》りにて、いかで死《し》なんと思《おも》ふ。

蔵《くら》人の少将、思ひしもしるく、殿上の君たち、

「面白《おもしろ》の駒《こま》はいかに。[三七]この比《(ごろ)》とし返《かへ》らば御[三八]引《ひ》きにて[三九]白馬《あをむま》にいだし給へ。[四〇]君とあれと[四一]いづれをか思ひましたる。」

とてわらふに、[四二]塵《ちり》もつかじと思《おも》ふ心にいと苦《くる》しとおぼゆ。[四三]もとよりもいと思ふやうにはおぼえざりしかど、いみじう[四四]いたはらるゝにかゝりてありつるを、[四五]こ

木「たゝ今はほさせまほしく」。
二〇 午後二時ごろ。　二一 目をかけて見ないから。
二二 底「夕さり」、宮・近・尊・慶・斑「ようさり」。
二三 (男のいる所に)少しもお出にならないから。
二四 そのように(いやだと)感じていらっしゃったことであろう者であるのを。
二五 何だって、の意か。「何しにかは」に同じか。底本以下「なにしかは」。なお三・木「なにしにかは」。　二六 秘密裡には呼び近づけなさったか。兵部の少の口上を中納言も疑わない。
二七 (所あらわしして)人が知ってしまった以上そのように(いやだと)言うのは。
二八 底「出給ぬ」、宮・近・尊・慶・斑「いてぬ」。　二九 引き離してしまおうと。　三〇 (四の君は)気がねして。

〔36〕蔵人少将の夜がれ、三の君の物思い

三一 宿運のなさけなくてあったその結果は。
三二 早くも。待ち望むかのように。
三三 「つはる」は、妊娠の兆候があらわれる。
三四 何とかしてと。「思ふ」にかかる。
三五 底本「おもふ思」。宮・近「思」、尊「思ひ」、慶・斑「思ふ」。宮などによって訂正しておく。
三六 ばか者(の子)が増えることよ。　三七 近く年が改まるなら。　三八 引き立て。ひいき。
三九 正月七日の白馬の節会。「白馬」と書くのが故実。
四〇 あなたとあの馬(である兵部の少)と。
四一 (中納言家では)どちらを多く大切に思っているか、の意か。白馬の節会なら馬が大事。
四二 「塵」は、いささかの欠点。源氏物語・帚木「塵もつかじと身をもてなし」。
四三 以前からもあまり思い通りの(理想の)感じには(三の君のことを)考えなかったのだが。
四四 中納言家から。　四五 これ(宮中で受けた恥)にかこつけて。「ことつく」は、口実にする。

れにことつけて[一]捨《す》てんと思《おも》ひなりて、やう〳〵来《こ》ぬ夜《よ》のみ多《おほ》かれば、三の君[二]物おぼす。

かの二条には、日ゝ《(ひび)》[三]にあらまほしくなりまさり、[四]お《(を)》とこ君のもてかしづき給ふ事かぎりなし。

「[五]人はいくらもまい《(ゐ)》らせ給へ。[六]女房《ばう》多《おほ》かる所なん心にくゝはなやかにも聞《き》こゆる。」

とて、[七]かれかれ是《(これ)》につきつゝ[八]引《ひ》き〳〵にまい《(ゐ)》れば、卅余《よ》人ばかり候《(さぶらふ)》。[九]お《(を)》とこ君《ぎみ》も、女君の御心のどやかによくおはすれば、仕《つか》うまつりよし。[一〇]まい《(ゐ)》りまかでさうぞきかへつゝ、いまめかしきこと多《おほ》かり。[一一]衛《ゑ》門《もん》を第《だい》一のものにしたまへり。

帯刀《たちはき》、面白《おもしろ》の駒《こま》の事を妻《め》に語《かた》りければ、[一二]下心《した》には、いみじう[一三]ねたかりした[一四]う《(ふ)》すばかりの[一五]身にもなど思ひし[一六]しるしにや、とうれしけれど、

「[一七]あないとを《(ほ)》しや。北の方《かた》いかにおぼすらん。」

と、

「[一八]さいなまるゝ人の[一九]多《おほ》からんかし。」

と言《い》ふ。

[二〇]かくてつごもりになりぬ。大将殿よりは、

一 (女を)捨てようと(そんな)きもちになって。
二 物思いをなさる。
三 望ましくますますなって。夫婦仲が好ましく進むことをいうか。
四 男君(少将の君)が大切になさることは。
五 付き人は何人も参上させなされ。

〔37〕帯刀、面白の駒のことを妻に語る

六 上級の侍女。「御たち」に同じか。「によばう」か。
七 あの人この人に従い従いして。底本「かれかれ是に」は誤りがあろう。宮・近・尊・慶・斑「これかれに」。
八 それぞれの引きで参上するから。
九 男君もだが、女君のお心が(特に)。
一〇 (侍女たちは)参上退出に際し。
一一 以前のあこき。大人になっている(→一二五頁注三七)。帯刀の妻。
一二 内心では。「うれしけれど」にかかる。
一三 悔しくてならなかった。
一四 答。報復。
一五 身分。
一六 →八九頁注二二。かの一念は効きめ(しるし)をあらわした。
一七 あら気の毒なことよ。むろん衛門は全然気の毒と思っていない。
一八 (北の方に)責め苛まれる人が多かろうねえ。
一九 「の」、宮・近・尊・慶・斑ナシ。
二〇 かくして月末(下旬)になってしまう。
二一 母君からの伝言。少将の君のご装束は今は早く(急いで)なされ。新年の装束である。
二二 こちら(大将邸)では。

〔38〕二条殿のいそぎと新年、男君は中将に

二三 内裏のこと。娘(少将の君の姉妹)が当帝の女御である

「[二一]少将の君の御装束《さうぞく》、いまはとくしたまへ。[二二]こゝには[二三]うちの事にいとまなくなん。」

とて、よき[二四]きぬ、糸《いと》、[二五]あや、[二六]あかね、[二七]すわう(は)、[二八]くれない(ゐ)など多《おほ》くたてまつり給へれば、[二九]もとよりよくしたまへる[三〇]事なれば、[三一]いそがせ給ふ。

さて、少将《しやう》の君に[三二]つきたてまつりて[三三]右馬《むま》のぜう(じよう)になりたる、[三四]ゐ中(なか)の人の[三五]とくある、きぬ[三六]五十まいら(ゐ)せたれば、[三七]人〳〵にさま〴〵給はす。衛門[三八]取《と》り配《くば》りしを(お)きつるにも[三九]目《め》やすく見《み》ゆ。

この二条殿は[四〇]北の方の御殿《との》なり。[四一]女二所(ふたところ)、大《おほ》ゐ(い)君は女御、おと(を)こは太郎はこの少将、二郎は[四二]侍従とて[四三]遊びをのみしたまふ。三郎はわらはにて殿上(てんじやう)し給ふ。ちごにおはしけるよりこの少将を世になく[四四]かなしうしたてまつり給ふに、[四五]褒《ほ》められ、[四六]御(み)かどもよき[四七]人におぼしめしたれば、ましていかならんことをしたまへ[四八]りとも[四九]もの給ふまじ。[五〇]かの御ことになれば、おとゞ[五一]笑《ゑ》み曲《ま》げ給へれば、殿《との》に[五二]仕《つか》うまつるざう(ふ)しき、[五三]牛飼《うしか》い(ひ)まで此(この)少将《しやう》殿になびきたてまつらぬなし。

かくて、とし返《かへ》りて、ついたちの御装束《さうぞく》、色よりはじめていときよらにしいで給へれば、いとよしと[五四]おぼして、着《き》て[五五]ありき給ふ。御母《はゝ》北の方見《かたみ》たまひて、「あなうつくし。いとよくしたまふ人にこそものし給(たまひ)けれ。[五六]うちの御方など

(→一七頁注三八)。底「事」、宮・近・尊「御事」、慶・斑「御こと」。
二四 絹布。
二五 綾。綾織りの絹布。 二六 茜。染料。
二七 蘇枋。黒みのある紅色を出す染料。
二八 紅。染料。
二九 仕立ては女君の得意とするところ。
三〇 底・尊「る」、宮・近・慶・斑「りける」。
三一 侍女たちに。 三二 従い申して。
三三 右馬允。右馬寮の三等官。 三四 地方の人。
三五 得。お金があること。徳に同じ。
三六 五十疋。 三七 侍女たちに多く少なく。
三八 分配しさだめる。「おきつ」は、決定する。
三九 「目やすし」は、見る感じがいい、妥当だ。
四〇 母北の方所有の。これを現在少将の君は借りている格好である。 四一 娘は二人。
四二 帝や東宮の近従。前者なら中務省に所属する。底「とて」、宮・近・尊・慶・斑「にて」。
四三 管弦の遊び。
四四 かわいがり申される上に。
四五 底「ほめられ」、宮・近・尊・慶・斑「人にほめられ」。「人に」のあるほうが分かりやすい。
四六 帝。 四七 立派な人物。
四八 底本「る」。宮・近・尊・慶・斑「り」。それらによって訂正しておく。
四九 (何にも)おっしゃるまい。父大将は、であろう。 五〇 少将の君のご関係になると。
五一 相好をくずしていらっしゃっているから。
五二 底「つかうまつる」、宮・近・尊・慶・斑「つかうまつる人」。
五三 貴族家に雇われる牛を扱う者。「牛飼ひ童」とも言い、異形であった。 五四 少将の君は。
五五 年賀に。底本「ありき」は、宮・近「き」、尊・慶・斑「あるき」。なお三「ありき」、木「あるき」。
五六 内裏なるお方。女御の君のこと。

の御大事《(だいじ)》あらんには聞《き》[一]こえつべかめり。針目《はりめ》[二]などのいと思《おも》ふやうにあり。」

と[三]褒《ほ》め給ふ。司召《つかさめし》[四]に中将になり給《(たまひ)》て、三位したまひて、おぼえまさり給《(たまふ)》べし。

三の君の蔵人《くら》少将、[五]かの中の君を聞《き》[六]こえ給ふを、

「[七]いとよき人ぞ。[八]たゞ人とおぼさば是《(これ)》[九]を取《と》り給へ。見《み》[一〇]るやうある。[一一]」

とつねに申《(まうし)》給ふ。[一二]かの北の方《かた》これをいみじきたからに思ひて、[一三]これが事につけてわが妻《め》をてう《(ちよう)》[一四]ぜしぞかしと思《おも》ふに、いと捨《す》[一五]てさせまほしきぞかし。中将かく言《い》ふを、見《み》[一六]るやうぞあらんとて、時〲返事《(かへりこと)》[一七]せさせ給ふに、少将頼《たの》みをかけて、[一八]三の君をたゞかれにかれゆく。よしと褒《ほ》[一九]めし装束《さうぞく》も、筋《すぢ》[二〇]かい《(ひ)》あやしげにしいづれば、いとゞ[二一]ことをつけて腹《はら》を立《た》ちて、[二二]しかけたるきぬどもも捨《す》て、

「こは何《なに》わざしたるぞ。いとよく縫《ぬ》い《(ひ)》し人はいづちいにしぞ。」

と腹立《はらだ》てば、三の君、

「お《(を)》とこにつきていにしぞ。」

といらへ給へば、

「[二三]なぞのお《(を)》とこにつくべきぞ。[二四]たゞにぞ出《(いで)》にけん。[二五]こゝにはよろしきものありなんや。」

とのたまへば、三の君、

一 (仕立てを)きっとお願いしたらよいことであるようだ。 二 縫い目。
三 底本「て」。宮・近・尊・慶・斑「と」。それらによって訂正する。 四 除目(じもく)。近衛中将は従四位相当だが、三位なら公卿(上達部)に列せられる。以下、主人公の男君を中将・三位中将・男君などと呼ぶ。「つかさ」の「さ」底本、補入。

〔39〕蔵人少将と大将家の中の君との縁談

五 大将家の二女。男君の妹。
六 (結婚を)申し込みなさる。
七 中将の詞。(蔵人少将は)まことに立派な人物ですよ。 八 皇族以外(を婿に)とお思いなら。
九 この人(蔵人少将)を婿取りなされ。
一〇 見所がある。「やう」は、状態、けしき。
一一 底「る」、宮・近・尊・慶・斑「り」。
一二 中納言家の継母北の方。
一三 蔵人少将のことに結びつけて。衣裳を縫わせたことなど。 一四 「ちようず」(懲ず)は、こらしめる。 一五 (女を)捨てさせたいよね。
一六 (母君は蔵人少将を)見所があるのだろうよとて。
一七 (中の君に)返辞をさせなさるのに対して。
一八 (妻)三の君からどんどん離れに離れてゆく。
一九 →一三三頁。
二〇 縫い筋が斜めに行きちがい不格好な感じに。
二一 文句をつけて。
二二 作ってかけてある。源氏物語・葵「御そかけの御装束など、例のやうにしかけられたるに」。
二三 いったいどんな男に従うことがあろうか。「なぞの」は怪しむきもちをこめる。
二四 特別の理由なしに、の意。
二五 この邸にはましな者がいそうにない。
二六 そうだけど特別なことのない人もいないはずであるようです。難解である。底本「なかる

[二六]「されどことなる事なき人もなかるべきにこそあめれ、[二七]御心を見《み》れば。」と言《い》へば、

[二八]「さ侍り。面白《おもしろ》の駒《こま》侍めり。[二九]ようめでたき人もまい《(ゐ)》りけりと心《こゝろ》にくゝ思《おも》ふ。」

など、まれ〳〵来《き》てはね[三〇]たましかけていぬれば、いみじうねたみ嘆《なげ》けどかい《(ひ)》なし。北の方、[三一]おちくぼのなきをねたういみじう、[三二]いかでくやつのためにしき[三三]ふせん、とまどひ給ふ。「我はさいわ《(は)》い《(ひ)》あり、よき婿取《むこと》る」と言《い》[三四]ひしかい《(ひ)》なく、[三五]おもて起《お》こしに思ひし君[三六]はたゞあくが[三七]れにあくがる、よきわざとていそぎしるは世の[三八]わらわ《(は)》れぐさなれば、病《や》まひ人《(ひと)》になりぬべく嘆《なげ》く。

正月の[三九]つごもりに[四〇]よき日ありけるに、物まうでする人ぞよかなるとて、三、四の君、北の方《かた》などして車一《ひと》つしてしのびて[四一]清《きよ》水《(みづ)》にまうづ。お《(を)》りしもこそあれ、三位の中将の[四二]北の方、お《(を)》とこ君もまうで給ふに、[四三]中納言殿の車《くるま》は[四四]とうまうで給ひければ、[四五]さい立《だ》ち行《(ゆく)》。しのびたりとてことに[四六]御《(ご)》前《ぜん》もなし。[四七]かいすみたり。中将殿はお《(を)》[四八]とこ女を《(お)》はしければ、御《ご》前《ぜん》いと多《おほ》くて追《お》[四九]い《(ひ)》散《ち》らして、[五〇]「いと猛《まう》にて」まうで給ふ。さきなる車、[五一]御しり早《ばや》に越《こ》されて、[五二]人〳〵わびにたり。[五三]さいまつの透《す》きかげに、人のあまた乗《の》りたればにやあらん、牛苦《うしくる》しげにてゑ《(え)》のぼらねば、[五四]しりの御車《くるま》ども塞《せ》かれてとゞまりがちなれば、ざう《(ふ)》しきども[五五]むつかる。

へきこそ」。宮・近・尊・慶・斑「なかるへきにこそ」。それらによって訂正しておく。

二七 (あなたの)お心を見ると。難解。底本「八」(下の字を消して重ね書き)。宮・近・尊・慶・斑「御」。それらによって訂正しておく。

二八 その通りでございます。

二九 りっぱなすばらしい人も(こちらへ)参ったことと。「ようめでたき人」は「よき人」「めでたき人」の意。皮肉に言う。

三〇 恨めしがらせることを言って。

三一 落窪の君がいないことを。

三二 どうかしてこいつ(落窪の君)のために。

三三 語義不明。「式神を使って調伏する」の意とする説(校注古典叢書)がある。「くやつのために」と「しきふせん」とのあいだに、宮・近・尊・慶・斑・三・木「まはし」がある。

三四 ↓一三二頁注一三。 三五 面目施し。

三六 蔵人少将。 三七 心が離れに離れる。

三八 笑われる材料。面白の駒のこと。

〔40〕清水寺の車争い

三九 「の」、宮・近・尊・慶・斑ナシ。 四〇 吉日。

四一 清水寺。京都近郊の音羽山にあり、観音の霊場として平安時代以後にぎわう。

四二 女君。 四三 中納言家一行の乗る車。中納言その人は乗っていない。

四四 早くに。底「とう」、宮・近・尊・慶・斑「とく」。

四五 先立ち行く。「さい」は音便形。

四六 先を払う人々。ご前駆。貴人(きにん)の通るまえを追い払う役目に従事する。

四七 ひっそりしている。 四八 男君女君。

四九 底「おい」、宮・近・尊・慶「さきおい」、斑「さきをひ」。

五〇 まことに威勢よくて。底本ナシ。宮・近・尊・慶・斑「いとまうにて」。それらによって補う。

五一 ご後続の車にどんどん越され(ようとし)て。

中将の、人を呼《よ》びて、

「たが車《くるま》ぞ。」

と問はすれば、

「中納言殿の北の方[一]しのびてまうで給へるに。[二]」

と言《い》ふに、ちう将《(ちゆう)(じやう)》、[三]うれしくまうであひにけり、と下《した》[四]におか《(を)》しくおぼえて、

「お《(を)》のこ[五]ども、「さきなる車とく[六]遣《や》れ」と言《い》へ。[七]さるまじうはかたわ《(は)》らに引《ひ》き遣《や》らせよ。」

とのたまへば、御前《(ご)ぜん》の人〳〵、

「牛《うし》[八]よは《(わ)》げに侍らば、ゑ《(え)》さきにのぼり侍らじ。かたはらに引《ひ》き遣《や》りてこの御車《くるま》を過《す》[九]ぐせ。」

と言《い》へば、中将、

「牛《うし》[一〇]よは《(わ)》くは面白《おもしろ》の駒《こま》にかけ給へ。」

とのたまふ声《こゑ》、いと[一一]あいぎやうづきてよしあり。車にほの[一二]聞《き》きて、

「あなわびし。たれならん。」

とわびまどふ。なを《(ほ)》[一三]さきに立《た》ちて遣《や》れば、中将殿《どの》の人〳〵、

「ゑ《(え)》[一四]引《ひ》き遣《や》らぬ、なぞ。」

底本「御」は、宮・近・尊・慶・斑「ハ」。
三二 (中納言方は)みんな困ってしまっている。
三三 割き松(たいまつ)の火に透ける影に(見ると)。
三四 うしろのお車は何台も塞きとめられてすぐ渋滞するので。
三五 機嫌を損ねる。底本「り」。宮・近・尊・慶・斑「る」。それらによって訂正しておく。

一 底「北の方」、宮・近・尊・慶「北のかたの」、斑「北方の」。
二 「に」、宮・近・尊・慶・斑ナシ。
三 ありがたく参詣しあわせてしまったことだ、と。
四 心内に笑いたいきもちがして。底「したに」、宮・近・尊・慶・斑「したには」。
五 郎等ども。呼びかけ。
六 早く行かせろ。
七 それができそうにないなら(道の)わきに引きのけさせろ。
八 牛が弱そうにござるのなら。中納言方へ向かって言う。
九 やり過ごせ。
一〇 牛が弱いなら面白の駒に(車を)かけなされ。
一一 まことに魅力が備わり品がいい。
一二 北の方は。
一三 それでも先に立って(車を)行かせるので。
一四 引き寄せられないとは、どうしてだ。

とて[一五]たぶてを投《な》ぐれば、ちう《(ちゆう)》納《な》言《ごん》殿の人〳〵腹立《はらだ》ちて、

「[一六]ことと言《い》へば、[一七]大将殿ばらのやうに。[一八]中納言殿の御車《くるま》ぞ。[一九]はやう打《う》てかし。」

と言《い》ふに、この御供《とも》のざう《(ふ)》しきどもは、[二〇]

「中納言殿にもおづる[二一]人ぞあらん。」

とて、たぶてを雨の降《ふ》るやうに車《くるま》に投《な》げかけて、[二二]かたやぶに集《あつ》まりてを《(お)》[二三]し遣《や》りつ。[二四]御車どもさき立《だ》てつ。御前《(ご)ぜん》よりはじめて人いと多《おほ》くて打《う》[二五]ちあふべくもあらねば、[二六]かた[二七]を堀《ほり》に押《お》しつめられて、[二八]ものも言《い》はである、

「[二九]なか〳〵むとくなるわざかな。」

と、[三〇]いらへしたるをのこどもを言《い》[三一]ふ。乗《の》りたる北の方《かた》をはじめてねたがりまどひて、

「[三二]たがまうで給《(たまふ)》ぞ。」

と問へば、

「左大将殿の三位の中将殿のまうで給ふなり。[三三]たゞいまの第[三四]一の人にて、あ[三五]しくいらへたなり。」

と言《い》ふを聞《き》くに、北の方《かた》、

一五 つぶて(飛礫)。石合戦をしかける。
一六 何かと言うと。
一七 大将殿たちのように(威張る)。「ばら」は複数をあらわす。
一八 (こちらは)中納言殿のお車だぞ。
一九 (打てるものならもっと)激しく投げつけろよね。「はやう」は、勢いよく。石を投げうつことを「うつ」という。
二〇 「は」、尊・慶・斑ナシ。
二一 こわがる人はおろうよ。
二二 かたわらの藪に、か。濁点を施しておく。底本以下「かたやふに」。
二三 (ついに)押しやってしまう。
二四 中将方のお車ども。
二五 (中納言方は石を)投げて対抗することもできないから。
二六 「は」、宮・近「と」。
二七 語義不明。底本以下・三「かたを」、木「かたわかを」。
二八 何も言わないでいる(のに対して)。
二九 中将方の男たちの弁。かえってみっともないことであるよな。「むとく」は、無徳、不体裁。
三〇 「はやう打てかし」と返辞した従者ども。

〔41〕車の輪折れる

三一 (からかって)言う。
三二 だれが参詣なさるのか。従者に問いかける。
三三 伝聞による判断の「なり」。すぐあとの「いらへたなり」の「なり」も判断。相手の正体が分かった従者どもの弁。
三四 第一人者。最も権勢のある人。中将の父大将のことを言う。
三五 いけない答え方をしたようだ、の意。「大将殿ばらのやうに」(→注一七)と言ったこと。

「[一]何のあたにてとにかくに恥《はぢ》を見《み》せ給ふらん。[二]此《(この)》兵部の少《(せう)》の事もこれがしたるぞかし。[三]おいらかに「否《いな》」と[四]言《い》はましかば、さてもやみなまし。[五]よそ人もかくかたきのやうなる人こそありけれ。[六]何物《なに(もの)》ならん。」

とて、北の方[七]手をもみ給ふ。

いと深《ふか》き堀《ほり》にて、とみに[八]ゑ《(え)》引《ひ》きあげで、[九]とかくもてさは《(わ)》ぐほどに、[一〇]輪《わ》すこしお《(を)》れぬ。いみじきわざかなとて担《にな》ひあげて、[一一]なわ《(は)》求《もと》めて来《き》て結《ゆ》ひなどして、

「[一二]かへらんやは。」

とて[一三]やう〳〵のぼる。中将殿の御車《くるま》どもは[一四]橋殿《はしどの》に引《ひ》き立《た》てて、[一五]むごに立《た》ち給へるに、やゝ久《ひさ》しく[一六]ありてからうして[一七]よろぼひ来《き》ぬ。

「[一八]いとたけかりつる輪《わ》お《(を)》れにけりや。」

とて又わらふ。

よき日にて橋殿《はしどの》にひまもなければ、[一九]隠《かく》れの方《かた》より下《お》りんと思ひて過《す》ぎてゆく。

中将、帯刀《たちはき》を呼《よ》びて、

「この車《くるま》の下《お》り所見《み》て告《つ》げよ。[二〇]そこにゐん。」

とのたまへば、走《はし》り行《い》きて見《み》れば、[二一]知《し》りたるほう《(ふ)》し呼《よ》びて、

「[二二]いととくまうでつるを、この[二三]三位《(の)》中将とか言《い》ふ物《(もの)》のまうであい《(ひ)》て、しか

一 どんな恨みで何かにつけて。
二 あの。例の。話題になった事柄について「この」と言う。
三 おとなしく「いやだ」と。四の君との結婚についてであろう。「いなと」は、底本「なと」。宮・近・尊・慶・斑「いなと」。それらによって訂正しておく。
四 言うのならば、そのままにも終りになってしまうことであろうものを。
五 よそさま(同士)にもこう仇敵みたいな人があったことだよ。
六 どんな人物なのだろう。「もの」(「物」は当て字)には軽蔑的な意味合いがあろう。
七 悔しがる動作。
八 よう引き上げることができなくて。
九 何やとあれこれ騒ぐあいだに。
一〇 (車の)輪が少々折れてしまう。
一一 縄。底本「わ」。宮・近・尊「なわ」、慶・斑「なは」。宮などによって訂正しておく。
一二 ひっくりかえることはあるまい。あるいは、(ここまで来たのだから)帰ることはあるまい。
一三 ようやく。だんだんに。
一四 清水寺の御堂にかけて橋になっている家屋。今昔物語集十九ノ四十、参照。

〔42〕つぼね

一五 いつまでも。
一六 底・斑「く」、宮・近・尊・慶「う」。
一七 (中納言の車は)よろよろしながら到着に及んだ。
一八 (さっきまで)えらく頑丈であった輪が折れてしまってあることよな。「つ」はさきほどまで何人乗っても耐えられそうに見えた(ぎっしり乗っていた)ということを、「にけり」はそれが見ていないあいだに折れてしまってあったということを言いあらわす。「や」は感動。
一九 人目につかない場所。裏のほうか。中納言

〱して車の輪《わ》お《(を)》れていまゝで侍《(はべり)》[二四]つる。[二五]つぼねありや。」

とて、

「下《お》[二六]りなん。」

[二七]と、

「いと苦《くる》し。」

と言《い》へば、

「いと不便《ふびん》[二八]なりける事かな。[二九]さらに御《(み)》[三〇]堂《だう》の間《ま》なん、[三一]かねて[三二]よく[三三]おほせられ侍《(はべり)》しかば、取《と》[三四]りを《(お)》きて侍《(はべる)》。かの中将殿もいづこにかさぶらひ給はんずらむ。[三五]便《びん》ならうゑ《(え)》[三六]せ物《(もの)》のつぼねをそ《(お)》ひ敷《し》かれんかし。あわ《(は)》れいと不便《ふびん》なる世[三七]なめりかし。」

と言《い》へば、

「さは、とく下《お》りなん。人なきつぼねとて取《と》[三八]られなん。」

とていそげば、お《(を)》[三九]とこ一人、御つぼねを[四〇]見置《みお》かんとて行《い》くしりにつきて、帯刀《たちはき》見置《みお》きて、走《はし》り帰りて、

「かう〱なん申《(まうし)》つる。かれが行《い》かぬさきに。」

とて下《お》[四一]ろす。御《(み)》[四二]き丁《(ちやう)》さしてお《(を)》とこ君離《はな》れ給はず。かしづき給《(たまふ)》事かぎりなし。

家の一行が中将たちのまえを過ぎてゆく。
二〇 そこに(われわれが)座を占めよう。
二一 (中納言方は)知り合いの法師を呼んで。
二二 継母北の方の詞。ずっと早くに参詣してあったのに。
二三 三位中将とか称する者が参りあわせて。「とか言ふ」「もの(者)」はさげすむ感じの表現。
二四 底本「へ」のように見えるのを訂正しておく。宮・近・尊・慶・斑「つ」。
二五 参籠する場合は局《(つぼね)》を作ってそこにいるのが上等の形式。堤中納言物語の「このついで」に、清水寺で屛風ばかりをものはかなげに立てた局にこもる場面がある。
二六 (車から)下りてしまおう。
二七 「と」、宮・近・尊・慶・斑ナシ。
二八 不自由であったことよな。
二九 むろん、言うまでもなく、の意か。
三〇 清水寺の本堂。
三一 あらかじめ。予約してある。
三二 「よく」、宮・近・尊・慶・斑ナシ。
三三 仰せを受けてござったから。「らる」は受身。
三四 取り置いてござる。
三五 ふとどきに。けしからず。底「ひんなう」、宮・近「あんなう」、尊・慶・斑「ろんなう」。「論なう」なら、無論、きっと。
三六 つまらない者が襲い占領されることでしょうよね。「る」は軽い尊敬か。
三七 底「世」、宮・近・尊・慶・斑「よ」。「世」がいいが、「よ」ならば夜の意味である可能性もある。
三八 (われわれは)取られてしまおう。
三九 寺男が一人。
四〇 「を」、宮・近・尊・慶・斑ナシ。
四一 (人々を)下車させる。
四二 (女君に)み几帳をさしかけて。移動する時の差し几帳である。

中納言殿の北の方《かた》、中将殿の下《お》りぬさきにとて、[一]みな歩《あゆ》みのぼるほどに、こ[二]れはたいと[三]儀式《ぎしき》ことに、[四]そよ〳〵[五]はら〳〵とくつ擦《す》りて、帯刀《たちはき》さきに立《た》ちて道なる人〳〵払《はら》ふ。[六]車の人〳〵さは《（わ）》ぎ立《た》ち歩《あゆ》めば、[七]道《みち》をふたぎてさらに遣《や》らねば、[八]はしたなくてしばし[九]かい群《む》れて立《た》ちたるを見《み》て、

「[一〇]のちなを《（ほ）》いかなる御物まうでなめりや。つねにさき立《だ》ち給ふ[一一]物のおほい[一二]たまふためれども、[一三]後《おく》れ給はゞ。」

とのみわらへば、[一四]これもたれもいとねたしと思《おも》ふ。とみにもゑ《（え）》歩《あゆ》み寄《よ》らず。[一五]からうしてつぼねに歩《あゆ》み行《い》きぬ。[一六]ほう《（ふ）》し童子《どうじ》ひとりありけるは、かのつぼねあるじのおはすると[一七]思ひて、いでゝいぬ。みな入《い》り給《（たまひ）》て、中将、帯刀《たちはき》を呼《よ》びて、

「かの人ゝ《（ひとびと）》わらはせよ。」

とさゝめき給《（たまふ）》をも知《し》らで、[一八]わがつぼねと頼《たの》みて、来《き》て入《い》らんとするに、

「[一九]あらはなり。中将殿おはします。」

と言《い》ふに、[二〇]あきれて立《た》てれば、人〳〵わらふ。

「[二一]いとあやしや。[二二]たしかに案内《あない》せさせてこそ下《お》りさせ給はましか。[二三]かくうはのそらに御つぼねあるまじかめる[二四]物を。[二五]いといとを《（ほ）》しきわざかな。[二六]仁王堂《にわうだう》の行《おこな》ひをせさせ給へ。[二七]それぞ所《ところ》は広《ひろ》かなる。」

〔43〕**先回り**

一 全員足でのぼる(その)あいだに。底「あゆみ」、宮・近・尊・慶・斑「あゆひ」。
二 中将殿の一行はそうは言っても。「はた」は、単なる物詣でにしてもやはり、というきもち。
三 作法が特別で。「儀式」は、執り行う方式。
四 衣裳のさらさらという音。急ぐから大きな音。
五 沓の音か。ぱらぱら、ばらばら。
六 車で隠れから回って来た人々。中納言方。
七 (中将方がまえにいて)道をふさいで。
八 どっちつかずで。進むも戻るもならぬさま。
九 むらがって。
一〇 中将方の弁。のちさらにどんなご参詣のようであるか。難解である。底「なをいかなる」、宮・近・尊・慶「おいなる」、斑「をいなる」。
一一 底「給ふ物の」、宮・近・尊・慶・斑「給とのみ」。
一二 語義不明。「おぼいたまう」(の誤表記)と見ても不安である。底・宮・近・尊「おほいたまふ」(尊は「い」書き入れ)、慶「おほい給ふ」、斑「をほい給ふ」、三「おほい」、木「おほひ」。
一三 お後れになるのならば。底「おくれ給はゝ」、宮・近・尊・慶「をくれ給は」、斑「をくれ給ふは」。
一四 底「これもたれも」、宮・近・尊・慶・斑「たれも〳〵」。
一五 やっとの思いで局に歩いて行った。「ぬ」は到着した感じをあらわし、四行あとの「来て入らんとするに」に続く。
一六 子供法師が。
一七 底本「に」。宮・近・尊・慶・斑「と」。それらによって訂正する。
一八 中納言方は。
一九 中将方の詞。露骨だ。無作法だ。
二〇 茫然として。
二一 以下中将方の従者が口々に言う。
二二 確実に様子を見させてから下りなさるのがよかろうものを。
二三 そんな当てどなくお局があるはずなかろうのに。
二四 底本「り」。宮・近・尊・慶・斑「る」。それらに

とそら[二八]知《し》らずして、帯刀《たちはき》は我と知《し》られんはいとを《(ほ)》しくて、若《わか》うはやれるものをはやして言《い》[二九]はせわらふに、はしたなき事かぎりなし。泣《な》[三〇]くにもはしたにわびしと言《い》ふはおろかなり。しばし立《た》てるに、人さは《(わ)》がしく、つ[三一]いたを《(ふ)》しつべくありきちがへば、わびしく歩《あゆ》み帰《かへ》る心[三二]もた[三三]ゞ思ひ遣《や》るべし。いきお《(ほ)》ひまさりたらば、[三四]いさかゐ《(ひ)》返《かへ》してもい《(ゐ)》ぬべし。いとせん方《かた》なし。

足《あし》[三五]をそらに踏《ふ》みて車《くるま》に帰り乗《の》りて、ねたういみじう思《おも》ふ事かぎりなし。

「なを《(ほ)》たゞに思《おも》はん人[三六]はかくはせじ。[三七]おとゞをやあしと思《おも》ふ《(う)》給《(たまふ)》らん。[三八]いかなる事に当《あ》たり給ふらん。」

と集《あつ》まりて嘆《なげ》く中に、四の君、面白《おもしろ》の駒《こま》言《い》[三九]はれていといみじと思《おも》ふ。

[四〇]大徳《とこ》呼《よ》びて、

「かう〳〵して取《と》[四一]られぬ。いみじき恥《はぢ》にこそあれ。又つぼねありぬべしや。」

と言《い》へば、大徳《とこ》、

「さらにいまはい[四二]づこのかあらん。入《い》[四三]りゐたるをだに殿《との》[四四]ばらの君たちはを《(お)》[四五]しい《(ゐ)》させ給ふに、遅《おそ》[四六]く下《お》りさせ給へるがましてあしきなり。いかゞせん。御車ながら明《あ》かさせ給《(たまふ)》べきなり。よ[四七]ろしき人ならばこそも[四八]しやと言《い》ひ侍らめ。た[四九]ゞいまの一《(いちの)》ものにて、[五〇]大政大臣も此《(この)》[五一]君にあへばを《(お)》[五二]ともせぬ君[五三]ぞや。御[五四]いもうとかぎ

よって訂正する。
二五 まことに気の毒なことよな。
二六 金剛力士(仁王)を安置する堂。底本「いわうたう」。不安が残るものの、宮・近・尊・慶・斑「にわうたう」により仮に訂正しておく。
二七 底本「給へる」。宮・近・慶・斑「給へ」、尊「たまへ」。それらによって訂正しておく。
二八 そらとぼけして。
二九 底「いはせ」、宮・近・尊・慶・斑「いはせて」。
三〇 泣くにも(泣けず)どっちつかずで。
三一 突き倒しかねないぐらいに(人が)往来するので。 三二 底「心」、宮・近・尊・慶・斑「心ち」。
三三 一途に想像するのがよい。読者への書き手のアピール。 三四 喧嘩をし返してでも居座ってしまうことができよう。宮・近・尊・慶・斑の表記「ゐぬへし」。この解釈は校注古典叢書による。
三五 茫然として地に足がつかない感じ。
三六 「は」、宮・近・尊・慶・斑ナシ。
三七 おとど(中納言)をけしからんと。
三八 どんな事件(災難)に。

〔44〕車中一泊

三九 のことを口に出されて。「る」は受身。
四〇 僧侶。まえの法師と同じか、高位の僧か。
四一 局を。 四二 どこの(局)が。
四三 (すでに人が)はいって座っている所をさえ。
四四 身分のある方々の若君たちは。
四五 無理押ししてお座りになるのだから。
四六 (あなたがたが)後れて。 四七 並みの人ならば。 四八 もしかして(場所を譲ってくれるか)と話しを持ち出すこともござろう。
四九 今の政界の第一人者で。先に「第一の人」(→一四七頁注三四)。底「一ものにて」、宮・近・尊「一もの」、慶・斑「一の人」。
五〇 底「大政大臣」、宮・近・尊・慶「太政大臣」、斑「大しやう大しん」。

りなくときめき給ひて持《も》たまへり。[一]我御《(わが)》おぼえばかりとおぼすらん人、[二]打《う》ちあふべくもあらず。」

など言《い》ひていぬれば、かひなし。[三]下《お》りなんと思《おも》ひて、六人まで乗《の》りたりければ、いとせばくて[四]身《み》じろきもせず、[五]苦《くる》しき事おちくぼの部屋《へや》にこもり給へりしにもまさるべし。

[六]からうして明《あ》けぬ。[七]このあいぎやうなしの出《(いで)》ぬさきにとく帰《かへ》りなん、といそぎ給へど、御車の輪結《わゆ》ふ程に、中将殿は御車《くるま》に乗《の》り給《(たまひ)》ぬ。[八]れゐ《(い)》の便《びん》なかめれば、中納言殿の〔[九]御車《くるま》[一〇]を《(お)》くれんとて立《た》てれば、中将殿〕、[一一]のちにも思《おも》ひあはせよ、[一二]むげにしるしなくはかひなし、とやおぼしけん、[一三]小《こ》どねりわらわ《(は)》を呼《よ》びて、

「かの車《くるま》の[一四]口《くち》の方《かた》に寄《よ》りて、「[一五]懲《こ》りぬや」と言《い》ひて[一六]来《こ》よ。」

とのたまひて、[一七]たゞ寄《よ》りに寄《よ》りてかく言《い》へば、

「[一八]たがの給《(たまふ)》ぞ。」

と言《い》ふ。たゞ、

「かの御車より。」

と言《い》ふに、

「[一九]さればよ。[二〇]なを《(ほ)》思ふ事ありてするにこそありけれ。」

五一 この方(左大将)に向かうと。通説には中将。
五二 音も立てない。静かにしている、の意。
五三 (そういう父を持った)若君ですぞよ。
五四 ご姉妹をこの上なくときめいておられてお持ちでいらっしゃる。「持たまへり」は大将が中将の姉妹にときめいている娘を持つ、の意かもしれない。底本「いかうと」。宮・近・尊・慶・斑「いもうと」。それらによって訂正する。

〔45〕**負け惜しみ**

一 自分が帝のご信望ただ一人とお思いであるような人には、の意か。
二 太刀打ちできそうにもありません。
三 (着いたら)下りてしまうことであろうと思って。
四 身を動かすこと。
五 その苦しさたるや、落窪の君が物置き部屋におこもりになっていたのにもまさることであろう。書き手による感想である。
六 ようやくのことで(夜が)明けていった。
七 あの憎たらしいやつ(中将)が出発しないまえに。
八 (先立つのは)例によって不都合であるようだから。
九 底本、欠文。宮・近・尊によって補う。慶・斑もほぼ同文がある(但し斑は「中将殿」を「中納言との」と誤る)。
一〇 後れようとて。
一一 将来にでも考えあわせろ。
一二 まったく証拠がなくては効果がない。底本「しるしなくおもひなし」。宮・近・尊・慶「しるしなくはかひなし」、斑「しるしなかひなし」。宮などによって仮に訂正しておく。
一三 小舎人童。近衛の中将や少将が召し連れる少年。
一四 前部。そこには北の方が乗っていると判断される。

とさゝめきあやしがりて、北の方の、

「二一まだし。」

と言《い》ひゐ《(い)》だしたりければ、わらは、

「二二かくなん。」

と申せば、

「二三さがな物《(もの)》、二四ねたういらへたなり。二五かくておはすとも知《し》らじかし。」

とわらひ給《(たまひ)》て、

「二六まだ死《し》なせぬ御身なれば、二七又や見《み》えたまはん。」

と二八言《い》はせたれば、北の方《かた》、

「二九いらへなせそ。三〇めざまし。」

と制《せい》三一せられて、三二せさせねば帰《かへ》三三り給《(たまひ)》ぬ。三四女君、

「三五いと心うく、けしからずはおはせしと、おとゞのちに聞き《きゝ》給はんことあり。

かくなの給《(たまひ)》そ。」

と制《せい》し給ひけれど、

「三六これにはおとゞやは乗《の》り給へる。」

とのたまへば、

一五「懲りてしまったか」と。

一六底「こよ」、宮・近・尊・慶・斑「こ」。

一七（そこで）どんどん近づいてそのように言ったから。先には石合戦、今度は舌合戦。

一八だれがおっしゃるのか。底本「たゝ」。宮・近・尊・慶・斑「たか」。それらによって訂正する。

一九そうれやっぱり。案の定。

二〇やはり考えることがあって。

二一まだまだ（懲りない）。

二二（先方の答えは）かくかくしかじか…。中将に報告する。

二三中将の詞。ひねくれ者め。「さがなし」は、意地悪だ、性悪だ。

二四いまいましく返辞をしたようだ。「なり」は小舎人童の報告を聞いての判断を示す。

二五かようにして（落窪の君が）いらっしゃるとも知るまいよね。

二六まだ死なせないおからだであるから。次の機会まで生かしておこう、の意か。底「しなせぬ」、宮・近・尊・慶・斑「しにせぬ」。

二七いつかまた（われわれに）会われることになろう。底「みえたまはん」、宮・近・尊「みたまはん」、慶「見給はん」、斑「み給はん」。

二八（小舎人童に）言わせていると。

二九返辞するな。

三〇目に余るさまだ。あんまりだ。

三一制止されて。三の君や四の君から止められる北の方。　三二（従者に返辞を）させないから。

三三中将たちは。　三四以下、争いのさなかに、車中での男君との対話。

三五まことになさけなく、けしからぬことでいらっしゃったと、父中納言があとでお聞き合わせになろうことがある。

三六この車には中納言のおとどは乗っていらっしゃるかね（乗っていらっしゃらない）。

「[一]君たちおはすればおなじこと。」

との給ふを、

「[二]いまうち返《かへ》し仕《つか》うまつらんに御心はゆきなん。思《おも》ひ置《お》きし事たがへじ。」

との給《(たまふ)》。

北の方、帰り給ひて中納言に申《(まうし)》給ふ。

「[三]此《(この)》大将殿《(の)》中将はおとゞ《(を)》おやあしくし[四]たまふ。」

とあれば、

「[五]さはあらず。[六]うちなどにても用意《ようい》ありてこそ見《み》ゆれ。」

との給ふ。

「あやしき事かな。[七]しか〳〵こそありつれ。[八]またならねたくいみじき事こそ[九]なかりつれ。[一〇]いづとて言《い》ひをこ《(お)》せたりつる消息《せうそこ》[一一]よ。[一二]いかでこれにたう《(ふ)》せん。」

[一三]ともまれ給へば、中納言、

「我《(われ)》は老《お》[一四]いしゐ《(ひ)》て[一五]おぼえなく成行《(なりゆく)》、[一六]かの君はたゞいま大臣になりぬべきいきお《(ほ)》ひなれば、[一七]いといたうしがたし。[一八]さべうこそあらめ。[一九]名立《なだ》ゝしく、[二〇]我妻子《(わが)めこ》どもとてさる恥《はぢ》を見《み》わらわ《(は)》れけんことよ。」

とて[二一]つまはじきをして、又嘆《なげ》き給ふ。

一 三の君や四の君。
二 今に反対に仕え申すことであろう(その時)にお心はきっと晴れよう。これと同趣旨のことが先にも書かれていた(→一三四頁注六)。
三 殿(中納言)を憎んでおられるか。底「おや」、宮・近・尊・慶・斑「をや」。
四 底本「したまふる」。宮・近・尊「したまふ」、慶・斑「し給ふ」。それらによって訂正する。
五 中納言の詞。そんなことはない。底「さは」、宮・近・尊・慶・斑「さも」。
六 内裏などでも(わたしへの)心づかいがあって。

〔46〕**中納言の嘆き**

七 これこれのことがあったよ。会話文中の三つの「つ」は事件がたった今あったばかりだから。
八 またとなく憎らしくひどいことは(今まで経験したことが)なかった。「またなう」はあとの「なかりつれ」と否定の表現が重複する。
九 底本「こそ」ナシ。宮・近・尊・慶・斑により補っておく。
一〇 出るとて。清水寺からの出しなに。
一一 (小舎人童の)口上。
一二 何とかしてこれ(中将)に返報しよう。
一三 (手を)もむ動作を自然にさせられて(→一四八頁注七)。
一四 年取り感覚が鈍って。
一五 信望がなくなってゆく。底「おほえなく」、宮・近・尊・慶「おほえもなく」、斑「をほえもなく」。
一六 (一方)大将の君は。
一七 (返報なんて)とうていできない。
一八 そうあるべき(運命)なのであろう。
一九 うわさが立つように。中納言は自分の老廃や信望をなくしてきたことが原因かと考える。
二〇 わたしの妻子どもであるからとてそのような恥をかかされ笑われたのであろう次第よ。
二一 不快を示すしぐさ。
二二 責めたてて。底本「を」。
二三 底本以下「六月」。宮・近・尊・慶・斑「せ」。それらによって訂正する。

かゝる程に[二二]六月になりぬ。中将、[二三]責《せ》めて言《い》ひそゝのかして、蔵《くら》人の少将を中の君にあわ《(は)》せ給へば、中納言殿《どの》に聞《き》きて、[二四]いられ死《し》ぬばかり思《おも》ふ。[二五]かくせんとて[二六]我はあしかりおきしにこそありけれ、とて、[二七]いかでか生《い》きずたまにも入《い》りにしがなと[二八]手《て》がらみをし入《い》り給ふ。

[二九]二条殿には、[三〇]思ひかしづき給《(たまひ)》し物を、いかにおぼすらん、と思《おも》ひ遣《や》りて[三一]いとを《(ほ)》しがる。[三二]三日の夜、御装束《さうずく》は[三三]ものよくし給ふとて、[三四]この殿になんたてまつり給ひければ、女君《ぎみ》、いそぎ[三五]染《そ》め、裁《た》ち縫《ぬ》い《(ひ)》し給ふにも、[三六]むかし思ひ出《(いで)》られてあわ《(は)》れなれば、

[三七]着《き》る人の変《か》はらぬ身にはから衣《(ころも)》たち離《はな》れにしお《(を)》りぞ忘《わす》れぬ

とぞ言《い》はれ[三八]給《(たまひ)》ける。いときよげに縫《ぬ》い《(ひ)》重《かさ》ねてたてまつらせ給へれば、[三九]大《おほ》ゐ《(い)》殿《(どの)》の北の方、かぎりなくよろこび給ひて、中将、いと思《おも》ふやうにしつと思ひて、[四〇]少将にあひて、

「[四一]いとおそろしき人持《も》たまへりと[四二]おぢきこえ給しかど、間近《まぢか》くて聞《き》こえ語《かた》らはんの本意《ほい》ありてなん[四三]しゐ《(ひ)》てそゝのかし聞《き》こえたるを、[四四]わりなくともゆめもと一《ひと》つにおぼすな。」

と聞《き》こえ給へば、少将、

〔47〕蔵人少将、大将家の中の君と結婚

二二 語義不明。底「我はあしかりおきし」、宮・近・尊・慶「われはあしかりをきし」、斑「われはかしありかりをきし」、木「われをはあしかりおきし」、三「我をはすかしをきし」。

二三 「いらる」は、いらいらする、焦慮する。

二五 そうしようとて。

二六 語義不明。

二七 どうかして生霊《いきりよう》になってでも(大将邸に)侵入してしまいたい。取り憑いてやるぞ、ということ。「に」は、…で、…として、の意。

二八 手がらみをし続けなさる。手をからませることとか。怒り、悔しみの動作。底「てからみ」、宮・近・尊・慶「ててからみ」、斑「てたからみ」。

二九 二条殿においては。女君のこと。

三〇 (中納言家が)大切にしておられたのに。

三一 「て」底本、補入。　三二 所あらわしがある。

三三 何でも(物縫い・染織など)上手になさる。

三四 こちらの殿(二条殿)にさしだしてこられたから。大将の北の方から裁縫などの依頼がある。

三五 底「そめ」、宮・近・尊・慶・斑「そめさせ」。

三六 昔日が自然に思い出されてしみじみするから。蔵人少将の衣裳を縫わされていた「落窪の君」時代を振り返る。

三七 着る人が(昔と)変わらないように、やはり変わらない(裁ち縫いする)わが身には、「唐衣を裁ち」の裁ちではないが、(父中納言邸を)立ち離れたその折を忘れない。独詠歌。

三八 「る」は自発。　三九 大将家の北の方(男君の母)。　四〇 蔵人少将に。　四一 妹中の君のことか。　四二 おそれ申しなさったけれど。難解。底・宮・近・尊「給しかと」、慶・斑「給ひしかと」。なお三「給ひしかと」、木「給へしかと」。

四三 たって(結婚を)勧め申しているから。

四四 無理であってもけっして(妹中の君を)もとの人と一緒にお思いになるな、の意か。

「[一]あなゆゝし。よし、聞《きゝ》き給へ。[二]文をだにものし侍《(はべり)》てんや。[三]御用意《ようい》ありとうけ給はりしよりなんかぎりなく頼《たの》みきこえし。」

との給ひて、[四]げにかへり見《み》もしたまう《(ふ)》べくもあらず。[五]おぼえも女君もこよなくまさりたれば、[六]何《なに》しにか通《かよ》はん。かゝるまゝに北の方《かた》いられまどひて、物もやすく食《く》はでなん[七]泣《な》きける。

[八]中将殿によき若《わか》人どもまい《(ゐ)》り集《あつ》まりたる、いたはり給ふと聞《きゝ》きて、かの中納言殿の少納言、[九]かくおちくぼの君とも知《し》らで、[一〇]弁の君が[一一]引《ひ》きにてまい《(ゐ)》りたり。

女君見《み》給ふに、少納言《なごん》なれば、[一二]あわ《(は)》れにお《(を)》かしうて、[一三]衛門《ゑもん》をいだして、

「[一四]異人《ことびと》かとこそ思ひつれ。むかしはさらに忘《わす》れずながら、つゝましき事のみ[一五]おぼえて、[一六]ゑ《(え)》かくなんともものせで、おぼつかなく思ひつるに、いとうれしくもあるかな。早《はや》う[一七]こなたへものし給へ。」

と[一八]言《い》はせたれば、少納言あさましくなりて、[一九]扇《あふぎ》さし隠《かく》[二〇]したりつるもうち置《お》きて、[二一]いざりいづるこゝちもたがい《(ひ)》て、

「いかなることぞ。たがのたまふぞ。」

と言《い》へば、

「[二二]たゞ、かくてさぶらふにおぼしてよ。[二三]その夜にはおちくぼの御方《かた》[二四]と聞《き》こえ

一 ああ縁起でもない。
二 手紙たりとも何する(書く)ことがござろうか。
三 お心づもり。蔵人少将を婿取りする意向。
四 (言葉通り)本当に振り向きも。
五 (大将方からの)信望も女君(妹中の君)も。
六 なんで(三の君のもとへ)通おうか(通うまい)。
七 泣いたということだ。底本「なきけり」。宮・近・尊・慶・斑「なけきける」。「なき」は底本に従い、「り」を「る」に訂正しておく。
八 中将殿(二条邸)に優秀な若い侍女が参上し集まっている、(その侍女たちを)よく面倒を見てくださると聞いて。
九 侍女。→九七頁注一〇。

〔48〕侍女少納言参る

一〇 侍女。 一一 手づる。推薦。
一二 しみじみとなつかしくまたおもしろくて。
一三 衛門(あこき)を出して。以下の詞は女君の伝言。あこきが出てくるだけでも驚きなのに、だれかの口上を述べるから少納言はびっくり。
一四 別の人かと思ったところですよ。
一五 思われて。底「おほえて」、宮・近・尊・慶「おほくて」、斑「をほえて」。
一六 かように(過ごしている)ともよう何できませんで。「ものす」はここでは、知らせる。
一七 こちら(ご前近く)へ。底本「へ」は、宮・近・尊・慶・斑「に」。 一八 衛門に命じて。
一九 扇をかざして(顔を)隠していたのもぱたっと置いて。巻一に傘をさし隠して顔を隠す例があった(→四六頁)。
二〇 底本「てたりつる」。宮・近・尊・慶・斑「たりつる」。それらによって「て」を削除しておくが、木も「てたりつる」。
二一 座ったままにじり出るきもちも正気でなくなって。
二二 衛門の詞。ともあれ、かように(私が)伺候していることをヒントにお考えになっておしま

しよ。[二五]わたくしにもいとこそうれしけれ。むかし見《み》たてまつりし人はひとりもなくて、[二六]変《か》はりたる心《(ここ)》ちのし侍《(はべり)》つるに。」

と言《い》へば、少納言、

「出《(いで)》[二七]、あなうれしや。わが君のおはしますにこそありけれ。よに忘《わす》れず恋しくのみ[二八]おぼえさせ給へるに、仏の道《(みち)》びき給へるにこそありけれ。」
[二九]よろこびながらおまへにまい《(ゐ)》りたり。
見《み》[三〇]るに、かの部屋《へや》[三一]にゐ給へりしほどまづ思ひいでらる。君はまづ[三二]ねびまさりて、いとめでたうてゐ給へれば、いみじく[三三]さいわゐ《(は)(ひ)》おはしけるとおぼゆ。[三四]そよ〳〵とさうぞき、[三五]かざみ着《き》たる人、いと若《わか》うきよげなる、十余《よ》人ばかりもの語《がた》りして、[三六]いとなまめかしげなり。

「[三七]いととく御《(お)》まへゆるされ給ふ人いかならん。我らこそさもなかりしか。」

とうらやみあへれば、

「[三八]さかし。[三九]こはさるべき人ぞかし。」

とわらひ給ふさまもいとをかしげなり。かゝれば、[四〇]父母《ちゝはゝ》の立《た》ちかしづき給ひし御はらからどもに[四一][四二]こよなくまさり給へるぞかしと、[四三]人の聞《き》くほどはうれしきよしを言《い》ひて、[四四]人立《た》ちぬる程には、少納言、[四五]殿《とのゝ》の物語《がた》りをくはしくす。かの典薬《てむやく》

いよ。底「てよ」、宮・近・尊・慶・斑「いてよ」。
二三 その時分には。底本以下「夜」だが、「世」の誤りと考えて解しておく。
二四 「御方」という言い方を中納言方はしなかったはず。　二五 衛門個人においても。
二六 勝手のちがっている感じがしてございましたところですから。底本「しり」。宮・近・尊・慶・斑「かはり」。それらによって訂正しておく。
二七 いやもう。「出」は「いで」の当て字。宮・近・尊・慶・斑「いて」。
二八 思われあそばしている。「させ給ふ」は女君への高い尊敬。
二九 宮・近・尊・慶・斑「とよろこひなから」。

〔49〕少納言、中納言邸のさまを語る

三〇 (少納言が)見回すと。
三一 少納言は交野の少将の手紙をとどけようとして来て落窪の君が部屋にこもっているのを知りびっくりしたことがある(→九七頁)。
三二 何よりもまず成熟した感じがきわだって。
三三 よい運勢がおありだったことよと。
三四 衣ずれの音。
三五 汗衫。童女の装束。大人の唐衣のように着る、裾を引いて美しい盛装である。
三六 いかにも清新なみずみずしさだ。
三七 侍女たちの詞。そんなに早くご前に出ることが許されなさる人はどういうわけなのだろう。
三八 女君の詞。たしかに。そうなの。
三九 これはそういうわけのある人ですよね。
四〇 父母が並び立ち大切になさったご姉妹たち。
四一 底「に」、宮・近・尊・慶・斑「には」。
四二 格段に。　四三 「人」は周囲の侍女。「聞く」は傍聴ないし間接的に耳にする場合が多い。
四四 立ち去ってしまったあいだには。
四五 中納言殿(について)の話を。底「との」、宮・近・尊・慶「中納言との」、斑「中納言殿」。

がいらへし[一]こと語《かた》れば、[二]衛門《もん》もいみじくわらふ。

「北の方、[三]此《(この)》たび御婿《むこど》取りの[四]恥《はぢ》がましきこと、[五]宿世《すくせ》にやおはしけん、いつしかと言《い》ふやうにはらみ給[六]へれば、心《(ここ)》ちよげに見《み》え給ひし北の方も[七]思《おも》ひまつはれてなんおはすめる。」

「四の君の[八]御人はあやしきことかな。[九]これにはいみじく[一〇]褒《ほ》[一一]め給ふめる物を。[一二]鼻《はな》こそ中《なか》にお《(を)》[一三]かしげにてあるとこそ言《い》はるめれ。」

との給へば、少納言、

「[一四]嘲弄《てうろう》し聞《き》こえさせ給へるなり。御鼻《はな》なん中《なか》に[一五]すぐれて見苦《みぐる》しうおはする。鼻《はな》うち仰《あふ》ぎ[一六]いら〻ぎて、穴《あな》の大《おほ》きなる事は左右に[一七]対建《たいた》て、寝《しん》殿も[一八]造《つく》りつべく。」

など言《い》へば、

「いといみじき事かな。げにいかにいみじうおぼえ給ふらん。」

など語《かた》らひ給ふほどに、中将の君、[一九]うちよりいといたう[二〇]酔《ゑ》い《(ひ)》まかでたまへり。

いと[二一]赤《あか》らかにきよげにておはして、

「[二二]御遊《あそ》びに召《め》されて[二三]これかれにし[二四]い《(ひ)》られつる、いとこそ苦《くる》しかりつれ。笛仕《ふえつか》うまつりて、[二五]御ぞかづけ事侍《(はべり)》。」

とて[二六]持《も》ておはしたり。[二七]ゆるし色《いろ》のいみじくかうばしきを、

一 事の次第。↓一一九頁。
二 女君はもちろんのこと。
三 底「此たひ」、宮・近・尊・慶・斑「このたひの」。
四 外聞の悪いことといったら。
五 前世からの決まり。
六 底本「つ」に見える。宮・近・尊・斑により訂正しておく(慶は欠文部分)。
七 「思ひまつはる」は、心配事が離れない、屈託する。
八 ご夫君。兵部の少のこと。
九 こちら(女君自身)に対しては。
一〇 底「く」、宮・近・尊・慶・斑「う」。
一一 (中将殿は)賞賛していなさるようなのに。
一二 あとにも「こそ」が繰り返される。まえの「こそ」を受けて「ある」は「あれ」となるべきか。
一三 興趣がありげで。↓一二三頁注二六。「をかしげなり」には興趣があり美しいという感じと滑稽という感じと両様あった。
一四 (兵部の少を)なぶって(あなたさまに)申し上げなさっているのです。「嘲弄」(↓一三九頁注三〇)。
一五 ひときわみっともなく。
一六 ↓一二九頁注二一。
一七 対の屋。東の対と西の対と。
一八 きっと造れそうな…。
一九 内裏。

〔50〕**中将の酔い機嫌**

二〇 酔い。底「ゑい」、宮・近・尊・慶「ゑいて」、斑「えみて」。
二一 顔が。
二二 管弦。
二三 この人あの人に。
二四 (酒を)しいられたのが。「しひられつるに」なら、しいられたために。宮・近・尊・慶・斑「に」がある。

「君にかづけたてまつらん。」

とて、女君に二八うちかづけ給へば、

「二九何の禄《ろく》ならん。」

とてわらひ給ふ。少納言を見《み》つけて、

「これはか三〇のわたりに見《み》えし人にはあらずや。」

「三一さなめり。」

「三二いかでまい(ゐ)りつるぞ。三三かたのの少将の三四ゑ(え)んになまめかしかりしことの残《のこ》り、いかで聞《き》き侍らん。」

とのたまへば、少納言《せうなごん》、言《い》ひし事忘《わす》れて、何《なに》ごとならん、あやし、と思ひてかしこまりゐたり。

「いと苦《くる》し。臥《ふ》したらん。」

とて三五御丁(みちやう)のうちに二所《ふた》ながら入給(いりたまひ)ぬ。

少納言、めでたくきよげにおはしける君三六かな、いみじく思《おも》三七ひきこえ給へるにこそあめれ、さいはひ(はひ)ある人はめでたき物(もの)三八なりけり、と思三九ひ知《し》りけるほどに、四〇右大臣にておはしける人の、御ひとりむすめうちに四一たてまつらん、と思《おも》へど、「四二我(われ)なからん世などうしろめたなし。四三此(この)三位の中将、四四まじらひのほどなどに

二五 ご衣類被せ行事がござる。「御ぞかづけ事」で一語。管弦などのあとには禄に衣を与える次第がある、の意。
二六 その与えられた衣を。
二七 禁色でない色。紅・紫の淡い色だという。
二八 ちょっと被せなさると。底「かつけ」、宮・近・尊・慶・斑「かけ」。
二九 (私の場合には)何の褒美なのだろう。
三〇 あの辺(中納言邸)に見られた。
三一 女君の詞。そのようです。
三二 どうして参上したのか。
三三 交野の少将が。→七五頁注一六。
三四 はなやかに清新であった話の残りを。先にも「えんにをかしう」(→七六頁注六)とあった。
三五 ご帳内に。 三六 男君。
三七 (女君を)大切に思い申していらっしゃるのであるようだよ。
三八 何かであったことだ。説明しがたい何かについて「もの」という。ここは運命的にすぐれた何かを持つ女主人公について、一般化して漠然と感心する。
三九 思い知るようになってきたそのころに。底「思ひしり」、宮・近・尊「思給へり」、慶「思ひ給へり」、斑「思ひ給えり」。
四〇 右大臣でいらっしゃってきた人が。
四一 内裏に。入内させようかと悩む右大臣。
四二 右大臣の詞。わたしの亡くなろうあと(死後に残されるこの世)のことなどがはなはだ心配だ。しっかりしたバックがいなくなると宮廷の女性は不遇に陥るのが通例。「うしろめたし」よりもはなはだしい場合が「うしろめたなし」。

〔51〕右大臣からの縁談

四三 「この」は関心の強さを示す。
四四 宮廷での交際。

[一]心《み》見るに、[二]物頼《たの》もしげありて、[三]人のうしろ見《み》しつべき心《こゝろ》あり。[四]これあはせん。[五]わざとの人のむすめにはあらで、[六]はか〴〵しき人の妻《め》もなかなり。とし比《(ごろ)》かく思ひて心とどめて見《み》るに、[七]思《おも》ふやうなり。[八]たゞいまなりもていでなん。」とのたまひて、知《し》りたる[九]便《たよ》りありて、お《(を)》とこ君の御めのとのもとに、かう〴〵なん思《おも》ふ、と[一〇]言《い》はせ給《(たまひ)》[一一]つれば、御めのと、

「かくなん侍る。[一二]いとやんごとなくよき事にこそ[一三]侍なれ。」

と言《い》へば、中将、

「[一四]ひとり侍《(はべる)》程ならましかば、いとかしこきおほせならまし。」

[一五]と、

「いまはかくて[一六]通《かよ》ふ所あるやうにほのめかし給へ。」

とて立《た》ち給《(たまひ)》ぬれば、御めのとの思《おも》ふやう、[一七]この御妻《め》をば、父母《ちゝはゝ》もなきやうにて、たゞ君[一八]にのみこそかゝり給《(たまひ)》ためれ、[一九]はなやかにかしづかれ給《(たまひ)》つらんはよからんかし、と思ひて、君ののたまふやうには言《い》はで、

「いとうれしきことなり。いま[二〇]よき日して御文《ふみ》も取《と》りてたてまつらん。」

など言《い》ひ遣《や》りたりければ、[二一]この殿にはよしとおぼして、いそぎてと言《い》はゞ[二二]四月にも取《と》らんとおぼして、御調度《てうど》[二三]あるよりもいかめしうし[二四]変《か》へて、若《わか》き人求《もと》め[二五]け

一　心ざまを見てみる。「試みる」と同じ語。
二　何かと頼もしい感じがあって。
三　きっと娘の世話をしてくれそうな心ざまが。
四　この三位中将にめあわせよう。
五　とりたてのだれかの娘ではなくて。
六　表面だつ(公式の)妻もないと判断される。「人の」は「妻」に添えた語。以上は右大臣が、中将には女がいるにしても高家の娘でなく、婿取られて通う妻もいないはずだと見当をつけた。
七　思う通りだ。底「やうなり」、宮・近・尊・慶・斑「やうなる人」。
八　きっと今にぐんぐん出世するのにちがいない。
九　頼る所。つて。　一〇　人を介して。
一一　底「つれは」、宮・近・尊・慶・斑「へれは」。
一二　まことにもったいなく上等な話でございますようですよ。底本「こそ」。宮・近・尊・慶・斑「にこそ」。それらによって訂正しておく。
一三　底本「侍るれ」のように見えるのを訂正しておく。宮・近・尊・慶・斑「はへなれ」。
一四　独り者でございますその期間でありますならば、まことに恐れ多い仰せでしょうのに。
一五　底「と」、宮・近・尊・慶・斑「を」。
一六　通い所。据え婚はまだ同居ではない。
一七　これなるご妻女について。女君のこと。乳母はまだ会ったことがない。
一八　男君にばかり寄りかかっていなさるようだ。
一九　(男君が右大臣家の婿になり)威勢よく大切に守られたろうことは、というほどの意か。「つらんは」に誤写があるか。底「つらんは」、宮・近・尊・慶・斑「へらは」、斑「つらは」。
二〇　吉日。　二一　当の(右大臣)殿では。
二二　先に「六月」(→一五五頁注二二)とあったとの矛盾を指摘する説がある。
二三　現在のよりも。　二四　作り変えて。
二五　奔走しなさる。「けいめい」は「経営」か。

いめゐ《(い)》し給《(たまふ)》。

「二六君は右大臣殿の婿《むこ》になり二七給《(たまふ)》べかなり。二八この殿に知《し》り給へり二九や。」

と言《い》へば、衛門《もん》、三〇あさましと思《おも》ひて、

「三一まださるけしきも聞《き》こえず。たしかなる事か。」

と言《い》へば、

「まことに、三二四月にとていそぎ給《(たまふ)》物お《(を)》。」

と告《つ》ぐる人あり三三ければ、女君に、

「かう〳〵こそ侍るなれ。三四さは知《し》ろしめしたるに三五や。」

と申せば、まことにやあらんとあさましく思《おも》ひながら、

「三六まださる事ものたまはず。たが言《い》ふぞ。」

とのたまへば、

「三七かの殿なる人のた三八しかに知《し》る便《たよ》りありて、月をさへ定《さだ》めて申侍《(まうしはべり)》。」

と言《い》へば、三九心のうちには、この四〇母北《はゝきた》のほうししての給《(たまふ)》にやあらん、四一さやうなる人の押《お》し四二立《た》ててのたまはば聞《き》かではあらじ、と人知《し》れずおぼして心つき四三ぬれど、四四つれなく、の四五給《(たまひ)》やすると待《ま》てど、四六かけても言《い》ひ出《(いで)》給はず。

四七女、心うしと思ひたるけしきやなを《(ほ)》すこし見《み》えけん、中将、

二六 会話文の主は大将邸に仕える衛門の知人で、あとの「告ぐる人」に同じ。私的な問い合わせ。

〔52〕女君と衛門、縁談のうわさを聞く

二七 おなりになるようだと聞きます。底本「給へるなり」。宮・近・尊・慶・斑「給へかなり」。仮にそれらによって訂正しておく。

二八 この(二条)殿ではご存じでいらっしゃるか。

二九 底本「る」。宮・近・尊・慶・斑「り」。それらによって訂正しておく。

三〇 意外きわまりないことだと。

三一 まだそんなけはいも耳にはいらない。

三二 底・斑「四月」、宮・近・尊・慶「この四月」。

三三 「あり」は、そのように告げることがある。

三四 そうはご存じのことでは…。「知ろしめす」は高い尊敬。

三五 底本「や」。宮・近・尊・慶・斑「にや」。それらによって訂正しておく。

三六 女君の詞。(男君は)まだそのようなお話し。

三七 衛門の詞。あちらの殿(大将殿)にある人が。

三八 確実に事情をつかめるつてがあって。

三九 女君の。

四〇 語義不明。底本以下「はゝきたのほうしして」(近は「はゝ」が「いら」にも見える)、三「はゝきたのかたして」、木「母北方のほうししひて」。宮・近・尊の「き」字の右傍に「本」とある。

四一 だれのことか、難解。 四二 無理じいに。

四三 心が留ってしまったが。 四四 表面はそしらぬ顔をするさま。宮・近・尊・慶・斑「つれなくて」。

四五 底本「の給ふ」。宮・近・尊・慶・斑「の給」。それらによって訂正する。

四六 (中将の君は)かりそめにも言葉にお出しにならない。

四七 女が。女君のこと。

〔53〕女君のけしきを中将見て取る

「[一]おほせごとやある。御けしきにこそ[二]さりげなれ。[三]まろは世の人のやうに、[四]思《おも》ふぞや、死《し》ぬや、こい《(ひ)》しや、なども聞《き》こえず。[五]たゞいかでもの思《おも》はせたてまつらじとなんはじめより思《おも》へど、[六]かゝる御けしきのこのほど見《み》ゆるはいと苦《くる》しく。[七]心うしとやおぼさんとて、[八]はじめも[九]いみじかりし雨に[一〇]わりなくてまい《(ゐ)》りしを、[一一]足白《あしじろ》の盗《ぬす》人とは[一二]けう《(きよう)》ぜられしぞかし。[一三]ほどおろかなりし。[一四]なを《(ほ)》のたまへ。」

との給へば、女、

「何《なに》ごとをか思《おも》はむ。」

「[一五]いさ。されど[一六]御けしきいと苦《くる》し。[一七]思《おも》ひこそ隔《へだ》て給ひけれ。」

との給へば、女、

[一八]隔《へだ》てける人の心をみ熊野《くまの》の浦《うら》のはまゆふいく重《へ》なるらん

お《(を)》とこ君、

「[一九]あな心《こゝろ》う。さればよな。猶おぼすことありけり。

[二〇]ま野の浦《うら》におふるはまゆふ重《かさ》ねなで[二一]一重《ひとへ》に君を我ぞ思《おも》へる

[二二]心ならでやものしきことも聞《き》き給[二三]ふらん。なを《(ほ)》のたまへ。」

と聞《き》こゑ《(え)》給へり。たしかならぬことにも[二四]こそあれ、と思《おも》ひて物も言《い》はでやみぬ。

明《あ》けぬれば、帯刀《たちはき》に衛門《もん》が言《い》ふ、

一 お言いつけがありますか。底「おほせこと」、宮・近・尊・慶「おほすこと」、斑「をほすこと」。「おぼすこと」なら、悩んでおられる事柄。
二 そんな感じだ。「さりげ」は「さありげ」。
三 わたしは世間の人のように。
四 愛しているぞよ、死ぬよ、恋しいよ、なども(口に出しては)申し上げない。
五 ただひたすら何とかして物思いさせ申すまいとこそ最初から。「もの思はす」は他の女に心を移して悩ませること。
六 そんな(物思いの)ご様子がこのごろ見られるのはまことに心苦しくて…。
七 (行かないと)つらいとお思いになろうかとて。
八 通い初めの時も。
九 ひどかった雨に。宮・近・尊・慶・斑「さいみしかりし」。 一〇 余儀なくて。困り果てて。
一一 →四六頁。
一二 おもしろがられたのですよね。
一三 愛情の程度が疎略であったよ、の意か。難解。底・慶「ほとおろかなりし」、宮・近・尊「ほとをろかなりし」、斑「ほとをのかなりし」、三「ほとおのかおもひし」、木「程〱おろかなりし」。
一四 やはりおっしゃれ。とっておきの話題を出して女君を説得する中将。 一五 だって。
一六 ご様子(を見ると)まことに心苦しい。
一七 (私に対して)心隔てしてこられたのですね。
一八 隔ててきた人の心を見るという(その)み熊野の浦のはまゆうは何重に隔てているのだろう。心隔てしてきたのはあなたのほうだ、ということを込めて言う。「人」と一般化するのが和歌の詠み方。「見」に「み熊野」をかける。
一九 ああつらいことよ。

〔54〕衛門、帯刀に真偽を尋ねる

二〇 真野の浦に生えるはまゆうは葉を重ねるが、そのように(妻を)重ね持ってし

「[二五]しか〳〵の事あるべかなるを、[二六]心うくも言《い》はぬにこそ。[二七]つゐ《(ひ)》に隠《かく》れあるべき事[二八]かは。」

と言《い》ひければ、

「さらにさる事聞《き》かず。」

と言《い》へば、

「されど[二九]ほかの人さへ聞《き》きて、[三〇]人〳〵のもとにいとお《(ほ)》しがりとぶらふ物を。知《し》らぬやうはありなんや。」

と言《い》へば、

「[三一]あやしき事かな。[三二]君の御けしきいま見《み》ん。」

と言《い》ふ。

中将、[三三]殿にまい《(ゐ)》りて、いとおもしろき梅のありけるをお《(を)》[三四]りて、

「これ見《み》たまゑ《(へ)》。世《よ》のつねになん似《に》ぬ。御けしきもこれになぐさみ給へ。」

と言《い》ふ。女君、たゞかく聞《き》こえ給ふ。
[三五]うきふしにあい《(ひ)》見《み》ることはな[三六]けれども人の心の花《はな》は猶うし
とてなん、花につけて返し給へれば、中将、いと[三七]あわ《(は)》れにお《(を)》かしとおぼす。なを《(ほ)》あれ[三八]異心《ことごころ》ありと[三九]聞《き》こえたるにやと苦《くる》しうて、[四〇]立《た》ち返《かへ》り、

まわないで一重《ひと(え)》だけ、ひとえにあなたを私は愛しているよ。
二一 底本「ゐて」。宮・近・尊・慶・斑「なて」。それらによって訂正する。
二二 心ならず不快なことでもお聞きになっているのであろうか。
二三 宮・近・尊・慶「給はん」、斑「たまはん」。
二四 危惧を示す「もこそ」。
二五 これこれのこと(縁談)があるようですのに。
二六 なさけなくも(あなたは)言わずにね。
二七 最後まで知られずにいることなんかあるはずがないでしょう、の意。
二八 底本「かい」。宮・近・尊・慶「かは」、斑「かわ」。宮などにより訂正する。
二九 関係外の人。「告ぐる人」(→一六一頁)のこと。
三〇 (こちらの)人々のもとに気の毒がり問い合わせに来るのに。 三一 中将の君のご様子をいますぐ見よう。
三二 合点のゆかぬことだな。
三三 大将邸。 三四 折って。文を梅の枝につけて二条邸の女君へ贈る。
三五 つらい節目に相手と会うことはないけれども、人間の心が花みたいに移ろいやすいのはやはりつらい。難解である。第四句は古今集・恋五・七九七歌(小町)、同七九八歌(詠み人知らず)によるか。なお参考歌として源氏物語の「手を折りてあひ見しことをかぞふればこれ一つやは君がうきふし」(帚木)を挙げておく。

〔55の1〕女君の歌にいぶかしむ男君

三六 底「なけれとも」、宮・近・尊・慶「なゝれとも」、斑「ならねとも」。
三七 「あはれ」にもまた「をかし」とも。
三八 あだし心。別の女へ移る心。
三九 底「きこえ」、宮・近・尊・慶・斑「きゝ」。
四〇 折り返し。返状である。

「さればよ。おぼしうたがふことこそありけれ。さらに罪《つみ》なしとなんたゞいまは思ひ給ふるを、まろが心の程はなを《(ほ)》見《み》たまへ。」

とて、

「一うき事に色は変《か》わ《(は)》らず梅の花散《ち》る二ばかりなる三あたし成《(なり)》けり

とを《(お)》しはかり給へ。」

とのたまへれば、女、

「四誘《さそ》ふなる風に散《ち》りなば梅の花我《(われ)》やうき身《み》に成《(なり)》いでぬべき

五とのみぞあわ《(は)》れに。」

とあるを、いかなることを聞《き》き《ゝ》たるにかあらん、と思《おも》ひ給へる程に、御めのと出来《(いでき)》て言《い》ふやう、

「かの右の大殿《(おほいどの)》の事は六のたまひしやうにものし侍りしに、「七わざとやんごとなき妻《め》にものし給はざなり、とき〴〵通《かよ》ひてものし給へかし、殿《との》に聞《き》こえて四月となん思《おも》ふ」といそがせ給ふなる。八さる心し給へ。」

と聞《き》こゆれば、いと九はづかしげに笑《ゑ》みて、

「なでう《(ふ)》お《(を)》のこの否《いな》と思《おも》ふ事をしい《(ひ)》てするやうかはある。世の人に似《に》ず、一〇よき身にもあらねば、一一さのたまふ人もあらじ。一二かゝる事なまねび一三の給ひそ。一四かた

一 つらいことがあってもそれに対して色は変わりません、梅の花は散るばかりの—。以下、語義不明。

二 底「ちる」か。宮・近・尊・慶「ちり」、斑「ちる」。

三 底「あたし成けり」、宮・近・尊・慶・斑「あたしなりけり」(宮・近は「し」字が「ゝ」あるいは「ら」にも見える)、木「あらしなりけり」。三は「あらしなりけり」の「ら」字を見せ消ちにして「た」。

四 誘うとか聞く風に梅の花が散る、そのようにあなたが(ほかの女に)誘われて心変わりしてしまったらば、わたしはつらい身にきっとなっていってしまうことでしょうか。「誘ふ」は古今集・春上・一三歌(紀友則)によれば、うぐいすを誘う。第五句は誤写があるか。底「成いてぬへき」、宮・近・尊・慶・斑「なりはてぬへき」。

五 とばかりしみじみと…。

六 おっしゃったように何したのでございますが。「ものす」は、何らかの行為をあいまいにあるいは一般化していう。この場合は、先方に断わりの返答をすること。但し乳母は断わらなかった。

七 本式に捨てておけない奥方で何していらっしゃらないように判断される。すぐあとにも「わざとの妻にもあらざなり」とある。底本「給へはさなり」。宮・近・尊・慶・斑「給はさなり」。それらによって訂正する。

［55の2］乳母のさしでがましい縁談を男君拒否

八 底「る」、宮・近・尊・慶・斑「り」。

九 (乳母が)気恥ずかしくなる感じに(中将は)ほほ笑んで。

一〇 よい身分(位階)でもないから。

一一 そう(私を婿にと)おっしゃる人もおるまい。

一二 そういうことを(右から左へ)そっくり取り次いでおっしゃるな。底本「な」と「まねひ」とのあいだに見せ消ちで「めに」がある。

はなり。わざとの妻《め》にもあらざなりとはいかで知《し》り給ふ。いとさ[一五]言《い》ふばかりなき人にもあらぬを。」

とのたまへば、めのと、

「[一六]あなわりな。[一七]もともしかとおぼし立《た》ちていそぎ給ふ物をば、よし、御覧《らん》ぜよ。やむごとなき人のしゐ《(ひ)》ての給はんことをば、いかゞはせさせ給はん。[一八]何《なに》かは。君たちははなやかに、[一九]御妻方《めかた》のさしあひてもてかしづき給ふこそいまめかしけれ。[二〇]思《おも》ほす人あり、[二一]さてもそれをばさる物にて、[二二]御文《ふみ》などたてまつり給へ。[二三]かの君も[二四]思《おも》ふ時は[二五]かんだちめのむすめにはあんなれど、おちくぼの君と[二六]つけられて、[二七]中の劣《おと》りにて[二八]うちはめられてありける物を、かくたぐい《(ひ)》なくおぼしかしづくこそあやしけれ。[二九]人はかたへは父母《ちゝはゝ》ゐ立《た》ちてかしづかるゝこそ[三〇]心にくけれ。」

と言《い》ふに、中将、[三一]おもてうち赤《あか》めて、

「[三二]古《ふる》めかしき心《こゝろ》なればにやあらん、いまめかしく[三三]好《この》もしきことも欲《ほ》しからず、[三四]おぼえも欲《ほ》しからず、[三五]父母具《ちゝはゝぐ》したらんをともおぼえず。を《(お)》ちくぼにもあれ、[三六]あがりくぼにもあれ、忘《わす》れじと思《おも》はんお《(を)》ばいかゞはせん。[三七]人の言《い》はんも多《おほ》く、[三八]そこにさへかくのたまふこそ心うけれ。たゞ[三九]御ためにも心《こゝろ》ざしなきにおぼすとも、

一三 底「の給ひそ」、宮・近・尊・慶・斑「給そ」。
一四 体裁が悪い。
一五 そのように言うほどでない人でもないのに。文意やや不明。
一六 あら無体な。
一七 断然そのようにとお思い立ちになって。「もとも」は、第一に、はなはだ。
一八 何の迷うことがあろうか、の意。
一九 ご妻女の里方が集まって大切に世話し申すのが現代らしさだ。「さしあふ」は妻方と妻方とが競合することを言うか。多妻を「いまめかし」と言うか。
二〇 愛情をお持ちになる人。
二一 それはそれでともかくもとして。二条殿の女君との関係はそのままとして、の意。
二二 求婚は男の手紙から始まる。
二三 その(二条殿の)女君にしても。
二四 考えてみると、の意か。
二五 公卿の娘であるとは聞くけれど。中納言は従三位相当である。
二六 名づけられて。
二七 姉妹の中の劣り腹。源氏物語・澪標「中の劣り」。
二八 閉じ込められてあったとかいうのに。先に「うちはめておきたるぞよき」(→一六頁注一三)。
二九 人(女)は一つには。
三〇 奥ゆかしいよ。
三一 顔をちょっと紅潮させて。憤激する中将。
三二 (私は)古風な心だからであろうか。
三三 「好もし」は、色好みであるさま。
三四 信望。妻方の世話によって重んじられるようになること。
三五 父母揃っているようなの(女)をとも。
三六 高い凹地でもあれ。「おちくぼ」(低い凹地)の口合いで言う。
三七 他人が言うのも多く(うんざりなのに)。
三八 そなたまでも。
三九 そなたのおんために心づかいがないとお思いになるとも。

[一]いまかれも仕《つか》うまつるやうありなん。」

とて、[二]いと頼《たの》もしげなるけしきにて立《た》ち給《(たまふ)》めるを、帯刀《たちはき》つくづくと聞《き》ゝて、[三]つまはじきをはたはたとして、

「なでう《(ふ)》かゝること申《(まうし)》給ふ。[四]君と申《(まうし)》ながらも[五]はづかしげにおはすとは見《み》たてまつらずや。[六]たゞいまの御中《なか》は人放《はな》ちげにかのの給ひつるやうに、[七]心たがはずはなやかなる方《かた》に遣《や》りたてまつりて、[八]御[九]とく見《み》んとおぼしたるか。あな心う。[一〇]老《お》すこしよろしき人のさる心持《も》たるやはある。[一一]なでう《(ふ)》御名立《なだ》てのおちくぼぞ。[一二]いまひひ《(い)》がみ給《(たまひ)》にけり。[一三]これをかの御辺《あた》りに聞《き》ゝ給ひて、いかゞおぼすべき。[一四]いまよりかゝる事の給ふな。君のおぼしたることいとはづかしくいとをを《(ほ)》し。[一五]この御妻《め》のいたはりかたやいと[一六]ゑほしくおはする。さらずともこれなりら[一七]侍らば[一八]御身一《ひと》つは仕《つか》うまつりてんものを、[一九]かやうの御心持《も》たる人はいと罪深《つみふか》し。[二〇]また[二一]聞《き》こえ給はゞ、これなりほう《(ふ)》[二二]しになりなん。」

と、

「[二三]いといとおを《(ほ)》し。」

と言《い》ふ。

「[二四]いらへもせさせずも言《い》ひなすかな。」

一 今に彼女も仕え申すことがきっとあるにちがいない。のちに女君の出産の際に乳母を引き合わせることとの伏線である。
二 いかにも頼りがいのあるそぶりで。
三 不快を示すしぐさ。「はたはた」はその音。
四 主君と申し上げるものの。
五 (こちらが)気恥ずかしくなるぐらい立派な感じでいらっしゃると

〔55の3〕乳母と帯刀との母子口論

は。主従関係には「はづかしげ」という感情はなくてよいはずなのだが、という前提があろう。
六 現在のお仲らいは二人をいかにも引き離しそうにあちら(右大臣方)がおっしゃった通りに(あなたが考えて)。「人放ちげ」は「わざとやんごとなき妻にものし給はざなり」(→一六四頁注七)云々と言ったことを受けるか。底本以下同じだが、尊「人はなちけに」の「に」の右傍に「本」とある。なお三「人はなちけに」のあとに「もあらぬものを」、木「もあらぬ物を」。
七 意志をそらさず。底「心」、宮・近・尊・慶・斑「心さし」。
八 勢力のあるほう(右大臣方)に(婿として)おやり申して。
九 そのおかげで余得を見ようと。
一〇 いささかちゃんとした人がそんな考えを持っている(そんな)人がいるものか。
一一 何とまた君のおんために人聞きの悪い「おちくぼ」とは。
一二 あの(二条殿の)ご方面において。「御」、宮・近・尊・慶・斑ナシ。
一三 底本「人き」。宮・近・尊・慶・斑「へき」。それらによって訂正する。
一四 君のお考えになっていることはまことに立派で(その君のためにならないことは)気の毒だ。
一五 この一文、難解。「いたはり」は恩顧、同情。
一六 語義不明。底「ゑほしく」、宮・近・尊・慶・斑・三・木「ゑまほしく」。
一七 「ら」はへりくだって名に添える。
一八 あなたおひとりの身(ぐら

「[二五]なを《(ほ)》思《おも》ふ中《なか》[二六]さくるは大事にはあらずや。」

と言《い》へば、[二七]おとゞ、

「たれかはたゞいま去《さ》り給へ、捨《す》て[二八]給へ、と聞《き》こゆる。」

「さて、さにはあらずや。妻《め》あわ《(は)》せたてまつり給ふは。」

「いで、あなかしかまし。[二九]取《と》りいでてもさまあしからんか。[三〇]などか、おどろおどろしうは言《い》ふべからんは。[三一]かたへは妻《め》を思《おも》ふなめり。」

いとを《(ほ)》しと思ひながら、[三二]口《くち》ふたげに言《い》へば、帯刀《たちはき》わらひて、

「よし〱。猶[三三]申《(まうし)》そゝのかさんとおぼしたり。たゞ、これ成《(なり)》、ほう《(ふ)》しになり[三四]侍らん。御罪《つみ》いと〱を《(ほ)》し。[三五]親《おや》の御世をばいかでか知《し》らざらん。」

とて、[三六]髪剃《かうぞ》りわきにはさみて持《も》たり。

「また言《い》ひいでたまはんお《(を)》り、[三七]ふとかきそがん。」

とて立《た》てば、おとゞ、ひとり子《ご》なりければ、かく言《い》ふを[三八]いといみじと思《おも》ひて、

「[三九]口《くち》からいとゆゝしきことをも聞《き》くかな。はさみたらん髪剃《かみぞ》り、[四〇]打《う》ちやお《(を)》らぬと心見《み》よ。」

と言《い》へば、帯刀《たちはき》みそかにわらふ。[四一]君はさらに動《どう》じ給ふべきにもあらず、我子《こ》のかく言《い》ふ、と思《おも》ひて、[四二]不用《ふよう》なるよし[四三]聞《き》こえたてまつらんと思《おも》ふ。

い)は。　一九 そのような(欲深な)お心を持っている人はまことに罪が深い。「とく」(利益)に執着することは仏教的に罪悪だ、ということ。

二〇 底「ふかし」、宮・近・尊・慶・斑「ふかゝなり」。

二一 再び(中将に)申し上げなさるなら。

二二 親の罪障を償うために出家するぞとの脅し。

二三 出家すれば母親に対して気の毒だ、の意。

二四 乳母の詞。返辞もさせないほどにも口がうまいのねえ。「言ひなす」は、取り繕って言う。

二五 帯刀の詞。「なほ」は、そうは言ってもやはり。底「なを」、宮・近・尊・慶・斑「なを人の」。

二六 「さく」(下二段)は、遠ざける、引き放つ。

二七 乳母など年長の婦人の尊称。

二八 底本「給」。宮・近・尊・慶・斑「給へ」。それらによって訂正しておく。

二九 話題に出しても具合が悪いのだろうか。底・近「いて」、宮・尊・慶・斑「はて」。

三〇 どうして、(そんな)仰々しくは。

三一 一つには自分の妻のことを考えるのであるようだ。　三二 口封じに。

三三 それでもまだ(中将に)申して勧めようと思っていらっしゃる。底「おほし」、宮・近・尊・慶「おほしめし」、斑「をほしめし」。

三四 底「侍らん」、宮・近・慶・斑「侍なん」、尊「はへりなん」。　三五 親のご将来。　三六 剃刀。「かみぞり」の音便形。　三七 すぐに(髪を)剃ごう。

三八 本当につらいと。

三九 (おまえの)口からえらく不吉なことをも聞くことね。　四〇 打ち折らないかと試してみよ。「かの観音の力を念ぜば、刀は尋《(かは)》に段々に壊《(を)》れなむ」(法華経・観世音菩薩普門品)によるという説がある(集成)。

四一 底本「君に」。宮・近・尊・慶・斑「君は」。それらによって訂正しておく。　四二 無用。縁談が成立しないこと。　四三 右大臣方に。

中将の君は、女君の例《れい》のやうならず思ひたるはこの事聞《き》き《ゝ》たるなめり、とおぼしぬ。二条におはして、

「[一]御心のゆかぬ罪《つみ》を[二]聞《き》き《ゝ》明《あ》きらめつるこそうれしけれ。」

女、

「[三]何《なに》ごとぞ。」

「[四]右の大《(おほ)》ゐ《(い)》殿の事なりけりな。」

とのたまへば、女、

「[五]そらごと。」

とてほゝ笑《ゑ》みてゐ給へ[六]れば、

「[七]ものぐるを《(ほ)》し。[八]御《(み)》かどの御む[九]すめ給ふとも[一〇]よも侍らじ。[一一]はじめも聞《き》こえしを、[一二]たゞつらしと思《おも》はれきこえじとなん思《おも》へば、[一三]女の思《おも》ふ事は[一四]又人設《まう》くることこそ嘆《なげ》くなれと聞《き》き《ゝ》しかば、[一五]その筋《すぢ》は絶《た》えにたり。[一六]人〳〵とから聞《き》[一七]こゆとも、よもあらじとおぼせ。」

とのたまへば、

「[一八]さ思《おも》はんも下《した》くづれたるにや。」

と言《い》へば、

〔56〕**縁談の件、落着**

一 あなたの合点がゆかないその原因を。「ゆく」は、(思いが)通る、達する。「罪」は先に「罪なし」(→一六四頁)と言ったことに対応して言う。女君を悩ませた罪。 二「聞き明きらむ」は、(事情を)聞いて(真相を)はっきりさせる。

三 何の話ですか。知らないふりを続ける女君。

四 右大臣殿の話であったことよな。「けり」は在り続いたことを振り返る。「な」は感動。

五 中将が弁明しようとしていると女君は見てとって「うそ!」。

六 底本「つ」にも見えるのを訂正しておく。

七 先に巻一でも縁談について疑われた時に中将は「ものぐるほし」(→七九頁注一八)と否定した。

八 帝のお娘を下さるとも。内親王の降嫁を言う。

九「す」底本、補入。

一〇 けっして(受け入れるようなことは)ござるまい。底「よも」、宮・近・尊・慶・斑「よもえ」。

一一 以前も申しあげたが。一六二頁を参照。

一二 とにかくに薄情だと思われ申すまいと。

一三 (一般に)女が悩む事柄は。

一四 別に女(通い所)を作ることこそ嘆くのだそうだと聞いたから。 一五 縁談方面のことは関係なくなってしまっている。

一六 周囲の人たちがああこうお耳に入れ申すとも、(それは)絶対にあるまいと。

一七「こ」底本、補入。

一八 そう思おうとすることも下がくずれているのでは…。「下」は崖下と心。引き歌は、「あだ人は下くづれゆく岸なれや思ふと言へど頼まれずして」(古今和歌六帖五・思ひわづらふ)。

一九 (引き歌の言うように)「慕い申す」と。引き歌の「思ふと言へど」を受ける。

二〇 (口にだして)申すのならば。口に出して「愛している」など言うのはかえって不実な感じだ

「[一九]思ひきこゆ」と聞《き》[二〇]こ(え)へばこそ「[二一]あやう(ふ)し」とものたまはめ。「[二二]たゞつらきめ見《み》せたてまつらじ」と聞《き》こゆれば、[二三]心ざしのあるかは。」

など聞《き》こ(え)へ給ふ。

帯刀《たちはき》、衛門《もん》にあい(ひ)て、

「さらに[二四]なん思《おも》ひうたがゐ(ひ)給そ。[二五]この世には御心うかるべきにあらず。」

と言《い》ふ。[二六]御めのと、いとを(ほ)しく言《い》はれて[二七]又うちいでず。[二八]かの殿かくおはし通《かよ》ふ[二九]所ありけりと聞《き》こゑ(え)て、おぼし絶《た》えにけり。

かく思《おも》ふやうにのどやかに思ひかはして住《す》み給ふ程に、[三〇]はらみ給(たまひ)にければ、ましておろかならず。四月、大将殿の北の方《かた》、[三一]宮たち、[三二]さじき[三三]に[三四]もの見《み》たまふに、中将の君に、

「[三五]二条に物見《み》せきこえ給へ。[三六]よくものし給ふ人は物見《み》まほしく[三七]したまふものを、[三八]を(お)のれもいままで対面《たいめん》せぬ、心もとなきに、かゝるついでにとなん思ふ。」

と聞《き》こえ[三九]給へば、中将、いとうれしと思《おも》ひ給へるけしきにて、

「いかなるにか侍らん、[四〇]人のやうにものゆかしうもし侍らざめり。[四一]いまぞゝのかしてまい(ゐ)らせん。」

と聞《き》こえ給ひて、二条におはして、

というのが中将の考え方。　二一「あぶない(くずれるかもしれない)」とおっしゃるのがよい。

二二「ひたすらつらい状態におあわせし申さぬようにしよう」と申し上げるのだから。

二三 愛情があるかなんて…。「かは」の用法が分かりにくい。

二四 誤写があるか。底「なんおもひうたかゐ給そ」、宮・近「なんおもひうたかひ給そ」、慶「なおもひうたかひ給そ」、尊「な思ひうたかひ給ふそ」、斑「なおもひうたかひ給ふに」。なお三は慶に同じ、木「なんおもひうたかひ給ふそ」。

二五 現世においては(中将の)お心が薄情であるはずがない。

二六 お乳母は気の毒にも(散々に)言い込められて。　二七 底「又」、宮・近・尊・慶・斑「又も」。

二八 右大臣殿は。底「殿」、宮・近・尊・慶「殿に」、斑「とのに」。　二九 あったことだと(うわさに)聞かれて。　三〇 ついに身ごもられたことだから。底本「給ふ」。宮・近・尊・慶・斑「給」。それらによって訂正する。

〔57〕祭り見物への誘い

三一 女御腹の姫宮たち。妹宮もいるか。

三二 一段高くしつらえた床。祭り見物などのために臨時に設ける。

三三 底「に」、宮・近・尊・慶・斑「にて」。

三四 見もの。賀茂の祭り。斎院が勅使を伴って参向する平安京随一の祭儀である。

三五 二条(のお方)に。

三六 何でも上流らしくおふるまいになる人。「よし」は上流階級らしい優雅さ上品さを言う。

三七「ほ」底本、補入。　三八「の」底本、補入。

三九 底本「ぬ」。宮・近・尊・慶・斑「給」。それらによって訂正する。　四〇 (世間の)人のように何かと見たがりもせぬようでございます。

四一 早速その気にさせて参上させよう。

[一]「上《うへ》はかくなんの給ふかし。」
と聞《き》こえ給へば、

「[二]心《(ここ)》ちのなやましうて、[三]あやしげになりたるも思ひ知《し》られて。物見《み》にいでたらば、[四]我《(われ)》見《み》えたらんにいとわりなからん。」
[五]とてものうげなれば、中将、
「たれか見《み》ん。[六]上《うへ》、中《(の)》君こそは。それ、[七]まろが見《み》たてまつるおなじ事。」

とてしゐ《(ひ)》てそのかしきこえ給へば、
[八]「御心。」
と聞《き》こえ給ふ。[九]北の方《かた》、御文《ふみ》にも、
　猶渡《わた》り給へ。[一〇]をかしき見《み》ごともいまはもろともにとなん思ひ給ふる。
と聞《き》こえ給へり。[一一]見《み》たまふにつけても、かの[一二]石山《いし》まうでのおり《(を)》ひとりゐ《(ゑ)》り捨《す》て給《(たまひ)》しも[一三]思《おも》ひ出《(いで)》られて心うし。
　一条の大路《おほち》に[一四]ひわだ《(は)》のさじきいといかめしうて、おまへにみな[一五]すなご敷《し》かせ、[一六]前栽《せんざい》植《(ゑ)》へさせ、久《ひさ》しう住《す》み給《(たまふ)》べきやうにしつらひ給ふ。[一七]あか月《(つき)》に渡《わた》り給《(たまひ)》ぬ。衛門《もん》、少納言、[一八]一仏《(いちぶつ)》浄土《じやうど》に生《む》まれたるにやあらんとおぼゆ。[一九]この君にいさゝか[二〇]心寄《こゝろよ》せあらん人[二一]とは[二二]ねたき物《(もの)》に言《い》ひのゝしりしを見習《みなら》ひたるに、[二三]対《たい》の御方の

一　母上はそのようにおっしゃるのですよね。
二　きもちがかげんよくなくて。
三　妊娠している姿のさま。
四　(他人から姿を)見られているような場合に。
五　何となく気の乗らないさまなので。
六　母上と中の君とは(見ようが)…。
七　わたしが見申し上げるのに同じこと。
八　ご随意に。　九　中将の母北の方は。
一〇　見るべき行事。ここは祭りの行列。
一一　お手紙を。　一二　→一一六頁以下。
一三　自然と思い出されてなさけない。
一四　檜の皮。屋根を葺くのに利用する。以下、豪勢なさじきのさま。　一五　砂。「な」底本、補入。　一六　庭先の植え込み。さじきのまえに花壇のようにして草を植えさせる。
一七　暁の時間。「あか月」は当て字。
一八　仏の世界。「一仏」は、ある仏、大日如来・阿弥陀仏など。「一仏世界」(栄花物語・音楽)というのに同じか。
一九　女君のことであろう。以下の一文はやや意味を取りがたい。　二〇　「心寄せ」は、好意を持つこと、期待をかけること。
二一　「をば」がいいか。底「とは」、宮・近・尊・慶・斑「をは」。　二二　憎らしい者であると言い立て大騒ぎしたのを見馴れていたのに対して。「言ひのゝしりし」は継母北の方が、か。

〔58〕母君との対面

二三　対(対の屋)のほうのお人たち。「御」は男君への敬意。中将づきの侍女たちのこと。中将は大将邸で西の対に住む(→一七二頁)。
二四　そう(ひどいことを)言ったものの。
二五　気を使い。
二六　どちらに、これなり(帯刀)の主人の女君(はいらっしゃる)か。もってまわった言い方。
二七　女君をば。会話文のあとの「入れたてまつり

人たちいたはり用意《ようい》したまふさま、いとめでたしと思《おも》ふ。めのとのおとゞ、[24]さこそ言《い》ひしか、いで来《き》て[25]心しらひ仕《つか》うまつりて、

「[26]いづれか、これなりがあるじの君。」

と問《と》ひありきて若《わか》き人〳〵にわらはる。[27]女君は、

「[28]何《なに》か疎《うと》〳〵しくは[29]思《おも》ふべき中は[30]むつましく成《(なり)》ぬるのみなんのちもうしろやすく、心やすき。」

とて、上《うへ》や中の君などおはする所に入《い》れたてまつり給ふ。[31]見《み》たまふに、我《(わが)》御むすめ、[32]姫《ひめ》宮にも[33]を《(お)》とらずお《(を)》かしげにて見《み》ゆ。くれなゐの[34]あや[35]うちあは《(は)》せ一重《ひとかさ》ね、[36]二《ふた》あゐの織《お》り物の[37]うちき、[38]うすものの濃《こ》き二《ふた》あい《(ゐ)》の[39]こうちき着《き》給ひて[40]はづかしと思《おも》ひ給へる、[41]いとをかしうにほへり。姫《ひめ》宮は[42]げにた[43]ゞの人ならず[44]あてにけ高《たか》くて、十二ばかりにおはしませば、まだいと若《わか》う[45]いはけなうをかしげなり。中の君は若《わか》き御心に[46]いとお《(を)》かしとおぼして、[47]こまやかに語《かた》らひきこえ給ふ。もの見果《みは》てぬれば、御車寄《くるまよ》せて帰《かへ》り給ふ。中将の君、[48]やがて二条にとおぼせど、北の方、

「さはが《(わ)》しうて、思《おも》ふ事聞《き》こえずなりぬ。[49]いざ給へ。[50]二日も心のどかに語《かた》らひきこえん。[51]中将の物さは《(わ)》がしきやうに聞《き》こゆるはなぞ。を《(お)》のが聞《き》こゑ《(え)》んこと

給ふ」にかかる。
28 中将の詞。どうして(母君たちが)疎遠には思い申そうことがあろうか。
29 いつくしむべき関係。家族のこと。嫁として家族化されることを示す。
30 昵懇になってしまうことだけがのちのちにも安心でき、気が楽だよ。　31 母君が。
32 (女御腹の)女宮。
33 劣らずかわいい感じで見られる。
34 綾織り。底「あや」、宮・近・尊「あやの」(慶は「あやの」補入、斑は欠文部分)。
35 打ってつやを出した袷か、あるいは単《(ひとえ)》の上に重ねる袷の意か。
36 紅と藍とで染めた赤みがかった青。　37 袿。
38 比較的細い絹糸で織る薄い織物。
39 小袿。袿の上に着る。　40 きまりが悪いと。
41 まことにかわいらしく美しい色をしている。「にほふ」は、ぽっと桜色に顔を染める。
42 「げに」は、皇室の血は争えないと言われるがたしかに、というきもち。
43 普通の人(臣下)でなく。　44 高貴で気品があって。底本「めでに」。宮・近・尊・慶・斑「あてに」。それらによって訂正する。
45 子供っぽくかわいい感じだ。
46 まことに(女君を)感じがいいと。「いと」、宮・近・尊・慶・斑ナシ。　47 「こまやか」はここでは、配慮の行きわたるさま、親密なさま。
48 まっすぐ二条殿にと。　49 さあいらっしゃれ。女君へ直接の呼びかけ。

〔59〕大将邸に行き、四、五日逗留する

50 二日ぐらいも。「一二日」がいいか。底「二日」、宮・近・尊・慶・斑「一二日」。
51 中将が何となくあわただしいさまに(帰ろうと)申すのはどうしてですか。

に従《したが》ひ給へ。中将はいとにくき[一]心ある人ぞ。[二]な思《おも》ひ給《たまひ》ぞ。」

とて、わらひ給ひてゐたまへり。

御車寄《よ》せたれば、口《くち》には宮、中の君、しりには[三]よめの君と[四]乗《の》り給《たまふ》。つぎ〳〵にみな乗《の》り給《たまひ》て、[五]「中将殿みな乗《の》りて」[六]引《ひ》き続《つゞ》きて大将殿におはしぬ。寝殿《しんでん》の西《にし》の方《かた》をにはかにしつらい《ひ》て、下《お》ろしたてまつり給ふ[七]つ《う》。御《ご》たちのゐ所には中将の住《す》み給《たまひ》し西《にし》の対《たい》のつまをしたり。いみじくいたはり給ふ。大将殿も[八]いみじき思《おも》ふ子の[九]御ゆかりなれば、御《ご》たちにいたるまでいたはりさわぎ給ふ。四五日おはして、

「いとなやましきほどに[一〇]、過《す》ごしてのどやかにまい《ゐ》らん。」

とて帰《かへ》り給《たまひ》ぬ。まして対面《たいめん》し給《たまひ》てのちは[一一]あわ《は》れなる物《もの》に思ひきこえ給へり。

かくて、[一二]たとしへなく思《おも》ひかしづき聞《き》こえ給ふ。[一三]君の御心はいまは、と見《み》給ひてければ、中将の君に聞《き》こえ給《たまふ》。

「いまはいかで殿《との》[一四]に知《し》られたてまつらん。老《お》いたまへれば、夜中《よなか》[一五]、あか月《つき》の事も知《し》らぬを、見《み》たてまつらでややみなんと心細《ぼそ》[一六]くなん。」

中将殿も、

「[一七]おしおはすべけれど、猶しばし念《ねん》じてな知《し》られたてまつり給《たまひ》ぞ。知《し》られて

一 憎たらしい。母君と女君とを引き離す心を持っているから憎らしいという冗談。
二 いとしくお思いになるな。
三 「よめ」は子息の妻。夫方へ連れられてゆく場面で「よめ」という語が出てくることは注意される。嫁として認知する意味合いがあろう。日本霊異記「汝(なれ)をぞよめに欲し」、枕草子・ありがたきもの「しうとめに思はるるよめの君」。
四 「と」のあとに、宮・近・尊・慶・斑「われと」。
五 中将邸の人々(も)。底本の欠文であろう。宮・近・尊・慶「中将殿みなのりて」、斑「ちうしやうとのみなのりて」。宮などによって補う。
六 底本及び斑「ひ」。宮・近・尊・慶「ひき」。宮などによって訂正しておく。
七 「給ひつ」の音便形「給うつ」の誤表記。
八 たいそうな愛児。「思ひ子」の音便形(の誤表記)かもしれない。 九 縁者。肉親や姻戚を言う語。ここは嫁を「ゆかり」とする例。
一〇 底「ほとに」、宮・近・慶「程」、尊・斑「ほと」。
一一 枕草子・あはれなるもの「孝ある人の子」。
一二 はなはだしく。底本「たとし」。宮・近・尊・慶・斑「たとしへ」。それらによって訂正する。

〔60〕男子を出産

一三 男君のお心は今は(もう変わるまい)、と。
一四 父の中納言。
一五 万一のことも分からないから、の意。
一六 不安で…。底本「心ほく」、宮・近・尊・慶・斑「心ほそく」。それらによって訂正する。
一七 語義不明。底「おしおはすへけれと」、宮・近・尊・慶「おしおはすへけれとも」、三「さおほすへけれと」、斑「をしおはすへけれとも」、木「さおほすへけれとも」。 一八 よう北の方を懲らしめることができなかろう。
一九 底「すこし」、宮・近・尊・慶・斑「いますこし」。
二〇 わたしももう少し人並みになって…。将来

のちはいとを《(ほ)》しくて[一八]ゑ《(え)》北の方《かた》てう《(ちよう)》ぜじ。[一九]すこしてう《(ちよう)》ぜんと思《おも》ふ心あり。又[二〇]まろもいますこし人ゝ《(ひとひと)》しくなりて。中納言はよにとみに死《し》に給はじ。」

とのみ言《い》ひわたりたまふに、つゝみてのみ過《す》ぐし給ふに、[二一]はかなくてとし返《かへ》りて、正月十三日、いとたいら《(ひ)》かにおのこ《(を)》子《ゞ》産《う》み給へれば、いとうれしと[二二]おぼして、若《わか》き人のかぎりしてうしろめたしとて、おとこ《(を)》君の[二三]御めのと迎《むか》へ給ひて、

「[二四]上《うへ》などのし給《(たまひ)》けんやうによろづ仕《つか》うまつれ。」

とて預《あづ》けたてまつり給ふ。[二五]御湯殿《ゆどの》などしい《(ゐ)》たり。女君のうちとけ給へるを[二六]見《み》て、[二七]むべなりけり、君の[二八]あだわざをし給《(たまは)》ぬは、と思《おも》ふ。[二九]御産養《うぶやしな(ひ)》いわれも〳〵とし給へれど、[三〇]くはしく書《か》か《ゝ》ず。思《おも》ひ遣《や》るべし。たゞ[三一]しろかねをのみよろづにしたりけり[三二]。[三三]遊《あそ》びのゝしる。かくめでたきまゝに、衛門《もん》、いかで[三四]北の方に[三五]知《し》らせばやと思ふ。御めのとは、少納言[三六]子《こ》産《う》みあわ《(は)》せたりければ、せさせ給ふ。これをうつくしがりかしづき[三七]ものし給ふ。

〔61〕男君は衛門督に、女君第二子を産む

司召《つかさめし》に、[三八]引《ひ》き越《こ》へ《(え)》中納言に成給《(なりたまひ)》ぬ。[三九]蔵《くら》人の少将、中将になり給《(たまひ)》ぬ。[四〇]大将殿はかけながら大臣《じん》になり給《(たまひ)》ぬ。[四一]右のおとゞの[四二]給はく、

「子《こ》の生《む》まれたるに、祖父《おほぢ》、父《ちゝ》、[四三]よろこびをする、[四四]かしこき子《こ》なり。」

と申《(まうし)》給ふ。[四五]いまはましておぼえはことに[四六]はなやぎ給ふ。衛門督《もんの》さへかけ給《(たまひ)》つ。

に婿として見参することを予定する言い方。
二一 こともなくて。 二二 男君は。
二三 乳母を女君に引き合わせて親しくさせる意図が先にあった(→一六六頁注一)。
二四 母君がなさったろうのと同じように。娘の女御が姫宮らを産んだ時のことをさすか。
二五 うぶ湯の世話。 二六 乳母は。
二七 もっともであったことだ。倒置的な表現。
二八 他の女に心を移すこと。「給」をタマハと訓むのは異例。 二九 出産祝い。有力者が主催して、誕生当日、三日め、五日め…と続けられる。
三〇 詳細に書かない。書き手が読者に断わるところ。次の「思ひ遣るべし」も。
三一 銀。出産は日常性を持ちこむことが禁忌とされ、しつらい、衣裳などに白色が用いられる。
三二 底「り」、宮・近・尊・慶・斑「る」。
三三 管弦など遊楽を。 三四 継母北の方。
三五 知らせたい。底本「しらはや」。宮・近・尊・慶・斑「しらせはや」。それらによって訂正する。
三六 子を同じ頃に産んであったことだから。
三七 底「もの」、宮・近・尊・慶・斑「ものに」。
三八 (他人を)引き越して、か。近衛中将をやめて中納言になったのであろう。あとにあるように衛門督(衛門府の長官、左右各一人)を兼ねる。以下、男君のことを衛門督とも呼称する。
三九 蔵人少将は中将に。あとにあるように参議(宰相)を兼ねる。
四〇 父大将は左大将兼任のまま右大臣に。
四一 右大臣のおとど。父大将のこと。
四二 底「の給はく」、宮・近・尊・慶「のゝ給かく」、斑「のの給かく」。 四三 昇進の慶賀。
四四 威力のある子だ。 四五 男君の。
四六 「はなやき」のあとに、宮・近・尊・慶・斑「まさり」(慶は脱文の補入箇所)がある。

中将は[一]宰《さい》将《(しやう)》になり給《(たまひ)》ぬ。[二]中納言はかく[三]少将なりあがり給ふにつけても、三の君、北の方、[四]などかなごりありてだに時〳〵来《く》まじき、といみじくねためども、かひあるべくもあらず。衛門督[五]おぼゑ《(え)》のまさり、[六]我身《(わが)》の時になり給ふまゝに、中納言殿に吹《ふ》[七]く風《かぜ》につけて[八]あなづりてうじ《(ちよう)》給ふことしも多《おほ》かれど、[九]おなじことのやうなれば書《か》かず。

又のとしの秋、又お《(を)》とこ君うつくしう産《う》[一〇]みたまへれば、[一一]右大将殿の北の方《かた》、「[一二]御産屋《うぶや》にうつくしういそがしうも取《と》り続《つゞ》き給へるかな。このたびは[一三]こゝに預《あづ》かりたてまつらん。御めのと具《ぐ》して迎《むか》[一四]へたてまつり給へ。」帯刀《たちはき》は[一五]衛門《ゑもん》のぜう《(じよう)》にて蔵人《くら》す。かく思《おも》ふやうにてめでたくおはすると中納言殿にまだ知《し》られたてまつり給はぬ事を[一六]飽《あ》かずおぼす。

[一七]中納言は老《お》[一八]ひ《(い)》ほけ給へる上《うへ》に、物思《おも》ひのみして、おさ《(を)》〳〵いでまじらい《(ひ)》給ふこともなし。つく〴〵と入《い》りゐたまへり。[一九]おちくぼの君の伝《つた》[二〇]へ給へるいゐ《(へ)》、[二一]三条なる所にていとをかしかりける、おちくぼの君になん取《と》[二二]らせたりけるを、「[二三]いまは世になくなりたれば、我こそ領《りやう》ぜめ。」との給へば、[二四]北の方、「[二五]さらなる事。[二六]世《よ》に生《い》きたりとも[二七]さばかりの家領《りやう》ずばかりにはあらざらまし。

一 「宰相」が正しい。参議に同じ。大納言・中納言に次ぐ。底「さい将」、宮・近・尊「宰相」、慶・斑「さいしやう」。　二 女君の父中納言。
三 蔵人少将が。
四 何でせめて心残りがあるさまでなりと時々かよって来ようとしないのか、と。
五 世の信望が厚みをまし。
六 おのれの身が権勢盛んにおなりになるのに任せて。
七 何かにつけて、の意。和歌にある表現である。
八 軽んじ懲らしめなさることが。
九 書き手による読者への断わり。
一〇 底本「をみ」。宮・近・尊・慶・斑「うみ」(近は字体やや不鮮明)。それらによって訂正する。
一一 右大臣殿の誤りか。もと「右大ゐ殿」とあったか(「ゐ」「将」は字体が似る)。底「右大将殿」、宮・近「右大将との」、尊・慶・斑「右大いとの」。
一二 底本「うふかせ」。宮・近・尊・慶・斑「うふや」。底本では意味をなさないので訂正する。
一三 父大臣邸。
一四 迎え申しなされ。右大臣に向かって言うか。
一五 衛門尉。衛門府の三等官。底「ゑもん」、宮・近・尊「左衛門」、慶「さゑもん」、斑「さへもん」。
一六 女君は。

〔62〕老中納言、三条の家を修造

一七 女君の父中納言。
一八 年取りぼけていらっしゃる上に。
一九 中納言方からの呼称は落窪の君のまま。
二〇 伝領していらっしゃる家が。底「つたへ給へるいゑ」、宮・近・尊・慶「つたへえ給へりけるいへ」、斑「つたへえ給えりけるいへ」。
二一 三条にある所有地で。「にて」は、で。
二二 (その家を)与えてあってきたのを。
二三 中納言の詞。(落窪の君は)今ではこの世にいなくなっているのだから、わたしが領有しよ

二八よきあ子《こ》たち、われらが住《す》まんにいと広《ひろ》うよし。」
と言《い》ひて、二九二《ふた》とせいで来《く》る三〇庄《さう》の物を尽《つ》くして、三一ついぢよりはじめてあたらしく三二築《つ》きまはして、三三古木《ふるき》一《(ひとつ)》まじらずこれを大事《(だいじ)》にて造《つく》らせ給ふ。

かくて、

「ことしの三四賀茂《かも》の祭《まつ》り、いとお《(を)》かしからん。」

と言《い》へば、三五衛門《もんの》督の殿、

「三六さう〴〵しきに、御《ご》たちにもの見《み》せん。」

とて、かねてより御車《くるま》あたらしく調《てう》じ、人〴〵の装束《さうぞく》どもたびて、三七

「三八よろしうせよ。」

とのたまひていそぎ、三九その日になりて、一条の大路《ち》の四〇打《う》ちくい《(ひ)》打《う》たせ給へれば、四一いまはとてい四二へとてこも、四三たればかりかは取《と》らんとおぼしてのどかに出《(いで)》給ふ。車《くるま》五《(いつつ)》ばかり、おとな廾人、四四二《ふた》つはわらは四人、下使《しもづか》ひ四人乗《の》りたり。おとこ《(を)》君具《ぐ》し給へれば、四五四位五《ゐ》い《(ゐ)》と多《おほ》かる。四六おとゝの四七侍従なりしはいまは少将、四八わらはにおはせしは兵衛佐《のすけ》、

「四九もろともに見《み》ん。」

と聞《き》こえ給ひければ、五〇みなおはしたりける車《くるま》どもさへ添《そ》はりたれば、五一はたちあ

う。底「なくなり」、宮・近・尊・慶・斑「なくなりに」。 二四 継母北の方は。
二五 言うまでもないこと。
二六 (たといこの)世に生きているとしても。
二七 それほどの(立派な)家を領有するぐらい(一人まえの境遇)ではありますまいに。落ちぶれていよう、の意。

〔63〕打ちくいの争い

二八 上流階級であるうちの娘たちやわたしらが。
二九 二年間産み出される庄園の上納物を尽くして。修造に二年をかけたことを言う。
三〇 底本「り」。宮・近・尊・慶・斑「る」。それらによって訂正する。
三一 土塀。築地。 三二 ぐるっと築き固めて。
三三 「古木」としておく。従来からの庭の木。
三四 →一六九頁注三四。
三五 男君。 三六 もの寂しいから。
三七 下さって。「たぶ」は「たまふ」に同じ。
三八 見苦しからぬようにせよ。
三九 「いそき」のあとに、宮・近・尊・慶・斑「て」がある。 四〇 車を置く空間を確保するための杭。
四一 もう大丈夫だろうとて、の意か。
四二 語義不明。底「いへとてこも」、宮・近・尊・慶・斑・三・木「いへとも」。
四三 だれだって横取りしようものかと。
四四 底本「ふたつゝ」。宮・近・尊・慶・斑「ふたつは」。それらによって訂正する。
四五 底「四ゐ五い」、宮・近・尊「御前四位五位」、慶「御せん四位五位」、斑「御せん四ゐ五ゐ」。
四六 底「る」、宮・近・尊・慶・斑「り」。
四七 弟。侍従であったことは、→一四三頁注四二。 四八 →一四三頁。兵衛佐は兵衛府の次官。
四九 一緒に見物しよう。弟たちを誘う詞。
五〇 (弟たち)全員やって来られたその車どもまでもが加わっているから。 五一 二十台余り。

まりばかり引《ひ》き続《つゞ》きて、みな次第《しだい》[一]どもに立《た》ち〔にけり〕[二]と見《み》をは《(お)》するに、我《(わが)》くい《(ひ)》したる所の向《む》かい《(ひ)》に古《ふる》めかしき檳榔毛《びりやうげ》[三]一《ひと》つ、網代《あじろ》[四]一《ひと》つ立《た》てり。御車《くるま》[五]ども立《た》つるに、

「お《(を)》[六]とこ車《ぐるま》のまじらい《(ひ)》も疎《うと》[七]き人にはあらで、親《した》[八]しう立《た》てあわ《(は)》せて見渡《みわた》しの北みなみに立《た》てよ。」

とのたまへば、

「この向《む》かゐ《(ひ)》なる車《くるま》すこし引《ひ》き遣《や》らせよ。御[九]車《くるま》立《た》てさせん。」

と言《い》ふに、[一〇]しふねがりて聞《き》かぬに、

「たれが車《くるま》ぞ。」

と問《と》はせ給ふに、

「源中納言殿。」

と申せば、[一一]

「中納言のにもあれ、大納言にてもあれ、[一二]かばかり多《おほ》かる所にいかでこの打《う》ちくい《(ひ)》ありと見《み》ながらは立《た》てつるぞ。すこし引《ひ》き遣《や》らせよ。」

とのたまはすれば、ざう《(ふ)》しきども寄《よ》りて車《くるま》に手《て》をかくれば、車の人いで来《き》て、

「[一三]などまたまうとたちのかうする。[一四]いたうはやるざう《(ふ)》しきかな。[一五]豪家《かうけ》だつる

一 身分の順序順序に並んでしまったことと。
二 「にけり」は底本ナシ。宮・近・尊・慶・斑により補っておく。
三 檳榔毛の車が一台。くばの葉を白く晒して細く裂き屋根や側面を葺いた牛車。
四 網代車(→一一八頁注九)。
五 (こちらの)お車どもを立てるのに。
六 男たちの乗る車(同士)の関係にしても。
七 疎遠な人(他人)ではなくて。
八 親しく向き合うように立てて(互いに)むこうとこっちとの関係になる南北に立てろ。
九 こちらのお車を。
一〇 (その場所に)執着して。
一一 「は」のあとに、宮・近・尊・慶・斑「君」がある。
一二 それほど場所は多いのに、の意。
一三 なんでまたおまえさまたちはそうする。
一四 えらく勇み立つ。
一五 権門らしくする自分の殿も(こちらと同じ)中納言であらっしゃるのか。「わが」は相手の立場に立って言う言い方。
一六 語義不明。「かうほう」は強法《ごうほう》かと言われる。底「かうほうて」、宮・近・尊「かうほう(一字分アキ)」、慶・三「かうほうすと」、斑「かやうほうすと」、木「かうほうすて」。
一七 源中納言方の供人の詞。西も東も斎院も。「西ひんがし」はよく分からない。先に「北みなみ」を占めようとしたことに対して言うか。斎院は賀茂の祭りにおける最高の神女である。
一八 恐れて避け道して、か。底本「うき」。宮・近・尊・慶・斑「よき」。それらによって訂正しておく。　一九 おいでになるはずだと聞くよ。
二〇 底本「い」。宮・近・尊・慶・斑「は」。それらによって訂正する。
二一 言葉の悪い男がまた言うと。舌合戦である。
二二 衛門督方の雑色の詞。「おなじ物を」は意味

わが殿《との》も中納言におはしますや。一条の大路《おほち》もみな両《りやう》じ給ふべきか。」

一六かうほうてわらふ。

「一七西《にし》ひんがし斎院《さいゐん》も一八おぢて避《よ》き道《みち》して一九おはすべかなるは。二〇」

と、二一口《くち》あしきをのこ又言《い》へば、

「二二おなじ物を、二三殿《との》を一《ひと》つ口《くち》にな言《い》ひそ。」

などいさかい(ひ)て、二四ゐとみ(え)に引《ひ》き遣《や》らねば、おとこ(を)君たちの御車《くるま》どもまだえ立《た》てで、二五御前《ごぜん》の人〳〵も、君、二六左《さ》へ(ゑ)門蔵《もんくら》人を召《め》して、

「かれを二七こなひ(お)てすこしとを(ほ)くなせ。」

とのたまへば、近《ちか》く寄《よ》りてたゞ引《ひ》きに引《ひ》き遣《や》らす。二八をのこども少《すく》なくて、二九えふと引《ひ》きとゞめず。御前《ごぜん》三四人ありけれど、

「三〇よしなし。三一旅《たび》のいさかひしつべかり。三二たゞいまの大臣のしりは蹴《け》るとも、この殿の牛飼《うしか》ひに三三手触《てふ》れてんや。」

と言《い》ひて、人の三四いゐ(へ)、門《かど》に入《い》りて立《た》てり。三五目《め》をはつかに見《み》いだして三六見《み》るに、三七すこしはやうおそろしき物(もの)に世に思《おも》はれ給へれど、三八じちの御心はいと三九なつかしうのどかになんおはしける。

「いとむ四〇とくなるわざかな。四一いまはいかゞいらふべき。」

不明。底「物を」、宮・近・尊・慶・斑「ものを」、三「ものと」、木「物と」。
二三 同じ中納言だと言うな、ということか。「一つ口」(→六七頁注一九)。

〔64〕車に手をかけて引き遣る

二四 ようすぐに引きのけることができないので。
二五 ご前駆の人々も。「も」は分かりにくい。底「人〳〵も」、宮・近・尊「人〳〵」、慶「人人」、斑「人」。
二六 もとの帯刀。底本「くら人を」、尊「蔵人を」。宮・近・慶・斑「くら人とを」。それらによって訂正する。 二七 指揮して。 二八 源中納言方は。
二九 うまく即座に引きとどめることができない。
三〇 つまらない。底「よしなし」、宮・近・尊・慶・斑「ようなし」(近は字体がやや不鮮明)。
三一 この一文、意味が取りにくい。「旅のいさかひ」は、外出先のいさかい。底「しつへかり」、宮・近・尊・慶・斑・三・木「しつへかめり」。
三二 現在の(太政)大臣の尻は。底「大臣」、宮・近・尊・慶「太政大臣」、斑「大しやう大しん」。
三三 きっと手を触れようか。 三四 家。底「いゐ」、宮・近・慶・斑「いへの」、尊「いゐの」。
三五 (門の中から)視線をわずかに外に出して。
三六 見ると。「に」、宮・近・尊・慶・斑ナシ。
三七 少々威勢よくこわい存在であると世間で思われなさっているけれど。
三八 現実の。以下、書き手が読者に衛門督の実際を訴える文体であろう。
三九 親しみやすくゆったりと。「けり」は中将がずっと「なつかしうのどか」な心の持ち主であったし今もそうだということを示す。
四〇 みっともないことであるよな。先の車争いにもあった言い回しである(→一四七頁注二九)。

〔65〕典薬助を蹴る

四一 今(とりあえずここ)はどう応対すべきか。

など定《さだ》[一]むるに、[二]此《(この)》典薬助《てんやくのすけ》と言《い》ふ[三]しれもの[四]の翁《おきな》[五]ありければ、

「[六]いかで、心に任《まか》せては引《ひ》き遣《や》らせん。」

と言《い》ひて、歩《あゆ》みいでて《ゝ》、

「[七]けふのことは[八]もはらなさけなくはせらるまじ。打《う》ちくひ[九]打《う》ちたる方《かた》に立《た》てたらばこそ[一〇]さもしたまはめ、向《む》かひに立《た》てたる車をかくするはなぞ。[一一]のちの事思《おも》ひてせよ。[一二]またせん。」

としれものは言《い》へば、[一三]衛門《ゑもん》のぜう《(じよう)》、典薬《てんやく》と見《み》て、とし比《(ごろ)》くやつにあはんと思《おも》ふにうれし、と思ふに、[一四]君も典薬《てんやく》と見給《み(たまひ)》て、

「これなり、それはいかに言《い》はするぞ。」

とのたまへば、心得《え》て、はやるざう《(ふ)》しきどもに[一五]目《め》をくはすれば、[一六]走《はし》り寄《よ》るに、

「「のちのことを思ひてせよ」と翁《おきな》の言《い》ふに、殿《との》をばいかにしたてまつらんぞ。」

とて、[一七]長扇《ながあふぎ》を[一八]さし遣《や》りて、[一九]かうぶりを[二〇]はくと打《う》ち落《お》としつ。[二一]もとゞりは[二二]塵《ちり》ばかりにて、ひたい《(ひ)》ははげ入《い》りてつや〳〵と見《み》ゆれば、物見《み》る人にゆすりてわらはる。翁《おきな》袖をかづきてまどひ入《(いる)》に、[二三]さと寄《よ》りて一足《(ひと)あし》づつ《ゝ》蹴《け》る。

「[二四]のちの事いかでぞある〳〵。」

一 評定する時に。
二 例の。あるいは、ここ(中納言方)の。
三 愚か者。ばか者。巻二は愚か者のおこ話を織りとって進む。 四「の」、宮・近・尊・慶・斑ナシ。
五 おったことだから。車争い(清水詣での段)にはいなかったが今回はいる、というきもち。
六 どうして心のままには引きのけさせよう。底「いかて」、宮・近・尊・慶・斑「いかてか」。
七 (前回とちがって)今日の場合は。
八 もっぱらむごくはなされまい。底本「もいら」に見えるのを宮・尊・慶・斑により「もはら」に訂正する(近も「もいら」に見える)。
九「うち」は、底本ナシ。宮・近・尊・慶・斑により補う。 一〇 そう(乱暴なことを)もなさってよかろう。 一一 あとのことを考えてやれ。
一二 (そっちがやったらこっちも)再びやってやる。 一三 衛門尉。もとの帯刀。
一四 男君も。「君も」のあとに、宮・近・尊・慶「又」がある(斑は「又」ナシ)。
一五 目くばせするから。
一六 底本「はしりよりに」。宮・近・尊・慶・斑「はしりよるに」。それらによって訂正しておく。
一七 柄の長い扇か、うちわ(さしは)のたぐいか。
一八 さし伸ばして。
一九 かぶり物。冠。ここは烏帽子《(えぼし)》であろう。
二〇 ぱたっと。底・慶・斑「はくと」。宮・近「はゝと」あるいは「はらと」に、尊「はゝと」に見える。なお三二「はたと」、木「はくと」。似た語は巻一に「はくりと」(→八五頁注四一)、すぐあとに「はらと」(→注三九)がある。
二一 髪を頭の上でくる所。 二二 少しであることの慣用的表現。 二三 さっと。
二四「のちのこと」はどんな感じだ、どんな感じだ。「〳〵」は「いかでぞある」の繰り返し。底本「あり〳〵」。宮・近・尊・慶・斑「ある〳〵」。それ

[二五]としつゝ心のかぎりは翁《おきな》[二六]のしれぬへかなりてて[二七]きをともせず。君、「[二八]まな〳〵。」と[二九]そら制《せい》しをし給ふ。いといみじげに踏《ふ》み伏《ふ》せて、車《くるま》にかけて引《ひ》き遣《や》るに、お《(を)》のこども[三〇]見懲《みご》りて、おぢわなゝきてゑ《(え)》車につかず。よそ人のやうにさすがに添《そ》ひて、ほかの小路《こうぢ》に引《ひ》き持《も》て来《き》て道中《(みちなか)》にうち捨《す》てて[三一]いぬる時にぞ、からうしてをのこども寄《よ》り来《き》て、[三二]ながえ持《も》たげたるけしきいと[三三]あしげなり。

北の方《かた》よりはじめて、乗《の》りたる人、

「ものも見《み》じ。帰《かへ》りなん。」

牛《うし》かけて[三四]打《う》ちはやして追《お》ひまどひて[三五]帰《かへ》るは、いさかひしける程に[三六]一の車の[三七]とこしばりを[三八]ふつ〳〵と切《き》りてければ、大路《おほち》中《なか》に[三九]はらと引《ひ》き落《お》としつ。[四〇]下《(げ)》らうの物《(もの)》、見《み》んとわなゝきさは《(わ)》ぎわらふ事かぎりなし。車《くるま》のお《(を)》のこども[四一]足《あし》をそらにてまどひたう《(ふ)》れて、[四二]ゑ《(え)》ふともかゝげず。

「[四三]いで給ふまじきにやありけん。かくいみじき恥《はぢ》のかぎりを見《み》ること。」とつまはじきをしつゝまどふ。乗《の》りたる人の心《(ここ)》ち、[四四]たゞ思《おも》ひ遣《や》らん。みな泣きにけり。中にも北の方、むすめ[四五]どもは口《くち》の方《かた》に乗《の》せて、我はしりの方《かた》に乗《の》りたりければ、[四六]こよなき横《よこ》かみより[四七]引《ひ》き落《お》としけるに、[四八]ながへ《(え)》ばかりいでたりける、

らによって訂正しておく。
二五 としながら心のあるだけは。意味不明。底「としつゝ心の」、宮・近・尊「しつゝ心の」、慶・斑・木「と心の」、三「とこゝろの」。
二六 老人が(以下、語義不明)。底・尊「おきなのしれぬへかなりて」、宮・近「おきなのしれぬかなりて」、慶・斑「しつおきなのしりぬへかなりといへと」(斑「〜をきな〜」)、三「しつおきなのしりぬへかなりいへとせむれと」、木「しつ翁のしりぬへかなりといへとせむれと」。
二七 語義不明。底本以下「てきをと」、三「いきをと」、木「いき音」。 二八 するなするな。
二九 止めるふりをすること。

〔66〕継母北の方、「あらあら」と泣きまどう

三〇 見懲(ごみ)りして。見るだけで懲りて。
三一 (衛門督方が)引き上げたその時にちょうど。
三二 轅。牛車の軸から出ている二本の棒。
三三 ばつが悪そうだ。
三四 「打ちはやす」は、打って急がす。
三五 帰ることは。帰りのこととしては。底本「かへりは」。宮・近・尊・慶・斑「かへるは」。それらによって訂正しておく。 三六 北の方たちの乗る(檳榔毛の)車。 三七 屋形と車軸とを結ぶ縄。
三八 ぷつぷつと切ってあったことだから。
三九 ぱらっと。先の「はくと」(→注二〇)に同じか。底「はらと」、宮・近・尊・慶・斑「はくと」。なお三「はく〳〵と」、木「はくと」。
四〇 身分低い者。底本「下からの物」、宮・近・尊「下らうのもの」、慶・斑「けらうのもの」。それらによって訂正する。 四一 「足をそらに踏みて」(→一五一頁注三五)。 四二 うまくとっさにも(落ちた屋形を)持ち上げられない。
四三 外出しなさるべきではなかったのであろうか。悪日だったということ。「き」底本、補入。

からうしてはい《(ひ)》乗《の》りにけれど、[一]かい《(ひ)》なつきそこなゐ《(ひ)》て、

「[二]おい《(を)》〳〵。」

と泣《な》き給ふ。

「いかなる物の報《むく》ひ《(い)》に[三]てかかるめ見《み》るらん。」

とまどひ給へば、御む[四]すめども、

「あなかま〳〵。」

との給ふ。からうして御前《(ご)ぜん》の人〳〵尋《たづ》ね来《き》て見《み》るに、[五]かゝるはいみじと思《おも》ひて、

「[六]とうかき据《す》へ《(ゑ)》よ。」

と[七]行《おこな》ひいでたるに、みな人〳〵、

「[八]いとむとくにある御車《くるま》のぬしたち。」

[九]わらふ。[一〇]いとはづかしうて[一一]さはやかにも言《い》はぬに、[一二]おもてを見《み》かはして立《た》てり。

からうして[一三]かい据《す》へ《(ゑ)》て遣《や》るに、北の方《かた》、

「[一四]あら〳〵。」

とまどひ給へば、[一五]ねりつゝ遣《や》る。

からうして[一六]殿《との》におはしたれば、御車寄《よ》せたれば、北の方、人に[一七]かゝりて、

[一八]たゞ時の間《ま》に[一九]泣《な》きはれて下《お》り給へれば、

四四 ともかくも想像してあげよう。書き手が読者に言葉をかける。 四五 底本「も」。宮・近・尊・慶・斑「とも」。それらによって訂正する。 四六 はるか高い車の心棒から。難解。「こよなし」は、格段の差があるさま。「よこかみ」は、軸。 四七 (屋形を)引き落としたことだから。 四八 轅ぐらいにはみ出ている。難解。北の方が、であろう。

一 腕。 二 おんおん。泣く声。
三 「て」、宮・近・尊・慶・斑ナシ。
四 「す」底本、補入(後補か)。
五 このありさまはひどいと思って。
六 早く持ち上げて(車に)据えよ。「とう」は胴(どう)かもしれない。
七 「行ふ」は、(指揮して)処置する。
八 まことに体裁の悪いお車の主たちよ。
九 (みな人々は)笑う。 一〇 ご前駆の人々は。
一一 はっきりとものを言わないで。
一二 顔を互いに見て立っている。
一三 (屋形を)持ち上げて据え(車を)引かせてゆくと。 一四 まどいの声。応急措置の屋形(乗せてあるだけ)だから、右にゆれると「あら!」、左にゆれると「あら!」。
一五 くねりながらゆっくり進む。賀茂の祭りならぬもう一つの祭りの行列のように。
一六 中納言邸。 一七 寄りかかって。
一八 ただもうわずかな時間に。 一九 (目が)泣き腫れて。 二〇 中納言の詞。何か何か。
二一 かくかくと、そのように(今しがた)あったいきさつを。 二二 「る」のあとに、宮・近・尊・慶・斑「事」がある。 二三 法師。
二四 一方ではまことに(妻子が)気の毒で。
二五 (出家の身に)ようおなりになれない。
二六 「て」は、宮・近・尊・慶・斑ナシ。

「[二〇]なぞ〳〵。」

とおどろき給へば、[二一]かう〳〵しかありつるよしを語《かた》り申《(まうせ)》ば、中納言いみじとおぼしたる、[二二]かぎりなし。

「いみじき恥《はぢ》なり。我《(われ)》[二三]ほう《(ふ)》しになりなん。」

とのたまへども、[二四]かつはいといとを《(ほ)》しうて、[二五]ゑ《(え)》なり給はず。

世の中にこの事を言《い》ひわらひての[二六]ゝしれば、[二七]右のおとゞ聞《き》き給ひて、

「まことにや、[二八]しか〳〵はせし、[二九]女車をなさけなくしたりと言《い》ふなるは。[三〇]そのうちに、かの[三一]二条のものと聞《き》きしは、いかに思《おも》ひてせしぞ。」

との給へば、衛門督《もんのかみ》、

「[三二]なさけなしと人の言《い》ふばかりの事もし侍らず。打《う》ちくひ打《う》ち立《た》て侍りし[三三]所に[三四]侍りし、お《(を)》のこども、「[三五]所多《ところおほ》かれ、[三六]こゝにしも」と言《い》ひ侍《(はべり)》しを、[三七]やがてたゞ言《い》ひに言《い》ひあがりて、車のとこしばりをなん切《き》りて侍《(はべり)》[三八]ける。さて人[三九]打《う》ちけるは、[四〇]それはなめげに言《い》ひ立《た》てりしをにくさに、[四一]かぶりをなん打《う》ち落《お》としてお《(を)》のこども[四二]引《ひ》き触《ふ》れ侍《(はべり)》し。[四三]を《(お)》のづから少将、兵《(ひやう)》へ《(ゑ)》の佐《すけ》も見《み》侍《(はべり)》き。[四四]いと人ものしと言《い》ふばかりの事もし[四五]侍らすざりき。」

との給へば、

二七 右大臣のおとどが(うわさに)お聞きになって。以下、衛門督の父による事情聴取である。
二八 しかじかのことはした(というのは)。
二九 (特に)女の乗る車をなさけ容赦なくいためつけていると(うわさに)言うと聞くのは。
三〇 その中に。中でも。　三一 二条邸の者(がやった)と聞いたのは。　三二 思いやりがないと。
三三 以下「き」が衛門督の会話文中に七回使われる。目撃性の強い「き」によって、出来事の経過がけっして乱暴なものでなかったことを目で見たからまちがいないと弁明する。

〔67〕衛門督の弁明、女君の嘆き

三四 (車が)ござった(その車を)。底「侍りし」、宮・近・尊・慶・斑「たて侍し」。
三五 場所はたくさんあってくれ。「ところ」のあとに、宮・近・尊・慶・斑「こそ」。
三六 (よりによって)ここに。ここに立てなくてもいいのに、の意。
三七 そのまま一途に言葉がエスカレートして。
三八 「けり」は目撃しない過去をあらわしうる語。とこしばりを切るところは見ていないから事実かどうか知らないという含みのある弁明。
三九 人を打ったというのは。この「けり」も殴る蹴るの現場は見ていないから事実かどうか分からないという含み。　四〇 そいつ(典薬助)はいかにも無礼に言い立てたのを憎らしさに。
四一 「かうぶり」(↓一七八頁注一九)に同じ。
四二 引っぱって(軽く手で)触ったのでございます。「き」は見たからまちがいないという証言のつもり。　四三 (同行していたから)自然と。
四四 ちょっとも人が不都合だと言うほどのこともしてはおらなかったのでございます。
四五 底・宮・尊「し侍らすさりき」、近「し侍らすきりき」、慶・斑「し侍らさりき」。河野美術館本「し侍らす」の右傍に「イざりき」。

「人のそしりな負《お》い《(ひ)》そ。[一]さ思《おも》ふやうあり。」

[二]とのたまへば、女君は[三]いとを《(ほ)》しがり嘆《なげ》き給へば、衛門《もん》、

「[四]さはれ、いたくなおぼしそ。[五]あいなし。[六]おとゞのを《(お)》はせばこそあらめ。[七]典《てん》薬《やく》が打《う》たれはかのしるしや。」

と言《い》へば、女君、

「いと[八]むへきなかりける、[九]わが人にはあらで、[一〇]君の人になりね。[一一]それこそかく物は[一二]しう《(ふ)》ねく思ひ言《い》へ。」

との給へば、

「[一三]さは、衛門《もん》、[一四]我君《(わが)》に仕《つか》うまつらん。衛門《ゑもん》が[一五]思《おも》ひしかぎりの事をせさせ給へば、[一六]げにおまへよりもたからの君となん思ひたてまつる。」

と言《い》ふ。

[一七]あの北の方《かた》はいみじう病《や》み苦《くる》しがる。御子《こ》ども集《あつ》まりて、願立《ぐわんた》てなどして[一八]やめたてまつりてけり。

一 そう思う理由がある。権勢をかさに着る行動を叱る父。
二 とおっしゃると、(その一方で二条殿でも)。かたや父右大臣対息子衛門督、かたや女君対衛門という一連の場面の動き。
三 (中納言方を)気の毒がり。
四 まあまあ、あまりお悩みになるな。
五 変ですよ。復讐は当然なのに同情するとは不合理だ、というきもち。
六 中納言のおとどがおいでならともかくもです。
七 典薬助めの打たれることはあの一念の効きめですよ。衛門はあこき時代に返報を一念に誓ったことがある(→八九頁注二二)。
八 語義不明。底・宮・近・尊「むへきなかりける」、慶・斑「むへかりける」(慶は「へ」と「か」とのあいだに「き」字見せ消ちあり)、三「むつかりける」、木「むねきたなかりける」。
九 わたしの侍女ではなくて。
一〇 男君の仕え人になっておしまい。
一一 男君こそは。
一二 執念深く。
一三 それでは、わたくし衛門は。
一四 自分が(これと思う)主君に仕え申そう。巻一に言う「異君取り」(→五頁注四二)の発想である。
一五 考えたありったけのこと。注七の誓った返報の数々。
一六 (仰せの通り)なるほどあなたさまよりもだいじな主君であると。
一七 あちらの継母北の方は。
一八 治してさしあげたことであった。

を《(お)》ちくぼ[一]　第三

[二]かゝるもの思《おも》ひに添《そ》へて、[三]三条いとめでたく造《つく》り立《た》てゝ、

「六月に渡《わた》りなむ。こゝにてかくいみじきめを見《み》るは、[四]こゝのあしきかと心《こゝろ》見《み》ん。」

とて、御むすめども[五]引《ひ》き具《ぐ》していそぎ給《(たまふ)》。[六]衛門は聞《き》ゝて、おと《(を)》こ君の臥《ふ》し給へる程に申す、

「三条殿はいとめでたく造《つく》り立《た》てゝ、みな[七]引《ひ》きい《(ゐ)》て渡《わた》りたまふべかなり。[八]故《こ》上《うへ》の、「こゝ失《うしな》はで住《す》み給へ。[九]故《こ》大《おほ》宮のいとをかしうて住《す》み給《(たまひ)》し所なれば、[一〇]いとあわ《(は)》れになんおぼゆる」と[一一]返《(かへすかへす)》ゝ聞《き》こえを《(お)》き給《(たまひ)》しものを、かく[一二]目《め》に見《み》す〱領《(りやう)》じ給《(たまふ)》よ。[一三]いかで両《(りやう)》ぜさせ果《は》てじ。」

と言《い》へば、おと《(を)》こ君、

[一四]「券《(けん)》はありや。」

とのたまへば、

[一五]「いとたしかにて候《(さぶらふ)》。」

一 底本「をちくぼ」のあとに割り書きで「第三并第四」。いま改める。
二 かような思いわずらいに加えて。「に添へて」は、物思いに伴われつつ三条の家(三条殿・三条邸)の改修のほうはめでたく、というきもち。
三 三条の家。一年かけて改修してきた。

〔1〕三条殿新装なる

四 この邸が(忌みにかかって)よくないのかと試してみよう。「あし」は、凶相がある、の意とみておく。
五 引き連れて(移転する)準備をなさる。中納言としては凶事を避けるためであるから一家をあげて移転する。継母北の方や娘たちは占拠してずっと住むつもり(→一七五頁注二八)。
六 衛門は(そのうわさを)聞きつけて。「衛門は」の「は」、宮・近・尊・慶・斑ナシ。
七 率いてお渡りになるようだと聞く。
八 (女君の)故母上が。
九 故母宮がじつに趣向を凝らしてお住みになった場所であるから。大宮は女君にとって祖母にあたる人。この家についてあとに「母方の祖父なりける宮の家」(→一九二頁)ともある。
一〇 まことに身にしみて感じられるよ。
一一 繰り返し繰り返し申し置かれたことであるから。この三条邸を伝領してここを守ることは亡き母親の遺志であったことを示す。
一二 眼前に見せつけるまま所有なさることよ。「目に見す見す」は眼前に見せつけられるまま時間が経過することの慣用的表現。
一三 何とかして(かれらの)所有しっぱなしにさせたくない。「両」は「領」の当て字。
一四 所領その他の所有権を証明する文書。券契。
一五 本当にまちがいない状態で(女君の手元に)ございます。「たしか」は券が備わっている状態をいう。

「[一]さてはいとよく言《い》ひつべかなり。渡《わた》らん日をたしかに[二]案内《あない》して来《こ》。」

とのたまへば、女君、

「[三]又いかなる事をしいだしたま[四]はん。衛門[五]こそけしからずなりにたれ。[六]たゞはやすやうにいみじき御心を言《い》ふ。」

とうらみたまへば、衛門《もん》、

「[七]何《なに》かけしからず侍らん。[八]道理《だうり》なき事にも侍らばこそあらめ。」

と言《い》へば、お《(を)》とこ君、

「ものな申《(まうし)》そ。[九]こゝには心もおはせず。[一〇]御ためあしき人は[一一]いとあはれなり。」

との給へば、

「[一二]我《(わが)》身さいなまるゝよし。」

とてわらひ給へば、衛門《ゑもん》[一三]心得《え》て、[一四]いかゞは申すべき、月たちぬれば、さりげなくて、衛門《ゑもん》、

「いつか渡《わた》り給《(たまふ)》べき。」

と案内《あない》させければ、この月十九日と聞《き》き《ゝ》て、さなん、とお《(を)》とこ君に申せば、

「その日こゝ[一五]にし渡《わた》したてまつらん。[一六]さる心して若《わか》き人〴〵いますこし求《もと》め設《まう》けよ。かの中納言のもとに[一七]よろしきものはありきや。それもとかくも言《い》はで

一　それではきっとうまく言い負かしてしまえそうだと判断される。
二　しっかりと内情を尋ねて来い。
三　(今度は)またどんなことを始めなさるのでしょう。「しいだす」は、構えてことを行う。ここから女君が登場する。
四　「ま」底本、虫損。
五　衛門はたちが悪くなってしまっていることね。
六　一途にけしかけるみたいに(男君の)極端なお心に対して口をきく。「目に見す見す」などというような言い方をして男君の復讐心をかきたてることを言うか。
七　どうしてたちの悪いことがございましょうか。
八　物事のあるべき道筋。うつほ、源氏物語などに広く見られる語。
九　こちら(女君)にあっては心もおありでない。「心」は普通の人間なら備えている感情。
一〇　ご自身にとって悪い人物はまことにしみじみといとしいのだ。この前後、文のつながりが分かりにくい。
一一　「は」底本、虫損。
一二　女君の詞だが難解。わたしの身がいじめられる理由だ、の意か。「よし」底本以下同じ。
一三　底本「心て」。宮・近・尊・慶「心えて」、斑「こゝろへて」。宮などによって訂正しておく。
一四　どうして(今は)申し上げようか(申し上げるまい)。下文にかかると見ておく。「申すべき」のあとに、三・木「とてたちぬ」がある。
一五　こちらで(女君を)お移しし申し上げよう。「ここに」は、わたしのほうで。
一六　その心づもりで若い侍女たちをもういくらか。
一七　まあまあの人物はおったか。
一八　あとで悔しがらせよう。これも復讐の一環である。

呼《よ》び取《と》れ。[一八]のちにねたがらせん。」

との給へば、衛門《もん》、

「いとよく侍《(はべり)》なん。」

と言《い》ふ。かくの給ふをいとうれしと思《おも》[一九]へるけしきのしるければ、おとこ《(を)》君も、わが心に似ていと[二〇]きかせし、と思ひてさ[二一]ゝめきありき給《(たまふ)》。女君に申《(まうし)》給ふ、

「人[二二]のいとよき所得《え》させたるを、この十九日に渡《わた》らん。人[二三]〳〵の装束《さうぞく》し給へ。[二四]こゝも修理《すり》せさせん。とく渡《わた》りなん。いそぎ給へ。」

とて、[二五]くれない《(ゐ)》きぬ、[二六]あかね、[二七]染《そ》め草《くさ》どもいだし給へれば、[二八]ひとへにかく構《かま》へ給《(たまふ)》事も知《し》り給はで、いそがせ給ふ。

衛《ゑ》門《もん》、便《たよ》[二九]りを作《つく》りいでて、かの中納言殿に[三〇]きよげなりと見《み》し人〳〵呼《よ》ばす。上《うへ》[三一]の御方に侍従の君とていときよげなる一《(いち)》[三二]の人におぼえたる、三の君の御方にすけの君、たゆ《(い)》ふのおもと、下仕《しもづか》へまろやとて、[三三]いときよげなる、もののよしありてと見《み》を《(お)》きしを、と構《かま》[三四]へかう構《かま》へつゝ、人を遣《や》りつゝ、

「[三五]かう〳〵してたゞいまの時の所なる、人〳〵[三六]いたはり給《(たまふ)》ことかぎりなし。」

と言《い》はせたれば、若《わか》きものどもにて、おのが君[三七]のし[三八]ひまどひ給へるはくちをしう思ひて、[三九]いづちか行《い》かましと思ひいそぐ程に、かういと[四〇]よげに言《い》へば、たゞ[四一]

一九 衛門が。
二〇 語義不明。底本以下「いときかせし」、三・木「きかせし」。「か」は底本「ゝ」にも見える。
二一 (衛門と)ひそひそ相談し動き回られる。
二二 男君の詞。ある人がまことに結構な在所を。
二三 うつほ・楼上上の殿移りの記事に、「渡り給ふべき人々の装束、…分かたせ給ふ」とある。
二四 この二条邸も。
二五 紅絹。 二六 赤の染料。
二七 染料用の草。
二八 専念してかように計画していらっしゃることもご存じなくて。
二九 手づる。便宜。
三〇 (容貌が)きれいな感じだと見た侍女たちを。
三一 北の方付きに。
三二 第一の人であると思われている(その侍従の君や)。
三三 まことにきれいな感じの人物で、風情があってと見置いたのを。
三四 あれこれ策をめぐらしめぐらし、人をつかわしつかわししては。昔のあこきのしわざであることを知られないようにするための苦心。

〔2〕侍女を迎える

三五 かくかくしかじかして現在の権勢盛んな所である(邸で)。
三六 (仕える)侍女方を大切にしなさることは最高だ。
三七 主君。中納言のこと。
三八 すっかり耄碌していらっしゃるのは。
三九 どちらへか行こうかしらと焦って考えるところに。奉公先を変えようとすること。巻一に言う「異君取り」(→五頁注四二)である。
四〇 いかにもよさそうに。
四一 目下、世の中に騒がしく言い立てる(高名の)お邸であるよねなど思って。

いまの世にのゝしる殿ぞかしなど思ひて、うけひきて、まい《(ゐ)》らんといそぎつゝ里《さと》に出《(いで)》、おちくぼの君と[一]夢知《(ゆめ)し》らず、又一所《(ひと)ところ》にまい《(ゐ)》りつどはんこととももゆめ知《し》らで、みなをの《(お)》〳〵隠《かく》し[二]さゝめきなんしける。

[三]人〳〵して車つかはして片《かた》はしより迎《むか》へさせ給ふに、みなまい《(ゐ)》る。いみじう人多《おほ》[四]かる殿にて、[五]けさうじたる事かぎりなし。一《ひと》つ所にまい《(ゐ)》りぬ。おなじ所に下《お》ろしたれば、かたみに見《み》つけていとをかしと思ひたりけるに、[六]聞《き》きしもしるくきよげなる若《わか》き人廿人ばかり、[七]しらはりの[八]ひとへがさね、[九]二《ふた》あい《(ゐ)》の裳《も》、[一〇]濃《こ》きはかま着《き》て、五六人、赤《あか》らかなるはかまにてあやのひとへがさね引《ひ》きかけたる、薄《うす》色の[一一]こめの裳《も》、あやなどをな《(お)》じやうにさうぞきつゝ、[一二]かい群《む》れ群れていで来《き》つゝ、[一三]人〳〵の見《み》るに[一四]わびぬべし。女君は[一五]暑《あつ》けにや、なやましうて見《み》たまはねば、お《(を)》とこ君、

「[一六]我見《み》ん。」

とて出《(いで)》おはす。

[一七]いとつゝましうて、うつぶしつゝ[一八]見《み》あひたり。いと濃《こ》きくれなゐの御はかま、白《しろ》[一九]きすゞしの御ひとへ、うすものの[二〇]なを《(ほ)》しを着《き》て出《(いで)》ゐたまへるさま、いみじう[二一]なまめかしうきよげにおはす。まづ、お《(を)》とこ君思《おも》ふやうにおはすめり、と見《み》あ

一 まったく。「夢」は当て字。
二 (衛門の使いと)ひそひそ相談をしたことだよ。
三 (それぞれ迎えの)人々をして。
四 「か」底本、補入。
五 飾り立てていることはこの上ない。「けさうず」は、化粧する、美しく飾る。
六 聞いていたことも顕著に符合して。
七 糊をつけて張り光沢を打ち出してある白絹。夏の衣裳である。
八 裏をつけない「ひとへ(単)」を重ねる着方。「と」底本、虫損。
九 紅花と藍とで染める色。
一〇 濃紅の。濃紫かとも。
一一 「こめのきぬ」の略。撚りの強い糸で織った紗の類で、織り目を透かし縮みのようにして出し薄く織ってあるという。
一二 群れを作り群れて出て来出て来しては。
一三 (それらの)人々が見るのに対して。
一四 (今参りの侍女たちは)きっと困ってしまうことであろう。書き手の推量。
一五 暑気当たり。
一六 わたしが会おう。本来は女主人の仕事。主従関係を結ぶための初見参《(げんざん)》である。
一七 (今参りたちは)大いに遠慮させられて。
一八 「見あふ」は、まみえる、会う。見参を意味する語。
一九 生絹。生糸で織った絹布。 二〇 直衣。
二一 「なまめかし」は、優美なさま。夏の衣裳から感じられる色っぽさを含む。

〔3〕侍女たちの見参

二二 あれこれと。こまごまと。「ことごとく」「ことごとに」に似る「ことごとと」という語があったと考えておく。
二三 悪くはない者どもであるようだが。「けしう」は「けし」(異常だ)の連用形「けしく」の音便

へり。殿《との》、こと[二二]ぐ\とうち見《み》給《(たまひ)》て、

「[二三]けしうはあらぬものどもなめるに、衛門[二四]がみちびきなれば足《た》らはぬ事あり

とも言《い》ふべきにあらず。」

とうちのたまへば、

「[二五]いとおぼえ強《つよ》しや。」

とわらひ給へば、衛門《ゑもん》、

「「足《た》[二六]らはぬ事あり」とは御覧《らん》じ知《し》らぬにこそは。おまへ[二七]にさぶらひつる程

に、ゑ《(ゑ)》[二八]かきなでても御覧《らん》ぜさせずなりぬ。かやうの事は[二九]かたりはこそ。」

とて出《(いで)》[三〇]来《く》る人を見《み》れば、あこきなり。

「[三一]こはいかに。この殿にはかくめでたきおぼえにてはさぶらひ[三二]給《(たまひ)》けるぞ。」

とおどろきぬ。衛門《ゑもん》、[三三]いましも見《み》つくるやうにて、

「[三四]あやしう、見《み》たてまつりし心《(ここ)》ちするかな。」

と言《い》ふに、

「〔[三五]こゝにもおなじ心に見《み》たてまつるに〕うれしうも。」

と言《い》ふ。

「[三六]としごろは対面《たいめん》[三七]なくてなりもて行《(ゆく)》もあはれに思[三八]ふ《(う)》たまへつるを。」

形で、「けしうはあらぬ」というように下に否定表現を伴うのが通例である。

二四 衛門の手引であるから不足の点があるとしても(あれこれ)言うべきことでない。

二五 女君の詞。えらく(衛門の)信望が強力なのね。何か(三条邸への殿移り)を計画して男君と衛門とが心を合わせていることに対しての批評でもあろう。

二六 「不足の点がある」とは(侍女たちを)お見知りでないのでは…。

二七 (私が女君の)ご前に伺候しておりましたそのあいだに。

二八 (髪を)かきなでてもお目にかけることができなくなってしまいました。難解。ここは「つ」「ぬ」を基調とする文体であるから中納言邸にいたころのことと見るのには従いがたい。

二九 語義不明。底・宮・近・尊「かたりは」、慶・斑「かたれは」、三「かゝれは」、木「かたりて」。

三〇 底本「出いてくる」。宮・近・尊・慶「いてくる」、斑「くる」。宮などを根拠に訂正する。

三一 これはどうしたこと。慣用的表現。

三二 伺候してこられたことですね。

三三 たったいま見つける格好で。衛門の演技。

三四 不思議に、(以前)お会いし申した気がするよなあ。

三五 こちらでも同じきもちで会い申すにつけてうれしくも…。「おなじ心」は以前に会ったことがあるといううきもち。「こゝにもおなし心にみたてまつるに」底本、欠文。宮・近・尊・慶により補う。斑「爰にもをなしこゝろそみたてまつるに」。

三六 衛門あるいは侍女たちの詞。

三七 会うことがなくなってゆくこともしみじみと。「なりもて行く」は、だんだんなってゆく。

三八 思い申したところでしたのに。

とて、[一]むかし物語《がた》りなどする程に、又、[二]いと白《しろ》ううつくしげなる[三]君の[四]二《(ふたつ)》ばかりなるを肩《かた》にうちかけて、

「衛門の君まい《(ゐ)》り給へ。」

とて出《(いで)》たるを見《み》れば、少納言なり。

「[五]あやしう、むかし心《(ごこ)》ちしてあはれなる御声《こゑ》どもかな。」

とて言《い》ひゐたる事どもは[六]書《か》か《ゝ》じ。[七]うるさし。かたみにうれしきよしをぞ言《い》ひける。[八]むかし見《み》し人〳〵用意《ようい》ことなれば、[九]便《たよ》りあり、よしと思ひあへり。

かくて、あす渡《わた》るべしとて、中納言殿には御方〳〵の物運《はこ》び、すだれかけしつらふ。人〳〵のもの[一〇]さへ運《はこ》ぶと聞《き》き《ゝ》給《(たまひ)》て、衛門督《(ゑもん)のかん》の殿《との》の《ゝ》[一一]家司《けいし》なる[一二]但馬守《たぢまのかみ》、[一三]下《しも》野守《つけのかみ》、[一四]政所《まどころ》の別当なる[一五]衛門佐《(ゑもん)のすけ》、ざう《(ふ)》しきなどの[一六]きら〳〵しきを召《め》して、

「[一七]しか〳〵ある所の三条なる領《りやう》ずるを、渡《わた》らんと思ふほどに、源中納言、いかにする事にかあらん、そこを[一八]両《(りやう)》じて造《つく》ると聞《き》き《ゝ》つるを、[一九]さりとも消息《せうそこ》してあるやう言《い》ひてん、と[二〇]待《ま》ちてものも言《い》はざりつるに、あす渡《わた》るとなん聞《き》く。[二一]まかりて、[二二]いかなる事ぞ、[二三]こゝにしるべき所を音《おと》もせで渡《わた》るはいかなる事ぞ。[二四]そこにもの運《はこ》びたらんもな取《と》らせそ。[二五]こゝにもあす渡《わた》らんと思《おも》ふ。おの《(を)》こども、[二六]ざう《(ふ)》しき所定《さだ》めて[二七]たゞゐにゐよ。」

一 思い出話。懐旧談。
二 三行あとの「出(で)たる」にかかる。
三 太郎君。
四 二歳ぐらい。三・木には「三」とある。
五 不思議に、昔のきもちがしてしみじみなつかしいお二人の声よなあ。話しを交わす時の変わらない声を聞いているうちになつかしさがこみあげる。
六 書かないでおこう。省筆を断わる書き手の言葉。
七 わずらわしい(から)。書き手の断わり。
八 以前に見知った人々(衛門や少納言)が格別に心づかいしてくれるので、の意。
九 (今参りたちは)便宜があって都合がよいと思い合っている。

〔4〕三条殿へ乗りこむ家司たち

一〇 「さへ」は「御方〳〵」に対して、侍女のものまでもというきもち。永住するつもりらしいと衛門督(男君)方は見て取る。
一一 権門家の家務を取りしきる職員。上家司の場合は四位、五位が担当し、主筋の権勢のもとに地方官を兼ねる。
一二 但馬国の国守。但馬国は今の兵庫県北部。
一三 下野国の国守。下野国は今の栃木県。
一四 家政を掌握する事務所。そこの長が別当である。「まんどころ」とも。
一五 衛門府の次官。これなり(帯刀)のことかとも言われるが、かれの現在は左衛門尉(→一七四頁注一五)(→一七七頁注二六)であるはず。
一六 錚々たる連中を召して。容姿端正な雑色を集めたか。
一七 これこれある所の三条にある家を所有しているのだが。
一八 領じて。
一九 そうあるとも(こちらへ)挨拶状を寄越して

との給へば、みなうけ給はりて引《ひ》[二八]きていぬ。

げに見《み》れば、造《つく》りざまいとあらまほしう、すな[二九]ごひかせ、すだれかけさせなどす。[三〇]いと猛《まう》に引《ひ》き連《つ》れて来《き》ぬ。人〳〵おどろきて、

「いづこの人ぞ。」

と問《と》へば、衛門督の殿《とのゝ》の家司《けいし》、職事《しきじ》[三一]どもなり。

「[三二]この殿《との》は殿のしろしめすべき所なるを、いかにして御消息《せうそこ》をせで渡《わた》りたまふべかなるぞ。「しばしな渡《わた》しそ」とお[三三]ほせらるれば。」

とて、入《い》り立《た》ちて、

「こゝはざう《(ふ)》しき所ぞ。」

など定《さだ》めて、

「こゝもとはとかくせよ。」

などを《(お)》[三四]こなひてなを《(ほ)》さす。

人〳〵あきれまどひて、殿[三五]に走《はし》りて、

「かう〳〵の事侍《(はべり)》。家司《けいし》、職事《しきじ》引《ひ》きゐてまうで来《き》て、さらにげ[三六]すどもえ出《(いで)》入《い》りせさせ侍らず。「殿もあすなむ渡《わた》り給《(たまふ)》べき」とて、ざう《(ふ)》しき所、政所《まんどころ》など定《さだ》めて、所[三七]〳〵などしなを《(ほ)》させ侍[三八]る。」

事情をきっと言うのにちがいない、と。

二〇 待って何も(こちらから)言わなかったところ。

二一 (三条邸へ)赴いて。

二二 どういうことか。以下は伝言か。受ける「と」がないので括弧を施さないでおく。「命令を下す間に直接相手を詰問する口調になったもの」(集成)。

二三 こちらに治めるべき所に対して。「しる」は、占める、領有する。「知る」と同源の語。

二四 そちらに物品を運んでいようの(その物品も(そのままにして)取らせるな。中納言方が運びこんだ物品に手を触れさせるな、の意。

二五 こちらでも。「ここ」は男君の自称。

二六 雑色の詰め所。

二七 ただもう居座っておれ。

二八 引き連れて去る。舞台は三条殿へ回る。

二九 砂を敷かせ。「ひかせ」は不審。「すなご敷かせ」(→一七〇頁注一五)(→二二一頁注三三)。なお、底・宮・近・尊「ひかせ」、慶・斑「しかせ」。

三〇 (衛門督方が)じつに威勢よく連れ立って。

三一 家司の下にある職員。

三二 この邸は(わが)殿の領有しなさるはずの所であるのに。「しろしめす」は「しる」(治める、占める)の尊敬表現。

三三 おっしゃられるから。「おほせらる」は高い尊敬。本来「らる」は受身である。

三四 指図して直させる。

〔5〕中納言、右大臣へ訴える

三五 中納言邸に走り帰って。

三六 下男ども。下種。あとの「下人《(しもびと)》」に同じか。

三七 あちらの所こちらの所などを作り直させてござるよ。

三八 底・慶・斑「侍る」、宮・近・尊「侍り」。

など申すに、中納言殿、老《お(い)》ひ心《(ここ)》ちにまどひ給《(たまひ)》ぬ。

「いといみじき事かな。[一]かの家には、我手《(わが)て》に券こそなけれども、我《(わが)》子の家《いへ》なり。[二]我ならではたれ領《りやう》ぜん。[三]その子《こ》世にあると聞《き》ゝ侍らばこそそれがするならんとも思《おも》はめ。いかなる事にかあらん。[四]打《う》ちあひいさかふべき事にもあらず。[五]父《ちゝ》おとゞに申さん。」

とて、[六]出立《(いで)た》ちもし給はぬ心《(ここ)》ちに装束《さうぞく》も[七]しあへず、いそぎまどひて右の大ひ殿《おほ(い)どの》にまうで給《(たまひ)》て、

「殿に[八]御けしきたまはるべき事ありてなんまいり《(ゐ)》たる。」

と聞《き》こえ給へば、おとゞ対面《たいめん》し給《(たまひ)》て、

「何《なに》事にか。」

と申《(まうし)》たまへば、

「としごろ我《(わが)》[九]両《(りやう)》じ侍《(はべる)》所三条に侍《(はべる)》を、此《(この)》月比《(ごろ)》つくろはせはべりて、あすまかり渡《わた》らんとて、[一〇]さぶらひどもみな物ども運《はこ》ばせ侍《(はべる)》ほどに、衛門督の殿の家司《けいし》と[一一]申物《(まうすもの)》まうで来《き》て、「[一二]殿《とのゝ》のしろしめすべき所也《(なり)》。いかで御消息《せうそこ》もなくては渡《わた》るべき。殿もあすなん渡《わた》らせ給《(たまふ)》べき」とて[一三]まうで来《き》ゐて、[一四]下人《しも》ども通《かよ》はし侍らず、[一五]妨《さまた》ぐる事の侍れば、おどろきてなん。此《(この)》家《いへ》はさらにほかに人しるべからずと

一 あの家については。

二 わたし以外ではだれが所有しよう。自分の娘の家であるから、その娘が失踪した以上自分の所有だ、という理屈。

三 その娘が世に生きていると耳にしてござるのならばだ、それ(その娘)がするしわざであろうと思いもしよう。

四 争い喧嘩することができるようなことでもない。

五 衛門督の父。右大臣。

六 外出もなさらぬ(滅入った)きもちで。「物思ひのみして、をさ〳〵いでまじらひ給ふこともなし」(→一七四頁)を受けるか。出発の準備も(十分に)なさらない(動転した)きもちで、とも取れる。

七 「しあふ」は、十分に行う。

八 ご意向をいただくべき用向きがあって参上しておりますよ。

九 領じ。

一〇 侍者ども(に命じて)全部。「さぶらひ」は家司や家人など。

一一 者。

一二 「と」底本、虫損。

一三 やって参り居座って。

一四 家に召し使う身分の低い人々。「げす」に同じか。

一五 (交通を)妨害することがござるから。

一六 券が(衛門督の手元に)ござるのであろうか。この言葉によって中納言が券を持たないことを右大臣に知られる。

なん思ひ侍《(はべる)》。いかなることにか侍らん。[一六]券やさぶらふらん。」

と、いたう嘆《なげ》きたるさまにて申《(まうし)》給へば、[一七]

「[一八]さらに知《し》らぬ事なれば、ともかくも[一九]聞《き》こえ申すべからず。の給ふやうにては[二〇]衛門督の無道《むだう》なるやうなれど、[二一]さりともあるやう侍らん。[二二]いまはかの衛門督に言《い》ひて、[二三]あるやう聞《き》きてなんくはしくは聞《き》こゆべき。[二四]はじめより知《し》らぬ事なれば、[二五]そこにはいかゞ聞《き》こえん。」

と、いと[二六]粗相《そさう》に心に入《(いれ)》ぬけしきにていらへたまへば、中納言、[二七]又聞《き》こゆべき方《かた》なくて、いといたう嘆《なげ》きながら出給《(いでたまひ)》ぬ。

「殿《との》に申《(まうし)》つれば、しか〳〵なんの給《(たまふ)》。いかなるべき事にか。[二八]こゝらのとしごろひとへに造《つく》りて、[二九]人わらはれにやなりなんとすらん。」

と嘆《なげ》き給ふとは[三〇]世《よ》のつねなり。

衛門督、[三一]うちより殿にまかで給へれば、

「[三二]中納言のいましてしか〳〵のことのたまへるは[三三]まことか。いかなる事ぞ。」

と申《(まうし)》給へば、

「[三四]しか、まことに侍り。[三五]こゝにとし比《(ごろ)》渡《わた》り侍らんとて、[三六]さるべき所修理《すり》せさせ侍らんとて人つかはしたりしに、にはかにかの[三七]中納言なむ渡《わた》らんとなんし

一七「は」のあとに、宮・近・尊・慶・斑「おとゝ」がある。
一八 右大臣の詞。
一九「聞こゆ」「申す」と謙譲表現が重なるのは異例。
二〇 衛門督が道にはずれている様子であるけれど。「無道」は、「道理」(→一八四頁注八)に背くこと。
二一 そうあるとしてもそうあるなりのわけがござろう、の意。
二二 (こうなった)今は。
二三 その「あるわけ」を聞いてですな、詳細には申し上げることにしよう。「聞く」はここでは、聴取する。
二四 はなから知らないことであるから。
二五 そちらには。貴殿には。
二六 疎略に。続く「心に入れぬ」と同じ意味。
二七 さらに(言葉を継いで)申し上げるべき方法がなくて。
二八 長くの年にわたってひたすら修造して。
二九 世間の物笑いに。
三〇 世間並み(の表現)だ。言うもおろかだ。書き手からの一言。
三一 内裏から右大臣邸に。

〔6〕事情聴取

三二 右大臣の詞。巻二で車争いの時(→一八一頁)に続き、再び父による事情聴取である。
三三 真実のことか。
三四 その通り。はい。
三五 私のほうでずっと何年も。「とし比」は何年もまえから移転するつもりであったとのきもちをこめる言い方。
三六 修理すべき箇所を。
三七 中納言が家移りしようと(準備)してござる、と。二つの「なむ」「なん」がしつこい。

侍《（はべる）》、と聞《き》[一]こえ侍《（はべり）》つれば、[二]あやしさにまことかと聞《き》かせにをのこどもつかはして、[三]案内《あない》せさせ侍《（はべる）》なり。」

と聞《き》こえ給へば、

「かの中納言は「われよりほかに領《りやう》ずべき人なき家をかくすることはいと[四]非《ひ》道《だう》なる事」とこその給《（たまふ）》なりしか。[五]そこにはいつより[六]両《（りやう）》じ給《（たまふ）》ぞ。券やある。[七]たが取《と》らせしぞ。」

とのたまへば、

「[八]かしこに侍る人の家《いへ》に侍り。母方《はゝかた》の祖父《おほぢ》なりける[九]宮の家《いへ》なりける、伝《つた》はりて侍《（はべる）》を、かの中納言はほけて妻《め》[一〇]にのみ従《したが》ひて[一一]なさけなくものしき心のみ侍《（はべり）》しかば、にくさに[一二]この家《いへ》も取《と》らせ侍らじとてなん。券いとたしかに侍り。券しらで造《つく》りて「われよりほかにしる人あらじ」と侍《（はべる）》こそ[一三]をこがましけれ。」

とのたまへば、[一四]

「[一五]さらに言《い》ふべき事にもあらざ也《（なり）》。早《はや》くその券見《み》せ給へ。いと[一六]嘆《なげ》かしと思ひ給へり。」

と聞《き》こえ給へば、

「いま見《み》せ侍らん。」

一　耳にしたところでございますから。
二　不審さに真実のことかと聴取させるために郎等どもを派遣して。
三　事情を問わせるのでございます。
四　道理にはずれること。「無道」（→一九一頁注二〇）に同じ。但しその「無道」という語を使ったのは右大臣のほうで、中納言はそこまではっきり言わなかったはず。右大臣は中納言の言わんとすることの趣旨を汲み取って伝える格好である。
五　そなたにあっては。
六　領じ。
七　だれが渡したか。
八　あちら（二条邸）にござる人（女君）の持ち家でございます。
九　皇族。親王。この祖父宮は本巻のはじめに「故大宮のいとをかしうて住み給ひし所」（→一八三頁注九）とある大宮（女君の祖母）の夫、つまり女君の祖父か。分かりにくい。
一〇　北の方のなすがままに任せるばかりで。女君へのいじめに中納言が結果的に手を貸していたことを言う。
一一　思いやりなく不快な。
一二　当の（二条の）家のことも。
一三　笑うに足ることですよ。
一四　「は」底本、虫損。
一五　（券があるのなら）これ以上に議論するようなことでもないように判断される。
一六　（中納言は）嘆かわしいことだと。
一七　二条邸。
一八　ご前駆の従者ども。
一九　車の簾の下から衣裳の袖などを出した女車。晴れがましい家移りにふさわしくする飾り車の準備である。うつほ・楼上上「殿の内、宮たち、

とて、[一七]二条におはして、あすの御前《(ごぜん)》[一八]の人〳〵召《め》し、又[一九]いだし車《(ぐるま)》は人〳〵に当《あ》てさせ給《(たまふ)》。

中納言、夜《(よ)》一夜《(ひと)よ》嘆《なげ》き明《あ》かして、まだつとめて太郎越前守《ゑちぜんのかみ》[二〇]を殿にまい《(ゐ)》らせ、[二一]

「[二二]身づからまい《(ゐ)》らんとするを、[二三]まかり帰《かへ》りしまゝに乱《みだ》り心《(ごこ)》ちあしくてなん。[二四]御けしきたまはりし事はいかゞ侍らん。」

と申《(まうし)》[二五]給へば、

「衛門督《ゑもんのかみ》にすなはち言《い》ひしかば、[二六]しか〳〵なん言《い》ふめりしを、又[二七]委《(くはしく)》はあの督《かみ》にあひて問《と》へ。こゝには知《し》らぬ事なれば定《さだ》めがたくなん。さやうに券なくて領《りやう》じ給《(たまふ)》が[二八]おこ《(を)》なるやうになん。」

と[二九]言《い》ひいだし給へれば、衛門督殿にまい《(ゐ)》[三〇]りたれば、御[三一]なを《(ほ)》しばかり着《き》給《(たまひ)》て、すだれのもとにゐ給へれば、越前守《ゑちぜんのかみ》はかしこまりてゐたり。女君もおまへなれば、見《み》いだし給《(たまひ)》て[三二]あはれとおぼす。衛門、少納言、

「[三三]いかなりしおり《(を)》、おそろしと思ひて御心誤《あやま》たじと思《おも》ひけん。」

とわらふ。越前守《ゑちぜんのかみ》、

「殿にまい《(ゐ)》りて御けしきたまはりつれば、[三四]しか〳〵なんおほせられつる。券はまことにやさぶらふらん。それをくはしくうけ給《(たまはり)》定《さだ》めん。又としごろ殿し

殿ばら、出《(だい)》し車し給ふ」。
二〇 「太郎は越前守にて国に」(→一一二〇頁注二二)とあった中納言家の長男。
二一 底・斑「せ」、宮・近・尊・慶「す」。

［7］越前守の代参

二二 (中納言は)みずから参上しようと思うのですが。
二三 (昨日)帰宅し申したそのままに気分がすぐれなくて…。
二四 ご意向をいただいた事柄はどのようでございましょうか。先に衛門督(男君)に「あるやう」(→一九一頁注二三)を聞くとの約束をとりつけてあった。
二五 申されると。「給ふ」は中納言への敬意か。越前守にも以下に時々「給ふ」が使われる。
二六 かくかくしかじか言うようだったが。右大臣は一応衛門督の返辞の内容を伝える。
二七 さらに詳しくは。衛門督に会うようにと紹介する。
二八 ばかげている格好であると…。衛門督の「をこがましけれ」(→注一三)という言い方をそのまま伝える。券が優位だという考え方を右大臣は示した。
二九 「言ひいだす」は、内から口上で外にいる人に伝える。
三〇 越前守は。
三一 お直衣だけをお着けになって。指貫を省略した略装の男君。
三二 しみじみと。女君と越前守とは腹違いのきょうだい。
三三 何だったかの折、恐ろしいと思って(越前守の)お心に背かないようにと思ったことでしょう。よく分からない。
三四 かくかくしかじかおっしゃられたところです。

ろしめすとかけて[一]もうけたまはらましかば、かくまでたれも[二]〳〵おほせられ[三]聞《き》こえさせましや。此家造《このいへつく》り侍《はべる》事二年なり。その程まではをとなく[四]侍《はべり》て、かく[五]妨《さまた》げさせたまへば、いとやすからずなん[六]嘆《なげ》き申《まうし》給ふ。」

と申せば、

「としごろは券のこゝにあれば、家《いへ》と言《い》ふ物は券持《も》たる人よりほかにしる人なきと聞《き》ゝしかば、おだしう思ひてあるは。[七]我家《わがいへ》とも名《な》のらでありつるは。[八]かうし給ふ時こそかゝる事どもありけりとも見《み》れ。[九]さてもさても券持《も》たまへるか。」[一〇]

ともみれ、[一一]いとなまめかしういらへて、いと白《しろ》ううつくしげなる子の三《み》つばかりなるをひざに据《す》へ《ゑ》て、うつくしがりゐたまへれば、[一二]大事《だいじ》と思ひて申すに、い[一三][一四]と腹立《はらだ》ゝしくわびしけれど、思《おも》ひしづめて、

「この家《いへ》の券失《うしな》ひ[一五]給侍《はべり》て、尋《たづ》ねさせ侍れど、いまだ聞《き》ゝ出《いで》侍らで、もしそれを人の[一六]売《う》り申《まうし》て侍《はべる》にやあらす、たゞそのうたがひのみ侍《はべり》。さて、[一七]この家領《いへりやう》ずべき人なん侍らぬ。」

と申せば、

「券を盗《ぬす》みて売《う》りたるを買《か》い《ひ》たるにもあらず、道理《だうり》に任《まか》せて、を《お》[一八]のれよりほ

一 いささかでも承っておりますならば。
二 かようにまでだれもだれも。父中納言も自分も。
三 (そちらから)仰せになったり(こちらから)申し上げたりしましょうや。
四 音沙汰なくござって。
五 かように妨害なさるのですから。
六 まことに穏やかでないことであると嘆訴し申しなさる。「給ふ」は中納言への尊敬か。以上、中納言方の所有権の主張は、⑴長年にわたる平穏な占有つまり取得時効、⑵建物の造作改築である。
七 安心に思って過ごしているよ。
八 (だから)私の家であるとも名告り出ないでずっとおったのですよ。
九 かように(そちらが家を占拠)しなさる時には、そのようないろんな問題があったことよとも見るよ。「かゝる事ども」は所有権に関することども。男君の主張も一応まっとうである。
一〇 それにしてもそれにしても。決定的な切り札として券に言及する男君。
一一 底・尊・慶「ともみれ」、宮・近・斑「ともみな」。衍入か。会話文をうける「と」などがあるべきところか。底・尊「も」の右傍に「本」がある。
一二 かわいがり。
一三 (越前守はこちらが)大変なことと思って申すのに対して。
一四 (衛門督の態度が)まことに腹立たしくつらいけれど。
一五 券を失うとはここでは盗難を暗示して言う。「給」は不審。
一六 (だれか)人が売り申してござるのでは…。「あらす」語義不明。底本以下「あらす」、三「あらん」、木「あらむ」。「あらず、たゞ…」(ほかでもなく、ただ…)とあとに続けるのがよいか。
一七 従って、この家を所有すべき人はござらぬ。

かに両《(りやう)》[一九]ずべき人なんなきとおぼゆれば、さるやうこそあらめと思ひやみ[二〇]給《(たまひ)》ねかし。中納言には「[二一]いましめやかに券も身づから見《み》せたてまつらん」と申給《(まうし)》へ。」

とて、子かきいだきて入給《(いりたまひ)》ぬれば、越前守《ゑちぜんのかみ》言《い》ふかひなくていたく嘆《なげ》きて立《た》ちぬ。

女君、つくづくと[二二]聞《き》ゝ見《み》給《(たまひ)》て、

「この渡《わた》らんとし給《(たまふ)》所は[二三]三条にこそありけれ。[二四]又まつと聞《き》こえし物をとし比《(ごろ)》造《つく》りて、渡《わた》らんとし給《(たまふ)》らんに妨《さまた》げたらんは[二五]いかにおぼすらん。親《おや》の嘆《なげ》き給《(たまふ)》らんは罪《つみ》[二六]いとおそろしく、仕《つか(う)》ふまつる人[二七]たゝこそあれ、かくし給《(たまふ)》ことを妨《さまた》げ給へば、嘆《なげ》かせたてまつるが心うき事。衛門《ゑもん》がする事ぞ。」

と、いとを《(ほ)》しとおぼしたるけしきにてのたまへば、

「[二八]天下《(てんげ)》の親《おや》にてを《(お)》のが家《いへ(お)》をし取《と》らるゝ人やある。[二九]嘆《なげ》き給《(たまふ)》らん罪《つみ》はのちにもいとよく仕《つか》うまつりなを《(ほ)》し給へ。[三〇]渡《わた》らじとおぼすとも、[三一]まろ、子たち具《ぐ》して渡《わた》りなん。[三二]かく言《い》ひ立《た》ちてとどまりたらんいとお《(を)》こならん。かの家たてまつらんとおぼさば、[三三]知《し》られたてまつりてのちをたてまつり給へ。」

と申給《(まうし)》へば、言《い》ふかひなくて又も聞《き》こえたまはず。

越前守《ゑちぜんのかみ》は[三四]日ゝに来《き》て殿に申《(まうす)》、

「人」が持ち出して売ったことを暗に越前守は言い、それは中納言家の意志に反して売られたものであるから、それを買った場合は所有権を主張できないはずだ、とするきわどい論理。券によって所有する人がいない(券が無効である)のならば当然こちらの所有に属すると越前守は言い返す。 一八 私。むろん真の所有者は女君。

一九 領ず。 二〇 断念してしまわれよね。

二一 今に落ち着いて。

〔8〕女君の憂慮

二二 お聞きになりまたご覧になって。

二三 三条の私の家であったことよ。

二四 語義不明。底本以下・木「まつと」、三「まろと」。

二五 (父中納言は)どんなにお嘆きになっていよう。 二六 後生の罪。

二七 語義不明。底本以下・三「たゝこそあれ」、木「たにあれ」。

二八 男君の詞。この世界にある親で自分の家を(子に)押領される人がいるか。押領ではなく正当な取得だ、ということか。

二九 お嘆きになることであろう(とそなたが言うその)罪はのちのちにでも十分にお仕えし直しなされ。「罪」は親を嘆かせる不孝の罪。

三〇 (そなたが)移るまいとお思いになるとしても。

三一 わたしが子供たちを伴って移ってしまおう。「子たち」は、あるいは「御たち」か。

三二 かように言い出して(おきながらこちらに)残っているとしたらじつにばかげていよう。

三三 (そなたの正体を)知られ申してのちまあ。「た」底本、補入。

三四 「かへり」の誤りか。底・宮・近・慶「日ゝに」、尊・斑「日〻に」、三・木「かへり」。

〔9〕越前守の報告

「さらにいまは[一]不用《ふよう》。[二]取《と》られたてまつりぬるを恥《はぢ》にてやみぬばかりなめり。大事と思ひて申すに、[三]ことにもあらずおぼし立《た》たで、[四]いとうつくしげなる子をひざに据《す(ゑ)》へてうつくしがりて、申す[五]事耳《みゝ》にも聞《き》き入《い》れ給はず。[六]果《は》てはかう言《い》ひて入《い》り給《(たまひ)》ぬる。右大臣殿は「われは知《し》らず。[七]衛門督《ゑもんの(かみ)》が券持《も》たる方《かた》こそ強《つよ》くはすなれ」とのたまふにさらにかひなし。などかは券をば尋《たづ》ね取《と》りたまはずはなりにし。こよひ渡《わた》りたまはんとていだし車《ぐるま》の事、御供《とも》の人〴〵の事など[八]整《とゝの》へさは《(わ)》ぐめりつるを。」など言《い》へば、さらにものもおぼえず、いみじと思ひ給へり。

「[九]おちくぼの君の母《はゝ》の死《し》ぬとてかの子《こ》に取《と》らせを《(お)》きしを、われも忘《わす》れて請《こ》ひ取《と》らざりしほどに、かく[一〇]失《う》せにたるぞ。[一一]何《なに》か、それが売《う》りたるを買《か》ひてかくしたるぞ。いみじう人わらはれなるわざかな。[一二]おほやけに申すとも、この殿《とのゝ》の御世なれば、[一三]たれか定《さだ》めんとする。多《おほ》くのものを尽《つ》くして造《つく》りてけるがいみじき事。[一四]時にあひ給はず、ものあしき人、いみじき物なりけり。」とそらを仰《あふ》ぎて[一五]ほれてゐたまへり。

[一六]衛門督《ゑもんのかう》の殿《との》には、渡《わた》り給はんとて、女房に[一七]装束《さうぞく》一具《ぐ》づつして給へ[一八]ば、[一九]程なくいまめかしううれしと思ひけり。[二〇]中納言殿には[二一]物をだに運《はこ》び返《かへ》しに人遣《や》り給へ

一　むだ。だめ。
二　取られ申してしまったことを恥にして終わってしまう程度であるようだ。券があちらにあるのでは勝ち目がない、と敗北を認めて報告をする越前守。
三　たいしたことでもなくお思い立ちにならないで。分かりにくい。底・宮・慶「たゝて」、近・尊「たらて」、斑「たてゝ」。「たゝて」か「たらて」か判断しにくい。
四　「いと」底本、補入。
五　言葉を。
六　しまいにはこれこれ言っておはいりになってしまったよ。「かう」は「思ひやみ給ひねかし」(→一九五頁注二〇)と言ったようなことをさす。
七　衛門督が券を持っている、その衛門督のほうが強みがあるとは判断される、の意。「さやうに券なくて領じ給ふがをこなるやうになん」(→一九三頁)と右大臣は述べていた。
八　にぎやかに整備したところだったようですよ。
九　中納言の詞。落窪の君の母が。底本「おちくほ」。宮・近・尊・慶「おちくほの」、斑「をちくほの」。宮などによって訂正する。「君」底本、補入。
一〇　消えてしまっているのだよ。落窪の君が、であろう。あるいは券が。
一一　なに、それ(落窪の君)が売っているのを買って(衛門督は)かようにしているのだ。
一二　朝廷。公儀。
一三　だれが裁定しようか。
一四　時勢におあいにならず、何かと不運な人は、の意か。尊敬表現の「給はず」は不審。一般論として中納言は言うか。

〔10〕三条邸へ殿移り

一五　呆然として座っていらっしゃる。
一六　衛門督の殿(男君)においては。

ど、

「さらに入《い》れだに入《い》れず。」

など言《い》へば、北の方、二二手《て》を打《う》ちねたがる。

「いかばかりの二三あたかたきにて衛門督あれば、我《(わが)》二四肝《きも》心をまどはすらん。」

とまどふ。越前守《ゑちぜんのかみ》、

「いまはかひなし。物だに運《はこ》び返《かへ》さん。」

と申せば、

「二五早《はや》うそれは取《と》られよ。」

二六とはなたからにのたまへど、二七人〳〵さらに入《い》れねば、二八いさかふべき事にしあらねば、二九たけきこととは集《あつ》まりてのろふ。

三〇いぬの時ばかり渡《わた》り給《(たまふ)》。車《くるま》十して儀式《ぎしき》めでたし。下《お》りて見《み》たまへば、げに三一心殿《(しんでん)》はみなしつらひたり。屏風、木丁《(きちやう)》立《た》て、みな畳《たゝみ》敷《し》きたり。見《み》給《(たまふ)》に、げにいかに三二思《おも》ふらんといとを《(ほ)》しけれど、三三北の方ねたしと思ひ知《し》れとなりけり。女君はおとゞのおぼすらんことをを《(お)》しはかり給《(たまふ)》に、三四もののけう《(きよう)》もなくいとを《(ほ)》しきことを思《おも》ほす。お《(を)》とこ君は、

「運《はこ》びたらんもの失《うしな》ふな。たしかに返《かへ》さん。」

一七 先に「人〳〵の装束し給へ」(→一八五頁注二三)とあった。
一八 底・慶・斑「は」、宮・近・尊ナシ。
一九 (出仕して)すぐに時代の先端らしくなりうれしいと思ったことだ。新参の者たちが、であろう。
二〇 中納言家においては。
二一 せめて物品をなりと。
二二 悔しがり呪う動作。
二三 仇敵。
二四 こころ。きもち。
二五 中納言の詞か。早々にそれは取りなされ。「る」を軽い尊敬と見ておく。
二六 語義不明。底本以下・三二「とはなたからに」、木「とはなたらかに」。
二七 人々を少しも(邸内に)入れないから。
二八 (また)争うことのできる事柄ではないので。
二九 勇ましくすることはと言えば、の意。呪うことしかできない中納言方。但し呪うとはどうすることか、具体的に分からない。
三〇 午後八時ごろ。家移りである。うつほ・楼上上「次々の車ども乗り続きて出で給ふ儀式、げにいとめでたう、あらまほしうめでたし」。「移徙(い)は一種の「家の神」の渡御と考えられていたらしく、そのために夜に行われたのであろう」(全集)。
三一 「寝殿」の当て字。
三二 (今ごろ悔しく)思っていることだろうと気の毒な感じがするけれど。底本「おもらん」。宮・近・尊・慶「おもふらん」、斑「をもふらん」。それらによって訂正する。
三三 継母北の方がねたましいと思い知るようにとの理由からそうしたのであったことだ、の意。書き手の言葉。
三四 何の感興も催さず。

との給《(たまふ)》。
[一]かくめでたくのゝしる、中納言[二]殿には、渡《わた》[三]りぬやと見《み》せ給ふに、
「[四]かう〳〵めでたくして渡《わた》り給《(たまひ)》ぬ。」

と語《かた》り申せば、いまは力《ちから》なしと集《あつ》まりて嘆《なげ》くをも知《し》らで、遊《あそ》[五]びのゝしる。衛門《ゑもん》[六]、
かくし給《(たまふ)》を、思ふやうにめでたしとおとこ《(を)》君を思《おも》ふ。

つとめて、越前守《ゑちぜんのかみ》、

「運《はこ》び侍《(はべり)》しものども運《はこ》び返し侍らん。」

とてまい《(ゐ)》りたれば、

「三日はこゝの物はほかへは持《も》て行《い》くまじ。[七]いまけふあす過《す》ぐして取《と》りにものせよ。[八]いとたしかにありや。」

との給《(たまひ)》て、ことに[九]聞《き》き入《い》れねば、思ひまどふ事かぎりなし。[一〇]三日が程遊《あそ》びのゝしりていといまめかしうおか《(を)》し。
[一一]四日のつとめて、越前守《ゑちぜんのかみ》まい《(ゐ)》りて、
「けふだにたまはらん。[一二]人〳〵の櫛《くし》の箱《はこ》などやうの物[一三]こめて、いとあしくなん。」

とわび申せば、いとをかしがりてみな目[一四]六《もく(ろく)》して返し給《(たまふ)》。おとこ《(を)》君、

一 かように慶賀して大騒ぎするのを。
二 中納言家においては。
三 (衛門督方が)家移りしてしまったかと(人に)見させなさると。
四 報告者の語り。
五 (三条邸は)鳴り物を入れてどっと沸いている、というところ。修築、移転祝いの宴会のさまである。
六 衛門は(男君が)かようになさることに対して、思うままで絶賛に値すると男君について考える。
七 今は今日と明日とを過ごして取りに何せよ。「ものす」はここでは、来る。
八 ちゃんと確保してあるよ。
九 とりたてて。
一〇 饗宴が三日続く。うつほ・楼上上にも三日間の饗宴の行われたことが見える。

〔11〕古蓋の鏡の箱

一一 四日めの。
一二 女性たちの。
一三 (まで家に)とじこめて。あるいは、荷物にしまいこんで、の意か。
一四 リストに書き記して。「六」は「録」の当て字。
一五 巻一で継母北の方が代りに寄越してきた鏡

「かのむかし古蓋《ふるふた》[一五]の鏡《かゞみ》の箱《はこ》はありや。これに添《そ》へて返《かへ》し〔給[一六]へかし。」北[一七]の方、
たからと思ひためりき。」

とのたまへば、衛門《ゑもん》、けうじ《(きよう)》[一八]よろこびて、

「衛門がもとに侍り。」

とて取《と》り出《(いで)》たれば、見《み》[一九]ざりし人〳〵見《み》て、みな、

「あないみじや。」

とてわらふ。[二〇]いとたゞならむよりは、とて、

「[二一]しるしばかりもの書《か》きつけ給へ。」

と申《(まうし)》たまへば、女君、

「[二二]出《(いで)》、いさや。[二三]いとをかしきついでに知《し》られたてまつらんこそ。苦《くる》[二四]しき。」

とのたまへば、

「[二五]なを《(ほ)》〳〵。」

と申《(まうし)》給へば、鏡《かゞみ》の敷《し》[二六]きをを《(お)》し返して書《か》きたまふ。
[二七]明《あ》け暮《く》れはうき事見《み》えします鏡《かゞみ》さすがにかげぞ恋しかりける
と書《か》き給へり。[二八]色紙《しきし》一重《ひとかさ》ねに包《つゝ》みて、ものゝ枝につけて、

「[二九]越前守《ゑちぜんのかみ》呼《よ》びて取《と》らせよ。」

の箱(→五八頁注一六)である。継母北の方にとってこの箱は落窪の君(女君)をあらわす喩として働く。やや文のつながりが悪い。底・尊・慶・斑「ふるふたの」、宮・近「ふるのふたの」。
一六「給へかし」底本、欠文。宮・近・尊・慶・斑により補う。
一七 北の方は大切な品と思っているようだった。継母北の方が「これ、黒けれど、漆つきていとよきなり」と言ってこの箱を送ってきた時、男君は現場にいたから「き」止めの文体(目撃した過去を示す)である。
一八 興じうれしがって。
一九 見なかった侍女たちは見て。
二〇 全然何もつけないで返そうよりは、の意。
二一 ほんの少々。一筆だけ、の意。
二二「いで」(さあ、いや)の当て字。宮・近・尊・慶・斑「いて」。
二三 本当に興趣のある(何かの)ついでに(親に)知られ申したいのに…。底・尊・斑「をかしき」、宮・近「をしき」、慶「おかしき」。宮・近に従えば、「いとほしき」という語になる。
二四 心苦しいわ。
二五 ぜひぜひ。相手の意志に反することを勧める。
二六 敷物を裏返して、か。「おし返す」は、反対にする。
二七 朝に夕にはつらいことが映って見えた真澄みの鏡に、そうは言うものの映る影(あなたの姿)がずっと恋しかったことですよ。
二八 色の違う二枚の紙からなるか。
二九 衛門督の詞。

とて衛門に取《と》らせて、越前守《ゑちぜんのかみ》召《め》して、

「いかにあやしう[一]おぼすらんと思《おも》へど、御消息《せうそこ》もせで渡《わた》り給《（たまふ）》と聞《き》きしかば、[二]あやしうてなん。この[三]いとを《（ほ）》しかりしかしこまりも身づから聞《き》こえ侍らん。この券もたしかに[四]御覧《らん》ぜさせ聞《き》こゆべきこと侍り。「けふあすの程にかならず立《た》ち寄《よ》らせ給へ」と[五]おとゞに聞《き》こえさせ給へ。[六]そこたちもたゞいま便《びん》なきやうに思《おも》ふらん。[七]つい《（ひ）》にこゝにぞ言《い》ひ語《かた》らはん。」

との給《（たまふ）》。御けしきいとよし。越前守《ゑちぜんのかみ》、いとあやし、と思《おも》ふ。

「[八]おとゞかならず立《た》ち寄《よ》り給へ。[九]やがて御供《とも》にそこにものし給へ。」

とのたまへば、うけたまはりて歩《あゆ》みいづるに、衛門《もん》、[一〇]つま戸《ど》のもとにて、

「こゝに立《た》ち寄《よ》り給へ。」

と言《い》[一一]はすれば、いと[一二]おぼえなくあやしと思ひながら寄《よ》[一三]りたる、袖口《ぐち》[一四]いときよげにさしいだして、

「[一五]これ、北の方にたてまつらせ給へ。[一六]むかしいとやんごとなきものにおぼしたりし物なれば、いままで失《うしな》[一七]はせ給はざりけるは。この御物どもの返《かへ》[一八]りまい《（ゐ）》るにつけて、[一九]おぼしいでさせ給《（たまひ）》てなん。」

と言《い》へば、いとあやしと思ひて、

一 中納言が。
二 不審に思って…。
三 気の毒なことであったおわびも。
四 お見せしまた申し上げるべき事柄がござる。
五 中納言に。
六 そなたたちも現在のところ。
七 最後に私のほうから親しくお話しするつもりだ。
八 男君の詞。
九 そのままご一緒してそなたにも何して(でかけて)くだされ。「そこ」は第二人称、そちらさま。
一〇 両開きの戸。廂の四隅にある。出口のところまで来て越前守は女童かだれかから声をかけられた。
一一 (女童かだれかに)言わせるので。

〔12〕あこきなりけり

一二 心当たりがなく。
一三 寄っているのに対して。衛門のいる御簾(みす)のまえに立ち寄る越前守。
一四 袖口がまことに美しい感じに(御簾の下から包みを)そっと出して。
一五 衛門の詞だが、女君の意志として伝言する形式。
一六 かつてまことに大切な品物であると(北の方が)お思いになっていた品物ですから。
一七 おなくしにならないでこられたのですよ。「せ給ふ」は高い尊敬。すぐあとの「させ給ふ」とともに女君への敬意をことさらに示す衛門。
一八 戻り申すのにつれて。「まゐる」は運び入れられていた調度類が中納言邸へ帰ってゆくことの謙譲表現。
一九 お思い出しあそばして…。「おぼしいづ」「させ給ふ」が続く異例の敬語表現。
二〇 どなたのお言葉と何しましょうか。「もの

「[二〇]たが御消息《せうそこ》とかものし侍らん。」

「[二一]たゞを《(お)》のづから思ひいできこえ給《(たまひ)》てん。[二二]わたくしにも「声《こゑ》ばかりこそ」とは聞《き》き《ゝ》給はずや。」

と言《い》ふ。[二三]あこきなりけり、この殿にこそありけれ、と思ひて、

「[二四]ふるの宮《(みや)》こをば忘《わす》れ給《(たまひ)》けるなめれば、[二五]何《なに》かは知《し》りげにも聞《き》こえ侍らん。[二六]まめやかには、この殿《との》にまい《(ゐ)》りて侍らん時には、[二七]知《し》る人に尋《たづ》ねきこえん。」

と言《い》ふに、

「[二八]さても又もさぶらふは。」

とてさしいでたり。少納言なり。あやしうも集《あつ》まりたるかなと思《おも》ふに、又奥《おく》の方《かた》に、

「「[二九]目並《めなら》ぶ」と言《い》ふなれば、まろはおどろかしきこえじ。」

と言《い》ふ声《こゑ》を聞《き》けば、中の君の御もとなりし[三〇]侍従の君なり、[三一]越前守《ゑちぜんのかみ》の思ひて時〻住《す》みける。かくのみかしこの人の声《こゑ》にて言《い》ひかくれば、こゝちもあは《(わ)》てて《ゝ》、いかなる事ならんとあやしうて、えいらへ遣《や》らず。衛門、

「三郎君と聞《き》こえしはいまは何《なに》に《ゝ》てかおはすらん。御[三二]かうぶりやしたまへる。」

す」はここでは、伝える。

二一 ただもう自然と思い出し申されるのにちがいありません。「きこゆ」は継母北の方を謙譲させる表現。

二二 私個人についても「声ばかりは(変わらない)」とお聞きになりませぬか。古今集・夏「いそのかみ古きみやこのほととぎす声ばかりこそ昔なりけれ」(奈良のいそのかみでらにて郭公の鳴くを詠める、素性法師)による。

二三 あこきだったことだ、このお邸におったということだ、と。

二四 (あなたは)ふるの都をばお忘れになったことであるようだから。古今集の引き歌を受けて中納言邸を「ふるの都」と言う。それの第二句「古きみやこ」は雅経本・天理本・永治本に「ふるのみやこ」とあり、物語本文はこれを受ける。「宮こ」は当て字。

二五 どうして知り合いのようにもお話しし申すことでござろうか。冗談のつもりか。

二六 冗談は別にして、の意。

二七 知人として。お邸を訪問する時には知己の侍女を介するのが通例だからかく言う。

二八 ところでさらに(ここに)控えおりますのは。

二九 「見比べる」と言うそうだから、私は驚かし申すことにはならないことでしょう。「目並ぶ」は、見比べられると目立たないから数ならぬ身はきっと忘れられてしまうのにちがいない、の意。古今集・恋五「花がたみ目並ぶ人のあまたあれば忘られぬらむ数ならぬ身は」(詠み人知らず)による。

三〇 →一八五頁注三一。但しそこでは「上の御方に」とあった。

三一 越前守が愛人にして時々かよっておった。侍従の君について説明を加える一文。

三二 冠。ここでは、加冠、元服のこと。

「[一]しか〳〵、この春なん大夫《(たいふ)》と言《い》ふめる。」

といらふれば、

「「かならずまい《(ゐ)》り給へ。対面《たいめん》に聞《き》こゆべき事なんつもりて」と聞《き》こえ給へ。」

と言《い》へば、

「いとやすき事。」

とて、此《(この)》包《つゝ》みたる物いとゆかしうて、いそぎ出給《(いでたまひ)》ぬ。

[二]道《みち》のさま思《おも》ふに、[三]いとあやしく、[四]おちくぼの君のこの妻《め》にてあるにやあらん、[五]あこきと言《い》ひしがけしきいとよげなり、[六]又あつらへたるやうにかしこの人の集《あつ》[七]まりたるは、[八]思《おも》ふに、[九]よそ人のあらんよりは[一〇]さりとも、といとうれしきは、[一一]北の方《かた》のてう《(ちよう)》ぜしさまも国にのみありて見《み》ぬ也《(なり)》けり。

中納言殿に来《き》て、おとゞに、

「[一二]かう〳〵なんの給《(たまひ)》つる。」

とて、この包《つゝ》める物を北の方にたてまつれば、[一三]あやしう、おぼえな、とて引《ひ》きあけて見《み》るに、を《(お)》のが箱《はこ》なり。おちくぼの君に取《と》らせしにこそあめれ、と見《み》るに、いかなる事ならんと思《おも》ふに、[一四]肝心《きも》さは《(わ)》ぐに、まして[一五]そこに書《か》ける物を見《み》る

一 かくかくしかじかで、この春は大夫(五位の人)と。元服して五位に叙せられたことを言う。
二 道のまま、道すがら、というような意味か。誤りがあるか。底本以下「みちのさま」、三「みち〳〵かの殿のさま」、木「道のさま」。
三 まことに不可解なことで。以下、越前守の心。
四 落窪の君がこの(殿の)奥方であるのであろうか。道中、しだいに気がつく越前守。
五 (昔)あこきと言ったのが。
六 注文しているみたいに。越前守が頼んだかのように、の意。
七 集まっていることよ。「は」は文末か。心内なので読点で下に続く。 八 考えると。
九 知らない人が(衛門督家の奥方で)いようのよりは。越前守の心内だから、この段階ではまだ女君に対して敬語がない。
一〇 そのようにある(衛門督家がつらく当たる)としても。何かと好都合だ、というきもち。

〔13〕継母北の方仰天

一一 (越前守は)母北の方が虐待した実情も何も任国にばかりあって見ないでずっときたことだ。書き手による説明。
一二 かくかくしかじかおっしゃったところですよ。興奮さめやらぬ感じが「なん〜つる」の文体にこもる。底・近「の給へる」、宮・尊・慶「の給つる」に見える。斑「の給ひつる」。宮などによって訂正しておく。
一三 (継母北の方は)変だ、おぼえがないよ、とて。「おぼえな」は「おぼえなし」の語幹と見ておくが、語法上不安がある。
一四 前出(→一九七頁注二四)。
一五 →一九九頁注二七。 一六 まったく。ずばり。
一七 ひらいてしまう。「はだかる」は、大きくひらく。 一八 こいつ。あいつ。
一九 悔しくやたら腹が立つことは二度とないと

に、[一六]むげにおちくぼの君の手《て》なれば、目《め》も口《くち》も[一七]はだかりぬ。このとしごろいみじき恥《はぢ》をのみ見《ゝ》せつるは[一八]くやつのする也《(なり)》けり、と思《おも》ふに、[一九]ねたういみじき事二《ふた》つなしとは世《よ》のつねなり。[二〇]一殿《ひとゝの》のうちゆすり満《み》ちてのゝしる。

おとゞ、家取《いへと》られて、いみじきあたかたきと思ひし心《(こゝ)》ちを、[二一]このしたるなりけりと思《おも》ふに罪《つみ》[二二]もなく、さき〳〵の恥《はぢ》[二三]も思ひ消《き》えて、

「子どもの中《なか》に[二四]さいはい《(ひ)》ありけるものを、[二五]何《なに》しにを《(お)》ろかに思ひて。かの家《いへ》はこの人の母《はゝ》の家にて[二六]ことは《(わ)》りなりけり。」

と言《い》ひいます。

かゝれば、北の方《かた》、ねたくいみじくて、[二七]けしき我にもあらで、

「[二八]かの所をこそさも領《りやう》ぜられめ、[二九]このとしごろ造《つく》りつる草《くさ》木を、[三〇]もの入《い》れて。それ運《はこ》び取《と》り給へ。[三一]家買《いへか》い《(ひ)》給《(たまふ)》あたい《(ひ)》にこそは渡《わた》し給はめ。」

と言《い》へば、越前守《あちぜんのかみ》、

「[三二]こはでう《(ふ)》ことぞ。[三三]さらん、よそ人のやうにものし給《(たまふ)》かな。[三四]を《(お)》のづからこの族《ぞう》にはか〳〵しき人なくて、見《み》[三五]つくる人に「面白《おもしろ》の駒《こま》はいかに〳〵」とわらはるゝがはしたなきに、[三六]おなじ殿ばらと言《い》へど、[三七]たゞいまのおぼえのたぐひなき人に言《い》ふに、[三八]へん念になりぬるこそ頼《たの》もしくうれしけれ。」

はありふれている(表現だ)。書き手の発言。
二〇 邸内全体が揺れ騒いでどよめく。
二一 あれ(自分の子)がしていることであったことだと思うと。「こ」は子の意味かもしれない。底「こ」、宮・近・尊・慶・斑「わかこ」。
二二 とがめ。落窪の君の負うべき罪である。
二三 中納言方の味わってきた恥辱。「思ひ消ゆ」はここでは、心から消える。
二四 幸運があってきたのに。
二五 どうして疎略に考えて(あんな扱いをしたのだろう)。子の運勢をよく見定めなかったこと。
二六 (女君が領有するのは)道理であったことだ。
二七 顔付きが自分でもなくなって。逆上するさま。　二八 その所(三条邸)をばそのようにも領有されることであろうとしても。
二九 この何年かけて造成したばかりの草木(庭木や前栽)を。先の「古木一つまじらず」(↓一七五頁注三三)とあったのを受けるか。

〔14〕虐待のさまを語る大夫

三〇 (その草木は)費用をつぎこんで、の意か。
三一 家をお買いになる代価としてお渡しになるのがよかろう。あるいは、(衛門督は)お渡しになることだろう、の意か。難解。
三二 これは何という(ひどい)言い方ですか。
三三 そのようであるのは、他人のように何していらっしゃることよな。いぶかしむ越前守。底本「こそ人」のように見えるのを、宮・近・尊・慶・斑によって「よそ人」に訂正する。
三四 いつの間にかわが一族にこれはという人物(婿)がいなくなって。
三五 目をつけてくる人に、の意か。
三六 同じ(高貴な)殿方たちと言うけれど。
三七 現在の世の信望が比類ない人であると。
三八 語義不明。縁続きというような意味か。「辺

と言《い》へば、[一]大夫、

「いでや、[二]それはことか。[三]この君てう《(ちよう)》じ給《(たまひ)》しさまはいといみじかりき。」

越前守《ゑちぜんのかみ》、

「いかに〳〵てう《(ちよう)》じたまひし。」

と問へば、

「[四]いかばかりか、うたてありし事。」

とて、片《かた》はしより[五]つぶ〳〵と語《かた》りて、

「[六]いかにあこきなど言《い》ひいづらん。[七]見《み》えたてまつらむにつけてこそはづかしけれ。」

と言《い》へば、越前守《ゑちぜんのかみ》、[八]つまはじきをして、

「あないみじ。を《(お)》のれは国《くに》にのみ侍《(はべり)》て知《し》らざりけり。あさましきわざをこそはし給《(たまひ)》けれ。この衛門督は[九]思ひを《(お)》き給ひてかく恥《はぢ》を見《み》するやうにはし給ふ也《(なり)》けり。[一〇]我らをいかに見《み》給《(たまふ)》らん。[一一]すべてまじらひもせずやあらまし。」

とはぢまどへば、北の方《かた》、

「あなかしかまし[一二]や。いまは取《と》り返《かへ》すべきことにもあらず。な言《い》ひそ。[一三]にく〳〵おぼえしまゝにせしぞかし。」

縁」か。「いふに」以下、底・宮・近・尊「いふにへん念に」、慶・木「いふにえんねんに」、斑「いふえんねむに」、三「いふえてねんころに」。

一　もとの三郎君。
二　それ(北の方の言ったこと)は「こと」(ひどい言い方)のうちにはいるか。越前守の詞「こはなでふことぞ」の「こと」を受ける。三条邸については問題でない、の意。
三　その落窪の君を虐待しなさったありさまはいやもうひどかった。底「この君」、宮・近・尊・慶「この君の」、斑「このきみの」。
四　どんなにか、嘆かわしかった次第よ。
五　一つ一つ。つぶさに。
六　(今ごろ)どのようにあこきなどは話題に出しているころだろう。
七　お会いし申そうにつけて。三郎君に会いたいとの希望が先にあった(→二〇二頁)。
八　不快を示す動作。
九　(そのことを)心に置きなさって。「思ひ置く」は巻二に「思ひ置きし事たがへじ」(→一五四頁)とあった。これ以後にも頻出する語。
一〇　わが一族を。
一一　すっかり交際もしないでいようかしら。越前守は先に衛門督方と交際ができることを喜んだ(→二〇二頁)。その希望が消える。
一二　「や」、宮・近・尊・慶・斑ナシ。
一三　憎く感じられたままにしたことであるよね。
一四　どうして今まで(衛門督方に)参上しないで。
一五　(主人が)ぼけている時世を見るに至ったのであろう。主人がぼけるまでお仕えしたことの嘆き。先に若い侍女について「おのが君のしひまどひ給へるはくちをしう思ひて」(→一八五頁)云々とあった。
一六　底・尊「と」、宮・近・慶・斑「とて」。

と言《い》ふにかひなし。

「少納言、侍従などもかしこにこそありけれ。」

と言《い》ふを、御《ご》たち聞《き》きて、われらなど[一四]ていままでまい《(ゐ)》らで[一五]しひたる世《よ》を見《み》つらん、[一六]とうらやましういみじうて、

「[一七]いまだにまい《(ゐ)》らん。[一八]御心はためでたかりしかば、[一九]寄《よ》せ給《(たまひ)》てん。」

と[二〇]若《わか》き物《(もの)》ども言《い》ふ。
[二一]はらからのきんだち、あさましと思《おも》ふ中《なか》に、三の君は[二二]我《(わが)》お《(を)》とこ取《と》りたる人の類《るい》なれば、[二三]近《ちか》うて聞《き》き通《かよ》はんをねたしと思《おも》ふ。四の君は、[二四]われをはかりてかうらき身になしたる君なれば、[二五]ことよりも、[二六]見《み》んにつけて、いみじく心うかるべきを思《おも》ふ。かの[二七]いつしかはらみし子《こ》は三《(みつ)》にて持《も》たり。父《ちゝ》に似てもあらでいとをかしげなる女君なりけり。[二八]我身《(わが)》心うし、尼《あま》になりなむ、と思ひけれど、此《(この)》ちごのいと[二九]かなしうおぼえければ、[三〇]ほだしにてえ[三一]思ひ離《はな》れであるなりけり。[三二]少《せう》はいとにくきものに思ひ染《し》みて、[三三]すげなくのみもてなしければ、[三四]来《き》わづらひてなん有《(あり)》ける。
中納言、つらきことは思ひやみて、[三五]我身《(わが)》のおぼえなく、しひ、人にもあなづられつるを嘆《なげ》くに、[三六]面立《おもだ》たしきことありといとうれしくて、[三七]まうでんと出立《(いで)た》ち

一七 せめて今なりと。
一八 (落窪の君の)お心は(あんな仕打ちを受けても)それでもすばらしかったから。
一九 きっと引き取ってくれるのにちがいない。
二〇 若い者(侍女)たちは言う。宮・近・尊・慶・斑「とも」のあとに「は」がある。
二一 「はらから」はこの物語において同腹異腹をあわせたきょうだい。ここでは姉妹たち。
二二 (衛門督が)自分の夫を奪っている人(男君の妹の中の君)の一族であるから。夫の蔵人少将はいま宰相中将になり、中の君に通う。こちらの三の君とは離れた状態にある。
二三 身近にして耳にふれ交際するようなことをしゃくだと思う。

[15]三、四の君の嘆き

二四 自分を陥れて。兵部の少(面白の駒)をあてがわれたこと。
二五 何にもまして。宮・近・尊・慶・斑「こと人よりも」。　二六 (衛門督一族を身近に)見ることになるのに関して、の意か。
二七 いつの間にか。巻二の「いつしかと」(→一四一頁注三二)を受ける表現。
二八 わが身がいとわしい、尼になってしまおう、と。　二九 かわいく。不憫に。
三〇 かせ。出家の妨げとなるもの。「ほだす」の名詞。　三一 この世を。
三二 兵部の少(面白の駒)のことは本当に嫌いな存在であると心から思って。
三三 そっけなく。とりつくしまなく。
三四 (兵部の少は)来にくくなってずっとあったことだ。
三五 自分の身が信望なく、老いしれ、人さまにも(このところ)軽んじられたことを愁嘆する時に。　三六 光栄なことがあると。
三七 (衛門督邸へ)参上しようと出発の準備をなさるうちに。準備に時間がかかる感じ。

給《(たまふ)》に、

「けふは日暮《く》れぬ。あす。」

一とのたまふに、北方《(きたのかた)》、二我子《(わが)》どもよりもありさま三いかにめづらかに見《み》ん、と胸《むね》いたし。三、四の君《きみ》、

「かゝれば四清水《きよ》にては「懲《こ》りぬや」と言《い》はせたりしにこそ有《(あり)》けれ。」

「五かくつい《(ひ)》には聞《き》こえ給《(たまふ)》べかりける物を、多《おほ》くの恥《はぢ》を見《み》せ給《(たまひ)》しかな。」

「六かひ《(い)》続《つゞ》き人〳〵いでにしは、さはこの君の寄《よ》せ給ふなりけり。」

「七としごろ便《びん》なげにて据《す》へ《(ゑ)》たてまつり給《(たまひ)》しを、八ねたしと思ひ染《し》み給へるなりけり。」

北の方《かた》、

「九そがいと胸《むね》いたう。かくさま〳〵にねたきたう一〇を《(ふ)》せられぬる事を、一一いかでしてしがな。」

と言《い》へば、むすめども、

「一二さはれ、一三いまはな思《おも》ほしそ。一四御婿《むこ》ども多《おほ》かり。一五なを《(ほ)》き御心使《つか》ひたまへ。」

「典薬助《てんやくのすけ》をいみじく打《う》たせたりしは、一六思ひを《(お)》きたるにこそありけれ。」

「一七お《(を)》とこ君しりてぞし給《(たまひ)》けん。」

一 と(中納言が)おっしゃるのにつけて。
二 自分の娘らよりも(落窪の君が)。
三 どんなに(普通と)違うさまに見ることになろうか、と(悔しさに)胸がきゅっとする感じだ。
四 清水詣での帰路の出来事。→一五二頁注一五。
五 かように最後には名を知られなさるはずであったことなのに。「聞こゆ」はここでは、聞かれる、知られる。
六 引き続いて侍女たちが出ていってしまったことについては。
七 年来(落窪の君を)いかにも気の毒な感じで置き申されたことを。
八 (衛門督は)いまいましいと心底お思いでずっとあったことだ。以上、互いに反省をする三、四の君。
九 そのことがまことに胸くそ悪くて…。
一〇 答。報復。
一一 何とかしてやりかえしたい。
一二 そうではあっても。「さはあれ」の転。
一三 今は(もう)お考えになるな。
一四 大君、中の君の婿たち。
一五 すなおなお心づかいをなさりませ。
一六 (落窪の君は)遺恨を持っていたのであったことですよ。
一七 男君が裁量してなさったことでしょう。
一八 底本「もの督」。宮・近・尊「ゑもんの督」、慶・斑「ゑもんのかみ」。それらによって訂正する。
一九 お伝え言は(越前守が)申されたことであろうか。
二〇 申し上げるべき事柄がある。券をたてまつろうということなどがその事柄であることは先に「かの家たてまつらんと」(→一九五頁)云々と

と口《くち》〴〵言《い》ひ明《あ》かしつ。

つとめて、一八衛門督《ゑもんの》殿よりとて御文《ふみ》あり。中納言、取《と》り入《い》れさせて見《み》たまへば、

昨日越前守《ゑちぜんのかみ》して聞《き》こえし一九御消息《せうそこ》は申されけんや。御いとまあらば、かならずけふ立《た》ち寄《よ》らせたまへ。二〇聞《き》こえさすべき事あり。

と聞《き》こえ給へり。御返《(かへり)》には、二一

昨日は、二二しかものし侍《(はべり)》しかば、二三すなはちまい《(ゐ)》らんとせしを、日暮《く》れてなん。たゞいままい《(ゐ)》らん。

と聞《き》こえ給へり。されば、さる御心せさせ給へり。「二四越前督《ゑちぜんの(かみ)》も」とありければ、二五御車《くるま》のしりにて来《き》たり。

「中納言まい《(ゐ)》り給へり。」

と聞《き》こゆれば、督の殿、

「是《(これ)》へ。」

と聞《き》こえ給へば、入《(いり)》給へり。みなみの方《かた》の母屋《もや》の廂《ひさし》にて対面《たいめん》したまへり。女君は二六丁《(ちやう)》のうちにゐ給へり。二七御《(お)》まへなる人、

「二八北おもてへ。」

とのたまへば、みないぬ。

あったから読者は気づくはず。「聞こえさす」は「聞こゆ」よりも丁寧な謙譲。

二一 「は」底本、虫損。

二二 さように(越前守が)何したことでございますから。「ものす」はここでは、申す。

〔16〕衛門督邸へ参上する中納言ら

二三 即刻参上せんとしたところ。

二四 越前守も(一緒に)。先に「やがて御供にそこにものし給へ」(→二〇〇頁注九)とあったことをさす。表記は「ゑちせんの守」とあるべきところ。底・宮・近・尊「ゑちせんの督」、慶・斑「ゑちせんのかみ」。

二五 (中納言の)お車の後部に乗って。

二六 帳。垂れ布。あとに「まへに立てたる木丁おし遣りて」(→二一一頁)とあるが、「丁(帳)」と「木丁(几帳)」とを同じものをさすとは断定しがたい。

二七 ご前に控える侍女は。二行あとの「みないぬ」(みんな下がってしまう)にかかる。

二八 男君の詞。北面の間へ(立て)。人払いをして男君は中納言らとこれから親しく語らうというところ。

一 男君の詞。この三条邸(について)のおわびも申し上げよう所存でございます上に。

二 人(父親)に知らせることなく。

三 嘆きやめられない人(女君)。「る」は自発。

四 申し上げるようにと…。以下の内容(券をたてまつること)を、であろう。

五 領有し造営なされたことであろう(ことについては)。

六 難解。一方的には、の意か。底・宮・近・尊・慶・木「ひとへ」、斑「たとへ」、三「ひとつ」。

七 こちらのほう(女君)においてこそは。

八 そなたよりも適切な所有者であるようでござ

さし向《む》かひて対面《たいめん》し給《たまひ》て、

「[一]この家のかしこまりも聞《き》こゆべく侍《はべる》を、こゝに又人[二]知《し》れず[三]嘆《なげ》かるゝ人も侍めるを、かゝるついでに[四]聞《き》こえさせよとなん。この[五]両《りやう》じ造《つく》らせ給《たまひ》けん、[六]ひとへには道理《だうり》なれども、券のさまを見《み》はべれば、[七]こゝにこそは[八]おまへよりもしりまさるべく侍れ、と思給《おもひ》へしに、[九]とを《ほ》からぬ程に、[一〇]御消息《せうそこ》もなくて渡《わた》らせ給《たまふ》は、[一一]人かずにもおぼされぬなめりと見《み》たまへしに、[一二]などかさしも思《おも》ほしを《お》とすべき、と心つきてなん、かくにはかに渡《わた》り侍《はべり》つる。「としごろつくろひ[一三]御心入《い》りたりけるに、かく妨《さまた》げたるやうにて渡《わた》したる、いとものし、なを《ほ》こゝはたてまつりてよかし」と[一四]嘆《なげ》き侍めるに、おなじくは[一五]たしかに両《りやう》ぜさせ給へ、券たてまつらん、とてなん御消息《せうそこ》聞こえ侍《はべり》つる。」

とのたまへば、中納言、

「いともかしこきおほせなり。としごろあやしく[一六]失《う》せ侍《はべり》にし[一七]のちに、[一八]人にも聞《き》こえず、[一九]侍らざりつれば、[二〇]世になきなめり、[二一]たゞより、年若《としわか》う侍らばこそ[二二]行《ゆき》めぐりあひ見《み》んとも思《おも》ひはべらめ、老《お》いおとろへてけふあすとも知《し》らぬを、[二三]うち捨《す》てゝかげかたも聞《き》こえぬは、なを《ほ》世に失《う》せにけるなめりとかなしう[二四]嘆《なげ》き侍《はべり》つるに、[二五]この家《いへ》はかれ侍らばこそ両《りやう》じ侍らめ、[二六]いまはいかゞせん、[二七]こゝに

〔17〕釈明と和解

るよ、と。

九 遠くない距離であるのを。近所なのに、の意。

一〇 ご通知もなくて。

一一 (こちらを)人並みにも(おのずから)お思いにならないようだと拝見したことに対して。

一二 どうしてさほどにも軽蔑なさってよいのか、と気がついて。

一三 お心がはいってきていた所なのに。心をこめて造作してきた家であるのに、の意。

一四 女君が。

一五 券の備わっていることが「たしか」な状態。

一六 娘(落窪の君)が。

一七 底・宮・近「のちに」、尊・慶・斑「のちよに」。宮「ち」と「に」とのあいだにやや空白がある。

一八 人(のうわさ)にも聞かれず。

一九 ござらぬことになってしまった以上。

二〇 (この)世に生きておらないようだ。以下、中納言の心内をみずから語る。

二一 中納言の名。へりくだる会話文中に自称として出る。

二二 めぐりめぐって出会おうとも思うことでござろうが。自分が若い時ならば娘のことを「もう世にいない」などと思わずに生存を信じて再会を期待するが、の意。

二三 (落窪の君が)ほったらかして影もかたちも(うわさに)聞かれないのは、の意か。

二四 「なげき」の「け」底本、補入。

二五 この邸宅は落窪の君がござるのなら(彼女が)領有することでござろうが。

二六 今ではどうすることもならない。

二七 こちらに領有すべきでござろうとて。

二八 あまりいたみが激しくならぬまえに。

二九 かように殿に(娘が)控えておろうと伺うことが(今の今まで)なかった。

しるべきにこそはべれとて、[二八]いたうあばれぬさきにつくろひ侍《(はべり)》つる。[二九]から殿《との》に候《(さぶらふ)》らんとうけたまはらざりつ。[三〇]いとめでたう思《おも》ふやうにとはをろ《(お)》かなるやうにこそ候《(さぶらひ)》けれ。[三一]いままでかくなんとも知《し》られ侍らざりけるは、たゞよりを[三二]便《びん》なしと思《おも》ひをき《(お)》たるにや侍らん。又[三三]おもて伏《ぶ》せなり、[三四]これが事知《し》られじと思ひてはべるにやあらん。[三五]二《ふた》つのうたがひはづかしくも。[三六]券は何《なに》か給はらん。[三七]又もまいら《(ゐ)》せまほしくなん。いままで[三八]死《し》に侍らぬ事をあやしと思ひ侍《(はべり)》つるは、この人の顔《かほ》を見《み》んとてなりけり。いまなんあわれ《(は)》には侍《(はべる)》。」

とてうちしほたれ給へば、督《かん》の君、さすがにあはれにて、

「[三九]こゝにはすなはちより、御夜中《よなか》、あか月《(つき)》のことも知《し》らでや、と嘆《なげ》き侍《(はべり)》しかど、[四〇]みちよりが思《おも》ふ心侍《(はべり)》て、しばしと制《せい》し侍《(はべり)》しなり。そのゆへ《(ゑ)》は、[四一]西《にし》の方《かた》に住《す》み侍《(はべり)》しより、時ゝしのびてまかり通《かよ》ひて時《(ときどき)》ゝ見《み》侍《(はべり)》しに、[四二]御けしきも異御子《ことこ》どもよりもこよなくおぼしをと《(お)》されたりき。又、北の方《かた》の御心ばへうくあさましく、[四三]使《つか》ひ給へる人よりも劣《おと》りにさいなみしを見《み》聞《き》きゝ侍《(はべり)》しは、世にありと[四四]聞《き》こえたてまつるとも[四五]よしとおぼさじ、[四六]すこし人並《な》みくになりて、[四七]仕《つか》うまつりぬべからんほどに知《し》られたてまつれ、部屋《へや》にこめて典薬助《てんやくのすけ》にゆるさせ給へりけるがいと心うく思ひ給へしかば、世になきさまに御覧《らん》ぜらるとも何《なに》ともおぼさ

三〇 まことに結構に申し分ないさまで(娘がいる)とは(言うも)一通りでしかない様子で。
三一 現在までかように(暮らしているよ)とも(こちらに)知られずにずっとござったことは。
三二 不届きだと(娘が)心に決めて。
三三 面目つぶしだ。
三四 これ(中納言)の子であると。「事」は「子と」の意味の誤表記であろう。底・宮・近・尊・斑「事」、慶「子か」。　三五 この二点の臆測。
三六 券はどうしていただきましょう(いただきますまい)。
三七 (給わるどころか)この上に。重ねて。巻四の財産分与の伏線である。
三八 自分が。
三九 こちら(女君)にあっては当座から。「夜中、あか月の事も知らぬを」(→一七二頁注一五)。「御」は「こと」にかかる。
四〇 男君の名。男主人公の名がへりくだる会話文の中で図らずも読者に知らされる。
四一 女君がいた落窪の間か。男君が父の邸に住んでいた時に西の対にいたことを言うか。
四二 あなたのご態度までも。実父なのに、という非難のきもちがこもる。
四三 使用なさっている侍女よりも劣る者として虐待したことを見もしまた聞きもしたことでございますからには。
四四 お耳に入れてさしあげるとしても。二重の謙譲表現。
四五 好い感情をお持ちになるまい、の意。
四六 いささか人に伍する身分になって。男君の地位が上がること。巻二に「まろもいますこし人ゝしくなりて」(→一七三頁注二〇)とあった。
四七 (女君が)お仕えすることができるようなころに。「仕うまつる」は、仕えて孝養する。

じと思《おも》ふ《(う)》給へて。[一]みちよりが、つらし、うしと思ひを《(お)》きつる事の忘《わす》れ侍らねば、殿《との》[二]をば便《びん》なしとも思ひきこえざりしかども、北の方のなさけなくおぼえ給《(たまひ)》しかば、祭《まつ》りなど見侍《み(はべり)》しに、殿《とのゝ》の御車と言《い》[三]ひ侍《(はべり)》しを、[四]なめげなるさまに、[五]お《(を)》のこども[六]かつはいかにと身を知《し》るさまにて、[七]いとよくも御覧《らん》ぜさせずやとおぼえ侍《(はべり)》しも[八]便《びん》なく思《(う)》ふ給《(たまふ)》れ。明《あ》け暮《く》れ異《こと》御子どものやうに見《み》たまふ事もかたげなりしを、[九]まづ夜昼見《よるひるみ》たてまつらぬことを申《(まうす)》めれば、人の御親子《おやこ》の中は[一〇]あ《(は)》われなりけりと見給《み(たまふ)》れば、[一一]いかで仕《つか》うまつらんとなん思《(おもひ)》給へなりにたるを、[一二]お《(を)》さなき人〳〵もを《(お)》よすげまさるめるを、見《み》せたてまつらでや、など思ひ給へてなん。」

と、片《かた》はしよりつぶ〳〵と聞《き》こえ給へば、中納言いとはづかしうて、この事どもを聞《き》き《ゝ》給《(たまひ)》て[一三]おぼしを《(お)》きたりけること、と《ゝ》かぎりなくいとを《(ほ)》しくて、[一四]え御いらへはか〴〵しからず。

[一五]「異子《ことこ》どもより思ひを《(お)》とすことも侍らざりしかど、母具《はゝぐ》したるものは「[一六]まづこれに」と言《い》ふまゝに曲《ま》げられて、[一七]げにいとを《(ほ)》しきことも侍《(はべり)》けん。されば、いとことは《(わ)》りなり。述《の》[一八]べ聞《き》こえさすべきことも侍らず。[一九]典薬《てんやく》はいとゆゝしきこと。[二〇]さるものにはいかなる物《(もの)》かゆるし侍らん。部屋《へや》にこめ侍《(はべり)》し事も、[二一]思《おも》ふやうなら

一 私みちよりが、つらいことだ、我慢できないことだと遺恨に思ったことが。

二 中納言殿については不都合であるとも思い申さなかったけれども。

三 口論がございました折に、の意。

四 (こちらが)いかにも無礼なありさまで。底本「なそけなる」。宮・近「なかめけなる」、尊・慶・斑「なめけなる」。尊などによって訂正する。

五 従者どもが。底本「おことも」。宮・近・尊「をのことも」、慶・斑「おのことも」。それらによって訂正する。

六 (無礼である)一方では「どうであるか」と自身を思い知る(ばかりの)ありさまで。手ひどい方法で典薬助を懲らしめたが、の意。

七 (そんなこちらの行動を)あまり正しいことともご覧にならないのではないかと自然思われましたことも。

八 (そちらに対して)不都合であると愚考する次第ですよ。「思う」は「思ひ」の音便形。「給れ」(底・宮・近・尊)は、慶・斑「給ふれ」。誤りがあろう。

九 何よりも先に。

一〇 情愛が深かったことだと。

一一 どうかして孝養し申そうと。

一二 子供たちも日一日と成長するみたいだから。「めり」には父親としての実感がこもる。

〔18〕父と娘との対面

一三 お心から離さずにいらっしゃっていたことよ、と。

一四 ご返辞をはっきりとなさることができない。

一五 中納言の詞。異腹の子たちより見下げることもなかったのでございますけれど。

一六 「先にこれ(実子)に」と言うのにつれて(意志を)曲げられて。「言ふ」は、世間の常識でそう言われる、の意。

ぬことをしたりと聞《き》き《ゝ》侍《(はべり)》しかば、[二二]ねたくくちをしくてなん。何《なに》事よりも、若《わか》君たちをまづ見《み》たてまつらん。[二三]いづら、[二四]いまだに。」

とのたまへば、お《(を)》とこ君の、まへに立《た》てたる木丁《(きちやう)》[二五]を《(お)》し遣《や》りて、

「こゝに侍めり。いでて《ゝ》対面《たいめん》し給へ。」

と申《(まうし)》給へば、はづかしけれどいざり出《(いで)》たり。父《ちゝ》おとゞ見《み》たまへば、いみじくきよげに[二六]もの〳〵しくねびまさりて、いと白《しろ》くきよげなるあやのひとへがさね、[二七]二《(ふた)》あひ《(ゐ)》のを《(お)》りものの《ゝ》うちき着《ゝ》給《(たまひ)》てゐ給へり。見《み》るに、是《(これ)》よりはよしと思《おも》ひかしづきしむすめどもにまさりたれば、かゝりけるものを、[二八]うちこめてを《(お)》きたりしを、[二九]げにいかに思ひけんとはづかしうて、

「[三〇]つらき物《(もの)》に思ひを《(お)》きて、[三一]いまま《ゝ》で知《し》られたまはざりける。対面《たいめん》しぬるはかぎりなくなむ心延《の》びてうれしく。」

とのたまへば、女君、

「[三二]こゝにはさらにさ思ひきこえぬを。[三三]この君の、[三四]さいなみしおり《(を)》をおはしあひて、聞《き》き《ゝ》給《(たまひ)》て、「[三五]猶便《びん》なきものにおぼしを《(お)》きたるなめりかし。[三六]しばしな知《し》られ給《(たまひ)》そ」とのみ侍めるに[三七]つゝみてなん。[三八]心にはさらに知《し》り侍らぬなめげさも御覧ぜられつる事をなん、[三九]いかゞ、とかぎりなく思ひ給ひつる。」

一七 なるほど(娘に対して)気の毒な場合もござったことであろう。
一八 申しひらきいたすべき。
一九 典薬助の件はまことにいまわしい次第で…。
二〇 そんな者にはどのような者が(娘を)許すことでござろうか。実の親はけっしてそんな結婚をさせない、という弁解。
二一 (親がよいと)思わぬさまのことをしていると。娘が身分の低い男を通わせているとの北の方の讒言(→八三頁)を真に受けている。
二二 いまいましく残念で…。
二三 どちらに(いらっしゃるか)。
二四 せめて今なりと(お会いしたい)。
二五 押しのけて。父娘再会の話型である。
二六 「ものものし」は、威厳の備わるさま。
二七 二藍(紅と藍と)の織物の袿。
二八 落窪の間に。
二九 なるほどどんなに(つらく)思ったことであろうと恥じられて。
三〇 (私を)薄情な者であると心に思って。
三一 今日まで(私に)知られないでいらっしゃってきたことよ。
三二 こちらにはけっしてそのように(薄情だと)思い申さぬことですのに。
三三 こちらの男君が。
三四 (私を)責め叱ったちょうどその折に来あわせなさって、(傍らで)お聞きになって。
三五 やはり不都合な者であると思いこんでおられるようだよね。
三六 しばらく知られなさるな。
三七 遠慮しまして…。
三八 (私の)心にはまったく存知のほかでございます無礼な感じの沙汰も(父上はおのずから)ご覧になったばかりの(その)事件に対して。
三九 どのようなことか、とかぎりなく(悲しく)

とのたまへば、

「[一]そのおり《(を)》に、いみじき恥也《はぢ(なり)》、[二]何事《なに》におぼしつめてかくはしたまふならんと思ひ[三]給しを、けふ聞《き》けば君を[四]おろかに思ひきこえたりとて[五]勘当《かんだう》し給《(たまふ)》なりけり、[六]とうけたまはりあはすれば、なか〳〵いとうれしくなん。」

とてうちわらひたまへば、女君[七]いとあわれ《(は)》とおぼして、

「[八]さてしもこそかしこけれ。」

と申給《(まうし)》ふ程に、督《かん》の君、いとうつくしげなるおとこ《(を)》君をいだきて、

「[九]くわ《(は)》、御覧《らん》ぜよ。[一〇]心なむいとうつくしく侍《(はべる)》。[一一]天下《てん(げ)》、北の方《かた》はにくみ給はじ

となむ[一二]思ひ給へる。」

とのたまへば、[一三]そもけしからぬことをかたはらいたがり給《(たまふ)》。

中納言は、見《み》るに、[一四]老《お》い心《(ここ)》ちにいとかなしう、らうたう、[一五]たゞおぼえにおぼえて、[一六]笑《ゑ》み曲《ま》げて、

「こち〳〵。」

とのたまへば、[一七]さる翁《おきな》に[一八]「おぢで[一九]首《くび》にかゝりて」いだかるれば、

「[二〇]げにや天下の鬼《おに》心の人もえにくみたてまつらじ。」

とて、

思い申していたところです。「思ひ給ひつる」(お思いになったところだ)は「思ひ給へつる」(思い申したところだ)とありたいところ。仮にその意味に取っておく。底・宮・近・尊・慶「給ひつる」、斑「の給ひつる」。

一 清水での事件の時や賀茂の祭りでの事件の時に。

二 いかなる事柄につけて深く思いこまれてかように(衛門督は)しなさるのであろうかと。

三 「給へし」とありたいところ。底・宮・近・尊・慶「給し」、斑「たまひし」。

四 疎略に。

五 とがめ。譴責《けんせき》。

六 お聞きして思いあわせると。

七 本当にしみじみと気の毒にお思いになって。

八 それこそがもったいないことよ。

九 これは。さあ。

一〇 性質。気立て。

一一 この世界に。すべて。

一二 「思ひ給ふる」とありたいところ。底・宮・近・尊・慶「給へる」(近「給つる」にも見える)、斑「給へ」。

[19] 太郎君

一三 そのようにも不届きな発言を(女君は)はたで聞き苦しがりなさる。

一四 老いびとの心からして(その子が)まことにかわいく、愛らしく。

一五 ひたすら(そう)思われに思われて。

一六 笑みのあまりに顔をゆがめて。

一七 そんな老人に恐怖せず。「おぢて」(恐怖して)ではあるまい。

一八 「おちてくひにかゝりて」底本、欠文。宮・近・尊・慶により補う。斑にもほぼ同文がある。

一九 (中納言の)首にぶら下がって。

二〇 なるほどまあ天下第一の鬼のような心の人

「[21]いと〳〵大《おほ》きにおはするは。いくつぞ。」

「[22]三《(みつ)》になんなり侍《(はべり)》ぬる。」

となん父《ちゝ》君申《(まうし)》給へば、

「またやものしたまふ。」

「[23]このおとゝは殿になん召《め》されにし。又お《(を)》んな子《ご》侍れど、けふはつゝしむこと侍り。のちに御覧ぜさせん。」

など申給《(まうしたまひ)》て、[24]御台《だい》まい《(ゐ)》り、御供《とも》の人にも、[25]わざとの設《まう》けにはあらで、牛飼《うしか》ひ[26]までにいときよげにあるじし給《(たまふ)》。

お《(を)》とこ君、

「衛門、少納言、その越前守《ゑちぜんのかみ》呼《よ》び入《い》れて。[27]」

とのたまへば、[28]衛門、台盤《だいばん》所の方《かた》に呼《よ》び入《い》るゝにつけても、いとはづかしけれども、[29]我《(わが)》したることかは、と思ひて入《(いり)》ぬ。三《(み)》間《ま》ばかりあるに、畳《たゝみ》きよげに敷《し》きて、整《とゝの》へたるやうに[30]劣《おと》らず見《み》ゆる御《ご》たち卅人ばかりい《(ゐ)》並《な》みたり。[31]おまへにありけるが「立《た》て」と[32]のたまひければ来《き》つどひたるがゐたるなりけり。越前督《ゑちぜんの(かみ)》[33]、[34]色なる人にて、[35]いとけう《(きよう)》あり、うれしと思ひて、目《め》を配《くば》りて見渡《みわた》す。ものも言《い》はれず。知《し》りたる人だに五六人ありけり。[36]これもしかにこそありけれとのみ見《み》ゆ。

も嫌い申すことができなかろう。男君の言を受ける言い方。

二一 まことにまことに大きくておわすことよ。

二二 三つになってしまったのでございますよ。底本「三なん」。宮・近・尊・慶「三になん」、斑「三つになん」。それらによって訂正しておく。

二三 この子の弟は（父）邸に召し上げられてしまった。「おとと」（弟）は「おとうと」とも。

二四 ご膳をさしあげ。

二五 わざわざという感じの馳走ではなくて。

二六 まことに見た目に美しげに饗応しなさる。

二七 底本「て」のあとに一字分空白、右傍「本」とある。宮・近・尊は三、四字分空白、右傍「本」、慶「ものせよ」、斑「ものせ」。

二八 衛門が台盤所のほうに（越前守を）呼び入れるのにつけても。台盤所は、台盤（食物を置く台）を用意する所の義で、台所、侍女たちの詰め所。

二九 わたしがしていることとか、わたしのしわざではない、と。

〔20〕酒をしいられる越前守

三〇 だれが劣るということなく美しく、の意。

三一 （先刻まで）女君のご前にあったのが。「ありける」の「けり」は時間的にさかのぼるいわば大過去をあらわす。

三二 男君が。→二〇七頁注二八。書き手の注記である。

三三 「守」の意の誤表記。宮・近・尊も。

三四 女性の容色を好む人で。好色家で。

三五 まことに興趣があり、喜ばしいと思って。「いと」が「きようあり」にかかる例はあとにもある（→二二〇頁注一）。

三六 この侍女たちも中納言家から引き取られたのであったことだ、の意。「しか」（然）は、そのように。

衛門、

「殿《との》ゝの「酔《ゑ》はしたてまつれ」とのたまふに、青《あを》[一]くいで給はゞ便《びん》なし。若人《わかうど》たち、さかづきまい《(ゐ)》り給へ。」

とて代《かは》り〴〵しう《(ふ)》るに、酔《ゑ》い《(ひ)》まどひぬ。

「衛《ゑ》門《もん》の君、助《たす》け給へ。[二]しる人けなくてう《(ちよう)》[三]じ給《(たまふ)》な。」

と言《い》ふに、逃《に》げんとするに、いと若《わか》うきよげなる人のを[四]かしう言《い》ひて、囲《かこ》みて逃《に》ぐべくもあらず。わびてうつぶしたう《(ふ)》れ臥《ふ》したり。

中納言も督《かう》の君も、御さかづきたび〳〵になりて、酔《ゑ》い《(ひ)》給《(たまひ)》て、[五]よろづの物語《がた》りをし給ふ。

「いまは身[六]に堪《た》へんことは仕《つか》うまつらんと思ひ給《(たまふ)》るを、[七]おぼさんことはなを《(ほ)》のたまはんなむうれしかるべき。」

と申《(まうし)》給へば、中納言、[八]いとうれしと思ひたる事かぎりなし。

暮《く》れぬれば、帰《かへ》[九]り給《(たまふ)》まゝに、おとゞにはころも箱《はこ》一《ひと》[一〇]よろい《(ひ)》に、片《かた》つ方《かた》には[一一]たゞなを《(ほ)》し装束《さうずく》、いま片《かた》つ方《かた》には日《ひ》[一二]の装束《さうぞく》一《(ひと)》[一三]くだり入《(いれ)》て、世に名高《たか》きおび[一四]なん添《そ》ひたりける。越前守《ゑちぜんの(かみ)》には女の装束《さうずく》一具《ぐ》にあやのひとへがさね添《そ》ひてかづけたまふ。中納言、酔《ゑ》い《(ひ)》ていで給《(たまふ)》とて、

一　(酔わずに)青白く。
二　語義不明。「人けなく」は「人げなく」(人の扱いではないさまに)であろう。底本以下「しる人けなく」、三「しる人なく」、木「人けなく」。
三　懲らしめなさるな。
四　気のきくことを言って。言葉巧みに好色家の心を引きつけるさま。
五　世間万事についての話。何から何までについての話。
六　我が身に可能であるようなことはご奉仕し申さんと。
七　ご希望であるような事柄はやはり言ってくださろうことがありがたいことですよ。
八　まことにありがたいことだと。巻四に中納言が大納言への昇任を希望することの伏線になっていよう。
九　お帰りになるのにあわせて。
一〇　一対。
一一　ただ直衣装束(だけ)。
一二　昼の衣裳の意。男子の場合、束帯と称される正式の朝服である。ここはその束帯一式。
一三　一揃い。
一四　束帯の時に着用する石帯(せきたい)。由緒正しい白玉や牛角などを飾りつけた重々しい皮帯である。
一五　この世に今日まで長らえてござったことがつらかったところなのに。
一六　ありがたい縁として…。
一七　巻き絹の被け物。腰にさして退出することから言う。

「一五世にいままで侍《(はべり)》つるが心《こゝろ》うかりつるに、一六うれしきちぎりに。」などのたまふ。御供人《とも》多《おほ》くもあらねば、五位に一重《ひとかさ》ね、六位にはかま一具《ぐ》、ざう《(ふ)》しきに一七腰《こし》ざしせさせ給《(たまふ)》。一八よろしからぬ御中《なか》と見《み》つるを、いかならんと一九あやしく思《おも》ふ。

二〇返給《(かへりたまひ)》て、北の方に、衛門督のの給へることども、片《かた》はしより、

「典薬助《てんやくのすけ》には二一まことやあはせんとし給《(たまひ)》し。二二はづかしげにのたまへるにおもて赤《あか》む心《(ここ)》ちしてなんありつる。ちごのうつくしげなりつる事かぎりなし。人〳〵のありさまいみじうさいはい《(ひ)》ありけるかな。」

とのたまへば、北の方《かた》、二三いとねたしとはを《(お)》ろかなるに、

「いで、あな聞《き》きにく。二四そのかみ、ものとやは思ひ給へりし。部屋《へや》にこめよとは二五おのれこそを《(お)》こなひ給《(たまひ)》しか。「我は知《し》らじ、ともかくもせよ」と二六放《はな》ち給《(たまひ)》しかばこそ典薬《てんやく》も何《なに》もかゝぐり寄《よ》りたりけめ。いま二七人のものめかし給《(たまふ)》に、二八わがせしことを人のせんやうにの給《(たまふ)》はなんぞ。あまりはなやかなる事は長《なが》からず。」

と言《い》へば、二九越前守《ゑちぜんのかみ》、いみじう酔《ゑ》い《(ひ)》て寄《よ》り臥《ふ》しながら、いみじうめでたかりつることを語《かた》り臥《ふ》せり。

「三〇四十人の女房《ばう》たちの中《なか》にこもりて三一おくこそしにたれ。三の君の御方のそれ、

一八 ちょっとよくないおんあいだがら(である)と(たった今まで)見たのに。
一九 変だといぶかしむ。供人らの思いである。
二〇 お帰りになって。
二一 本当にめあわせようとしなさったのか。底「まことや」、宮・近・尊・慶・斑「まことにや」。
二二 (衛門督が)こちらの恥じられるほどにおっしゃっていることに対して顔が赤くなるきもちがしておったところだよ。

〔21〕帰宅

二三 まことに悔しいと(言うぐらいで)は不十分なままに。
二四 あの当時、(落窪の君を)ものの数には思っていらしたか。反語。
二五 おまえさまが指図なされたのですよ、の意か。第二人称の「おのれ」の例はここだけである。相手をいやしめる語感を持つ。
二六 放任なされたから典薬助も何もがすがり寄っていたのであろうよ。「かかぐる」は、たどって…する。
二七 人(衛門督)が(落窪の君を)りっぱな感じに待遇なさるとなると。「ものめかす」は、一人まえの者として扱う、重んじる。
二八 自分がした行為を別の人がしようかのようにおっしゃるのはどういうことか。
二九 (一方)越前守は。
三〇 先に「劣らず見ゆる御たち廿人」(→二一三頁注三〇)。
三一 「おくこそ」も「しにたれ」も語義不明。「しにに」は「死に」か。底・木「おくこそ」、宮・近・尊・慶・斑「をくこそ」、三「おほくこそ」。三は「しいにたれ」へ続く。

四の君の御方《かた》の何《なに》の君《きみ》、一かの《(お)》もと、二まろやさへなんさぶらひつる。三花お《(を)を》折りてさうぞきてい四とよしと思《おも》へるや。」

と言《い》ふを、三、四の君、一所《ひとゝころ》に臥《ふ》して聞《きゝ》きて、

「世の中《なか》は五あわれ《(は)》なる物にこそありけれ。かの君のおちくぼ六に住《す》みて部屋《へや》にこもり給《(たまひ)》し時は七まろらにまさりて人八使《つか》ひ取《と》られんとやは思ひし。父母《ちゝはゝ》九のおぼさん事一〇はづかしくもあるかな。なぞや、一一尼《あま》にやなりなまし。」

とうち語《かた》らひて、三の君泣《な》けば、四の君《きみ》もうち泣《な》きて、

「一二そがはづかしきこと。かく一三うき宿世《すくせ》も知《し》りたまはで、上《うへ》一四の懸隔《けんがく》におぼしかしづきしを、一五いかに人思ひあはせん。まろらこの一六比《(ごろ)》一七うきことといで来《き》にしおり《(を)》ぞ、尼《あま》になり侍《(はべり)》なんと思ひ侍《(はべり)》しを、一八いつしかと身《み》のなり侍《(はべり)》にしかば、一九えならで、二〇これいで来《き》にしのちよりはた二一人の心也《(なり)》けること、二二これものゝ心知《し》るまで見《み》んとおぼえなりていままで侍《(はべり)》つる事。」

ふたりうち語《かた》らひて、うち泣《な》きて、四の君《きみ》、

二三人の上《うへ》とむかしは見《み》しをあり経《ふ》ればいまは我身《(わが)》ぞうき世なりける

三の君《きみ》、げにとて、

二四うき事の淵瀬《ふちせ》に変《か》はる世の中はあすかの川のこゝちこそすれ

一　「たいふのおもと」(→一八五頁)。
二　美人で評判の下仕えの女(→一八五頁)。
三　花を折り取って身にまとって。容姿についてや行動をはなやかにすることの喩的表現。
四　えらくいい生活だと思っているよな。
五　しみじみなさけないものであったことよ。
六　落窪の間に住んで(また)物置き部屋にこもりなされた時は。　七　われわれより優位に立って。
八　人(侍女)を奪い取られ使用されることになろうとは思いましたか。
九　父母のご胸中を忖度すると、の意。
一〇　恥じられることであるよな。
一一　どうしてなのか、尼になってしまおうかしら。「なぞや」は強い疑問(反語)かとも。
一二　そのことが。親の嘆きが。
一三　つらい生まれ運。
一四　母上が(落窪の君とは)別け隔てして大切に思い育ててくださったのに。「ケンガク」(日葡辞書)。　一五　どんなに他人が(落窪の君の仕合せと)比較することでしょう。
一六　私どもは。「ら」は単数でも使われる。
一七　つらい出来事。兵部の少との結婚のこと。
一八　待っていたかのように。懐妊したこと。
一九　(出家の身に)なることができずに。
二〇　この娘が。
二一　(出家したい)とはいえやはり(これが)人情というものだったことよ。
二二　この娘が物の分別を知るまで面倒見ようとだんだんその気になって今日まで(出家せずに)おりましたことよ。
二三　他人の身の上のことと昔は見たのに、生き長らえてみれば今は、おのれの身こそ生きづらい人生であったことよ。
二四　つらいことが瀬と淵とに似て常なく変わるこの人生は、飛鳥川の古歌の心がすることよ。

〔22〕衛門督の手紙、女君の手紙

言《い》ひ明《あ》かし給へるつとめて、[二五]を《(お)》くり物見《み》給《(たまひ)》て、「色よりはじめて翁《おきな》の身にはあまりたり。この御おびは[二六]いと名高《たか》きおびを、何《なに》しに給はらん。返《かへ》したてまつらん。」との給《(たまふ)》ほどに、

「衛門督の殿より御文。」

と言《い》へば、いそぎ取《と》り入《い》るゝ人多《おほ》かり。

[二七]昨日は、[二八]暮《く》れゆくお《(を)》しくも侍《(はべり)》しかな。いそがせ給《(たまひ)》しかば、[二九]とし比《(ごろ)》の御物語《がた》りも聞《き》こえさせずなりにし。[三〇]いまよりだにときぐ\立《た》ち寄《よ》らせ給はずは、心うくなん。[三一]これはなどか忘《(わすれ)》させ給《(たまひ)》にし。なを早渡《(ほ)はやわた》[三二]らせ給《(たまひ)》ね。さらずはな[三三]を便《(ほ)びん》なきさまにおぼしたるとかぎりなく思《(おもひ)》[三四]給へ嘆《なげ》くべくなん。

とあり。四の君の御もとに御文《ふみ》あり。

[三五]としごろいとおぼつかなく[三六]思ひ給へつゝ、[三七]かくなんと聞《き》こえまほしながら、つゝましき事多《おほ》くて。[三八]忘《わす》れやし給《(たまひ)》たらん。

[三九]忘《わす》れにし時《(とき)》はの山の岩《いは》つゝじ言《い》はねど我に恋はまさらじ

[四〇]と思ひ給にこそいと心うけれ。[四一]上《うへ》にも御方《かた》ぐ\にもいまは対面《たいめん》にと思給《(おもひたまふ)》れば、うれしくなん、と聞《き》こえ給へ。

古今集・雑下「世の中は何か常なる飛鳥川きのふの淵ぞけふは瀬になる」(詠み人知らず)がその古歌。　二五 贈り物の衣類。

二六 まことに高名な帯であるのに、どうしていただこうか(いただくことはできない)。

二七 男君の手紙。高い尊敬の「せ給ふ」「させ給ふ」や高い謙譲の「聞こえさす」を駆使する丁寧な文体である。

二八 暮れ行くことが惜しくもまあございましたことよな。　二九 年来の(つもる)お話。

三〇 せめて今からなりと。

三一 この物。券のこと。「これ」とだけあって読者には分かるはず。　三二 三条邸へ。

三三 (私どもを)不届きなことであるとお思いになっているよと。

三四 嘆かわしく思い申すことであろう、の意。

三五 女君から四の君への手紙。

三六 気がかりに。会いたく。

三七 かように(暮らしている)と。

三八 歌の「忘れにし」を起こす。

三九 あなたが忘れてしまった時は、常磐《(ときわ)》の山の岩つつじではないが、言わないけれどあなたのことを恋しい私の心に、あなたの恋しいきもちのほうがまさることはあるまい。「時はの山」は常磐の山の当て字。「時は」をかける。「時はの山」は「時は」と同音により下句を導く序詞。上三句は「岩」と「言は」との同音により下句を導く序詞。古今集・恋一「思ひいづる常磐の山の岩つつじ言はねばこそあれ恋しきものを」(詠み人知らず)による。

四〇 と思いなさると。但し「給」は「給ふる」あるいは「給る」(タマフル)とありたいところ。それなら、思い申すにつけて、の意。底・宮・近・尊「給」、慶・斑「給ふ」。

四一 北の方にも(他の)ご姉妹にも。

とあり。はらから四人並《な》みゐたる程に、取《と》りかはしつゝ見《み》給《(たまひ)》て、姉君《あね》たち、我《(わが)》もとにもの給へかし、といまは語《かた》らはまほしきぞ[一]いみじきや。[二]おちくぼにゐたりし程は「いかに」と問《と》ふ人なかりし物を。

[三]おとゞの御返《(かへり)》、

[四]やがて昨日はさぶらはんと思ふ《(う)》たまへしかど、[五]方《かた》のふたがりて侍《(はべり)》しかばなむ。いまよりはいとうれしく、明《あ》け暮《く》れも[六]候《(さぶらひ)》ぬべしと思《(おもひ)》給へしを、いのち延《の》びてなむ。さて、[七]たまはせたる券は、給はるまじきよしは聞《き》こえ侍《(はべり)》しを、[八]なを《(ほ)》からせさせ給《(たまふ)》、[九]御勘当《かんだう》の深《ふか》きなめりとかしこまり思ひ給ふる。御おびもさらにかゝる翁《おきな》の身には[一〇]闇《やみ》の夜《(よ)》に侍《(はべる)》べければ、返しまい《(ゐ)》らせんと思《(おもひ)》給《たまふ》れど、[一一]御心ざしの程過《す》ぐしてとなんさぶらひつる。

とあり。四の君の御[一二]返《(かへり)》、

年比《(ごろ)》は杉《すぎ》[一三]のしるしもなきやうにて、[一四]尋《たづ》ねきこえさすべき方《かた》[一五]なくなん思給《(おもひ)》[一六]へるに、いとも〳〵うれしくてなん。「[一七]人はよも」とは心うくもを《(お)》しはからせ給《(たまひ)》けるかな。

[一八]うち捨《す》てゝ別《わか》れし人をそことだに[一九]知《し》らでまどひし恋はまされり

と聞《き》こえ給へり。

一 ひどい変わりようであることよ、の意。書き手が感に堪えたように漏らす感想である。
二 落窪の間に住んでいたあいだは「どんな様子(か)」と尋ねる人もなかったのに。書き手の感想。 三 中納言のご返状。
四 あのまま昨日は伺候し(続け)ようと。 五 方角がふさがってございましたので…。

[23] 返状二通

六 きっと伺候することであろうと。
七 下されている券は、いただくわけにゆくまい旨については申してございましたのに。「たまはす」は「たまふ」よりも高い尊敬。
八 それでもかようになさることは。「か」は底本「ハ」字に近い。 九 お叱り。
一〇 夜の闇に錦を着るようできっとございましょうから、の意。「闇の夜の錦」(うつほ・祭の使)、「闇の夜」(源氏物語・澪標)とある慣用的表現。引き歌があろう。参考歌、古今集・秋下「見る人もなくて散りぬる奥山のもみぢは夜(よる)の錦なりけり」(紀貫之)。「錦を衣(き)て夜行くが如し」(漢書・項羽伝)によると言われる。
一一 ご好意が深いあいだを経過して(それから)、の意か。帯を頂戴することの婉曲的表現である。券が女君の手に戻ることも、あらわには書かれない。 一二 女君への。
一三 杉の木の目印もないありさまで。古今集・雑下「わが庵(いほ)は三輪の山もと恋しくはとぶらひ来ませ杉たてる門(かど)」(詠み人知らず)による。
一四 とぶらい申し上げるべき手段がないように。
一五 底本「かたくなん」。宮・近・尊・慶・斑「かたなくなん」。それらによって訂正する。
一六 「思給ふるに」とありたいところ。
一七 「人はまさか(おぼえておるまい)」とは(私のことを)つらくもご推量あそばしてきたことかなあ。「人はよも」には引き歌があるか。女君の

かくてのちは心[二〇]しらひ仕《つか》うまつり給《(たまふ)》事かぎりなし。おとゞ、たとしへなき[二一]まで尋《たづ》[二二]ねを《(お)》はす。越前守《ゑちぜんのかみ》、大夫など、たゞいまの時[二三]の所なれば、耻《はぢ》を捨《す》てて《ゝ》まい《(ゐ)》り仕《つか》うまつる。女君は[二四]うれしき物《(もの)》におぼして、いかで[二五]としたまふ中に、大夫をば御子のごとおぼしたり。

「いかで[二六]、いまは北の方、きんだち[二七]にも対面《たいめん》せん。こなたにも渡《わた》り給へ。母《はゝ》君にはちい《(ひ)》さくて後《おく》れたてまつりしのち、見馴《みな》れたてまつりしまゝに親《おや》[二八]となん思ひきこゆる。いかで仕《つか》うまつらんと思《おも》ふに、このとしごろおぼしや[二九]疎《うと》みにたらん。君[三〇]たちおなじ所に聞《き》こえ給へ。」

越前守《ゑちぜんの(かみ)》、

「さ[三一]なんの給《(たまふ)》。我を[三二]おぼしたる事ぞかぎりなき。」

と語《かた》れば、北の方、いとゞ[三三]とくつきにしかばさも思《おも》ふらん、われ[三四]にもいみじくおぢたり、てうぜ《(ちよう)》[三五]し思ひをかば《(お)》この子どもをぞ便《びん》なく思《おも》はまし、おとこ《(を)》君のおぼしを《(お)》きたるにこそありけれ、まこと[三六]かのもの縫《ぬ》い《(ひ)》し夜はひかへたりけるは此《(この)》君也《(なり)》けり、と思[三七]ひよは《(わ)》る事ありて、やうやう文通《かよ》はして言《い》[三八]ひつく。

かゝるほどに、衛門督《ゑもんのかみ》、女君と語《かた》らひ給《(たまふ)》。

「あはれ、中納言こそいたく老《お》いにけれ。世人は老《お》いたる親《おや》のためにする孝《けう》[三九]

〔24〕**思い弱る北の方**

一八 わたしを捨てて別れた人のことを、そこに住むということすら知らずに途方に暮れた恋しいきもちはあなたにまさっています。

一九 「と」底本、補入。

二〇 (男君は)心配りして仕えなさることが。

二一 「たとしへなし」は、比較できない、異常だ。

二二 女君を。　二三 時勢にあって栄えている所。

二四 心にかなう人物であると。

二五 何とかして(力になろう)と(優遇)しなさるその中でも。　二六 女君の詞。越前守や大夫へ伝える。　二七 姉君妹君たち。

二八 (継母北の方を)親であると。

二九 (私を)疎ましくお思いになってしまっていることでしょうか、の意。

三〇 姉君妹君に同じことに申してくだされ。底本以下「所」、三・木「心」。

三一 帰宅して越前守が伝える詞。

三二 目にかけてくださっていることは。「いかでとしたまふ」(注二五)とあったこと。

三三 以下、継母北の方の心内。(落窪の君は)えらくたくさん財産がはいってしまったからそのようにも(越前守らを)目にかけるのであろう。

三四 わたしにもひどくびくびくしている。自分(落窪の君自身)でも、の意とも取れる。

三五 懲らしめたことを恨みに思うなら。

三六 ほんにそうそうあの縫い物をした夜のことは。→七九頁。

三七 きもちが軟化することがあって。

三八 親しくなる、あるいは言葉をかける。一例しかない語なので活用の種類が分からない。

〔25〕**法華八講の準備**

三九 孝養こそが。「孝」はここでは、孝養のための何らかのイベント。

こそ[一]いとけう《(きよう)》ありと思《おも》ふ事は、七十や六十なる年《とし》、賀と言《い》ひて遊《あそ》[二]び、楽《がく》をして見《み》せ給《(たまふ)》[三]、又若菜《わかな》[四]まいる《(ゐ)》とて年のはじめにする事、[五]さて八講《かう》と言《い》ひて、経、仏か[六]き供養《くやう》[七]する事こそはあめれ。さま〴〵めづらしきやうにせんとてはいかなる事をせん。生《い》[八]きながら四十九日する人はあれど、子のするにては便《びん》なかるべし。これらが中《なか》に[九]のたまへ。[一〇]せんとおぼさん事せさせたてまつらん。」

と申給《(まうし)》へば、女君、いとうれしとおぼして、

「楽《がく》はげにを《(お)》もしろくをかしき事にこそあれど、[一一]のちの世まで御身に益《やく》なし。四十九日はげに[一二]ゆゝしかるべし。八講《かう》なむ[一三]この世《よ》もいとたう《(ふ)》とく、のちのためもめでたくあるべければ、[一四]して聞《き》かせたてまつらまほしき。」

とのたまへば、おとこ《(を)》君、

「いとよくおぼしたり。こゝにもさなむ思ひつる。さらば[一五]としのうちにしたまへよ。[一六]いと頼《たの》もしげなくなん見《み》え給《(たまふ)》。」

とて、明《あ》くる日よりいそぎ給ふ。八月の程にせんとて経書《か》ゝせ、[一七]仏師《し》呼《よ》ばせて、[一八]仏きよらなるべくと、おとこ《(を)》君、女君、心に入《(いれ)》給へり。国《くに》[一九]〴〵、きぬ、糸《いと》[二〇]、しろかね、こがねなど召《め》す。御心に心《こゝろ》もとなしとおぼす事なし。

かゝるほどに、にはかにみかど、御心《(ここ)》ちなやみ重《おも》くて下《お》りたまひて、春宮《(とうぐう)》[二一]、

一　まことに興趣があると。「いときようあり」(↓二一三頁注三五)。「こそ」の結びとしては「あれ」とありたいところ。
二　管弦や舞楽をして見せなさる。
三　「給」はここになぜ敬語が必要か、不審。
四　正月最初の子(ね)の日に春の野草をたてまつる行事。
五　さてまた(法華)八講と言って。「八」は「ハ」字に見え、「さては講と言ひて」とも読めるが、後文から判断して「八講」とする。法華八講は法華八講会とも。何日にもわたり妙法蓮華経(法華経)を講読する法会である。
六　「かく」はここでは、経を書き仏画を描く。
七　供物を捧げて回向する。
八　生前にする中陰。逆修。
九　(どれがいいか)おっしゃれ。
一〇　しようとお思いになろうわざをさせてさしあげよう。先に「のちにもいとよく仕うまつりなほし給へ」(↓一九五頁)と男君は述べていた。
一一　後世まで(父の)おん身に役立ちはしない。「益なし」は、むだだ、益がない。
一二　なるほど(おっしゃる通り)縁起が悪いことでしょう。
一三　法華経流行の理由の一つには現世にも後世にも利益(りゃく)があると考えられたことがあった。ここはそれに該当する。
一四　(法会を)してお聴かせ申したいものよ、の意。　一五　今年中に。
一六　ずいぶん(弱って)頼りなさそうに。
一七　仏画を描かせる専門職人。
一八　美しくある(描かれる)ようにと。
一九　地方の国々(には)。腹心の国守のいる諸国。
二〇　仏事に使う糸。
二一　本来は東宮坊(東宮御所)をさし、転じて皇太子

〔26〕世代り、男君は大納言に

位につかせ給《(たまひ)》ぬ。このお《(を)》とこ君《ぎみ》の御いもうとの女御の御腹《はら》の[二二]一の宮になんおはしける。その御おとうとの二の宮、[二三]坊《ばう》にゐさせ給《(たまひ)》ぬ。御母《はゝ》の女御、[二四]后に立《た》ち給《(たまひ)》ぬ。衛門督、[二五]大納言に成給《(なりたまひ)》ぬ。中納言には三の君の御[二六]お《(を)》とこ、宰相には大納言の御おとうとの[二七]中将也給《(なりたまひ)》ぬ。すべてこの御[二八]ゆかりの御よろこびしたまへる、いとめでたく、[二九]此《(この)》御世にのみなり果《は》てぬ。大納言の御おぼえいみじ。かゝるまゝに、[三〇]しうとの中納言、いと[三一]を《(お)》も立た《だゝ》しくうれしと思《おも》へり。

七月のうちには、おほやけの事いとあは《(わ)》たゝし。いとまなきうちに、この御[三二]八講《かう》の事たゆみ給はず。八月廿一日にとなん定《さだ》めける。我《(わが)》御殿にてしたまはんとおぼせど、まゝ母《はゝ》君たちたはやすく渡《わた》らじとおぼして、中納言殿に渡《わた》り給《(たまふ)》べしと定《さだ》め給《(たまひ)》て、中納言殿をいみじう修理《すり》せさせ、[三三]すなご敷《し》かせ給《(たまふ)》。あたらしくみす、畳《たゝみ》など用意《ようい》せさせ給ふ。中の君の御[三四]お《(を)》とこ[三五]左少弁、越前守《ゑちぜんの(かみ)》などもみなこの殿《とのゝ》の[三六]家司《けいし》かけたれば、やがてそれらを[三七]行事《(ぎやうじ)》にさして行《おこな》はせ給《(たまふ)》。寝《しん》殿を[三八]払《はら》ひしつらひて、[三九]大納言殿の御つぼねは北の廂《ひさし》かけたり。[四〇]きんだち、北の方のつぼねには[四一]塗《ぬ》りごめの西《にし》のはしをしたり。[四二]あすことはじめんとて、夜《よ》さり[四三]渡《わた》したてまつり給《(たまひ)》つ。

[四四]「せばからん。人はまい《(ゐ)》り通《かよ》ひつゝ聞《き》け。」

のこと。 二二 第一の皇子。
二三 東宮におなりになった、の意。
二四 ここでは皇太后の意。あとに中宮ともある(→二二六頁注二二)。
二五 太政官の次官。以下、男君は大納言と呼ばれる。
二六 夫。宰相から中納言へ。三の君とは離婚に近い状態にあるがそれでも「をとこ」である。
二七 宰相中将になる。もと少将だった弟君(→一七五頁注四七)。 二八 縁類。一族。
二九 こちらの一族の権勢が支配するご時世、の意。
三〇 しゅうとの中納言。「しうと」(「しひと」の音便形)は大納言の配偶者(女君)の父であることを示す。老中納言。
三一 面立たしく。 三二 準備。
三三 砂。先に「すなごひかせ」(→一八九頁注二九)とあった。
三四 底「おとこ」、宮・近・尊・慶「おとこの」、斑「(欠文)この」。
三五 巻一に「右中弁」(→一五頁注三一)とあった。
三六 家務を扱う政所などの職員。→一八八頁注一一。 三七 担当者。執行者。
三八 「払ふ」は、建具などを取りのける。寝殿のうち塗りごめなどの部分を除き、広い空間を作った。
三九 大納言殿(女君)のお局は(母屋から)北の廂の間にわたっている。女君の居所であるから「御つぼね」と言い、すぐあとの「つぼね」と敬意のあるなしの差異が見られる。
四〇 姉妹や継母北の方の局としては。
四一 母屋内などにある壁のある所。
四二 儀式。 四三 女君を。
四四 男君の詞。狭かろう。(普通の)人はかよって参上しながら(法会を)聴け。

とてとゞめ給《(たまひ)》て、車六七《(むつななつ)》して渡《わた》り給《(たまひ)》ぬ。このたびぞ北の方、君たちなどにも[一]対面《たいめん》ありける。濃《こ》きあやの[二]うちき、[三]をみなへし色の[四]ほそなが着《き》給へり。色よりはじめてめでたければ、[五]かの縫《ぬ》い《(ひ)》ものゝ禄《ろく》に得《え》給《(たまひ)》しきぬのお《(を)》りを[六]思ひいづる人あるべし。

[七]あくしの北の方、[八]三、四の君を、[九]ことの中《なか》にむかし物語《がた》りし給《(たまふ)》。むかしおちくぼと言《い》ひし時も[一〇]おとろへずをかしげなりと見《み》しを、いまは[一一]もの〱しく北の方《かた》とさへねびて、[一二]けはひことにすぐれて聞《き》こえ、[一三]君たち着《き》たまへるものこよなく劣《おと》りて見《み》ゆ。北の方《かた》、[一四]いかゞはせんと[一五]思ひなりて、物語《がた》りして、

[一六]「又お《(を)》さなくてを《(お)》のがもとに渡《わた》り給《(たまひ)》にしかば、我子《(わが)》となん思ひきこえしを、[一七]を《(お)》のが心本上《(ほんじやう)》[一八]立《た》ち腹《ばら》に侍《(はべり)》て、思ひ遣《や》りなくもの言《い》ふ事もなん侍《(はべる)》を、[一九]さやうにてもや、もしものしきさまに御覧ぜられけんと、かぎりなくいとを《(ほ)》しくなん。」

と言《い》へば、君は下《した》[二〇]にはすこしお《(を)》かしく思ふ事あれど、

「[二一]何《なに》か。[二二]さらにものしきことやは侍りけん。思ひを《(お)》く事侍らず。たゞ[二三]いかで思《おも》ふさまに心ざしを見《み》えたてまつりにしがなと[二四]思ひ置《お》く事とてはべりしことなん。」

とのたまへば、北の方《かた》、

一 女君との。　二 袿。
三 単に「をみなへし」とも。表が青みがかった黄、裏が青のかさねの色目。
四 女子の上衣の一種。細長く作ってあり、袿や小袿の上に着るという。
五 →一三頁注一八。　六 書き手による注記。
七 「あくしの」語義不明。「あるしの」(あるじの、主人役の)の誤りで女君のことか。底本以下・三「あくしの」、木「あるしの」。

[27] 北の方と対面する

八 三、四の君に対して。
九 「ことのほかに」「中にも」などに通じる語か。あるいは巻二の「いみじく侍りつる事の中に」(→一〇五頁注一七)とあるような「ことの中」に通じる用法か。
一〇 (みすぼらしさのために容色が)減じたりせずいかにも美しげだと見たのだが。三、四の君が落窪の君を美しいと見たことがある、の意。
一一 重々しく(大納言の)北の方とまで年齢を重ねて。北の方と呼ばれるのにふさわしい年配になること。
一二 (声などの)様子が特にひいでて聞かれ。気品高く女君の声が君たちに聞かれること。
一三 それに対して三の君や四の君は。
一四 しかたがないという気になって。
一五 「ひ」底本、虫損。
一六 「また」(まだ)の当て字。
一七 自分の生まれつきの性質が。「か」底本、虫損。「本上」は「本性」の当て字。
一八 怒りっぽくございまして。
一九 そのようなことでも、もしかして不快なありさまであるとご覧に入れたことであろうかと。「らる」は受身。
二〇 心内には少々笑いたく。
二一 どういたしまして。
二二 一向に不快なことはございましたろうか(ご

「うれしくもはべるなるかな。よからぬ[二五]物《(もの)》ども多《おほ》く侍《(はべる)》なれば、思ふさまにも侍らぬに、[二六]かくておはするをなむたれも〳〵よろこび申《(まうし)》侍める。」

と申給《(まうしたまふ)》。
[二七]明《あ》けぬれば、[二八]つとめてよりことゝくはじめ給《(たまふ)》。かんだちめいと多《おほ》かり。まして四位五位かず知《し》らず多《おほ》かり。
「[二九]とし比《(ごろ)》しひまどひ給へる中納言はいかでかく[三〇]時《とき》の人を婿《むこ》にて持《も》たりけん。[三一]さいはい《(ひ)》にこそありけれ。」

と[三二]言《い》ひあさむ。此《(この)》大納言はまして、[三三]廾よにて、いときよげにてもの〳〵しくていで入《い》り、[三四]ことをこな《(お)》ひありき給へば、中納言、いとを《(お)》[三五]も立《だ》たしくうれしくて、老《お》い心《(ごこ)》ちに涙《なみだ》をうち落《お》としてよろこびゐたり。御おとうとの宰相《さいしやう》の中相[三六]、三の君の[三七]お《(を)》とこの中納言、いときよげにさうぞきつゝまい《(ゐ)》り給へり。三の君、中納言を見《み》るに、絶《た》えたりしむかし思ひいでられて、いとかなしうて、目《め》をつけて見《み》れば、装束《さうぞく》よりはじめていときよげにてゐたるを見《み》るに、いと心うくつらし。[三八]我《(わが)》身のさいはい《(ひ)》あらましかば、[三九]かくうち続《つゞ》きてありき給はましも、[四〇]こよなき程ならでいかによからまし、と思《おも》ふに、我身《み》のいと心うくて、人知《し》れずうち泣《な》きて、

ざいませんことでした)。
二三 何とかして思う通りに意のあるところを見られ申したいものであるよと。
二四 心に考えることとしてございましたことを…。「なん」のあとに「侍る」が略されている感じ。
二五 者ども。娘たちを言う。
二六 そのような身分でいらっしゃることをば。
二七 八月二十一日。

〔28〕八講の準備がととのう

二八 早朝より行事を早速。
二九 人々の詞。年来衰えてすっかり心乱れておられる中納言は。
三〇 今をときめく人。権勢家。
三一 「さいはい」のあとに、宮・近・尊・慶・斑「人」がある。
三二 驚いて言う。「あさむ」は、あきれかえる、びっくりする。
三三 (年齢が)二十いくつかで。
三四 行事に対して指図して。
三五 面立たしく。
三六 「将」(宮・近・尊・慶・斑)の誤表記。
三七 夫。先の蔵人少将。いま中納言である(→二二一頁注二六)。
三八 以下、三の君の心内。自分の身についた仕合せ(幸運)があるのならば。運勢がいいなら中納言との縁は切れなかったはず。
三九 かように(宰相中将とわが夫の中納言とが)すぐ続いてお歩きになるような場合にも。「まし」は宰相中将にすぐ続く人物が自分と関係の絶えていない夫としての中納言であることを仮想するきもち。大臣家の子息である宰相中将にわが夫がすぐ続くことになるのだからどんなによいことかとあとへ続く。
四〇 隔絶した身分の差を感じることがなくてどんなにかよいことであろうに。

思《おも》[一]ひいづやと見《み》れば人はつれなくて心よは《(わ)》きは我《(わが)》身なりけり
と人知《し》[二]れず言《い》はる。

ことはじまりぬ。阿闍梨《あざり》[三]、律師《りし》[四]など、いとやんごとなき人多《おほ》くて、あはれに[五]たう《(ふ)》とき経どもとて、一部[六]を一日に当《あ》てて九部[七]なんはじめたりける。無量義《(むりやうぎ)》[八]経《きやう》、阿弥陀《あみだ》[九]経など添《そ》ひたる、一日[一〇]当《あ》てたるなりけり。一日に仏一《(ひと)》はしらを供《く》養《やう》せんとはじめ給へりければ、あはせて仏九はしら、経九部なんかゝ[一一]せ給《(たまひ)》ける。きよげなる事かぎりなし。四部には色〳〵の色紙《しきし》にいろ〳〵のこがね、しろかねまぜて書《か》かせ給《(たまひ)》て、軸《ちく》にはいと黒《くろ》うからばしき沈《ぢん》[一二]をして、置《お》[一三]き口《ぐち》の経箱《ばこ》に一部づゝ入《(いれ)》[一四]て置《お》きたり。いま五部は紺《こん》の紙《かみ》にこがね[一五]の泥《でい》して書《か》きて、軸《ちく》には水晶《すいしやう》して、蒔絵《まきゑ》[一六]の箱《はこ》、蒔絵《まきゑ》には経の文《もん》のさるべき[一七]所〳〵の心ばへをして、一部づゝ入《い》れたり。たゞこの経、仏見《み》[一八]る、おぼろけ[一九]のものはいちし[二〇]と見《み》えたり。朝座《あさざ》[二一]夕座《ざ》の講師《かうじ》に[二二]び色のあ[二三]はせのきぬどもかづけ給《(たまふ)》。すべて心もとなき事なく、し尽《つ》くさんと思ひ給へり。

日の経《ふ》るまゝにたう《(ふ)》とさまされば、末《すゑ》[二四]ざまには人〳〵もかんだちめもまい《(ゐ)》りこむ中に、五巻[二五]のほうもつの日は、よろしき[二六]人よりはじめ、消息《せうそこ》[二七]を聞《き》こえ給へりければ、所《ところ》いとせばげなり。法《(ほう)》[二八]もつの事も当《あ》[二九]て給ひければ、袈裟《けさ》や数珠《ずゞ》やう

一 思い出すかしらと思って目をつけて見ると、あの人はそしらぬさまで、いくじないきもちになるのは自分の身のほうであったことよ。ここには詠歌が相手の心を動かすという話型があり、中納言の歌(→二二八頁注八)と呼応する。

〔29〕八講のはじまり

二 自然に出てきた歌である、という趣向。
三 この法会の講師(こうじ)の一。儀式、修法の主僧を勧める高僧、あるいは律師に次ぐ僧位の者。
四 高僧の一。僧正、僧都に次ぐ。
五 感銘深く尊い経の数々(だから)というわけで。
六 法華経一部は八巻または七巻。ここは八巻本。底「二部」、宮・近・尊「経一部」、慶・斑「きやう一ふ」。 七 九品をあらわすか。
八 一法(一つの実相)より生じる無量義(さまざまな法)を説く。法華経の開経としての性格を持つ。続く法華経は無量義経を説き終わった釈尊がさらなる教えを豊富な比喩や物語をまじえて示すという内容。
九 浄土門系の経。極楽の様子とそこへ往生するための方法を説く。
一〇 一日(ずつ)。なぜ九日になるのかの説明。
一一 仏画を描かせることと経を書かせることと。
一二 香木の一。 一三 縁飾りのある経箱か。
一四 底「入ておきたり」、宮・近・尊・慶「入たり」、斑「いれたり」。「た」底本、補入。 一五 金泥。
一六 蒔絵の箱、(その)蒔絵には。
一七 しかるべき(重要な)箇所箇所の内容を(蒔絵に)して。底本「さるへきき」。宮・近・尊・慶・斑により訂正する。
一八 見ると(それらは)。

〔30〕捧物の日

一九 並みの品物は。あるいは並の者(人物)は。底本「おほろの」。宮・近・尊・慶「おほろけの」、斑「をほろけの」。それらによって訂正する。
二〇 語義不明。「いらし」(入らじ)か。このまま

の物は多《おほ》く持《も》て集《あつ》まりたるに、取《と》りてたてまつらんとする程に、[三〇]右の大殿の御文《ふみ》、大納言殿にあり。見《み》たまゑ《(へ)》ば、

けふだにとぶらひにものせんと思ひつれども、[三一]脚《あし》の気《け》おこりて装束《さうぞく》する事の苦《くる》しければなん。是《(これ)》はしるしばかり。さゝげさせ給へとてなん。

とあり。青《あを》き瑠璃《るり》の壺《つぼ》にこがねのたちばな入《い》れて、青《あを》き袋《ふくろ》に入《(いれ)》て、[三二]五《ご》えう《(ふ)》のゑ《(え)》だにつけたり。[三三]北の方、女君の御もとに御文《ふみ》あり。

[三四]いそぎ給《(たまふ)》事ありとはうけたまはりしかど、[三五]の給《(たまふ)》事もなかりしかば。[三六]もろ心《ごゝろ》なるさまも[三七]人見《み》たまはずや有《(あり)》けん。[三八]これは女はかくまめなる物を引《ひ》きいでけると、[三九]塵《ちり》を結《むす》ぶと[四〇]聞《き》く縁《えん》は。

とあり。[四一]唐《から》のうすものの《ゝ》、朽《く》ち葉《ば》むら濃《ご》なる一重《ひとかさ》ねに、[四二]いとけうらなる[四三]あけの糸《いと》[四四]五両ばかりづつ《ゝ》、[四五]をみなへしにつけ給へり。数珠《ずゞ》の緒《を》とおぼしたるなるべし。

御返《(かへり)》聞《き》こえ給《(たまふ)》程に、

「中納言殿より。」

とて、[四六]中《なか》の君の御文《ふみ》あり。見《み》たまへば、

いとたう《(ふ)》とき事おぼし立《た》ちけるを、かくなんとものも給はざりけるは、[四七]よろこぶ功徳《くどく》に[四八]入《い》れさせ給はじとにや、と心うくなん。

「一字」あるいは「一時」と取る考えもある(集成)。底・宮・近・慶・斑・三「いちし」、尊・木「いらし」。
二一 朝夕二座の講師(には)。
二二 なまり色。底・慶「にひ色」、宮・近「わひ色」、尊「わひ色」の「わ」を見せ消ちにして「に」(「ひ」濁点がある)、斑「にひえ」。
二三 給。裏つきの衣服。
二四 (期日が)あとのほうになると。
二五 (法華経)第五巻の捧物(捧げ物)をして行道する日は。法華経の第五巻は提婆達多品《(だいばだったぼん)》を含み、最高のありがたさがあるとされる。仏教破壊者の提婆すら釈尊の過去の師であること、また八歳の龍女が成仏することを説く。
二六 並の身分の人をはじめ(身分の高い人も)。
二七 招待。行道への参加申し込みかとも。
二八 捧物。「法」は当て字。
二九 割り当てなされてあったことだから。
三〇 右大臣。大納言の父。 三一 足の病。脚病。
三二 五葉松の枝に。金か銀かの作り物。
三三 (右大臣の)北の方。大納言の母君。
三四 準備なさる事柄があるとは。
三五 ご相談くださることもなかったので…。
三六 一緒に同じ心で行いたいきもちであるのも。
三七 あの人(大納言)はお分かりにならなかったのでしょうか。 三八 女というものはかように実用的な品を持ち出したことよと。
三九 塵ほどの分量を結ぶと聞く仏縁は。難解。ほんのささいな贈り物をする、の意か。
四〇 底・尊・慶「きくえんは」、宮・近・斑「きゝえんは」。なお三「きゝえて侍る」、木「きこへんい」。「は」底本。補入。
四一 舶来の薄織物の、朽ち葉色(赤黄色)にまだらに濃く染めてある一重ねに。
四二 「清ら」に同じ。美しい。 四三 赤。緋色。
四四 一両は十匁(三七・五グラム)という。

とて、こがねしてひらけたるはちすの花《はな》を一枝《(ひとえだ)》作《つく》りて、すこし[一]青《あを》く色取《と》りなして、しろかねを大《おほ》きやかなる露になしたり。

又、[二]中宮より、とて[三]宮の亮《すけ》御使《つか》ひにて御文《ふみ》持《も》てまい《(ゐ)》りたり。これは[四]けいめいして、御使《つか》ひ[五]顕証《けそう》ならぬ方《かた》に据《す》へ《(ゑ)》て、越前守《ゑちぜんのかみ》、[六]大夫など言《い》ひし、この殿《とのゝ》の御たまはりにて左衛門佐《のすけ》になりたるなどさかづきさし、あるじし、御文《ふみ》には、

[七]けふさは《(わ)》がしきやうに聞《き》けば、[八]何《なに》ごともとゞめつ。これは[九]結縁《けちえん》のために。

とあり。こがねの数珠箱《ずゞばこ》に[一〇]菩提樹《ぼだいず》のをなん入《(いれ)》させ給《(たまひ)》たりける。[一一]はらからも人も見《み》るに、[一二]おとこ《(を)》方《がた》のやんごとなき人に、かく用《もち》ゐて、[一三]われも〳〵としたまふに、[一四]こよなきさいはい《(ひ)》と見《み》ゆ。[一五]中宮の御返《(かへり)》まづ聞《き》こえ給《(たまふ)》。

[一六]いと〳〵かしこまりて給はりぬ。[一七]けふの事はたゞこのおほせをなん身づからさゝげて[一八]かしこまりて聞《き》こえさせ侍《(はべる)》。よろづはこの事みづからなんまい《(ゐ)》り侍《(はべり)》て、又〳〵[一九]かしこまりも啓《けい》すべき。

と聞《き》こえ給ふ。御使《つか》ひにはあやのひとへがさね、はかま、[二〇]朽《く》ち葉の[二一]からぎぬ、うすものの[二二]かさねの裳[二三]とかづけ給《(たまひ)》つ。

[二四]みなことはじまりて、かんだちめ、君たちさゝげてめぐり給ふ。[二五]しろかねのはちすのひらけたるをなん人〳〵多《おほ》くしたりける。[二六]中納言のみなんしろかねを

四五 作り物のおみなえし。
四六 大納言の妹。いま中納言の妻。
四七 仏を歓喜してその功徳を受けること。
四八 参加させてくださるまいということであろうか、と心苦しく…。

〔31〕中宮の使い

一 青みのある色を配して。
二 后に同じ。大納言の姉妹で立后した人(↓二二一頁注二四)であろう。皇太后を中宮と称する場合である。
三 中宮職の次官。ここは皇太后宮職の次官。
四 丁重に扱って。「けいめい」は「経営」か。
五 あらわでない方向。奥まっている場所。
六 大夫などとかつて言った、今はこの大納言殿(から)のご頂戴で左衛門府の次官になっている人などが。もとの三郎君である。
七 中宮の手紙。
八 何もかも省略したところです。
九 仏縁を結ぶこと。
一〇 菩提樹のそれ(数珠)をば。
一一 兄弟姉妹も(その他の)人も見ると。
一二 夫方の身分ある人に(おかれて)、かように(心を)用いて。
一三 私も私もと(供養)しなさるさま(を見る)に。
一四 (女君は)格別の幸福だと見える。
一五 中宮への男君の返状。
一六 「いといと」は「いとど」に類する語。「いと」は動詞(否定の場合を除く)にかかりにくく、動詞にかかりうる「いとど」と区別される。
一七 本日の行いはただひたすらこの(中宮の)仰せの供物を私自身が捧げて。

〔32〕行　道

一八 つつしんで(仏前に)申し上げます。
一九 お礼の言葉も申し上げましょう。
二〇 重ねの色目。表が赤みのある黄色、裏が黄

[二七]筆《ふで》のかたに作《つく》りて、[二八]へいぢくに色取《と》りなして、うす物にすかし給へりける。袈《け》裟《さ》などやうのものは[二九]かずもいらで取《と》り積《つ》みてなんを《(お)》きたる。[三〇]たき木《ゞ》には[三一]すはうを割《わ》りて、すこし色黒《くろ》めて[三二]組《く》みして結《ゆ》い《(ひ)》たりける。日比《(ごろ)》の中《なか》に[三三]けふなんいと猛《まう》にもの入《い》りたらんと見《み》えける。やむごとなきかんだちめの持《も》ちてめぐり給ふを見《み》る人〳〵、

「[三四]いみじう老《お》いのさいはい《(ひ)》面目《めんぼく》ありける人かな。」

と褒《ほ》む。

「[三五]猶《(なほ)》人はよからん女をこそ[三六]神仏に申《(まうし)》て持《も》たらめ。」

と言《い》ひあへり。

かくて、[三七]九日いと〳〵いかめしうし果《は》て給《(たまふ)》。

三の君、中納言を、[三八]けふや〳〵と思ひいで給ふに、[三九]さもあらでやみぬ。[四〇]いみじう心うしと思ひいづる[四一]たましゐ《(ひ)》や行《(ゆき)》てそゝのかしけん、こと果《は》てゝ出給《(いでたまふ)》に、しばし立《た》ち止《ど》まりて、[四二]左衛門佐《のすけ》のあるを呼《よ》び給《(たまひ)》て、

「[四三]などか疎《うと》くは見《み》る。」

とのたまへば、佐《すけ》、

「[四四]などてかむつましからん。」

色という。
二一　錦や綾で仕立ててある女子の上着で正装に着る。　二二　衣を重ねてある裳。
二三　並立を示す「と」。
二四　法華讃嘆《(さんだん)》の行道《(ぎやうどう)》。
二五　「しろかね」のあとに、宮・近・尊・慶・斑「こかね」がある。　二六　老中納言。
二七　筆のかたち。蓮のつぼみをあらわすか。
二八　へいぢくのように色を配して。「へいぢく」は植物の名あるいは色の名であろう。日本国語大辞典にネマガリダケの異名、また役に立たないクマザサの類とある。スズダケの異名とも。
二九　(採り物の)数にもはいらないで。
三〇　行道に飾り物の薪《(たきぎ)》を担った者が加わる、その薪。これによって薪の行道とも言うらしい。はなやかな儀式のクライマックス。
三一　蘇芳。香木の一。
三二　組み紐、組み糸のたぐい。
三三　今日(五巻の捧物の日)がまことに豪勢で費用がかかっていることであろうと。
三四　たいそうに老後になっての幸運や名誉がある人(老中納言)であったことよな。

〔33〕三の君の未練

三五　やはり人というものはよかろう娘をこそは。「女」はムスメと訓むか。底・宮・近・尊・慶「女」、斑「をんな」。
三六　底本「こそ」ナシ。宮・近・尊・慶・斑により訂正する。　三七　九日という日数を。
三八　今日はどうか今日はどうかと。手紙をくれるなり訪ねてくれるなりを望むきもち。
三九　そんなこともなくて終わってしまう。
四〇　ひどくつらいと。先に「いと心うくつらし」(→二二三頁)、「我身のいと心うくて」(同)とあった。
四一　魂が(遊離し中納言のもと(へ))行って動かし

といらふれば、

「[一]むかしは忘《わす》れにたるか。[二]いかにぞ。[三]おはすや。」

とのたまへば、

「[四]たれ。」

と聞《き》こゆれば、

「[五]たれをかわれは聞《き》こえん。[六]三の君と聞《き》こへ《(え)》しよ。」

とのたまへば、

「知《し》らず。[七]侍りやすらん。」

といらふれば、

「かく聞《き》こえよ。

[八]いにしへにたがはぬ君が宿見《やどみ》れば恋しき事も変《か》はらざりけり

とぞ。[九]世の中《なか》は。」

と言《い》ひていで給へば、佐《すけ》、[一〇]返《(かへり)》ことをだに聞《き》かんとおぼせかしと、[一一]なごりなくもある御心かな、と見《み》る。[一二]いかて、

「かう〳〵の給《(たまひ)》ていで給《(たまひ)》ぬ。」

と語《かた》れば、三の君、しばし立《た》ち止《ど》まり給へかし、中[一三]〳〵何《なに》しにおとづれ給《(たまひ)》つら

たのであろうか。　四二 左衛門佐がいるのを。

四三 どうして他人行儀には(私を)見るのか。

四四 どうして親しくなれましょうか。言い返す左衛門佐。以下、三郎君らしい会話の受け答えである。

一 昔のことは忘れてしまっているのか。

二 どんな様子か。「いかにぞおはすや」と続くと見るのは語法的に不安がある。

三 (無事で)いらっしゃるか。

四 だれのことですか。さらにつっぱねる左衛門佐。

五 (ほかの)だれのことをわたしは申し上げようか。

六 (ほかでもない)三の君と申した方のことよ。

七 (無事で)おりますことはおりましょう、の意。

八 かっての昔にたがわないあなたの住まいを見ると、恋しいこともまた変わりはしなかったことです。先の三の君の独詠歌「思ひいづやと見れば人はつれなくて心よわきは我が身なりけり」(→二二四頁注一)に呼応するような歌。

九 古今集・雑下「世の中はいづれかさしてわがならむ行きとまるをぞ宿と定むる」(詠み人知らず)による。行きとまる所が宿なのだから、あなたへの恋しさと別に、わたしには行く所がある、の意。この古歌を口ずさみながら去ってゆく中納言。底本「世の中い」のように見え、宮・近・斑も「い」に見えるが、尊・慶により「は」に訂正する。

一〇 せめて返辞をなりと聞こうとお思いになれよねと。

一一 すっかり未練もなくてあるお心なのかなあ、と見て取る。

一二 語義不明。「行かで」(行かないで)と見れば難解。「入りて」(入って)の誤りか。底本以下

んと、いと心うしと思ひて、[一四]返事《かへりこと》言《い》ふべきにしあらねばさてやみぬ。

大納言殿、[一五]御としみの事などいといかめしうしたまひて返給《かへりたまひ》ぬ。[一六]されば、

「いま一二日ばかりだに[一七]おはしませ。」

と申《まうし》給へど、

「せばくて、[一八]お《を》さなきものども、人〳〵むつかしう侍れば、いまこれらとゞめてまい《ゐ》りて来《こ》ん。」

とて、しゐ《ひ》て大納言殿渡《わた》[一九]したてまつりたまへば、[二〇]おとゞ、

「[二一]いとたう《ふ》とくあわれ《は》に侍《はべり》つることをばさるものにて、中宮、[二二]右大ゐ《い》殿よりはじめたてまつりて、かしこき御心ばへを見《み》たてまつりつるに、いのち延《の》びて、[二三]老《お》いの面目《めんぼく》とはを《お》ろかなり。翁《おきな》のためには経、[二四]仏一巻《ひとまき》を供養《くやう》し給はんなんいみじき事に侍《はべる》べき。[二五]かく猛《まう》なる事をせさせ給へる事。」

と泣《な》く〳〵よろこべば、大納言も、女君はさらにも言《い》はず、かひありてうれしとおぼす。

「[二六]これ翁《おきな》のいと[二七]かしこきものと思《おもひ》たまへて、[二八]たれに伝《つた》へを《お》かんとしごろ隠《かく》しを《お》きて、[二九]中納言殿《どの》のいまし通《かよ》ひし時に求《もと》め給《たまひ》しかど取《と》りいでずなりにしは、[三〇]あが君の御料《れう》にてものしを《お》き給ひけるにこそ有《あり》けれ。若《わか》君にたてまつらん。[三一]」

「いかて」、三「いりかて」、木「いりて」。

一三 なまじっか何だってお声をかけなされたのであろうと。「給つらん」の「つ」は「へ」にも見える。

〔34〕帰　邸

一四 返辞をすべき場合ではないからそのようにして終わってしまう。以上の場面は中納言と三の君との関係が離婚状態から離婚の確認へ進み、完全に切れたことを示す。　一五 精進落とし。

一六 それだから。お帰りになることに対して。

一七 ご滞在なさりませ。

一八 幼い者どもや人々(侍女たち)がわずらわしいことでございますから。

一九 (女君たちを自宅へ)移し申されるから。

二〇 老中納言は。

二一 まことにありがたく感銘深くてござったこと(八講法会)をばそれとして。

二二 右大臣殿。底「右大ゐ殿」、宮・近・尊「右大将殿」、慶「う大将殿」、斑「右大将との」。「ゐ」と「将」とは字体が似るので、ここは底本が正しい。

二三 老いての名誉とは申すもおろかだ。

二四 底「経仏」、宮・近「仏経」、尊欠字(約二字空白)、慶・斑「きやうほとけ」。なお三「経仏」、木「仏経」。

二五 (それなのに)かように盛大な行事をなしくだされていることよ。

二六 これは。あとに示されるように笛のこと。

二七 大切な。りっぱな。

二八 だれに伝えておこうと。

二九 中納言殿(もとの蔵人少将)がかよっていらっしゃった時にご所望なさったけれど取り出さない(譲らない)ままになってしまったのは。

三〇 あなたさまのお使い品として何して(取って)おおきになってあったことでしたことよ。男君が笛を取りのけておいたという理屈。

三一 底本「ん」のあとに約一字分の空白がある。

いとお《(を)》かしげなる錦《にしき》の袋《ふくろ》に入《(いれ)》てたてまつり給へば、若君《わか》、知[一]り顔《がほ》にうち笑《ゑ》みて取《と》り給《(たまひ)》つ。笛《ふえ》いとうつくしとおぼ[二]す。音《ね》もかしこし。さて、殿《との》へ夜《よ》ふけて渡《わた》り給ふ。大納言、

「中納言のいみじくうれしと思《(おもひ)》給へりしかな。何事を又して見《み》せたてまつらん。」

との給《(たまふ)》。

かゝるほどに、右[三]のおとゞの給《(たまふ)》、

「老《お》[四]いもて行《(ゆく)》まゝに、衛《ゑ》[五]府司《うづかさ》堪へず。若《わか》うはなやかなる若《わか》[六]お《(を)》とこの職《そく》にてなん堪《た》へたる。」

とて、[七]かけ給ひつる大将、大納言に譲《ゆづ》り給《(たまふ)》。[八]御心にかなへりける世なりければ、[九]たれかは妨《さまた》げむ。いとはなやぎまさり給ふ事かぎりなし。中納言、いよ〳〵うれしうよろこぶ。

[一〇]いと大事《(だいじ)》にはあらねど、起《お》[一一]き臥《ふ》しなやみ給《(たまふ)》を、大[一二]将殿の北の方《かた》聞《き》き《ゝ》給《(たまひ)》て、[一三]あはれにの給《(たまひ)》しを、いますこし仕《つか》まつらんと思《おも》ふに、いましばしだにお[一四]はせなんと念《ねん》じ給《(たまふ)》。

ことしなん七十になり給《(たまひ)》けると聞《き》き《ゝ》給《(たまひ)》て、大[一五]納言のおぼしける、行《ゆ》[一六]くさき

一 いい品であることをいかにも知っているような顔。
二 若君が。あるいは大納言が。
三 右大臣。大納言の父。
四 だんだん年老いてゆくにつれて。「も」底本、補入。
五 衛府の官庁、またその職。六衛府のうち、左右近衛府の長官が左(右)大将である。「ゑう」は音便形。
六 青年男子の仕事として耐えているよ、の意か。「わがをとこ」(わが息子)とも見られるか。
七 兼任してあったばかりの大将(の職)を。
八 お思いのままになってきていた世であったことだから。
九 だれが妨げようか(妨げはしない)。

〔35〕大納言、大将になる

一〇 (その老中納言は)たいして重病ではないけれど。
一一 底本「おきまし」。宮・近・尊・慶「おきふし」。斑「を□ふし」。それらによって訂正する。
一二 女君。新任の大将の奥方(北の方)である。
一三 (あれほど)感慨深くお話しになったのに。二二九頁の「いのち延びて、老いの面目とはおろかなり」と中納言が感激したことをさす。
一四 ご存命でいてほしいと祈念なさる。
一五 大納言(男君)が思ってこられたことは。以下、男君の心内。「けり」はずっと考えをめぐらしてきた経過を示す。
一六 老い先が長く再びもきっとすることができようと思われる人ならば。
一七 ゆっくりと。
一八 「しきる」は、続けてする。
一九 自分がやろうと考えた本来の希望をまっとうしよう。

〔36〕七十の賀

二〇 いろんな行いをするからと

とを《(ほ)》く又もしてんとおぼゆる人ならばこそ[一七]のどかになども思《おも》はめ、人は[一八]しきりたるやうに思《おも》ふとも七十の賀せん、[一九]わがせんと思ひし本《ほ》意《い》遂《と》げん、てう《(ちよう)》ずべきかぎりはあまたゝびしてき、うれしとおぼゆる事はたゞ一《(ひと)》たびにてやみなばいとかひなし、死《し》にて後には[二〇]よろづの事すれども[二一]たれか見《み》はやし、うれしと思《おも》はんとする、[二二]こたみばかりの事力《ちから》の堪《た》え《(へ)》んかぎりせん、と思《おも》ほし立《た》ちていそぎ給ふ。国《くに》〴〵の守《かみ》どももたゞ御[二三]けしきのまゝに仕《つか》うまつり、いかで〳〵と思ひたれば、[二四]一《(ひとつ)》づゝもののたまへど、いと[二五]やすうちに[二六]人〳〵のおまへの[二七]饗《きやう》の事をなん[二八]当《あ》て給へりける。

[二九]衛門《もん》のぜう《(じよう)》は[三〇]かぶり得《え》て[三一]三河守《みかはのかみ》になりにければ、[三二]衛門《ゑもん》はたゞ[三三]七日《(なぬか)》がいとま申《(まうし)》て[三四]い《(ゐ)》てくだりけるに、[三五]女君、旅《たび》の具《ぐ》、しろかねの[三六]かなまり一具《ぐ》、[三七]さうくよりはじめて[三八]くはしくなんしてくだし給ひける、そがもとにも、

「かう〳〵のいそぎをなんする。[三九]きぬすこし。」

と召《め》しに走《はし》らせつかはしたりければ、すなはち守《かみ》はお《(を)》とこ君の御もとに百[四〇]疋《(ひき)》たてまつり、妻《め》は北の方の御もとに[四一]あかねに染《そ》めたるきぬ廾疋たてまつれり。

[四二]舞《ま》ひすべき人の子《こ》どものことなど召《め》しおほせなどしたまふ。御[四三]調度《てうど》尽《つ》くし給《(たまふ)》。こがねのみなん多《おほ》く[四四]入《い》りける。

言っても。「すれども」とあるのを仮定条件のように理解しておく。
二一　だれが見てほめそやし、喜ばしいと思うことであろうか。反語的表現。「んとす」は推量。
二二　今度だけのこと(だから)力の耐えられる限度はやろう。
二三　意向。仰せ。
二四　一品ずつ何かとお命じになるけれど。
二五　語義不明。底本以下「やすうちに」、三・木「やすう」。
二六　算賀の客たち。招待者。
二七　もてなしの酒食の宴。
二八　「当つ」は、割り当てる。担当させる。
二九　衛門尉。これなり。もとの帯刀。
三〇　叙爵。五位になること。
三一　三河国の国守になってしまったことだから。以下三つの「けり」は時間のさかのぼる記述であることを示す。三河国は今の愛知県東部。
三二　三河守の妻。もとのあこき。
三三　七日間の休暇を申請して。
三四　(三河守が)連れて国に下ってあった時に。
三五　(主人の)女君が旅の用具を。
三六　おわん一揃い。
三七　語義不明。底・宮・近・尊・慶「さうく」、斑「さう〳〵」、三・木「さうそく」。
三八　こまごまとしてやって(任国に)下らせてあった、それ(三河守や衛門)のもとにも。
三九　絹を少し(用立てよ)。
四〇　布地とくに絹を数える単位。一疋が二反という。
四一　赤の染料。
四二　(算賀の)舞いをするはずの児童たち。「人の」は軽く添える語。
四三　小道具類。
四四　はいってあったことだ。

父おとゞ、

「など[一]かくしきりて猛《まう》なる事はする。」

と[二]の給はすことはあれば、

「[三]のちの齢《よはひ》いくばくもあらじ。生《い》ける時うれしと思《おも》[四]ほえよ。こゝ[五]なる子のことは、力《ちから》なくともわれせん。」

との給《(たまひ)》て、もろ[六]心《(ごころ)》にいそぎ給ふ。大[七]将をいみじくかなしくしたまふ御心に入《(いり)》給事《たまふ》なればなりける。

十一月十一日になんし給《(たまひ)》[八]ける。こ[九]たみわが御殿《との》にみな引《ひ》き出《(いで)》、迎《むか》[一〇]へたてまつり給《(たまひ)》てなん。く[一一]はしくはうるさければ書《か》か《ゝ》ず。例《れい》[一二]の人のたゞいといかめしう猛《まう》なりけるなりけり。屏[一三]風の絵《ゑ》、こと《ゝ》どもいと多《おほ》かれど、書《か》か《ゝ》ず。[一四]しるしばかり、たゞはしのひら一《(ひと)》ひら、

朝《あさ》[一五]ぼらけ霞《かす》みて見《み》ゆる吉野《よしの》山春や夜《よ》の間《ま》に越《こ》えて来《き》つらん

二[一六]月、桜《さくら》の散《ち》るを仰《あふ》[一七]ぎ立《た》てり、

桜花《さくらばなち》[一八]散るてふ事はことしより忘《(わすれ)》てにほへ千代のためしに

三月三日、桃《もゝ》の花咲《はなさ》きたるを人おれり《(を)》、

三千《みち》[一九]とせになるてふ桃《もゝ》の花ざかりおりて《(を)》かざ《ゝ》さん君がたぐひに

一 どうしてそのように続けさまに威勢のいい行事はするのか。

二 と(心配して)おっしゃることはあるから(それはそれとして)。

三 父大臣の詞。(中納言は)残る年齢がいくらもあるまい。

四 (中納言から)思われよ。受身の表現。

五 ここにいる子(男君の二男)の分担は。二男は父大臣に引き取られている。その子の分として割り当てられる仕事については父大臣が微力を尽くそう、の意。 六 心を同じくして。

七 大将(男君)をたいそうかわいがりなさるお心にかなっていらっしゃるわざであるからであったことだよ。 八 七十の賀を。

九 このたびは自分の御殿(三条邸)に全員を引き出し。底「出」、宮・近・尊「いて」、慶・斑「いれて」。

〔37〕屏風歌

一〇 「む」底本、補入。宮・近・尊「かへ」、慶・斑「むかへ」。

一一 書き手から省筆について読者に断わる一文。

一二 この一文も書き手による説明。

一三 屏風の絵や言葉(和歌など)の数がじつに多くあるけれど、書かない。書き手の断わり。

一四 ほんの一部だけ、ただ(屏風の)端の面一枚(を以下に記す)。以下、一年を巡る屏風絵に付けられる和歌。

一五 正月の和歌。(元旦の)朝のほのぼの明けに霞がかかって見られる吉野山、その吉野山を春は夜のあいだに越えてやって来たところなのであろうか。 一六 絵の説明。以下、同じ。

一七 「あふき」のあとに、宮・近・尊・慶・斑「て」がある。

一八 桜の花よ、散るということは今年以後は忘れて美しく匂い咲けよ、千年までの例として。

一九 三千年に(一度)実がなるという桃の花の盛

卯月《(うづき)》、

[二〇]ほとゝぎす待《ま》ちつるよひのしのび音《ね》はまどろまねどもおどろかれけり

五月、菖蒲《さうぶ》ふ《ゝ》くいゑ(へ)にほとゝぎす鳴《な》けり、

[二一]声《こゑ》立《た》てて《ゝ》けふしも鳴《な》くはほとゝぎすあやめ知《し》るべきつまやなからん

六月、祓《はら》[二二]へしたり、

[二三]みそぎする川瀬《かはせ》の底《そこ》のきよければ千《ち》とせのかげを映《うつ》してぞ見《み》る

七月七日、[二四]たなばた祭《まつ》れる家《いへ》あり、

[二五]雲もなくそら澄《す》みわたるあまの川いまやひこほし舟渡《わた》すらん

八月、嵯峨野《さがの》[二六]に[二七]ところすども前栽掘《せんざいほ》[二八]りに、

[二九]うち群《む》れて掘《ほ》るに嵯峨野《さがの》の《ゝ》(を)おみなへし露も心《こゝろ》を《ゝ》おかで引《ひ》かれよ

九月、しら菊多《ぎくおほ》く咲《さ》きたる家《いへ》を見《み》る、

[三〇]時ならぬ雪とや人の思《おも》ふらんまがきに咲《さ》けるしら菊の花《はな》

十月、もみぢいとおもしろき中《なか》を行《ゆ》くに、散《ち》りかゝれば仰《あふ》ぎて立《た》てり、

[三一]旅《たび》人のこゝに手向《たむ》くるぬさなれやよろづ世《よ》を経《へ》て君に伝《つた》へん

[三二]十一月、山に雪いと深《ふか》[三三]く降《ふ》れる家《いへ》に女なが[三四]めてゐたり、

[三五]雪深《ふか》くつもりてのちは山里にふりはへてける人のなきかな

りに、折って髪に挿そう、あなたへのあやかりとして。漢の武帝が西王母(せいおうぼ)から三千年にいちど実がなる桃をもらったという故事による。

二〇 ほととぎすが鳴くのを待つところだった宵のその忍ぶ鳴き声は、(今か今かと期待して)まどろみもしないのにはっと目がさめる思いがしたことだ。

二一 声を立ててほかでもないこの日(五月五日)に鳴くのは、ほととぎすよ、今日をその日と分別することができるてがかりの、あやめ葺く妻屋がないのであろうか。「なるらん」のほうが分かりやすい。底・宮・尊・斑「なからん」、近・慶「なるらん」。 二二 六月祓(みなづきばらえ)え。

二三 みそぎをする川の瀬の底が清く澄んでいるから、千年の影(姿)を映して見るよ。

二四 たなばた祭り。ここは民間の星祭りを描いた絵。庭を飾り、星を見つめて祈る。

二五 雲もなく全天に澄みわたる天の川に、いま彦星が迎え舟を渡すことであろうか。

二六 京都市右京区嵯峨。秋の草花や虫の名所。

二七 「所の衆」(ところのす、ところのしゅ)であろう。蔵人所の雑役を扱う官吏。底・宮・近・尊・慶「ところす」、斑「とこほろす」。底本「ろ」の右傍に「本」とある。

二八 庭の植え込みにする草花を掘りに来る絵。

二九 みなが群がって掘るのだから、嵯峨野のおみなえしよ、すこしも心おきなく引き抜かれよ。「露」(すこしも、露)が掛詞で「おく」と縁語。受身の表現は擬人的な歌なので許される。

三〇 その季節でない雪だと人は思うことであろうか、まがきに咲いている白い菊の花を。

三一 旅人がここに手向けるぬさであるからか、万世を経過してのちにあなたに伝えましょう。

三二 上句と下句とがつながりにくいので、十月の歌と十一月の歌と二首が誤写により一首に合成さ

[一]御杖《つゑ》の、

[二]八十《やそ》坂《さか》を越《こ》えよと来《き》つる杖《つゑ》なればつきてをのぼれ位《くらゐ》山にも

などなん有《(あり)》ける。

広《ひろ》くおもしろきい[三]ゑ《(へ)》の、鏡《かゞみ》のやうなるに、[四]れう《(りよう)》とうから人ども舟に乗《の》りて遊《あそ》びゐたるはいみじうおもしろし。かんだちめ、殿上人はゐあまるまで多《おほ》かり。右の大《おほ》い殿《どの》おはしたり。かづけものなんかず知《し》らず入《い》[五]りける。中宮よりも[六]おほうちき十《(とを)》重《かさ》ね、[七]中納言殿よりかづけもの十重《かさ》ね、さまぐ\にたてまつり給へど、[八]宮の御《ご》たち、[九]蔵《くら》人もみな物見《み》[一〇]んとてまかでぬ。中納言、たちまちに御心《(ここ)》ちもやみてめでたし。

日一日遊《あそ》び暮《く》らして、こと果《は》てゝ、夜《(よ)》ふけてまかで給《(たまふ)》に、[一一]ものかづけ給はぬなし。やんごとなきには御《(お)》をくりもの添《そ》へてし給へり。右の大い殿《どの》、中納言殿に、いとかしこき馬二、世《よ》に名高《たか》き[一二]さうこたてまつりたまふ。御前《(ごぜん)》[一三]の人〳〵に従《したが》ひて物かづけたまふ。[一四]腰《こし》ざしせさせ給ふ。[一五]越前守《ゑちぜんのかみ》、

「[一六]この事ばかりはわが思《おも》ふやうにせよ。」

とて、[一七]当《あ》て給ひければ、いと目《め》やすくしたり。

二三日ばかりとゞめ[一八]たてまつり給《(たまひ)》て、渡《わた》したてまつり給《(たまひ)》ける。女君、[一九]かくし

れたかと見られている。この上句は下句に紅葉を詠む内容がほしい。下句は陽成天皇の大嘗祭の歌に「君に仕へむ万代までに」(古今集・神遊びの歌)というのがあり、これと似ている。

三二 十二月とありたいが、底本以下「十一月」。

三三 底「ふかく」、宮・近・尊・慶・斑「たかく」。なお三・木と風葉集の詞書「たかく」。

〔38〕日一日遊び暮らして

三四 「ながむ」は、物思いにふけりつつ見る。

三五 雪が深くつもってのちは山里に(雪が降るその「ふり」ではないが)ふりはえて(わざわざでかけて)きたという人はいないのかなあ。なお、底本以下「ける」、三・木・風葉集「くる」。

一 お杖の(歌)。算賀の時、老人に贈る鳩の杖を詠む歌である。

二 たくさんの坂(八十の坂)を越えよとやって来た杖であるから、これをついて、ええ、昇れよ、位の山にまでも。「坂」は年齢の喩。巻四での大納言への昇進を予告する歌。底本以下及び三「きつる」、木・風葉集「きれる」。

三 家。但し「いけ」(池)の誤りではあるまいか。底・宮・近・尊「いゑ」、慶「いへ」、斑「いえ」。なお三「家」、木「いけ」。

四 龍頭の唐人たちが、の意か。難解。「れうとう」は龍頭の舟か。「から人」は「かく人」(楽人)の誤りか。底本以下「れうとうから人とも」、三「龍頭から人とも」、木「れうとうかく人とも」。

五 はいってあったことだ。被け物としての衣類が集まった、の意。

六 大きく仕立ててある袿。被け物として使われる料と言われる。

七 男君の妹である中の君の夫。

八 中宮付きの上級の侍女。

給ふ事をいとうれしと思ひきこえたまふ。大将、二〇いとかひありておぼす。

九 女蔵人。下級の女官。
一〇 見物しようとて(宮中を)退出してしまう。
一一 被け物。衣類である。
一二 語義不明。「さう(箏)二」か。底本以下「さうこ」、三「さうのこと」、木「さうこ二つ」。底本「う」の右傍に「本」、尊・慶「さ」の右傍に「本」とある。
一三 ご前駆の人々(の身分)に従って。
一四 巻き絹。
一五 越前守は。二行あとの「いと目やすくしたり」に続く。
一六 男君の詞。この被け物のことだけは自分の考えるしかたでせよ。
一七 担当させ。
一八 老中納言を三条邸に。
一九 かように(男君が)してくださることを。
二〇 まことに(した)かいがあるようにお思いになる。

かくて、やう〳〵中納言を《(お)》[一]もくなやみ給へば、大将殿いとを《(ほ)》しくおぼし嘆《なげ》きて、[二]修《す》法《(ほふ)》などあま[三]たせさせ給へば、中納言、

「何《なに》[四]かは。いまは思《おも》ふ事も侍らねば、いのちお《(を)》しくも侍らず。[五]わづらはしく何かは祈《いの》りせさせ給ふ。」

と申《(まうし)》たまふ。よは《(わ)》るやうになりたまへば、

「なを《(ほ)》死《し》ぬべきなめり。いましばし生《い》[六]きてあらばやと思ふは、我《(われ)》としごろし[七]づみて、[八]昨日けふの若《わか》人どもに多《おほ》く越《こ》えられて、[九]なりを《(お)》とりつるになん恥《はぢ》に思ひける。わが君のかばかり返《かへ》り見《み》給《(たまふ)》御世に、いのちだにあらばなり[一〇]ぬと思ひぬるに、[一一]又かく死《し》ぬれば、我《(わが)》[一二]身の大納言になるまじき報《ほう》にてこそありけれと、[一三]これのみぞ飽《あ》かずおぼゆること。[一四]さては、老《お》[一五]い〔果《は》[一六]て、死《し》にの果《は》てのを《(お)》も立《だ》た《ゝ》しさはを《(お)》[一七]のれ」にまさる人世にあらじ。」

とのたまふを、大将聞《き》き《ゝ》給《(たまひ)》て、[一八]あはれにおぼゆることかぎりなし。女君、

「[一九]いかで大納言をがな。[二〇]一人なしたてまつりて、飽《あ》かぬことなしと思《おも》はせた

一　重篤に。
二　加持《(ぢ)》祈禱の儀式などを。ここは病気平癒を祈って行う。
三　数多く。あちこちの寺で修法を行うこと。
四　どうして(修法をなさるのか)。その必要はない、の意。
五　煩瑣にどうして祈禱をさせなさるのか。これも反語的表現。

〔1〕所望して大納言に

六　生き長らえていたいと思うわけは。
七　「しづむ」は、官途が滞り昇進しない。
八　昨日今日(官位についたばかり)の若い人たちに。「昨日けふ」は、最近、の意。
九　「なりおとる」は、(比較して)低い官位に落ちてゆく。
一〇　なったと思ったのに。男君の力によってなれると確信した大納言のこと。
一一　このまま死ぬから。
一二　おのれの身が大納言にならないらしい応報であったことよと。「報」は前世からの報い。
一三　このことだけが不足に思われることよ。
一四　大納言になる場合には、の意。
一五　老いの終り、死にの終りに面目を施すこと(について)は。
一六　底本、欠文。宮・近・尊・斑により補う。慶にもほぼ同文がある。
一七　わたしにまさる人は世間におるまい。
一八　しみじみと気の毒に。
一九　何とかして大納言位がほしい。「をがな」は「(に)もがな」に類する表現で、源氏物語にも見られる語法である。
二〇　一人(だけ特別に大納言に)してさしあげて。
二一　「聞く」の用例は多く間接的にあるいは傍聴して耳にする場合である。女君が男君に直接申し入れたのでなく、女君の嘆きを聞きつけて、

てまつらん。」

とのたまふを[二一]聞《き》き《ゝ》給《(たまひ)》て、げにさせばやとおぼせど、[二二]かずよりほかの大納言なさん事はかたし、[二三]人のはた取《と》るべきにあらず、[二四]我《(わが)》お《(を)》譲《ゆづ》らんの御心つきて、[二五]父《ちゝ》おとゞの御もとにまうで給《(たまひ)》て、

「[二六]かくなん思ひたまへるを、[二七]お《(を)》さなきものども多《おほ》く侍れど、[二八]それがとくを見《み》すべく[二九]行末《すゑ》あるべきことにもあらぬ代《かは》りには、このことをなんし侍らんと思ひ[三〇]侍《(はべり)》。御けしきよろしう定《さだ》めさせ給へ。」

と[三一]申させ給《(たまふ)》。

「[三二]何《なに》かは。[三三]さを《(お)》もはむを、早《はや》うさるべきやうに[三四]奏《そう》をたてまつらせよ。大納言はなくてもあしくもあらじ。」

我《(わが)》心なる世なればとおぼしてのたまへば、かぎりなくよろこび給《(たまひ)》て、[三五]申《(まうし)》て給《(たまひ)》て、奏《そう》たてまつらせ給《(たまひ)》て、[三六]中納言大納言になり給《(たまふ)》宣旨《せんじ》くだし給《(たまひ)》つ。これを聞《き》き《ゝ》て大納言、わづらふ心《(ここ)》ちに泣《な》く〳〵よろこび給《(たまふ)》さま、[三七]親《おや》にかくよろこばれ給《(たまふ)》に、[三八]功徳《くどく》ならんと見《み》ゆ。

[三九]よろこびを《(お)》き立《た》ちて、願立《た》てさす。

「[四〇]ぢやうごう《(ふ)》のいのちにてもた[四一]まへ。」

であろう。　二二 定員。
二三 かといって他人のを取り上げるべきでない。
二四 わたしの大納言位を、の意。
二五 父の大殿。右大臣。
二六 かように(中納言が)思っていらっしゃることに対して。
二七 (私には)幼少の者が多くございますけれど。子供たちは老中納言の外孫に当たる。
二八 その子供たちが(出世してその)利得を見せることができるほど。成人して中納言に孝養を尽くすこと。
二九 (中納言が)ずっと生きていようことであるとも考えられない(その)代りには。「ことにも」は底本「子ともに」の「子」を見せ消ちにして「こ」、「も」を見せ消ち、「に」のあとに「も」補入。
三〇 「なん」の結びなら、ハベル。
三一 「申さす」は丁寧な謙譲表現。
三二 どうして(反対しようか)。
三三 そう思い立つようなことについては。
三四 奏上の文書。
三五 「申し給ひて」とありたいところ。底・尊・慶・斑「申て給て」、宮・近「申て」。なお三二「中給て」、木「申たまひて」。
三六 中納言が大納言におなりになる口勅を伝える文書をお下しになった。　三七 親からかように感謝されなさる(ことから判断する)と。
三八 (来世のために)善い行いであろうと見られる。大納言になることが中納言の善行である。
三九 喜び起き立って(仏に)願を立てさせる。「よろこひ」のあとに、宮・近・尊・慶・斑「に」がある。
四〇 定業の命。前世からの定められているはずの寿命。　四一 下され。その寿命いっぱい生きたいという希望である。

〔2〕喜ぶ老大納言

と心[一]にも願立《た》てさするけにや、すこし[二]を《(お)》こたりて、[三]思ひ強《つよ》りて起《お》きゐて、[四]うちへまゐ《(ゐ)》るべき日見《み》せ、とかくせさすべきこと[五]当《あ》てを《(お)》こなふとても、

「我《(わが)》子ども[六]七人あれど、かく[七]現世《げんせ》後生《(ごしやう)》うれしきめ見《み》せつるやありつる。[八]かゝりける仏《ほとけ》をすこしにてもを《(お)》ろかなりけんは、[九]我《(わが)》身のふかうなるめを見《み》んとてこそありけれ。子二三人婿《むこど》取りたれど、[一〇]いまにわれにかゝりてこそはありつめれ。[一一]あまさへ[一二]うき恥《はぢ》のかぎりこそ見《み》せつれ。この殿は[一三]ちりにけう仕《つか》うまつることもなけれど、御返《かへ》り見《み》をかくこよなく見《み》る、返《かへ》りてははづかしき心《(ここ)》ちして。われ死《し》なば、代《かは》りには、[一四]お《(を)》のこ子《ゞ》にもまれ、[一五]女子《をんなご》にもまれ、君に仕《つか》うまつれ。」

[一六]といとさかしう言《い》ひいます。かゝれば[一七]北の方、にくし、とく死《し》ねかしと思《おも》ふ。

[一八]その日になりて、いときよげにさうぞきて、お《(を)》とこ君女君一所《ぎみひとところ》におはする程にて、お《(を)》がみたてまつり給へば、

[一九]「いとかしこし。」

と聞《き》こえ給へば、

[二〇]「おのれはおほやけもかしこくもおはしまさず。[二一]たゞあが君のみこそうれしくかたじけなくおぼえ給へ。[二二]この君世に仕《つか》うまつらで死《し》ぬとも、[二三]おほかた守《まも》りともなり侍《(はべり)》て、など念じ侍《(はべり)》。」

一 (自分の)心においても願を立てさせるしるしにか。但し文脈がやや分かりにくい。
二 いささか病気が直って。一時的な回復である。
三 気力が出てきて。
四 参内するのによい吉日を調べさせ。
五 割り当て指図する場合であっても。
六 この七人には女君が含まれない。
七 現世と後世とにわたり(こんな)喜ばしい状態に会わせてくれたことがあったか。七十の賀、大納言昇進それに法華八講といった慶賀の数々。
八 かく(大切で)あってきた守り仏であるのに。
九 おのれの身が不幸な状態に会おうという因縁であったことよ、の意。「不合」かもしれない。
一〇 (娘たちは)現在におきわたしに依存してはずっとおったようだ。婿はしだいに自立して娘を引き取る(正妻に据える)べきであるのにそのような状態に立ち至っていないことを言う。
一一 おまけに。アマッサへの「ッ」の無表記。会話文なので出てきた男言葉。
一二 つらい恥辱。面白の駒(兵部の少)の一件。
一三 語義不明。底・宮・近・尊・慶「ちりにけう」、斑「ちりにけふ」、三「ちりけう」、木「ちりはかりも」。
一四 男子であっても女子であっても。「もまれ」は「もあれ」あるいは「まれ」とありたいところ。
一五 底本「をんこ」。宮・近・尊・慶「をんなこ」、斑「をんな子」。宮などによって訂正する。
一六 まことにしっかりと。一時的に病気が直った感じでしっかりした口調の老大納言。
一七 わが娘をくさされて逆上する継母北の方。
一八 参内の日。以下、先に内裏に赴いたことを省筆しているか、先に大将殿(三条邸)へ行くか。
一九 男君の詞。
二〇 老大納言の詞。自分(にとって)は朝廷も恐れ多くもいらっしゃらない。

と申給《(まうしたまふ)》。それよりまかで給《(たまひ)》て、右の大《おほ》い殿にまい《(ゐ)》り給《(たまひ)》て、二四又うちにまい《(ゐ)》りたまふ。人〳〵に禄《ろく》給《(たまふ)》事もおなじやうにて、猛《まう》なることどもなれば、二五書《か》かず。

大納言はその日より臥《ふ》して、又を《(お)》もく苦《くる》しうしたまふ。

「いまは塵《ちり》ばかり二六思《おも》ふことなければ、死《し》なんいのちもお《(を)》しからず。」

と言《い》ひ臥《ふ》し給へり。いとよは《(わ)》くなり給《(たまふ)》と聞《き》き給《(たまひ)》て、二七大将殿の北の方渡《かたわた》り給へり。おとゞ、かたじけなくうれしと思ひ給へり。御むすめ五人つどひて仕《つか》うまつり嘆《なげ》きたまふ。おとゞ、異《こと》御子どもの二八仕《つか》うまつり給ふはものともおぼさず。大将殿《どの》の北の方添《そ》ひを《(お)》はするをうれしと、いみじうめでたきものにおぼして、二九三〇添《そ》ゐ《(ひ)》まい《(ゐ)》り給《(たまひ)》ける。三一湯《ゆ》づけをなんまい《(ゐ)》り給《(たまひ)》ける。

頼《たの》もしげなくなり果《は》て給《(たまひ)》て、生《い》ける時三二処分《そうぶん》してん、三三子どもの心見《み》るに、はらから思ひせず、三四女立《〈たち〉》の中にも疎《うと》〳〵しくあめれば、三五論《ろ》なううらみごとどもいで来《き》なん、とて、三六越前守《ゑちぜんのかみ》をおまへに呼《よ》び据《す》へ《(ゑ)》て、三七所《ところ》〴〵の庄《しやう》の券、三八おびなど取りいでてえらせ給《(たまふ)》に、三九すこしよろしきはたゞ大将殿の北の方にのみたてまつり給《(たまひ)》て、

「異《こと》子ども、これうらやましとだに思《おも》ふべからず。四〇おなじやうに力入《ちからい》り、親《おや》に孝《けう》したるなし。四一すこし人〳〵しきになんよろしきもの取《と》らする。四二言《い》はんや

二一 ただもうわが主君(であるあなた)だけがありがたくもったいなく思われなさるよ。「給ふ」は男君への尊敬。

二二 こちらの君の天下が来る時に、の意か。底本「この君世に」、宮・近・尊・慶「この世に」、斑「此世に」。

〔3〕財産分けの遺言

二三 おおよそ守り(守護霊)ともなりまして(お仕えしよう)、など祈念してござります、の意か。

二四 再び参内しなさる。

二五 省筆を断わる書き手の言葉。

二六 心に残る事柄。　二七 女君。

二八 底本「つかうままつり」。宮・近・尊・慶・斑により訂正する。　二九 叙述を転換する「て」。

三〇 (女君は)付き添い食事をさしあげなさったことだよ。　三一 (どんな食事かと言うと)湯漬けのご飯をばさしあげなさったことだ。

三二 財産の分与を決めてしまおう。遺言であって、生前の贈与ではない。

三三 子らの心根をおしはかると、きょうだい同士のむつみ合いをせず。

三四 女どうしの中においてまでも疎遠であるようだから。「(女)たち」の当て字。底本「立」の右に「たち」。宮・近・尊・慶・斑「女たち」。

三五 必ず不満や苦情が出てくるのにちがいない、とて。　三六 長男。

三七 各地の庄園の所有権を証明する文書。

三八 石帯。　三九 いささかでもましなのはただひたすら大将殿の北の方(女君)にばかり。

四〇 (女君と)同じさまに尽力し。

四一 いくらか一人まえという感じの子にましなものを与える。それが世間の常識だ、というきもち。「人〳〵し」はヒトヒトシと訓む。

四二 ましてや多年にわたり(あなたたちの)世話をするのを親の恩であるかと思え。

こゝらのとしごろ返《かへ》り見《み》るを恩《おん》にやと思《おも》へ。」

といとさかしうのたまふを、[一]きんだちはことは《(わ)》りとおぼしたる。[二]

「[三]この家《いへ》も古《ふ》りてこそあめれど、広《ひろ》うよろしき所なり。」

とて大将殿《どの》の北の方にたてまつり給へば、[四]北の方聞《き》きて泣《な》きぬ。

「[五]のたまふことどもはさもの給《(たまひ)》ぬべけれど、[六]又いかゞうらやみきこえざらん。[七]とし比《(ごろ)》若《わか》うよりあひ添《そ》ひたてまつりて、[八]六七十になるまで見《み》たてまつり頼《たの》みたてまつりつることまたなかりつる。子ども七人持《も》たり。[九]などこの家《いへ》をおのれに給はらざらん。子どもをこそわれに[一〇]孝《けう》する事なかりきとておぼし捨《す》てめ。[一一]世《よ》の人の親《おや》はもはらさいはい《(ひ)》なきをなん、[一二]なからむ時いかにせんとは思ひなる。大将殿にを《(お)》[一三]いたてまつりては、この家得《いへえ》たまはずともいとよく[一四]ありなん。お《(を)》とこ君もいと頼《たの》もしう、[一五]みつばよつばも設《まう》け給《(たまひ)》てん。[一六]三条もさばかり玉《たま》のやうに造《つく》りてたてまつりたり。[一七]いとよし、お《(を)》のこにを《(お)》きては。[一八]お《(を)》とこある子共《(ども)》ははか〴〵しき家持《いへも》たるもなかめり。[一九]よし、それは言《い》ひもて行《い》けばとてもかくてもありなん。を《(お)》[二〇]のが身、このふたりの子どもは「[二一]こゝ立《た》ちね」とてう《(ちょう)》ぜられんお《(を)》りはいづこにかあらんとするぞ。[二二]大路《おほち》に立《た》てとや。いと道理《だうり》なくものなのたまひそ。」

一　子供たちは道理だとお思いになっているよ。
二　底・斑「る」、宮・近・尊・慶「り」。
三　老大納言の自邸。　四　継母北の方。
五　おっしゃることどもはそのようにもきっとおっしゃる理由があるのでしょうが。以下、継母北の方の詞は敬語が多用されるものの「侍り」は見られない。

〔4〕家の処分に継母北の方泣く

六　また(一方では)どうしてうらやみ申さぬことであろうか。
七　長年にわたり若くより一緒に暮らし申して。同居の正妻であることの主張である。
八　(あなたが)六十歳、七十歳になるまで世話し申し頼りにし申したことといったらほかになくて今に至った、の意。
九　どうしてこの家を私にいただかないのであろう。　一〇　自分に孝養することがなかったとて。
一一　世間の親というものはまったく幸運のない子に対しては。
一二　(自分が)亡いような時(死後)どうすることであろうとは心配する気になる(もの)。
一三　おき申しては。「た」底本、補入。女君について言う。
一四　ほんにきっと不都合はなかろう、の意。
一五　三棟四棟もきっとお建てになろう。古今集・序・いはひ歌「この殿はむべも富みけりさきくさの三つば四つばに殿づくりせり」および催馬楽の「此殿」による。　一六　三条の家。
一七　ほんに結構、男子の場合には。倒置的表現。
一八　夫がある娘どもは。
一九　よろしい、それ(夫のある娘ども)は理屈を押してゆけば(夫がいるのだから)ともかくも何とかやって行くことであろう。
二〇　わたしの身とこの二人の娘(三、四の君)とは。　二一　ここを立ちのいてしまえ。

と言《い》ひ続《つゞ》けて泣《な》けば、おとゞ、

「[二三]子《こ》ども思《おも》ひ捨《す》つるにはあらねど、[二四]うるはしくこそはせめ。こゝなくとも世に大路《おほち》にも立《た》ち給はじ。[二五]としごろの位《くらゐ》には子どもを見《み》たまへ。[二六]さりとも仕《つか》うまつりてん。越前守《ゑちぜんの(かみ)》、[二七]わが代《かは》り取《と》り添《そ》へて仕《つか》うまつれ。三条の家《いへ》は我家《(わが)》かは。[二八][二九]本上《(ほんじやう)》かの御両《(りやう)》なり。[三〇]大将殿も見《み》たまふに、[三一]すこしはか〴〵しき物えたてまつらで死《し》なば、[三二]言《い》ふかひなき物《(もの)》とおぼすべし。[三三]天下《(てんげ)》にのたまふともこゝはえたてまつらじ。けふあすとも知《し》らぬ身をならうらみ給《(たまひ)》そ。[三四]ものな言《い》はせ給《(たまひ)》そ。いと苦《くる》し。」

とのたまへば、[三五]北の方又うちいづれど、子ども集《あつ》まりて制《せい》して、又言《い》はせず。
[三六]大将殿《どのゝ》の北の方《かた》、是《(これ)》を聞《き》ゝ給《(たまひ)》て、いとおし《(ほ)》くあわれ《(は)》におぼして、
「北の方の聞《き》こえ給《(たまふ)》事いとことはり《(わ)》なり。[三七]こゝにはたゞ何《なに》もかもなたびそ。君たちに[三八]あまねくたてまつらせ給へ。[三九]まして、[四〇]こゝにたれも〳〵住《す》みつき給へるに、[四一]思《おも》はぬ方《かた》に侍らん、いと見苦《みぐる》し。猶早《はや》たてまつらせ給へ。」

と[四二]責《せ》め申《(まうし)》給へば、おとゞ、

「[四三]をの《(お)》れはえ取《と》らすまじ。をの《(お)》れ死《し》に侍らん時、[四四]ともかくも心とし給へ。」

とてさらに聞《き》ゝたまはず。よきおびなど[四五]たまさかにありけるなどもみな大将殿

二二 都大路に立っておれとか(おっしゃるのか)。継母北の方が不幸になることは継子いじめ説話の話型である。
二三 (こちらの)娘どものことも思い見捨てるわけではないけれど。
二四 きちんとはしよう。大将殿に対して関係をきちんと整えておきたい、の意。
二五 いままで通りの地位(格式)には、の意か。
二六 そうとしても(子供は)きっとお仕えしよう。
二七 わたしの代りの分を(自分の分に)取り添えて、の意か。
二八 であろうか(ではない)。
二九 もともとあちらのご領分である。「本上」は「本性」に同じ。
三〇 大将殿(まで)も目をかけてくださるのに。
三一 いささかしっかりした物をさしあげることができなくて死ぬなら。
三二 言うに足らぬ者だと。
三三 どんなにおっしゃるともここ(この家)は(あなたに)さしあげることができまい。
三四 (わたしに)何かを言わせなさるな。

〔5〕重ねて遺言

三五 母北の方はまた口に出すけれど。
三六 女君。
三七 こちらにはひたすら何一つ下さるな。
「ここ」は女君の自称。
三八 すみずみにまで行きわたって。
三九 (生活している本邸については)なおさらに。
四〇 この大納言邸に。
四一 予期せぬ所に(所有権が)ございますようなことは、の意。
四二 父親に遺言の変更を迫る女君。
四三 わたしとしては北の方に与えることなどできない相談だ、というきもち。
四四 なんとでも思うようにしなされ。
四五 偶然に伝来していたのなども全部。

にたてまつり給《(たまふ)》。越前守《えちぜんのかみ》など、一げにすこしものしと思《おも》へり。親《おや》の二御けしき得《え》たまふ人の御ありさま言《い》ふべきにあらねば、うちもいでず。あるべき事どももよく三したゝめて、大将殿の北の方をよろづにうれしく、四御とくにより面目《めんぼく》あるめを見《み》侍りつるを五返ゝ申給《(かへすかへすまうしたまひ)》て、

「六はかぐ〳〵しからぬ女子《ど》どものいとあまた侍《(はべり)》つる、よく〳〵返《かへ》り見《み》たまへ。」

と申給《(まうしたまふ)》。

「七うけ給はりぬ。八身の堪《た》へんかぎりはいかでか仕《つか》うまつらざらむ。」

とのたまへば、

「いとうれしきこと。」

とのたまふ。

「むすめども、この九御事《(こと)》に従《したが》へ。一〇君を思ひたてまつれ。」

などさかしくのたまふまゝに、一一いとよは《(わ)》くなり給へば、たれも〳〵いみじくおぼし嘆《なげ》く。

つゐ《(ひ)》に七日、消《き》え入《い》り給《(たまひ)》ぬ。一二十一月のことなりけり。一三いとをし《(ほ)》み、一四時にもあらず、一五ことはり《(わ)》とはおぼしながら、御子《こ》ども、女お《(を)》とこ集《あつ》まりてお《(を)》しみ泣《な》き給《(たまふ)》さま、いとあはれなり。

一 実際に少々のところ心にひっかかりがあると感じている。
二 ご意向にかなっていらっしゃる人(女君)のご事情は(とやかくや)言うべきでないから。
三 「したたむ」は、整理する、処理する。
四 おかげによって名誉な状態を見ましたことについて。「侍り」があるから「御とく〜つる」は会話文かもしれない。
五 「と」とありたいが、底本以下、三・木も「を」。
六 しっかりしない娘どもがまことに数多くござった(その娘たちを)。
七 女君の詞。承知つかまつりました。
八 私の力でできそうな限りはどうしてお仕えしないことがありましょうか。
九 おっしゃる言葉。
一〇 (この)君を敬愛し申せ。
一一 しっかりと。
一二 十一月七日に薨去することは先に七十の賀が「十一月十一日」(→二三二頁)であったことと不整合である。翌年の十一月と見る場合には次頁の父親の言に新帝即位まもなくであるとあることに対して矛盾を生じる。
一三 いたわしく思い。
一四 その時でもなく。まだ死ぬ時でないのに、の意。
一五 (死は避けられない)道理であるとはお思いになりつつ。
一六 三条邸。
一七 毎日立ったままでいらっしゃりいらっしゃりしては。「立ちながら」は、戸外に立って。屋内にはいっても座らない、の意かとも。死のけがれに触れないようにするための方法である。

[6] 薨去

一八 宮・近・尊「御事」、慶・斑「御こと」。
一九 手配。始末。

大将殿は若君《わか》たちに添《そ》ひ給《（たまひ）》て、[一六]わが御殿《との》におはす。[一七]日ゝ《（ひび）》に立《た》ちながらおはしつゝ、泣《な》きあはれがり、かつはのちの事[一八]、あるべきやうの御沙汰《さた》[一九]も、身づから[二〇]も入《い》りゐなんとし給《（たまひ）》けれど、父《ちゝ》おとゞ、

「新《あたら》しきみかどのゐ給《（たまひ）》て程なく、[二一]長《なが》〳〵とあらんいとまならん、いとあしかるべし。」

とせちにのたまふ。女君も、

「[二二]おさなき人人こゝに迎《むか》へんは、[二三]もの忌《い》みなどするに[二四]ゆゝしかし。[二五]こめをきたらんに、[二六]殿《との》さへおはせずはいとうしろめたなし。なこもり給《（たまひ）》そ。」

と聞《き》こえ給《（たまひ）》ければ、我《（わが）》御殿《との》にならはぬひとり住《ず》みにて、[二七]君たちうちながめ、遊《あそ》ばして、[二八]さう〲しくおぼさる。かくとく亡《う》せ給《（たまひ）》ぬるを見《み》たまふにつけて、よくぞ思《おも》ふ事をいそぎしてける、とおぼす。

[二九]かの殿には、[三〇]御忌《い》みなき日とて、[三一]三日と言《い》ふにおさめ《（を）》たてまつり給ふ。[三二]大将殿の御《（お）》をくりに四位五位いと多《おほ》く歩《あゆ》み続《つゞ》きたり。[三三]げにのたまひしやうに死《し》にのさいはいかぎり《（ひ）》なしと言《い》[三四]ふ。

[三五]御忌《い》みの程はたれも〳〵君たち、例《れい》ならぬ屋《や》の[三六]みじかきに移《うつ》り給《（たまひ）》て、寝殿《しん》には[三七]大徳《だいとこ》たちいと多《おほ》くこもれり。大将殿《どの》おはせぬ日なし。立《た》ちながら対面《たいめん》し給ひ

二〇 (屋内に)はいってこもってしまおうと。

二一 長期間にわたるような(物忌みの)休暇であるようなのは。ここは服忌に伴う暇(いとま)に準じる考え方であるとともに、いわゆる奪情従公の考えを父おとどは表明するか。

二二 若君たち。

二三 ここでは、服喪。けがれの期間は籠居しなければならない。

二四 忌まれることですね。子供をけがれに近づけたくないきもちがあるから「ゆゆし」という感情が生じる。

二五 (かと言って三条邸に)閉じ込めて置いておくような場合に。

二六 (私ばかりでなく)あなたさえいらっしゃらないならまことに気がかりだ。「うしろめたなし」には、「うしろめたし」どころではない、もっと心配だ、というきもちがこもる。

二七 若君たちをぼんやり眺め。

二八 寂しく。物足りなく。

二九 あちらの大納言邸では。

三〇 おん忌みがない日だとて。何の忌みか、難解。

三一 三日めという日に埋葬し申される。

三二 大将殿(男君)の葬送ご参列に。

〔7〕死にのさいわい

三三 生前に「死にの果てのおも立たしさ」(→二三六頁)と大納言がおっしゃったのを受けて「げに」と言う。　三四 参列者は。

三五 ご服喪の期間は。以下の記事によると、服紀(ぶく)が一年、暇(いとま)に相当する特に重い忌みの期間が三十日である。

三六 「みじかし」は、低い。服喪に使用する土殿は廊や渡殿などの板敷きを取り払い、土間のように低く作るという。

三七 高徳の僧侶。

つゝ、すべきやうなど聞《き》こえ給《(たまふ)》。女君の、御服《ぶく》のいと濃《こ》き[一]に、[二]精進《さうじ》のけにすこし青《あを》みたまへるがあはれに見《み》えたまへば、お《(を)》とこ君うち泣《な》きて、

[三]涙川《なみだ》わが涙《なみだ》さへ落《お》ち添《そ》ひて君がたもとぞ淵《ふち》と見《み》えける

とのたまへば、お《(を)》んな、

[四]袖朽《く》たす涙《なみだ》の川の深《ふか》ければ藤《ふぢ》のころもと言《い》ふにぞ有《(あり)》ける

など聞《き》こえ給《(たまひ)》つゝ、行帰《(ゆき)かへ》りありき給ふほどに、[五]卅日の御忌《い》み果《は》てぬれば、

「いまはかしこに渡《わた》り給《(たまひ)》[六]ね。子ども恋《こ》ひきこゆ。」

とのたまへば、

「いまいくばく[七]にもあらず。[八]御四十九日果《は》てて渡《わた》らん。」

とのたまへば、こゝに[九]なん夜《よる》はを《(お)》はしける。

はかなくて御四十九日になりぬ。[一〇]この殿にてなんしける。こたみこそ果《は》ての事なればとて、大将殿《どの》いといかめしう[一一]を《(お)》きて給《(たまひ)》けり。子ども、われも〳〵と、[一二]ほど〳〵に従《した》ひてし給《(たまひ)》ければ、いと猛《まう》に[一三]きら〳〵しき法事になんありける。こと果《は》てて、大将殿、

「[一四]いまは、いざ給へ。[一五]部屋《へや》にもぞこむる。」

とのたまへば、

一 喪服の色が濃い。実の親であるため。
二 精進潔斎のしるしに少し青白くなっていらっしゃるのがいたいたしく見られなさるから。
三 君の涙の川にわたしの涙までもが流れ落ち一緒になって、君の藤衣のたもとは深い淵と見えたことだ。「ふち(淵)」に「ふぢ(藤)」を掛ける。藤衣は喪服を言う。
四 (濡れて)袖を朽ちさせる(ほどに)涙の川が深いので、淵の衣つまり藤の衣と言うのであったことですよ。
五 籠居の期間。
六 「給」底本、補入。
七 いくらでもない。
八 中陰。死後四十九日は中有《(ちゅう)》に霊魂が迷っていると言う仏式の考え。「なななぬか」と訓むか。忌みに関して三十日と四十九日と二種の考えが存在し、三十日よりも四十九日を重んじるところ、仏式が優位である。
九 (男君は)この邸に夜はいらっしゃったことであるよ。
一〇 故大納言邸で。法要を行う。
一一 「おきつ」は、決定する。男君がやって来て指図する。

[8] 四十九日

一二 それぞれの身分に応じて。
一三 華麗な。威儀正しい。
一四 もう今は、さあいらっしゃれ。
一五 (継母北の方があなたを)物置き部屋にきっと込めるよ。「もぞ」は心配をあらわす。三十日を四十九日にまで延長して故大納言邸に滞在している女君に対してきつい冗談を言う男君。
一六 もう今はかりそめにもそのような言葉をおっしゃるな。
一七 (過去を)忘れなかったことだと(北の方が)お聞きになるなら。
一八 心に遠慮することがきっと生じて来ようよ

「けしからず。[一六]いまはかけてもかゝる事《(こと)》なの給《(たまひ)》そ。忘《わす》[一七]れざりけりと聞《き》ゝたまはば、思[一八]ひつゝむ事いで来《き》なんかし。[一九]人の御代《かは》りにはよろしうおぼされにしがなとこそ思《おも》はめ。」

とのたまへば、

「[二〇]さらなる事。[二一]女君たちにも君《きみ》こそは問《と》ひ給はめ。」

とのたまふ。

越前守《ゑちぜんのかみ》、かく帰《かへ》[二二]り給《(たまふ)》と聞《き》ゝて、かの、おとゞの、[二三]たてまつれ、とて処分《そうぶん》し集《あつ》め給《(たまひ)》しものども、所《ところ》[二四]〳〵の庄の券《けん》、取《と》りいでて持《も》てまい《(ゐ)》りて、

「[二五]あやしう侍れども、[二六]むかし人の言《い》ひをき《(お)》給ひしかばなん。」

とてたてまつり給へ[二七]ば、大将殿、見《み》たまひければ、おび[二八]三《(みつ)》、一《ひと》[二九]つはわが取《と》らせしなり、いま一《ひと》つはさすがにわろし、庄《さう》の券、[三〇]こゝの図《づ》となんありける。大将殿、

「[三一]けしうはあらぬ所〳〵をこそは領《りやう》[三二]じ給《(たまひ)》けれ。このいゑ《(へ)》は[三三]などか君たち、北の方の御中《なか》にはたてまつり給はざりし。[三四]異所《こと》のあるか。」

とのたまへば、女君、

「さもなし。こゝはから久《ひさ》しうとしごろ住《す》み給へれば、得《え》[三五]じ、[三六]北の方にたて

ね。

一九 父君のお代りとしてはまあまあよく思ってくださっていただきたいと。「おぼされにしがな」は厳密に言うと、(継母北の方に)思ってくださられてしまいたい。「る」は受身。

二〇 言うまでもないこと。

二一 (北の方ばかりでなく)娘の君たちに対してもあなたこそは尋ねなさるのがよい。「問ふ」はここでは、言葉をかけて慰める。

二二 (女君がいよいよ)お帰りになると耳にして。

二三 (女君に)さしあげよ、とて財産分与し(女君分として)集めなさった品々や。

二四 各地の庄園の券。

二五 粗末なものでございますけれども。女君への遺贈だが、「あやしう〜」は男君へ向かって言う口調。

[9] 越前守、遺言を伝える

二六 故人が遺言しなされたことですから…。「給ふ」は自分の親に対して使用される絶対敬語。

二七 越前守にまれに「給ふ」が見られる。

二八 石帯。

二九 「一つは〜わろし」は「帯三」の説明。はさみこみの文。

三〇 この家の図面。「九つ」ではあるまい。「と」は並立。

三一 わるくはない各地をば領有してこられたことよ。

三二 底本「りやう」の「う」字、補入。

三三 どうしてお子たちや母北の方の中のどなたかに。

三四 別邸があるのか。

三五 (私は)取るまい。

三六 北の方にさしあげてしまおうと思いますよ。但し継母北の方に与えることは遺言に抵触する危険をなしとしない。

まつりてん、となん思《おも》ふ。」

とのたまへば、お《(を)》とこ君、

「いとよき事。これは君得《え》たまはずとも、[一]を《(お)》のれあればおはしなん。[二]みならみの心どもあらん。」
[三]とうち語《かた》らひ給《(たまひ)》て、越前守近《ゑちぜんのかみちか》う呼《よ》び寄《よ》せて、
[四]「そこにその事どもはしるらんな。[五]などいとこゝがちには見《み》ゆるぞ。[六]豪家《かうけ》とわづらはしがりてあるか。」
とうちわらひ給へば、守《かみ》、
[七]「さらに、さも侍らず。[八]もと[九]ものし給《(たまひ)》し時、みなし[一〇]を《(お)》き預《あづ》けられたるなり。」
と申せば、
[一一]「さかしうもし給《(たまひ)》けるかな。[一二]「こゝにたれも〳〵住《す》みつき給《(たまふ)》めるを、[一三]何《なに》しにかは」[一四]とこゝにのたまふめればなん。[一五]北の方しり給《(たまふ)》べし。このおび二《(ふたつ)》は[一六]衛門の佐とそこにと一《ひと》つゞつ。[一七]美濃《みの》なる所《ところ》の券《けん》と[一八]を《(お)》び一《ひと》つとゞめつる。[一九]むげに、さしを《(お)》き給《(たまひ)》けん御心ばへのかひなきやうなれば。」
となんのたまへば、越前守《ゑちぜんの(かみ)》、

「いと不便《ふびん》なる事。[二〇]身づからしを《(お)》き侍らぬ事なりとも、[二一]殿にのみなん。[二二]しろ

一 わたしが(ついて)いるからきっと(ちゃんと)暮らしていらっしゃろう。三条邸で一緒にいようからさらに別の邸は要らない、の意。
二 (この家を取ると)みんなに恨みのきもちがそれぞれ残ることだろう。
三 (二人で)ちょっと相談しなさって(から)。
四 そちら(そなた)においてそれらの遺産分与は責任を持っていようよな。「しる」はここでは、とりしきる、つかさどる。
五 どうしてえらくこちらにばかり(偏って多く)は見られるのか。
六 高家(権勢のある家)であると面倒がって(そのように)あるのか。高家へのおもねりであろうとからかう。
七 全然、そんなこともござらぬ。
八 (故人が)先にご存命だった時。
九 「も」底本、補入。
一〇 処置して(私が)預けられているのです。「らる」は受身。軽い尊敬かもしれない。
一一 しっかりとご処置になってあったことですなあ。　一二 女君の詞(→二四一頁)の引用。
一三 どうして(いただくことができようか)。
一四 こちら(女君)においておっしゃるようだから…。　一五 母北の方が領有なさるべきだ。
一六 左衛門佐。越前守の弟。
一七 美濃国。今の岐阜県南部。
一八 帯一つを手元に置くことにしたところであるよ。
一九 (あまり辞退しては)まったく、そう処置しておかれたろうご意向が台無しであるようだから。「むげに」は「かひなき」にかかると見ておく。
二〇 (たとい故大納言が)自分から。
二一 (こちらの)殿において(所有しなさるべきです)。
二二 どうぞ所有しあそばすのがいい。「しろしめ

しめすべし。言《い》はんやさらに「我《(わが)》[二三]かくしを《(お)》く」など言《い》ひを《(お)》き侍《(はべる)》に従《したが》ひては、た[二四]れも〳〵みなすこしづつ分《わ》かたれ侍めるものを。」

とて取《と》らねば、大将、

「あやしくも言《い》ふかな。身[二五]づからの心ひがざまにしを《(お)》かばこそあらめ。か[二六]く見《み》たまへばこゝに得《え》たまふおなじ事。こ[二七]の君はおのれあらんかぎりはさてもの給《(たまひ)》てん。うち続《つゞ》きを《(を)》さなき人びとあれば頼《たの》もし。か[二八]うては四の君なん思[二九]ふ人少《すく》なきやうにものし給《(たまふ)》なるを、おのれ[三〇]いかうにしりきこえんと思《おも》ふ。そ[三一]の君たちの得《え》たまはむに添《そ》[三二]へられよ。い[三三]ま二所《ところ》には御を《(を)》とこたちになんつけて仕《つか》うまつるべき。」

とのたまへば、越前守《ゑちぜんのかみ》かしこまりよろこぶ。

「[三四]まづかくなんとものし侍らん。」

とて立《た》てば、

「[三五]もし返しなどしたまはん、取《と》りてものし給《(たまふ)》な。む[三六]つかし。おなじことをのみ言《い》へば。」

との給《(たまふ)》。

「を《(お)》[三七]びはなを《(ほ)》かくて人に給はせ、つ[三八]かはせ給はん。」

す」は「しる」(領有する)の敬語。
二三 「わたしがそのように処置する」など(故大納言が)言い置いてございますの(遺言)に付き従っては。「したかひては」を「し違ひては」とする注釈もある。
二四 だれもだれも全員が少量ずつ分与に預かってございますようなのに。
二五 本人の考えちがいで処置するのならともかくも。故大納言が、あるいは一般論として。あるいは男君自身のことを言うか。
二六 かように(女君が)ご覧になるのでこちらに所有しなさるのと同じこと(になる)よ。遺贈の数々を見て遺志を知ることでそれらを受けたことにしよう、という考え方か。
二七 こちらの女君はわたし(男君)が生きていよう限りはそのままにきっと暮らしていらっしゃろう。
二八 そうしてみると。 二九 考えてやる人。
三〇 ひたすらに責任を取り申そうと思う。「いかう」は「一向」。
三一 三の君と四の君と。
三二 (所々の庄園やこの家の権利を)加えなされ。「ともかくも心とし給へ」(→二四一頁注四四)とあったから、この処置なら遺言に一応沿うか。
三三 大い君と中の君とにはご夫君たちに関連させて。夫たちに官途を世話しよう、の意。
三四 早速かように云々と何することでござろう。北の方に伝えよう、の意。男君の親切と名案とに対してよろこぶ越前守。
三五 もし返しなどしなさろうなら、(それは)受け取って何なさるな。こちらへ伝えるな、の意。
三六 面倒だ。
三七 越前守の詞か。帯はやはりそのようにして(手元に置いて)だれかにお下しになり。
三八 おつかわしになろう(のがよいことです)。

と申《まうし》給へば、

「いま一用《よう》ならんおり《を》はものせん。二疎《うと》き人たちにしあらねば。」

とて、しゐ《ひ》て取《と》らせたまふ。

守《かみ》、北の方、君たちに、

「かう〳〵なんのたまへる。」

と言《い》へば、北《きた》の方《かた》、この家《いへ》はいと欲《ほ》しかりつるに、いとうれしくのたまへど、三猶《なほ》我は、と領《りやう》じかへらるゝと見《み》ると思《おも》ふに、いとねたければ、

「四おちくぼの君のかくしたまふか。五いで、あなうれしのことや。」

と言《い》ふに、越前守《ゑちぜんのかみ》、たゞ腹立《はらだ》ちに腹立《はらだ》ちて、つまはじきをして、

「六うつし心にはおはせぬか。七さき〴〵はいとを《ほ》しくはづかしき事のありけるに、八おもていたき心《ここ》ちす。人の言《い》ふべき事か。九まろらをいたづらになし給はんとてや。一〇ものしとおぼしける程わ《は》、一一いかばかりの恥《はぢ》をか見《み》、てうぜ《ちよう》られ給ひし。一二引《ひ》きかへてかくねん比《ごろ》に返《かへ》り見《み》たまふ御とくをだにかつ見《み》で、かくのたまふ。一三ましてむかしいかなるさまに。一四人聞《ぎゝ》きも我身《わが》もものぐるを《ほ》しや、一五おちくぼ何《なに》くぼとのたまふ。」

と言《い》へば、北の方、

一 要り用であろう時は何しよう。いただこう、の意。

二 (私にとって)疎遠な人たちではないから。姻戚であることを言う。

三 (女君がそれでも)やはり自分は(ここを領有するつもりだ)と、(そのために継母北の方は)領地を取り替えられることを見る(ことになる)と思うと、の意か。難解。

〔10〕越前守、北の方をたしなめる

四 継母北の方の意識の中で女君は「おちくぼの君」というさげすんだ呼称のままの存在である。

五 いやもう、あらうれしいことよ。皮肉な言い回しか。底本以下、三も「うれし」、木「うれはし」。

六 正気ではいらっしゃらぬのか。

七 まえまえには。継母北の方が女君を迫害したこと。

八 面目の立たないきもちがする。

九 われわれをなき者にしなさろうとて(そう言うのです)か。底「とてや」、宮・近・尊・慶・斑「とや」。

一〇 (大将殿がわれわれを)不都合だと思ってこられたあいだは。

一一 (北の方は)どれぐらいの恥を見せられ、懲らしめられなさったか。

一二 (その後)とって返してかように懇切に顧みてくださるおめぐみさえも片方に見ないで、そのようにおっしゃる。「かつ」は、恩恵をこうむりながら恩恵とも見ずに、というきもち。

一三 (恩恵を受けている今でもこうであるから)ましてや最初どんな様子で(あったか)。

一四 外聞もわたし自身(が聞いて)も何か狂いそうであるよな。

一五 (今でも)落窪何窪とおっしゃる。

一六 どの程度の恩恵をわたしは見てござるのか。

「何《なに》[16]ばかりのとくかわれは見《み》侍《(はべる)》。[17]おとゞは父《ちゝ》なればせしにこそあめれ。取《と》[18]り外《はつ》しておちくぼと言《い》ひたらん、何《なに》[19]かひがみたらん。」

と言《い》へば、越前《ゑちぜんの》守《(かみ)》、

「[20]あわ《(は)》れの御心や。[21]もの思ひ知《し》り給はぬぞかし。[22]とくは見《み》ずと。御[23]心にこそさしあたりて見《み》ずとおぼすらめ。[24]大夫、左衛門佐《のすけ》になりたるはたれがしたまふにか。[25]かげずみはこの殿《とのゝ》の家司《けいし》になりて[26]加《か》階《ゝい》せしはたがせしぞ。[27]いまにても見《み》たまへ。[28]又をのこも人〳〵しくならん事はたゞこの御とく。[29]まづは家《いへ》も得《え》たまはぬに、[30]この家両《(りやう)》じ給はましかば、いづこに引《ひ》き続《つゞ》きておはせまし。[31]まづたゞおぼしあはせよ。目《め》のまへなることゞもを見《み》れば、うれしくあわ《(は)》れにおぼえたまはずやある。かげずみらも国《くに》を治《をさ》めて[32]とくなきにしあらねど、妻《め》をまづ思《おも》ふとて[33]えたてまつらず。[34]いまにてもえたてまつるまじきは、子は心《こゝろ》[35]ざしの薄《うす》きぞかし。を《(お)》[36]のが産《う》みたらん子《こ》どもだにかくおろかにて仕《つか》うまつらぬ。御身は[37]かくあはれなる御心ばへを泣《な》く〳〵こそよろこび聞《き》こえ給はめ。」

ととにかくに言《い》ひ知《し》らすれば、[38]げに、と思ひて言《い》ふいらへせず。

「[39]御返《かへ》りいかゞ聞《き》こえん。」

[40]とゐ《(い)》へば、

一七 故大納言は実の父だから(女君は)尽くしたのであるようだよ。

一八 うっかり口をすべらせて落窪と言っているようなのは。 一九 どこがまちがっていようか。

二〇 ああ気の毒なお心であるよ。

二一 何も理解しなさらないのですよね。

二二 恩恵を見ないですって。

二三 あなたのお心には当面(恩恵を)見ないとお思いになっていることであろうよ。

二四 大夫が左衛門佐になっているのは。

二五 かげずみのほうは。「かげずみ」は越前守の名。会話文の中でへりくだりから実名を名告る。

二六 位が上がったのは。

二七 今にも見てくだされ。

二八 また男子も(これから)一人まえになってゆこうことは。「人〳〵し」は、ヒトヒトシ。

二九 まず第一は(故大納言の遺言で)家もお受け取りにならないのに。

三〇 (女君が)この邸を領有しなさるとするならば。「両」は「領」の当て字。

三一 真っ先に(このことを)ひたすら思い合わせなされ。

三二 利得がないわけではないけれど。

三三 (母上に)さしあげることができない。

三四 今からでもさしあげることができまいのは。

三五 誠意。愛情。

三六 自分が産んだような子たちでさえかように疎略でお仕えし申さないよ。

三七 (女君の)しみじみとありがたいお心やりを泣く泣く感謝し申すのがよいのだ。

三八 なるほど、と思って言うべき返辞をしない、の意か。「いふいらへせす」は分かりにくい。底・宮・近・尊・慶「いふいらへせす」、斑「いらせす」。

[11] 見苦しい北の方

三九 越前守の詞。 四〇 言うと。

「[一]いさ。[二]もの言《い》へばひがみたりとかしかましう言《い》へば、聞《きゝ》きにくし。[三]よき事知《し》り、もの《ゝ》の心知《し》りたらん人おしはかりて申せかし。」

と言《い》へば、守《かみ》、

「人のために申すにもあらず。御身のためのことなり。[四]三、四の君、を《(お)》まへをもいかにも仕《つか》うまつらんと大将殿《どのゝ》のたまふは、[五]北の方の御心に従《したが》ひ給《(たまふ)》にこそ。[六]一《ひと》つはらからの御心《こゝろ》だにかくやはある。」

[七]とはあめれば、

「[八]かくこの御方の《ゝ》給ふ事、まろはいかに。心うし。我《(わが)》得《え》たらん[九]丹波《たば》の庄《しやう》はとしに米《よね》[一〇]一斗だにいで来《く》べきならず。いま一《(ひとつ)》は[一一]ゑちう《(ちゆう)》にて[一二]たはやすく物もはかるべきにあらず。[一三]弁の殿《とのゝ》の得《え》たまへるは三百石のものいで来《く》なり。かくとを《(ほ)》くあしきはかげずみがえりくれたるなり。」

[一四]といみじくさいなみけれど、たれも〳〵[一五]おとゞのしを《(お)》き給《(たまひ)》しをみな見給《み(たまひ)》て、

「[一六]かくやは給《(たまふ)》べき。たゞこれにておぼせ。[一七]隔《へだ》てなくかたみに返《かへ》り見《み》るべき人だにかゝる心を持《も》たまへり。」

と言《い》へば、北の方《かた》、

「あなかしかまし。[一八]いたくなそかししつめそ。たれも〳〵みな[一九]まづしければ

一　さあ。知らない。
二　何か言うとまちがっているとやかましく（おまえが）言うから。
三　上品な言葉（が何であるか）を理解し、物事の意味するところを理解するような人（越前守）。「おちくぼ」と言葉に出してとがめられたこと、および「もの思ひ知り給はぬぞかし」とたしなめられたことを受ける。
四　三、四の君やあなたさま（母上）をまでもどんなにでもお仕えし申そうと。
五　奥様（女君）のおきもちに付き従いなさるということなのですよ。
六　同腹のきょうだいのおきもちでさえかようにはありますか（ありはしない）。
七　とはあるようだから。底本以下「とはあめれは」、三・木「とあめれは」。
八　そのようにあのお方がおっしゃる事柄（についてだが）、わたし（の場合）はどうだい。女君のことを先に「落窪の君」と言ってとがめられ、今度は「御方」と言い換える。
九　丹波国（今の京都府の中北部）の庄園は。
一〇　一石の十分の一。十升。
一一　越中国。今の富山県。
一二　容易に何も按配できやしない。
一三　中の君。
一四　「い」底本、補入。
一五　故大納言が処置しなさったの（遺言の内容）を全員がご覧になって（知っているから）。
一六　（故大納言なら）そのように（分けて）下さることであろうか。
一七　別け隔てなく世話したり世話されたりするような関係の人。ここでは夫。
一八　語義不明。底・宮・近・尊・慶「いたくなそかししつめそ」、斑「いたなそかししつめ」、三「いたくないひしつめそ」、木「いたくないひそかしし

言《い》ふにこそあらめ。」

と言《い》ふほどに、左衛門佐《のすけ》の[二〇]来《き》あひて、[二一]心にもあらずおぼえ、

「身《み》まづしけれど、[二二]よき人は方異《かたこと》にみさをにお《(を)》かしうぞある。[二三]まづ北の方のこゝにおはせしほどは[二四]聞《き》いたてまつり給へしかど、[二五]いさゝかのたまへること聞《き》こえざりきかし。[二六]かく心苦《ぐる》しき御もの言《い》ひもあわ《(は)》れに従《したが》ひて、「[二七]心やはらかなり」とこそはみそかにの給《(たまふ)》めりしか。」

とのたまへば、北の方、

「[二八]いかで我死《し》なん、にくみあしきものにのたまへば。[二九]罪《つみ》もあらん。」

とのたまへば、

「[三〇]あなかしこ。[三一]よし〳〵、聞《き》こえさせじ。」

とて、ふたりながらかい続《つゞ》きて立《た》てば、さすがに、

「[三二]やゝ、この御返《かへ》り事《(こと)》申せ。」

と[三三]まねき給へど、聞《き》ゝ入《い》れぬやうにていぬ。

左衛門佐《のすけ》、

「などかくあしき親《おや》を持《も》ちたてまつりけん。[三四]いかで御心ようなるべからんと祈《いの》りをまれせん。[三五]我らがためにも大事《(だいじ)》なり。」

つめに」。底本「そ」と「か」との中間の右傍に「本」、尊「そ」の右傍に「本」。
一九 資産が少ないから。
二〇 来会わせて。
二一 心外に思われ。
二二 すぐれた人は心の用い方が特別で節操を保ち風流を忘れないのだよ、の意。三郎君らしい考え。
二三 最初に女君がこの邸にいらっしゃったあいだは。落窪の君であったころの回想。
二四 聞き申し上げさせていただいたが。謙譲語が重ねられるのはくどい。
二五 少しだって(不平を)口にされているのを耳にすることがなかったですよね。
二六 かように(女君にとって)気の毒な(母上の)おっしゃりようにもけなげに付き従って。
二七 「(私は)きもちがすなおだ」とは内々におっしゃるようでしたよ。「心やはらかなり」は、ふわっとしている心のさま、柔順な心であるさま。ここは受容力があって人あたりのいい性質をみずから言うか。
二八 どうかしてわたしは死のう、(わたしを)憎らしがり悪者におっしゃるから。
二九 (それにあなたたちは)罪もあろう。人(特に親)をそしる罪である。
三〇 ああ恐い。罪があるとは恐ろしい、の意。
三一 もうよい、申し上げますまい。
三二 やあやあ、これのご返辞を申せ。返辞の内容を聞かせよ、の意。

〔12〕家の巻を返す

三三 手で呼ぶ動作をなさるけれど。
三四 どうかしてお心がけがよくなることができるようにと(神仏に)祈禱をでもいいからしよう。「まれ」は「もあれ」。
三五 わたしら(の将来)のためにも。

と言《い》ひて、御返《かへ》り事《(こと)》はもろともに言《い》ひあはせて大将殿へ聞《き》[一]こえ給《(たまふ)》。

「かしこまりてうけ給はりぬ。[二]こゝにもいまは殿《との》ひとりをなん頼《たの》[三]もしき物には聞《き》こえさすべき。給はせたる所〳〵の券は、若《わか》き人〳〵、[四]むかし人の御本意《ほい》たがはんはいかでかとつゝみ侍《(はべる)》を、[五]御心ざしのかひなきやうにやはとて、[六]こゝになんたまはりとゞめつる。[七]この殿《との》ゝ御ことは、「あまりあまれば」となん、いと心ばへ深《ふか》うたてまつらるめりしを、[八]所《ところ》をあだに物せさせ給はゞ、[九]ものしくや亡《な》き御かげにも、と[一〇]いとを《(ほ)》しく侍《(はべる)》を、[一一]券な置《お》かせ給はで。」

とて券返《けんかへ》したてまつる。[一二]この券《けん》をこの越前守《ゑちぜんのかみ》の取《と》りて立《た》ちければ、北の方《かた》、返したてまつるにやあらんといとあやしくて、

「それはなどもて行《い》く。[一三]さのたまひつらん物を、持《も》て来《こ》〳〵。」

と呼《よ》び返《かへ》しければ、あな物ぐるお《(ほ)》し、大事のものをおろかにも言《い》ふかな、とさ[一四]は《(わ)》ぎけり。左衛門の佐、

「[一五]大将殿《どのゝ》の聞《きゝ》給《(たまひ)》てこそ。[一六]よそ人のもとへ行《い》かばこそものしとも思ひ給はめ。北《きた》の方《かた》の御世のかぎりはおはして、[一七]のちには三、四の君にたてまつり給はゞ[一八]おなじこと。[一九]早《はや》を《(お)》き給へれ。」

とて、[二〇]みな[二一]渡《わた》り給《(たまひ)》ぬ。女君は、

一 母北の方の返辞として。
二 こちらにあっても。伝言であるから「こと」は継母北の方の自称となる。
三 頼りにする存在であるとは申し上げなければなりますまい。
四 故人のご遺志にそむくようなことはどうしてしようか(できない)と遠慮してございますが。
五 殿のお考えが無になるようではいけないとて。
六 こちらに頂戴し手元に置いたところです。
七 この建物(についての)のご意向は、「(大将殿の恩が)余りに余るから」と、(故人が)まことに深く考えて奉りなされたようであるから。「る」は軽い尊敬。
八 場所をいたずらに(むだに)処理しあそばすならば。「所をあだに」は何らかの慣用句か。
九 不快であろうか、亡きおん霊においても、と。倒置的表現。　一〇 気の毒でございますから。
一一 券をお置きにならないように…、の意か。文法的に分かりにくい。底「券なおかせ給はて」、宮・近・尊・慶・斑「券なをかせ給はて」、三「券なをかせ給いぬ」、木「券猶おかせ給はね」。
一二 以下「とさわぎけり」まで母北の方のまえを立つ時のことに戻る叙述であることを三つの「けり」が示す。
一三 (大将殿が)そう(くれると)おっしゃったろうことなのに。　一四 (心が)騒いだことだ。
一五 大将殿がお聞きくださってね。ほっとした、よかった、といううきもち。
一六 他人のもとへ(券が)行くのなら不快に(女君は)お思いになろうが。
一七 のち(母北の方の没後)には家の券を三の君、四の君に奉りなさるならば、の意。継母北の方に券を渡さないことで故人の遺志に沿い、しかも継母北の方たちはここに従来のように住む。
一八 結果は同じことよ。

「いま又もまい《(ゐ)》り来《こ》ん。かしこにも渡《わた》り給へ。」

と、

「故《こ》殿《とのゝ》の御代《かは》りには君《きみ》たち、北《きた》の方をこそは見《み》たてまつり仕《つか》うまつらめ。何《なに》事もおぼつかなからずのたまへ。[二二]おぼしたらんをのみなんうれしかるべき。」

などあはれに語《かた》らひをき《(お)》給《(たまひ)》てなんをは《(お)》[二三]しにける。

おとゞのおはせし時よりも、[二四]をかしき物は日ごとにを《(お)》こたらず君たちに、[二五]まめなるものは北の方にと、夜《よ》中《なか》あか月《(つき)》にも運《はこ》びたてまつり給へば、北の方、[二六]げに我子《(わが)》ども、あるはお《(を)》とこせし、をのこ子《ゞ》は[二七]すゞろなるに、[二八]わがため、はらからのためするいとありがたし、とやう〳〵思《おも》ひなる程に、とし返《かへ》りぬ。

司召《つかさめし》に、[二九]左大臣殿、太政大臣に、大将、[三〇]大臣になり給《(たまひ)》ぬ。[三一]つぎ〳〵の御おとうともなりあがり給へれど、[三二]一所《ひとゝころ》の御上《うへ》を[三三]書《か》きいだすあいなければ、[三四]書《かゝ》ず。[三五]左大臣殿の北の方《かた》の御さいわい《(ひ)》を、人〳〵も御はらからたちもめでたうらやむ。中の君の御お《(を)》とこの左少弁、[三六]身いとまづしとて、[三七]受領《ずりやう》のぞまん、[三八]北の方につきて申《(まうし)》ければ、[三九]美濃《みの》にいたはりなし給《(たまひ)》つ。越前守《ゑちぜんのかみ》、ことしなん代《かは》りけれど、国の事いとよくなしたりければ、引《ひ》き立《た》てよくて[四〇]やがて播磨《はりま》になしつ。[四一]衛門佐《ゑもんのすけ》は少将になりぬ。たれも〳〵[四二]この御とくにと、集《あつ》まりて[四三]北の方によろこび聞《き》か

一九 早く(券をそちら(へ)置いていなされよ。
二〇 そうあって(それから)。「て」は叙述を転換させる。 二一 大将殿も女君も全員三条邸へ。
二二 (私のことを)心にかけてくださっていようことに対してそれだけがうれしいことでしょう。
二三 お帰りになってしまったことよ。
二四 気のきいた(趣味の)物品は毎日たゆむことなく三、四の君に。
二五 実用的な生活用品は継母北の方にと。
二六 以下、継母北の方の思い。
二七 心もとないのに。漫然としているのに。
二八 (女君は)わたしのため、自分の姉妹のために尽くしてくれることはまことにもって類例の少ないことだ、と。 二九 男君の父がここまでに左大臣であったことは叙述がない。
三〇 底「大臣」、宮・近・尊・慶・斑「左大臣」。
三一 あとに続く弟君も昇進なされているけれど。
三二 一人のお身の上を。あるいは一族の。
三三 書き出すことはおもしろくないから。「書きいだす」は、この物語に書きあらわす。 三四 省筆を読者に対して断わる書き手の言葉。

〔13〕男君、大臣に昇進する

三五 女君。 三六 自分はまことにもって資産が乏しいとて。弁官には学者のイメージがあり、不如意である場合が多かったか。この人は巻一に「右中弁」(→一五頁注三一)、巻三に「左少弁」(→二二一頁注三五)とあった。
三七 国司を希望しよう(とそのことを)。
三八 奥方(女君)を頼って(男君に)願い申したことなので。 三九 (男君は)心を配って(左少弁を)美濃守になさった。
四〇 そのまま(間をおかず)播磨守にした。播磨国は今の兵庫県南部。
四一 左衛門佐は近衛少将に。 四二 こちら(女君)のおかげで(昇進した)と。 四三 母北の方に。

せ、

「[一]これや御とく見《み》給はぬ。いまよりはなを《(ほ)》口《くち》[二]に任《まか》せて物なのたまひそ。」

と言《い》へば、

「[三]げにことは《(わ)》り。」

と言《い》[四]ひけり。

「このたびの司召《つかさめし》[五]はこの族《ぞう》のよろこびなりけり。」

と人世《よ》に言《い》ふ。
[六]かく心に任《まか》せてしたまへば、父《ちゝ》おとゞのせんとおぼす事も、まづこの殿にのたまひあはするを、
「[七]あしかんなり。なし給《(たまひ)》そ。」

とある事は、[八]せまほしとおぼしながらえしたまはず、[九]我《(わが)》御心に否《いな》とおぼす事も、[一〇]此《(この)》殿二《(ふた)》たび三《(み)》たびとしきりて申給《(まうしたまふ)》ことは聞《きゝ》き給はではあらねば、司召《つかさめし》し給《(たまふ)》にも、[一一]かずならぬ、この殿《とのゝ》の御ことぞなりける。御《(み)》かどの御おぢ《(を)》にて、かぎりな[一二]くおぼしたる御身は、[一三]左大臣ばかりにて、御ざえ[一四]はかぎりなくかしこく、を《(お)》[一五]し張《は》りてのたまはんことを言《い》[一六]ひかわ《(は)》すべきかんだちめもおはせず。父《ちゝ》[一七]おとゞはた、[一八]おなじ御子《こ》と言《い》へど、[一九]せめてかなしきあまりに、[二〇]かたじけなくおそろしきもの

一　この通りご恩恵を見なさらぬのか。先の母北の方の「何ばかりのとくかわれは見侍る」（→二四九頁注一六）という言葉を受けて子供たちが言う。
二　「に」底本、補入。
三　なるほど道理よ。先にも「げに」（→二四九頁注三八）（→二五三頁注二六）と心に思い、ここに至って言葉に出して納得する母北の方。「ことわり」と言い切る言い方に感慨がこもる。
四　言ったことだ。底「いひけり」、宮・近・尊・慶・斑「いひてけり」。
五　この一門の慶事であったことだ。
六　かように思いのままになさるから。
七　よくないと判断される。
八　（父太政大臣が）したいとお思いになりながらなさることができず。

[14] 父をしのぐ権勢

九　（父太政大臣が）自分のお心にいけないとお思いになることも。
一〇　こちらの殿（男君）が二度三度と重ねて。
一一　人数にはいらぬ（末端の）者はこちらの殿（男君）のお言葉が（その言葉通りに）なったことだ。
一二　（帝が）ご寵愛になる（男君の）ご身分は。
一三　（ちょうど）左大臣の程度（の高い身分）であって。身分について「ばかり」と言う例は、「中宮ばかり」（→七七頁）、あとに「時の大臣ばかり」（→二六〇頁注七）がある。
一四　才。学問。
一五　押し切って。たって。
一六　（対等に）言葉を交わす（言い争う）ことができそうな公卿もいらっしゃらない。
一七　父大臣はそれとしてまた。「はた」は「かたじけなく」にかかる。
一八　おなじお子というけれど。子供にはすべて愛情を持つとは言え、の意。
一九　切々と愛情が感じられる余りに。

におぼしたり。なか[二一]〳〵御子《こ》なん親《おや》の心ばへには見《み》えける。世の人もかく知《し》りて、

「[二二]大《おほ》い殿《どの》よりは左大臣殿にこそ仕《つか》うまつらめ。それをぞ大《おほ》い殿もよしとおぼしたる。」

とて、すこし[二三]ものに染《そ》みたる、[二四]まい《(ゐ)》り仕《つか(う)》ふまつらぬなければ、[二五]みなはなやかにて入《い》りたまふ。

[二六]左の大《おほ》い殿の北の方、[二七]むまのはなむけさま〴〵いかめしうしたまふ。[二八]殿人《とのびと》なるうちに、御用意《ようい》かぎりなし。[二九]馬、鞍《くら》、[三〇]てうつ一《ひと》つ具《ぐ》[三一]してたまひ、

「かくはしくする事は、[三二]こゝにのたまふ事あれば。かくくだり[三三]て飽《あ》かぬことなく、[三四]よく仕《つか》うまつれ。を《(お)》ろかなりと聞《き》[三五]かば、さらに返《かへ》り見《み》じ。」

とのたまふ。[三六]かしこまり、うれしく、めでたき[三七]女方《(め)がた》なりと思ひて、

「かう〳〵なんの給《(たまふ)》。」

などまかでて語《かた》る。

「[三八]よく仕《つか》うまつる」と申《(まうし)》給へ。[三九]御とくにかゝりたる身にこそあれ。」

と言《い》へば、中の君もいとうれしとおぼしたり。

「[四〇]いまはいかで三、四の君によき人あはせ[四一]ん、と人知《し》れず見《み》るに、[四二]さるべき

二〇 もったいなく恐れ多い存在であると。
二一 かえってお子のほうが親の考え方だとは見られたことだ。
二二 太政大臣殿。
二三 何かに染まっている人は。「ものに染む」は、世間に感化される。
二四 参上しお仕えしない者がないので。
二五 だれもきらびやかなさまで(お邸に)はいりなさる。
二六 女君。
二七 旅立ちの餞別。美濃守の赴任にあたり、同道する妻の中の君のためにさまざまに威儀を尽くして世話をする女君。

[15] 美濃守のうまのはなむけ

二八 この殿の人である上は。左少弁の時以来この殿の家司であった(→二二一頁注三六)。
二九 以下、男君の美濃守への贈り物。
三〇 語義不明。底本以下「てうつ」、三・木「てうし」。 三一 揃えてお下しになり。
三二 こちら(女君)におっしゃる(口添えなさる)ことがあるからだ。 三三 任国に。
三四 (任務に対して)しっかりお仕えし申せ。公務のほかに、私的にも忠誠を尽くすことを命じる意味合いがあろう。
三五 底本「きかねは」と書いて「ね」見せ消ち。
三六 美濃守は。
三七 妻のつながり。うつほ・国譲下「めがたをのみおぼして」。
三八 「しっかりと仕え申す」と(女君に)申してください。
三九 おかげをこうむっている身であるのだよ。
四〇 男君の詞。 四一 めあわせよう、と。
四二 そうある(結婚相手にふさわしい)はずの。適当な。

人のなきこそくちをしけれ。」
との給《(たまひ)》わたる。北の方《かた》[一]、三、四の君に、夏冬の御ぞ、御《(お)》[二]ものなど、いとゆたかに、故《こ》殿の生《い》きてたてまつり給《(たまひ)》しにもまさりていとゆたかに、御位《くらゐ》のまさるまゝにもよろづをしり[三]給《(たまふ)》。心もとなき事なし。御子産《こう》[四]み、はかま着《き》給ふことど《ゝ》もに、いと[五]まなくて書《か》か《ゝ》ず。

はじめ[六]のおと《(を)》こ君は十二にて、いとおゝ《(ほ)》きにおはすれば、宮仕《づか》へすとも誤《あやま》ちすべからず、かしこくおはすれば、春宮《(とうぐう)》[七]の殿上せさせ給ふ。書《ふみ》[八]をよみ、[九]さとく、[一〇]らうらうしく、心[一一]がらもいとかしこければ、若《わか》うおはしけるみかどにを《(お)》はしませば、遊《あそ》[一二]びかたに召《め》[一三]し使《つか》ひ、[一四]をかしきものにおぼして、笙《さう》[一五]の笛吹《ふえふ》かせ給《(たまふ)》時、教《をし》へさせ給《(たまひ)》ければ、父《ちゝ》[一六]おとゞいとか[一七]なしとおぼしたり。

祖父《おほぢ》おとゞの御殿《との》に養《やしな》はれ給ふ君[一八]は九《(ここのつ)》になんおはしける。この兄君《あに》の殿上し給《(たまふ)》をうらやましげにおぼして、我[一九]と、

「[二〇]うちにいかでまい《(ゐ)》らん。」

と申《(まうし)》給へば、おとゞ[二一]うつくしがりて、

「などかいまま《ゝ》で言《い》はざりつる。」

とて、にはかに殿[二二]上せさせ給へば、父《ちゝ》おとゞ、

一 (継母)北の方や三の君や四の君に。
二 ご飲食物。
三 取りしきりなさる。
四 お子を出産し、(その子が)袴を着なさるなどのことについて。三男の出産、袴着(はかまぎ)についてなど。
五 余裕がなくて書かない。書き手による省筆の断わりである。この前後、四、五年の歳月の経過があるとすれば、三男の出生はそのあいだの一こま。但しここに歳月の経過を認めると、女君の除服の記事(→二五八頁注三)とのあいだにそれを知らせず構想の変更として処理されているか。

［16］子供たちの成長　不整合が生じる。事実上は歳月の経過だが、読者

六 太郎君。あとに二男が九歳とあることからいま十歳でありたいところだが、底本以下「十二」、三「十」、木「十二」。構想の変更か。
七 東宮坊への童殿上(わらわてんじょう)。
八 漢籍。「よむ」は、声を出して読む。
九 底本「つ」を見せ消ちにして「さ」。
一〇 「らうらうし」は、才たけるさま。「らうらうじ」かもしれない。
一一 性格。気質。
一二 「遊びかたき」(遊び相手)か。底本以下「あそひかた」、三・木「あそひかたき」。
一三 (東宮坊から)召し出して使い。
一四 興味深い人物。気に入りの者。
一五 笙(しょう)。管楽器の一。
一六 「ちゝ」底本、補入。
一七 いとしくてたまらない。「かなし」は満たされない思い(非充足感)について広く言い、愛情についても悲しみについても表現しうる語。
一八 二郎君。太郎君誕生の翌年の秋に生まれた若君(→一七四頁)。

「まだいとおさなく《を》侍らん[二三]ものお《を》。」

と申《まうし》給へば、

「何《なに》[二四]か。その太郎《たらう》にはまさりてかしこくなんある。を《お》[二五]とまさりなり。」

とのたまへば、父《ちゝ》おとゞわらひ給《たまひ》ぬ。[二六]うちにまい《ゐ》りて奏《そう》し給《たまふ》、

「これなん翁《おきな》[二七]のかぎりなくかなしとおぼえ侍《はべる》。[二八]おぼしめして返《かへ》り見《み》させ給へ。兄《あに》のわらはにお[二九]ぼしませ。官《つかさ》[三〇]を得《え》さすとも兄《あにゝ》にはまさらん。」

と、

「[三一]すべてこの子を太郎《たらう》にはせよ。」

と[三二]つねにの給《たまひ》て、御名もを《お》[三三]と太郎《たらう》となんつけ給へりける。

この御[三四]おとうとの女君は八《やつ》にて、いみじうを[三五]かしげになんおはしければ、いまより二《ふた》[三六]つなくかしづきたまふ。その御を《お》[三七]とうとも六《むつ》、をの[三八]こ子四《よつ》にてなんおはしける。又このごろも産《う》[三九]み給《たまふ》べし。[四〇]かゝるまゝにおろかならず思ひきこえ給へる、ことは《わ》りなり。

大《おほ》[四一]き大殿《との》、ことしなん六十になり給《たまひ》ければ、左の大《おほ》い殿《どの》、賀の事仕《つか》うまつり給《たまふ》。[四二]ことのさほう《ふ》いとめでたし。[四三]たゞ思《おも》ひ遣《や》るべし。舞《ま》ひはこの[四四]二《ふた》所せさせたてまつり給《たまふ》。を《お》とらずをかしく二所《ところ》ながら舞《ま》ひ給《たまひ》ければ、祖父《おほぢ》おとゞ、涙《なみだ》を

一九 自分の心から。
二〇 内裏に何とかして参上したい。
二一 祖父おとどはかわいいと思って。
二二 童殿上。二郎君は内裏への殿上である。
二三 のになあ。本来は逆接的に下にかかる語。ここは文末。
二四 なあに。何の。
二五 年下が年上よりも優秀であること。うつほ・蔵開下「くら人の少将のおとまさりになりわかれぬべかめるかな」。
二六 (祖父おとどは)内裏に参上して。
二七 老人。ここは年配者の自称。
二八 お心にかけ目をかけてくださりませ。
二九 まさっておぼしめしあれ。「ます」は、越える、増す。ここまでが帝への奏上。
三〇 官を取らせるとしても。以下は奏上でなく、二行あとの「すべてこの子を太郎にはせよ」とともに口ぐせの言葉の一つ。
三一 何でもこの子を長男扱いせよ。
三二 口ぐせにおっしゃって。
三三 「おと」は弟や妹を意味するから「弟太郎」という意味の命名。
三四 妹。長女である。
三五 美しげでいらっしゃってきたから。
三六 比べるものなく。
三七 二女。
三八 三男。前節の終りに生まれた子(→注四)。
三九 お産みになることであろう。書き手の注記。
四〇 かようの次第で(男君が女君を)疎略でなく大切に思い申されていることは道理だ。書き手の注記。

〔17〕太政大臣六十の賀

四一 太政大臣。男君の父。
四二 儀式の作法。
四三 書き手の注記。
四四 太郎とおと太郎と。

落としてなん見《み》たてまつり給《(たまひ)》ける。一かくすべき事は過《す》ごさずいかめしうしたまへど、二御とくはいやまさりなり。

はかなくて月日過《す》ぎて、女君三服脱《ぶくぬ》ぎ給《(たまふ)》。いづれも〳〵子どもあひ栄《さか》ゆるほどにて、四御果《は》ての事などし尽《つ》くし給《(たまひ)》けり。五まゝ母《はゝ》、かく子《こ》どものよろこびをしけるを六御とくとよろこびければ、いとうれしとなんおぼしける。

左のおとゞ、いかでこの七君たちによき婿《むこど》取りせんとおぼして見《み》るに、八さるべきがなきとおぼしわたるほどに、九おほやけの選《えら》ひにて一〇中納言の筑紫《つくし》の帥《そち》にてくだるが、にはかに妻《め》亡《う》せたりけるを聞《き》き給《(たまひ)》て、一一人がらもいとよき人なりとお一二ぼしきざして、一三うちにまいり《(ゐ)》あひたるにも一四心とゞめて語《かた》らひ給《(たまひ)》て、一五さるべきお《(を)》りにこのことの一六筋《すぢ》をほのめかし給《(たまひ)》ければ、よきことゝと思ひて、

「いとよきことに侍なり。」

と一七申《(まうし)》ちぎりてけり。左の大《おほ》い殿《どの》、一八北の方《かた》に申《(まうし)》給ふ。

「しか〳〵の人をなん言《い》ひちぎりたる。かんだちめにもあり。人がらもいとよしとなん思《おも》ふ。三の君にやあはすべき、四の君にやあわ《(は)》すべき、いづれにか。」

とのたまへば、北の方、

一 かようになすべきこと(賀宴)は後回しせず盛大になさるけれど。
二 ご利得はますます大きくなるのだ。「とく」は利得であるとともに徳望でもある。
三 服喪を解きなさる。一周忌であろう。先に数年の歳月の経過を認める場合は、ここと不整合である。
四 一周忌のご法要。
五 子供の昇進の喜びを継母北の方に聞かせる記事が以前(→二五三頁注四三)にあり、そこを受けるべき叙述。
六 おかげ。
七 三、四の君。

〔18〕四の君に婿取りの計画

八 適当なのがいないことだよとずっとお思いでいるうちに。「さるべき人のなきこそくちをしけれ」(→二五五頁注四二)の繰り返しである。
九 朝廷の人選で。「選ひ」は「選び」かもしれない。
一〇 中納言が大宰府(だざいふ)の長官として下京する(その)人が。筑紫は筑前と筑後とを合わせた今の福岡県の辺り、また古く九州の称。「筑紫の帥」は大宰の帥を言う。あとに「大弐」ともある(→二七八頁注二〇)。
一一 人物の性格。「も」は、身分ばかりでなく人がらも、というきもち。
一二 「思ひきざす」(心に思いが生じる)の敬語。
一三 内裏に参上しあわせている時にも。
一四 気をつけてお話しになって。
一五 適当な機会に。
一六 縁談の趣旨を。「筋」は、関係、趣向。
一七 (大宰の帥は)言葉に出して(既に)約束し申したことだ。
一八 女君。

「[一九]いさ。[二〇]御心に定《さだ》め給へ。[二一]まろは四の君にとなん思ふ。[二二]いとを《（ほ）》しきことありしかば、思《おも》ひもなを《（ほ）》し給《（たまふ）》ばかり。」

とのたまへば、

「[二三]このつごもりにくだりぬべかなり。[二四]とくしてん。[二五]北の方にさのたまへ。よろしう思《おも》ひたらば[二六]こゝにてあはせん。」

とのたまへば、

「[二七]文《ふみ》にてはいかゞ長《なが》〳〵とも書《か》かん。身づから渡《わた》らんとすれば所[二八]せし。」

「[二九]少将、播磨守《はりまのかみ》などにくはしくのたまへ。」

など聞《き》こえたまふ。

つとめて、少将を北の方呼《よ》び給《（たまひ）》て、みそかにの給《（たまふ）》。

「身づから渡《わた》りて聞《き》こえんとをも《（お）》へども、見《み》[三〇]さしたる事ありてなん。[三一]かうかうのことをの給《（たまふ）》、いかなるべき事にかあらん。「[三二]心にくゝはあれど、[三三]ひとりある女には思ひの外《（ほか）》なる事もあり。[三四]この人いとよき人なめり。[三五]たれも〳〵よろしと思ひ給へることならば、[三六]こゝに迎《むか》へたてまつりてともかくもせん」となんの給《（たまふ）》める。」

とのたまへば、少将、

一九 さあ。すぐに答えられない時の返辞。
二〇 あなたのご所存で。
二一 わたしは四の君に(めあわせるのがよい)と思う。
二二 気の毒なことがあったから、きもちも元にお戻しになるぐらい…。言いさし。兵部の少(面白の駒)の事件をさす。
二三 今月(十一月)の末に(九州へ)下らなければならないことになっていると聞く。
二四 急いでして(縁談をまとめて)しまおう。
二五 母北の方。
二六 こちらで。左大臣邸で。
二七 女君の詞。手紙ではどうして長々とも書きましょうか。反語。
二八 窮屈だ。妊娠中(→二五七頁注三九)である。
二九 男君の詞と見ておく。少将(もとの三郎君)、播磨守(もとの越前守)その他に詳細におっしゃれ。
三〇 見かけたままやめている事柄があって…。言い訳。

[19] 計画を継母北の方へ伝える

三一 かくかくしかじかのことを(男君が)おっしゃる(そのことは)。「かう〳〵」は縁談の内容について叙述を省略する。
三二 奥ゆかしくはあるけれど。以下、男君の詞の引用として言う。
三三 独身の女には意外な場合もある。男性関係が心配であることを暗に言う。「思ひの外」(一語)に「なり」のついた語。
三四 大宰の帥である人(中納言)。
三五 母北の方も他の人もまあまあよいとお思いになっていることであるならば。
三六 この邸にお迎えし申してどのようにでもしよう。男君の言葉「こゝにてあはせん」(注二六)を受ける。

「いともかしこきおほせにこそ侍なれ。あしき事にても、一殿《との》のしりのたまはせんは二否《いな》びきこえさすべきにもあらず。ましていと三めでたき事にこそ侍なれ。四かくなんとものし侍らん。」

とて、親《おや》の御もとに行《い》きて、

「五しか〳〵なんの給《たまふ》。いみじうよき事なり。六いかなる人なりとも、たゞいまの七時の大臣ばかりの、八御むすめのやうにての給《たまひ》あはせ給はんを九を《(お)》ろかには思《おも》はじ。一〇面白《おもしろ》の駒《こま》に言《い》ふかひなくわらはれそしられ給《たまひ》しを、一一これにて恥隠《はぢかく》し給へとしかおぼしたるなめり。年は一二四十余《よ》になんある。故《こ》おとゞおはして一三はじめてしたまふとも、一四かばかりの事えしたまはじ。一五を《(お)》やにまさりてあわ《(は)》れにとさまかうざまにいたくよろしうなさんとを《(お)》ぼしたる、かぎりなくうれしきこと。早《はや》う一六四の君《きみ》、かの殿《との》にまい《(ゐ)》らせ給へ。」

とのたまへば、北の方《かた》、

「一七わがなからん間《ま》、一八かくてのみあるを、うしろめたなし、一九たゞの受領《ずりやう》のよからんをがなとこそ思ひつるに、ましてかんだちめにあなり、いと〳〵うれしきことなり。かくこまかにうしろ見《み》るが二〇あわ《(は)》れなることをぞ。女君よりは二一殿《との》こそ御心ばへあわ《(は)》れなれ。」

一 殿が取りしきっておっしゃられるようなことは。「のたまはす」は高い尊敬。
二 断わり申し奉ることができることでない。
三 慶賀すべき。けっこうな。
四 かように(おっしゃる)と何することでござろう。「ものす」はここでは、言い伝える。
五 かくかくしかじかと(女君は)おっしゃるよ。
六 どのような人であっても。「おろかには思はじ」にかかる。
七 権勢のある大臣ぐらい(の人)が。「ばかり」について、→二五四頁注一三。
八 ご自身の娘のさまにして縁談を進めてくださろうのを、の意。
九 疎略には思うまい。
一〇 面白の駒のことについて。
一一 この縁談で(昔の)恥を見えなくしなされとそのようにお思いになっているようだ。
一二 年齢。
一三 初婚として(縁談を)お進めになるとしても、の意。
一四 かほどの内容(の縁談)をなさることはできまい。
一五 親。亡き父親。
一六 四の君を、あの(左大臣)邸に参上させなされ。
一七 わたし(母北の方)の死後。「間」は、底本以下「ま」、三・木「あとに」。
一八 そのようにして(独身として)だけ生きることについては、心配で心配で。
一九 並の地方官のはぶりのよいのが(婿に)ほしいものと思っていた矢先に。「をがな」は「(に)もがな」に類する表現。
二〇 しみじみ感じることをですね…。但し「をぞ」は語法的にやや不安がある。
二一 男君(のほう)がご配慮を身にしみて感じる

と言《い》へば、

「[二二]殿《との》も北《きた》の方《かた》をいみじう思《おも》ひきこえ給ふあまりのまろまでは来《く》るぞ、と聞《き》ゝ侍《(はべる)》時もあり。「[二三]まろをおぼさば、[二四]この腹《はら》の君《きみ》たちをおとこ《(を)》も女も思《おも》ほせ[二五]」と[二六]こそ申《(まうし)》給へば。[二七]いみじきさいはい《(ひ)》おはしける。かずならぬかげ[二八]まさらだに女は見《み》[二九]まほし、知《し》らまほしくなんあるを、この殿はすべてこの北の方《かた》よりほかに女はなしとおぼしたる。[三〇]うちにまいり《(ゐ)》給《(たまひ)》ても、后《きさい》[三一]の宮の女房《ばう》たちきよげなるに、[三二]たはぶれに目見入《めみい》れ給はず。夜中《なか》にもあかつきにもかきたどり[三三]てぞまかで給《(たまふ)》。[三四]女のおとこ《(を)》にをもはれ《(お)》給《(たまふ)》ためしにはこの北の方《かた》をしたてまつるべし。」

など言《い》ひて、

「[三五]いかゞのたまふとさうじみに聞《き》かせたてまつり給へ。」

との給へば、

「[三六]四の君渡《わた》り給へ。」

と呼《よ》べばおはしたり。

北の方、

「かう〳〵の事なんかの[三七]大《おほ》い殿《どのゝ》の給《(たまふ)》なるを、[三八]おこ《(を)》に人の思《おも》ほしたりし御身を、いともよき事となんうれしく思《おも》ふを、いかゞおぼす。」

よ。

二二 左大臣殿も奥方(女君)をたいそう大切にいつくしみ申される(その)余分がわたしまでは及んでくるのだ、と。「思ふ」は、愛情を持つ。このあとの女君の詞の引用の中の「おぼす」「思ほす」もこの意味の「思ふ」の敬語。

二三 女君の詞の引用。

二四 継母北の方腹の。

二五 底本「おもほす」。宮・近・尊・慶「おもほせ」、斑「おほせ」。宮などによって訂正しておく。

二六 と(女君が男君に)申しなさるから。「こそ」の結びは流れたと見る。

二七 女君は大変な幸運がおありであったことですよ、の意。

二八 少将の名。会話の中でみずからの名告りとして図らずも明かされる実名。

二九 「見まほしく知らまほしく」(見たく知りたく)、の意。

三〇 内裏。宮廷。

三一 中宮付きの女房。

三二 冗談に目をかけてご覧にならない。「たはぶれ」は、かりそめであること。

三三 手探りに探りながら退出なさる。夜道が暗いのを迷い迷い帰宅する、の意。

三四 女が男に愛情をかけられなさる好例ではこの奥方を(その好例に)し申すのがよい。

三五 どのように返辞なさるかと四の君本人に伺ってさしあげなされ。「聞かせたてまつる」の「せ」は使役であるが、だれかを介して耳に入れる(意向を伺う)意から、強い謙譲をあらわしていると見ておく。

〔20〕四の君のためらい

三六 母北の方の詞。

三七 男君。　三八 愚か(な者)に他人がお思いになっておったあなたの身の上であるのに。

との給へば、四の君、おもて赤《あか》めて、

「[一]いとよき事に侍なれど、[二]かゝる身を知《し》らぬさまにや。[三]なでう《(ふ)》さることか侍《(はべる)》べき。[四]人のおぼさんもかつは[五]かの殿《とのゝ》の御恥《はぢ》ならん。いと見苦《みぐる》しからん。心うき身なれば尼《あま》になりなんと思へど、[六]おはせんかぎりは[七]例《れい》のかたみに見《み》えたてまつるをだに仕《つか》うまつるに思ふ《(う)》給へてなん[八]いまゝでだに侍《(はべる)》。」

とて泣《な》き給《(たまひ)》ぬれば、[九]思ひ知《し》り給へりけりとあはれに、うち涙《なみだ》ぐみてゐたり。北の方、

「[一〇]あなまがくし。なでう《(ふ)》尼《あま》にかなり給《(たまふ)》べき。しばしにてもなを《(ほ)》はなやかなるめ見《み》給はんぞ[一一]人もかくもありけりと思《おも》ふべき。[一二]を《(お)》のがことに従《したが》ひ給《(たまふ)》と思ひてこの事したまへ。」

とのたまふ。少将、

「御返《かへ》りはいかゞ申さん。」

と言《い》へば、

「[一三]この君はかくなんの給《(たまふ)》とこそは。[一四]こゝになんいとうれしきことゝと。[一五]たゞともかくも御心しておぼさん方《かた》にしなし給へ。」

との給へば、

一 まことに結構な話でござると判断されるけれど。但し「なり」は断定かもしれない。

二 (結婚することは)かような身の上を自覚しないふるまいなのでは…。「かゝる身」は初婚に失敗した身であること。

三 どうしてそんなこと(再婚)があることでございましょうか。「なでふ」はここでは疑問ないし反語表現。

四 (真相がばれて)その人(大宰の帥)が心にお考えになろうことも。

五 他方ではあの左大臣殿(男君)のお恥でしょう。左大臣にとっても欠点のある女を取り持つことは面目を失うことになろう、の意。

六 母上が。

七 例によって(故人の)形見としてせめて(私を)見ていただくことをなりとお仕えすることだと思い申して。

八 今日までさえも(出家せずに)いるのでございます。

九 分かっていらっしゃっていたことだとしみじみして。少将のきもちである。

一〇 ああ縁起でもない。「尼になりなん」と言う言葉をとがめる。

一一 他人も(四の君は)かようにも(運が)あったことだと思うことだろうよ。

一二 わたしの言葉に従っておおきになるという考えで、の意。

一三 四の君はかようにおっしゃるとね(いうことですよ)。以下、伝言の内容。

一四 こちら(母北の方自身)にとりまことに喜ばしいことと…。

一五 ただもうとにもかくにも(左大臣殿の)お心によって。あるいは少将のお心。

「[一六]を。」

とて立《た》ちぬ。

殿にまい《(ゐ)》りて、[一七]しか〳〵なんありつることを申《(まうし)》給へば、[一八]北の方《かた》、四の君の給《(たまひ)》けることをあはれがりて、

「[一九]さもおぼすべきことなれど、世にある人はか[二〇]ゝるたぐひ多《おほ》かなりとお[二一]ぼしなすばかり。」

との給《(たまふ)》。殿聞《とのき》き《ゝ》給《(たまひ)》て、

「[二二]北《きた》の方《かた》だにさの給はば、[二三]さうじみものしとおぼすともたゞしてん。[二四]いとよき人なり。「[二五]この月つごもりにくだるべし、おなじくはとく」との給《(たまひ)》き。早《はや》、四の君《きみ》こゝに渡《わた》し給へ。」

と少将にのたまへば、暦取《こよみと》りに遣《や》りて見《み》[二六]たまへば、この七日いとよかりけり。何《なに》事にかさはらん、[二七]人〳〵装束《さうずく》は[二八]こゝにしをか《(お)》れたらん設《まう》けのものして、西《にし》の対《たい》にてせん、と思《おも》ほして、西《にし》の対《たい》しつらはせ給《(たまふ)》。

「四の君、早渡《はやわた》り給へ。」

と聞《き》こえ給へば、

「[二九]早《はや》〳〵。」

一六 おう。はい。
一七 かくかくしかじかさっきあったばかりの言葉を。四の君が「尼になりなん」と述べたことも含まれている。

［21］四の君引き取り

一八 奥方(女君)は、四の君がおっしゃったという言葉をしみじみと感じて。
一九 そうお思いになるのももっともであろうけれど。
二〇 初婚に失敗して再婚をする例。
二一 あえてお思いになるしか…。言いさしの表現に感慨がこもる。
二二 母北の方さえそうおっしゃるならば。
二三 四の君本人が不快だとお思いになるとも一途に実行してしまおう。
二四 (帥は)まことに。
二五 先に男君の言葉としてあった(→二五九頁注一三)。ここでは帥の言葉の直接話法になっている。
二六 結婚にふさわしい吉日を調べる。
二七 人々(侍女たち)についてその装束は、の意。
二八 こちらで(既に)作って置いてあろう用意の品でもって。本来なら時間をかけて準備すべきところ。
二九 母北の方の詞。

といそがし給へど、[一]本意《ほい》なき事なればいとうたて[二]物うくおぼえて、

「[三]いま〳〵。」

と言《い》ひてさらに思ひも立《た》たねば、

「この事ならずとも、「[四]渡《わた》り給へ」とあらんはおはすまじくやあらん。[五]あなひがみ。」

と言《い》ひて、渡《わた》したてまつりつ。おとな二人、わらは一人、御供《とも》にはありける。[六]御むすめは十一に[七]ていとをかしげなり。[八]行《い》かまほしとおぼしたるを、苦《くる》しからんとてとゞむるを、[九]いとかなしくうち泣《な》かれぬ。

左の大い殿待《ま》ち受《う》け給《（たまひ）》て、対面《たいめん》し給《（たまひ）》て、[一〇]あるべきことども申《（まうし）》給へど、[一一]なか〳〵はじめよりもはしたなくはづかしうおぼえて、御いらへもをさ〳〵聞《き》こえ給はず。[一二]この北の方の三《（みつ）》がおとゝにて、廿五になんを《（お）》はしける。面白《おもしろ》の駒《こま》は十四にて婿取《むこど》りて、十五にて産《う》み給へりける也《（なり）》けり。この北の方《かた》は[一三]廿八になんおはしける。

三四日がほどに、この君をいたはりかしづき給ふ事かぎりなし。[一四]七日になりて、西《にし》の対《たい》に[一五]われもろともに渡《わた》り給《（たまひ）》ぬ。御供《とも》の人〳〵、[一六]なへ《（え）》たるは装束《さうずく》一具《ぐ》づつ給ふ。人少《ずく》ななりとて、[一七]わが御人、わらは一人、お《（を）》[一八]とな三人、下仕《しもづか》へ二人と

一 (四の君は)もともと願わぬことであるから。
二 「物うし」は、気が進まない。
三 もうすぐもうすぐ。
四 左大臣邸から「お越しあれ」と仰せがあろう場合にはおいでになるまいではいられようか(いられまい)、の意。
五 ああひねくれ、ということか。難解。底・宮・近・尊・慶「あなひかみ」、斑「あないかみ」、三「あなひか〳〵し」、木「あなひかみひかみ」。
六 兵部の少(面白の駒)とのあいだにできた娘。
七 まことに美しげである。
八 (母と一緒に)行きたいとお思いになっているのに対して。
九 (四の君は)まことに悲しく自然に涙がこぼれてしまう。 一〇 もろもろの手はずなど。
一一 かえって初婚よりも間が悪く恥じられる思いが自然として。
一二 こちらの奥方(女君)の三歳の妹で。
一三 明らかにされる女君の年齢として先に「六七ばかり」(→四頁注一四)があったのに続き、二度め。 一四 結婚の当日。
一五 (女君は)自分が一緒に。
一六 (装束の)古びている侍女の場合は、の意。
一七 女君のお使いの侍女を。
一八 底本「おとこ」。宮・近・尊・慶・斑「おとな」。それらによって訂正する。
一九 女君にとって異腹のきょうだいたち。なお同腹は「一つはらから」(→二五〇頁注六)と言う。単に「はらから」と言えば同腹異腹の区別がない。

〔22〕四の君結婚

二〇 男兄弟。ここは弟。 二一 夜がちょっと深くなって。
二二 帥の人柄も悪くもなく。
二三 左大臣殿もかように座ったり立ったりして(お世話)なさるから。
二四 思い通りになりそうになかったことだとあ

渡《わた》し給《たまふ》。装束《さうぞく》ども、しつらひたる儀式《ぎしき》いとめやすし。母《はゝ》北の方、[一九]異《こと》はらからたちたゞこゝになん来《き》ける。暮《く》れ行《ゆく》まゝに、いで入《いり》いそぎ給《たまふ》。[二〇]せうとの少将、かたじけなくうれしと思《おも》ふ。

[二一]夜うちふけて、帥《そち》いましける、少将しるべして道《みち》びき入《いれ》つ。四の君、[二二]人も言《い》ふかひなくもあらず、[二三]この殿もかくゐ立《た》ちてしたまへば、[二四]かなふまじかりけりと思ひなしてなんいで給《たまひ》ける。[二五]手《て》当《あ》たり、けはひなどのをかしげなればうれしと思ひけり。[二六]聞《き》こえ給《たまひ》けん事は聞《き》かねば書《か》かず。明《あ》けぬればいで給《たまひ》ぬ。

[二七]北の方、いかに思《おも》ふらんと嘆《なげ》き給へば、

「[二八]文《ふみ》たび〳〵遣《や》らねど心長《なが》きたぐひなんある。[二九]よもを《お》ろかに思《おも》はじ。[三〇]かたげに[三一]心にあはぬけしきしたるこそかしこくもあらぬことぞ。[三二]まづ君を例《れい》のけさうのやうにやはわびいられ聞《き》こえし。思《おも》ひいでて時ゝ《ときどき》[三三]聞こえしかど、[三四]見《み》そめたてまつりてしのちなん[三五]猶《なほ》ざりにてやゝみなましとく[三六]やしかりし。さおぼゆるぞをかしき。」

など語《かた》らひ給《たまひ》て、二所《ふたところ》ながらを《お》きて[三七]こなたにを《お》はしぬ。

四の君、まだ[三八]丁《ちやう》のうちに寝《ね》たまへり。北の方、

「[三九]を《お》き給へ。」

えて思い込んで(席に)お出になったことだ。
二五 手の触れる感触、身じろきする様子などがいかにも興趣をそそられるから(帥は)うれしいと思ったことだ。
二六 (帥が)申されたことであろう言葉(むつ言)は聞かないから書かない。「聞かねば」は、伝承として聞いていないので、の意。書き手の注記。
二七 女君が、(帥は四の君を)どう思っているとであろうかと(心配して)ため息をもらされるから。底本「おもらん」。宮・近・斑「おもふらん」、尊「思ふらん」、慶「思らん」。宮などによって訂正する。
二八 男君の詞。手紙を何度もつかわさないけれど末長く続く例があるよ。
二九 (帥は)けっして疎略に思うまい。

〔23〕いつの間に恋の

三〇 結婚しにくそうに。四の君が、あるいは一般論として。
三一 気に入らないそぶりをしているのは賢明でもないしかたですよ。
三二 最初からあなたを(私が)一般の色恋のように切なく焦がれ申したか(焦がれ申しはしなかった)。自身の結婚の当初を思い起こす男君。
三三 (手紙を)申し上げたけれど。
三四 初めて会い申してしまったあとこそは。
三五 いいかげんなことで終わるとしたらどうだろうかと。「猶ざり」は当て字。
三六 悔しいきもちがした。会うまえなら悔しくならないのに、というきもち(→五八頁注一三)。
三七 西の対に。
三八 帳。ベッド。あとに「几帳のうちに」(→二六六頁)とあるが、「丁」(「帳」の当て字)と「几帳」とは同じであるまい。
三九 「起きなされ」と起こしなさる(ちょうどそのころに。

と起《お》こし給《(たまふ)》程に、帥《そち》の[一]文《ふみ》持《も》て来《き》たり。お《(を)》とこ君取《と》り給《(たまひ)》て、

「まづ見《み》侍らまほしけれど、[二]隠《かく》さんとおぼす事も書《か》きたらんとてなん。のちにはかならず見《み》せ給へ。」

とて、几帳《きちやう》のうちにさし入《い》れたまへば、[三]北の方取《かたと》りてたてまつり給へど、ふとしも取《と》り給はず。

「さは[四]よみきこえん。」

とて引《ひ》きあけたまふ。四の君、かのはじめの[五]面白《おもしろ》が書《か》きいだしたりし文《ふみ》を思《おも》ふに、又さもやあらんと[六]胸《むね》つぶれて思《おも》ふに、よみ給ふを聞《き》けば、
[七]あふことのありその浜《はま》のまさごをばけふ君思《おも》ふかずにこそ取《と》れ
[八]いつの間《ま》に恋の。
となん有《(あり)》ける。

「御返《(かへり)》、早聞《はやき》こえ給へ。」

とあれど、いらへもし給はず。おとゞ、

「その文《ふみ》[九]しばし。」

と[一〇]責《せ》めてのたまへば、

「[一一]何《なに》のゆかしうおぼすならん。」

一 後朝(きぬぎぬ)の手紙。
二 (他人に)隠そうと(帥が)お思いになることも書いていよう(から)とて…。結婚はあくまで当事者どうしの合意がたてまえであるから手紙を親(ここでは親代りの男君)といえども先に見る権利はない。
三 女君が取って(四の君に)さしあげなさるけれど。
四 「よむ」は、声に出して読む。
五 面白(の駒)が書いてさしだしてあった手紙を思い出すと。「面白が」はさげすむ言い方。「書きいだす」は巻二に「かゝるひが物なれば世づかぬ文は書きいだしたるなりけり」(↓一三九頁)とあった。
六 胸がどきんとして思い出すと。「思ふに」はすぐまえの「思ふに」の繰り返し。
七 会うことがあり(その夜の明けた)今日は、(「あふことのあり」の「あり」ではないが)ありその浜の砂粒をば、あなたを慕う数として手に取って数えますよ。「ありそ」は、険しい石浜、荒磯(あらいそ)。

[24]返　歌

八 いつの間に恋心が…。引き歌があろう。後撰集・恋三「いつのまに恋しかるらん唐衣ぬれにし袖のひるまばかりに」(人のもとより暁かへりて、閑院左大臣)が参考歌に挙げられる。「いつのまに恋しかるらんあさつゆのけさこそ置きてかへりきにしか」(古今和歌六帖五・あした)も参考歌。
九 ちょっと(見せてほしい)。
一〇 責めたてて。
一一 女君の詞。どうして見たいとお思いになるのであろう。

とてさしいだし給へれば、

「[一二]いたう書《か》き削《そ》ひ《(い)》だめるは。」

とて、

「御返《かへ》り給[一三]へ。」

とて又さし入《(いれ)》給へれば、

「[一四]早《はや》〳〵。」

と、硯《すゞり》、紙具《かみぐ》して責《せ》めたまふ。四の君、[一五]返事《(かへりこと)》もこの殿見《み》給《(たまひ)》つべかなり、といとはづかしくて、えとみに書《か》き給はず。

「あな見苦《みぐる》し。早《はや》〳〵。」

とのたまへば、物もおぼえで書《か》く。

[一六]我ならぬ恋のもおほみありそうみの浜《はま》のまさごは取《と》り尽《つ》きにけん

とて、引《ひ》き結《むす》びていだし給へれば、おとゞ、

「[一七]あなゆかしのわざや。けふの返事《(かへりこと)》は見《み》でやみぬるこそくちおし《(を)》けれ。」

と言《い》ひゐたまへるさま、いとをかし。使《つか》ひにものかづけさせたまふ。帥《そち》はこの廿八日になん舟に乗《の》るべき日[一八]取《と》りたりければ、[一九]いで立《た》ちさらに近《ちか》し。

〔25〕三日の夜

かくて、左大《(の)》い殿《どの》には、[二〇]三日の夜の事い[二一]まはじめたるやうに設《まう》け給へり。

一二 たいそう簡略に書いてあるな。底本以下「そひ」(三・木も)。「そぎ」(削ぎ)の音便形「そい」の誤表記と見ておく。「削ぐ」はごく早く「そく」と清音であった可能性がある。そうならば「そいためるは」となるべきか。「そす」(十分に…する)の連用形「そし」の音便形と見る説もある(集成)。

一三 与えなされ。

一四 女君がしつこく催促する。

一五 返状(まで)もここの殿(男君)がきっとご覧になるのにちがいないと判断される、と。「も」は、帥の文を見たいと思った上に、四の君の返状までも、の意。

一六 わたし以外の恋のもが多いので、荒磯の海の浜の砂粒は取り尽くしてしまったことでしょう。「恋のも」語義不明。「も」は藻か(全集・校注古典叢書)。底本「我なから恋のもおほみ」の「か」見せ消ち、「ら」のあとに「ぬ」補入。宮・近「我ならぬ恋のもおほえ」、尊・斑「我ならぬこひのもおほみ」、慶・三「我ならぬ恋のもおほみ」、木「我ならぬ恋ちもおほく」。

一七 ああ見てみたいことですね。

一八 (暦を見て)日を決めてあったことだから。あとに「時取る」(→二八五頁注一八)という表現がある。

一九 (京都の)出発はますますもって近々のことだ。

二〇 (結婚)三日めの夜の祝いを。

二一 今回が初婚であるみたいに、の意。

「[一]人はたゞかしづきいたはるになん、おとこ《を》[二]の心ざしも、か[三]ゝる物を、といとを《ほ》しき事添《そ》はりて思《おもひ》なる。[四]こまかにと口入《くちい》れ給へ。[五]こゝにてことはじめたることなれば、[六]を《お》ろかならんいとお《ほ》し。」

との給へば、女君、[七]むかし我を見《み》はじめ給《たまひ》しこと思ひいでられて、

「[八]いかに思《おも》ほしけん。[九]あこきは心うきめは見聞《みき》かじとおぼして。[一〇]いかに、[一一]まろ見《み》はじめたまひしお《を》り、[一二]はじめてやんごとなくのみ思《おも》ほしまさりけん。」

とのたまへば、殿《との》、いとよくほゝ笑《ゑ》みて、

「[一三]さて、そらごとは。」

との給《たまひ》て、近《ちか》う寄《よ》りて、

「[一四]かのおちくぼの言《い》ひ立《た》てられてさいなまれ給《たまひ》し夜こそいみじき心ざしはまさりしか。その夜思《おも》ひ[一五]臥《ふ》したりし本意《ほい》のみなかなかなひたるかな。これが[一六]たう《ふ》にいみじうてう《ちよう》じ伏《ふ》せて、のちにはよろこびまどふばかり返《かへ》り見《み》ばや、となん思《おも》ひしかば、四の君の事もかくするぞ。北の方はうれしと思ひたりや。[一七]かげずみなどは思ひ知《し》りためり。」

などのたまへば、女君、

「[一八]かしこにもうれしとのたまふ時多《おほ》かめり。」

一 男君の詞。女は一途に大切に世話することにより。この男君の言は婿取り婚についての社会の通念を代弁している感じ。 二 男性の情愛も。「思ひなる」(だんだん思いが深まる)にかかる。 三 (女が)かように大切にされているのに、といじらしい感じが加わって。 四 細心に(細心に)とかまってやりなされ。 五 この邸で。

六 疎略であるようなのは気の毒だ。

七 かつての昔に(男君が)自分(女君)に会い初めなさった時のことが自然に思い出されて。

八 (あの時あなたは)どのように愛情をお感じになったのでしょう。男君の前言を受けて、それでは親にかしずかれることのなかった落窪時代の女君に対して愛情をいだいたのはなぜであるかと尋ねる。 九 あこきはつらい状態は見まい聞くまいとお思いになって。「おぼして」の主語は男君であろうが、難解。底・宮・近・尊・木「おぼして」、慶・斑・三「おもほして」。

一〇 どのように。上の「いかに」の繰り返し。「思ほしまさりけん」にかかる。 一一 わたしに会い初めなさった時に。「まろ」、宮・近・尊「まつ」。

一二 最初にしてひたすら捨てておけないとだけご愛情がつのったのでしょうか。質問を繰り返す女君。物語の主題の提示を導く質問である。

一三 さて(それは)、いつわり言ですよ。最初から深い愛情で近づいたわけではないことを以下に告白する。

一四 あの落窪(という名)が言い立てられて虐待されておられた(あの)夜こそ深い愛情はつのりましたよ(→六九頁および七〇頁)。「さいなむ」は一般に敬語を従えない語の一つだが、ここは「さいなまる」(女君が主語)なので「給ふ」を伴う。

一五 「いかでよくて見せてしがな、と心のうちに思ほす」(→七一頁注三〇)とあったこと。

一六 答。報復。

とのたまふ。暮《く》れぬれば帥《そち》いましぬ。御供《とも》の人〳〵にものかづけさせ給ふ。[一九]饗《きやう》などせさせ給《(たまふ)》。

[二〇]四日よりは、[二一]日たけつゝなんいでける。[二二]物ものしくきよげにめやすし。面白《おもしろ》の駒《こま》に[二三]一《ひと》つ口《くち》に言《い》ふべきにあらず。帥《そち》の言《い》ふ、

「まかりくだるべきほどいと近《ちか》し。[二四]したゝむべき事どものいと多《おほ》かるを、明《あ》くればまかり、暮《く》るればまいる《(ゐ)》に[二五]おこたりてなんあしきに、[二六]かしこに人もなし、[二七]渡《わた》り給《(たまひ)》ね。また、[二八]くだらんと言《い》はん人召《め》し集《あつ》めて、[二九]早思《はやおも》ほし立《た》て。[三〇]日はたゞ十余《よ》日になんある。」

とのたまへば、[三一]女君、

「[三二]とを《(ほ)》かなる所に、[三三]頼《たの》もしき人〳〵を[三四]おきたてまつりては、いかで。」

とのたまへば、帥《そち》、

「さは、ひとりまかりくだれとや。[三五]たゞかく一二日見《み》給《(たまひ)》てやみ給《(たまひ)》なんとやおぼしし。」

とうちわらひ給《(たまふ)》さま、[三六]いとやすらかなり。[三七]女君を、帥《そち》、かたちはをかしげなめり、[三八]心やいかゞあらん、飽《あ》かず思ひけれど、[三九]かゝるやんごとなき人のわざとし給へるに、けふあすくだるべきに[四〇]捨《す》つべきにあらず、と思ひて、

一七 播磨守。もとの越前守。いま左大臣家の家司の一人。主従関係にあるから親しみをこめて本名で呼ぶ。 一八 あちら。継母北の方。
一九 三日の夜の祝宴。

〔26〕妻迎え 二〇 結婚四日めからは。三日めの夜を過ごした翌朝以後、婿は家族化することにより早く退出するを要しない習慣があった。先の兵部の少(面白の駒)の際に見られたところ(→一三八頁注二〇)。 二一 太陽が高くなり高くなりしながら退出したことだ。「つつ」は連日であることを示す。 二二 帥の様子。 二三 「一つ口に言ふ」は、同類のように言い立てる。 二四 整理する。仕度する。
二五 (支度を)なまけてねよくないから。
二六 帥の邸宅。北の方に当たる人がいない。
二七 移ってしまわれよ。結婚の習俗として、ある段階に正妻格の女性を妻迎えして北の方にすることがあったことを示す。出発を控えて異例の早さの妻迎えの申し入れである。
二八 共に筑紫へ下ろうと言うような人(侍女)を。
二九 さっさと(同行を)思い立ちなされ。
三〇 (余すところ)日は。 三一 四の君。
三二 遠いと聞いている所(九州)に。
三三 親やきょうだい。 三四 置き申しては。
三五 かようにたった一日二日ご覧になって(夫婦になってもう)やめておしまいになろうとお思いになったか。 三六 まことに穏やかだ。
三七 四の君のことを、帥は。
三八 性格はどうであろうか、(そう考えて)不満に思ったことだが。「あらん」のあとに「と」があるほうが分かりやすい。底「あらん」、宮・近・尊・慶・斑「あらんと」。
三九 かようによんどころない人(左大臣)が特別に心を用いてなさっているからには。
四〇 (今さら)捨てようわけにゆかない、と。

「一もろ心に何《なに》ごとものたまへ。」

とてにはかに二迎《むか》ふれば、

「三けしうはあらぬ婿《むこど》取り。四いととう迎《むか》ふるは。」

とわらひ給《(たまひ)》て、五御《(お)》をくり、さるべき人〴〵、むつましき、六御前《(ご)ぜん》にはさし給へり。車《くるま》三《(みつ)》して渡《わた》り給《(たまひ)》ぬ。七殿よりありける御《ご》たち、

「八いまさへは何《なに》しにかまい《(ゐ)》る。」

など言《い》ひければ、九北の方《かた》、

「一〇なを《(ほ)》まい《(ゐ)》れ。」

としゐ《(ひ)》て遣《や》り給《(たまひ)》つ。一一我添《そ》ひてありき給《(たまふ)》所にもありければ、一二もとの御《ご》たち、

「一三いつしかとも代《かは》りゐ給《(たまふ)》かな。一四御心《こゝろ》いかならん。」

「一五君たちの御ためあしういみじうもあるべきかな。」

「たゞいまの時の人の御族《ぞう》とて一六を《(お)》し立《た》ちてあらんかし。」

など、を《(お)》のがどち言《い》ひあへり。一七はじめの腹《はら》とて、太郎は一八権《ごん》のかみ、三郎《らう》は一九蔵人よりかうぶりたまはりてある、二〇このごろ死《し》にたる腹《はら》の二一女子《(をんなご)》十二、お《(を)》のこ子《ゞ》なんありける、このふたりをなん二二父《ちゝ》かなしくすとはを《(お)》ろかなりと言《い》ひける。

権《ごん》のかみも二三式部のたゆ《(い)》ふも、二四を《(お)》くりせんとていとまおほやけに申《(まうし)》てみなくだ

一（北の方として）心を一つにどんなことでもおっしゃれ。北の方になると心をあわせて家政を取りしきることが仕事になる。　二 帥邸へ。
三 男君の詞。悪くはない婿取り（だね）。
四 まことに早く迎えることよ。「とう」の「と」底本、補入。
五 お見送りとして、適当な人々、つまり親しい人々を。　六 ご前駆には指名しなさっている。
七 左大臣殿からつけられてあった侍女たち。
八（帥邸に移る）今となってまでどうして（帥邸に）参上しますか。もうこれ以上は出向しませんという、というきもち。　九 女君。
一〇 それでも参上せよ。
一一 自分（帥）が一緒になってお歩きになる場所でもあったことだから。難解。
一二 はじめから帥邸にいる侍女たちは。
一三 いつのまにかというようにも（奥方が）交替してお着きになっていることだな。
一四（今度の方の）お気立てはどんなだろう。
一五 お子たちのおんためによくなくひどいことがあるのであろうよな。継母を迎えたわけだから、と心配する侍女の一人。
一六 我を張る人でしょうねえ。
一七 一番最初の北の方の腹とて。
一八 役所の長で権官。臨時や代理として置かれる。底本「み」の右傍に「本」字がある。
一九 六位の蔵人から五位になった人。すぐあとに「式部のたいふ」とある。
二〇 最近亡くなっている（北の方の）腹の娘。
二一 底「十二おのこゝ」、宮・近・尊・慶「十二なるをのこゝ」、斑「十二なるをのこ子」。なお三「十二つになるおのこゝ」、木「十弐ふたつなるをのこゝ」。　二二 かわいがるとは（表現が）足りないと。
二三 式部大夫（式部丞で五位の

［27］下京の準備

る。帥《そち》かづけものどもし給へば、人〳〵の装束《さうずく》にとて[二五]きぬ二百疋、[二六]染《そ》め草《くさ》どもみな[二七]預《あづ》け給《(たまひ)》たれば、[二八]四の君、そら〳〵と並《なら》びて[二九]取《と》り触《ふ》れん方《かた》なし。[三〇]し遣《や》らんやうもおぼえで、母《はゝ》北の方に言《い》ひ遣《や》る。

かう〳〵の物どもせよとて、きぬどもあめれど、いかゞはし侍らん。殿《との》より侍《(はべる)》人〳〵も若《わか》うのみありて、[三一]言《い》ひ侍るべき人もなし。[三二]いと恋しくもおぼえさせ給《(たまふ)》を《(を)》、[三三]おさなき人も見《み》まほしくおぼえ侍《(はべる)》を、しのびて渡《わた》り給へ。

と言《い》ひ遣《や》りければ、北の方《かた》、少将を呼《よ》びて、

「かくなん言《い》ひたる。夜《よ》さりしのびて渡《わた》らん。[三四]車《くるま》しばし。」

とのたまへば、

「しのびてとおぼすとも、[三五]人はまさに知《し》らじや。又旅立《たびだ》ちたるに、[三六]きら〳〵しきちご持《も》たまへる、[三七]子引《こひ》きさげてゐたらん、いと見苦《みぐる》しからん。亡《う》せにける妻《め》の子《こ》たちとて[三八]十余《よ》ばかりあるを帥《そち》は呼《よ》びいでて使《つか》ひ給《(たまふ)》めれば、[三九]いとあわ《(は)》れなめり。わが[四〇]左の大い殿《どのゝ》の上《うへ》に申給《(まうしたまひ)》て、「[四一]よかなり」との給はゞ渡《わた》りたまへ。」

と言《い》へば、[四二]北の方、いとあたはず思《おも》ひて、

「あの殿《とのゝ》のゆるしなくは親子《おやこ》のおもても見《み》で[四三]くだしてんずる。」

とて、[四四]たゞひそみにひそみ給《(たまひ)》て、

者)。前節に見た三郎である。

二四 見送りしようとて休暇を朝廷に申し上げて全員下京する。物語の叙述上ここに下京する旨をまず明らかにして、実際に出発するのは二八七頁においてである。

二五 絹布。　二六 染料にする草。

二七 四の君に。北の方としての試練としての仕事が早速与えられる。

二八 四の君は(それらの品々が)そらそらと並んでいて。「そらそらと」語義不明。ずらずらと、の意か。三・木「そう〳〵と」とある。

二九 手のつけよう方法がない。四の君には処理能力がない。実子が不出来であるのは昔話の「皿々山」などに見られる話型。

三〇 処置しようやり方も思いつかないで。

三一 相談できる人もございません。

三二 まことに恋しくも思われなさるのに。「させ給ふ」は母親への高い尊敬。

三三 (また)幼い人(娘)にも会いたく。以下、この娘を九州への旅に首尾よく同道するまでの苦心が延々と叙述される。

三四 車をしばし(用立ててほしい)。

三五 人はどうして知らないでいようか。知るのにちがいない。敬語を伴わないが「人」は漠然と帥をさすか。あるいは男君か。

三六 (帥が)美しく目立つ子供を持っていらっしゃる(のに)。　三七 (四の君が)娘を引き連れて座っているようなのは。

三八 十歳余りぐらいの子がいるのを。

三九 (四の君の娘が)かわいそうであるようだ。

四〇 北の方。女君。

四一 (女君が)「よいようです」とおっしゃるなら。

四二 全然納得しがたく思って。

四三 きっと下京させようとするのだよ。

四四 ひたすら泣き顔をお作りになって。

「一くそも人もこの殿おはせんかぎりは二えやすくすまじかめり。われこそ三人をば従《したが》へしか、人に従《したが》ふ身となりにたるがかなしき。」

と、また、

「我言《(わが)い》ふこと、四おなじ心にいらへたるこそなけれ。」

とのたまへば、少将、五例《れい》の御腹立《はらた》ち給《(たまひ)》ぬと見《み》て、

「六何《なに》しにかは。七言《い》ひあはせ給《(たまふ)》、八便《びん》なければ、九しか申《(まうし)》侍れば、一〇かくさいなむはいとこそ苦《くる》しけれ。」

とて立《た》ちぬ。一一うれしと夜昼《よるひる》よろこべど、腹《はら》だに立《た》ちぬれば、一二猶《(なほ)》くせにてかくなん有《(あり)》ける。

少将、左の大《おほ》い殿《どの》にまい《(ゐ)》りて、

「一三北の方《かた》、かう〳〵なん侍《(はべり)》つる。」

一四その事とは言《い》はで、

「一五恋しく見《み》まほしくしたまふ。」

と語《かた》れば、一六北の方《かた》、

「一七ことは《(わ)》りにこそはあなれ。一八早渡《はやわた》したてまつりたまへかし。」

少将、

一 あなたも人も。この「人」は播磨守などを漠然とさすか。
二 気安くすることができないようだ。
三 人(女君)に言うことをきかせたのに、(今度は)人に付き従う身に。
四 同じ考えで(同意して)受け答えしている者がいないよ。
五 あの(いつもの)おん腹が立ちなさってしまうと見て。 六 何だって(そんなことはない)。
七 ご相談になることが。
八 (私には)不都合なので。自分の一存でできないことだから、の意。
九 そのように(女君に申しなされと)申しておるのでございますから。
一〇 かように(私を)責め叱るとはまことに心苦しいよ。
一一 (左大臣の顧みを)ありがたいことと日夜喜ぶけれど。
一二 依然として性癖によってかような次第であったことだよ。

[28] 妙 案

一三 北の方はかくかくしかじかでござったところです。慶・斑に「北のかたに」とある。
一四 それのこと(絹や染め草の処理について)とは言わないで。この一文は会話文中のはさみこみ。
一五 (母北の方は四の君を)恋しく会いたく。
一六 左大臣殿の北の方(女君)。
一七 (会いたく思うのは)もっともなことであるように判断されますよ、の意。
一八 急いで(母北の方を帥邸へ)お移し申しなされよね。 一九 帥としても。
二〇 急に何しなさってしまおうことは。
二一 「びなかるべき」(便なかるべき)の誤りか。それでよければ、不都合であろう、の意。底・

「[一九]帥《そち》も渡《わた》れとも思ひたまはざらんに、[二〇]ふとものし給《(たまひ)》なん[二一]ひかなるべき。」

と言《い》へば、北の方、

「[二二]それもさるべき事。さらば御身づからおはして、[二三]帥《そち》の聞《き》かんおり《(を)》に、[二四]御消《せう》息《そこ》とて、「いと恋しくなんおぼえ給《(たまふ)》を、[二五]あからさまにもまれ渡《わた》り給へ。[二六]とを《(ほ)》くおはすべきほどもいと残《のこ》り少《すく》なうなりにたれば、いとあわれ《(は)》に心細《ぼそ》うなん。[二七]是《(これ)》よりまれいで立《た》ち給へ。京におはせんかぎりは見《み》たてまつらん」[二八]とのたまふと聞《き》こえ給はんにつけて、[二九]そこにを《(お)》のづから言《い》ふけしき見《み》えなん。それに従《したが》ひて[三〇]渡《わた》りも迎《むか》へもし給へ。そのちい《(ひ)》さき君は[三一]その子《こ》とはな知《し》らせさせ給《(たまひ)》そ。[三二]御供《とも》にてい《(ゐ)》てくだり給《(たまふ)》とも、[三三]ひとりおはせんが心細《ぼそ》[三四]きにとて、[三五]北の方《かた》の添《そ》へたてまつらせ給《(たまふ)》にてありなん。」

とのたまへば、少将、いと思《おも》ふやうに思ひ遣《や》りあり、[三六]めでたくぞのたまふ、うれしうあらまほしき御心かな、わが親《おや》の非道《ひだう》にたゞ腹立《はらだ》ちに腹立《はらだ》ち給《(たまふ)》こそ物言《い》[三七]ふかひなけれ、と思ひて、

「[三八]いとよくのたまはせたり。さらば[三九]しかものし侍らん。」

とて、[四〇]殿《との》へ行《い》くも苦《くる》しけれど、[四一]恋しと思ひ給《(たまふ)》にこそあらめと思[四二]ひて、[四三]女君もおなじ所におはす。

宮・近・尊「ひかなるへき」、慶「ひかるへき」（「か」字は「な」と混同したような字体）、斑・三・木「ひなかるへき」。
二二 以下、女君の名案。
二三 帥が（横で）耳を傾けていよう際に。
二四 （母北の方からの）ご伝言とて。
二五 ほんのしばらくでもいいから（こちらへ）いらっしゃれ。「まれ」は「もあれ」なので「も」が重複する。
二六 遠く（九州へ）お出にならなければならない（までの）時期も。
二七 ここからでもいいから出発しなされ。九州への門出をこの邸でせよ、の意。
二八 と（母親が）おっしゃると（四の君に）申しなさろうのにつれて。
二九 あなたに自然と（帥の）言う言葉の意味がきっとはっきりすることでしょう。帥がどう言うかその様子が見られよう、の意。
三〇 （母北の方が）行くなり（四の君を）迎えるなり、の意。
三一 四の君の娘だとは分からせなさってはなりません。「な知らせ給ひそ」とありたいところ。
三二 筑紫下りの。　三三 四の君が。
三四 底本「しき」と書いて「し」抹消。
三五 母北の方が（その子を）付き添わせ申しなさるかたちであるのがきっとよいことでしょう。
三六 女君のみごとな提案を絶賛するきもち。
三七 「ひ」底本、補入。
三八 まことにうまく言ってくださっています。
三九 そのように何することでござろう。
四〇 帥邸。
四一 母が。あるいは四の君が。
四二 思って（そして）。叙述が飛躍する「て」によって、舞台は帥邸へ。
四三 四の君も（帥と）同じ居所に。

「[一]いかで物聞《き》こえさせん。」

と言《い》へば、帥《そち》、

「[二]こゝにて聞《き》こえたまはんに。」

と、

「[三]あへぬべき事ならば、[四]とく入《い》りて聞《き》こえ給へ。」

と言《い》へば、少将入《い》りて、

「しか〳〵なん。」

と言《い》へば、女君、

「げに。いかで対面《たいめん》せん。[五]こゝにもいと恋しくなんとおぼえ給へば、[六]いかでまい《(ゐ)》り来《こ》ん、となむ昨日聞《き》こえたりし。」

とのたまへば、帥《そち》、

「[七]かしこへ渡《わた》り給はん、[八]二所通《ふたところかよ》ひせんほどに、[九]ものしく、を《(お)》のがためになんあしかるべきを、かたじけなくともこゝに渡《わた》らせ給へかし。[一〇]人はべらばこそつゝましくもおぼさめ。お《(を)》[一一]さなき人ばかりなん。[一二]それを便《びん》なかるべくは離《はな》れたる方《かた》にを《(お)》き[一三]侍《(はべり)》なん。京に[一四]ものし給《(たまふ)》べきほどはげにけふあすばかりなり。対面《たいめん》なくては[一五]いかでかは。」

〔29〕成　功

一 (四の君に)どうか話を申し上げたく存じます。外から声をかける少将。

二 この座で申しなさろうのに。二行あとの「あへぬべき…」へ続く。「ここ」は帥が同座している御簾の中。

三 こらえられるような話の内容であるならば。

四 早速(御簾の中へ)はいって。

五 私にも(母上が)本当に恋しいことだと思われなさるから。「給ふ」は四の君から母親の北の方への尊敬表現。

六 何とか(母君の所へ)参上したいと。「来」はこちらから言えば、行く、の意。

七 あちらへお移りになるようなのは。

八 (わたしは)二か所を行ったり来たりするようなことになるうちに。

九 わずらわしく。

一〇 遠慮される人。

一一 「さ」底本、補入。

一二 それ(幼い子たち)を不都合であろうというのならば。

一三 置いてしまうことでござろう。

一四 (四の君が)ご滞在になることのできる期間は、の意。

一五 どうして(出発しえようか)。

とのたまへば、定《さだ》[一六]めしもしるく、

「そのことをなん[一七]かしこにもいといみじく嘆《なげ》かるめる。」

と言《い》へば、帥《そち》、

「早《はや》よろしう定《さだ》めて、こなたに渡《わた》したてまつり給へ。[一八]そちまい《(ゐ)》りたまはんこ
とはなを《(ほ)》あしくなんある。」

と言《い》へば、少将、

「さらばかくなんものし侍らん。」

とて立《た》てば、四の君、

「[一九]かならずよくそゝのかし給へ。」

との給へば、

「うけ給はりぬ。」

とていでぬ。

母《はゝ》北の方の御もとに来《き》て、腹立《はらだゝ》たせ給へるおそろしさに、[二〇]ありつるやうにか
う〱、[二一]左の大い殿《どのゝ》の上《うへ》ののたまへる事[二二]しか〱言《い》ひて、

「[二三]はかなき事なれど、[二四]人にを《(お)》とるまじく、[二五]ゆへ《(ゑ)》あり、[二六]かしこくこそのたまへ。
[二七]心にさいはい《(ひ)》ある物《(もの)》なりけり。」

一六 予定した通りにもはっきりと。ことが女君の想定した次第に進んでいるさま。
一七 母北の方にも。

一八 そっちへ（四の君が）参上なさろうことは。

一九 底「かならす」、宮・近・尊・慶・斑「かならす〱」。

二〇 あったばかりの通りにかくかくしかじかと。
二一 女君。
二二 底「しか〱」、宮・近・尊・慶・斑「しか〱と」。
二三 何でもないことであるけれど。
二四 他人にひけを取るまいと思われ、の意。

〔30〕継子のとく

二五 「ゆゑあり」は、言動に根拠がある、教養がある。
二六 賢明におっしゃることよ。
二七 心の中によい運勢が潜んでいる人物であったことだ。「もの」は畏敬をこめて言うか（→一五九頁注三八参照）。

と言《い》ふ。北の方、行《い》くべき事をかぎりなくよろこびて、

「げに〳〵[一]。よくも思《おも》ほし寄《よ》りけるかな[二]。三の君もいざ給へ。夜《よ》[三]さりにても

と思ふ。」

とのたまへば、

「いとにはかならん。あすなどやよろしう侍らん。」

と言《い》ふ。

明《あ》けぬれば、渡《わた》らんのいそぎし給《(たまふ)》。

「すくよかなるきぬのなきぞいと〳〵を《(ほ)》しき[四]。」

「隠《かく》しの方《かた》にやあらん[五]。」

との給《(たまふ)》。左大い《(の)》殿、渡《わた》り給《(たまふ)》と聞《き》きゝて[六]、御ぞなどはあざやかにもあらじ[七]、とおぼし寄《よ》りて、いときよげにしを《(お)》きたる御ぞ一具《ぐ》[八]、又姫《ひめ》君[九]の御料《れう》なる一《(ひと)》くだり、

「ちい《(ひ)》さき人に着《き》せたてまつり給へ。旅《たび》[一〇]にはあらはなることもあるものぞ。」

とてたてまつり給《(たまふ)》。北の方よろこぶ事さすがかぎりなし。

「人は産《う》みたる子よりもまゝ子《こ》[一一]のとくをこそ見《み》けれ。わが七人[一二]あれど、かくこまかに心しらい《(ひ)》[一三]帰《(かへり)》見《み》るやはある。物[一四]のはじめに、しの子[一五]のなりのなへ《(え)》たり[一六]つるを思ひつるに、かぎりなくもうれしくもあるかな。」

一 なるほどなるほど。少将の言う通りだったとうなずく。

二 よくぞお考えつきになったことよな。女君に相談したこと。

三 今夜でも。

四 ぱりっとした衣服のないのがまことに気の毒だよ。だれかの会話文と見ておく。三の君の詞か。

五 (帥邸では)人目につかない所にいようかしら、の意か。母北の方の返辞であろう。

六 北の方たちが。

七 お着物などは新しくもあるまい、とお思いつきになって。

八 一揃い。あとの「一くだり」も同じ。

九 左大臣家の長女。二五七頁に八歳、あとに十三歳(→二八七頁)とある。姫君のために用意してある衣類を四の君の娘に与える。

一〇 帥邸へ行くこと。九州への旅ではあるまい。

一一 継子の恩恵。継子によって手に入れる利得。

一二 私の(子が)七人。底「わか」、宮・近・慶「わかこ」、尊・斑「わか子」。

一三 心づかいをし顧みてくれるのがおるか。

一四 物事の始まりに際して。新婚や親戚づきあいの最初のことを「もののはじめ」(→四四頁注九)と言う。

一五 語義不明。「この子」の誤りか。底・尊「しの子」、宮・近「この子」、慶「しこの子」(「こ」字、補入)、斑「し此子」、三「しこの子」、木「此子」。

一六 身なりがくたびれていたところだと悩んだ矢先に。

と例《れい》よりも心ゆきよろこぶも、帥殿《そちどの》へ行《い》けとは[一七]からひたるが[一八]かぎりなくうれしきなりけり。

暮《く》れぬれば、車《くるま》二《（ふたつ）》して渡《わた》り給《（たまひ）》ぬ。四の君、いとうれしと思ひて、日ごろのありさま語《かた》る。むすめはこのごろのほどにいと大《おほ》きに、[一九]をかしうさうずきてい《（ゐ）》れば、[二〇]まづかきなでていとかなしとおぼゆ。

「[二一]これをいかにしてゐてくだらましと思ひなん乱《みだ》れ侍る。[二二]まろが子と知《し》られん、はづかしきこと。」

と言《い》へば、[二三]北の方、

「左の大《おほ》い殿《どの》の上《うへ》は[二四]しかしかの給ひける、いとよき事なり。まろが着《き》たる物、この子の着《き》たるもの、あの殿《との》より給はる。」

と言《い》へば、

「[二五]かくいみじくの給ひおはしける人を、[二六]などてむかしおろかに思ひきこえけん。[二七]まろが上《うへ》をなんなか〳〵親《おや》たちにまさりて。殿《とのゝ》の御[二八]ごきをなん一具《ぐ》給へる。人〳〵の装束《さうぞく》、木《（き）》[二九]ちやう、屏風《びやうぶ》よりはじめて、たゞおぼし遣《や》れ。[三〇]これかくしたまはざらましかば、[三一]こゝの御《ご》たちもいかゞ見《み》まし、となむうれしき。」

と言《い》へば、北の方、

一七 女君が、であろう。あるいは少将が。
一八 この上もなくうれしいのであったことだ。書き手の説明。「しき」底本、補入。
一九 美しく装束をつけて座っているから。「さうずく」は「さうぞく」(動詞)に同じ。新しく贈られた衣服を着ている。

〔31〕母上、四の君のもとへ

二〇 (何よりも)まず頭を撫でて本当にいとしいと感じる。「かきなづ」はいつくしみ祝福する動作。
二一 四の君の詞。これ(娘)をどのようにして連れて(九州へ)下ろうものかしら。「まし」はここではためらいを示す。
二二 わたしの娘と知られるようであるのは恥ずかしいことよ。
二三 母北の方は。
二四 かくかくしかじかおっしゃったとか、(それは)まことに結構なことです。先の女君の名案(→二七三頁)により対面が実現したことを喜ぶ母君。
二五 四の君の詞。かようにたいそうにおっしゃっていらっしゃってきた人(女君)なのに。
二六 どうしてあのころ疎略に。
二七 わたしの身の上についてかえって親たちにまさって…。世話をしてくださる、というきもちを言いさす。
二八 食器(→五七頁注四〇)。
二九 几帳。
三〇 これを(もし)かようにしてくださらないとしたら。
三一 この邸のご婦人がたも変だと見ることであろうに、の意。

「[一]いや〳〵まゝ子《こ》のとくをなん見《み》る。[二]さ知《し》りたまへれ。[三]此《(この)》あんなる子ども、[四]ゆめ〳〵にくみ給《(たまふ)》な。[五]を《(お)》のが子どもよりかなしうしたまへ。を《(お)》のれはむかしにくまざらましか[六]ば、[七]しばしにても恥《はぢ》を見《み》、[八]いたきめは見《み》ざらまし。」

とのたまへば、四の君、

「まことにことわり。」

と言《い》ふ。母北《はゝきた》の方[九]見《(みる)》に、師《そち》はいと物ものしく、ありさまもよければ、[一〇]さ言《い》へど[一一]もやむ事《(ごと)》なき人のしたまへることはこよなかりけり、とよろこぶ。

かくて、いといそがし。[一二]今まい《(ゐ)》るとに日に二三人まい《(ゐ)》りぬ。いとはなやかなり。少将、是《(これ)》を見《み》るにも、[一三]左の大い殿《どの》いみじう思《おも》ふ。播磨守《はりまのかみ》は国にて[一四]ゑ《(え)》知《し》らざりければ、[一五]人お《(を)》なん遣《や》りける。

「左の大《おほ》い殿の《どのゝ》北の方、[一六]この君にかう〳〵の事しいで給へり。この月の廾八日になん舟に乗《の》り給《(たまふ)》。[一七]その国に《くにゝ》着《つ》き給はんに[一八]し設《まう》け給へ。」

と言《い》ひたれば、守《かみ》、よろこび思《おも》ふ事かぎりなし。一《ひと》つ腹《ばら》のわれだに婿取《むとど》りせんとは思《おも》ひ寄《よ》らざりつるを、此《(この)》君はなを《(ほ)》われらを助《たす》け給はんとて[一九]仏神のしたまふと思《おも》ふ。国《くに》の守《(かみ)》のゝしりて[二〇]大弐《に》の着《つ》くべき設《まう》けし給ふ。[二一]この守《かみ》、母《はゝ》にも似《に》でよくなんありける。

一 いかにも、の意の感動詞か。「いよいよ」(ますます)の意かとも。底本以下・三「いや〳〵」、木「弥」。
二 さように理解していなされ。
三 これにあると聞く(先妻の)子たちを。
四 けっしてけっして憎みなさるな。四の君は先妻の子たちに対して継母である。継子いじめをするな、という教え。
五 自分の子たちよりかわいがりなされ。底「より」、宮・近・尊・慶・斑「よりも」。
六 底本「はは」。宮・近・尊・慶・斑「は」。それらによって訂正する。
七 一時的にしても恥を見。下文の「ざらまし」にかかる。
八 ひどいめに会いはしないことであろうに。
九 底・宮・近・尊「見に」、慶「見るに」、斑「みるに」。

〔32〕別れをおしむ

一〇 そうは言うけれども。「さ」の内容を確定できないが、師が再婚であること、四の君を連れて任国へ下ることなどをさすか。
一一 「やむごとなし」は、捨てておけない、身分が高い。左大臣(男君)のこと。
一二 「今まいりとも」(今参りども)か。新参の侍女が押し寄せる師邸。底・宮・近・尊・斑「今まいるとに」、慶「いままいるとに」、三「いままいるとも」、木「今参共」。
一三 左大臣のおとど(の厚意)を大いに感じる。「左の大い殿」のあとに、宮・近・尊・斑「も」がある(慶は欠文部分)。
一四 知ることができなかったことだから。四の君の結婚や師の赴任を。
一五 使いの者。以下は使いの者の口上。
一六 四の君のために。
一七 そちらの国。播磨国。
一八 「し設く」は、準備する。

左の大い殿より渡《わた》りし御《ご》たち、

「いまは返《(かへり)》まい《(ゐ)》りなん。」

と申《(まうし)》たれど、

「京におはせんかぎりは仕《つか》うまつり果《は》てよ。またくだらんと思《おも》はん人はまい《(ゐ)》りもせよ。」

と言《い》はせ給へれば、[二二]これもいと苦《くる》しき事はあるまじかめれど、しばしの程も見《み》るに、[二三]わが君に似《に》[二四]たてまつるべきもあらざめり、御《ご》[二五]たちの見《み》たてまつりてくだりなばいかゞせん、[二六]おなじ程の殿にだに御心よからん方《かた》にこそ仕《つか》うまつらめ、言《い》[二七]はんやさらにこよなや、よろづの事浄土《じやうど》[二八]の心《(ここ)》ちするわが殿《との》をうち捨《す》てゝまからんこそ物ぐるを《(ほ)》しけれ、と下仕《しもづか》へまで思ひて一人もくだらず。

おとな卅人、わらは四人、下仕《しもづか》へ四人なんゐて[二九]くだるかずに定《さだ》めたりける。日の近《ちか》うなるまゝにはらから[三〇]たちみな渡《わた》り集《あつ》まり給《(たまひ)》て、いまは別《わか》れお《(を)》しみ、あはれなる事をのたまふ。人〳〵[三一]まい《(ゐ)》り集《あつ》まりて、

「[三二]さうぞきはなめきたるを見《み》れば、大ゐ殿《おほ(い)どの》にうちつぎたてまつりてはこの君[三三]ぞさいはい《(ひ)》おはしましける。」

と言《い》へば、

一九 仏や神。ブッジンと訓むか。
二〇 大宰府の次官。権帥(ごんのそち)を置かない時に帥の下に大弐を置く。帥は親王が任ぜられ赴任しないから、大弐が実質上の長となり大宰府へゆく。そこで大弐を帥と称したか、あるいはこの人は権帥で大弐とも称したか。
二一 この一文、書き手の感想。
二二 帥邸のほうも(仕えるのに)そんなにつらいことはあるまいようであるけれど。
二三 自分の主君。女君のこと。
二四 (四の君は)並び申し上げることもできないようだ、の意。
二五 (上級の)侍女の方々がお世話し申し上げて(そのまま九州へ)下ってしまうのならばしかたがない。下仕えの立場からの感想であろう。以下も心内語が続く。
二六 同じ階層の御殿でさえ。
二七 (三条邸は)ましてやもっと格段の差であるよ。
二八 仏の住む世界。先に「一仏浄土」(↓一七〇頁注一八)とあったのに似る。
二九 引き連れて下る員数に。
三〇 兄弟姉妹たち。
三一 (また)侍女たちが集まってきて。
三二 装束をつけてはなやかな感じであるのを見ると。
三三 四の君。

「これもたがしたてまつるぞ。[一]御さいはい《(ひ)》のゆかりぞかし。」

と口《くち》〳〵言《い》ひあへり。

あさてくだり給《(たまふ)》とて、

「左の大い殿に対面《たいめん》したてまつらでは、[二]いかで[三]か。」

とて[四]まい《(ゐ)》り給《(たまふ)》。車《くるま》の多《おほ》からん、所せしとて、三《(みつ)》ばかりしてなん[五]そち渡《わた》しける。[六]北の方対面《かたたいめん》して聞《き》こえ給へる事ども、[七]書《か》かず。[八]思ひ遣《や》るべし。たれも〳〵、御供《とも》にくだる人〳〵に、北の方、いとよく[九]したる扇《あふぎ》廾、[一〇]かい《(ひ)》すりたる櫛《くし》、蒔絵《まきゑ》の箱《はこ》、[一一]白《しろ》い物入《い》れて、[一二]こゝの人の語《かた》らひけるして、

「[一三]かたみに見《み》たまへ。」

とて取《と》らす。御《ご》[一四]たちも、[一五]いと思《おも》ふやうに心ばせありて人に思《おも》はるゝ、[一六]うれしくもおぼゆる、[一七]人もめでたういみじと思ひて、[一八]おの〳〵語《かた》らひちぎりて、帰《かへ》りて、

「[一九]この殿をよしと思《おも》へれど、[二〇]かの殿《との》を見《み》つれば、[二一]儀式《ぎしき》よりはじめて、けはひことに見《み》侍《(はべる)》に、[二二]心こそ移《うつ》りぬれ。[二三]あはれ仕《つか》うまつらばや。」

としのびつゝ言《い》ひあへり。


つとめて、[二四]御文《ふみ》あり。

よべは[二五]ほど経《へ》んとしのつもりを取《と》り添《そ》へて[二六]聞《き》こえんと思ひ給へしを、[二七]夜み

一（女君の）ご幸運のつながりですよね。「ゆかり」は、縁、関係。
二 どうして（出立できよう）。

〔33〕**四の君、別れの挨拶に三条邸へ**

三「か」底本、補入。 四 四の君が三条邸へ。 五 そっちへ。「そち」は帥かもしれない。 六 女君。
七 書かない。書き手の省筆を断わる言葉。
八（読者のほうで）想像するのがよかろう。書き手の言葉。 九 作ってある。
一〇 貝を磨り出してある。螺鈿の櫛である。
一一 おしろい。
一二 ここ（三条邸）の人が（帥邸の人と）懇意になってきてあった（その）人を介して。 一三 記念としてご覧あれ。 一四 三条邸の御たち。
一五 まことに申し分なく（女君は）心づかいがあるように（帥邸の）人に思われることとと。
一六 うれしいことであると感じられる（また）。
一七 人（帥邸の侍女）も（女君を）絶賛すべくすばらしいと思って。
一八 各自に懇意になり約束をかわして。
一九 帥邸をよいと思っているけれど。
二〇 三条邸を見たからには。 二一 ことの作法。
二二 心が（あちら へ）移ってしまうよ。
二三 ああお仕えし申したい。
二四 女君のお手紙。四の君へ。
二五 長期にわたろう年月の重なり分を取り加えて。大宰の帥の任期は五年であるという。
二六 お話しいたそうと思い申しておりましたのに。 二七 夜が短いきもちがして…。
二八 とりとめない身体を。生きて再会できるか知られぬ人の身を言う。

〔34〕**旅の具**

二九 はるかに見る峰の、白い雲が立つ、そのように（はるかな筑紫へ）立ち退いて、また帰り会おう時までのはるかなことよ。峰の

じかき心《(ここ)》ちして。二八はかなき身を知《し》らぬこそあはれに思ひ給《(たまふ)》れ、

二九はる〴〵とみねのしら雲立《た》ちのきて又帰《かへ》りあはんほどのはるけさ

三〇まことの道《みち》の程見《み》たまへ。

とて、蒔絵《まきゑ》のみ三一そ櫃《ひつ》一《(ひと)》よろい《(ひ)》に、三二片《かた》つ方《かた》にはかづけもの、一《(ひと)》重《かさ》ねにはかま具《ぐ》しつゝ、いま片《かた》つ方《かた》にはさ三三うじみの御装束《さうぞく》三《(み)》くだり、色〳〵のを三四《(お)》りものゝうちき重《かさ》なりたり。上《うへ》には唐櫃《からうつ》三五の大《おほ》きさに満《み》ちたるぬさ三六袋《ぶくろ》、中《なか》に扇《あふぎ》百入《い》れてうち覆《おほ》い《(ひ)》給へり。ころも箱《ばこ》一《(ひと)》よろい《(ひ)》あり。この御むすめにおこせ給へるなるべし。片《かた》つ方《かた》には御装束《さうぞく》一具《ぐ》、片《かた》つ方《かた》三七にははこがねの箱《はこ》に白《しろ》いもの入《い》れて据《す》へ《(ゑ)》、ちい《(ひ)》さき御櫛《くし》の箱入《はこい》れたり。三八くはしく書《か》くべけれど、むつかし。三九姫《ひめ》君の御文《ふみ》には、

四〇けふのみと聞《き》ゝ侍れば、四一何心《なに(ここ)》ちせんとなん、

四二お《(を)》しめどもしゐ《(ひ)》て行《(ゆく)》だにうきものを我心《(わが)こゝろ》さへなどかを《(お)》くれぬ

とあり。

帥見《そちみ》て、

「いと多《おほ》くの物どもなりや。四三いとかくしもたまはでありなむものを。」

と言《い》ふ。御使《つか》ひどもにものかづく。四の君、

四四さらに聞《き》こえさせせん方《かた》なくて、

三〇 本当の旅の道中でご覧あれ。「み」に「見」をかける。 三一 お衣箱。 三二 (一揃いの)片方には被け物を、一重ね(ごと)に袴を具し袴を具して。 三三 四の君本人。 三四 織物。 三五 唐櫃の大きさに(物が)いっぱいはいってある。巻二に「杉唐櫃」(→一一一頁注二四)。唐風の大型の箱である。「からひつ」の音便形。 三六 幣帛を入れるための袋。ここは扇がはいっている。 三七 「には」の誤りか。底・宮・近・尊・慶・三「にはは」、斑・木「には」。 三八 この一文、書き手の省筆を断わる言葉。 三九 姫君(左大臣家の長女)から四の君の娘へのお手紙。先に姫君の衣料が四の君の娘に与えられた(→二七六頁注九)。この姫君が左大臣家の長女であることについて原田芳起論文に詳しい。 四〇 明日は旅立ちで、残る日数は今日だけ、の意。 四一 (あなたが立って行ったら)どんなきもちがすることでしょうと(和歌にある通りです)。引き歌は、古今集・離別「惜しむから恋しきものを白雲の立ちなむのちは何ここちせむ」(人のむまのはなむけにて詠める、紀貫之)。 四二 別れを惜しんでもあなたが無理に旅立つ、そのことさえつらいのにどうしてわたしの心までがあとに残らずついて行くのか。魂の抜け殻のようになって茫然としている、の意。秀歌である。風葉集・離別に「つくしにくだる人にのたまはせける おちくぼの中宮」として載る。姫君はのちに中宮になる。 四三 ほんにかようにもまあ下さらなくてあってよかろうのに。

[35]返 状

四四 四の君の女君への返状。一向に申し上げよう方法がなくて。

[一]しら雲の立《た》つそらもなくかなしくて別《わか》れ行《(ゆく)》べき方《かた》もおぼえず

たまはせたる物どもを、人〳〵見《み》るもうれしく、[二]いみじうものさは《(わ)》がしう

て。

となむあり[三]。[四]むすめの君の御返《かへ》り、

[五]これよりも、[六]近《ちか》き程にだに聞《き》こえさせんと[七]思給《(おもひ)》へるほどになん。[八]を《(お)》くれ

ぬものはこゝにも、

[九]身を分《わ》けて君にし添《そ》ふる物ならば行《ゆ》くも止《と》まるも思《おも》はざらまし

となんありける。

[一〇]北の方、[一一]こよひなん帰《かへ》り給《(たまひ)》なんとする。[一二]いで給《(たまひ)》けるを見《み》て、母《はゝ》北の方《かた》、泣《な》く

とはを《(お)》ろかなり。[一三]かなしうするむすめになん有《(あり)》ける。

「七十にわれはなりなんず。[一四]いかでか六七年生《い》けらんとする。あひ見《み》で死《し》な

んこと。」

と泣《な》けば、四の君、いみじうかなしうて、

「[一五]さればこそいかゞとは聞《き》こえ侍《(はべり)》しか。[一六]し《(ひ)》ゐて御心とつかはすにこそ侍めれ。

いまは[一七]止《と》まり侍《(はべる)》べきにもあらず。[一八]心尽《づ》くしになおぼしそ。さりとも、[一九]あひ見《み》侍

らではやみ侍らじ。」

一 白雲が立つその空もなく、そのようにしっかりした心地もなく悲しくて、別れて行くべき方向はどちらであるかとも考えられません。
二 たいそう何かと騒々しくて…。
三 「ある」とありたいところ。底・宮・近・尊・慶「あり」、斑「有」。
四 四の君の娘から姫君への返状。
五 私からも。
六 せめて近くにいるあいだになりと。
七 「思ひ給ふる」とありたいところ。底・尊・慶「思給へる」、宮・近「思ひ給へる」、斑「思ひたまへる」。
八 心が私に残らずあなたに添うということはこちらにも同じです、の意。「おくれぬ」は先の姫君の歌の最終句より。
九 身を二つにして一つがあなたに添うものであるのならば、旅立つのをもとどまるのをも何とも思わないことでしょうのに。風葉集・離別に「かへし　大納言たゞよりの四君」として載る。但し「四の君の娘の君」と書かれるべきところ。

〔36〕母君と四の君との別れ

一〇 母北の方は。
一一 今夜はお帰りになってしまおうとする。
一二 (四の君が)出てこられてあったのを見て、母北の方が、泣くとは疎略(な表現)だ。
一三 かわいがっている娘。
一四 どうして六年七年生きておろうか。
一五 そうだからこそ(この結婚を)どうかとは申したのでございますよ。結婚をためらったこと。
一六 無理に(母上の)お考えから(筑紫へ)行かせるみたいでございますよ。
一七 (都に)とどまることができそうにもございません。　一八 心配。くよくよすること。
一九 (再び)顔をあわせませぬことには済みますまい。「あひ見る」は母北の方の言を受ける。

と言《い》へば、母《はゝ》北の方《かた》、

「[二〇]われやはこの事はせし。[二一]左の大い殿《どの》のしたまひしかば、[二二]かなしきめを見《み》せ給はんとて、[二三]腹《はら》ぎたなきわざをしたまへるなりけり。[二四]何《なに》かうれしと思ひけん。」

との給へば、四の君、

「いまは言《い》ふかひなし。しばしのほどにても御手《て》離《はな》るべき[二五]宿世《すくせ》こそは侍《(はべり)》けめ。」

と言《い》ひなぐさむ。[二六]少将、

「[二七]よにかくばかりは親子《おやこ》の別《わか》れはすれど、[二八]か丶る事言《い》ひ続《つゞ》けて泣《な》かずかし。聞《き》ゝにくしや。」

と制《せい》しゐたり。

帥《そち》は左の大《おほ》い殿《どの》に[二九]まかり申《(まうし)》にまい《(ゐ)》り給へり。[三〇]おとゞ対面《たいめん》し給《(たまひ)》て物語《がた》りし給《(たまふ)》。

「[三一]よそにても心ざし侍《(はべり)》しを、[三二]いまはましてなん。[三三]そのちい《(ひ)》さき人のくだり侍らんを、らうたくせさせ給へ。[三四]故《こ》祖父《おほぢ》殿《どのゝ》のいみじうかなしうしたまひしかば、[三五]こゝにてもおほし立《た》てんとものし侍れど、かの[三六]母《はゝ》北の方一人持《も》たるを、[三七]責《せ》めて心苦《ぐる》しがりて添《そ》へらるゝなめれば、[三八]えとゞめでなん。」

とのたまへば、帥《そち》、

「ら」字、底本「し」に見えるのを訂正する。
二〇 わたしがこのこと(縁談)を進めたのかい。反語的表現。
二一 左大臣殿のしなさったことだから。
二二 悲しい状態に会わせなさろうとて。
二三 腹黒い行いをなさっているのであったことです。
二四 なんでうれしいと思ったのであろうか。
二五 宿運がございましたのでしょう。
二六 かたわらにいる少将がたしなめる。
二七 世間にかような程度の母子の別れはするけれど。
二八 かような内容の言葉を出し続けて泣かないですよね。別れに際して泣くことを母親に対して制している。
二九 いとま乞いを申し上げること。　三〇 男君。
三一 他家どうしであっても好意を寄せておりましたが。「よそ」は、外部、他人。
三二 (親戚付き合いをする)現在はいっそう…。
三三 あの幼い人が(九州へ)下ることでございましょうのに対して。
三四 亡くなった祖父殿がたいそうかわいがりなさったから。

〔37〕帥のまかり申し

男君は四の君の娘を故大納言の末の子であると言い繕って九州下りに同道できるように協力する。

三五 こちらでも育て上げようと何するのでございますが。はさみこみ的な一文。「おほす」は、大きくする、養育する。
三六 母北の方が一人で手元に置いていることに対して。
三七 (四の君が)たって心を痛めて連れ添われるようであるから。「る」は四の君への軽い敬意を示す。　三八 (こちらは)引きとどめることができなくて…。

「一堪《た》へん心のかぎりは仕《つか》うまつらん。」

と言《い》ふ。暮《く》れ方《がた》にまかりいづれば、御装束《さうぞく》一《(ひと)》くだりかづけ給《(たまふ)》、かしこき二馬《むま》二たてまつり給《(たまふ)》。いとこまかにし給へり。

帰《かへ》りて、帥《そち》、四の君に、

「から〱のたまへ三り。ちい《(ひ)》さくおはする君はいくつぞ。」

と問へば、四の君、

「十一ばかり。」

といらへ給へば、

「老《お》いたりと見《み》し四おとゞの、いかにおさな《(を)》き子《こ》を持《も》たまへりける。」

と言《い》ふも五をかし。帥《そち》、

「六殿《との》の御《ご》たちの帰《かへ》らんには七何《なに》かたまへたる。」

と問《と》へば、四の君、

「八何《なに》か取《と》らせん。九さるべき物もなければ。」

といらへ給へば、帥《そち》、

「一〇いと言《い》ふかひなきことし給ふ。この日ごろあり一一〱て、一二たゞに帰《かへ》したてまつらんとおぼしけるよ。」

一 できようと思うだけのことは、の意。先の「身に堪へんことは仕うまつらん」(→二一四頁注六)、「身の堪へんかぎりはいかでか仕うまつらざらむ」(→二四二頁注八)という表現に似る。
二 底「むま」、宮・近・慶・斑「御むま」、尊「御馬」。
三 底「り」、宮・近・尊・慶・斑「る」。
四 大納言殿が。
五 ほほえましい。
六 左大臣邸の侍女たちが(左大臣邸へ)帰ろう際には。
七 何をお取らせになっているか、の意か。「たまへ」(下二段活用の連用形)は他例に乏しく不審である。
八 何を与えようか。処理能力のない四の君。
九 適当な品物もないから…。侍女たちは四の君に仕えたのだから被け物は四の君が用意しなければならないはず。
一〇 本当に言ってもしかたがないことをしなさる。あきれる帥。
一一 ずっと滞在して。「ありありて」は時間が経つことについても言う。
一二 何も施さずに帰し申し上げようとお考えになったこととは、の意。
一三 (四の君がいかにも)恥じられるぐらいに。
一四 この女はいいかげんな性格であるよ。先の「心やいかゞあらん」(→二六九頁注三八)と心配したことがあらわれる。器量比べの話型が背後に感じられる。
一五 斤(きん)に同じか。重さの単位。
一六 二人いる(→二六四頁)。
一七 情(じょう)が厚くてあったことだと(下仕えたちは)思う。
一八 「時取る」は、出発の時刻を占って決める。
一九 明け方早くに出発の支度を始めて。午前四時ごろに出発することがあとの文にある。「あ

とは[一三]づかしげに言《い》ひて、これ[一四]はを《(お)》ろかなる心ぞかしと帥《そち》は思《おも》ひて、残《のこ》るものありけるを取《と》りいでて《ゝ》、おとな三人にはきぬ四疋、あや一疋、すわう《(は)》一こん[一五]、わらはにはきぬ三疋、すわう《(は)》、下仕《しもづか》[一六]へにはきぬ二疋、すはう添《そ》へて取《と》らすれば、帥《そち》は[一七]なさけありけり、と思《おも》ふ。

さて、時取《と》[一八]りて、あか[一九]月《(つき)》にいそぎ立《た》ちて、いとさは《(わ)》がし。北の方泣《な》く〳〵、[二〇]帰《かへ》りなん事を思ひわびて、四の君をとらへて泣《な》きゐたるほどに、こ[二一]がねして透《す》[二二]き箱《ばこ》をころも箱《ばこ》の大《おほ》きさに結《むす》[二三]べるに、朽《く》[二四]ち葉《ば》のう[二五]す物し包《つゝ》みに包《つゝ》みて入《い》れたり。

「[二六]いづこよりぞ。」

と問《ゝ》へば、

「た[二七]ゞ「を《(お)》[二八]のづから北の方御覧《らん》ずべきなり」と申《(まうし)》[二九]て使《つか》ひまかりぬ。」

[三〇]と申せば、あやしくて見《み》[三一]れば、う[三二]すものの海《うみ》の色に染《そ》めて敷《し》[三三]きには敷《し》きたり。こがねの洲浜《すはま》[三四]、中にあり。沈《ぢん》[三五]の舟ども浮《う》けて、島《しま》に木ども多《おほ》く植《う》へ《(ゑ)》て、洲崎《すさき》[三六]いとをかし。[三七]ものや書《か》きたると見《み》れば、白《しろ》き色紙《しきし》にいとちい《(ひ)》さくて、舟の漕《こ》[三八]ぎたる所にを《(お)》[三九]しつけたり。放《はな》ちて見《み》ればかく書《か》けり。

[四〇]いまはとて島漕《しまこ》ぎ離《はな》れ行《(ゆく)》舟にひれ振《ふ》る袖を見《み》るぞかなしき

聞《き》[四一]こゆるからに人わろし。よし[四二]〳〵、聞《き》こえじ。

か月」は当て字。　二〇 自宅へ。
二一 黄金で。黄金の施してある。
二二 透かし彫りになっている箱。
二三 紐で、か。
二四 朽ち葉色。赤みを帯びた黄色。
二五 薄い絹布の包みに包んで。「し」は「ゝ」の誤りか。その意味に解しておく。底・宮・近・慶・斑「うす物し」、尊「うすものし」、三「うすもの」、木「うす物の」。

[38] ひれ振る袖

二六 継母北の方の詞。
二七 ひたすら。ただもう。「申して」にかかる。
二八 自然に奥方がお見分けになることができるのです。「北の方」は四の君。他人には分からないようにする配慮された口上である。
二九 包みを持ってきた使者が。
三〇 取り次ぎの侍女が。
三一 四の君が。　三二 薄い絹布を。
三三 敷物としては敷いてある。
三四 飾り物の一種。洲や浜をかたどった台に季節の景観を飾ってある。
三五 香木の沈で造ってある舟。
三六 海に突き出た洲。
三七 何かが書いてあるかと。
三八 底・宮・近・尊・慶「こきたる」、斑「うきたる」。
三九 押しつけてある。
四〇 今はもう別れだとて、島を漕ぎ離れてゆく舟に向かってひれを振る、その袖を見ることは悲しいよ。「ひれ」は女が衿にかけている布。四の君が九州に行くことから肥前国(今の佐賀県・長崎県)松浦郡のひれ振り伝説(万葉集五、肥前国風土記など)を思い合わせた別れの歌。
四一 (という歌を)申し上げることからして外聞がよくない。
四二 もうよろしい、申し上げるまい。

と書《か》きたり。[一]面白《おもしろ》の駒《こま》の手《て》なれば、[二]おぼえなくあさまし。[三]たれかしいづらん、と北の方《かた》も見《み》ておどろきぬ。あやしがる。四の君、[四]あはれに言《い》ひちぎりなども例《れい》の人のやうにもせざりしかば、思ひいづる事はなけれど、[五]これを見《み》るにぞさすがに思ひいでらるゝ。[六]少将は、

「是《（これ）》を左の大《おほ》い殿《どの》ゝ[七]姫《ひめ》君にたてまつり給へ。」

と言《い》へば、母《はゝ》北の方、

「をかしきものにこそあめれ。[八]猶《（なほ）》持《も》たまへれ。」

と言《い》ふめれども、四の君も、[九][一〇]なを《（ほ）》よろづにし給ふめるものを、と思ひて、

「よかなり。」

と言《い》ふ。[一一]少将も、

「なを《（ほ）》〳〵。」

と言《い》ひて、

「われたてまつらん。」

[一二]とて取《と》りてけり。[一三]面白《おもしろ》の駒《こま》は思ひ寄《よ》らざりけれど、[一四]いもうとどもゝ心ありければ、子などあればと思ひて、[一五]たゞにやはとてしたるなりけり。

夜ふけてなん母《はゝ》北の方帰《かたかへ》りける。

一 兵部の少(面白の駒)の筆跡であるから。
二 思いがけず驚くばかりだ。
三 だれが構え出しているのであろうかと、母北の方も見てびっくりしてしまう。
四 しみじみと言葉に出して夫婦の約束などにしても一般の人のようにもかわさなかったので。
五 この手紙を見るとそうは言ってもやはり思い出されるよ。「さすがに」は、とは言え子をなした中であるからやはり、といううきもち。
六 この贈り物が兵部の少からのものであることを弟君は気づかない。
七 左大臣家の長女。
八 やはり持っていらっしゃれ。
九 もまた。少将の意見に賛成するきもち。それに兵部の少からの贈り物は手元に置きたくないはず。
一〇 やはり(左大臣方は)万事にわたって世話してくださるようであるのに、と。「なほ」は躊躇する感じ。四の君にとって乗り気のしない結婚であったがそれでも左大臣家が尽くしてくれたことに対する感謝のきもちはいだいている。
一一 四の君に「やはり(さしあげよう)」とけしかける少将。
一二 取り上げてしまったことだ。飾り物(洲浜)は左大臣家に落ち着くことになり、この一件が落着する。
一三 以下、書き手による読者への直接的な説明である。兵部の少自身は思いつきもしなかったことであるけれど、の意。
一四 姉妹たちがわきまえがあったことであるから。
一五 何もしないでは(いけない)とてしたのであったことだ。以上、兵部の少の歌に対して返歌をしないことによって四の君と兵部の少との離婚の成立を示すか。

と[一六]らの時にみなくだりぬ。車《くるま》十余《よ》なんありける。おほやけの[一七]、

「とくまかれ。」

と重《かさ》ねて宣旨《せんじ》くだりければ、山崎《ざき》[一八]にもゐたらでやがて[一九]いそぎくだりにけり。を《(お)》[二〇]くりの人〱もみな、帥《そち》、ものかづけてなん返《かへ》しける。殿《との》[二一]の《ゝ》御《ど》たちみな帰《かへ》りまい《(ゐ)》りて、日[二二]ごろのもの語《がた》り、「我[二三]やはせし」との給《(たまふ)》ことを語《かた》れば、わら[二四]ひになんわらひ給《(たまひ)》ける。北[二五]の方《かた》しばしは見苦《みぐる》しきまで恋《こ》ひ泣《な》きけれど、日[二六]ごろ過《す》ぎにければうち忘《わす》れにけり。帥《そち》は播磨守《はりまのかみま》[二七]待ち受《う》けて、い[二八]みじういたはりける事は書《か》かず。

左の大《おほ》い殿、

「一所《ひとところ》[二九]はめやすくなしつ。い[三〇]ま一所《(ひと)ところ》だにしたててば。」

となんの給《(たまひ)》ける。

かくて、とし月経《ふ》るに、めでたきことどもなんまさりける。大弐《に》[三一]はたい《(ひ)》らかにくだり着《つ》きて、左の大い殿《どの》にもの[三二]いと多《おほ》くたてまつり給へり。左の大《おほ》い殿《どのゝ》の太郎、十四にて御か[三三]うぶり、姫《ひめ》君十三にて御裳着《き》[三四]せたてまつり給《(たまふ)》。二[三五]郎君をも落《お》とさじとせさせたてまつり給《(たまふ)》に、父《ちゝ》[三六]おとゞ、

「かくいど[三七]ませ給《(たまふ)》。」

〔39〕出　立

一六 午前四時ころ。

一七 朝廷が。

一八 山崎(の宿)にも滞在しないで。山崎は今の京都府乙訓郡。ここまで見送りに来ることが多く、旅人の休憩ないし宿泊する所である。

一九 そのまま急いで下向していったことだ。

二〇 見送りの人々も全員、帥は物品を被け物して帰京させたことだ。

二一 左大臣殿の侍女たち。先に派遣されていたのがようやく許されて女君のもとへ戻る。

二二 何日ものつもる話。

二三 「われやはこの事はせし」(→二八三頁注二〇)と継母北の方が言ったこと。

二四 男君や女君は。

二五 継母北の方は。

二六 何日か過ぎてしまったことだからふと忘れてしまったということだ。

二七 播磨守が。

二八 たいそうに歓待したということの次第は書かない。書き手の断わり書き。

二九 娘お一人は見苦しくなく世話しおおせたところだ。四の君のこと。

三〇 今もう一所さえちゃんとさせてしまうならば…。三の君のこと。

〔40〕入　内

三一 帥。→二七八頁注二〇。

三二 物産品をまことにたっぷりと。

三三 元服。男子の成人儀礼である。

三四 裳を着けさせ申しなさる。結婚を予定しての女子の成人儀礼である。

三五 二男の君をも引けをとらせまいと。祖父のおとどが太郎に引き続いてすぐに二郎君を元服させる。

三六 男君。

三七 「いどむ」は、立ち向かう、張り合う。

とわらひ給ふ。

とし返《かへ》りては、姫君《ひめ》一うちにまい《(ゐ)》り給はんとてかぎりなくかしづき給《(たまふ)》程に、はかなくて年も帰《(かへり)》ぬ。二月にまい《(ゐ)》らせ給ふ。二かすとも儀式《ぎしき》三ありさま思ひ遣《や》れ。かぎりなくをかしげにおはすれば、いと四時に、五いとゞ后《きさい》の宮思ひきこえ六給へば、七はじめさぶらひ給《(たまふ)》人〲よりもこよなくはなやぎ給ふ。播磨守《はりまのかみ》八は弁になり給《(たまひ)》にけり。九かの衛門《ゑもん》がお《(を)》とこの三河守《みかはのかみ》は左少弁にてなんありける。一〇弁の北の方にて、あまたの子産《う》一一みてて、一二いとお《(お)》もく〲しくてまい《(ゐ)》りまかでしける。

かゝる程に、一三大《おほ》い殿《どの》、御心《(こゝ)》ちなやみ給《(たまひ)》て、一四太政大臣返《かへ》したてまつり給へど、みかど一五さらに用《もち》ゐ給はねば、

「一六いたう老《お》いて侍れど、一七おほやけを見《み》たてまつり侍らざらんがかなしさにいままでまい《(ゐ)》り侍《(はべり)》つるなり。ことしなんつゝ一八しむべき一九月に侍れば、こもり侍らんと思ひ給《(たまふ)》るに、二〇この族《ぞう》にてはおほやけのやんごとなからんまつりごとにまい《(ゐ)》らではいと便《びん》なかるべし。辞《じ》二一したてまつらん代《かは》りには左大臣をなさせ給へ。二二ざえ、二三けしうは侍らざめり。されば翁《おきな》よりも御うしろ見《み》はいとよくし侍りなん。」

と后《きさい》二四の宮しても責《せ》めて申させ給ひければ、みかど、

「何《なに》二五かは。生《い》二六きてものしたまはんこそうれしからめ。」

一 内裏に。女御として入内させるべく大切に育てられる姫君。
二 語義不明。「書かずとも」か。底本以下「かすとも」、三・木「かゝすとも」。
三 入内の儀式のさまは想像せよ。書き手による読者への呼びかけ。
四 寵愛を受けて栄え。
五 大いに后の宮(皇太后)が大切にし申されるから。
六 底「給へは」、宮・近・尊「給へれは」、慶「給へれは」(「給」と「へ」とのあいだに「ふ」字見せ消ちあり)、斑「たまへれは」。
七 最初に伺候しなさる女性方よりもずばぬけてはなやかにしていらっしゃる。
八 弁官。太政官の事務局の職員。地方官から中央の官へと播磨守は昇進したのだが、いかなる弁官かは不明。

〔41〕太政大臣に

九 あの衛門(昔のあこき)の夫(もとの帯刀)の三河守は左弁官局の少弁であったことだ。
一〇 (衛門は)弁の北の方として。
一一 産み上げたところで、の意か。あるいは「産みいでて」の誤りか。底「うみてて」、宮・近・慶「うみてゝ」、尊・斑「うみいてゝ」。
一二 まことに重要人物として(三条邸に)参上したり退出したりしたことであるよ。
一三 男君の父。
一四 太政大臣の位を返し申し上げるけれど。
一五 全然お用いにならないから。
一六 太政大臣の詞。はなはだ老いておりますけれど。底「いたう」、宮・近・尊・慶「いといたう」、斑「いとゐたう」。
一七 朝廷。帝。 一八 謹慎を要する。
一九 「年」とありたいところ。底本以下「月」、三・木「とし」。

とて、左のおとゞを太政大臣にはなしたてまつりたまふ。世人《よ》、

「まだ四十になり給はで[二七]位《くらゐ》を定《さだ》めたまへる事よ。」

とおどろきあへり。

御むすめの女御、[二八]后《きさき》にゐ給《（たまひ）》ぬ。[二九]宮の亮《すけ》に少将を中将になしてなんせさせ給《（たまひ）》ける。[三〇]兵へ《（ゑ）》の佐《すけ》たちみなよろこびし給《（たまふ）》。[三一]大郎の兵衛佐《のすけ》、[三二]左近衛《（の）》少将になり給《（たまひ）》ぬ。

[三三]父《ちゝ》おとゞ、

「[三四]わが兵衛佐《のすけ》、を《（お）》そくなし給ふ。」

とのたまへば、

「いとわりなきこと。を《（お）》のれが子《こ》の[三五]かぎりを[三六]ことのはじめにはいかゞはし侍らん。」

と申《（まうし）》たまへば、

「[三七]これは御子《こ》か。翁《おきな》の[三八]五郎《らう》に侍れば、[三九]何《なに》かは人のそしりにならん。さきには[四〇]御大郎、左近の官《つかさ》にはなりにしかば、こたみは[四一]右近衛の少将をなせ。[四二]お《（を）》ぢにてをい《（ひ）》になり劣《おと》るやうやはある。」

との給《（たまひ）》て、

「よし〳〵、しぶ〳〵に思《おも》ひ給《（たまふ）》めり。」

二〇 この一族としては朝廷の重大であろう政務に際して参上せずにはまことに不都合なことであろう。帝の外戚家が政権に参与しないのは不自然だ、という理屈。 二一 辞職し申そう代任としては左大臣を(太政大臣に)なしくだされよ。 二二 才。学問。 二三 格別悪くはないようでございます。

〔42〕立后

二四 皇太后を介してもしきりに。 二五 どうして(いけないことがあろうか)。辞表を受理しよう、の意。 二六 存命でいらっしゃろうことこそ喜ばしかろうよ。 二七 最高位をきわめなさっていることであるよ。「定む」は、それ以上は上がらない地位に安定することを言うか。 二八 皇后。今上帝の中宮である。 二九 中宮職の次官に。 三〇 兵衛府の次官。男君(太政大臣)の長男の太郎君と二郎君と、二人とも兵衛佐。 三一 太郎。 三二 左近衛府の次官。 三三 男君の父。致仕太政大臣。 三四 わがほうの兵衛佐。父おとどが引き取っている二郎君のこと。 三五 すべて。ことばかり。 三六 政務の始まりに。新任早々に。 三七 これ(二郎君)はそなたの子かね。底「か」、宮・近・尊・慶「かは」、斑「かい」。 三八 五男。 三九 どうして世間の人の非難になろうか(なりはしない)。 四〇 そなたの太郎が。ご長男が。 四一 右近衛府の次官を作れ。 四二 叔父であっておいより官位が(進むのにつれて)ひらくというさまがあるものか。二郎は自分の養子であるから太郎がおいであるのに対して叔父だ、という理屈。

と、[一]うちにせちに奏《そう》せさせ給《(たまひ)》て、右近衛の少将になし給《(たまひ)》て、

「[二]からてこそ見《み》め。この子《こ》[三]とく生《う》まれたらましかば、これにぞわが官《つかさ》[四]からぶりも譲《ゆづ》らまし。」

とぞのたまひける。[五]かなしうしたまふとは世《よ》のつねなりや。大《おほ》[六]い殿《どのゝ》の北の方、御さいはい《(ひ)》を、

「[七]めでたしとは古《ふる》めかしや。[八]をちくぼ《(お)》にひとへの御はかまの程は、かく太政大臣《じん》の御北《きた》の方、后《きさき》の母《はゝ》と見《み》えたまはざりき。」

とぞ、[九]なを《(ほ)》むかしの人〳〵は言《い》ひけるに、[一〇]みそか事《(ごと)》も言《い》ひける。

三の君を中宮の御匣殿《みくしげどの》[一一]になんなしたてまつり給へりける。

帥《そち》は任果《にんは》てて《ゝ》、いとたいら《(ひ)》[一二]かに四の君の来《き》たるを、[一三]北の方うれしとおぼしたり。ことはり《(わ)》ぞかし。かく栄《さか》へ《(え)》給《(たまふ)》をよく見《み》よとや神仏もおぼしけん、[一四]とみにも死《し》なで七十余《よ》までなんいましける。大《おほ》[一五]い殿《どのゝ》の北の方、

「いといたく老《お》いたまふめり。[一六]功徳《くどく》を思《おも》ほせ。」

との給《(たまひ)》て、尼《あま》にいと[一七]めでたくてなし給へりけるを、[一八]よろこびのたびいますがり[一九]ける。

「世《よ》にあらん人、まゝ子《こ》にくむな。[二〇]まゝ子《こ》なんうれしき物はありける。」

一 内裏にねんごろに。
二 かようにして(右近衛少将として)見てやろうと思う、の意。
三 ずっと早くに生まれていたのであるならば。
四 官爵も譲ろうのに。
五 かわいがりなさるとは世にありふれた表現であるよ、の意。書き手の言葉。
六 大殿の北の方(女君)、その方のご幸運について。
七 絶賛に値するとは古めかしい言い方であるよ。
八 落窪の間で単《ひと(え)》のお袴のころは。
九 それでもやはり昔(から)の侍女たちは言ったという中に。
一〇 内々のことも言ったということだ。落窪時代の袴の話などが「みそかごと」。
一一 衣服を裁ち縫う仕事をする所。そこの別当(長)に任じられたか。ここは中宮のそれ。
一二 平安に。無事に。一三 母北の方は。
一四 急にも。一五 女君。
一六 (来世のために)善行をお心がけしなされ。

[43] 帥の帰京

一七 立派な作法をして。
一八 うれしく感謝の言葉をおっしゃっていらっしゃったことだ。尼になることがこの世での善行である。「のたぶ」は「のたまふ」に同じ。
一九 「いますがり」は「あり」「をり」の尊敬表現にあたる語の一つ。
二〇 まま子こそはありがたいものとしてあったことよ、の意。
二一 ちょっと腹立ちなさる時は。継母北の方の腹立ちは終生直らない性格的なものであったことを示す。二二 魚が食べたいのに。
二三 私を(魚が食べられない)尼にしなさっているよ。
二四 腹を痛めぬ子はかように腹が汚なくてあっ

との給《(たまひ)》て、又二一うち腹立《はらだ》ち給《(たまふ)》時は、

「二二魚《いを》の欲《ほ》しきに、二三われを尼《あま》になしたまへる。産《む》二四まぬ子はかく腹《はら》ぎたなかりけり。」

となんの給《(たまひ)》ける。死《し》に給《(たまひ)》て後《(のち)》もたゞ大《おほ》い殿《どの》ゝ二五いかめしうしたまひける。衛門《もん》は二六宮の内侍になりにけり。二七のち〱の事はつぎ〱いで来《く》べし。

二八この少将の君たち、二九一《ひと》よろい《(ひ)》になんなりあがり給《(たまひ)》ける。祖父《おほち》おとゞ亡《う》せ給《(たまひ)》にけれども、

「三〇われ思《おも》はゞ、なゝし落《お》としそ。」

と三一返ゝ《(かへすかへす)》のたまひければ、三二わづらはしくやんごとなきものになんおとうとの君をば思ひ給《(たまひ)》ける。左大将、右大将にてぞ続《つゞ》きて三三なりあがり給《(たまひ)》ける。三四母北《はゝ》の方《かた》、御さいはい言《(ひ)い》はずともげにと見《み》えたり。三五帥《そち》はこの殿《との》ゝ御とくに、大納言になり給へり。三六面白《おもしろ》は病《や》まひを《(お)》もくてほう《(ふ)》しになりにければ、三七を《(お)》とにも聞《き》こえぬなるべし。三八かの典薬助《てんやくのすけ》は蹴《け》られたりしを病《や》まひにて死《し》にけり。

「三九これ、かくておはするも見《み》ずなりぬるぞくちをしき。四〇などてあまり蹴《け》させけん。四一しばし生《い》けて置《お》いたべかりける。」

とぞお《(を)》とこ君の給《(たまひ)》ける。四二女御の君の御家司《けいし》に四三和泉守《いづみのかみ》なりて、四四御とくいみじう見《み》

たことだ。逆恨みを言う癖も継母北の方が終生変わらなかったことを知らせる一文。

二五 厳粛に(仏事を)しなさったことであるよ。

二六 中宮の掌侍《(ないしのじょう)》。三等官。

二七 あとあとの話題は続々と(読者のまえに)出てくることであろう。書き手による注記。この物語の結語の一つである。

二八 こちらの少将の君たちは。太政大臣家の長男と二男と。　二九 揃って。一対で。

三〇 わたしのことを考えるのならば、(兄君に)劣らせないように。遺言である。

三一 くれぐれも。

三二 気づかいが必要で捨てておけない存在として弟君をば(大切に)お考えになったことだ。

[44] さいわいの行く末

三三 底本「なん」。宮・近・尊・慶「なり」、斑「也」。宮などにより訂正する。

三四 母である北の方(女君)は、そのご幸運が口に出して言わなくともいかにもと見られている。

三五 大宰の帥は太政大臣殿のおかげで。

三六 面白の駒は病気が重くて法師になってしまったということだから。

三七 うわさにも(消息が)聞かれないのであろう。

三八 あの典薬助は蹴られていたことを病気(の発端)として死んだということだ。車争いで蹴られたこと(→一七八頁)により死んだというううわさが流れる。

三九 この典薬助は、かようにして(女君が幸福で)いらっしゃるのも見ないでしまったことが残念だよ。

四〇 どうして度を過ごして蹴させたのであろう。

四一 しばらく生かしておいたほうがよかったことだよ。

四二 女御の君のご家司に和泉守がなって。この「女御の君」は、昔のあこきが大活躍していたこ

ければ、むかしのあこき、いまは内侍のすけ一になるべし。二典薬助《てんやくのすけ》は二百まで生《い》けるとかや。

ろの女御であろう。主人公の男君の姉妹で、皇太后に至る人。

四三 昔のあこきの叔母の夫。

四四 ご所得(財産)を大いに見てきたことであるから。巻一に「時のず両はよにとくあるものと言へば」(→四一頁注二六)とあったその「とく」である。「御」は女御の君にかかわって得る利益だから。和泉守の一族の献身的な援助が今日のあこきの栄華をもたらした。

一 典侍(ないしのすけ)になるのにちがいない。典侍は内侍所の次官。

二 典薬助は二百まで生きていることだよとか(そういううわさもあった)。先の典薬助が死んだといううわさを打ち消すもう一つのうわさ。木は「内侍のすけ」とするが、底・宮・近・尊・慶・三「てんやくのすけ」、斑は「てんやくのすけ」とあるらしい下書きの上に「たちわき」と書く。再度、物語の終りである。

住吉物語

稲賀敬二 校注

〔**作者・成立**〕　作者未詳。十世紀後半成立の古物語。一条朝初期、新時代に合う内容に生まれ変り、絵巻詞書化の過程などを経て多くの異本を生んだ。

〔**梗概**〕　女主人公は皇女《みこ》腹の姫君(以下、女君と呼ぶ)。父は中納言。母宮と死別した幼い女君は、やがて中納言邸へ引取られ、腹違いの中の君、三の君と暮すようになる。父は女君を入内させたいと考えるが、北の方(以下、継母と呼ぶ)の意向を気にして切り出しかねていた。

男主人公は四位の少将(以下、男君と呼ぶ)。父は右大臣で将来の関白と目される有力者。男君は邸の侍女筑前《ちくぜん》の話から、中納言邸の美しい女君のことを知り、文を送る。継母は筑前と共謀し、いつわって男君を自分の実子三の君の婿に迎えた。間もなく男君は真相を知った。

中納言の二人姉妹が春の嵯峨野の遊覧に出かけた日、女君を垣間見た男君は、思慕の情をおさえかねるようになる。乳母が死に、女君が頼りにできるのは侍従と呼ばれる乳母子だけになった。男君は母に死別した侍従を弔問し、連歌を唱和したりした。

中納言が女君の入内実現に向けて踏み出した時、継母は中納言に、六角堂の別当法師が女君の所へ通っていると嘘の報告をした。中納言はこれを信じて入内の計画をあきらめた。この舞台裏を知って女君と侍従は悲しんだが、じっと耐えていた。中納言は入内に代えて、内大臣の息子との縁談を進める。継母は主計の助という好色な老人に女君を盗ませる計画を立てた。危険を察知した女君と侍従は、住吉の尼君を頼って邸を脱出した。

女君失踪後の邸内の騒ぎや、住吉での女君の日常を描きながら、物語の季節は冬から春へと移る。三位の中将に昇進した男君は初瀬へ詣で、夜の霊夢に導かれて住吉へ直行する。同じ頃、女君も男君の夢を見た。女君の弾く琴の音を頼りに、男君は女君と再会することができた。

上京した女君は男君との間に若君、姫君をもうけた。男君は右大将に昇った。女君の父は大納言になったが、行方の知れぬ女君のことを思い、日夜悲しんでいた。

男君は若君、姫君の袴着に女君の父を招き、帰りぎわに女君の昔の衣を贈る。見おぼえのある品に不審を抱いた父は男君の邸を訪い、父と女君は再会できた。

今までの悪事が判明して、継母はみじめな末路をたどる。男君は関白となり、女君ともども、子々孫々まで繁栄したということである。

（住吉物語　上）

昔《むかし》[一]、中納言にて、左衛門の督《かみ》かけ給《たま》ふ人おはしけり。妻《つま》[二]二人、定《さだ》め給ふ。一人は時《とき》めく諸大夫《しよだいふ》[三]の御娘《むすめ》とも聞《き》こゆる、此《(この)》御腹《はら》に姫《ひめ》君二人おはします。今[四]一人は古《ふる》き宮腹《ばら》の御娘《むすめ》にて、万《(よろづ)》になべてならぬ人にてぞおはしける。

[五]いかなる宿縁《しゆくえん》にてか、此《(この)》中納言、通《かよ》ひ給ふ、やがて人目《め》もつゝまぬことになりて、通《かよ》ひ給《たま》ふ程に、光《ひか》る程の姫君《ひめ》いでき給ひけり。宮《みや》[六]姫などと聞《き》こえ、思ひのまゝなれば、たぐひなくおぼしかしづき給ひけり。

かくて、年月《(としつき)》をふる程に、姫君七歳《さい》[七]といふに、母宮、例ならず悩《なや》み給ふ。日をへて重《おも》くのみ見え給ひければ、母宮申されけるは、「我《われ》なからん跡《(あと)》までも、此《(この)》幼《おさな(い)》ひ物《(もの)》、人なみ〳〵ならんふるまひ、せさせ給ひそ。異君達《ことぎんだち》[八]におぼしおとすな」と、申されければ、中納言打泣《(うち)な》きて、「我も同じ親なれば、劣《をと》[九]りてやは」など、語《かた》らひ給《(たまひ)》て、明《あ》かし暮す程に、此世《(この)》は、はかなく定《さだ》めなき所なれば、情なく、昔語《(むかしがたり)》[一〇]になり果《(はて)》にけり。中納言、「[一一]我も同《おな》じ道に」と、悲《かな》しみながら、後[一二]の世ども、さるべきやうにして、四十九日《(なななぬか)》も果《は》てぬれば、もとの北の方《かた》[一三]へ渡《わた》

一　女主人公(姫君)の父を中納言とする落窪物語と同じ設定。中納言兼左衛門督の長期在任は藤原師氏、源重光を連想させる意図を含むか。↓解説。

二　「妻」は伊勢物語の歌など、和歌の用例が多い。諸本「北の方」「上」「御前」「女房」。

三　四位・五位の官人で、中宮職(ちゆうぐうしき)などの長官クラス。三位以上の「卿」より格が下る。

〔1〕姫君の誕生、母宮の死去(白峯寺本同文)

四　もう一人の姫君は父帝とも死別した皇女との間に中納言が設けた御娘で。源氏物語では頭中将・葵上を「宮腹」「皇女(みこ)腹」と呼ぶ。諸本「今一人は古き帝の御娘」とあり、母宮の説明となる。両者文脈を異にする。落窪物語の女主人公も母は皇族という設定である。

五　公的な降嫁ではない結婚経緯の朧化表現。「宿縁」は三宝絵詞などに見える語。皇女と納言どまりの男との結婚は醍醐天皇皇女靖子と藤原師氏、韶子と源清蔭が類例。清蔭の最初の妻は「諸大夫」(右京大夫忠房)の娘で、清蔭は大和物語に見える皇女と結婚した話題の人物。↓解説。

六　源氏物語に「宮の御方」(蛍の宮の娘)、「宮の君」(蜻蛉の宮の娘)の呼び名が見える。

七　諸本「八歳」とするものが多い。

八　諸大夫の娘腹の、中の君、三の君など。諸本はここに、姫君入内を望む母宮の意思を記す。

九　あなたと同じ気持です。「やは」は反語。

一〇　死去したことを述べる婉曲表現。

一一　私も同じ冥途(めいど)への道へ諸共に行きたい。

一二　死者の来世(の果報)を祈る仏事、供養。

一三　妻(諸大夫の娘)のいる中納言の本邸。

〔1〕全文―流布本〔1〕参照

り給ひぬ。

〔2〕乳母の愛育（白峯寺本同文）

この姫君、幼《おさな》き御心にも故《こ》宮の御事のみ悲《かな》しみ給《(たまひ)》て、中納言渡り給《たま》ひぬれば、いとどつれづれ限《かぎり》なく、[一]二葉の小萩《と》の露おもげなれば、御乳母《めのと》とかく慰《なぐさ》めまい《(ゐ)》らせて過《(すぎ)》侍りける程《ほど》に、中納言、常《つね》に渡《わた》り給《(たまひ)》て、姫《ひめ》君見《み》聞《(きこ)》[二]え給ひけり。さて帰《(かへり)》給へば、直衣《なをし》の袖をひかへ参《(まゐ)》らせて、慕《した》ひ給ひける御けしき、いとゞ心苦《くる》しくて、とかく[三]こしらへ置《を》きまい《(ゐ)》らせて帰給《(かへりたまひ)》ぬ。

[四]もとの諸大夫《ふ》の娘《むすめ》の御腹《はら》にも、姫君《ぎみ》二人おはしましける、いづれもかしづきながら、此姫君《(この)ひめぎみ》は、すぐれてかしづき給ふ。一所《(ひとところ)》にも住《す》ませまほしく思召《(おぼしめし)》けれ共《(ども)》、「[五]昔も今も、まことならぬ親《おや》子のなかは」とて、幼《おさな》くおはします程は、[六]乳母《めのと》のもとに住《す》ませきこえ給ひけり。

年かさならせ給ふまゝに、いよいよ[七]光《ひか》りまさりて、[八]なべてならず、うつくしく聞《(きこ)》え給ひければ、乳母《めのと》は御髪《ぐし》打《(うち)》なでて、「あはれ、是《(これ)》を母宮生《い》きて[九]御覧じさせ給はば、いか計《(ばかり)》、もてかしづき参《(まゐ)》らせ給ふべき」とて、乳母《(めのと)》泣《な》きければ、姫君も打《(うち)》泣《な》き給ふ。[一〇]日数つもれば、十あまりにならせ給へば、物思ひ知《し》る程の御事おほくて、歎《(なげき)》のみ、しげさまさり給ふ。

中納言殿、[一一]渡《わた》り給ふに、乳母《めのと》申《(まうし)》給ふ様《(やう)》、「此《(この)》姫君、幼《おさな》くおはします時こそ、

一 涙がちに暮す幼い姫君の様子。「宮城野のもとあらの小萩露を重み風を待つごと君をこそ待て」(古今集・恋四)、「宮城野の露吹きむすぶ風の音に小萩がもとを思ひこそやれ」(源氏物語・桐壺)。

二 「聞こゆ」は補助動詞で敬意を表わす謙譲語。

三 中納言が姫君をなだめすかして。

四 諸大夫の娘腹に姫君二人がいるとは、冒頭にもあった。流布本に比べて重複感を与える。

五 継子《(まま こ)》物語の基本主題の提示。「継母《(まま はは)》の憎むは例の事」(落窪物語)、「継母の腹きたなき昔物語も多かるを」(源氏物語・蛍)。

六 母宮の旧宅、〔21〕に見える「三条堀河」の邸。

七 冒頭の「光る程の姫君」を受ける描写。

八 並み一通りの美しさではなかったので。「聞え給ひ」は、諸本「見え給ひ」。

九 白峯寺本「御覧ぜさせ」。

一〇 「日数つもれば」は父中納言の来訪のとだえ。挿入句をはさんで下の「歎のみ」にかかる文脈。

一一 中納言の来訪とだえた「日数」の間、乳母は考え抜いた挙句、次のように切り出す。

一二 姫君が乳母のもとでお暮しになるのも別に不都合はないが。乳母は、実母以上に養い君と深い愛情で結ばれているのが当時の実状。それだけに実母の代りになれぬ時のせつなさは強い。

一三 故母宮が姫君の入内を望んでいた遺言。

一四 源氏物語の明石姫君も十一歳で春宮と結婚した。姫君は「十あまり」だから、乳母のことばは不自然ではない。

一五 どうして疎略に思おうかと気にはかかるが。

一六 妻(諸大夫の娘)の意向に気がねしているの

[一二]か様《やう》にておはしますも苦《くる》しからぬ御事なれ。明暮《あけくれ》、母宮の御事を歎《なげ》き悲《かな》しみ給ふを見《み》まいら《ゐ》せ候《さぶらふ》も、御いたはしく思ひまいら《ゐ》せ候《さぶらふ》。故《こ》[一三]宮の御遺言《ゆいごん》にまかせて、内《うち》へ参《まい》らせ給《たま》はんも、か様《やう》に幼《おさな》[一四]くわたらせ給《たま》はむ時こそ、よく候はめ」と申せば、中納言殿《どの》も、「我もさこそ思ひ侍《はべ》れ。[一五]いかでか、を《お》ろかなるべきなれ共《ども》、[一六]心にかなはぬ事のみ繁《しげ》くてこそ。去《さり》ながら、[一七]我《わが》もとへ呼《よ》び取《と》りて、常《つね》に見《み》聞《きこ》えん」とて、[一八]正月十日と定《さだ》めて、帰《かへり》給ひぬ。

[一九]其日《その》[1]にも成《なり》ぬれば、迎《むか》へ奉給《たてまつりたまひ》たれば、[二〇]今二人の御娘《むすめ》たちと、打語《うちかた》らひておはしますを見《み》て、いと嬉しき事にぞ、めやすくおぼしける。中の君、三の君は、とり〴〵に、いと匂ひやかに、なべてのにはあらぬ御けしきなれど、姫君《ぎみ》は、今一入《ひとしほ》匂ひ加《くはゝ》はりて、「光《ひか》るなどは、これを申《まうす》にや」とぞ見え給《たまひ》ける。

此《この》姫君の[二一]御乳母子《めのとご》に、[二二]侍従《じゞう》と聞《き》こゆる侍《はべり》けり。年わ《は》姫《ひめ》君に今二《いまふたつ》ばかりのまさりにて、姿《すがた》有様[二三]ありつかはしく、物など言《い》ひ出《いだ》したる様も、いとあらまほしくぞ見え侍る。[2]是《これ》ぞ姫君《ひめぎみ》につきそひて、たがひに、[二四]片《かた》時も立《たち》はなれんも物憂《う》く思ひてぞ、明《あ》かし暮し給《たまひ》ける。

中納言、「[二五]西の対《たい》しつらひて、住《す》ませ侍《はべ》らん」とて、そのいとなみにてぞ侍りける。[二六]まゝ母、心のうちには、いかゞ思ひけん、人聞《ひとぎき》には聞《きこ》ゆるやう、「誠《まこと》

を婉曲にこう言った。

一七 自邸へ迎え取るのが、入内準備の第一段階。

一八 白峯寺本「卯月十日」。成田本「たゝん月のとうか」など異文が多い。

一九 「其日にも成ぬれば」まで、底本は白峯寺本と一、二の字句を除き同文。以下は流布本と同文。野坂本〔A〕には姫君たちの袴着がくわしく述べられる。→解説。

二〇 異腹の姉妹が親しみ合うのは、落窪物語と相違する設定。父中納言はこれで一安心する。

二一 乳母の子は、乳母の養い君と年も近く、常に養い君のために尽力するのが通例。

〔3〕姫君、本邸西の対へ移る(流布本同文)

二二 乳母子である女性の呼び名。落窪物語の脇役「あこき」と同じ役割り。ただし、あこきは「親のおはしける時より使ひつけたる童」だと紹介されている。なお、「侍従」は、古本住吉では「右近の君」と呼ばれていたようである。→解説。

二三 欠点なくよく整っていて。「よろづありつかはしく用意して」(沙石集七)。

二四 落窪物語のあこきも、「あはれに思ひ交して片時離れず」とある。

二五 源氏物語の紫の上も二条院西の対に迎えられ(若紫)、玉鬘も六条院の花散里の方の西の対に迎えられている(玉鬘)。「寝殿の放出《はなちいで》」の「落窪なる所」に住む落窪の姫君の扱いとは違う。

二六 以後、継母《まゝはゝ》の呼称を用いる。ここでは、まだ悪役の本性をあらわさない。

〔2〕全文―流布本〔2〕参照　**1**其日―漸その日　**2**侍る―侍りける

に、母宮にを《お》くれ給《たまひ》て後、迎《むか》へ奉らまほしう侍《はべり》つれ共《ども》、[一]今日《けふ》〳〵とのみ思《おも》ひて過《すぐ》しつるに。若《わか》き人ゝあまたおはするに、たがひにつれ〴〵慰《なぐさ》めて、いと嬉《うれ》しきことにこそ。いかに幼《おさな》き心《ここ》ちに、[二]其《その》昔恋しくおぼしいづらん。あな哀《あはれ》や」と聞《きこ》ゆれば、乳母《めのと》、「誠に、年比《としごろ》、[三]あやしき所に埋《うづ》もれておはせしに、[四]果《は》ていかゞなど、[五]かきくもり悲《かな》しく侍《はべり》しに、[六]これを見奉れば、万《よろづ》はれぬる心ちして、[七]よみぢ安《やす》くこそ」など言《い》ひ続《つゞ》けて、うち泣《な》き侍《はべり》けり。

[八]むかへ腹《ばら》なれば、中の君には、兵衛の佐《すけ》なる人、あはせてけり。[九]西《にし》の対《たい》に住《すみ》給へば、中の君、三の君、むつれ遊《あそ》び、たがひにむつましく思ひて、明《あ》かし暮《くら》し給《たまひ》けり。

「故《こ》宮のおほせられし御宮仕《みやづかへ》の事、いかに」と、御乳母《めのと》、忘《わす》るゝ時なく、おどろかし侍りければ、中納言、「我《われ》も怠《をこた》る時なけれ共《ども》、[一〇]北の方《かた》に聞《きこ》え合《あは》せんに、我子《わが》ならねば、同《おな》じ心にいそがん事もかたければ、言《い》ひも出《いで》ず」とて、思ひわづらひ給《たまひ》けり。

かくて、月日かさなり行《ゆく》程に、右大臣なる人の御子に、[一一]四位の少将とて、世《よ》にすぐれたる人侍《はべり》ける。「[一二]いかにも、思ふ様成《なる》人もがな」と、[2]朝夕《あさゆふ》、御心も空にあくがれて、物悲《かな》しきに、右大臣の[一三]端《はした》物に、そらさへと言《いふ》ものゝ、[3][一四]おとな

一　今日こそは、今日は迎えようと。
二　故人である母宮を。
三　乳母の卑下のことば。
四　姫君の将来はどうなることかと。
五　涙で目もかすむほど。「かきくもり、物見えぬ心地し給へば」(源氏物語・椎本)。
六　姫君がはれて本邸に迎えられた様を。
七　黄泉(よみ)の国への旅路も安心して参れます。
八　嫡妻腹に生まれた子なので。白峯寺本は〔3〕冒頭、姫君が中納言邸に迎えられた夜、娘たちの成人式が行われ、「其日はよき日なれば、かねての約束に」よって、中の君と兵衛佐との結婚も行われたとある。野坂本〔3〕にも、やや複雑な形で同様の記事がある。↓解説。
九　姫君を西の対に住まわせる中納言の計画実現。
一〇　先の「心にかなはぬ事のみ繁くて」という中納言の弁解の真意の、より具体的な記述。
一一　男主人公。古本住吉では「侍従」として登場。侍従は、藤原道隆など、一流貴族の子弟が十六、七歳で就任する例。しかし寛和二年(九八六)、道隆の子伊周が十三歳で侍従となる。同年、道長が二十一歳で四位の少将、伊周の兄道頼は翌年、十七歳で四位の少将。男主人公の身分を「侍従」から「四位の少将」に変えた理由か。なお落窪物語では男主人公を道頼とする。↓解説。
一二　落窪物語の道頼も、「まだ妻もおはせで、よき人の娘など、人に語らせて、人に問ひ聞き給ふ」中に、姫君の噂を耳にする。
一三　召使いの女。「そらさへ」はその童名。
一四　童から一人前の女になり、そのまま右大臣家の女房として仕えて。「筑前」は女房名。底本の乱れを成田本で訂した。
一五　中納言の妻である母宮の在世中は、その家政担当者である主殿の大夫という者が(筑前の)

〔**4**〕**四位の少将の文**（一部白峯寺本）

になるまゝに、下仕《(しも)づかへ》に成《(なり)》て、筑前《ちくぜん》と聞《(きこ)》ゆるなん、[一五]中納言の宮の世までは、[4]家司《けひし》にて主殿《とのも》の大夫《たゆふ》と言《(いふ)》ものの《ゝ》、男《おとこ》にて侍《(はべり)》ければ、朝夕《ゆふ》に、此《(この)》姫君を[5]見聞《(きこ)》えけり。筑前《ちくぜん》、右大臣の家の[一六]北の方にて、人のよしわろき事、語《かた》るついでに、「中納言の宮腹《ばら》の姫君こそ、[一七]幼生《おさなお》ひめでたく、[一八]二葉の小萩《こ》を見る心ちせしか。いかに生《お》ひ出給《(いでたまひ)》たるらん。故母宮《こはゝ》の失《う》せ給ひてのちは、四五年は参寄《(まゐり)よ》らねば、見侍らず」と云《(いふ)》を、少将、立聞給《(たちぎきたまひ)》て、「いと嬉《(うれ)》しき事を聞《(きき)》つる物かな」とおぼして、我《わ》が曹司《ざうし》に筑前《ちくぜん》を呼《よ》びて、「[一九]見《み》るらん様《(やう)》に、[二〇]さもとある人あまたあれども、[二一]物憂《う》くのみして過《(すぐ)》す。[二二]中納言の宮腹《ばら》の姫《ひめ》君は、見しか」と尋《(たづね)》給ひければ、筑前《ちくぜん》、「男《おとこ》にて侍りし物、故母宮《こはゝ》に侍《(はべり)》しかば、よく見奉《(たてまつり)》て侍《(はべり)》し。世にうつくしく、中納言殿は、宮仕《(みやづかへ)》をとの給《(たま)》へば、[二三]うちかなはで、おぼし歎《なげ》くとぞ承《(うけたまはる)》」と言《い》へば、「其《(その)》人の事、言《い》ひ寄《よ》りて、[二四]文《(ふみ)》など伝《つた》[6]へてんや」と、のたまへば、「[二五]かなはんことは知《し》らず、御文を持《も》ちて、参《(まゐり)》てこそは見侍らめ」と聞《き》こゆれば、喜《よろこ》びて、十月ばかりに、[二六]紅葉《(もみぢ)》がさねの薄様《うすやう》に書《か》[7]き給ふ。

[二七]初《はつ》時雨今日《けふ》降りそむるもみぢ葉の色《いろ》の深《ふか》さを思《おも》ひ知《し》れとぞ

[二八][8]言《こと》の葉の露ばかりだに知《し》らねども色《いろ》にいでける我《わ》が思ひかな

と書《か》きて、ひき結《むす》びて給はる、取《と》りて、其《(その)》日の暮《(くれ)》程に、筑前《ちくぜん》は中納言のもとに

夫だったので。成田本「中納言の姫君の母宮の家司にて、とのもりの大夫といひけるものゝめにて侍りければ」。
一六 寝殿造りの北の対。北の方の居所でもある。
一七 幼い時の成育の様。
一八 〔2〕冒頭に同じ表現がある。
一九 お前も知っての通り。
二〇 適当と思われる結婚候補の女性。右大臣家の前途有望な若君であるから縁談は次々にある。
二一 意に叶う相手が見つからないなげき。
二二 余分なことは言わず、すぐ本題に入る。
二三 北の方がその意見に取りあわないので。成田本「まゝはゝのうちかなはで」とある。
二四 姫君へ手紙などを伝えてくれまいか。
二五 うまくゆくかどうかはわからないが。
二六 襲《(かさね)》の色目。表紅、裏青。一説、表赤、裏濃赤。ここは薄い鳥の子紙の、恋文の配色。
二七 上句は十月の自然の景、下句で恋心の「色の深さ」を思い知ってくれと姫君に訴える。「降り初む」に「染む」を掛ける。「初時雨降りしそむれば言の葉も色のみまさる頃とこそ見れ」(万代集・恋四・藤原兼輔)。
二八 適当な言葉も思いつかぬが、恋の思いは色にあらわれてしまったのでね。底本・白峯寺本だけに見える歌。「言の葉の露ばかりだにかけよかし草のゆかりの数ならずとも」(玉葉集・雑三・法性寺入道前関白家参川)。

1むかへ腹—むかひはら　2朝夕—あさゆふは　3おとなになるまゝに(成田本)—おとこにてありける(底)　4家司にて(成田本)—ナシ(底)　5を—をは　6伝へてんや—つたへんや(底)　7書き給ふ—ナシ　8言の葉の…我が思ひかな—ナシ

まかりつれば、人〻、めづらしみあへる中《なか》に、侍従《じゞう》、「[一]あな、ゆゆし。いかに思ひ出《いで》て参侍《まゐりはべる》にか。其《その》昔の心ちして、いとむつましく、哀《あはれ》にこそ」など言《い》へば、筑前《ちくぜん》、「はかなき事のみ繁《しげ》くさぶらひて、心ならず今まで参らざりし、我《わが》身ながら辛《つら》く侍るを、[二]さてのみやは有《ある》べきとて、[三]申《まうし》ひらかんとて参《まい》り侍也《はべるなり》。いつといひながら、[四]年よりては、過《すぎ》こし方《かた》、御恋しさの、かたくなはしさに、人〻をも見《み》奉らんとて」など言《い》ひて、姫君も、「[五]ありし昔の言葉さへ、あはれに」とぞ聞居《きゝゐ》給へる。

さても、[六]出《いで》ざまに、筑前《ちくぜん》、侍従を呼《よ》び出《いだ》して、「右の大殿《おほいどの》の御子に、[1]少将殿《どの》と申《まうす》人の[2][七]御文なり。かやうの事は、[八]口入《いれ》しにくゝ侍《はべり》ながら、やん事《ごと》なき人の、[九]いたく仰《おほせ》らるゝ事の、いなみがたさに」と言《い》へば、「[一〇]いさや。おぼえずながら、[一一]の給《たま》ひ合《あ》はする事なれば」とて、姫《ひめ》君に、「しか〲の文」とて、引《ひき》ひろげて、御傍《かたはら》に置《を》きたれば、御顔《かほ》打《うち》あかめて、[一二]とかくの御事も聞《きこ》え給[3]はねば、理《ことわ》りと思ひて、「[一三]かく」と[4]申せば、[5]筑前《ちくぜん》、少将殿に参《まゐり》て、ありのまゝに聞《き》こゆれば、「[一四]さても〲、いかゞ生《お》ひいでさせ給《たまひ》たる」と問《と》へば、「誠《まことに》、[一五]此《この》世ならず、傍光《かたはらひか》る程になん。[一六]琴《こと》の音《ね》、掻《か》き鳴《な》らしておはしましに、筑前《ちくぜん》、参《まい》りて、その昔《むかし》の事共《ども》、人〻語《かた》らひ侍《はべり》しかば、母《はゝ》宮の御事ども、折〲《をりをり》[一七]歎《なげ》き給ひし御姿、

一 まあ、殊勝なこと。「ゆゆしくも尋ねおはしたり」（徒然草一一五段）。〔7〕以下に頻出。
二 ためらってばかりいてはならぬと思って。
三 御無沙汰の釈明をしようと。「誰の人か愚意の悲歎を申しひらかん」（平家物語十一・腰越）。
四 年をとると昔の御事がむやみに恋しくなって。「卯の花の身のしらがとも見ゆるかな賤の垣根も年寄りにけり」（散木奇歌集・夏）。
五 「ありし昔」という言葉までが胸にしみる。
六 辞去する時に。
七 姫君への御手紙です。
八 間に立って仲介するのは憚られますが。
九 たっての御依頼はことわりにくくて。
一〇 さあ、どうかしら、思いがけぬ唐突な話だが。
一一 御相談があったからには取り次がねば。
一二 姫君は何の返事もおっしゃらぬので、侍従はそれも当然と思って。
一三 事の次第を筑前に話すと。
一四 少将も簡単に返事が来るとは思っていない。
一五 天降った天女かと思うばかり、あたりも輝くほどでした。「屋の内は暗き所なく光満ちたり」（竹取物語）とあるかぐや姫を連想させる。
一六 姫君の琴は後の筋の展開と密接にかかわる。
一七 母宮を思い出してため息をおつきの姫君の御姿は、筆舌に尽し難い美しさです。
一八 悲しむ姫君を花にたとえる。「女郎花の風になびきたるよりもなよび、撫子の露に濡れたるよりもらうたく」（河内本源氏物語・桐壺）。
一九 見ている私まで袂に涙の露が置くほどでした。筑前のことば、半分は本当、半分は誇張。
二〇 恋いこがれるお気持が高じて。まだ見ぬ美しさと、境遇への同情との相乗作用。
二一 返事をよこさぬのが普通だろう、これからも文を取り次ぎ、うまく取りはからってくれ。

言《い》へばを《(お)》ろかにこそ。一八 女郎花《をみなへし》[6]の露おもげにて、籬《まがき》の外に倒《たを》れ出《(いで)》たる心ちして、其《(その)》事となく、哀《(あはれ)》に、いとお《(ほ)》しく、一九 よその袂までも露けく候《(さぶらひ)》つる」と申《(まうし)》ければ、少将はいよ〳〵 二〇 おぼしつきて、「いかにしてか、あひ見ん」とぞ歎《なげ》き給ひける。

「はじめは、文参《(まゐら)》せたり共《(とも)》、二一 さこそあらんずれ。なを《(ほ)》文参《まい》らせ、よきやうにたばかり給へ。二二 此《(この)》事かなへたらば、此《(この)》世ならず嬉しくこそ思はんずれ。二三 心《こころ》よきやうに申せ」とて、

二四 たちかへり猶《(なほ)》ぞ恨《うら》むるつらしとて思《おも》ひ捨《す》つべきわが身ならねば

と書《か》きて、例《れい》の筑前《ちくぜん》に給《(たまひ)》たれば、持《も》ちて参《(まゐり)》たりければ、二五「ならはせ給はねば、いみじくわびしげにおぼしたる事の、いとを《(ほ)》しさに」など言《い》へば、筑前、二六「を《(お)》のれも、いやしき事ならば、何しに申さんずるに。二七 おぼえ少《すく》なき御宮仕《(みやづかへ)》よりは、二八 この公達《きんだち》におはしまさば、中〳〵《(なかなか)》めやすき事にてこそ。二九 承《(うけたまはる)》様にては、其《(その)》御宮仕《(みやづかへ)》の御ことも、かたくこそ。此《(この)》少将殿《どの》は、今の后の御兄《せうと》なれば、三〇 只《(ただ)》今世に出《(いで)》給はんずる人なり。御かたちよりはじめて、三一 何《(なに)》はのことにつけても、等《ひと》しき人やおはする。御ためうしろめたき事《こと》をば、いかでか」と言《い》へば、三二「いさや、中納言殿も、内《うち》参りの事より外にの給《(たま)》はず。三三 なみ〳〵ならんさまに、おぼし寄《よ》らん事は、よも」と言《い》へば、姫《ひめ》君、嬉しと聞《(きき)》居《ゐ》給へり。

三 事が成就したら御恩は来世まで忘れないよ。流布本はこの次に筑前のことばがある。
三 こちらの誠意が伝わるように。
二四 あなたがつれないからといって、思い切るわけにはいかぬ私の恋だから、あなたのつれなさを、こりもせずに繰り返しこれからもお恨みしますよ。流布本にない歌。この前後、白峯寺本と同文。

〔5〕少将、再度の文（一部白峯寺本）

二五 姫君は恋文の贈答などお慣れでないから。侍従の説明。
二六 私も、つまらぬ人の依頼ならなんで仲立ちなど致しましょうか。
二七 帝の寵愛の薄い更衣くらいの身分で宮中の生活をするよりは。中納言の娘では、女御になるのも困難だ、それよりは、という説得。
二八 この右大臣の御子息と結婚なさったら、かえって将来は安心なんですよ。
二九 筑前は、姫君の継母が入内に反対であることもよく知っている。〔4〕参照。
三〇 すぐ御出世になるはずの人です。右大臣の息で、妹は帝の后であれば外戚としての栄達が約束されている。
三一 すべての事。「難波」と掛けて使われる。参考「数ならでなにはのこともかひなきになどみをつくし思ひそめけむ」（源氏物語・澪標）。
三二 さあ、どうかしら。
三三 世間並みの結婚など御考慮になることは、よもやあるまい。

1少将殿―少将　2御文―文　3給は―ナシ　4と申せば―なといへは　5筑前―ちくせんそのつとめて　6女郎花の…持ちて参たりければ―流布本〔4〕〔5〕参照

筑前《ちくぜん》、「一《ひと》くだりの御返《かへし》にても給《たまは》らむ」とて責《せ》めければ、「[一]かやうの事も、ならはねば」とて、思ひはなちたるさまを見て帰《かへり》つゝ、こま〴〵と語《かた》り聞《き》こゆれば、少将、「[二]さこそあらめ。たゞ猶《なほなほ》ゝも聞《き》こえさせよ。[三]いかなるべきにか、此事《この》、[四]末《すゑ》なくは、世にありふべき心ちもせねば」とて、打《うち》ながめがちにておはするを見《み》るにも、其後《その》、日毎《ごと》に行《ゆ》きて、ほのめかせ共《ども》、[五]行《ゆく》水に数かく[1]心ちして、言《い》ひわづらひ、ありく程に、まゝ母、此事《この》[2]をほの聞《き》ゝて、筑前を呼《よ》びて、「この程、[六]対《たい》の君に文つかはすなるは、いかなる人やらん」と問《と》へば、しばしは、[七]とかくあらがひ侍《はべり》けれど、あながちに問《とは》れければ、ありのまゝに、「しか〳〵」と聞《き》こゆれば、まゝ母、これを聞《きき》ての給《たま》ふやう、「左様《さやう》の公達《きんだち》は、人に[3][八]いたはられんとこそおぼすべけれ。母《はゝ》もなき人よりは、[九]三の君のねびまさり給《たまふ》[4]なるに、[一〇]さるべきさまと思ふに。[一一]耳よりにこそ。[一二]たばかり給へかし。[一三]さらば、[一四]そこをこそ、此世《この》ならず思ひ侍らめ」と、[一五]心深《ふか》く言《い》ひければ、さすがに否《いな》みがたさに、「誠《まことに》、[一六]たび〳〵聞《きこ》え侍れども、御返《かへし》も給《たまは》ねば、少将殿、筑前《ちくぜん》をのみ責《せ》めさせ給ふも、[一七]わりなく侍《はべり》。さりとても、[一八]後まで申《まうし》えん事[5]、かたげに見《み》ゆるも心ぐるし。さらば、[一九]さもこそは」と言へば、喜《よろこ》びて、白き[二〇]桂《うちき》[6]一かさね、[二一]「是《これ》は三の君の」とて、出《いだ》し給ひければ、喜《よろこ》びて、「さらば、少将殿《どの》には、も[二二]

一 恋文の返事の書き方も、よく知らないので。侍従の婉曲な拒絶。保護者や侍女が返歌を代作することがあるが、侍従もその意思はない。

〔6〕継母と筑前の共謀（流布本同文）

二 〔5〕冒頭「さこそあらんずれ」と同じ意。
三 どういう前世からの因縁であろうか。
四 話がまとまらなければ。
五 「行く水に数かくよりもはかなきは思はぬ人を思ふなりけり」（古今集・恋一、伊勢物語五十段）。中古・中世に広く用いられる慣用句。
六 継母は「姫君」と呼ばずに「対の君」と呼ぶ。落窪物語の継母は姫君を「落窪の君」と呼ぶ。
七 知らぬ存ぜぬと言い争ってみたが。
八 婿君として大切に世話してもらいたいと。
九 ちゃんと実母である私がついている三番娘。
一〇 似合わしい縁談だと思うから。
一一 ちょうど好都合な話を聞きつけた。「耳より」の語例、「あさぢが露」の物語に見える。
一二 この縁談が成就するよう取りもっておくれ。
一三 うまく事が運んだら。
一四 お前の恩は、未来永劫まで忘れませんよ。
一五 熟慮し、誠意をこめた口調で。
一六 たびたび姫君にお手紙をお伝えしましたが。
一七 私も困惑しております。
一八 最後まで姫君を説得して少将殿の希望を叶えることとは、むずかしそうなのも、お気の毒。
一九 仰せのとおりにしてみましょう。
二〇 緑の品によく使われる。「御禄のもの…白き大桂」（源氏物語・桐壺）。
二一 これは三の君からの御祝儀です。
二二 もとから少将が心をかけていた姫君だというふれこみにしておきましょう。
二三 そうですそうです、そういう具合にして。
二四 「申しえん事」五行前にも同じ表現がある。

との御心ざしの人也《なり》と知《し》らせ奉らん」と申《まうし》ければ、「[二三]よくの給《たま》ひたり。其《その》よしにてこそは」とて、喜《よろこ》び給《たまひ》けり。

その後《のち》、筑前、少将殿《せうしやうどの》に参《まゐり》て、「[二四]申《まうし》えん事はありがたく侍れど、今一度《いまひとたび》、御文を給《たまはり》て、聞《きこ》えて見ん」と言《い》へば、いと嬉しくて、かくぞ有《あり》ける。

[二五]世《よ》とともに煙たえせぬ富士《ふじ》の嶺《ね》の下《した》のおもひや我《わ》が身なるらん

と書《か》きて、筑前《ちくぜん》取《とり》て、「少将殿御《の》文」とて、まゝ母に奉れば、[7]喜《よろこ》び、「うつくしくも書《か》き給へる物かな。此《この》御返事《かへりごと》[8]し給へ」と、の給《たま》ひければ、三の君《きみ》、[9][二六]たばかれる事をば知《し》らず、[二七]恥《は》ぢしらひたる姿、いとめやすく、いとお《ほ》しき様也《なり》。硯《すゞり》、紙《かみ》取り出《いだ》して、「[二八]それ〳〵」と責《せ》められて、顔《かほ》打《うち》あかめて、

[二九]富士《ふじ》の嶺《ね》の煙《けぶり》と聞《き》けば頼まれずうはの空《そら》にや立《た》ちのぼるらん

と書《か》きて、[三〇]引《ひき》結《むす》びたるを、筑前《ちくぜん》取りて、少将殿のもとに行《ゆき》て、「御返《かへし》」とて聞《きこゆ》れば、少将《せうしやう》、[10]たばかられぬるも知《し》らず、急《いそ》ぎあけて見給へば、[三一]手など幼《おさな》びれて見《み》えけれ共《ども》、喜《よろこ》び給《たまふ》事、かぎりなし。又ゝ《またまた》も[三二]通《かよ》はしけり。[三三]対《たい》の[11]御方《かた》の人ゝ、此《この》よしほの聞《き》ゝて、いとお《を》かしく思ひあひ給へり。

かくしつゝ、[三四]日数もへずして、通《かよ》ひ給ひける。少将、[三五]何心もなくぞ過《すぐ》し給《たまひ》ける。幼《おさな》き様も、ことは《わ》りと思ひつゝ、[三六]昼《ひる》もとゞまりて見給へば、聞《きき》し程[12]はある。

二五　風葉和歌集に詞書「女のもとにつかはしける／住吉の関白」として入る。常に絶えない富士山の煙は底の炎から立ちのぼるのだろう、私の胸中も同じように何時もあなたを恋いこがれている。類例「人知れぬ思ひを常にするがなるふじの山こそわが身なりけれ」(古今集・恋一)。

二六　継母たちがだました計画とは知らないで。

二七　恥かしがる。

二八　「こう書け、ああ書け」と。継母が教えて書かせることば。促す意味の感動詞ではなく、寝覚、浜松に用例がある語。「誰々か」と問へば、「それそれ」といふ」(枕草子)などと同じ用法。

二九　風葉和歌集に前歌の「かへし」「按察大納言三君」として入る。富士山の煙というのでは、頼りになりませんね、あれは上の空に立ちのぼる浮気な煙ですもの。恋歌の返歌は相手の歌の意味を曲げて詠むのが例。

三〇　正式な書状形式の「立て文」に対して、私的な「結び文」の形式。

三一　筆跡などはおさなさが抜けきれていないが。

三二　手紙のやり取りを続けた。

三三　対に住む姫君方の人々。姫君や侍従たち。

三四　間もなく結婚した。

三五　たばかられたとは気づかずに。

三六　結婚三日の所顕《ところあらわし》がすみ、昼も妻の所に留まるようになる。愛情の深さを示す。

1数かく―かすかくの　2を―ナシ　3いたはられん―いたはれん(底)　4なるに―たるに　5事―ことも　6桂―こうちき　7喜び―ゑみふくみて　8し給へと―の給ひければ―と聞ゆれは　9たばかれる―たはかられる　10たばかられぬる―たはかられる(底)　11御方の―ナシ　12は―には

［7］少将、真相を知る（一部白峯寺本）

ね共《(ども)》、なべての人には侍らざりければ、通《かよ》[1]ひ給ひけり。中[一]納言も、たば[2]かれるを知《(しら)》ず、少将《せうしやう》に会《(あひ)》て、万聞《(よろづ)き》こえ合《(あは)》せてぞ侍《(はべり)》ける。北[3]の方《かた》、もてなしかしづき給ふ事、かぎりなし。

寝殿《しんでん》の東面《(おもて)》に住《す》ませければ、少将《しやう》、過《す》[二]ぎざまに西《にし》の対《たい》を見《み》れば、よしある様なれば、「いかなる人の住《(すむ)》にや」と、ゆかしくおぼして明《(あか)》し暮す程に、少将、秋の夜の、つれ〴〵長《なが》き寝覚《ねざめ》に、悲《かな》しく物あはれなる小夜《さよ》中《(なか)》に、閨近《ねやちか》き荻《おぎ》の葉に、そよめき渡《わた》る風の音《をと》も夜ごとに通《かよ》ふ心ちして、いと膚寒《はださむ》き枕[三]の下に夜もすがら音なふきり〴〵すの声も、其《(その)》事となきに、涙押《を》さへがたき、折[4]ふし、爪音《つまをと》やさしき箏《しやう》[四]の琴《こと》の音《ね》、空に聞《き》こえければ、「あ[五]な、ゆゝし、こはいかに」と思ひて、枕《まくら》[六]をそばだてて聞《(きき)》給ひければ、西の対《たい》に聞《(きき)》なし給ひけり。

日ごろ、よ[七]しありて見《み》るに、いよ〳〵、「いかなる人にか」と、心をしづめて思ひ給《(たまふ)》中に、「我語《(わが)かた》らひ初《(そめ)》し人こそ、琴《こと》[八]をば引《(ひく)》[5]と聞《(きき)》しか」と思《おも》ひて、「是《(これ)》[九]を聞《き》き給ふにや」と問《と》へば、「はじめより哀《(あはれ)》に聞《き》きつる」と、の給《(たま)》へば、「心[一〇]有《(あり)》」と思ひて、「是《(これ)》は、いかなる人の琴《こと》の音《ね》」と問《(とひ)》給へば、「我姉《(わが)あね》にて侍る人の弾《ひ》き給ふなり」と、の給《(たまひ)》ければ、「兵[一一]衛の佐《すけ》殿のか」と問《と》ひ給へば、「さにはあらず、宮[一二]腹《ばら》にておはするなり。常《つね》に心を澄《す》まして琴《こと》を引《(ひき)》給ふ也《(なり)》[6]」と、何心も

一 父中納言も継母がごまかしたとは知らず。
二 少将は大路に面する西門から中納言邸へ入り、西の対を過ぎて、寝殿の東面の住まいへ行く。
三 「黒髪の別れを惜しみきりぎりす枕の下に乱れ鳴くかな」(待賢門院堀河集・「枕の下のきりぎりす」)。
四 「昔より箏は女なむ弾き取るものなりける」(源氏物語・明石)。河海抄の引く「箏相承事」などに、醍醐天皇―勤子内親王とある。住吉の姫君の箏も母宮からの伝えか。落窪も同じ設定。
五 三〇〇頁注一と同例。
六 注意深く聴く。「遺愛寺ノ鐘ハ枕ヲ欹《(そば)》《(だ)》テテ聴ク」(白氏文集)。源氏物語・須磨などに類例。
七 四行目の「よしある様なれば」を受ける。
八 姫君の琴は〔4〕の筑前の報告にもふれてある。
九 琴の主を少将が三の君に尋ねる。
一〇 あわれを解する心はあるのだな。先に三の君を「幼き様」と感じた少将は、今宵、「寝覚め」て、秋のあわれを語らうでもない三の君に物足りなさをつのらせていたのである。
一一 兵衛佐殿の奥さん(中の君)か。
一二 宮腹の姉の方です。この返事がどんな事態を生むことになるか、想像もしていない。
一三 三の君の無邪気さが、いじらしくもあるが。真相を知った少将の複雑な気持。
一四 我ながらあきれ果てるほど、まんまとだまされてしまったわい。
一五 対の姫君方の人たちは、どんなにか私のことを馬鹿な男だと笑っていることだろう。
一六 筑前め、とんでもないことをしてくれた。
一七 筑前は弁明の余地もなく、居たたまれぬ思いでひかえていた。
一八 今となっては、事を荒立ててもしかたがない。やはり知らぬ顔で通そう。自分の面目と三の君の立場とを考えての少将の判断。

なく語《かた》るも、[一三]いとを《ほ》しながら、心のうちには、[一四]「あさましく、たばかられにける物かな」と思《おも》ひつゝ、「[一五]対《たい》の方《かた》に、いかばかり、おこ《を》がましく思ふらん。[一六]筑《ちく》前《ぜん》が口《くち》惜《お》しさよ」と思ひて、明《あけ》も果《はて》ねど出《いで》て、筑前を呼《よ》び寄《よ》せて恨給《うらみたまひ》けるに、[一七]言《い》ひやるかたなく、かたはらいたく思ひてぞありける。「[一八]今《いま》は、言《い》[7]ふかひなし。猶《なほ》、知《し》らぬ顔《かほ》にて過《すぐ》さん。[一九]あのあたりにて、あなかしこ〳〵、聞《きこ》えさすな」と、の給《たまひ》ければ、筑前《ちくぜん》、顔《かほ》打《うち》あかめて、「[二〇]何しにか」とてぞ、立《たち》にける。

少将は、三の君をも哀《あはれ》と思ひながら、「思ひそめてし[二一]事の末なからんのみにあらず、[二二]さしも聞《き》こえざりし人だにも、か程こそ侍れ。まして、いかならん」と、ゆかしくぞ思ひ侍《はべり》ける。

「[二三]いかでか見奉らん」など思《おも》ひわたる程に、冬にも成《なり》にけり。「[二四]侍従に、い[8]かで物言《い》はん」と思《おも》ひて、[二五]思ふほどの事共《ども》、書《か》き給《たまひ》て、直衣《なをし》の腰《こし》に、さしはさみて、雪のいみじう降《ふ》りたる日、[二六]たゝ住《ずみ》ありきて、[二七]蔀《しとみ》のもとに立寄《たちよ》りて聞《きけ》ば、端近《はしちか》く、いざり出給《いでたまひ》て、「お《を》かしき四方《よも》の梢かな。[二八]いづれを梅と分《わき》がたくこそ」と言《いひ》て、打笑《うちわら》ふ中に、今少《すこし》、忍《しのび》たる声にて、琴《こと》かき鳴《な》らして、「[二九]甲斐《かい》の白峰《しらね》を思ひこそやれ」と言《い》ひてけり。「是《これ》なん、姫君か[9]」と、胸《むね》うち騒《さは》ぎて、忍《しのび》かねつゝ、蔀《しとみ》をうち叩《たゝ》けば、「[三〇]あやし、たれならん」と見れば、少将立《た》ち給へり。

一九 あちら様のあたりで、決して決して、この事をお耳に入れるでないぞ。
二〇 何んで申したり致しましょう。「今は何しにかは、ほのめき参らむ」(源氏物語・椎本)。
二一 [6]の少将のことばに同じ表現があった。
二二 それほど世の噂にのぼらなかった三の君でも、これほどの器量だから、まして対の姫君の美しさはどれほどだろうか。
二三 どうにかして対の姫君にお目にかかりたい。
二四 姫君に接近するために、まずその侍女たちと親しくなるというのが、普通の戦略。
二五 思いのたけの、あらんかぎりを書きつらねて。

[8] 少将、侍従に文を託す(一部白峯寺本)

二六 「たゝ住」は「佇(たたずみ)」の当て字。
二七 格子の裏に板を張った戸。
二八 「雪降れば木ごとに花ぞ咲きにけるいづれを梅と分きて折らまし」(古今集・冬・紀友則)。
二九 「ここにだにかばかり氷る年なれば甲斐の白峰(しらね)を思ひこそやれ」(曾丹集)を引く。「いづかたと甲斐の白峰は知らねども雪ふるごとに思ひこそやれ」(後拾遺集・冬)。
三〇 まあ変ね、こんな雪の日に誰かしら。侍従は「山里は雪降り積みて道もなし今日来む人をあはれとは見む」(拾遺集・冬)の歌などを思いながら応接に出たのだろうが、相手を少将だと知ると肝をつぶし、にわかに固い表情になる。

1通ひ―ひたすらかよひ　2たばかれる―たはかられる(底)　3北の方もてなし―まゝはゝ　4折ふし爪音―つまとなるおりふしも　5ば―ナシ　6也と―なと　7言ふ―いふに　8いかで―いかてか　9か―そ

侍従《じじう》、あさましく思ひて、帰《かへり》なんとする、裳《も》[一]のすそをひかへて、結《むす》びたる文をやり給《たまひ》て、「万《よろづ》、人[二]のつゝましさに」とて、帰《かへ》り給ひにけり。

「あやしく、いかなる文か」と、見れば、

[三]白《しら》雪の世にふるかひはなけれどもおもひ消《き》えなむ事ぞかなしき

と[1]書《か》き給ふを、侍従取《と》りて、姫君に、「かく」[2]と申せば、さすがに、あはれに思ひながら、「[四]余所《よそ》なりし其《その》かみだにも思ひ寄《よ》らざりし。今《いま》は、いよ〳〵人聞《ぎき》見《み》ぐるし。[五]ゆめ〳〵」とぞ聞《きこ》えける。かくしつゝ、[六]あら玉の年も帰りにけり。

正月十日余《あま》りの比《ころ》、中の君、「[3]嵯峨《さが》野の春のけしき、おかしかるらん。忍《しのび》つゝ見ん」など、いざなひければ、を《お》の〳〵、「誠《まこと》に」など言《い》ひて、出立給《いでたちたまひ》けり。侍《さぶらひ》も、[七]内許《うちゆ》りたりけるをぞ御供《とも》に参《まゐり》ける。[八]網代《あじろ》車三[4]りやう、一両《りやう》には姫君、今一両には中の君《きみ》、三の君、一両《りやう》には、[5]衣《きぬ》の褄《つま》きよげに出《いだ》して、若き女房《ばう》、下仕《づか》へなど乗《の》りたりけり。

少将、ほの聞《きき》て、嵯峨《さが》野へ先《さき》に行《ゆ》きて、松原に隠《かくれ》居《ゐ》て見れば、此《この》車ども近[九]くやり寄《よ》せて、立《たて》並《なら》べたり。[一〇]雑色《ざうしき》、[一一]牛飼《うしかひ》などをば遠《とを》く退《の》けて、侍《さぶらひ》二三人ばかり近く寄《よ》せて、女房《ばう》、[一二]端物《はした》など、車《くるま》よりおりて、[一三]松引《ひき》遊《あそ》びけり。姫君《ひめぎみ》達、車《くるま》の簾《すだれ》あげたれば、確《たしか》ならねど、ほのかに見ゆ。少将、よく[6]隠《かく》れ見《み》るをも知《しら》ず、

一 袴の上につけ、後方へ引く女性の正装。少将はそのすそを捉えた。打ちとけた時もきちんと身づくろいした姫君の身辺がうかがえる。
二 人目がうるさいから。少将の自制心。
三 白雪は降るかいもなくすぐ消える、私も叶わぬ恋に身をこがして、生きているかいもない身だけれど、このまま消えてしまうかと思うと悲しくてたまらない。「ふる」は「経る」と「降る」、「かひ」は「効(かひ)」と「甲斐」のかけことば。「降る」「消ゆ」は「白雪」の縁語。用意して来た文が、姫君のことばを受ける形になった偶然を、少将は姫君に是非とも伝えたかったろう。
四 少将が三の君の夫になる以前の、他人同士だった頃ですら、少将の求婚に応じる意思はなかった、少将が妹の夫となった今となっては。
五 決して決してこんな文を私に取り次がないで。「聞えける」は「宣ひける」とありたいところ。

［9］嵯峨野の遊び（一部白峯寺本）

六 「年」にかかる枕詞。
七 主人にお目通りを許された側近の者。「昇殿ゆりて」(長秋詠藻・下)。
八 牛車の一種。檜の薄板を編んだ網代を屋根や側面に張る。簾の下から女房の「衣の褄」を出したのを「出車(いだしぐるま)」という。
九 少将のいるすぐ近くへ車を引いて来て。
一〇 貴族の家の雑役に従事する者。
一一 牛車の牛を扱う人。
一二 召使いの女。
一三 初春の子(ね)の日の風習。小松を引き、若菜を摘んで長寿を祝う。
一四 すばらしい春の野山の景色をごらんなさい。姫君たちはこういう場所へ来ることは少い。
一五 姿を見られるおそれはありません。
一六 触れてみたくなるような、かわいい若草で。
一七 野遊びに行く提案も、最初に車から降りる

女房共《ばう(ども)》、「[一四]いとお《(を)》かしき物のけしき、御覧ぜよかし」「[一五]見《み》ぐるしくも侍らず」「様《(さまざま)》〱の草共《(ども)》、萌《も》え出《(いで)》たり。[一六]なつかしく」など聞《き》こゆれば、[一七]中の君、おり給へり。紅梅《こうばい》の上《うへ》に濃《こ》き綾《あや》の袿《うちき》、着《き》給へり。さしあゆみ給へる様、いと[一八]あてやかに、髪《かみ》は袿《うちき》の裾《すそ》に等《ひと》しかりけり。次に、三の君《きみ》、おり給へり。[一九]花山吹《やまぶき》の上に、萌黄《もよぎ》の袿《うちき》なり。[7][二〇]ありつかはしき様《さま》は、[8]少《(すこし)》まさりてぞ見え給へる。

姫君は、とみにも折《(おり)》給はぬを、「[二一]いかに」と責《せ》めければ、侍従さし寄《よ》りて、「いかに、人をばおろし参らせて」と申《(まうし)》ければ、おり給へり。[二二]桜重《がさね》の御衣《ぞ》に紅《くれなゐ》の単袴《ひとへばかま》[二三]ふみしだき、[9]さしあゆみ給《たま》へる御姿、いとけだかく、髪《かみ》は袿《うちき》の裾《すそ》に豊《ゆたか》に余《あま》りて、うつくしさ、絵《ゑ》にかく共《(とも)》、筆も及《をよ》びがたくぞ見え給ひける。少将、是《(これ)》を見参らせて、「世には、かくめでたき人も侍るにや」とおぼして、大きなる松の下に隠《かく》れ居《ゐ》給《たま》へるを、[二四]此《(この)》姫君しも見《み》つけ給ひて、顔《かほ》打《(うち)》あかめて、急《いそ》ぎ車《くるま》に乗《の》り給へるに[10]つけても、[二五]心《こゝろ》あるさまなり。を《(お)》の〱騒《さは》ぎ隠《かく》れあへる様も、[二六]あらまほしきほどなり。

少将、の給《(たま)》ふやう、「嵯峨《さが》野の[二七]ゆかしさに、遊《あそ》びつる程に、車の音のし侍《(はべり)》つれば、[11][二八]「あやし、誰にか」とて、立忍《(たちしのび)》たる程に、[二九]隠《かく》れたる信《しん》あれば、顕《あらは》れての利生《りしやう》とかや。[三〇]参りあひたる嬉しさよ」とて、

のも中の君である。紅梅襲《(ねがさ)》に濃紫の綾の袿の着用は季節に合致した衣裳。
一八 上品で美しく。髪の長さは美人の要件。
一九 山吹襲に萌黄の袿の着用は季節に合致した衣裳。三の君には髪の描写が見えない。
二〇 〔3〕にも見える語。
二一 なぜ降りないの。「折」は「降り」の当て字。
二二 諸本、「桜襲」と「藤襲」と両本文に分かれている。一月の藤襲の着用は異例か、「時ならぬ藤襲」の本文を持つ伝本もある。
二三 「水の流れどもを踏みしだく」（源氏物語・椎本）は駒の足、「いと長やかに踏みしだかせ給ひて」（大鏡）は花山院と争う藤原隆家の勇姿。姫君の描写には不似合か。野坂本「踏みくくみ」。
二四 最後に車から降りたこの姫君が、目ざとく少将をお見つけになって。「しも」は強意の助詞。
二五 たしなみ深い様子である。
二六 ぶざまにあわて騒ぐのではなく節度がある。
二七 春の景色の見たさに野の遊びに来てみたら。
二八 はてな、誰の車かな。
二九 世俗諺文の目次（本文欠）に「有[二]陰徳[一]者必有[二]陽報[一]、隠信者有[二]顕感[一]」の一句が見える。「陰徳アレバ、必ズ陽報アリ」（淮南子）を「信」「利生」と仏教語におきかえた当時の諺か。
三〇 念願が叶って、お目にかかれたこの嬉しさ。

1と書き給ふを侍従取りて―とてさま〱のことかきたまへり　2かくと申せば―これをきこゆれは　3嵯峨野―いまやさかの　4三りやう―三やう（底）　5衣の―きぬ（底）　6隠れ―かくれて　7ありつかはしき―いかめしき　8少―今すこし　9さしあゆみ…とおぼして―流布本〔9〕参照　10つけても―つけてても（底）　11あやし―あやしや

〔10〕野辺の贈答（流布本・白峯寺本混合）

[一]春霞たち隔《へだ》つれど野べにいでて松《まつ》の緑《みどり》を今日《けふ》見つるかな

とて、打《(うち)》ずんじ給へば、中の君《きみ》は姫君に、[二]「それ」と聞《き》こゆれば、「そなたにこそ」と、のたまへば、たがひに言《い》ひかはし給《(たまひ)》て、中の君、

[三]片岡《かた》の松とも知《し》らで春《はる》の野に立《た》ちいでてつらん事ぞくやしき

[1]とあれば、少将殿《せうしやうどの》、

[四]君《きみ》と我野辺《われのべ》の小《こ》松を余所《(よそ)》に見《み》て引《ひ》かでや今日《けふ》は立《た》ち帰《かへ》るべき

とて、「此《(この)》たびは、姫君《ひめぎみ》に」と聞《き》こえ給へ共《(ども)》、[五]よしなきありきをして、見えつる事を悲《かな》しくおぼして、打《(うち)》そばみておはするを、「いかで」などと責《せ》めさせ給へば、[六]御返事《(かへりごと)》なくても、むげに知《し》らぬ様《(やう)》におぼえて、姫君、

[七]手もふれで今日《けふ》はよそにて帰りなん人見《ひとみ》の岡の松《まつ》のつらさよ

と、[八]云《(いひ)》消《け》ち給《(たまひ)》ければ、少将、いよ〳〵忍びがたさに、車《くるま》のきはに立《(たち)》寄《よ》り給ひて、[九]「何隠《(かくれ)》させ給ふらん、かひも侍らじ」と聞《き》こゆれば、中の君、「車よりは[一〇]少将《せうしやう》殿の一所《ところ》こそ、おりさせ給《(たまひ)》つれ。余《よ》の人は、いつかは。[一一]知《し》りたり顔《がほ》にも、の給《(たま)》ふ物かな」と言《い》へば、少将、うち笑《わら》ひて、「[一二]ゆゝしき御物争《あらそ》ひかな。[2][一三]御口きよさよ。[一四]いかに兵衛の佐殿《すけどの》に、御物あらがひのあるらん。[一五]うしろめたさこそ」など、戯《たはぶ》れ給《(たまひ)》けるも、[一六]只《(ただ)》姫君《ひめぎみ》にこそと、けしきばみ給ひにけり。少将殿《せうしやうどの》、たび

一 春霞が隔てていても野辺に出れば松の緑は見ることができる、あなたは私を避けているけれど今日、嵯峨野に来て美しいあなたを見ることができた。「松の緑」は姫君を指す。
二 あなたが御返歌なさい。
三 あなたが待ちうけているとも知らずに春の野へ出て来てしまったのがくやしい。「松」は「待つ」のかけことば。「岡は、船岡、片岡。鞆(とも)岡…かたらひの岡、人見の岡」(枕草子)。「明日からは若菜摘まむと片岡のあしたの原は今日ぞ焼くめる」(拾遺集・春・柿本人麿)。次の姫君の歌の「人見の岡」も嵯峨野付近の地名か。
四 子の日の小松は引くのが常だのに、あなたと私は遠く離れて手もふれないで、今日は帰るのかしら。この歌、流布本にはない。
五 つまらぬ遊山(ゆさん)をして少将に見られたのを姫君は悲しんで、横を向いていらっしゃるのを。
六 返歌もなしでは、あまりにそっけない態度だ。
七 人を見ようと待ちうけていた松蔭のあなたがうらめしいから、私は小松を横目で見て、手もふれずに帰りましょう。「人見の岡」は注三参照。
八 姫君は懸想めいた少将の歌を軽く受け流す。
九 そんなにお隠れにならなくてもよろしいでしょう、隠れても無駄ですよ。
一〇 少将殿の奥様(三の君)おひとりだけがお降りになりました、ほかの人はいつ降りたかしら。
一一 見て来たような嘘をおっしゃいますわねえ。
一二 大変な強弁ですね。
一三 きっぱりと上手な御弁明だ。「心の問はむにだに口きよう答へむ」(源氏物語・夕霧)。
一四 さぞや、あなたは夫の兵衛佐殿に対しても口喧嘩をよくなさることだろう。
一五 それを思うと気がかりですね。
一六 ひたすら姫君とことばを交したい一心からだとは、少将のそぶりに、おのずと表れていた。

〱歌など詠《よ》み給ひけり。

[一七]年《とし》をへて[3]思《おも》ひ初《(そめ)》てし片《かた》岡の松《まつ》の緑《みどり》は色深《いろふか》く見ゆ

とあれば、中《なか》[一八]の君、

[一九]程もなき松《まつ》の緑《みどり》のいかなれば思《おも》ひそめつゝ年《とし》をへぬらん

[二〇]三の君《きみ》も、同《おな》じく、かくなん、

[二一]千世までと思ひそめける松なれば緑《みどり》の色《いろ》も深《ふか》きなりけり

姫君《ぎみ》も、つゝましながら、

[二二]子《ね》の日《び》して春《はる》の霞に立《た》ちまじり小松《こまつ》が原《はら》に日を暮《くら》すかな

車よりおり給《(たまひ)》て遊《あそ》び給ふ御有様を見参らせ給ふにつけても、少将、[二三]此世《(この)》にいかにながらへて有《(ある)》べし共《(とも)》おぼえ給《(たまは)》ず、心憂《う》くて、人目も知《し》らぬ程にぞ悲《かな》しみ給ひける。

[4]さて、日も暮《(くれ)》がたになりけるに、鶯《(うぐひす)》の鳴《な》きければ、初音《(はつね)》めづらしく聞《き》ゝて、

三の君、

[二四]我《わ》が宿にまだ訪《をとづ》れぬうぐひすの声する野べに長居《ながゐ》しつべし

中の君《きみ》、

[二五]初声《こゑ》はめづらしけれどうぐひすの鳴《な》く野べなればいざ帰《かへ》りなん

一七 長年見たいと念じていた片岡の松の緑は色深く見える。「松の緑」は姫君を指し、少将の姫君への恋心をこめている。中の君、三の君はその裏の意味を知らずに詠歌する。以下[11]まで白峯寺本に近い本文で、流布本にはない。
一八 白峯寺本は「三の君」の歌とする。
一九 まだ生えたばかりの松の緑を、「年をへて思ひそめてし」とお詠みになるのは合点がゆきません、どんなつもりでお詠みになったのかしら。
二〇 白峯寺本は「中の君」の歌として、ここに「春霞たなびく野辺の姫小松いづれも千世の影ぞこもれる」をあげる。いずれも「程もなき」の前歌が提出した不審に答えた形になっている。
二一 私たち夫婦は松の千代までと契った仲だから緑が色濃いのも当然です。少将の歌を三の君は自分たち夫婦の仲を寿ぐ歌と受取っている。
二二 子の日の遊びで霞のたなびく小松が原に日を暮すことです。「子の日」の松の縁で「根伸び」とかける。
二三 この恋が叶わぬなら生きているかいがない。
二四 家の庭でまだ鳴いてくれぬ鶯の初音が聞えるこの野辺なので、長居してしまいそうだわ。
二五 初声はすばらしいが、あれは「憂く濡(ひ)づ」と鳴く、そんな所に長居は無用ですよ、さあ帰りましょう。「鶯」に「憂く」がかけられる。「我のみや世をうぐひすと鳴きわびむ人の心の花と散りなば」(古今集・恋五)。

[11] 鶯の初音
(白峯寺本同文)

1 とあれば…むげに知らぬ様におぼえて―流布本[10]参照　**2** 御口きよさよ―いかなるよめにもこそはしるく侍るなれ御くちきよさよ　**3** 年をへて…[10]末尾―ナシ　**4** さて…[11]末尾―さても日くれぬれはをの〱かへりたまひて

と聞《き》こゆれば、少将《せうしやう》、かくなん、

[一]初声《こゑ》は今日《けふ》ぞ聞《きき》つるうぐひすの谷のといでて幾世《いく》へぬらん

と、の給《たま》ひて、遊《あそ》び暮《くら》しつゝ、かた〴〵帰《かへり》給へば、少将、姫君の御有様《あり》を見給《たまひ》て、身に[二]そふ心ちして、こゝにて日を暮したく思ひ給へ共《ども》、[三]力なくて、帰り給ひけり。

[1]日数ふるまゝに思ひ乱《みだ》れ、「いかにせん」とのみ、悲《かな》しみ給《たまひ》て、例《れい》の[四]対《たい》の御方《かた》に、たゝ住寄《ずみよ》り、侍従に会《あ》ひて、[五]「あさましく、人々にたばかられて、[六]かゝる物思ふ事のわりなさよ。[七]いかにお《を》かしとおぼしけん、[八]消《き》えも失《う》せまほしけれども、さすがに、捨《すて》やらぬ物は人の身に」などとて、打涙《うち》ぐみ給《たまひ》て、「今は、いかゞ、只《ただ》一こと[九]聞《きこ》えさすべき事の侍也《はべるなり》。是《これ》御覧ぜさせよ」など、たび〳〵、[一〇]の給《たまひ》ければ、侍従《じじゆう》、「[一一]昔だにも、[一二]聞《き》こえわづらひし事也《なり》。今は、いよ〳〵[一三]かたき仰《おほせ》にこそ」と言《い》へば、「[一四]わが君、一たびの御返事《かへりごと》を給《たまひ》[2]たらば、此世《この》の思出《おもひいで》にこそと思ふなり」と聞《き》こゆれば、「[一五]それも、いかが」と思へ共《ども》、[一六]否《いな》みがたくて、度々《たびたび》ほのめかしけれ共《ども》、叶はざりけり。

さるまゝに、少将、思ひかねて、神仏に祈《いの》り給ひける。三の君のもとへも、[一七]行《ゆ》[3]かまうけれども、[一八]思《おも》ひあまりては、侍従《じじゆう》に会《あ》ひてこそ、心を慰《なぐさ》むれ、西の対《たい》の

一 「初声」に姫君の声をたとえる。鶯が谷間を出てから今日で幾日たったろうかという下句に、姫君に思いを寄せる長い月日の感慨をこめる。
二 姫君の面影が。
三 手だてがないのでしかたなく。
四 姫君のいる西の対。「たゝ住」は「佇《たた》《ず》み」の当て字。
五 我ながらあきれるほどうまく人々にだまされて。[7]にも同じ感慨のことばがある。
六 こんな物思いをするとは、本当につらい。
七 姫君はだまされている私を、どんなに滑稽にお思いだったろうか。
八 死んでしまいたいと思うが、そうはいっても人の命は容易に捨てにくいもので。

[12] 思い乱れる男君（一部白峯寺本）

九 姫君に。
一〇 少将が姫君への手紙を侍従にことづけになるので。
一一 [8]の「余所なりし其かみだにも」と同じ気持。
一二 おことづてを姫君に申しあげかねていた。
一三 むずかしい御注文でございます。
一四 哀願する時の常套語。
一五 一度だけの御返事を姫君に御願いしても、どうだろうか、とてもお聞きとどけになるまい。
一六 侍従もことわりにくくて、姫君にこの事を。
一七 行くのが気がすすまないけれど。「まうけれ」は「ま憂し」の已然形。動詞の未然形に接続して、「…するのがつらい」意味をあらわす。成田本「行かまものうく」、流布本「行かまほし」。
一八 姫君恋しさを抑えきれぬ時には、侍従に会うことで心を慰めているのだが。これと次の「西の対…心憂くて」の二つの理由で、少将は「三の君のもとへ」「常は通」うと続く文脈。
一九 色好みの風流の限りを尽して。「過」は当て

けしきを、たゞ見ず成《なり》なむ事の心憂《う》くて、常《つね》は通《かよ》ひければ、宵《よひ》暁に対《たい》を過《すぎ》給ふ[4]とて、古《ふる》き歌の、いと哀《あはれ》なるを、お《を》かしき声にて、うたひつゝ、袖もしぼるばかりにて[一九]過《すき》ありき給ひける。

かくしつゝ、明《あか》し暮す程に、姫君の乳母《めのと》、[二〇]例《れい》ならず心ちおぼえければ、[二一]姫《ひめ》君の、[5]ゆかしうおはしますに、立寄《たちよ》らせ給《たまふ》べきよし、侍従がもとへ言《い》ひやりければ、忍びつゝおはしたりければ、乳母《めのと》、起《お》き出《いで》、泣《な》く〳〵聞《きこ》ゆる様《やう》、「[二二]定《さだめ》なき世と申《まうし》ながら、[二三]老《おい》ぬる物は頼《たのみ》すくなくなん。常《つね》よりも此《この》たびは、[二四]君《きみ》も御ゆかしくて。[二五]かかる心のつきぬれば、「[二六]見奉らん事も、此度《このたび》ばかりにや」など覚《おぼ》ゆるに、[二七]哀《あはれ》は、[6]母宮のおはしまさざりしをこそ、悲《かな》しと思ひつるに、[二八]此老《このおい》うばさへなくなりなん跡《あと》の、[二九]ゆゝしさよ。「[三〇]ともかくも定まり給はんを見奉りて後こそ」と思《おも》ひしに、これを見置《みを》き奉らで、[三一]死出《しで》の山を迷《まよ》はん事の悲しさよ。はかなく成《なり》なん後は、[三二]侍従をこそは、ゆかりとて御覧ぜさせ侍らんずらめ」など言《い》ひて、御髪《ぐし》をかき撫《な》でゝ、さめ〴〵と泣《な》きければ、姫君も侍従《じゞう》も、袖を顔《かほ》に押《を》し当《あ》てゝ、「我も共に具し[三三]給へ」と、声も忍ばず泣《な》き[7]あひければ、[三四]よその袂までも所狭《せ》く[8]程ぞおぼえける。さて、[三五]侍従《じゞう》をば置《を》きて帰らせ給《たまふ》べきよし聞《き》こゆれば、帰《かへ》り給ひにけり。

字で、「好(す)きありき」であろう。
二〇 異例の病状で死を予感したので。
二一 姫君にお目にかかりたいと思いますので、お立ち寄りくださるようにと。
二二 老幼不定は世のならいですが。
二三 特に老人はいつ死ぬかわからないものです。
二四 姫君様にお目にかかりたくて。
二五 こんな弱気にとりつかれたからは。

〔13〕**乳母の死**（一部白峯寺本）

二六 姫君にお目にかかるのも、今度限りか。
二七 「あはれ、こ母宮の」の誤写か。
二八 年とったこの私までが。「うば」は祖母、老女(姥)をいうが、話者の一人称のように使われる。〔22〕の例も同じ。
二九 口にするのもこわいほど、不安だ。
三〇 姫君が結婚なさるのを見とどけた上で死にたい。入内を目標にしていたが、今はそれにこだわり続ける余裕もない乳母の心境。
三一 死者が越えて行く冥途(めいど)にある山。
三二 侍従を私の身がわりだとお思いになってお使いください。「ゆかり」の語、以下に意識的に使われる。
三三 冥途の旅に連れていってください。
三四 まわりの者まで、もらい泣きして袂が濡れるほどだった。「所狭く」は「所狭き」の誤写か。
三五 侍従を残して、姫君はお帰りなさい。乳母のことば。

1日数ふるまゝに…人〻にたばかられて—流布本〔12〕参照　2給たらば—たまはらば　3行かまうけれども(意改)—ゆかましけれとも(底)　4とて—とては　5ゆかしう—ゆゝしう(底)　6母宮—宮　7あひ—給ひ　8程ぞおぼえける—きこえける

かくしつゝ、なやみまさりて、五月《さ》[一]（つき）のつごもり比（ごろ）に、はかなくなりにけり。姫君、「侍従《じじう》[二]が思ひ、さこそあるらめ」と、乳母《めのと》[三]の歎《なげき》の上に侍従《じゞう》が心ぐるしさ思ひやり給《たま》ふ。侍従《じじう》は、母の悲《かな》しみの中に、姫君《ひめぎみ》の御つれ〴〵を歎《なげ》きつゝ、さて、後《のち》[四]〳〵のわざも、こま〴〵と営《いとな》みけり。

果《は》[五]ての日、姫《ひめ》君の常《つね》に着《き》給ひける袿《うちき》一重《かさね》、侍従《じゞう》がもとへ、つかはすとて、

[六]からころも死出《しで》の山路（やまぢ）を尋（たづね）つゝ我《わ》がはごくみし[1]袖をとひなむ

と、褄《つま》に書《か》きつけて、やり給（たまひ）ければ、侍従、是（これ）を見て、顔《かほ》に押《を》しあてゝ、人目[七]もつゝまざりけり。

営《いとな》[2]み侍る程に、七月七日[八]あまりに、姫君のもとへ参りたりけるに、初秋[3]の、いとあはれなる夜、端《はし》近く出（いで）て、世の中の、はかなく哀（あはれ）なることを聞（きこ）え合（あはせ）て、泣《な》き居《ゐ》たるを、少将、立聞（たちぎき）て、あはれさ限《かぎ》りなかりければ、とぶらひ侍らんとて、蔀《しとみ》[九]を叩《たゝ》けば、侍従《じゞう》は、「少将也（せうしやう（なり））」とて、出（いで）あひて、聞《き》こゆる様（やう）、「物思[一〇]ふは、悲《かな》しき事とは、此（この）程こそ思ひ知《し》られ侍れ」と言《い》へば、「さこそは侍（はべり）[一一]けめ、あな哀（あはれ）」など、言《い》ひかはす[4]程に、小夜《さ》もなかばに過（すぎ）て、鐘の音聞《き》こえければ、侍従《じじう》、何心もなく、物語の中に、

[一二]暁の鐘の音《をと》こそ聞《き》こゆなれ

一 五月下旬、乳母は、世を去った。
二 侍従の悲しみは、いかほどであろうか。
三 姫君は、乳母の死の歎きに加えて侍従の心情を察し、侍従は、母を失った悲しみの中にあっても、頼りない姫君の日常を心配する。一心同体の姫君と侍従の、心の交流を強調する。
四 亡母供養の仏事。この間、侍従は姫君と別居。
五 死後、四十九日の終りの日。袿は供養の品。

［14］姫君の弔問（流布本同文）

六 私の着ていた唐衣は、死出の山路まで乳母を尋ねて、私を養育してくれた乳母の袖にめぐり合うであろう。［13］の「我も共に具し給へ」の願いは叶わぬまでも、身がわりの唐衣が乳母と共に死出の山を越してほしいという気持。「唐衣」「袖」は縁語。風葉和歌集詞書「乳母のなくなりたる四十九日のわざし侍けるに袿つかはすとて書きつけける／住吉の関白北方」、下句「われはぐくみし袖に重ねよ」。「はごくむ」は「はぐくむ」の転じた語。

［15］「これを入相」の連歌（流布本同文）

七 人目も憚らず涙を流した。姫君への感謝の涙。
八 「七七日（なななぬか）」の誤写か。「七月十日」の本文もある。四十九日（なななぬか）直後、侍従はすぐ帰参。
九 ［8］の最初の訪問以来、蔀を叩くのが少将の来訪の恒例となり、侍従はすぐそれと察する。
一〇 母の死を体験して、少将の物思いの悲しさも本当にわかるようになったと、侍従の挨拶。
一一 母を失った悲しみは、いかほどであったろうか。少将も中陰あけを見はからっての弔問。
一二 「別れを告げる暁の鐘の音が聞こえる」と侍従がつぶやくと、少将が「この鐘が逢瀬を告げる入相の鐘だったら、うれしかろうに」と応ずる連歌。風葉和歌集・序に「住吉の、これを入相の連歌とは、小一条院の御歌とか聞こゆ」とあ

と言《い》へば、
是《これ》を入会《いりあひ》と思はましかば

と、打《うち》ながめ給ひけり。姫《ひめ》君も、「一三あはれ」とぞ聞《き》ゝとがめ給《たま》ひける。さて、夜も明《あけ》にけり。

かくしつゝ過《す》ぎ行《ゆ》く程に、少将、いよ〳〵深《ふか》く[5]のみ思《おも》ひて、「一四只《ただ》一[6]くだりの御返事《かへりごと》のゆかしき也《なり》。一五やすき程の事を。人の願《ねが》ひ叶《かな》へ給へかし」など言《い》ひて、

一六秋の夜の草葉よりなを《ほ》あさましく露けかりける我《わ》が袂《たもと》かな

など、浅《あさ》からぬ様に聞《き》こえければ、「一七あまりに、人のつれなきも、哀《あはれ》も知《し》らぬに侍《はべり》」とて、歌の返《かへ》し、すゝめければ、「あはれと思へども、一八人目《め》のつゝましさにこそ」とて、

一九朝夕《ゆふ》に風を《お》とづるゝ草葉より露のこぼるゝ袖《そで》を見せばや

と書《か》きて、二〇打《うち》置《を》き給ふを、侍従《じじゆう》、取《と》りて、

二一ゆかりまで袖こそ濡《ぬ》るれ武蔵《むさし》野の露けきなかに入《い》りそめしより

と書《か》き添《そ》へてやりければ、少将、うち見《み》て、嬉しさにも胸騒《むねさは》ぎて、「二二一言葉《ことば》の御返事《かへりごと》に、世の中の背《そむ》きがたく。侍従の心のありがたさよ」とて、

二三武蔵《むさし》野のゆかりの草の露ばかりわか紫の心《こゝろ》ありせば

る。小一条院の歌は、「女のもとにて、暁、鐘を聞きて」の詞書で二句「鐘の声」(後拾遺集・雑二)。両者の先後には諸説がある。→解説。

一三「をかし」とする本文もある。

一四〔12〕にも見えた同じ懇願を繰り返す。

一五容易な事ではないか。

一六私の袂は流す涙で、秋の夜露が置いた草葉よりもっとひどく、しっとりと濡れています。

一七あまりすげなくなさるのも情に欠けるというものです。侍従は姫君に返歌をすすめる。

ひとくだりの返事
〔**16**〕(流布本・白峯寺本混合)

一八世間の目、人の思わくが気になるから。ためらいながら姫君もほだされて返歌する。

一九草葉の露よりも袂が濡れるとおっしゃいますが、朝風、夕風につけて私の方はそれにもます悲しみ、なんならその袖を御覧にいれようかしら。表面は乳母の死を悲しむ歌にしている。

二〇少将に渡せとは、ひとことも言わない。

二一姫君の縁者の私まで同情の涙を禁じえません。〔13〕の乳母の遺言に「侍従をこそは、ゆかりとて御覧ぜ」よとある。「紫のひともとゆゑに武蔵野の草はみながらあはれとぞ見る」(古今集・雑上)を踏まえ、少将の恋の心情を熟知して詠む。歌の真意は当事者にしかわからぬようにぼかしてある。 二二〔12〕で、返事をいただけたら、それを「此世の思出に」と思っていた少将だが、もらうと「世の中」が「背きがたく」なる。

二三「ゆかりの草」(侍従)のように、少しでも「若紫」(姫君)が私を思ってくれたら嬉しいのだが。

1はごくみし―はくゝみし 2営み―とかくいとなみ 3初秋の―はつ秋の月 4かはす―かよはす 5のみ思ひ―おもひなり 6一くだり―一もし

など、言《い》[1]ひ通《かよ》はす程に、夜も明方《あけがた》になりければ、立《た》ち帰《かへ》らんとて、

一天《あま》の原《はら》のどかに照《てら》す月かげを君もろともに見《み》るよしもがな

となん。され共《ども》、此《この》たびは御返事《かへり》もなし。

[2]何となく、ながめ給《たまひ》て、三の君の御方《かた》へおはして見《み》給へば、二何心なくおはするを、いとを《ほ》しくて、御物語などして、かやうに三世中《よのなか》のはかなきことを仰《おほせ》つゞけられ、「四我《われ》いかにもなりたらん時、五おぼしめし出《いだ》しなんや」と、少将、の給《たま》へば、三の君《きみ》、「六時〳〵《ときどき》聞《きこ》え給ふさへ心憂《う》くおぼゆるに、まして、七さもあらば、我身《わがみ》いかにせん」と、の給《たま》ふも、さすがに、是《これ》も哀也《あはれなり》。明《あけ》ぬれば、立《たち》帰らんとし給へば、「八いかに」など聞《き》こゆれば、少将、

九絶《た》えなむと思ふ物《もの》から玉《たま》かづらさすがにかけてくると知《し》らなん

と、の給《たま》へば、三の君、いと哀《あはれ》に思ひ給《たまひ》て、

一〇絶《たえ》はてむ事ぞかなしき玉かづらくる山人《やまひと》のたより思へば

と、の給《たま》へば、少将、一一さすがに見捨《すて》がたく仰《おほせ》けれ共《ども》、明《あけ》ぬれば帰給《かへりたまひ》て、一二いつしか御文有《あり》。

一三白露をともにおき居《ゐ》てはかなくも秋の夜すがら明《あ》かしつるかな

かく申《まうし》給へ共《ども》、又《また》、人目もつゝましさにや、御返事《かへりごと》もなし。

一　空をのどかに照す月を、姫君といっしょに見ることができたらなあ。暁の別れに、姫君から見送ってももらえぬ少将のなげき。以下、「君があたり」の歌の前まで白峯寺本と同文。
二　三の君はこの事態に全く気づいていない。
三　少将は世のはかなさの一般論から話を始める。
四　私がどうかなった時。出家したり、来訪がとだえたりした場合のことを婉曲に言う。

〔17〕姫君への思い、三の君への思い（流布本・白峯寺本混合）

五　あなたは私を思い出してくれるかしら。
六　時々私にそんなお話をなさるのさえ。
七　あなたがどうかなったら、私はどうすればよいのかしら。
八　どうしてそんなにすぐお帰りになるの。
九　絶えそうだと思うものの、蔓草はたぐればつながって来る、私だってちゃんとあなたの所へ来るのだと信頼して欲しいものだ。「絶ゆ」「掛く」「繰る」は「玉鬘」の縁語。「繰る」に「来る」をかける。
一〇　たまに来る木こりの手づるだと思うと、繰る蔓草が絶えてしまうのは悲しいわ。
一一　歌の「さすがにかけてくる」は御機嫌とりのことば、しかし今は本心いとしく思ったが。
一二　邸に帰るとすぐ少将は姫君に手紙を送る。三の君への手紙ではない。
一三　昨夜は白露の置く夜すがら、ごいっしょに寝もせずに、秋の夜長をはかなく明かしてしまいましたね。「おき」に「置」「起」をかける。昨夜の「露」をめぐる贈答を念頭に置いた歌。
一四　以下、三の君から次第に離れて姫君の方へ傾斜して行く少将の心のゆれを再度描く。
一五　ぴったり格子をおろし、人の気はいもない。
一六　昨日も今日もつれない少将の態度に、三の

[一四]暮《(くる)》れば、対《たい》の御方におはしまして、見給へば、[一五]おろし籠《(こめ)》て、人もなし。三の君《きみ》の方《かた》へおはしましたれ共《(ども)》、物憂《う》くて、立《(たち)》帰りなんとし給《たま》へば、[一六]心憂《う》くおぼえて、三の君《きみ》、

[一七]玉《(たま)》さかに満《み》ち来る潮《しほ》の程もなく立ち帰りなばうらむばかりぞ

と、忍び声に、ながめ給《たま》へば、哀《(あはれ)》におぼえて、[一八]其《(その)》夜はとゞまり給ひけり。[一九]御心隔《へだ》てなく語《かた》り給ふを、「かき絶《た》えなん後、いかばかりおぼしめさんずらん」と、思召《(おぼしめし)》つゞけ、其《(その)》日は語《かた》らひ暮し給《(たまひ)》て、又《(また)》、出給《(いでたまふ)》とて、[二〇]対《たい》の御方に立《(たち)》やすらひ給ひて、かくこそ、

[二一]君があたり今ぞ過《す》ぎ行《(ゆく)》いでて見よ恋する人《ひと》のなれる姿《すがた》を

と、おかしき声して、うたひければ、侍《じ》従《ゞう》、聞《(きき)》咎《とが》めて、[二二]ま戸《(と)》を押《を》しあけて、「いかに」と言《い》へば、少将、「世間《(よのなか)》の憂《う》さ、まさり行《(ゆけ)》ば、[二三]深《ふか》き山にもなど、思ひとりて」など言《い》ひ給へば、侍《じ》従《ゞう》、「[二四]いでや、一念随喜《ねんずいき》とこそ承《(うけたまは)》れ。まして、[二五]武蔵《むさし》野の草のゆかりなれば、同じ蓮《はちす》[3]にこそ」と言《い》へば、「[二六]嬉しき善知識《ちしき》とかやにこそ」と、[4]たはぶれ給《たま》ふ。

其《(その)》後、三の君《きみ》の事は、かれぐ\に成《(なり)》給ふを、侍従は、[二七]かたはらいたく思《おも》ひ侍りけり。

君も恨みがましい歌を口にする。

一七 来てすぐ帰ってしまうなら恨みますわよ、あなたは浦に満ちて来る潮みたいに気まぐれなんですもの。「恨む」に「浦」をかける。「満つ」「潮」「立ち帰る」はその縁語。

一八 三の君を見捨てる決断は少将にもない。

一九 少将が泊ると三の君も機嫌がなおる。少将は破局を予感しながら三の君の相手をする。

二〇 姫君方の、例の部のあたりであろう。

二一 つれないあなたのあたりを今通って行きます、出て見てください、恋にやつれた私のこの姿を。源氏物語の古注はこの歌を朝顔巻の引歌にあげる。「物言ひける女に蝉のからを包みてつかはすとて」の詞書で、「是を見よ人もすさめぬ恋すとて音を鳴く虫のなれる姿を」(後撰集・恋三・源重光)の類想歌がある。→解説。

二二 「つま戸」の本文によるべきか。

二三 山の奥へでも入ってしまおうかと決心して。

二四 そうですねえ、一瞬でも仏の教えに喜んで従えば、報いがあると聞いています。「咸《(すとしく)》仏前ニオイテ、妙法華経ノ一偈一句ヲ聞キテ、乃至一念モ随喜スル者ニハ、我ハ皆記ヲ与ヘ授ク」(法華経・法師品)。

二五 あなたの歌(〔16〕)にあるように、私は「武蔵野のゆかりの草」なのだから、一念随喜というなら、あなたのおかげで一蓮托生となりますね。

二六 あなたこそ、私を導いてくれる有難い先達じゃないのかな(姫君のことで随分お世話になるもの)。二人の間で冗談のやり取りが続く。

二七 事情を知っているので気の毒に思った。

1 言ひ通はす程に…此たびは御返事もなし—いひかへしける　2 何となく…立やすらひ給ひて、かくこそ—流布本〔17〕参照　3 に—も　4 たはぶれ給ふ…九月にも成ぬれば—流布本〔17〕参照

かくて、九月にも成《なり》ぬれば、中納言、北の方に、の給《たまふ》やう、「[一]行末《ゆくすゑ》は知《し》らず、二人の君《きみ》は、ありつきぬ。此《この》対《たい》の方を、今年の[二]五節《せつ》に参らせばやと思ふに、[三]打《うち》あはぬ事の心憂《う》さよ」とて歎《なげ》き給へば、[四]我《わが》子どもに思ひまし給へるを、「ねたし」と思ひながら、言《い》ふやう、「なか〳〵、[五]おぼえすくなき宮仕《みやづかへ》よりも、時めかん上達部《かんだちめ》などに、[六]あはせ給へかし」など言《い》へば、「[七]なみ〳〵の人には見せん事もあたらしさに」など、の給《たま》へば、まゝ母、「ともかくも、[八]御はからひにてこそ」と言《いひ》ながら、「[九]いかにしてか、あやしき名を立《た》てて、思ひうとません」と案《あん》じけり。

[一〇]中納言、霜月の事なれば、其《その》[一一]出立《いでたち》をのみ営《いとな》まれければ、まゝ母、ともに営《いとな》むけしきにて、下《した》には、「[一二]人笑《わら》はれになすよしもがな」と思ひ、人静《しづ》[2]まれる時に、中納言に聞《きこ》ゆるやう、「[一三]聞《きき》ながら申さざらんは、うしろめたき事なれば、申也《まうすなり》。此《この》対《たい》の御方《かた》をば、我《わが》娘《むすめ》たちにも[一四]すぐれて[3]おはせしとこそ思《おも》ひ侍《はべる》に、此《この》八月よりの事を、露《つゆ》知《し》らざりけるよ」とて、[一五]そら泣《な》きをしければ、中納言、あきれて、「こは、何事ぞ」と問《と》ひ給へば、「[一六]六角堂《だう》の[一七]別当法師とかやいふ、[一八]あさましき法師の、姫《ひめ》君のもとへ通《かよ》ひけるが、此《この》暁も、寝《ね》過《すぐ》したりけるにや、[一九]対《たい》の格子《かうし》を放《はな》ちて、[二〇]人の見《み》るともなく出《いで》にける事の、心憂《う》さよ」とて、「是《これ》、いつ

〔18〕姫君参内の準備（流布本同文）

一 将来のことはわからぬが、中の君、三の君の身のふり方は決った。
二 新嘗(にいなめ)祭、大嘗(だいじょう)祭の時、十一月に宮中で行われる五人の舞姫による舞楽。藤原高子は貞観元年(八五九)五節舞姫をつとめ従五位下に叙せられ、後、清和天皇の皇后となった例もある。故母宮の遺言実行のための中納言の作戦。
三 思い通りに都合よくいかない。五節を献ずる費用は莫大なので、安和二年(九六九)には献じた翌年の特別加俸が定められた。不足を補う中宮、摂関家などの援助も中納言にはない。
四 自分の実子より姫君を大事にする中納言のやり方が、継母には腹立たしい。
五 〔5〕の筑前と同意見。
六 結婚させなさいませ。
七 並みの人には結婚させるのも惜しくてね。
八 あなたの御考えでお決めなさい。
九 どうにかして姫君に変な評判を立てて、父が姫君を嫌うようにしむけよう。

〔19〕継母の策謀（流布本同文）

一〇 五節は十一月丑(うし)の日から四日間の行事。
一一 姫君を舞姫に出す用意ばかりに懸命なので。
一二 姫君を世の笑いものにする方法がないかな。
一三 耳にしながら申さぬのは心苦しいので。
一四 すぐれていらっしゃったと。「すぐれておはせよかし」の本文によるべきか。
一五 泣きまね。
一六 京都市中京区にある六角堂頂法寺。
一七 別当は一山の寺務を統轄する役僧。格式高い寺の別当が姫君に通う設定は、「大安寺ノ別当ノ娘ノ許ニ蔵人ノ通フ語」(今昔物語集十九ノ二十)など妻帯の大寺別当を背景にした虚言。罵って「別当法師」と呼んだ。

はりならば、[二一]仏神など、げに〳〵」と言《いひ》ければ、中納言、「よも、さる事はあらじ。女房《ばう》などの中《なか》にぞ、[二二]さることはあるらん」と、の給《たま》ひければ、「[二三]中《なか》の格《かう》子《し》を放《はな》ちて出《いで》ける。[二四]うはの空なる事をば、いかで。よく〳〵[二五]聞《き》きてこそ」など言《い》ひ給へども、猶《なほ》、「[二六]げに」と思《おも》ひ給はざりけり。

まゝ母《はゝ》、[二七]三の君の乳母《めのと》に、きはめて心むくつけかりける女[4]に、[二八]聞《き》こえ合《あは》するやう、「此対《このたい》の君を、[二九]我娘《わがむすめ》たちに思ひまし給へるがねたしさ[5]に、[三〇]とかく言《い》へども叶《かな》はぬ、いかゞすべき」と言《い》へば、[三一]むくつけ女、「[三二]我《われ》も安《やす》からずは侍れ共《ども》、思ひながら打過《うちすぐ》し侍《さぶ》らひつるに、[三三]嬉しく」とて、[三四]さゝめきあはせて、其《その》後、三日ありて、[三五]あやしき法師を語《かた》らひ、中納言に聞《き》こゆるやうは、「偽《いつはり》とぞおぼしたりしに。只今《ただ》、[三六]かの法師《ほうし》、出《いづ》るなり」と聞《き》こゆれば、[三七]見給ひける時に、出《いで》にける。「[三八]あな、ゆゝし[6]や。幼《おさな》くては母にを《お》くれて、又《また》、乳母《めのと》さへに離《はな》れて、哀《あはれ》、[三九]果報《くわほう》[7]わろき物とは思へ共《ども》、[四〇]あな、あさまし」とて、入給《いりたまひ》ぬ。[四一]さて、宮仕《みやづかへ》の事は、おぼしとゞまりぬ。

中納言、対《たい》におはしければ、姫君、何心なく居《ゐ》給ふに、向《む》かひて、「いみじき事のみ出でくる事の、あさましさよ」と、のたまへば、姫君も、「[四二]何事にや」と思ひ給へり。中納言、[四三]立《たち》ざまに、侍従を呼《よ》びて、の給《たまふ》、「あさましき事を聞《きけ》

一八 あきれた坊主が。身分が賤しいのではない。

一九 姫君のいる西の対。「格子を放ちて」は、ひそかに出入りする時の表現。

二〇 人が見ているのも知らずに。

二一 誓って神仏よ罰をお与えください。

二二 そんな法師を通わせることもあるだろう。

二三 殿舎内の隔ての「中の戸」「中の障子」を襖障子でなく格子としたもの。

二四 あてにならぬ事など決して申しません。

二五 事実を聞きただした上で申すのです。

二六 なるほど、そんなこともあるかもしれぬ。

二七 三の君の乳母で、とてもおそろしく心のねじけた女に。「きはめて」は中古の漢文訓読語。

二八 相談する。 二九 前頁三行と同じ発想。「ねたしさ」は、成田本「胸痛さ」。

三〇 いろいろ悪口を言ってみるが、成功しない。

三一 三の君の乳母。以下、「むくつけ女」と呼ぶ。

三二 私も心おだやかではありませんが、気にしながら口には出さずに過して来ましたのに。

三三 よくぞ相談してくださいました。

三四 ひそひそとしめし合わせて。

三五 賤しい坊主を仲間に引き入れて。

三六 あの六角堂の別当法師が。

三七 中納言の御覧になった時に法師が。

三八 まあ、とんでもないことだ。

三九 しあわせに恵まれぬ子だとは思うものの。

四〇 ほんとに、あきれてしまう。

四一 かくて入内の計画は断念なすった。直前に五節献上を辞し、と

〔20〕姫君、真相を知る
(流布本同文)

1御—ナシ　2静まれる—しつかなる　3おはせし—おはせよかし　4女—女房　5ねたしさ—ねたさ　6ゆゝしや—ゆゝしのことや　7わろき—すくなき

ば、内参《うちまい》りは、とゞまりぬ」とばかりありて[1]帰《(かへり)》給へば、[一]心えぬ事なれば、言《い》ひやる方《(かた)》なくて、やみにけり。

「[二]さるにても、いかなるにか」とて、[三]式部《しきぶ》といふ女の、対《たい》の方に心寄《よ》せなるに会《あ》ひて、「中納言殿《どの》の、[四]しか〴〵と仰《(おほせ)》られしは、何事にや。聞《(きき)》給ふか」と言《い》へば、式部《しきぶ》、[五]しか〴〵、たばかるよしを言《い》ひけり。侍従《じゞう》、[六]騒《さは》ぎて、姫君《ひめぎみ》に聞《(きこ)》え合《(あはせ)》て、「[七]母なからん物《(もの)》は、世に永《なが》らふまじきことにこそ」とて、二人ながら[八]引《(ひき)》かづきて、うつぶしながら、「此《(この)》事、[九]誰にも聞《(きこ)》えさすな。[一〇]とかく言《い》はん程に、あなたこなたの名の立《(たた)》ん事も、見《み》ぐるし」とぞ、の給《(たま)》ふ。まゝ母は、[一一]し得《え》たる心ちして、むくつけ女も[2]二人《ふたり》、[一二]下笑《したえ》みに笑《え》みあへる。

中納言、「[一三]内《うち》参りこそ、とゞまり侍らめ、さもあらん人に見《み》せばや」と、おぼす程に、[一四]内大臣の御子に、宰相《さいしやう》にて侍《(はべり)》ける人、左兵衛の督《かみ》にて、廾五六ばかりなるが、万《(よろづ)》、人にすぐれたるに、此由《(このよし)》ほのめかしければ、[一五]中納言、「いとよきことよ」とて、霜月と定《さだ》めてけり。おそろしき心共《(とも)》知《し》り給《(たまは)》ず、[3][一六]まゝ母に言《い》ひあはせ給へば、「[一七]よき事にこそ」と言《い》ひて、下には、いと胸《むね》いたき事に思へり。

中納言、対《たい》に立《(たち)》寄《よ》りて、侍従に向《む》かひて、「内《うち》参りのとゞまりしは口惜《お》しながら、[一八]さてのみやはとて、[一九]たゝん月に左兵衛《さひやうゑ》の督[4]にと思ふ也《(なり)》。[二〇]其《(その)》よし、心得て

がめは受けたが数日で許された例もある(小右記・寛仁三年十月二十七日条)。
四二 姫君には事態が理解できない。
四三 中納言は来るなり理由もいわず慨嘆し、立ちぎわにも結論だけ言い捨てる。

一 藪から棒の事で弁明するいとまもなかった。
二 それにしても、どうなっているのかしら。
三 継母方の女房で、姫君に好意を寄せている式部という女房に。
四 「いみじき事」「あさましき事」との仰せは。
五 [19]の継母の計略を指す。
六 あわてふためいて。
七 母のない子は、世に生き残らぬのがいいのだ。
八 衣などをひきかぶって。
九 誰にももらしてはいけません。
一〇 いろいろ噂が流れて父母や私たちの評判が立つと世間態が悪い。しっかりした姫君の意見。
一一 してやったりという思いで。

[21] 姫君の縁談（流布本同文）

一二 心中たがいに得意のえみをもらした。
一三 姫君入内の計画は断念するのもやむをえぬが、然るべき身分の人に姫君を縁づけたい。
一四 内大臣の子で、二十四歳で参議(宰相)となったのは藤原朝光。朝光が参議となる二月前、父兼通は関白太政大臣に、朝光も翌天延三年(九七五)正月、権中納言に昇っている。朝光の異腹の兄、参議時光は貞元二年(九七七)四月、三十歳で左兵衛督を兼ねている。時光・朝光を合体させた人物設定か。
一五 下に「うけひきつ」などとあるべき所。縁談を持ちかけたら相手が承知したので、と続く文脈。あるいは「中納言」は「宰相殿」の誤写か。
一六 中納言が継母に。

おはすべし」とて、母宮《はゝ》[二一]の三条堀河《ほりかは》成《なる》所を、しつらひて、そこに住《す》ませ奉らんと営《いとな》まれけり。姫君、「親《おや》[二二]ながら、おぼすらん事のはづかしさよ。只《ただ》、尼《あま》になりて、聞《きこ》[二三]えざらん所にと思ふ」と、の給《たま》へば、「中納言殿の、[二四]かくまでおぼしたらん、背《そむ》き給はんは、いと本意《ほい》なき事にて侍《はべる》べし。北方《きたのかた》[二五]にこそ本意《ほい》なくおはします共《とも》、有《あり》へんまゝに、聞《き》ゝひらき給《たまひ》てん」などぞ、侍従、言《い》ひなぐさめける。

まゝ母《はゝ》、猶《なほ》、[二六]この事をそねみて、むくつけ女にさゝめき合《あはせ》て、「此《この》姫君を、[二七]さしもなからんずる下衆《げす》に盗《ぬす》ませばや」と言《い》へば、むくつけ女、うち笑《ゑ》みて、「[二八]うばが兄《あに》の主計《かずゑ》[二九]の助《すけ》とて、七十ばかりなる翁《おきな》の、目《め》打《うち》たゞれたるが、此《この》程、[三〇]年比《としごろ》に離《はな》れて、[三一]人を語《かた》らはんとするに、聞入《ききいる》る物《もの》もなきに思ひわづらひ侍《はべる》に、此《この》よしを申さばや」と聞《き》こゆれば、「言《い》[三二]ひあはする甲斐《かひ》有《あり》て、いと嬉しくこそ。[三三]とく〳〵」と、「急《いそ》ぎて」と、の給《たま》へば、かしこに行《ゆ》きて、「しか〳〵」と聞《きこ》ゆれば、主計《かずゑ》の助《すけ》、皺《しは》ぐみ、にくさげなる顔《かほ》して、ほゝゑみて、「あな嬉し、よき事かな。中納言殿《どの》や、[三四]心得ずおぼしめさんずらん」と言《い》へば、「それは、北《きたの》方《かた》の能〻《よくよく》はからひて」など言《い》へば、「それはよき事。あなめでた〳〵《あな…》、とく〳〵急《いそ》がばや」と言《い》ふ。能〻《よくよく》[三五]かためて、帰りにけり。

一七 よい縁談で、好都合ですと、継母は言ったものの、腹のうちでは不愉快な事だと思った。
一八 そのまま放っておくわけにはいかないから。
一九 来月。従って今は十月初旬。
二〇 この件、心づもりをしていてもらいたい。
二一 母宮が親から伝領した邸。落窪物語の女主人公も「三条なる所」を母から伝領している。
二二 親ながら、あんな噂を信じて私のことを駄目な娘だとお思いだろうと思うと、恥かしい。
二三 「いかならむ巌の中に住まばかは世の憂きことの聞こえ来ざらむ」(古今集・雑下)。
二四 噂を信じながら、なお縁談を進める中納言の、姫君への愛情にお背きになるのは。
二五 北の方様には愛情を期待できまいが、年月がたてば中納言も真相を御理解になるでしょう。

[22] 憎まれ役主計の助の登場(流布本同文)

二六 この新しい縁談をねたんで。
二七 取るに足らぬ身分の男に盗ませたい。「盗む」は、非合法な手段でこっそり妻とすること。
二八 私の兄。「うば」は、むくつけ女の自称。
二九 諸本「主計の頭」。源氏物語・蛍も同じ。落窪物語で同じ役割の好色の老人は「典薬の助」。
三〇 長年(つれそった妻)に。「年比」は「秕」「粃」(しひ)(な)の草体の誤写で老女のたとえか。
三一 後妻を迎えたいと思っているが、誰も相手にしないので、困惑しております、あの翁に。
三二 相談した甲斐があって、本当に嬉しい。
三三 「早く早く」と、「急いで」と、せかすので。
三四 合点がゆかぬ成り行きだとお思いになろう。
三五 堅く約束し、手順を決めて。

1 ありて—の給て　2 も—と　3 まゝ母—又まゝ母　4 督(意改)—すけ(底)

まゝ母に、「しかく〵」と聞《きこ》ゆれば、[一]笑《え》み設《まふ》けて、「[二]たゞ神無月廿日比《ごろ》」と[1]聞《き》こゆれば、「十日より先《さき》」と、さゝめくを、心寄《よ》せの式部《しきぶ》聞《き》[2]きて、侍従《じゞう》に「しかしかとたばかり給ふ也《なり》。[三]おそれは侍れ共《ども》。ゆゝしく、罪深《つみふか》き事に侍《はべれ》ば、哀《あはれ》さに」など聞《き》こゆれば、「[四]今まで永《なが》らへておはします心憂《う》さよ」とて、「[五]先《さき》のたび、[六]尼《あま》に成《なり》なましかば。[七]そこに、とゞめ置《を》きて、かゝる事をも聞《き》かする」とあれば、侍従《じゞう》、「[八]かくまでの事とこそ思ひ侍らね。此度《このたび》は理《ことわり》[九]にてありける」と音《ね》をのみ泣《な》き給ひけり。

さて、「[一〇]かくてのみ、おはしますべきにあらず、中納言殿《どの》に申《まうさ》せ給へかし」と聞《き》こゆれば、「[一一]北方、二《に》なき事を言《い》ひつけ奉《たてまつる》にや、是《これ》を、はれたり共《とも》、又《また》もく〵、まさるさまの事も有《ある》[3]べし。又《また》、[一二]いかなることもがなと、たばかり給はんずらん。[一三]只《ただ》、聞《きこ》えざらん野《の》山の中にて、尼《あま》に成《なり》て、此《この》世を思ひ離《はな》れん」と聞《きこ》ゆれば、「[一四]此度《このたび》は、理《ことわり》にて侍《はべり》。さらば、侍従も尼《あま》に成《なり》て、[一五]母の後世をもとぶらひ侍らん。[一六]いかに其《その》時、あはれに侍らん」とて、二人ながら袖もしぼるばかりにて、[一七]かくは言《い》ひながら、若き人ゝなれば、「[一八]いづくにて、いかにすべし」共《とも》、おぼえざりければ、姫君、「[一九]乳母《めのと》だにあらば、ともかくも、はからひてまし。今は、[二〇]そこをこそ何とも頼《たのみ》たれ。[二一]此《この》月も過《すぎ》なんとす、いかにもはからふべ

一　満面にえみを浮かべて。
二　むくつけ女が「じきに十月二十日頃、実行しよう」と言うと、北の方は「挙式の霜月十日以前に」と日程をささやき合うのを。
三　おそれおおい事ですが、お知らせします。
四　今まで生きながらえて来たのが辛い。「おはします」は、姫君のことばとして妥当でない。
五　六角堂の別当法師との噂を立てられた時。
六　尼になっていたらよかったわ。
七　お前(侍従)がとめだてしたものだから、今度はこんないやな事をお前の口から聞くことになる。〔21〕の姫君と侍従とのことばを踏まえる。
八　これほどひどい事態は予想しませんでした。
九　姫君のことばが理に叶っています。
一〇　こうしてただ手をこまぬいていらっしゃる時ではありません。

〔23〕住吉の尼君へ上京を依頼(流布本同文)

一一　北の方は中納言に、二つとないひどい中傷をなさるのだからね、今度の一件を無事に解決しても、次々と、これ以上の困った事態が起ろう。
一二　北の方が、何かうまい手段はないかと、新しいたくらみをなさるに違いない。
一三　〔21〕に同じ姫君のことばがあった。
一四　侍従は〔22〕末尾と同じ発言を繰り返す。
一五　侍従の母(乳母)の死後の冥福。
一六　二人そろって尼になったその時は、どんなに切ない思いをかみしめることでしょう。
一七　ここまで思いつめてはみたものの。
一八　どこで、どうすればよいか、思案にくれて。
一九　乳母でも生きていてくれたら、何かと知恵を貸してくれたろうに。
二〇　お前(侍従)だけが何につけても頼りだ。
二一　継母たちの計画実行は十月下旬ごろ。
二二　どうしてよいか思案がつきません。

し」と、の給《たま》へば、侍従《じじゅう》も、「[二二]いかに共《とも》、おぼえず」など言《い》ひつゝ、とかく案《あん》ずる程に、[二三]故《こ》母宮の乳母《めのと》なる女の、宮に後《をく》れ参《まゐら》せて後《のち》に、尼《あま》になりて、住吉《すみよし》になん侍《はべり》けるを思ひ出《いで》て、「[二四]覚《おぼえ》させおはしますにや、[4]しか〱」と聞《きこ》ゆれば、「[二五]さる物《もの》有《あり》と、おぼえ侍也《はべるなり》。[二六]いかでか告《つ》げやるべき」とあれば、[二七]侍従《じじゅう》が母《はゝ》のもとにありける女の、よく知《し》りたるを呼《よ》びて、やりける。文には、

[二八]さても、久しくなどは疎《をろか》なるにこそ。[二九]姫君の生《お》ひ出《いで》させ給《たまひ》し時、母《はゝ》宮もはかなくならせ給ひながらも、いと大人《おとな》しくならせ給ひて。其後《そのご》、又《また》、侍《じ》従《じゅう》が母《はゝ》なりし人も隠《かく》れにしかば、[三〇]誰《たれもたれ》ゝも知《し》る人もなくて、其《その》かたの恋しさに。[三一]あなゆゝし、さこそ世を背《そむ》き給はめ、うらめしくも、かき絶《た》え給ふ物《もの》かな。[三二]忘草のしるべとかや。さても〱、[三三]人づてならで申合《まうしあは》すべき事なん侍《はべる》、[三四]万《よろづ》を捨《すて》て、夜を昼《ひる》に、参り給へ。[5][三五]あなかしこ、なべてならん事には。

など書《か》きてやりける。

[三六]住吉に行《ゆき》て、「しか〱」と聞《き》こゆ。尼《あま》君[6]は、急《いそ》ぎあけて、泣《な》く〱見て、

御返事《かへりごと》に、

まことに、世を背《そむ》きて、住吉《すみよし》のわたりに侍《はべり》ながらも、朝夕は、[三七]その昔《むかし》の

二三「故宮の乳母子なりける女房」(成田本)。
二四 おぼえていらっしゃいますか、住吉の尼を。
二五 そういう人がいたと。七歳の時の幼い記憶。
二六 どうやって連絡を取ろうか。
二七 侍従の母(乳母)に仕えていた女で、よく知っているのを呼んで、住吉への文を託した。
二八 誠にお久しぶりでなどと、普通の口上では尽くせぬほど御無沙汰してしまいました。
二九 姫君が幼くいらした時、母宮もおなくなりでしたが、その姫君も成人あそばされまして。
三〇 誰ひとり頼る人もないので、故母宮に御縁のある、あなたの恋しさに、お便りしました。
三一 本当にひどいわよ、すっかり俗世を離れての御生活とはいえ、私たちをきれいに見限っておしまいになるとは、恨めしいことです。
三二 古歌にあるとおり、忘れ草の名所の住吉に住むあなただから、私たちのことはお忘れになったのかしら。「住吉とあまは告ぐとも長居すな人忘れ草生ふといふなり」(古今集・雑上)。
三三 直接お目にかかって。
三四 万障おくりあわせの上、昼夜兼行で。「夜を昼に継ぎて」の意。
三五 並み一通りの事では、こんなお願いはしません。「あなかしこ」は手紙の末に記すことば。
三六 都からの使いの女は。
三七 あの当時の親しかった人。

〔**24**〕**姫君の脱出計画**(流布本同文)

1と—なと　**2**聞きて—聞てうちさはきて　**3**も有べし—いてくへし　**4**にや—に(底)　**5**あなかしこ—あなかしこ〱　**6**は—ナシ

人の御事のみ心にかゝりて明《(あか)》し暮す中に、二葉《ふた》[一]に見えさせ給《(たまひ)》しをふり捨《(すて)》奉りしかば、いかに〱生《お》ひ出《(いで)》させ給《(たまふ)》らんと、ゆかしく、[二]行《おこな》ひのさまたげとならせおはしませば、[三]忘草も名のみして、片《かた》時も忘《わす》れ奉《(たてまつる)》事はなけれども、はかなき[四]世間《(よのなか)》の癖《くせ》にてよな、いま今《いま》と思《おも》ひて過《(すぐ)》しつる程に、[五]若《わか》き御心ちどもにおぼし出《い》でて、かやうに仰《(おほせ)》られたる事の御嬉しさよ。さても〱、仰《(おほせ)》のまゝに、急《いそ》ぎ急《いそ》ぎ、[六]御みづから、あなかしこ〱。

と書《か》きて参らせたりければ、姫君、侍従《じゞう》、少《(すこし)》[七]はるゝ心ちして、[八]人知《し》れず出《(いで)》立《た》たん事を侍従に言《い》ひ合《(あはせ)》給ふうちに、「中納言殿の、[九]ゆゝしき事を聞《き》き給ひながら、思ひ捨《(すて)》ず哀《(あはれ)》におぼしたるを、離《はな》れ奉りなば、いかにおぼし歎《なげ》かん」と思ひ続《つゞ》けて、二人《ふたり》ながら、[一〇]うつぶしがちにて侍《(はべる)》に、中納言の見《み》給へば、さりげなく繕《つくろ》ひておはしけれ共《(ども)》、[一一]姿《すがた》も、ことのほか衰《おとろ》へたるに、涙のもり出《(いで)》ければ、「[一二]三条へ渡り給はん事も近《ちか》く成《(なり)》たるに、いかにうつぶしがちにて、衰《おとろ》へ給ふは[一三]」とて、まゝ母に聞《(きこ)》えあはせ給へば、「[一四]何事をおぼすにか。いかなる人を恋《こ》ひ給ふにや」と、つぶやくを、[一五]心得《え》給はで、さま〲の[一六]もて遊《あそ》びなど奉り、侍従《じゞう》がもとへ、つかはしければ、[一七]かはゆがり、「[一八]おぼしたる親を、ふり捨《(すて)》ていなば、[一九]おぼし歎《なげ》かん事の罪深《つみふか》さよ」とて、又《(また)》、泣《な》き給へり。

一 幼い姫君のこと。〔2〕〔4〕参照。
二 仏道修行のさまたげに(姫君のことが)おなりになるので。
三 この住吉の名物の忘れ草も、ただ名ばかりで。〔23〕の手紙の「忘草のしるべ」の語を受けていう。
四 世の中の常でしてね、今日にも、明日にもと思ってばかりで。「よな」は間投助詞。
五 あなたたち若いおかたの御心に、私を思い出して、お便りをいただいたとは、誠に嬉しい。
六 私自身参上します。「御」は先方を敬して自分を卑下する用い方。　七 気持がはれる。
八 こっそりと、この邸を出て行く方法を。
九 ひどい中傷をお聞きになりながら、私をお見捨てにならず、かわいがってくださるのに、だまって邸を出てしまったら。
一〇 うつむきがちでおりますが。物思いに沈む様。
一一 顔も姿も衰えが目立つ上、涙をこぼすので。
一二 結婚の時、移るはずの三条堀河邸。〔21〕参照。
一三 「は」は間投助詞。
一四 何事を悩んでおられるのやら、誰を恋しがっておられるのか。色好みで男狂いの姫君だから手がつけられないという悪口の婉曲な表現。
一五 中納言はこの答えでは納得なさらないで。
一六 慰みもの。
一七 姫君は、心がとがめて顔の赤らむ思いで。はずかしい意の形容詞「かはゆし」の動詞形。
一八 愛情をそそいでくれる親。
一九 父を歎かせるような私は、何と罪深い事よ。
二〇 姫君の所へ来て。
二一 なぜいつも物思うふうに、うつむきがちにして(いらっしゃるのですか)。
二二 どうしたわけか、世の中がいやになって、死んでしまいたいほどです。

中の君、三の君、渡《わた》[二〇]りて、「[二一]いかに、常《つね》に、うつぶしがちには」など聞《き》こゆれば、「此《(この)》程は、[二二]いかなるべきにか、世中《(よのなか)》もあぢきなくて、消《き》えも失《う》せまほしき程になん。もし、[二三]さもあらんには、おぼし出《(いで)》なんや」と、[二四]袖も所狭《せ》く、のたまへば、「[二五]あな、まが／＼し。さ、何しにか、さる事はあるべき。侍従の君《きみ》、[二六]いかに恋しくおは[2]せん」と言《い》へば、侍従《じゞう》、「[二七]いかならん世までも、たれか。忍びさぶらはんなど思ひ侍《(はべる)》に、[二八]御たはぶれながらも、あはれに忘《(わすれ)》がたく」とて[3]、[二九]思へる事の、涙《なみだ》をす[4]ゝめて、侍従《じゞう》、

[三〇]命《いのち》あらばめぐりやあふと津の国のあはれ生田《いくた》の森《もり》に住《す》まばや

と口ずさみて、[三一]人目《め》あやしき程にぞありける。中の君、物の哀《(あはれ)》を知《(しり)》給へば、其《(その)》事となく涙をのごひあひ給ひけり。姫君、「[三二]露の身《み》のはかなさは、かやうなる程に、いかゞ」など聞《き》こゆれば、中《なか》の君《きみ》、

[三三]契《ちぎ》りてぞ同《おな》じ草葉に宿《やど》るらんともにぞ消《き》えん夜半《は》の白露《しらつゆ》

と言《い》ひ給へば、姫君《ぎみ》も侍従も、いとゞ涙もよほされて、別《わか》れん事を悲《かな》しと思ひけり。中の君、三の君《きみ》、「何となく世のはかなさを哀《(あはれ)》と思ひ、常《つね》は心を澄《す》ましておはする人なれば」と、[三四]大方《おほかた》のことを思《(おもひ)》て、を《(お)》の／＼帰り給ひけり。

心寄《よ》せの式部《しきぶ》、隙《ひま》もあれば立寄《(たち)よ》りて、「[三五]たばかり給《(たまふ)》事、近《ちか》くこそ。いかにせ

三三 そんなことになった時、私の事をあわれと、思い出してくださいますかしら。

〔25〕**ことばに出さぬ別れ**（流布本同文）

二四 よく出て来る類型的表現。〔13〕など。
二五 まあ縁起でもない、そんな、なんでそんな事がありましょうか。
二六 （そんな事になると）どんなに恋しがるやら。
二七 いつまでもいつまでも、だれが（忘れたりしましょうか）、恋しく慕い続けるだろうなどと思っておりますのに。感情が激して、途中の「たれか（忘れむ）」で絶句した文脈。
二八 姫君のことばは冗談ではあるが、忘れがたく気になるおことばです。これを受ける「とて」はなくても、会話のことばが地の文につながる文脈として解釈できる。
二九 侍従は言いつくろおうとするけれど、心中には姫君の真意を察しているので、その「思へる事」が涙をせきとめ難くする。
三〇 ああ、津の国の生田の森に住みたい、その「生田」にあやかって命が生きながらえたら、めぐり会うこともできるから。
三一 見る人があやしむほど、うち沈んでいた。
三二 人の身は露のようにはかないから、こうしている間にも、どうなるかわかりません。
三三 前世の縁で同じ草葉（中納言家）に宿った夜半の白露（私たち姉妹）なのだろうから、消えるのも一緒に消えましょう。御伽草子の松風村雨に類歌（上句「契りてし同じ草葉に宿るてふ」）。
三四 世によくある感傷的な心細さだと判断して。
三五 継母たちの悪だくみの実行予定日が。

1かはゆがり—かはかり　2おはせん—おもはせん　3とて—ナシ（底）　4すゝめて—とゝめて

させ給ふべきにか。いとあはれにこそ」と聞《きこ》ゆれば、[一]「かやうにおぼしたる事の忍ばしさよ。いかならん世までもとこそ、おもひ侍《はべれ》」とあれば、[二]「誠《まこと》に、かくて侍《さぶ》らへ共《ども》、御方を頼《たのみ》こそ奉りつるに、いかにならせ給《たまひ》なんずるにか」とて、うち泣《な》きけり。

去《さる》程に、住吉の尼《あま》君、上《のぼ》りて、「かく」と告《つ》[1]げければ、「暮《くる》る程に、[三]忍びたる車奉り[2]給へ」と、言《い》ひ返して、其《その》程に、[四]見苦《みぐる》しき物共《ども》、取《と》りしたゝめてけり。心の中、いかばかり哀也《あはれなり》[3]けむ。その時しも、中納言、渡《わた》り給ひたりければ、さりげなくて[4]おはしけれ共《ども》、[五]「此度《このたび》ばかりこそ。見《み》奉り侍らんずらん」と思ひければ、忍びがたき色もあらはれて、[六]顔《かほ》に振《ふ》りかけたる髪《かみ》の隙より涙もり出《いづ》るを、見給ひて、[七]「いかに。母《はゝ》宮の事をおぼすにや、乳母《めのと》の事[5]、ゆかしとおぼし出《いづ》るにや、又《また》、[八]兵衛《ひやうゑ》の事を心づきなくおぼすにや。ともかくも、何事にても、[九]おぼさんやうに聞《きこ》え給ふべきにこそ。[一〇]親の思ふばかり、子は思はぬ事の心憂《う》さよ。[一一]いか計《ばかり》にか、あはれと思ひ侍る。[一二]頭《かしら》の髪《かみ》を筋《すぢ》ごとにとあり共《とも》、否《いな》ぶべき身かは」と、の給《たま》へば、「母《はゝ》宮の事も、又《また》、乳母《めのと》の事も思《おも》ひ侍らず。[一三]殿をも見奉らで程ふる事もやと、かなしく」など、言葉《ことば》も聞《きこ》えぬ程に、泣《な》く〳〵聞《き》こえ給へば、中納言、打《うち》泣《な》き給ひて、「三条におはします共《とも》、[一四]まろが生《い》きたらんほどは、

一 こんなに私の身の上を心配してくれて好意がしみじみ有難い、いつまでも忘れませんよ。
二 あちら(北の方や三の君)にお仕えしていますが、こちらの姫君を頼りに存じておりますのに、この先、どうおなりになることかと心配で。
三 人目につかぬ車をさし向けてください。侍従の返事。
四 残すとみっともない品々を整理してしまった。

〔26〕住吉の尼君、上京（流布本同文）

五 これが最後だ、よく父上の御顔を拝しておきましょう。文末を「こそ」の結び「らめ」に訂して解すべきか。成田本「見奉らむずれ」。
六 泣き顔を父に見られまいと髪で顔を隠すけれど、隠しおおせぬ姫君の様。
七 どうした、母宮のことを思い出したか、乳母のことを恋しく思い出したのか。
八 結婚相手の左兵衛督のことが気にいらぬと。
九 思ったまま私には言って欲しいものだ。
一〇 親の心子知らずと同意のことわざ。〔28〕〔43〕にも。「あはれ、親の子を思ふやうに子は親を思はざりけるよ」(保元物語・中)。
一一 どれほどお前をかわいく思っていることか。
一二 頭髪を一本ずつ(数えてみよ)。当時の諺か。かわいいお前のためならば、どんな難題を出されてもやりとげて見せるという親心。
一三 父上にも永らくお目にかかれぬかもしれぬと思うと、悲しくて。
一四 私が生きている限りは、離れ離れになるわけではない、何もそんな事は心配するな。
一五 尼君は約束通りに車をよこした。
一六 櫛の箱と琴とは母親の形見か。落窪物語二でも女主人公は車で父の邸を脱出する時、「御櫛の箱ひきさげて」とある。
一七 牛車の後部。車では前部が上席。

離《はな》れきこゆべきにあらず。何かは其《(その)》事をおぼす」とて立《(たち)》給ふを、今一度と、顔《かほ》ふりあげて見給ふに、目も昏《く》れ心も消《き》ゆる程にぞありける。侍従《じじう》とともにぞ泣《な》き居《ゐ》給へる。

[一五]小夜《さ》更《ふ》くる程に、車《くるま》の音《をと》[6]の出来《(いでき)》たれば、櫛《くし》[一六]の箱と、御琴《こと》計《(ばかり)》ぞ、持《も》ち給へる。御車のしり[一七]には侍従乗《の》りたり。比《(ころ)》[一八]は長月の廿日余《あま》りの事なれば、有明の月の影[7]も哀《(あはれ)》なるに、出《(いで)》て行《ゆ》き給ひけん心のうち、いかばかり悲《かな》しかりけん。嵐《あらし》はげしき空《そら》に、[一九]数絶《(たえ)》ぬ音《ね》を鳴《な》き渡《わた》る雁《かり》も、折知《おりし》り顔《がほ》に聞《(きこ)》ゆ。雲間《ま》を出《(いづ)》る月の、常《つね》よりも我《(われ)》[二〇]をとぶらふ心ちぞしける。

さて、尼君《あまぎみ》のもとに行《(ゆき)》て、[二一]かきくどき、こま〴〵と語《かた》りければ、「誠《(まこと)》[二二]におぼし立《た》つも御理《(ことわり)》にこそ。[二三]今も昔も、誠ならぬ親子《おや》の有様のゆゝしさよ。まゝ母ながらも、[二四]いづくをにくしとか見給《み》[8]はん。あさまし。かゝる憂《う》き世なれば、思[二五]ひ捨《(すて)》侍る物《(もの)》を」とて、墨染《すみぞ》めの袖をしぼるばかりにぞありける。夜の中《(うち)》に、淀《よど》[二六]に着《つ》きてけり。

少将、其《(その)》夜、対《たい》に行《(ゆき)》て、兵衛《ひやうゑ》[二七]の佐《すけ》といふ女して、侍従《じじう》を尋《(たづね)》さすれば、音もせず。[二八]姫君の御跡に臥《(ふし)》[9]たるかと几帳《きちやう》を見《み》るに、姫君《ひめ》もおはせざりけり。うち騒《さは》ぎて、人ゝに尋《(たづね)》させけれ共《(ども)》、見えさせ給はざりければ、「あやし」と思ひけり。

一八　九月では矛盾する。「今こむといひしばかりに長月の有明の月を待ちいでつるかな」(古今集・恋四・素性)などによる文飾で、長い夜の月の意か。「神無月廿日あまり」の本文によるべきか。
一九　数多く、たえまなく鳴き渡る。「憂きことを思ひつらねて雁がねの鳴きこそ渡れ秋の夜な夜な」(古今集・秋上)のように雁は「憂きことを思ひつらねて」鳴き渡るから、姫君の心中を「折知り顔に」鳴いているようだと続く文脈。
二〇　悲しい我が身を慰めてくれるように思えた。
二一　繰り返し訴える。「かきくどき涙を流しければ」(保元物語・下)。
二二　家を出ようと御決心になるのも道理です。
二三　同じ一句が〔2〕の中納言のことばにもある。
二四　(このかわいい姫君の)どこを憎らしいと御覧になるのか、あきれたことだ。
二五　私も世を捨てて尼になったのです。
二六　京都市伏見区。桂川、宇治川の合流点で交通の要路。
二七　女房の名前。中の君の夫も兵衛佐である。今までは侍従を直接訪ねていた。〔17〕以後、少将も周囲の事情で自粛していたのだろうか。
二八　姫君の足もと近くに。女房は女主人の御前近くで休むことがある。「君のあと近く臥しぬ」(源氏物語・浮舟)。

〔27〕離　京(流布本同文)

〔28〕翌朝の中納言邸(流布本同文)

1告げければ―つけられは(底)　2奉り給へと(意改)―奉りけれは(底)　3けむ―けめ(底)　4おはし―覚し(底)　5事―事を　6音の―ナシ　7月の―月　8給はん―給ふらん　9臥たるかと―臥たる(底)

「[一]さても、中の君、三の君のもとにおはするにや」と言《い》へば、「[二]心軽《かろ》く立《た》ち出《（いで）》給ふべき人にもあらず、いかなるべきにも」とて、尋《（たづね）》あへり。

夜も明《（あけ）》ぬれば、常《つね》におはせし所を見《み》れば、傍《かたはら》なる[三]夜《（よる）》の衾《ふすま》もなくて、取《と》りしたゝめたるけしきなれば、誠《（まこと）》に悲《かな》しくて、を《（お）》の〳〵忍び音《ね》に泣《な》きけり。中納言に「しかしか」と聞《（きこゆ）》れば、呆《あき》れ騒《さは》ぎて、[四]声をさゝげて泣《な》き悲《かな》しみ給《（たまふ）》事、たとへんかたなし。中の君《きみ》、三の君、「[五]あやしく、この程、心憂《う》き物《（もの）》に思《おも》ひ給へりしかば」、「かくまで[1]とは思《（おもは）》ざりし物《（もの）》を」と、を《（お）》の〳〵悲《かな》しみ給ひけり。まゝ母《はゝ》、呆《あき》れたる様《（さま）》して、「[六]侍従が里にか、尋《（たづね）》奉れ」とて、中納言殿《どの》の傍《かたはら》に、泣《な》くよしにて、[七]にがみ居《ゐ》たり。

少将は、「かゝりければ、[八]なさけある御返事《（かへりごと）》をばし給ひてける」と思ひ続《つゞ》けて、[九]対《たい》の簀《す》の子《こ》に、さめ〴〵と泣《な》き居《ゐ》給へり。三の君、こゝかしこ見ありき給ふ程に、[一〇]母屋《もや》の御簾《みす》に結《むす》びたる[一一]薄様《うすやう》ありけり。[一二]何となく取《と》りて見れば、姫君《ひめぎみ》の手にて、

[一三]なき名のみたつたの山の薄紅葉《うす（もみぢ）》散《ち》りなんのちをたれか忍《しの》ばむ

とばかり書《か》き給ひたりけり。是《（これ）》を見給ひて、いよ〳〵哀《（あはれ）》さまさりて、中納言に見《み》せきこゆれば、「[一四]いかなる事の有《（あり）》ければにや。我《（われ）》には言《い》ひ給ふべきにこそ。

一　それでは。
二　お気軽によそへおいでになるような人ではない、どんな時にも。
三　夜具もなくて、身辺を取りかたづけた様子なので。
四　大声をあげて。「御声をささげて泣きののしり給へど」(栄花物語・本の雫)。
五　例に似ず。〔25〕の場面を回想したことば。
六　侍従の里においでかもしれない。
七　不愉快な顔をしていた。北の方の表情は演技か、悪だくみの筋書きが狂ったためか。
八　姫君の返事は〔16〕に見える。それは継母の悪だくみ以前だから、「かゝりければ」という少将の判断は思い過ごしとなる。野坂本では、〔16〕以後に「男君の傷心」の場が繰り返され、〔16〕に見える侍従の「ゆかりまで」の歌も姫君の返歌ともども、〔26〕の直前〔L〕に位置する。↓解説。
九　姫君の旧居で追憶にふける様、「月やあらぬ」の歌を詠ずる伊勢物語の業平を思わせるが、それは次年の春、これは姫君失踪の翌日で秋。
一〇　母屋と廂の間の境の御簾。廂の外の簀子(すのこ)にいる少将はこの結び文に気づかない。
一一　薄手の鳥の子紙の文。
一二　何気なく三の君がその文を。
一三　無い名ばかりが立田の山の／脆(もろ)く散りゆく薄紅葉／誰があはれと思ふやら(藤井乙男・有川武彦『注解新訳「住吉物語」』の和歌解釈の一例。すべてこの調子で訳してある)。「立田山」に名の立つをかけ、「散る」に姫君の失踪を暗示。風葉和歌集に詞書「憂きことどもありて父の大納言のもとを忍びて出づとて書きつけける／住吉関白北方」として「わが身こそながれもゆかめ水くきの跡はとどめむかたみとも見よ」の歌がある。これらは連作として列記されていたもの。広本系にはこの歌がある。野坂本〔O〕参照。↓

一五親の思ふばかり、子は思はぬことの心憂《う》さよ」とて、是《これ》を顔《かほ》に押《を》し当《あ》てて《ゝ》、う一六つぶし給ひけり。まゝ母、「一七男などのもとにおはしたるにこそ。よも隠《かく》れ果《は》て給はじ。いたくな歎《なげ》き給ひそ。一八我《われ》も劣《おと》らずこそ」など言《い》ひければ、中納言《ちうなごん》、「多《おほ》くの子どもよりも、一九この君《きみ》ばかり誰《たれ》かはある。我《わが》身にも代《か》へまほしけれ共《ども》、心《こころ》に叶《かな》はぬ世なれば」と、二〇うちくどき給へば、まゝ母、「侍従《じじゅう》に二一狂《くる》はかされて、二二よものふるまひどもし給ふも知らで」と、つぶやき居《ゐ》たれば、「二三あなむつかし。こは何事ぞ」と[2]とて、歎《なげ》き給ひける。二四

解説。
一四 どんな事情があったからだろうか、私にはうちあけてくれてもよさそうなものだのに。
一五 〔26〕で中納言は同じことばを口にしている。
一六 泣きふしておしまいになった。
一七 継母は姫君の言動を常に男性関係に結びつける。〔24〕参照。
一八 悲しさは私もあなたに劣りません。
一九 この姫君ほどかわいい子は他に誰あろうか。
二〇 くどくどとおっしゃるので。
二一 そそのかされて。「其レハ傀儡神(くぐつがみ)ト云フ物ノ狂(はくる)カシケルナメリ」(今昔物語集二十八ノ二十七)。
二二 「世ものふるまひ」か。「世にある人」に対する「世にあるもの」、「世人」に対する「世もの」という語を想定し、世の規範から外れた言動をする者の意。北の方が姫君を男狂いの困った娘とののしったことばと解する。
二三 ああうるさい、それは何という言いぐさだ。
二四 以下、底本八行の余白を残し上冊を終る。上冊冒頭にはないが、下冊第一丁冒頭には「住吉物語下」の題に一行をあて、第二行から本文。いま、改頁によって上下二冊の境を示した。

1とは—と　2とて—ナシ（底）

住吉物語　下

さるほど[一]になれば[1]、尼《あま》君など連《つ》[2]れて、河尻《じり》[二]を過《(すぐ)》れば、おかしう《(を)》も行《ゆ》きちがふ船に乗《の》りたる物《(もの)》どもの、あやしき[三]声《(こゑごゑ)》〱して、「夫《つま》[四]も定《(さだめ)》ぬ岸《きし》の姫松」と歌《うた》ひて漕《こ》ぎ行《(ゆく)》も、ならはぬ[五]心ちして、あはれ也《(なり)》。京の方は霧《きり》[六]ふたがりて、そこはかとも見えず、比叡《ひえ》の山ばかり、ほのかに見えたるけしき、物思はざらん[七]空だに哀《(あはれ)》なるべし。いはんや[八]、ありがたき親に別《(わかれ)》、なさけありしはらからを、ふり捨《(すて)》て、いづ[3]ちと行《ゆ》くらんと思ひ続《つゞ》け給はん心のうち、いかばかり悲《かな》しかりけん。姫君、

古里《ふる》[九]をうきふねとのみさし離《はな》れ心《こころ》ひとつにこがれこそ行《ゆ》け

と、心細《ぼそ》げに詠《(ながめ)》給ひければ、尼《あま》君、

住吉《すみよし》[一〇]のあまとなりては過《(すぎ)》ぬれどかばかり袖を濡《ぬ》らしやはせし

など言《い》ひつゝ、住吉に行《(ゆき)》たれば、住《すみ》[一一]の江《え》とて、いと[4]をかしき所に、かや屋[一二]の板びさしなるが、所〻[5][一三]住《(すみ)》あらしたるに、海[一四]さし入《いり》たるに作りかけたれば、簀《す》の子《こ》の下《した》に魚《うを》などの遊《あそ》[6]ぶも見《み》えて、南は一むらの里ほのかに見えて、苫《とま》屋どもに海《み》[一五]

一　ちょうどよい潮時になったので。
二　淀川の河口の地名。
三　「言葉なめげなるもの…舟漕ぐ者ども」(枕草子)。
四　当時の俗謡の一節。「岸の姫松」は「我見ても久しくなりぬ住の江の岸の姫松いく世経ぬらむ」(古今集・雑上)のように幾世を経ても「姫松」と呼ばれる。俗謡はそれを、結婚せず夫を定めることがない姫松とした。

〔29〕住吉の住まい(一部別本)

五　見慣れず、聞きなれぬ心地がして。
六　霧が立ちこめて、どこがどことも分明でない。
七　物思いのない身の旅の空でも。
八　ましてや、姫君たちのように。
九　住みなれた故郷がつらいので、浮舟のようにその岸を離れて、心ひとつを物思いの炎で焦がしながら、漕がれ行く舟にあてどない身をまかせていることだ。「浮き舟」に「憂き」を、舟の「漕がれ」に「焦がれ」をかける。流布本には、この歌がない。
一〇　住吉の尼となって過ごしたが、こんなに袖を濡らしたことはない。「尼」に「海士(あま)」をひびかせ、姫君の歌に唱和した形となっている。風葉和歌集に詞書「関白北方、忍びて率(ゐ)て出で侍りける舟のうちにてよめる」、第三句「過ぎしかど」として入る。
一一　大阪市住吉区の一帯。昔は住吉神社のすぐ近くまで海があった。
一二　茅葺き屋根で板廂のついたすまい。
一三　所々手入れもままならぬ家のたたずまいで。
一四　家を入江の水の上へ張り出した造作。
一五　緑藻類の海草の一。この前後、菅(けす)、蘆で葺いた漁夫の粗末な家の点在する風景描写。
一六　並び立つ松の並木の間から。「波」は当て字。
一七　日没を観じて西方浄土を想う日想観(観無量

松布《るめ》かり干《ほ》し、芦《(あし)》の屋に心細《ぼそ》く煙《けぶり》たちのぼるけしき、薄墨《うすずみ》に描《か》ける絵《ゑ》[7]に似《に》たり。東には籬《まがき》に伝《つた》ふ朝顔《あさがほ》などかゝりて、岸《きし》にはいろ〳〵の花《はな》紅葉《(もみぢ)》、植《う》へ《(ゑ)》並《なら》べたり。西には海はる〴〵と見えわたりて、[一六]波《(なみ)》立《た》てる松《まつ》の木の間《ま》より帆《ほ》かけたる舟ども、淡路《あはぢ》嶋《(しま)》を行《ゆ》きかふさまも、波にたゞよふ海士《あま》[8]小船《を》、はかなく見えて、[一七]日の入《(いる)》は、海《うみ》の中に入《い》るとぞ、あやしまれける。わざとならでは、人など来《く》べくもなし。静《しづ》かに哀《(あはれ)》なる栖也《(すみかなり)》[9]けり。

[一八]持《ぢ》[10]仏堂、小《ちい》さやかに作りて、[一九]阿弥陀《あみだ》の三尊《ぞん》うつし並《なら》べて、[二〇]月日の出《(いづ)》るばかりは、尼《あま》君、西《にし》に向《(むか)》ひて、[二一]「南無《なむ》西方《(さいほう)》極楽《ごくらく》教主《けうしゆ》阿弥陀《あみだ》如来《によらい》、後生助《たす》け給へ」と申《(まうし)》たるを見《み》るにつけても、[二二]あらぬ世に生《むま》れたる心ちして、姫君も侍従も、「とく、尼《あま》になりて、同《おな》じさまに」と、の給《(たま)》へば、尼《あま》君、「[二三]御髪《ぐし》は、とてもかくても、侍《(はべり)》なん、御心にぞよるべき。今は、[二四]此老《(このおい)》うばが申[二五]さんまゝにおはしまさずは、打捨《(うちすて)》奉りて隠《かく》れ侍《(はべる)》べし」と言《い》へば、是《(これ)》も背《そむ》きがたくて、明暮《(あけくれ)》は仏の御前《まへ》にて、経《きやう》を読《よ》み、[二六]花を奉《(たてまつり)》などぞし給《(たまひ)》ける。

[二七]中納言は、思ひあまりて、「今一度《(いまひとたび)》、此《(この)》世にてあひ見《み》せ給へ」とぞ祈《いの》り給《(たまひ)》ける。[二八]中の君《きみ》、三の君《きみ》などは、「姫君《ひめぎみ》の、ことにふれて哀《(あはれ)》に」「侍従が、万《(よろづ)》、おか《(を)》しかりし物《(もの)》を」「あはれ、いかなる所に住《す》みて、都の事おぼし出《(いづ)》らん」と、忘

寿経の十六観法の一)に基く表現か。
一八 守り本尊として信仰する仏像を安置する堂。
一九 阿弥陀仏とその左右の脇士(観音と勢至)。
二〇 成田本に「日の入る時は」とある。
二一 仏に帰順して信を捧げること。「西方極楽教主」は阿弥陀如来をいう。
二二 別世界。娑婆世界(現世)に対する。
二三 御髪は剃ろうと剃るまいと、どうでもよろしい。形よりも仏を信ずる心が大切だと説く。
二四 〔13〕にも同じ自称の例がある。
二五 申すとおりになさらないと、あなたを残してどこかへ行ってしまいますよ。
二六 仏に花をお供えする。
二七 前節は姫君の住吉の描写、本節では京都の中納言邸、次はまた住吉と、場面を交錯させる。広本系は〔Q〕「南殿の桜の宴」、〔T〕「夢想と託宣」の中務宮の娘の託宣など、このあたり大異。
二八 中納言のなげき、中の君、三の君のなげき、継母の腹立ちと、人々の反応を三つの局面に分けて述べる。少将についての叙述はない。

一 どうしたというのです、いつもいつも、めそめそお泣きになって、縁起でもない。
二 私がどうにかなった時には、こんなにまでは私の事を思ってくれないだろうに。
三 あきれるほどいやだと、娘たちは。

1 なれば—姫君は　**2** 連れて—うちつれて　**3** いづちと…住吉に行たれば—流布本〔29〕参照　**4** いとをかしき…板びさしなるが(成田本)—ナシ　**5** 所〻—所に(底)　**6** の—ナシ　**7** 絵—あして　**8** 海士小船—かゝり舟　**9** 也けり—にてそ侍ける　**10** 持仏堂—ナシ

〔30〕中納言邸の人々
(流布本同文)

る〻時《とき》なく忍びつ〻、泣《な》き給ふ。ま〻母、「[一]何事ぞ。いつとなく、いま〳〵しく泣《な》き給ふは。[二]我《わ》がいかにも成《なり》たらんには、よも、かくはおぼさじ物《もの》を」と腹《はら》立《だ》ちければ、親《おや》ながらも、なさけなく、[三]うたてにぞおぼしける。

さて、住吉《すみよし》には、やう〳〵冬籠《ごも》れるま〻に、いと淋《さび》しさまさりて、荒《あら》き風吹《ふ》けば、[四]我身《わが》の上に波立《たち》か〻る心ちしてける。[五]興《おき》より漕《こ》ぎ来《く》る船には、あやしき声にて、「[六]にくさびかける」など歌《うた》ふも、さすがに、お《を》かしかりけり。住《すみ》の江《え》には、霜枯《が》れの芦《あし》、氷に結《むす》ぼ〻れたる中に、[七]水鳥《とり》の一つがひ、上毛《うはげ》の霜うち払《はら》ふにつけても、[八]思《おも》ひ残す事なかりけり。「中納言殿よりはじめて、[九]かたへの人〻、いかにおぼし歎《なげ》くらん。親に物を思はせ奉るは、罪深《つみふか》き事にこそ。生《い》きて有《あり》とばかり知《し》らせ奉らん」とて、[一〇]尼君《あま》のもとに、小童《わらは》の京より具《ぐ》したりしに、「しか〳〵の所に持《も》ちて参りて、いづくよりと言《い》はで、此文《このふみ》奉りて、さて、[一一]逃《に》げ隠《かく》れね」と能〻《よくよく》教《をし》へてけり。

[一二]さて、文《ふみ》を取《と》らすれば、「いづくより」とて、[一三]端物《はした》、出《い》でて取《と》りぬ。

「[一四]名を問《と》へば、申さず。出《いで》て見れば、使《つかひ》なし。いかなる事にか」とて、文《ふみ》を見れば、姫君《ひめぎみ》の御手にて、

[一五]あなゆ〻し。[一六]世の忍《しのび》がたさに、行方《ゆくゑ》も知《しら》ぬ程に成《なり》にしことを、おぼし歎《なげ》く

四 流す涙か波に濡れたかと、区別つかぬ様。

五 沖を漕いで通る船。「興」は「沖」の当て字。「沖より舟どもの…漕ぎゆく」(源氏物語・須磨)。

六 俗謡の一句。「にくさび」は舟べりを包み波を避けるむしろ。「漕ぎきぬやあまの風間も待たずしてにくさびかけるあまの釣舟」(小町集)。「かける」は、「昇」「掛」で、荷なう、編み作る意の四段動詞に完了の助動詞がついた形。類例「にくさびぞかくべかりける難波潟舟うつ波にいこそ寝られね」(夫木抄・能因)。

〔31〕冬の住吉（流布本同文）

七 「行き通ふあとは絶えしを水鳥の上毛の霜やはねをとづらむ」(大斎院御集)。

八 姫君は、物思いの限りを尽くした。

九 側の人々。中の君、三の君など。

一〇 尼君の所にいる京から連れて来ていた小童。

一一 すぐ姿を消してしまえ。

一二 童は教えられた通り中納言邸に行って。

一三 下女が出て来て手紙を受取った。

一四 名前を聞いても返事せず、確かめるために出てみると使いの姿はない、これはどうしたことか。下女から文を受取った女房の報告を聞いた中の君、三の君のことば。

一五 男性の書簡で冒頭に「謹言」を置く(高山寺本古往来)のと同じ仮名書簡の冒頭形式。平安中・末期には、「謹言」は末尾だけに残る。

一六 世のつらさ故に私が家出しましたことを。

〔32〕姫君の文（流布本同文）

一七 あきれ果てたことですが、家をあとにした私の心中は、ただただ御推察くださいませ。

一八 都の方から吹く風を懐かしんで日を送るのが、心の慰めでございます。

一九 皆様、お変りありませんか。

二〇 「いにしへの賤(しづ)のをだまき繰り返し昔を

人もおはすらん。一七あさましながら、旅立《たびだち》つる心、たゞおぼしめしやらせ給へ。一八慰《なぐさ》むかたとては、そなたの風のむつまじくて、明《あか》し暮《くら》すになん。一九たれも〳〵おはしますにや。哀《あはれ》、二〇昔《むかし》を今になす世なり[1]せばなど。さても、殿いかにおぼし歎《なげ》かせ給ふらん。二一ことに罪深《つみふか》くこそ。はかなき命、二二永《なが》らへたりとばかり、聞《き》こえ奉るになむ。

二三と書《か》[2]きすさみて、奥《おく》には、

二四朝顔《あさがほ》の　花の上なる　露《つゆ》よりも　はかなき物は　二五かげろふの　有《ある》かなきかの　こゝちして　二六世を秋風の　うちなびき　群《む》れ居《ゐ》る田鶴《たづ》[3]の　別《わか》れつゝたゞ独《ひとり》のみ　二七ありそ海の　貝《かひ》なき浦に　しほたるゝ　あまの羽《は》衣　わがごとく　干《ほし》やわづらふ　日をへつゝ　二八歎《なげき》ます田《だ》の　ねぬなはの　くる人もなき　二九あしひきの　山下《した》水の　あさましく　流《ながれ》いでにし　古《ふる》里に　帰らんとだに　おもほえず　三〇いかに契りし　いにしへの　宿世《すくせ》なればか　たら[4]ちお《を》の　中を離《はな》れて　三一鶴《つる》の子《こ》の　雲ゐ遥《はる》かに　立《た》ち別《わか》れ　行方《ゆくゑ》も知らず三二白波《しらなみ》の　三三夜《よる》の衣《ころも》を　かへしつゝ　三四寝《ぬ》る夜の夢の　ゆめならで　恋しき人をみちのくの　三五阿武《あぶ》隈《くま》川を　わたるべき　我《わが》身ならねば　三六さゝがにの　蜘蛛《くも》手《で》に物を　思《おも》ふかな　鳥の声だに　音《をと》もせぬ　三七とをちの山の　谷深《たにふか》み　朽《くち》

今になすよしもがな」(伊勢物語三十二段)

二一 父を歎かせるのは特に罪深いことです。

二二 生きているとだけ御報告する次第です。

二三 散らし書きにして、手紙の奥には次の長歌。

二四 前半「群れ居る田鶴の」までは、金春禅竹の五音之次第の「哀傷」と一致する辞句。

二五 「世の中といひつるものかかげろふのあるかなきかのほどにぞありける」(後撰集・雑四)。長歌冒頭は姫君の家出の動機の婉曲な説明。

二六 つらい世の風で群を一羽離れた鶴は、姫君を指す。「秋」に「飽」をかける。

二七 荒磯の、歎いてもかいない浦で袖を濡らす海士は、住吉における姫君の日常の比喩。「海士」に「天」をかけて、「羽衣」とした。

二八 日々に歎きは増し、ここを訪ねて来る人もない。「ねぬなはのくるしかるらむ人よりも我ぞます田の生けるかひなき」(拾遺集・恋四)。「ねぬなは」は、じゅんさいの古名。

二九 「山」の枕詞。山下陰を流れる清水のようにこっそり出て来た家へは、今さら帰れない。

三〇 どんな前世の因縁でか、父のもとを離れて。

三一 父にかわいがられていた姫君が姿を隠して。

三二 上の「知らず」と語調をあわせ、「白波の寄る」に「夜」をかける。

三三 恋しい人にあうために。「いとせめて恋しき時はむば玉の夜の衣を返してぞ着る」(古今集・恋二)。

三四 夢の中でなくては、恋しい人を見ることの叶わぬ私だから。「陸奥(みちのく)」に「見」をかける。

三五 「かくしつつよをや尽くさむ陸奥の阿武隈川はいかが渡らぬ」(中務集)。蜻蛉日記の長歌など、この川の名に「会ふ」をかける例は多い。

1なりせばなど—なりせはな(底)　2書き—かきて(底)　3の—を　4たらちお—たらちね

は果共《(はつとも)》　年をへて　人に知《(しら)》れぬ　埋《む》れ木と　成果《(なり)は》てぬべき　我身《(わが)》なりそも[一]

[二]浜千《はまち》鳥《どり》跡ばかりだに知《し》らせねばなを尋《(ほ)たづ》ねみん潮《しほ》の干《ひ》るまを

となんありける。是《(これ)》を見《み》て、たゞ哀《(あはれ)》さ、を《(お)》しはかるべし。[1]中納言に見《み》せ聞《(きこ)》ゆれば、声も惜《お》しまず泣《な》き悲《かな》しみ給《(たまふ)》事、限《かぎ》りなし。「此使《(このつかひ)》を失《うしな》ひつらん事の口惜《くちお》しさよ」とて、これを顔《かほ》に押《を》し当《あ》てて、うちふして、[三]なか〱に、ひたすらに思ひつるよりは悲《かな》しくて、[四]「いかなる所に、ならはぬ心に、旅立《たび(だち)》て、明《(あか)》し暮すらん」と、悲《かな》しさまさりて、[五]やがて、様変《さまか》へんとし給《(たまひ)》けるを、従《したが》へる人ゝ、「今一度《(ひとたび)》、[六]もとの御姿にて姫君にあひ奉[2]らせ給はん事こそ、たが御ためにも本意《ほい》なるべき御事」とぞ、とゞめ申《(まうし)》ける。

少将、此事《(この)》のおぼつかなさに、[七]上《うへ》のもとにおはしたれば、三の君、「しか〱」と、袖もしぼる計《(ばかり)》に語《かた》り給へば、[八]「物のあはれを知《(しり)》て、かく、の給《(たま)》ふよ」とおぼしけり。

かくて、正月の[九]司召《つかさめ》しに、[一〇]右大臣は関白に成《(なり)》給ふ。少将《せうしやう》は[一一]中将《ちうじやう》になりて、三位し給へり。中将《ちうじやう》は、それ共《(とも)》[一二]、[3]思ひ給《(たま)》はで、ひとへに神仏の御前《まへ》に参りても、「姫君の有《(あり)》所、[4]知《し》らせさせ給へ」と、[5]祈《いの》り給ひける。[一三]鞍馬《くらま》へ参《(まゐり)》給ふとて、池《いけ》の汀《(みぎは)》に、[一四]鴛鴦《をし》鳥《(どり)》の、ひとつありけるを見給ひて、

二六　蜘蛛の枕詞。「うち渡し長き心は八橋の蜘蛛手に思ふことは絶えせじ」(後撰集・恋一)。

二七「遠」とかけて使われる「十市里《(とをちのさと)》」と同じく大和国の歌枕か。

一 長歌としては、文末について詠嘆をあらわす。接続詞として次の和歌へ続くとも解される。

二 浜千鳥は潮干の砂に足跡を残すが、私は行方も知らせないから、さぞお尋ねでしょうね。「白波の打ち出づる浜の浜千鳥跡や尋ぬるしるべなるらむ」(後撰集・恋四)。

三 姫君は死んでしまったものとあきらめていた時よりも、悲しくて。

四 どんな所で旅住まいして、不自由な思いで暮しているだろうか。

五 その場で中納言は出家しようとなさったのを。

六 もとのままの御姿で姫君に御再会になるのが。

七 少将の妻である三の君。

八 腹違いの姉妹だが、姫君を心底から慕っているのだなと、少将は三の君をいとしく思う。

九 京官を任ずる定期人事異動。

一〇 男君の父(〔4〕)。娘は当帝の后(〔5〕)。右大臣で関白は、長徳元年(九九五)の藤原道兼以前に、元慶四年(八八〇)の藤原基経の例のみ。右大臣で摂政となった寛和二年(九八六)の藤原兼家の例などを勘案した設定か。

〔33〕男君、三位中将となる(一部別本)

一一 三位中将の例は多い。永観二年(九八四)正月の藤原道隆の例などを念頭に置いた設定か。

一二 特別めでたいともおよろこびにならないで。成田本「うれしとも」。

一三 京都市左京区の鞍馬山中腹の鞍馬寺。

一四 鴛鴦は雌雄相離れることのない鳥。

一五 鴛鴦の孤独の悲しみに共鳴する詠。

一五 我《わ》がごとく物や悲《かな》しき池《いけ》水につがはぬ鴛鴦《をし》のひとりのみ居て

と言《いひ》つゝ、祈《いの》りて、ありき給へ共《ども》、させる験《しるし》もなかりけり。

6春秋過《す》ぎて、九月ばかりに初瀬《はつせ》一六に籠《こも》りて、七日と言《いふ》、夜もすがら行《おこな》ひて、暁方に少《すこし》まどろみたる夢に、やんごとなき女一七、そばむきて居《ゐ》たり。7さし寄《よ》りて見《み》れば、我《わ》が思ふ人也《なり》。嬉しさ、せんかたなくて、「いづくにおはしますにか。一八かくいみじきめ8を見せ給ふぞ、いか計《ばかり》か思《おも》ひ歎《なげ》くと知《しり》給へる」と言《い》へば、うち泣《な》きて、「かくまでとは思《おもは》ざりしを。いと哀《あはれ》にぞ」と言《い》ひて、「一九今は帰りなん」と言《い》へば、袖をひかへて、「9おはしましどころ、知らせさせ給へ」とのたまへば、

二〇わたつ海のそこ共《とも》知《し》らず侘《わ》びぬれば住吉《すみよし》とこそあまは言《い》ひけれ

と言《いひ》て、立《たつ》をひかへて返さずと見て、打《うち》おどろきて、二一夢と知《しり》せば10と、悲《かな》しかりけり。

さて、「二二仏の御しるしぞ」とて、夜の中に出《い》でゝ、「住吉《よし》と言《いふ》所、尋《たづね》みん」とて、御供《とも》なる物《もの》11に、「精進《しやうじん》のつゐ《い》でに、二三天王寺、住吉などに参《まい》らんと思ふなり。を《お》のく帰《かへ》りて、此由《このよし》二四を申せ」と仰《おほせ》られければ、「二五いかに、御供《とも》の人なくては侍るべき。捨参《すてまゐら》せて参《まゐり》たらんに、よき事さぶらひなんや」と慕《した》ひあひけれども、

一六 奈良県桜井市東部にある長谷寺《はせでら》。
一七 高貴な女性が顔をそむけるようにして。
一八 こんなつらいめに私をおあわせになって。
一九 では、もうお別れしましょう。

〔34〕初瀬の霊夢（流布本同文）

二〇 海の底とも、どことも知らぬ所で、住みわびている私のまわりで、漁夫たちは、住みよしと申しますが。下句は「住吉とあまは告ぐとも長居すな人忘れ草生ふといふなり」（古今集・雑上）に、上句は「わたつ海のそこのありかは知りながらかづきて入らん浪の間ぞなき」（後撰集・恋二）などによる。
二一 「思ひつつ寝《ぬ》ればや人の見えつらむ夢と知りせばさめざらましを」（古今集・恋二）。
二二 長谷の観音の御利益だ。
二三 大阪市天王寺区の四天王寺。長元四年（一〇三一）九月の上東門院の御幸も、延久五年（一〇七三）二月の後三条院の御幸も、石清水から住吉へ至り、同日日没ごろ天王寺西の大門で西日を拝する旅程（栄花物語・殿上の花見、同・松のしづ枝）。
二四 旅程変更を父関白に報告せよ。
二五 どうして御供の人なしというわけにいきません、お供せずに邸へ帰ったら、必ずまずいことになる。職務怠慢のとがめを恐れる発言。

1中納言—中中納言（底）　2奉らせ給はん—たてまつらん　3思ひ給はで—おもはて　4知らせさせ—しらさせ（底）　5祈り給ひ…験もなかりけり—流布本〔33〕参照　6春秋—うたも（春—哥—うたノ誤写カ）　7さし寄りて—ひきむけて　8めを—めをは　9おはしましどころ…のたまへば（成田本）—ナシ（底）　10と—ナシ（底）　11に—には

「示現《じげん》[一]をかうぶりたれば、[二]其《(その)》まゝになむ。ことさらに、思ふやうあり。[三]言《い》はんまゝにてあるべし。いかに言《い》ふ共《(とも)》、具《ぐ》すまじきぞ」とて、御随身《みずいじん》一人ばかりを具《ぐ》して、[四]浄衣《じやうゑ》のなへ《(え)》らかなるに、[五]薄色《うすいろ》の衣に白き単着《ひとへき》て、藁沓《わらぐつ》、[六]脛巾《はゞき》して、[七]竜《たつ》田山越《こ》え行《ゆ》き、隠《かく》れ給ひにければ、聞《(きこ)》えわづらひて、御供《とも》の物《(もの)》は帰《かへ》りにけり。

住吉には、其《(その)》暁、姫君の、[八]御跡《(あと)》に臥《ふ》したる侍従に聞《き》こゆるやう、「まどろみたりつる夢に、[九]少将、[一〇]の給《(たま)》ふ様、心細《ぼそ》かりつる山の中に、たゞひとり[一一]草枕して、起《お》き臥《ふ》し給ふ所に行《ゆ》きつれば、我を見つけて、袖をひかへて、

[一二]尋《たづ》ねかね深《ふか》き山路に迷《まよ》ふかな君《きみ》が住《す》みかをそこと知《し》らせよ

となんありつる」と、あはれに語《かた》り給へば、侍従《じじゆう》、「げに[一三]いかばかり歎《なげ》き給ふらん。[一四]誠《(まこと)》の御夢《ゆめ》にこそ侍れ。[一五]哀《(あはれ)》とおぼさずや」と聞《き》こゆれば、「[一六]石木《いは》ならねば、[一七]いかでか」など言《い》ひつゝ、あはれげにおぼしたりけり。

中将《ちうじやう》は、ならはぬ様《(さま)》なれば、[一八]藁沓《わらぐつ》にあたりて、足《あし》より血《ち》あへ《(え)》り。行《(ゆき)》やらぬけしきなれば、道行《(ゆき)》人、あやしき物《(もの)》ども、目をつけてぞ見あひける。さても、泣《な》く〱、[一九]酉《とり》の時ばかりに、はる〲と並《な》み立《た》てる松の一むらに、[二〇]芦《あし》屋ところ所《(どころ)》に有《(あり)》て、海見えたる所に行《ゆ》きつき給ひぬれ共《(ども)》、いづく共《(とも)》知《(しら)》ず、思ひわづらひて、松の下に休《やす》み給ひけるに、[二一]十余《あま》りなる童《わらは》、松の落《おち》葉拾《ひろ》ひけるを呼《よ》び給《(たまひ)》て、

一 神仏が霊験を人に示すこと。今昔物語集二十四の長谷霊験譚にもこの語が見える。
二 その示現のとおりにするのだ。
三 私の命ずるとおりにしておれ、何と言おうと連れては行くまいぞ。
四 狩衣(かりぎぬ)に似た白い衣。神事祭礼で身を清める時に着る。ここは初瀬詣で当初から着用して、糊がおち「なえらか」に柔かくなったもの。
五 ここは染色で薄紫。
六 脛(はぎ)に巻く脚絆(きやはん)のような旅装具。

〔35〕姫君の夢（流布本同文）

七 大和国から河内国への交通の要路。
八 姫君の御前近くに。
九 姫君は少将の中将昇進を、まだ知らない。
一〇 「のたまふやう」は二行先の歌に続く。
一一 少将が旅寝している所へ姫君が行ったら。
一二 姫君の行方を尋ねかねて深山の路(初瀬を指す)に迷っている、あなたのいる場所を、そこと、はっきり知らせてくれ。〔34〕の歌は、〔35〕のこの少将の求めに答えた形になっている。
一三 どれほど少将はお歎きでしょう。
一四 それはきっと正夢です。
一五 少将の御気持、さぞやとお察し申しあげます。「ずや」は反語。
一六 木や石のように感情を持たぬもの。「人非二木石一、皆有レ情」(白氏文集四)などの漢語の和訳。

〔36〕男君、住吉へ下る（流布本同文）

一七 「いかでかあはれと思はざらむ」の意。
一八 藁沓にすれて、足から血が流れている。
一九 午後六時前後、日没の頃。早暁に初瀬を発ち日暮に着いたことになる。
二〇 蘆ぶきの家。
二一 松葉搔きの童は、住吉の神、初瀬の観音の信仰・説話の面でいろいろ解釈されている。

「[二二]を《(お)》のれは、いづくに住《(すむ)》ぞ。此《(この)》[二三]わたりをば、いづくと言《(いふ)》ぞ」と問《と》へば、「住《すみ》吉となん申《(まうす)》、[二四]やがて是《(これ)》に侍《(はべる)》なり」と言《い》へば、「いと嬉しき事」と聞《(きき)》て、「此《(この)》わたりに、[二五]さるべき人や住《す》む」と仰《(おほせ)》られければ、「[二六]神主《かんぬし》の大夫《たいふ》殿こそ」と言《い》へば、「さても、京などの人の住《(すむ)》所やある」と仰《(おほせ)》らるれば、「[二七]住《すみ》の江《え》殿《どの》と申《(まうす)》所《ところ》こそ。京の尼上《あまうへ》とて、おはする」と言《い》ひければ、こまかに尋《(たづね)》問《と》ひて、行《ゆ》き給ひたれば、江《え》に作りかけたる家《いゑ》の、[二八]物さびしき夕月夜、木の間《ま》より、ほのかにさし入《(いり)》て、[二九]お《(を)》さ〱しき人も見えず、いと物あはれ也《(なり)》。

日も暮《(くれ)》ければ、松のもとにて、「[三〇]人ならば問《と》ふべき物《(もの)》を」など、うちながめて、たゝずみわづらひ給《(たまひ)》ける。さらぬだにも、旅の空は悲《かな》しきに、[三一]夕波千鳥、哀《(あはれ)》に鳴《な》き渡《わた》り、岸《きし》の松風、物さびしき空《そら》に[三二]たぐひて[三三]琴《こと》の音《ね》ほのかに聞《き》こえけり。此《(この)》声、[三四]律《りつ》に調《しら》べて、盤渉調《ばんしきてう》に澄《す》み渡《わた》り、これを聞給《(ききたまひ)》けん心、いへばを《(お)》ろか也《(なり)》。「[三五]あな、ゆゝし。人のしわざには、よも」など思ひながら、其《(その)》音に誘《さそ》はれて、何となく立《た》ち寄《よ》りて聞《(きき)》給へば、[三六]釣殿《つりどの》の西面《にしおもて》に、若《わか》き声、[3]一人《ひとり》、二人《ふたり》が程、聞《き》こえてけり。琴《こと》かき鳴《な》らす人有《(あり)》。「冬は、[三七]お《(を)》さ〱しくも侍りき。此比《(このごろ)》は、松風、波の音もなつかしくぞ。都にては、[4]かゝる所も見ざりし物《(もの)》を。哀〱《(あはれあはれ)》、心ありし人ゝに見せまほしきよ」と、うち語《かた》らひて、「[三八]秋の夕《(ゆふべ)》は常《つね》よりも、旅

二二 お前は。対称の代名詞。
二三 このあたりは何という所か。
二四 ずっと私はここに住んでおります。
二五 氏・素姓のしっかりした人。
二六 住吉神社の神主で五位の人。「大夫」は神職の尊称だともいう。
二七 尼君の住居の様は〔29〕参照。
二八 成田本「ものさびしげなるに」。
二九 身分ありげな、すぐれた人。
三〇 「住吉の岸の姫松人ならばいく世か経しと問はましものを」(古今集・雑上)を転じて、姫君の所在を尋ねたいとした。
三一 夕方の波の上を飛ぶ千鳥。
三二 一緒になって。

〔37〕琴の音に導かれて（流布本同文）

三三 〔27〕京の家を出る時、姫君が持参した琴。
三四 雅楽の音階には呂《(より)》・律の二つがある。「呂は春のしらべ、律は秋のしらべ」(河海抄)。「盤渉調」は六調子の一つで、盤渉(洋楽のhに近い)を主音とする律旋音階。冬の調子と呼ばれ、秋冬の演奏例が多い。
三五 〔7〕の姫君の奏楽をはじめて耳にした少将の感想と同じことば。
三六 〔29〕「海さし入たるに作りかけ」た部分が釣殿。住吉物語絵巻にこの構図が見える。
三七 住吉のはじめての冬は、なじみにくかった。
三八 古今目録抄の料紙の今様に「秋の夕は常よりも、旅の空こそあはれなれ、柴の庵に月もりて、虫の声々よはりゆく」とある。

1 言ふ共―も　2 道行人―道ゆき人　3 声―ナシ　4 は―ナシ

の空《そら》こそあはれなれ」など、[1]お《(を)》かしき声して打詠《(うちながむ)》るを、[一]侍従に聞《(きき)》なして、「あな、あさまし」と、胸《むね》うち騒《さは》ぎて、「聞《き》ゝなしにや」とて[2]聞《き》ゝ給へば、

[二]尋《たづ》ぬべき人もなぎさの住《すみ》の江《え》にたれ松風《まつかぜ》の絶《た》えず吹《ふ》くらん

と、うちながむるを聞《(きけ)》ば、姫君也《(なり)》。

「あな、ゆゝし。仏の御験《しるし》は、[三]あらたにこそ」と嬉しくて、簀《す》の子《こ》に立《(たち)》寄《よ》りて、打《う》ち叩《たゝ》けば、「いかなる人にや」とて、侍従《じゞう》、[四][3]透垣《すいがき》の隙《(ひま)》よりのぞけば、簀《す》の子《こ》に寄《よ》りかゝり居《ゐ》[4]給へる御姿《すがた》、夜目《(よめ)》[五]にもしるしの見えければ、「あな、あさましや、[5]少将殿のおはします。いかゞ申《(まうす)》べき」と言《い》へば、姫君も、「[六]あはれにも。[七]おぼしたるにこそ。さりながら、[八]人聞《(ひとぎき)》見ぐるしかりなん。我《われ》はなしと聞《き》こえよ」とあれば、侍従《じゞう》、出《(いで)》あひて、「[九]いかに、あやしき所までおはしたるぞ。[一〇]あな、ゆゆし、其《(その)》後、[6]姫《ひめ》君うしなひ奉りて、慰《なぐさ》めがたさに、[一一]かくまで迷《まよ》ひありき侍《(はべる)》になん。[一二]見《み》奉るに、いよ／＼古《いにしへ》の恋しく」など[一三]言《い》ひすさびて、哀《(あはれ)》なるまゝに、涙のかき昏《く》れて物もおぼえぬに、中将《ちうじやう》も、[一四]いとゞもよほす心ちぞし給ふ。

「[一五]侍従《じゞう》の、君の事《(こと)》をば忍び来《こ》し物《(もの)》を、うらめしくも、の給物《(たまふもの)》かな」と、「[一六]御声まで聞《(きき)》つる物《(もの)》を」とて、浄衣《じやうゑ》の御袖を顔《かほ》に押《を》しあて給ひて、「[一七]嬉しさも辛《つら》さも、なかばにこそ」と、の給《(たま)》へば、侍従、ことは《(わ)》りにおぼえて、「さるにても、御

一 侍従の声だと判断し、聞きまちがいかと思い迷う少将の心理。
二 尋ねて来る人もない、この海辺の住の江で、誰を待つというのか、松風が絶えず吹いている。「渚《なぎさ》」に「人もなき」、「松風」に「待」をかける。風葉和歌集に詞書「忍びて住吉に侍りける頃、松風を聞きて／住吉関白北方」として入る。輔親集に詞書「女房などありて住吉の姫君の事などいふに」、「尋ねけむ昔の琴の調べとは吹く松風ぞ聞きなされける」、源平盛衰記三十六に「住吉の姫君、昔、誰松風の絶えず吹くらんとて、琴掻き鳴らし給ひけるを思ひ出でて」とあるのは、この場面。
三 あらたかなものだなあ。
四 住吉物語絵巻の図柄では、この透垣は釣殿の簀子と、これに続く部屋の簀子とを区切る戸になっていて、閉じると、そのまま外部を境する透垣に接続する構造に描かれている。
五「夜目にも」はっきりと、男君の気配が見えた。「しるし」はかけことば的用法。
六 ほんとに、よくまあここまで。
七 私のことをひたすら思い続けておられるのだ。
八〔8〕以来、姫君は常に外聞を気にする。
九 どうしてこんな辺鄙な所まで。
一〇 ああ、申しあげるのも情けないことですが。
一一 この住吉の浜まで私一人さすらって来ました。
一二 お目にかかると昔がいよいよ恋しくなります。
一三 口から出まかせを喋って。それでも男君、女君の心中を思うと侍従も胸迫って涙にくれる。
一四 一層涙を催す心地がした。次の男君のことばからわかるように、恨めしさの涙まで加わる。
一五 姫君のこと(琴か)を慕って来たのに、侍従よあなたは恨めしいことをおっしゃる。「侍従

休《やす》み候へ。都[一八]の事もゆかしきに」とて、尼君《あまぎみ》に言《い》ひ合《(あは)》すれば、「有《(あり)》[一九]がたき事にこそ。誰〳〵《(たれもたれ)》も、物の哀《(あはれ)》を知《し》り給へかし。先《(まづ)》、これへ入《い》らせ給ふべきよし、聞《き》こえ奉れ」と言《い》へば、侍《じ》従《よう》、「[二〇]なれ〳〵しく、なめげに侍れども、其《(その)》[二一]ゆかりなる声に。旅《たび》は、さのみこそさぶらへ。立《た》ち入《い》らせ給へ」とて、袖をひかへて入《(いれ)》けり。

紙屏風《かみびやうぶ》[二二]に、山《(やま)》と絵《ゑ》描《か》きたる、一具《よろひ》立《た》てゝ、母屋《もや》の御簾《みす》に朽木形《くちきがた》[二三]の几帳帷子《きちやうかたびら》[7]かけて、いとあるべかしく、しつらひたり。[二四]いとうつくしき足に、土《つち》つきて、所〻、血打《ち(うち)》あへ《(え)》て、顔先《かほさき》あかみて、苦《くる》しげなる御姿を見《み》て、尼《あま》君、急《いそ》ぎ出《(いで)》て聞《(きこ)》ゆるやう、「姫君も是《(これ)》[二五]におはしますになん。侍従、哀《(あはれ)》とは見奉りながら、若《わか》き物《(もの)》にて、うち放《はな》ちに申《(まうし)》けるにこそ。尼《あま》は、嬉[二六]しきにも辛《つら》きにもならひて過《(すぎ)》たる身にて侍れば、かたじけなく、あはれに見奉る。あな、[二七]ゆゝし、[二八]いかでかを《(お)》ろかには」とて、姫君に、此《(この)》よしを聞《(きこ)》ゆれば、「我《(われ)》もを《(お)》ろかならずながら、都[二九]の聞《き》こえ、つゝましさにこそ」と、の給《(たま)》へば、「それも、ことはり《(わ)》ながら、万《(よろづ)》[三〇]、ことのやうにこそより[8]候《(さぶらへ)》、[三一]よしあし知《し》らぬ物《(もの)》の、心なき岩木《(いはき)》なれども、是程《(これ)》の事には、[三二]ゆるぎ侍物《(はべるもの)》を。今は、此尼《(この)あま》を、重《おも》[9]くおぼしめさば、申[三三]さんまゝにおはしませ。さなくば、海[三四]川にも入《(いり)》なん」と、言《い》ひこしらへて、侍従《じよう》に、

の」は「うらめしくも…」に続く。
一六 姫君の御声。先の「尋ぬべき」の歌を指す。
一七 姫君の居所を尋ねあてた嬉しさと、会わせてもらえぬ辛さ。「嬉しきも辛きもことに分かれぬは人に従ふ心なりけり」（発心和歌集）。
一八 都の事もうけたまわりたく存じます。
一九 本当にもったいないことだ。尼君は、はじめから男君を姫君に会わせる積りでいる。
二〇 馴れ馴れしくて失礼ですが。
二一 ゆかりの声に免じてお許しください。「ゆかり」は〔13〕、〔16〕の歌、〔17〕参照。「声」は「うへ」の誤写か。
二二 大和絵《(やまとゑ)》を描いた紙屏風。「山と」は当て字。「布屏風の新しき」（枕草子・いやしげなるもの）や「唐絵の屏風」（同・昔おぼえて不用なるもの）に比べて無難な品。

〔38〕男君、姫君と再会
（流布本同文）

二三 朽ちた板目模様。この模様の几帳の帷子は枕草子（なまめかしきものの段）にも見える。
二四 以下、男君の長旅にやつれた姿。
二五 ここにいらっしゃるのですよ、侍従は男君のお気持がよくわかっていながら、若い者のこととて、そっけない言い方をしたのです。
二六 先の男君のことばを受けて繰返しているが、発心和歌集（前節注引用）の歌の題、「普賢十願」の一つ「恒ニ衆生ニ順フ」の意に合致する。
二七 〔37〕以下、この感動のことば頻出。
二八 どうしておろそかに存じましょう。
二九 姫君の口ぐせ。

1おかしき声して—ナシ　2聞き—心をとゝめてきゝ　3透垣の隙—やかてかき　4居給へる御姿—たる姿　5や—ナシ　6姫君—ひめきみを　7几帳—経　8より候—よれ人（底）　9重く—せちに

「たゞ、姫君《ひめ》のおはします所《ところ》へ、[一]具《ぐ》し参らせよ」と言《い》へば、侍従《じじゆう》、中将《ちうじやう》に此《この》よし聞《き》こゆれば、「[二]ともかくも」とて、嬉しげにぞおぼしける。

夜更《ふく》る程に、侍従《じじゆう》、先《さき》に立《たち》て、[三]しるべしつ。さても、うち[四]臥《ふ》す事もおはしまさずして、はじめよりの事ども、かきくどきつゝ、泣《な》く〳〵、の給《たまひ》ける。夜も明《あ》け、日もいづる程に、姫君《ひめぎみ》を見奉り給ひければ、嵯《さ》峨《が》野にて見しよりも盛《さか》りと見えて、[五]寝《ね》くたれ髪《がみ》のおぼめきて、なつかしさ、いふもを《お》ろかなり。

かくしつゝ、二日三日にも成《なり》しかば、[六]そのわたりにも、仕《つか》うまつりし人あまた有《あり》ければ、を《お》のづから聞《きき》つけてぞ、を《お》の〳〵参りあへり。[七]淋《さび》しき所共《とも》なく、松のもとにて、酒飲《の》み、のゝしりあひければ、其《その》あたりの物《もの》ども、驚《おどろ》く程なりけり。

かゝるほどに、京には、「中将殿《ちうじやうどの》の、只《ただ》ひとり住吉へ参《まい》り給《たまひ》ぬ」と聞《き》き《ゝ》て、関白殿は、帰《かへ》りたる物《もの》をば、[八]随身《ずいじん》所へ下《くだ》されにけり。さて、ゆかりのある人ゝ、[九]左衛門の助《すけ》[2]殿よりはじめて、四位五位など、[一〇]其《その》数、住《すみ》の江《え》に尋《たづね》行《ゆ》き給ひて、「いみじく、[一一]おぼつかながらせ給《たまふ》に、いかに」など言《い》へば、「[一二]示現《じげん》によりて是《これ》に侍《はべり》つる程に、[一三]思はずに、此《この》あたりに有物《あるもの》に見つきて」など、のたまへば、「神仏へ参《まゐり》ては、[一四]行《おこな》ひをこそすれ。ゆゝしき御勤《つとめ》哉《かな》」とて、戯《たはぶ》れて。[一五]うち笑《わら》

三〇 万事、遠慮も事の次第によります。

三一 私は事の善悪もわからぬ尼で人情も解さぬ身であるが。尼君の謙辞。「岩木」は〔35〕参照。

三二 心がゆれ動く。「言の葉にゆるぎ給はぬこそ」(源氏物語・玉鬘)。

三三 私の申すとおりになさいませ。

三四 〔29〕終りに見えた尼君の強いことばと同類。

一 男君をお連れ申しなさい。

二 よろしく頼むよ。

三 男君を姫君の部屋へ案内した。

四 男君は嵯峨野で歌の贈答をして以来の対面。

五 寝乱れ髪がしどけない様で。

〔39〕京よりの迎え参集
(流布本同文)

六 住吉のあたりにも関白右大臣家に仕えた人が。

七 尼君の家のまわりの様子は〔29〕の描写参照。

八 院司(いんのつかさ)や摂関家に設けられた随身の詰所。そこへ「下す」のは蟄居(ちっきょ)謹慎処分をいう。

九 以下の人物は諸本に異同が多い。↓解説。

一〇 数を尽くしての意。

一一 父関白殿が御心配だのに、なぜこんな所へ。

一二 〔34〕で家来に申し渡したのと同じことば。

一三 思いがけなくこの辺の女を見そめてしまって。

一四 精進潔斎で勤行をなさるべきところだのに、(女を見そめたとは)いやはや大変な勤行だ。こんな冗談をいえるのは中の君の夫の兵衛佐。

一五 主語は男君。前文との続きはやや不自然。

一六 よくぞ住吉までお尋ねくださった。能宣集に「右兵衛の佐ももろともに摂津(つ)の国にいきたれば、守待ち迎へて浜のほとりの野辺にて逍遥するところにて」とある詞書は、この場面。

一七 「住吉の岸にむかへる淡路島あはれと君をいはぬ日ぞなき」(拾遺集・恋五・柿本人麿)。〔29〕

ひ給《(たまひ)》て、「[一六]嬉しく、これまで尋給《(たづね)》へり。難波《なには》わたりも、かかるつゐ《(い)》でなくは、いかでか御覧ずべき」と、の給《(たま)》ひつゝ、夜更《(ふく)》るほどに、住《すみ》の江《え》に月さやかに澄《す》み渡りて、松風、波の音にたぐひつゝ、[一七]淡路嶋《あはぢ(しま)》まで通《かよ》ひて聞《(きこ)》ゆるさま、この世ならず面白かりければ、人〴〵《(ひとびと)》、住の江《え》にて遊《あそ》び戯《たはぶ》れ給へり。[一八]三位の中将《ちうじやう》、琴、[一九]蔵人《(くらうど)》の少将、笛、[二〇]兵衛の佐《すけ》、笙《しやう》の笛、[二一]左衛門の佐《すけ》、歌うたひ給《(たまひ)》けり。姫君、侍従、尼君《あま》など、是《(これ)》を聞《(きき)》て、[二二]はるゝ心ちぞし給[3]ふ。さて、夜明《(あけ)》ければ、海女《あま》ども召《め》して、[二三]潜《かづ》きせさせて見給へり。

さて、その日、京へ上《のぼ》らせ給ふとて、いと事《こと》〴〵しかりけり。[二四]姫君をば、「田舎《ゐなか》人の娘《むすめ》」とて、あひ具《ぐ》し奉り給《(たまふ)》。姫《ひめ》君をば、尼君《あまぎみ》、心安《やす》く見奉りながら、[二五]此《(この)》程の名残《(なごり)》、申《(まうす)》ばかりなし。尼《あま》君には、[二六]和泉《いづみ》なる所、預《あづ》けられければ、「[二七]行末《ゆくすゑ》の事は思はず、たゞ、あの姫君の御事のみぞ思《おも》ひ侍《(はべり)》つる程に、[二八]今は黄泉路《よみち》やすく」とて、送りて、嬉しき物《(もの)》から、離《はな》れ行《ゆ》くも、さすがに哀也《(あはれなり)》。「[二九]とにもかくにも、落《(おつ)》る涙かな。[三〇]仏になりなん後ぞや、とゞまるべき」とて、くどきける。姫君《ひめぎみ》も、何となく、二年《(ふた)とせ》まで住《(すみ)》し所、離《はな》れ行《(ゆく)》こそあはれなれ。「尼君《あまぎみ》も、[三一]いかに、ならひて恋しく、傍《かたはら》さびしく思はん」など、侍従に聞《(きこ)》え合《(あはせ)》て、[三二]見《み》返給《(かへりたまひ)》ければ、やう〳〵遠《とを》くなり行《(ゆく)》程に、[三三]一むらの霧[4]の絶間《(たえ)ま》より、松の梢、遥《はる》かに見え

[一七]は昼の景、ここは夜景、ともに淡路島にふれる。
一八 男君の昇進は〔33〕。呼称は、ここが初出。
一九 野坂本〔A〕〔3〕から登場する。女君の異母兄弟。→解説。
二〇 中の君の夫。〔3〕〔7〕〔10〕など参照。
二一 本節のはじめに見える人物。成田本「左衛門の督」の本文は姫君の父を指すので誤り。
二二 心のはれる思い。
二三 海女の潜きの実演。宇津保物語・吹上上に例がある。
二四 姫君の素姓を隠しておくのは、三の君との関係や継母の呪(〔42〕)をおそれての処置。構想上は、姫君と父との面会の場をもりあげる工夫。
二五 別れの名残り惜しさは筆舌に尽しがたい。
二六 男君所有の和泉国の荘園。尼君の将来の生活保障のために尼君に預所職を与える。

〔40〕姫君、男君と上京(一部別本)

二七 自分の死後の極楽往生は二の次にして、ひたすら姫君の幸福だけを念じて来たのに。
二八 〔3〕の乳母も同じことばを口にしていた。
二九 嬉しいにつけ悲しいにつけ。
三〇 極楽へ行きつくまで、この涙は止まるまい。
三一 どんなにか、一緒の暮らしになれて、恋しく、側に人のいない淋しさを痛感なさることか。
三二 岸の方を。
三三 風葉和歌集に詞書「住の江に侍りけるを関白にいざなはれて都に上りけるに、霧の絶間より松の梢、遥かに見えければ／住吉の関白北方」として「はかなくてわが住みなれし住の江の松の梢の隠れぬるかな」。広本系には見える歌。

1 は―ナシ　2 殿―くら人の少将兵衛のすけとの　3 給ふ―給ひける　4 霧の(成田本)―ナシ(底)

ければ、

　一住[1]吉《よし》の松の梢《こずゑ》のいかなれば遠《とを》ざかるにも袖の露《つゆ》けき

と、うちながめければ、姫君《ひめぎみ》、琴かき鳴《な》らして、かくなん、

　二琴《こと》の音《ね》を尋《たづ》ねて通《かよ》へ住吉《よし》の岸《きし》の姫松《ひめまつ》我も恋しき

と、思ひ続《つゞ》けられける。

　かくしつゝ、三川尻《じり》を過《す》ぐれば、遊《あそ》び物《もの》ども、あまた、舟につきて、

　四心《こゝろ》からうきたる船に乗りそめて一日《ひとひ》も波に濡《ぬ》れぬ日ぞなき

など歌《うた》ひて、淀《よど》までぞ、つきにける。

　[2]さて、京へ上《のぼ》りつきて、五殿に参り給へば、六あやしきありき、むつかりながら、七北《きた》の方《かた》をしつらひて住《すま》せ給《たまひ》ける。

まゝ母、是《これ》を聞《きき》て、「中将殿《ちうじやうどの》は、あやしき、ゐ中人《なかびと》の娘《むすめ》をこそ八盗《ぬす》み給《たまふ》なれ。九あたら人の」など、むくつけ女に言《い》ひ合《あはせ》て、そねみ居《ゐ》たりける。

　中納言は[3]、月日の重《かさ》なるまゝに、思ひのみまさりて、「一〇今一度《ひとたび》、もとの姿《すがた》にて、あひ見んと一一思ふ心のつれなさよ。かくてのみ、明《あか》し暮すに」など、おぼす程に、年のほどよりも、ことの外《ほか》に老《おい》衰《おとろ》へて見え給《たまひ》けり。まゝ母《はゝ》、これを見て、「姫君は、一二たちぬる月とかや、[4]一三東山に、あやしの法師に具《ぐ》してこそおはしけれ。

一 住吉の松の梢が遠ざかると袖に涙の露がかかるのは、なぜかしら。広本系によれば、風葉和歌集所収の姫君の歌に侍従が唱和した歌。

二 「琴のねに峰の松風通ふらしいづれのをより調べそめけむ」(拾遺集・雑上)による。「峰の松」ならぬ住吉の岸の姫松よ、私も恋しいから、琴の音を尋ねて私の所へ通っておくれ。この歌、流布本にはない。

三 〔29〕冒頭と同じ情景を明と暗両様に使う。

四 後撰集・恋三、詞書「男のけしき、やうやうつらげに見えければ」の小町の歌と同歌。「つらい恋とかかわり合って毎日涙を流す」恋の歌は、遊女が歌うと遊女稼業の身のなげきになる。

五 男君の父関白の邸。

六 いかがわしい出歩きに父は不機嫌な顔をする。

七 寝殿造りの北にある対の屋。「北の対は、ことに広く造」って「かりにてもあはれと思して行く末かけて契り頼め給ひし人々」を「つどひ住」めるようにする設計の例(源氏物語・松風)がある。

〔41〕人々の反応(流布本同文)

八 非合法な手段で妻に迎えること。〔22〕に同例。

九 惜しい身分の人が軽率なことをなさって。

一〇 〔32〕末尾で人々が中納言の出家をとどめた時のことばを受ける。

一一 思い定めた決意を頑固なまでに守り続けることだわい、あきらめれば気も楽になろうのに。

一二 先月だったか。

一三 平安京の東、賀茂川以東に南北に連なる山。法性寺など寺社・邸宅が営まれる以前は閑散な所で、源氏物語で夕顔の遺骸を処置する場所に惟光が考えたのも東山のあたり。

一四 どんな大事も、この姫君には代えがたい。

一五 せめて無事でさえいてくれたら。

一六 東山云々とは誰から耳にした情報か。

たしかに人の告《つ》[5]げて侍《はべり》しなり」と聞《き》こゆれば、「[一四]いみじき事[6]も、此《この》姫君ばかりは、おぼえず。いかにしても、[一五]平《たいら》かにてだにもあらば、嬉しき事にこそ。[一六]誰《たれ》人の言《い》ひけるにか。[一七]尋《たづね》あひて、生《い》きたる折《おり》、今一度《ひとたび》、見て、死《し》出《で》の山路《やまぢ》をも、やすく越《と》えん。[一八]うれしく、の給《たまひ》たり」と、の給《たま》ひければ、「誰《た》[7]が言《い》ひしとも思《おも》ひ忘《わすれ》て」など言《い》へば、むくつけ女、「[一九]あの物《もの》さぶらふぞかし」などぞ言《い》ひける。中納言、「[二〇]心づきなし」と思《おも》ひて、「南《な》無《む》阿《あ》弥《み》陀《だ》仏〳〵」とぞ申《まうし》ける。

さて、姫《ひめ》君は、「[二一]かくて侍《はべり》とだに、中納言殿に申さばや」と、の給《たま》へば、中《ちう》将《じやう》、「[二二]まゝ母《はゝ》、むくつけき人なれば、[二三]心合《あはせ》たりとて、神仏にも呪《のろ》ひ給はんには、誰《た》がためも、いと恐《おそ》ろしき事也《なり》。[二四]住吉《よし》におはせば、さてこそ、やみなましか。[二五]是《これ》は遂《つゐ》に会《あ》ひきこえ給はんずれば、心安《やす》くおぼしめせ」と、の給《たま》へば、姫君、「[二六]おぼし歎《なげ》くらん事の悲《かな》しくて、世に住《す》むかひなくて」と、の給《たま》へば、「[二七]誠《まことに》、ことは《わ》りながらも、只《ただ》、申さんまゝにておはしませ」とて、[二八]二条京極なる所に渡り給ひけり。

明《あか》し暮し給《たま》ふ程に、姫《ひめ》君、[二九]過《すぎ》にし年の十月より、御けしきありて、又《また》の年の七月に、いとうつくしき若君《わかぎみ》いで来《き》給へり。中将《ちうじやう》、おぼしかしづき給ふ事、限《かぎ》りなし。

一七 尋ねて行って姫君に対面し。
一八 よくまあ(その情報を)教えてくれた。中納言のせい一杯の皮肉。次に「心づきなしと思ひて」、弥陀の名号をとなえて怒を押さえる。
一九 ほら、あの人でございますよ。北の方は忘れたふりをし、むくつけ女は場をとりつくろう。
二〇 いやなことを言う連中だ。
二一 「こうして男君のもとで暮している」とだけでも。女君の気持は当然だが、そうなると、三の君を悲しませるであろう。女君の視野は狭い。源氏物語の紫の上などの思慮には及ばない。
二二 三の君との問題を持ち出さずに女君の希望実現を先へ延ばす論理は、男君の政治的判断。
二三 女君が男君と共謀したのだといって継母が。
二四 私と再会せずに住吉におられたら、父に会うこともできずそのままで終るところだ。

〔42〕若君誕生
(流布本同文)

二五 ここに居れば父上とはいずれお会いできる。
二六 父上がおかなしみだろうと思うと悲しくて、生きているかいもないような気がして。
二七 本当に筋の通った話だが、まあ私の言うとおりにしていらっしゃい。
二八 二条京極邸として著名なのは藤原兼家の邸。拾芥抄に「二条北京極東、本号二東二条一、兼家公家」。日本紀略・永延二年九月十六日条に「摂政新造二条京極第、有二興宴事一」。正暦元年(九九〇)、兼家が出家し、仏寺として法興院とよばれた。
二九 昨年十月懐妊、次の年七月に若君が誕生。

1住吉の松の梢の…思ひ続けられける—流布本〔40〕参照　2さて—さても　3は—ナシ　4東山に—ナシ　5告げて—つけ　6事—人のこと　7誰が言ひしとも— いとなんうけにてまことやたそ

からしつゝ過《(すぎ)》行《ゆ》く程に、中将《ちうじやう》は、願《ねが》はざるに中納言[一]に成《(なり)》給ひて、やがて、右大将《しやう》に成《(なり)》給ひけり。中納言[二]は大納言になりて、按察使《あぜち》かけ給へり。ともに内《うち》へ参りあひて、物語のつゐ《(い)》でに、「老《(おい)》衰《おとろ》へてこそ見えさせ給へ」とあれば、大納言、先《まづ》、うち泣《な》きて、「誠《(まことに)》[三][1]、思ふ事の深さをば、是にて知《し》らせ給《たま》へ。心に叶《(かな)》はぬ物《(もの)》は命《(いのち)》にて侍《(はべる)》かな。かくも生《い》きてさぶらふ」とて、人目《め》もつゝみ給《(たまは)》ざりけり。大将《しやう》、「此《(この)》[四]つゐ《(い)》でにや、言《い》ひ出《(いで)》まし」と思ひながら、猶《(なほ)》、思[五]ひ返して、そゞろに涙ぞ漏《も》れ出《(いで)》ける。

さて、帰《(かへり)》給ふまゝに、「かく[六]」など語《かた》り給へば、姫君《ひめぎみ》も侍従も、「「親《おや》[七]ばかり、子は思はぬ物《(もの)》ぞ」と、常《つね》[八]は仰《おほ》せられし、事の末《すゑ》かな。かやうに多《おほ》くの年月を過しながら、かくとも[九]聞《(きこ)》え奉《(たてまつら)》で、おぼし歎《なげ》かせ給ひつる、いかばかり[一〇]神仏もにくしとおぼすらん。哀《(あはれ)》、女[一一]の身ばかり恨《うら》めしき物《(もの)》は」とて、よに辛《つら》げに、の給《(たま)》へば、大将《しやう》、「まことに、ことはり《(わ)》なり。幼《おさな》き物《(もの)》も出《(いで)》きたれば、我《(われ)》も、いかばかりかは見《(みせ)》[一二]奉らまほしけれども、此《(この)》[一三]幼《おさな》き人までも、恐《おそ》[2]ろしさにこそ。さりながら、知《し》らせ侍《(はべる)》べき事も近《ちか》く成《(なり)》たり。しばし待《ま》たせ給へ」など、こしら[一四]へ給《(たまひ)》けり。

かくしつゝ[一五]過《(すぎ)》行《ゆ》く程に、光《ひか》る程の女君《ぎみ》いで来《き》給《(たまひ)》けり。思《おも》[一六]ひのまゝなれば、お

〔43〕男君、右大将に、中納言は大納言に昇る(流布本同文)

一 中納言で近衛大将を兼ねたのは安和二年(九六九)、三位中将から参議を経ずに中納言に昇り、翌三年右大将となった藤原兼家が初例。

二 長年中納言兼左衛門督であった藤原師氏が按察使を兼ねたのは康保五年(九六八)。その翌年安和二年、師氏は権大納言。按察使を兼任したまま安和三年、五十八歳で没。↓解説。

三 どうぞ悩みの深さをこれでお察しください。

四 このついでに女君の件をうちあけようか。

五 「思ひ返」す心理内容の欠如は、物語の未成熟か、梗概化の際の省略か。

六 男君が女君に、今日の父中納言の様子を。

七 〔26〕〔28〕に繰返された女君の父の口ぐせ。

八 常々仰せになった、あの言葉どおりの結末が今のこの状態なのだなあ。「事のはじめ」の対。

九 近況を父にお伝え申しあげもしないで。

一〇 どれほど神仏も私たちを、おにくみだろう。

一一 女の身に課せられた仏教の「五障」、儒教の「三従」を念頭においたことば。家にあっては父に従い、嫁(か)しては夫に従い、夫の死後は子に従う「三従」がよく対応している。

一二 若君を父大納言のお目にかけたいが。

一三 継母の人柄を考えると、若君の身にまで危害が及ぶのではないかと、恐ろしさに(決心がつかない)。三の君の夫であるだけに男君は継母の呪詛(そじゅ)などをおそれる。〔42〕参照。

一四 男君は女君をおなだめになる。

〔44〕男君、袴着に大納言を招く(流布本同文)

一五 〔44〕に若君、姫君が二歳違いとあるので前節〔43〕で一年

ぼしかしづき給ふ事、限《かぎ》りなし。

かやうに、[一七]泣《な》きみ笑《わら》ひみ、明《あ》かし暮すほどに、若君七《（ななつ）》、姫《ひめ》君五《（いつつ）》までに成《（なり）》給ひけり。「八月、[一八]袴着《はかまぎ》といふ事せんつゐ《（い）》でに、大納言殿には知《し》らせ奉らん」と[一九]仰《（おほせ）》られける程に、[3]大将《しやう》も大納言も、内《（うち）》に参合《（まゐりあひ）》て、[4]御物語のつゐ《（い）》でに、「八月十六日に、幼《おさな》き物共《（ものども）》に、袴着《はかまぎ》仕《（つかまつ）》らんと思ひ侍るに、[二〇]ことさら申さん」と、の給《（たま）》へば、大納言、「[二一]かしこまつて承《（うけたまは）》りぬ。さりながらも、[二二]さやうの事に、まが〳〵しき身にて」など聞《き》こゆれば、「[二三]いかにも思ひはからひて申《（まうす）》なり。必《（かならず）》」と、の給《（たま）》へば、「ともかくも、[二四]おほせにこそ」とて、其《（その）》日にも成《（なり）》て、ゆかりある[二五]上達部《かんだちめ》、天上人《（てんじやうびと）》など参りあへり。大納言も、少《すこ》し日暮《（くる）》る程に参《まい》り給へり。万《（よろづ）》に、[二六]あるめかしくて、[二七]蔵人司《くら（うど）づかさ》の物《（もの）》など、参《まい》りあひて、いとこと〴〵しき様也《（なり）》。

時にも成《（なり）》ぬれば、大将《しやう》、大納言の直衣《なをし》の袖をひかへて、内へ引入給《（ひきいれたまひ）》ぬ。母屋《もや》の御簾《みす》の前《まへ》に、褥《しとね》敷《（しき）》て据《す（ゑ）》へきこえたり。姫君、侍従、近《ちか》く寄《よ》りて、[二八]几帳《きちやう》のほころびより、のぞけば、[二九]いかばかり悲《かな》しかりけん、若《わか》く盛《さか》りにおはせし姿《すがた》の、[三〇]あらぬ様《（さま）》に衰《おとろ》へて、髪《かみ》は雪をいたゞき、額《ひたい》には四海《しかい》の波を畳《たゝ》み、眼《まなこ》は涙に洗《あら》はれて光《ひか》り少《すくな》く見え給へり。「あなあさまし〳〵」と、ふしまろび給ひけり。

が経過したことになる。

一六［1］女君誕生の時も同じことばが見える。

一七 泣いたり笑ったり。父に会えぬなげきと、子どもの成長のよろこびをいう。

一八 幼児が初めて袴を着ける儀式。男女ともに三、四歳から六、七歳のころに行う。広本系［3］の場面の袴着は裳着に準ずるもののようである。

一九 男君が女君に。

二〇 是非とも御招待したい。

二一 慎しんで承知致しました。

二二 そういうお目出たい席にふさわしくない、縁起の悪い老人ですから。

二三 諸般の状況を熟慮してお願いしているのです。必ずいらっしゃってください。

二四 仰せに従います。

二五 公卿や殿上人。「ゆかりある」人に限っている。大納言は三の君の夫である男君の縁者。

二六 理想的で。「あるべかしく」の転じた語形。

二七 蔵人所は宮中の外、院・宮・摂関家にも置かれる。ここは父関白家で蔵人所の別当・職事《しきじ》など職員を「蔵人司のもの」と呼んだ。父関白邸から二条京極の男君の邸へ贈物がとどく。

二八 几帳にかける布の一部分が縫い合わせずにあけて仕立ててある部分。

二九 女君・侍従が父大納言の心中を察しての感想。

三〇 別人かと見まがうばかりに衰えて。以下、髪、額、眼の表現は類型的。「髪には…雪をいただき」(謡曲・山姥)など。

1 誠思ふ事の深さをば―まことに―おそろしさ(底)　2 恐ろしさとのも大納言とのも　3 大将も大納言も―大将　4 御―又まつ

さて、若君、姫君出《いだ》して、袴《はかま》の腰結《こしゆ》[一]はんとて、うち見つゝ、袖を顔《かほ》に押《を》しあてて、うつぶし給へり。やゝ久しくありて、起《お》きあがりて、の給《たま》ふやう、「祝《いは》[二]ひの所には、まが〳〵しとは、さればこそ申候《まうしさふらひ》し物《もの》を。姫君の御あり様《さま》の、我《わ》が失《うしな》ひて思ひ歎《なげ》く娘《むすめ》の幼《おさな》かりしに、違《たが》はせ給《たまふ》所なく、其《その》[三]昔さへ思ひ出《いで》て」とて、「忍びかねつるになん、許《ゆる》させ給へ」とて、むせび給へり。是《これ》を聞《きき》て、姫《ひめ》君、侍従、声も[四]立《た》てぬべき心ちぞし給ひける。[五]涙の色は袿《うちき》の袂《たもと》に、紅《くれなゐ》染《ぞ》めのこゝちするまでぞ、なりにける。大将《しやう》、これを見給ふ《う》て、涙《なみだ》もせきあへず、[六]見と見、聞《き》きと聞《き》く人、心《こゝろ》あるも、心なきも、涙流《なみだなが》さぬはなかりけり。

さて、事共《ども》、果《は》てぬれば、人々に[七]引出物《ひきでもの》、さるべきやうに[八]、し給ひける、其《その》内に、大納言殿《どの》には、[九]小袿《こうちき》の、[一〇]なへ《え》らかなるを奉りたれば、あやしながら、[一一][一二]肩《かた》にかけて帰《かへ》り給ひぬ。

大納言、帰《かへる》まゝに、まゝ母に向《む》かひて、「大将《しやう》の、我《われ》をむつまじき物《もの》におぼしてもてなし給ふ。[一三]うつくしかりつる若君、姫君《ひめぎみ》かな。哀《あはれ》、あれを、我孫《わがまご》どもと思はゞ、いかに嬉しからまし。[一四]ゐ中人《なかびと》の娘《むすめ》なれ共《ども》、幸《さいはい》ある人かな。さても、其《その》姫君の、我《わ》が失《うしな》ひて、思《おも》ひ歎《なげ》く姫君《ひめぎみ》の幼《おさな》かりしに、[一五]さも似給へるよ。あはれ、常《つね》に見《み》奉らばや」と、の給《たま》へば、まゝ母《はゝ》、「[一六]三の君のもとへおはせし人な

一 袴着、裳着《もぎ》の時、尊属や徳望のある人が腰の紐を結ぶ。源氏物語で玉鬘の腰結いを、源氏は内大臣に依頼している(行幸)。当事者の素姓をうちあけるために腰結いの役を依頼する類例。
二 男君から依頼された時と同じことば。
三 「過ぎた昔まで思い出されて」と絶句し、「涙を押えかねたのです、お許しあれ」と涙ながらに言う様。
四 今日は父の姿をかいま見るだけにするというのが予定の行動。声を出してはならない。
五 「血の涙を流す」という慣用表現の誇張。
六 見る者すべて、聞く者も皆。
七 主人から客に贈られる品。「おくり物、人々の禄、尊者の大臣の御引出物」(源氏物語・若菜上)のように並記される。
八 人相応に礼を尽くして。
九 女子の装束で、唐衣、裳の装束より略式。男性へ贈物にする例は源氏物語にも見える。

［45］小袿の贈物（流布本同文）

一〇 着なれて糊が落ち柔かくなった布地の様。平安朝の用例は「なえばむ」「なえたる」の表現が普通。［34］に同例。
一一 不審に思ったが。
一二 引出物をもらった時の礼。肩に担ぐのは事実であるが、通常は動詞「かづく」で表現する。
一三 かわいらしい。
一四 女君が上京してから十年に近い。「田舎人の娘」(［40］)という当初の擬装はまだ守られている。
一五 何とまあ似ていらっしゃることよ、ああ、あの姫君を朝夕、いつも見たいものだ。
一六 三の君の夫として通って来た人だから。こ

れば、其《(その)》[一七]ゆかりとて、むつび給《(たまふ)》こそ。哀《(あはれ)》、其公達《(その)きんだち》を、三の君《きみ》の中にまうけ給《(たまひ)》たらば、[一八]こゝかしこのために、目《め》やすかりなむ物《(もの)》を。[一九]あたら人の」など言《い》へば、むくつけ女、[二〇]「関白殿は、「下衆腹《げすばら》の子なれば」とて、もてなし給はぬ」とぞ言《い》ひける。

大納言殿《どの》は、小袿《こうちき》の古《ふ》りたりつるを、[二一]「あやし」と思ひて、取《と》り寄《よ》せて見給へば、[二二]対《たい》の君に着《き》せはじめし時の袿《うちき》に似たり。[二三]「老《(おい)》のひが目やらん」とて、打《(うち)》返《(かへ)》し〳〵、能ゝ《(よくよく)》見給《たま》へば、[二四]たゞそれにて有《(あり)》ける。其《(その)》時に、胸騒《むねさは》ぎて、[二五]「いかにして持《も》ち給へばか、我《われ》にしも得《え》させ給へるも、あやし」とて、只《(ただ)》、[二六]雑色《ざうしき》一二《(ひとりふた)》人《り》ばかり具《ぐ》して、大将《しやう》のもとへおはして、寝殿《しんでん》の簀《す》の子《こ》に居《ゐ》給へり。

大将《しやう》、急《いそ》ぎ出給《(いでたまひ)》て、[二七][1]「あしく候。是《(これ)》へ」とあれば、大納言、申されけるは、「申出《(まうしいづ)》るにつけて、[二八][2]よに〳〵痴《おこ》がましく、なめげに侍れ共《(ども)》、[二九]万《(よろづ)》になつかしくおはしませば、参《(まゐり)》つる也《(なり)》。許《ゆる》させ給へ」とて、「昨日《(きのふ)》、給《(たまはり)》たりし小袿《こうちき》の、我《(わが)》失《うしな》ひて候《(さふらひ)》しものの[三〇]幼《おさな》くて着《き》せそめし袿《うちき》にて侍るを。老《(おい)》のひが目にや侍らん、我《(わが)》心にかゝるまゝに、[三一]人目も知《し》らず走《はし》り参《(まゐり)》つるなり」と申されければ、此《(この)》よし、姫《ひめ》君《ぎみ》、聞《(きき)》給ひて、[三二]「今《いま》、〳〵」と待《ま》ち居《ゐ》給ひければ、大将《しやう》のたまはぬ先《さき》に、姫君、侍従《じじゆう》、急《いそ》ぎ〳〵いでて、涙に昏《く》れて、物をだに言《い》ひ給はねば、大納言、これを

のことばで、今は通いが絶えていると知れる。
一七 その縁故であなたを懇意になさるのだ。
一八 我が家にとっても関白家にとっても、申し分なかったろうに。
一九 立派な男君がつまらぬことをなさる。〔41〕に同例。
二〇 男君、女君たちが関白邸から二条京極邸へ移った事などを指して、こう言いなした。
二一 袴着の腰結いをつとめた人への引出物としては変った品だと不審に思う。

〔46〕父、娘の再会
（流布本同文）

二二 女君は中納言邸の西の対に住み（〔3〕）、継母は彼女を「対の君」とよぶ（〔6〕）。ここは成田本のように「対の姫君」とありたいところ。
二三 老人の目の見損いだろうか。
二四 全くそれに違いがない。
二五 どうして男君はこの袿を持っておられたのだろうか、またそれを特に私にくださったのも変だ。「しも」は強意の助詞。
二六 邸に仕え、雑役に従事する下男。正式な供人を整える気持の余裕がないのである。
二七 そんな所ではいけません、こちらへ。
二八 全くもって馬鹿げたことで、失礼ですが。
二九 御当家の人々が温く迎えてくださる御好意に甘えて参上した次第です。
三〇 幼い時に初めて着せた袿に違いございませんので。「を」は間投助詞。
三一 人がどう見るかと考える余裕もなしに。
三二 もう少しの辛棒、もうちょっと。このことばで小袿の贈物が生む効果について、男君と女君の間に共通の了解ができていたと知れる。野坂本にくわしい。

1あしく候—ナシ（底）　2よに〳〵—よに

見て、心も消《き》[一]え返《かへ》る程なり。「[二]いかに〱」と呆《あき》れ居《ゐ》給へり。

やゝ久しくありて、心静《しづ》まりて、大納言、姫《ひめ》[三]君をば背《そむ》きて、侍従に向《む》かひ、くどき給《(たまふ)》やう、「姫《ひめ》[四]君こそ、あやしの親《おや》とて、とてもかくてもと、おぼして、を《(お)》とづれ給はざらめ、そ[五]こをば、いかばかりかは思ひきこえし。今[六]まで命つれなくて、めぐらひ侍ればこそ、今日《けふ》は見参《げざん》に入《(いれ)》、思[七]ひ消《き》えなましかば、後の世までも思《おも》ひにて、黄泉路《よみぢ》の障《さは》りとも成《(なり)》なましか。我《わ》[八]がなれるさま、岩木《(いはき)》ならずは、見給へかし。あ[九]な、ゆゝしの人の心《こゝろ》や。たゞ、命のみこそ嬉しけれ。明《あ》かし暮しがたくて積《つも》りし月日、[一〇]いくら程までなりぬとか思ひ給《(たまふ)》。哀《(あはれあはれ)》ゝ、[一一]人の思ひは生《お》ふなる物《(もの)》」とて、打泣《(うち)な》き給《たま》へり。大将《しやう》、姫君《ひめぎみ》、侍従《じゞう》、を《(お)》の〱、はじめより終《おは》りまでの事共《(ども)》、かきくどきつゝ語《かた》り給《(たまひ)》て、を《(お)》[一二]ろかならぬ由《(よし)》、の給《(たま)》ひける時《とき》に、世のあり様、昔《むかし》も今も、かかるためし、ありがたくぞおぼえける。

さて、日暮《(くれ)》ぬれば、大納言、帰《かへ》り給《(たまひ)》て、まゝ母《はゝ》に、の給《(たま)》ふやう、「いでや、対《たい》の君に尋《たづ》ねあひて侍《(はべり)》つる。[一三]まことに、あやしの法師に具《ぐ》して、東山におはしける」とて、「只《(ただ)》[一四]、憂《う》きは永《なが》らふべくもなし」とて[一五]。まゝ母《はゝ》、「あな嬉しやな、いかやうにて、おはしつるぞ。こまかにの給《(たま)》へ、おぼつかなき」と言《い》へば、「[一六]いかなる人の、うとましき事をたばかりにけるにか、思《おも》ひあまりて住吉《すみよし》まで

一 正気を失う。
二 これはどうしたことだ。
三 女君には背を向けて。「…を背く」は当時の語法。
四 女君は、私を親に価せぬ者と見限って、どちらにせよ頼りにならぬとお考えになり、便りもおよこしになるまい、それはしかたがないが。
五 私はお前だけはと、どんなに信頼していたことか。
六 惜しからぬ命が尽きないで今まで永らえた、そのおかげで今日面会できたが。
七 思いこがれて死んでいたら、後世まで続く妄執になって成仏のさまたげになるところだ。
八 私の衰え果てた姿を、お前も人の心を持っているなら、よく見てくれ。「岩木」は〔35〕参照。
九 まことに頼りにならぬのは人の心だ。
一〇 どれほど長い日数を重ねたか、おわかりか。
一一 「あしかれと思はぬ山の峰にだに生ふなるものを人のなげきは」(詞花集・雑上、和泉式部集宸翰本)。
一二 大納言を疎略に思っていたのではない旨を陳弁した時、継母・継子の「昔も今もまことならぬ親子のなかは」(〔2〕)といわれる人間関係にも、これは類稀な例だとその全容を了解した。
一三 お前が前に言ったとおり。〔41〕参照。継母の虚偽を頭ごなしに叱らぬ大納言の性格。
一四 辛いことはいつまでも続くものではない。「憂き」は大納言の心とも取れるが、継母にいじめられた女君の境遇が、暗から明に転じたことを念頭に置いた婉曲な皮肉。諸本異文が多い。
一五 大納言はここで言葉を切り継母の反応を見る。継母は女君発見を喜び、はしゃいで見せる。
一六 どんな人がいやらしい悪だくみをしたのか。大納言は事件の真相をじわじわと開陳する。
一七 ここでも、継母の「むくつけさ」とはいわな

迷《まよ》ひ行《ゆ》きたりけるを、大将《しやう》殿の、物参《(まゐり)》のつゐ《(い)》でに求《もと》めあひて、年比《(としごろ)》、具《ぐ》しておはしましけれ共《(ども)》、[一七]世の中のむくつけさに憚《はゞか》りて、かく共《(とも)》、の給《(たま)》はざりけるぞや。[2]うつくしき若《わか》君、姫君と、[一八]よそに見しも、まろが孫《まご》にて侍《(はべり)》けるをや。[一九]あやしの法師《ほうし》に具《ぐ》して有《(あり)》しにや。よく〳〵聞《き》ゝ給へ」とありければ、「さて〳〵」とて、[3]口うちあけて呆《あき》れ、[二〇]目しばたゝきて、顔赤《かほあか》くなして、言《い》ひやるかたもなくて、[二一]そゞろき居《ゐ》たり。中《なか》の君、「[二二]平《たいら》かにておはしましける事の嬉しさよ」とて、喜《よろこ》び、「[4]あはれ、とく見奉らばや」とて、[二三]親《おや》ながらも、うとましくぞおぼされける。

大納言、万《(よろづ)》、[二四]くどきたてゝ、[二五]身に添《そ》ふべき物の具ばかり具《ぐ》して、「[二六]心憂《こゝろう》き世には、まじろひも物憂《う》し」とて、姫君《ひめぎみ》の母《はゝ》宮の家の、[二七]三条堀《ほり》河なる所へぞ渡《わた》り給ひける。大将《しやう》、このよしを聞《(きき)》給ひて、「[二八]いかに、さぶらふまじき事也《(なり)》。たゞ、もとのやうにておはしますべき」由《よし》、の給《(たま)》へば、[5]大納言、申されけるは、「あさましく、[二九]惑《まど》ひありきけん物《(もの)》を取《と》り置《を》き給《(たまひ)》て、見せ給《たま》へば、[三〇]此《(この)》世ならず、首《くび》を召《め》す共《(とも)》、否《いな》み共《(とも)》、思ふべきにあらず。[6]さりながら、[三一]これは、いかに思ふとも叶《(かなふ)》まじき」よし、申給《(まうしたまふ)》。[三二]姫君《ひめぎみ》も、まめやかに〳〵、とゞめ申《(まうし)》給へ共《(ども)》、聞入《(ききいれ)》給はで、渡り給《(たまひ)》ければ、三条《でう》へ、さま〴〵の物ども奉り給ひて、人ゝも参《まい》りあ

い。
一八 自分と関係のない他人だと思って見たのも。
一九 「を」「や」はともに間投助詞。
二〇 目をぱちくりさせて。「顔を赤くなして目をしばたたきて」(宇治拾遺物語十ノ六)。
二一 そわそわ落着かぬ様子。「そぞろく」は平家物語以後の作品に見える。中古では「そそく」。
二二 女君の無事を中の君はすなおに喜ぶ。落窪物語の異腹の姉妹関係とは異なる状況。
二三 実の母親ではあるが、中の君たちはいとわしくお思いになった。
二四 くどくどと言いたてて。
二五 身辺に欠かせない調度・道具。
二六 不愉快な家には、共に住むのもまっぴらだ。
二七 〔21〕に見える。三条堀河、即ち二条南、堀河東の著名な邸は堀河院。基経、仲平、その娘(暁子)の配偶者有明親王に伝わり、その娘能子女王が兼通と結婚した縁で兼通の所有となった。

〔47〕継母離別（一部白峯寺本）

二八 何としても、それはよろしからぬ事だ。
二九 あなたは家出をした娘をかくまい、逢わせてくださったのだから。
三〇 現世のみならず来世まで、首が欲しいとの仰せにも、いやとは申せぬ私の立場です。「求め奉らむに、(若君が)おはしまさずは、首をも奉らむ」(宇津保物語・俊蔭)。
三一 妻との別居を思いとどまれという仰せは、何としても従いかねる。
三二 女君も熱心に制止なすったが。

1めぐらひ(意改)—めくりあひ(底)　2うつくしき…孫にて侍けるをや—ナシ　3口うちあけて呆れ—口うちあきて　4あはれ—あはれ〳〵　5大納言—大納言との　6さりながら—ナシ

へり。「[一]さても、ひとりおはすべきにあらず。いたはし」とて、[二]大将《しやう》のおばに、対《たい》の御方と申《(まうす)》人にぞ住《す》ませ給《(たまひ)》ける。

其昔《(そのむかし)》、対《たい》[三]に住《(すみ)》ける人〻、さながら大将《しやう》のもとに参《(まゐり)》て、万《(よろづ)》、過《(すぎ)》にしかたの事ども語《かた》り出《(いで)》て、泣《な》[四]きみ笑《わら》ひみ明《あ》かし暮しける。其《(その)》中にも、[五]心寄《よ》せの式部《しきぶ》は、また無物《(なきもの)》にぞおぼしける。

関白殿よりはじめて、よろづの人〻、[六]ゐ中《(なか)》の人の娘《むすめ》と知給《(しりたまひ)》つる程に、「[1][七]はや、[八]按察使《あぜち》の大納言殿《どの》の、宮腹《ばら》の御娘《むすめ》にておはします」と聞《き》ゝ給《(たまひ)》て、「[九]わざとも、かゝる様にこそ侍るべけれ」とて、喜《よろこ》びあひ給へり。

[一〇]此《(この)》事を聞《(きき)》て、兵衛の佐《すけ》、[一一]中の君とも離《か》れ〴〵に成《(なり)》にけり。さるまゝに、中の君も、親《おや》[一二]ながら、うとましくぞ思ひける。されば、「人の遠ざかるも、ことは《(わ)》りなり」とて、二人《ふたり》ながら、音《ね》をのみぞ泣《な》き給ひける。姫君、このよしを聞《(きき)》給ひて、「[一三]むつまじかりし人なれば」とて、迎《むか》へ奉りて、過《す》ぎにし方《(かた)》の、[一四]世の不《ふ》思議《しぎ》なる事ども、語《かた》らひ明《あ》かし暮《くら》し給《(たまひ)》けり。大将《しやう》[2]、「[一五]よき事」とて、大事の事にぞ思ひ給《(たまひ)》ける。

年月行《ゆ》く程に、大将殿《しやうどの》には、父、[一六]関白譲《ゆづ》り給ひぬ。いよ〳〵、末《すゑ》の世、頼《たの》もしくぞ侍《(はべり)》ける。[一七]若《わか》君は元服《げんぶく》せさせ給《(たまひ)》て、三位の中将《じやう》とぞ申《(まうし)》ける。[一八]姫君は、十八

一 それにしても独身はいけない、お気の毒だ。
二 男君の叔母で関白邸の対屋に居住する人。「対の御方」は側室並みの女性をいう場合が多い。宇津保物語、源氏物語の諸例や藤原兼家との間に尚侍綏子をもうけた女性(大弐国章の娘か)など(栄花物語・つぼみ花)。兼家の召人大輔は、後に「権の北の方」とも呼ばれる(同・花山尋ぬる中納言、同・様々の悦び)。
三 西の対の女君のもとに仕えていた人々は、そっくり大将の北の方(女君)の所へ移って。
四 〔44〕に同じ表現が見える。
五 女君贔屓《(びいき)》であった式部は、並ぶ者ないほど女君から寵愛される。〔20〕〔22〕〔25〕参照。
六 田舎人の娘と承知なさっていたのに。〔40〕〔41〕参照。
七 まあ、何と。気づき驚く気持をあらわす。
八 この官職についた事は〔43〕に見える。
九 無理にでも縁組みすべき相手だったのだ。
一〇 継母の憎むべき策謀の一件を聞いて。
一一 中の君との夫婦仲も疎遠になってしまった。
一二 〔46〕末尾にも同じ辞句がある。
一三 異腹の姉妹だのに最初から仲がよかった。
一四 〔4〕の男君の求婚、〔6〕の筑前の裏切りで三の君が男君と結婚することになった因縁をはじめ、〔34〕〔35〕の霊夢の不思議など。
一五 男君は、中の君、三の君を女君が二条京極邸へ迎えることを承認し、大事に遇している。継母はひとり取り残される。直接手を下すことなく継母に復讐する男君のやり方は落窪物語と違う。三の君に対する男君の心理は描かれない。
一六 藤原兼通は貞元二年(九七七)十一月、左大臣兼左大将頼忠に関白を譲り、同月薨。父から譲られた例は永祚二年(九九〇)五月、兼家が内大臣兼左大将道隆に譲り、七月に薨じた

〔48〕関白家の栄え（流布本同文）

にて女御に参《まゐり》給ひける。侍従は、一九大人《おとな》女にて、万《よろづ》に大事の人にぞ思はれて、二〇内侍《ないし》に成《なり》ぬ。見聞《き》く人、羨《うらや》みあへり。大将、姫君《ひめぎみ》、末《すゑ》まで二一繁昌《はんじやう》して、めでたくぞおはしける。

〔49〕継母の末路（一部白峯寺本）

[3]さて、まゝ母《はゝ》、二二見と聞《き》く人ゝ、心あるもなきも、うとみ果《は》てければ、哀《あはれ》に、二三破《やぶ》れたる家に明《あか》し暮《くら》して、泣《な》くより外《ほか》の事はなし。年月ふるまゝに衰《おとろ》へて、遂《つゐ》にはかなくなりにけり。むくつけ女、あさましきあり様《さま》にて惑《まど》ひありきけるとかや。

人に物を思はせ、二四うしろめたかりし報《むく》ひなれば、二五娘《むすめ》たちのため、我《わが》ため、心憂《う》きのみにて、年月送りぬるこそ、あさましけれ。

なさけなき物《もの》は、栄《さかへ》みじかく、情《なさけ》ある人は、はるぐ\と栄《さか（え）》へ侍り。是《これ》を見聞《き》かん人ゝは、二六構《かま》ひて、人よかりぬべきなりとぞ。

住吉物語依少人御所望以秘本興行也

例。

一七 若君は姫君が女御となった年、二十歳で三位の中将になったと考えてよければ、道隆が関白となった永祚二年、長男道頼も二十歳で三位中将。その弟伊周は翌年、十八歳で三位中将。

一八 道隆の娘定子は永祚二年入内、十五歳。兼家の娘詮子は天元元年（九七八）入内、十七歳。

一九 女房たちを統括する主任格の女房。落窪物語のあこきも、二条邸で道頼から「あこき、大人になりね」と命ぜられて「大人になりて、衛門という」（巻二）。

二〇 内侍司の三等官。落窪物語のあこき（衛門）は物語結末で、「内侍」となり、更に「典侍《ないしのすけ》」になった。「女は、典侍、内侍」（枕草子）とあるように、女性の望みうる理想のポスト。

二一 色葉字類抄、延慶本平家物語に見える語。

二二 〔44〕の「見と見、聞きと聞く人」と同義。

二三 旧宅に住んでいても維持管理ができないので荒廃してしまうのである。

二四 うしろぐらい事をした報い。この意味の使用例は平安朝には少ない。

二五 中の君、三の君を不幸にし、自分も辛い晩年を過したのは。成田本はここに、侍従の進言によって、女君が、「中の君、三の君のいとなむさまにて」継母の後世をとむらったので、世の人々が賞讃したと記して女君と侍従の人柄のよさを強調し、更に「長谷の観音は、しるしあらたにおはします」とことばを加える。物語の末尾で何を強調するかが、作品全体の基調を大きく左右する。

二六 「かまひて」は「かまへて」の転。

1 はや…喜びあひ給へり—流布本〔47〕参照　2 大将—大将も　3 〔49〕全文—流布本〔49〕参照

野坂家蔵

住吉物語（広本系）

原本を忠実に翻刻することにつとめ、校訂の原則は、十行古活字本の場合に準じた。ただし煩雑を避け、注なしで利用できる本文とするために、次の校訂方針によった。

1　字形の類似によって生じたと思われる誤写、あるいは同類の真銅本その他（以下、「類本」と略称）と本文が対応している誤写は校訂し、右傍に底本の本文の字形を残した。

2　類本その他にある異文を採用する際は、その本文を〔　〕でかこんで示した。ただし、〔　〕内の本文は、かなに漢字を当てるなどした場合も、底本のかなを、当てた漢字のふりがなとして残すことは多くの場合、略した。

3　類本に比較的長い異文がある場合も、底本のままで意味が通ずる限りは底本のままとした。ただし、目移りによる誤脱と推定されるものは、底本で意味が通ずる場合もこれを〔　〕で示した。

4　底本にある漢字のふりがなおよび傍書は〈　〉でかこんで示した。

5　和歌には、歌番号を付した。

十行古活字本の段落に対応させて段落番号を付し、野坂本に見える広本系独自の章段には〔A〕—〔Z〕で段落を示した。

〔1〕姫君の誕生、母宮の死去

昔《むかし》、中納言にて左衛門督かけたる人侍《（はべり）》けり。北の方二《ふた》所持《も》ちて通《かよ》ひ給ひけり。一人は時めく上達部《かむだちめ》の娘《むすめ》、その腹《はら》に女君二人いでき給へり。いま一人は古《ふる》き帝《みかど》の御娘《むすめ》にておはしける。

いか成《（なる）》宿世《すくせ》にて〔か〕、此《（この）》中納言、通《かよ》ひ給《たま》ひけるほどに《て》、頓《（やが）》て、人目も包《つゝ》まずなりて住《（すみ）》わたり給《たま》ひけるが、御あらましごとにも、「姫君まうけたらましかば、いかにし奉らむ」と、語らひ給ひけるしるしにや、光《ひか》るほどの姫君《ひめ》いでき給ひけり。思ひのまゝなれば、たぐひなく、思《をぼ》しかしづき給ふこと限《かぎ》りなし。

年をふるまゝに、光りさし添《そ》ふ心ちして生《お》ひ立《（たち）》給ふを、父母《（ちゝはゝ）》、限《かぎ》りなき事に思し召《（めし）》て、春の花《はな》、秋の月とのみ、もてなし遊び給ふより外のことなし。

やがて御年八になり給ふ年、母《はゝ》宮、例ならず悩み給《たま》ひけるが、日を経て重《をも》くのみなり給ひければ、中納言、立《（たち）》さらずうち添《そ》ひて、思《おぼ》し騒《さは》ぐほどに、いとゞ重《をも》くのみなり給へれば、母宮、中納言殿に聞《き》こえ給ふ、「我《（われ）》はかなくなりなば、此《（この）》幼《をさな》き者《もの》、うしろめたうなん侍る《り》。我なからんあととても、並《な》み〳〵ならむふるまひせさせ給ふな。いかにも帝に奉らせ、宮仕へせさせんことを思し立《（たつ）》べし。異《こと》君達《だち》に思《をぼ》し劣《をと》るべからず」と、うち泣《な》き給へば、中納言殿も、うち泣《な》き給《（たまひ）》て、「我も同《をな》じ親《をや》なれば、劣《をと》りてや」など語らひつゝ過し給ふほどに、哀《（あはれ）》なる世の習ひ常なき所なれば、情なく、終《（つひ）》にはかなくなり給ひけり。中納言、「同《をな》じ道に」と悲《かな》しみ給ひぬれど、叶《（かな）》はぬ道なれば、力《ちから》及ばせ給はずなりぬ。後《のち》〳〵の御供養《きやうやう》など、怠《をこ》たらずし給ひて、立《（たち）》去《さ》り給はず。四十九日《（なななぬか）》も、ほどなふ《（う）》果《は》てぬれば、もとの御上《うへ》の方《かた》へぞ渡《わた》り給ひける。

〔2〕乳母の愛育

姫君、幼《おさな》き御心ちに、言の葉《は》に付《（つけ）》て古宮《（こみや）》の御事《こと》を思《をぼ》しつゝ、悲《かな》しみ給ひてけるに、中納言殿さへ立《た》ち去《さ》り給ひぬれば、いとゞつれ〴〵限《かぎ》りなく、二葉の小萩、露重《つゆをも》げなりければ、御乳母《めのと》のみぞ、とかく慰《なぐさ》めて過《（すぐ）》し侍りける。中納言殿、折ゝ、見きこへ《（え）》て、帰り給へば慕《した》ひて泣《な》き給へるを、御心苦《ぐるし》く思《をぼ》しながら、とかくこしらへ置《を》きて、帰《かへ》り給ひぬ。

是につけても、はかなく成《（なり）》給ひし人の俤《（おもかげ）》、ふと思ひ出《（いづ）》るにも、胸《むね》うち騒《さは》ぎ、押《を》そふる袖もあやしくて、過し給ひけり。又、姫君の思《をぼ》し歎きつる俤、心にかゝりて、もとの御腹《はら》の君達と一《ひと》つ所に住《（すま）》せまほしく思し召《（めせ）》ども、「昔《むかし》も今も、誠ならぬ親子《をやこ》の中には、もの憂《う》き事こそあれ」とて、思ひながら、「幼《をさな》くおはせん程をこそ」とて、御乳母《めのと》のもとに住《（すま）》せ参らせ給ふほどに、年月重《かさ》なるまゝに、光さし添《そ》ふ心ちして見《み》えさせ給へれば、乳母《めのと》も、「哀《（あはれ）》、御けしきを、母《はゝ》宮の見《み》給ひ候《さむらゝ》はば、いかに嬉しく思しめさまし」と言《い》ひて、御髪《ぐし》かき撫《な》でつゝ、うち泣《な》けば、姫君も、「憂《う》かりける契《ちぎ》りにて、とくかくれ給ひけむ」と思《をぼ》して、泪《（なみだ）》ぐみ給へり。

十余りにも成《（なり）》給《たま》ひぬれば、いとゞうつくしくなり給ひ、万《（よろづ）》思し知《し》る程の御心なり。中納言、渡《わた》り給へるに、乳母聞《めのとき》こえける様、「幼《をさな》くおはしけるほどこそ、かやうに里住《（本ノマヽ）さとず》みにもをはし《（お）》ますにも、うちまぎれて侍り。御年重《かさ》なるまゝに、いかゞならせ給ふべき御有様ぞと、見参《みまい》らせられて、悲《かな》しくて。御母《はゝ》宮の仰《（おほせ）》られし御宮仕《みやづか》への事、思しめし忘れさせ給はずは、思《をぼ》し召立《(めしたた)》せ給へかし」と、聞《き》こえければ、中納言、うれしくて、「さやうにのたまひしより、我も忘《(わする)》る時なく過《(すぐ)》るなり。あれに渡《わた》らせて、常に見《み》きこへ《(え)》むと思《をも》ふなり。此《(この)》月の十日、吉日《(よきひ)》なり。正月の十日と定《(さだめ)》て、その日、渡《わた》し奉るべし」など、のたまひて、帰り給ひぬ。

〔A〕〔3〕姫君、本邸西の対へ移る　（〔A〕中納言邸の袴着）

扨《(さて)》、その日にも成《(な)》れれば、車三輌にて迎へ《り》とり給《(たまひ)》ぬ。今《いま》二人の娘たちと、うち語らひておはしますを見《み》て、いと嬉しき事にぞ、めやすく思しける。二月の彼岸《ひがん》の比《(ころ)》になりければ、「今二人《いまふたり》の姫君たちの御袴着《はかまぎ》のつゐ《(い)》でに」と思しめして、女房、端者《はしたもの》、常よりも装束引《(ひき)》つくろひて、姫君を待《(まち)》奉るけしきと見《み》ゆる程に、〔やう〳〵日暮れぬれば、母屋《もや》の御簾《みす》の中《うち》に、〕二人《ふたり》の〔姫君たち、めでたくおはするに、時よくなりぬれば、〕「姫君の御袴着《(はかま)ぎ》」とて、さゝめきあへりける。中の君〔の〕御腰《こし》をば、中納言の叔父《をぢ》にてを《(お)》はします宰相《さいしやう》にてを《(お)》はする人、結《ゆ》ひ給ふ。三の君の御腰《こし》をば、中納言の左《さ》衛門督《(へもんのかみ)》、結《ゆ》ひ給へり。宮姫は、古宮《(こみや)》の御時、過《す》ぎぬれば、さらねど、まじはりてなんを《(お)》はしますを、人〳〵目もあやに思しめす。姫君、いかに、此世《(この)よ》の人共《(とも)》覚《をぼ》えず。三の君、中の君も清《きよ》ら《る》なれど、此君《(この)きみ》ほどはなかりけり。

御引手《(で)》もの、様ゝし給ひて、各《をの》〳〵帰りぬ。中の君も、三の君も、とり〴〵にいと匂ひやかに、なべてのにはあらぬ御気色なれど、姫君は、今一しほ匂《にほ》ひ加《くはゝ》はりて、「光《(ひかる)》などは是を申《(まうす)》にや」とぞ見《み》え給《(たまひ)》ける。

此《(この)》姫君の御乳母《めのと》子に、侍従と聞《(きこ)》ゆる侍《(はべり)》けり。年は姫君に今二《(ふたつ)》ばかりまさりて、姿《すがた》、在様《(ありさま)》あてやかに、ものなど言《い》ひ出《(いだ)》したる様も、いとあらまほしくぞ見《み》え侍《(はべり)》ける。是ぞ姫君に付添《(つき)そ》ひて、たがひに、片時も立《た》ち離《はな》れんも物憂《う》く思ひてぞ、明《あ》かし暮し給ひける。宰相《さいしやう》〔の〕此《(この)》侍従の君、ほのかに見《み》てし面《(おも)》かげ忘れがたくて、帰《かへ》る空《さ》もなく思しける。左《さ》衛門督《(へもんのかみ)》の御子、蔵人の少将も、同《をな》じ心《こゝろ》にぞ思しける。

よき日なりければ、かねても約束《やくそく》などや有《(あり)》けむ、兵衛の佐《すけ》なりける人、やがて其夜《(その)よ》、中の君をばあはせ給ひけり。二人《ふたり》の姫君、うち語らひてを《(お)》はするに、乳母《めのと》、うれしく思《をも》ひけり。中納言殿も、うれしく思して、「西《にし》の対《たひ》をしつらひて、住《(すま)》せ聞《(きこ)》えん」とて、したゝめいとなみ給へば、継母《まゝはゝ》も、何とか思《をぼ》しけむ、「誠に、母《はゝ》に後《をく》れ給ひて後は、これえ《(へ)》こそ迎え《(へ)》奉ら〔ま〕ほしく思ひつれども、今《いま》は〳〵と思ふほどに、さてのみ過《す》ぐしつ。若《わか》き人数多《(あまた)》を《(お)》はすれば、互に徒然《(つれづれ)》慰《なぐさ》みて、うれしくもなむ。誠《まこと》に、幼《をさな》き心にも、いかに〳〵、昔《むかし》恋しく侍るらむ。あな哀《(あはれ)》や」なむど宣へば、御乳母《めのと》、

「さこそ、年比《(としごろ)》、あやしき所に埋《(うづも)》れてを《(お)》はしまし侍りしを、「かくては、如何《(いかが)》」など、悲《かな》しく思ひ侍《(はべり)》しに、是を見奉れば、黄泉路《よみぢ》もな」など言《い》ひて、うち泣《な》きぬ。

三の君、常《つね》はむつれ遊び給ひ《へ》て、互にうれしく〔覚《おぼ》えてぞありける。中納言殿も見給ひて、うれしく〕覚《をぼ》え給ひける。

北方、常に渡りて、万《(よろづ)》聞《(きこ)》え給へば、姫君も、日比《(ひごろ)》、埋《(う)》もれ給ひしに、はるゝ心ちして、昔《むかし》の事は漸《(やうやう)》忘るゝ程に、御乳母《めのと》、「故母宮仰《(おほせ)》られし宮仕《づか》への事、思《をぼ》し急《いそ》ぎ給へ」となむ、忘《わす》るゝ時なくほのめかせば、中納言、「我も忘るゝ事なければ。叶《(かなは)》ぬ事ども多くて、北方にも、いまだ聞《(きこ)》えず。聞《(きこ)》え侍るとも、我《(わが)》子ならねば、心に急《いそ》がむ事も難《かた》ければ」。

〔4〕四位の少将の文

思《をぼ》し煩ふ程に、月日も重《かさ》なりて、右の大殿《をほいどのゝ》の御子に、少将とて、人ゝに越《(こえ)》、すぐれたる人をは《(お)》しけり。「いかにしてか、思ふ様成《(なる)》人もがな」と思ひ煩ふほどに、大殿《をほいどのゝ》の御端者《はしたもの》に、ほうさ《〈(そらイ)〉》へもんといふ物の、大人《をとな》になりて筑前といふ、これは、姫君の母《はゝ》宮の御方《かた》に、家司《けいし》にて、主殿《とのも》の大夫といふものの《ゝ》妻《め》にて有《(あり)》ければ、この姫君《ぎみ》をも朝《あさ》夕、見きこへ《(え)》ける。筑前、右大臣の家《いへ》の北の方にて、人のよし悪《わろ》き事、語るつゐ《(い)》でに、「中納言の宮腹《ばら》の姫君《ぎみ》こそ、幼生《をさなお》ひめでたく、二葉の小萩を見《み》る心ちせし。いかに生《を》ひ出給《(いでたまひ)》たらむ。古《(こ)》母宮の失《う》せ給ひて後は、四五年は見《み》侍らず」と言《(いふ)》を、少将、立《た》ち聞《(きき)》給ひて、「いと嬉しき事を聞《(きき)》つるもの哉《(かな)》」と思《をぼ》して、我《わ》が曹《さう》司《し》に筑前《ちくぜん》を呼《よ》びて、「見《み》るらん様《(やう)》に、さもと有《(ある)》人あまたあれ共《(ども)》、〔我《わ》が思ふやうなる事のかたければ、〕物憂《う》くのみ過《(すぐ)》し侍り。中納言の宮腹《ばら》の姫君は見《み》しか」と、尋《(たづね)》給ひければ、筑前《ちくぜん》、「男《をとこ》にて侍《(はべり)》しもの、古《(こ)》母宮に侍《(はべり)》しかば、よく見奉《(たてまつり)》て侍りし。世にうつくしく、中納言殿は宮仕をとの給《(たま)》へば、継母《まゝ》のかまひ《(ママ)》給ひて、思ひ煩ひ給ひ候《(さぶらふ)》と、承りさぶらふ」と申せば、〔少将は、「その人のもとに、さるべきやうに言ひ寄りて、文《ふみ》など伝へてや」と宣へば、「いさ、いかゞ侍らんと思ひ候へども、御文を賜りて、参《まい》らせてこそ」と申せば、〕少将悦《(よろこ)》び給ひて、九月の頃の事にや、紅葉《もみぢ》がさねの薄様《うすやう》に、「今日《けふ》は、よきによからむ」とて、かくなむ遊ばして、賜《た》びにける。

1 初時雨《はつ(しぐれ)》けふ降《ゝ》りそむる紅葉《(もみぢば)》ゝの色《いろ》の深さを思《をも》ひ知《し》れ君《きみ》

と書《か》きて、引結《(ひきむす)》びて取《と》らせ給へば、筑前《ちくぜん》、給はりて、その日、暮がたに、かしこに行《ゆ》きて見《み》れば、人ゝ、「昔《むかし》の心ちして。いかにや思《をも》ひ出《い》でて《ゝ》参り給へるぞや」と言《い》ふに、中《なか》に侍従出《(いで)》て、「扨《(さて)》も、静《しづ》のをだまき繰《く》り返し、誠に忘るゝ時なく、思ひ出《(いで)》参らせ侍れ共《(ども)》」。「あやしき世《よ》の憂《う》さをいとなみ侍る程に、年比《とし(ごろ)》、参《まい》り候はぬこと、我《われ》ながらも心憂《う》く、夫《(それ)》を申さんとて参りたるなり」とて、「古《(こ)》宮の御事《こと》恋しく、思《をぼ》し出《(いづ)》らむ人々をも見《み》参らせんとて、参り候《さぶら》ふなり」と申せば、姫君も、哀《(あはれ)》に思し召《(めし)》て、泪《(なみだ)》ぐみ給へり。

さて、出《い》でざまに、侍従を呼《よ》び出《(いだ)》して、「これを参らせ給へ。右の大殿《おほいどの》の御子に、四位の少将殿《どの》の御文にて候《(さぶらふ)》なり。かやうの事は、申伝《(まうしつたふ)》ること、つゝましながら、や〔む〕ごとなき君、あな《や》がちに仰《(おほせ)》らるるが否《いな》みがたふ《(う)》とて」と言《い》へば、侍従、「いかにも、見《み》せ参《まい》らせてとこそ」とて、姫君に、「筑前《ちくぜん》、かう〳〵の御文、持《も》ちて参りて候《(さぶらふ)》。御覧《らん》ぜ給へ」とて、開きて見《み》せ参《まい》らせければ、御顔うちあかめて、御返事ものたまはず。侍従、心苦《ぐる》しくて、御前《まへ》を立《た》ちぬ。〔かくなん、筑前に言へば、帰りぬ。〕

筑前《ちくぜん》、そのあした、少将殿《どの》へ参《まい》りて、「文は参らせ候へども、一筆《ふで》の御返事も候はぬほどに、心苦《ぐる》しく帰《かへ》り候《(さぶらふ)》」と申せば、「さても、いかゞ生《を》ひ立《(たち)》給へるぞ」と、問《と》ひ給へば、「誠に、此世には、たとふべき御事もなくこそ見《み》えさせ給ひ候へ。琴《きん》の琴《(こと)》、掻《か》き鳴《な》らしをは《(お)》しましつるが、妾《わらは》が参りて、その古《いにしへ》の事《こと》ども、人〳〵に語り侍《(はべり)》しに、古《(こ)》母《はゝ》宮の御事《こと》、いとゞ《か》思《をぼ》しめし出《(いで)》させ給ひてや、打泪《(うちなみだ)》ぐみ給ふ御在様《(ありさま)》、女郎花《をみなへし》の露重《をも》げにて、籬《まがき》の外になびきたる心ちして、いと哀《(あはれ)》なる御気色、言の葉《ことには》、及《をよ》び候はず」と申《(まうし)》ければ、少将の心の内、いとゞそゞろになりて、いかにせんと思《をぼ》す。

〔5〕少将、再度の文

「さりながら、はじめは、さこそ聞《き》こへ《(え)》させむ。この事《こと》、叶ひたらば、此世ならず嬉《うれ》しくこそは思《をも》はめ」とのたまへば、筑前《ちくぜん》、申《(まうし)》けるは、「年《とし》など寄《よ》りぬれば、かやうの事、すき〴〵しきやうに人も思ひ侍らん。され共《(ども)》、君《きみ》の御頼みのよし、御申《(まうし)》なれば、いかでか背《そむ》き参らせ候《さむら》はん」と申せば、嬉《うれ》しく思《(おぼし)》めして、御文《(ふみ)》有《(あり)》。

2 浜千鳥《はまちどり》あとばかりだに知《(しら)》ねどもなを《(ほ)》尋《たづ》ね見む言《こと》を問《と》へかし

と書《か》きて、筑前《ちくぜん》に賜《た》ぶ。筑前《ちくぜん》、御文給《(たま)》はりて、かしこに参りて、侍従《じゞう》に参らすれば、「いさ、いかゞ有《(ある)》べき。かやうの事《こと》は」など言《い》へば、筑前《ちくぜむ》、「我も、並《な》み〳〵ならむ人の御事ならば、かほどには申《(まうす)》まじ。中〳〵《(なかなか)》覚《をぼ》へ《(え)》少《すくな》からむ女御《ねうご》参《まい》りよりも、この君達《きんだち》にも具《ぐ》してをは《(お)》しまさば、めやすき御事にこそ侍るべけれ。承《(うけたま)》はり候へば、御宮仕《づか》へも、心安《やす》き様ならずとこそ聞《きゝ》き候へ。此《(この)》少将殿は、此比《(このごろ)》聞《き》こへ《(え)》給ふ后の御兄《せうと》にてをは《(お)》します。唯今《(ただいま)》、大臣《じん》にもなり給ふべき御身なり。若《わか》くをは《(お)》する程《ほど》よりも、目出《(めで)》たく世《よ》の人よりもすぐれきこへ《(え)》給へば。御ためには、悪《あ》しき御事をば申《(まうす)》まじ。いかに思ひ給ふ。や〔む〕ごとなき人々、上達部《かんだちめ》の、あまた御婿《むこ》に取《と》り参らせんとのみ、各《をの》〳〵申《(まうし)》給へ共《(ども)》、もの憂《う》きことに思《をぼ》しめすが、筑前《ちくぜん》をのみ責《せ》めさせ給ふも、苦《くる》し」と言《い》へば、侍従、「中納言殿も、又人ゝも、内参《うちまい》りの事《こと》、思《をも》ひ立《(たち)》給ひて、並《な》み〳〵ならむことは思ひ寄《よ》り候《(さぶらふ)》まじ」と言《い》へば、姫君、ほの聞《き》ゝ給ひて、恥かしう思《をぼ》す。筑前《ちくぜむ》、聞《き》こへ《(え)》で、煩《わづら》ひて、立《た》ちぬ。少将殿《どの》に、しか〳〵のよし聞《き》こゆれば、「さこそは、の給《(たま)》はむずれ。なを《(ほ)》も申さん。此事《こと》、叶《かな》はずなりなば、いかゞせん」と、いみじく心憂《う》げにのたまへば、筑前《ちくぜむ》も、いとを《(ほ)》しく思《をも》ひ奉りけり。また御文有《(あり)》。
3 立《(たち)》かへりまたぞ恨むるつらしとて思《をも》ひ果《は》つべき君《きみ》ならばこそと有《(ある)》を、筑前《ちくぜむ》、侍従に伝《つた》ふ。やがて姫君《ぎみ》に奉る。「此度《(このたび)》は、御返事、一筆《ふで》候はでは、いかゞ候《(さぶらふ)》べき。此君、並《な》み〳〵の人にてもを《(お)》はしまし候はず。なさけの道は、さのみこそ」など、様ゝ申《(まうし)》ければ、「さあらば」など、聞《き》こへ《(え)》弱《よは》りての給《(たま)》〔ひけるは、「返事するやうも知らぬものを」と宣〕へば、このよしを筑前《ちくぜん》に語りければ、「このたび一筆《ふで》御返しを」と責《せ》めゐたれば、「いかにも知《し》らぬことなれば」とて、御気色もなし。心苦《ぐる》しくて、又立《(たち)》帰りぬ。

〔6〕継母と筑前の共謀

その後《ゝち》、日毎《(ひごと)》に御文通《かよ》へども、行《ゆ》く水に数《かず》かく心ちして、かひもなかりけり。少将、いとゞ思ひにぞ沈《しづ》み給ひける。

此由《(このよし)》、まゝ母《はゝ》、聞《き》ゝ給ひて、「いかなる人やらむ」と思ひ給ひて、筑前《ちくぜむ》を呼《よ》びて、「此ほど、対《たい》に、人の御文の使《つか》ひに参るは、いかなる人の御文ぞ」と宣え《(へ)》ば、しばしは、とかく言《い》ひ紛《まぎ》らはせど、あながちに問《と》ひ給へば、有《(あり)》のまゝにぞ語り申《(まうし)》ける。「されど、かの少将、度ゝ《(たびたび)》御文さぶらへ共《(ども)》、一度《(ひとたび)》の御返事だにも候はねば、筑前《ちくぜん》をのみ責《せ》め給ふ。心苦《ぐる》しさ、申《(まうす)》ばかり候はぬ」よし、申《(まうし)》ければ、北の方、の給《(たま)》ふ、「この宮腹《ばら》の姫君は、〔父の〕ひとへに内裏《うち》へと思《をぼ》して、かしづき給へば、よも異《こと》ざまのふるまひはあらじ。〔又〕さやうの君達《きむだち》は、母《はゝ》もなき人をば、何にかはし給ふべき。兵衛の佐《すけ》の扱《あつか》ひ、劣《をと》るまじ。三の君は、妹《いもうと》にてを《(お)》はするが、耳寄《みゝよ》りなり。頼《たよ》りなければ、いまだひとりあらせ聞《(きこ)》ゆるに、左様《(さやう)》の事も候はゞ、よきさまにたばかり給へかし。みづから世にあらむ限《かぎ》りは、乏《とも》しきことあらせまじ」とあれば、筑前《ちくぜむ》、「誠に、度ゝ《(たびたび)》聞《き》こへ《(え)》侍れども、一筆の御返事をだにもし給はず。申叶《(まうし)かな》へむ事も有《(あり)》がたし。かの少将殿は、筑前《ちくぜむ》をのみ責《せ》め給へば、且《かつう》は、わびしくさぶらふに、いと良《よ》き御事にこそ」と申せば、北の御方《かた》、笑《〈ゑみ〉》をふくみ、「たばかり給ひたらば、御為にも、いかでか愚《(おろ)》かには。にくしと思《をぼ》すまじき」と宣ひて、白《しろ》き袿《うちき》、三重《かさ》ね、「三の君の御心ざし」とて賜《た》びければ、喜《よろこ》びて、「さらば、少将殿へは、もとの御心《こゝろ》ざしの人なりと申《(まうす)》べし」と言《い》へば、「よく宣ひたり。是も、そのよしをこそ心え候はめ」とて、喜《よろこ》び給ふこと限《かぎ》りなし。

さて、少将のもとに参りて、「昨日《きのふ》は、乱れ御心ちの侍るべし。御音信《(おとづれ)》をも申さで」とて、「よろしく〔は〕、御文あそばし、給《(たまは)》りて持《(も)》て参《まい》りて見候はん。なを《(ほ)》も聞《(きこ)》えんに、なびかぬ御《か》ことはあらじ」と申せば、少将、嬉《(よろこ)》びて、かくなむ、

4世《よ》と《ゝ》も〔に〕煙絶《けぶりた》えせぬ富士の嶺《ね》の下《した》の思《をも》ひや我《わ》が身《み》成《(なる)》らむ

と有《(あり)》けるを、持《も》ちて、北の御方へぞ参りける。筑前《ちくぜん》、「少将殿《どのゝ》の御文」とて、北方《(きたのかた)》へ参《まい》らすれば、うち笑《ゑ》みて、「うつくしや。御返事とく〳〵し給へ。今様《(いまやう)》は、さのみかしこからぬこそよけれ」など、の給《(たま)》へば、たばかり事《ごと》を知《し》り給はず、まことに恥《は》づかしげにて、うちそばみ給へば、硯、取《と》りいだし、「それ〳〵」と責《せ》め給へば、恥《は》づかしながら、御返事、かくなん、

5富士の嶺《ね》の煙《けぶり》と聞《き》けど頼まれずうはの空《そら》にや立《た》ちのぼるらむ

と遊ばして、引結《(ひきむす)》び、取《と》らせ給へば、筑前《ちくぜん》、給《(たま)》はりて、少将殿《どの》に参らせければ、誠に喜《よろこ》びまし〳〵て、急《いそ》ぎ開き見給へり。

さて、此《(この)》よしを、対《たい》の人〻聞《(きき)》給ひて、「をかしきものかな」とぞ、申《(まうし)》笑《わら》ひける。さすがに、本意《ほい》なふ《(う)》ぞ思《をも》はれける。

〔7〕少将、真相を知る

かくて、幾《いく》ほど日《の》数をも経《へ》ずして、通《まい》ひあひ給へり。互に浅からぬ御契り、めやすき御有様なり。中納言も、かやうにたばかりぬる事をば知《し》り給はず、対面《たいめん》などぞ有《(あり)》ける。北の方、かしづき給ふこと限《かぎ》りなし。

主殿《しゆでん》の東面《ひんがしをもて》に住《す》ませ給ふ。姫君の御方、〔西の〕対《たい》、過《す》ぎありき給ふなり。万《(よろづ)》、よし有《(ある)》さまにぞ思ひ給ひける。或時《(ある)とき》、少将殿《どの》、秋《あき》の夜《よ》の更方《(ふけ)がた》の比《(ころ)》なるに、軒近き荻の葉に、音《をと》づれ渡《わた》る風《かぜ》の音、いと膚《はだ》寒き枕の下に、すだく虫の音《ね》も、一しほ淋《さび》しき折ふし、爪《つま》音気高《をと(けだか)》く箏《しやう》の琴ゆゝしく面白く社《(こそ)》聞えける。枕をそばだてて《ゝ》、しばし心をぞ澄《す》まされけるに、西の方に聞《(きき)》なし、さらぬだに、此ほど、ゆかしく思ひつる御すさみに、今の琴の音《ね》、心言葉も及ばずぞ思しける。

扨《(さて)》、胸《むね》うち騒《さは》ぎ給ひつゝ、「扨《(さて)》も、我《わ》が言《い》ひそめし宮姫こそ、琴《こと》引《(ひき)》給ふとは聞《き》き《ゝ》しか」と思《(おもひ)》て、姫君を驚《おどろ》かし給ひて、「いかに、只今の琴の音《ね》、聞《(きき)》給ひたるか」と問《(とひ)》給へば、「はじめより聞《き》き《ゝ》てさぶらふ。いつと申《(まうし)》ながら、心澄《す》み、面白くさぶらふ」と申《(まうし)》給へば、「さても、いか成《(なる)》人やらん」と問《と》ひ給へば、「これは自《(みづか)》らが姉御前《ぜん》にて候《(さぶらふ)》」とぞ申《(まうし)》給ふ。胸《むね》うち騒《さは》ぎ、「兵衛《ひやうへ》の佐殿《すけどのゝ》の御事《こと》やらん」との給《(たま)》へば、「さ候はず。失《う》せ給ひし宮腹《ばら》の姫君にてわたらせ給ひし」と有《(あり)》ければ、あさましくこそ思《をぼ》しける、その後《ゝち》は、物をも言《い》ひ給はず、御心の内に思《をも》はれけるは、「さればこそ、事《こと》

にふれてあやしく思《をも》ひしかども、さすがにて、心をやりつるに、疑《うたが》ひなく筑前《ちくぜん》にたばかられける事、口惜《くちを》しさよ」など、千度《ちたび》、悔《くや》み悲《かな》しみ給へ共《(ども)》、過《(すぎ)》にし事《こと》はかひもなかりける。三の君の科《とが》とは思《をも》ひ給はねども、いつしか心も添《そ》はずして、よそにのみぞ焦《こ》がれ給ひける。

さても有《(ある)》べきならねば、筑前《ちくぜん》を召《め》し呼《よ》びつゝ、「いかに〳〵、我《われ》をばたばかりぬるぞ。宮姫の御事、なびき給はずは、それまでの事《こと》にてこそあらめ。三の君とは言《い》はざりしものを」と、くどき恨み給ひければ、「いかゞ、さる御事は候《(さぶらふ)》べき。さやうには、人の申《(まうし)》なしにてこそ候はん《(ママ)》。まさしく宮姫《ひめ》にてわたらせ給ひ候物《(さぶらふもの)》を」とぞ申す。さて、押《を》し返し、有《(あり)》つる有様、くはしく、三の君《きみ》の語《(かた)》り給ふやうを、残《のこ》さず、かうと語《かた》り給へば、筑前《ちくぜん》、今《いま》はせんかたなく、涙《なみだ》を流《なが》し、「仰《(おほせ)》のうへは」と、顔をあかめて申す。「度ゝ、御文を宮姫の御方へ参らせ給へ共《(ども)》、なびき給ふ御けしきも候はず。御心尽しも御痛はしく候《(さぶらひ)》し所に、中納言の仰有《(おほせある)》ほどに。「いかでか左様《(さやう)》の御ふるまひ候《(さぶらふ)》べき。只、御心強きにても候はぬ也。思《をも》ひ絶《(たえ)》給へ」と宣《のたま》ふとても、「三の君《きみ》も成人《せいじん》の御事也。御容貌《かたち》、すこしも劣《をと》り給ふまじ。万《よろづ》、ともしき御事も候はじ。宮姫《ひめ》には遥《はる》かにまさりこそし給ひ候はんずらん。たばかり参らせ、御心をも休《やす》め候へかし。恋路《ち》には、昔《むかし》も今も、身徒《(いたづ)》らになす習《なら》ひなれば」と、かきくどき給ひしほどに、実《(げに)》も〳〵理《ことは》りに責《せ》められ候《(さぶらひ)》て、かやうに候《(さぶらひ)》つるなり」と、泣《な》く〳〵ぞ申《(まうし)》ける。

少将、今《いま》は力《ちから》及ばず、「此比《(このごろ)》、いかばかり人人、をかしく思《をぼ》しつらむ。中ゝ《(なかなか)》、今は、かやうの事《こと》、よそに漏《も》らすべからず」とて、座《ざ》敷《しき》を立給ひぬ。

〔8〕少将、侍従に文を託す

扨《(さて)》も、「思《をも》ひそめし人を、いかにしても、よそながらも見《み》てしがな」と、忘るゝまもなくぞ思ひ給ひける。され共《(ども)》、さるべき便《(たより)》、なかりける。

かくて、月日も過行《(すぎゆく)》ほどに、冬にもなりぬ。「せめて侍従に逢《(あひ)》て、一度《(ひとたび)》、かうと言《い》はばや」と思《をぼ》して、折ふし雪の降《ふ》りたる夕《ゆふべ》、爰《(ここ)》かしこに、たゝずみ窺《(うかが)》ひ奉り、蔀《しとみ》のほとりに立《(たち)》寄《よ》りて聴《(きき)》給へば、いみじく人の声して、「雪の梢、いづれを梅《むめ》、桜《さくら》とも分《わ》けかねつるぞ」とて、笑《わら》はれける。中にも、いと若《わか》く、ゆゝしく気《(け)》だかき声にて、「甲斐《かひ》の白根《しらね》を思ひこそやれ」など言《い》ひ給ふを、「是なるらむと《(ママ)》、姫君」と、胸《むね》うち騒《さは》ぎ、思ひかねつゝ、戸《と》を叩《たゝ》き給へば、「あやし、たれなるらん」と言《い》ひて、侍従、立《た》ち出《(いで)》て見《み》れば、少将殿《どの》にてぞを《(お)》はしける。浅間《(あさま)》しく思ひて、内《うち》へ急ぎ立《(たち)》帰らんとしけるを、衣《きぬ》の袖をひかへつゝ、「これ、参らせ給へ」とて、引《(ひき)》結びたる文をぞ給《(たま)》はりける。「万《(よろづ)》、人目《め》のつゝましさに」とて、とかくの事はなかりける。

「あやし、いかなる御文なるらん」とて、開き、姫君に見《み》せ、かくと申《(まうし)》ければ、「見苦《ぐる》しき事かな」とて、よ《は》そ目《め》に見やり給《(たまひ)》ぬ。

6白雪の世《よ》にふるかひはなけれども思《をも》ひ消《(きえ)》なむことぞ悲《かな》しき

7ふる雪《ゆき》の空《そら》に心はあくがれて人に知《し》られぬものをこそ思へ

と有《(あり)》ければ、人ゝ、「はや、この君《きみ》は知り給ひぬるよ」とて、笑《わら》ひあへり。

〔9〕嵯峨野の遊び

かくて、月日も改《(あらたま)》り、正月廿日余りの比《(ころ)》、中の君《きみ》、「嵯峨《さが》野《の》当《(あた)》りの春の気色《(けしき)》を見《み》む」とて、皆〳〵いざなひ給ひけり。三の君、何《なに》心なく、「明日《あす》は、みづからも嵯峨《さが》野の遊びに出《(いで)》なん」とて、ひしめき給ひけり。車三輌、一輌は、姫君三人、乗《の》り給ひけり。一輌は、若《わか》女房たち、乗《の》り給ひぬ。一輌は、下《しも》つ方《かた》の女房ども〔ぞ〕、乗《の》りにける。忍《しの》びの御遊びにてあれども、御衣《きぬ》、褄《つま》きよげにぞ出《いだ》されける。

少将ゝ、ほの聞《(きき)》しことなれば、「よき便《(たよ)》り哉」と思《(おぼ)》して、先《さき》に急《いそ》ぎ行《ゆ》きて、松原《まつばら》に立隠《(たち)か》くれ、「今《いま》や〳〵」と待《(まち)》給へば、ほどなく皆ゝ渡らせ給ふ。さて、車共《(ども)》、忍び〳〵に立《た》て並《なら》べけり。侍《さぶらひ》、二三人近く置《を》きて、人ゝ下《を》りつゝ、緑《みどり》さし添《そ》ふ姫小松、萌《も》え出《(いづ)》る沢の若菜《わかな》を愛《あひ》して、思ひ〳〵、とり〴〵にぞ遊びたはむれ給《たま》ひける《り》、中にも、心尽しの悲《かな》しさは、姫君《ぎみ》は、いまだ車より下《を》りさせ給はず。「今や〳〵」と待《ま》ち給ふ所に、中の君《きみ》、「いざさ《いら》せ給へ、下《を》りて遊び候はん」とて、下《を》り給《(たまひ)》ぬ。紅梅匂ひの八の紫の袿《うちき》に、青《あを》き織《おり》物ひとへに、紅《くれなゐ》の袴《はかま》ふみくゝみて、歩《(あゆ)》み給ふさま、誠にあてやかにぞ見《み》え給ひける。三の君は、山吹《やまぶき》の七に、萌黄《もへぎ》の袿《うちき》に、朽葉《くちば》の織物《をりもの》ひとへを着《き》給へり。これも、同じ紅《くれない》の袴《はかま》、めやすし。

姫君、なをも下《(を)》り給はねば、皆〳〵、「遅《をそ》く」とすゝむれども、左右《さう》なく下《お》り給はねば、侍従参りて、申《(まうす)》やう、「いかに、御方《かた》〴〵をば下《お》ろし参らせて」と申《(まうせ)》ば、実《(げに)》もとや思《をぼ》しけむ、藤重《がさ》ねの九重《へ》に、唐織物《からをりもの》、一重《ゑ》に、紅《くれなゐ》の御袴《はかま》、ふみくゝみ給ひて、さし歩み給ふ御様《さま》、めでた《に》し。髪《かむ》ざしをはじめて、をろかなる所ましまさず。絵《ゑ》にも書《(かき)》て、人目《(ひと)》にも見《み》せまほしく覚《をぼ》えて、少将、うち驚き、「世《よ》には、かく美《うつく》しき人も在《(ある)》にこそ。なべてならず我《わ》が上《うへ》をこそ思《(おもひ)》しに、此《(この)》人に比《くら》ぶれば、譬《たと》へにも及ばず」と思《をも》ふに、いとゞ胸《むね》うち騒《さは》ぎて、安《やす》からず。「是を、よそになしつる事《こと》の口惜《くちを》しさよ」と思《をも》ふに付《(つけ)》て、そゞろに泪《(なみだ)》こぼれけり。

姫君、少将殿《どの》ゝ有《(あり)》とは夢にも知り給《たま》はず、うちとけて遊《あそ》び戯《たはぶ》れ給《たま》ひつゝ、姫小松《こまつ》を引持《(ひき)も》ちて、

8 いかにして松には花《はな》の咲《さ》かずして春は緑《みどり》の色まさるらむ

と有《(あり)》ければ、帯刀《たちわき》といふ御侍《さぶらひ》、

9 松に花咲《はなさ》く世《よ》なりせばいかばかり今《いま》ひとしほの色まさらまし

と申せば、姫君、をかしと思《おぼ》してをはするを、少将、心も空にあくがれて、大《をほ》きに有《(あり)》ける松のもとにゐ《ね》給へり。人しもこそあれと、姫君、見《み》給ひて、あきれ給へる在様《ありさま》、あはれなり。扇《あふぎ》をかざし、御車の側《そば》へぞを《(お)》はしける。中の君《きみ》も、三の君《きみ》も、皆ゝ、車に乗《(のり)》給ふ。いづれも劣《をと》り給はねども、宮姫に並《なら》び給ふべからず。

〔10〕野辺の贈答

少将、立《た》ち寄《よ》りて、「己《をの》が科《とが》とは覚《おぼ》えず、我《われ》も野辺のけしき床《(ゆか)》しさに遊《あそ》び侍る。かやうの御供《とも》になん、いかゞ召《め》し具《ぐ》せさせ給はぬやらん」とて、かくなむ、

10 春霞《はるがすみ》立《(たち)》へだつれど野辺にいでて松《まつ》の緑《みどり》を今日《けふ》見《み》つるかな

とて、宮姫《ひめ》に心ざし思《をぼ》しめせども、さすがにつゝましうて、「御二所《ふた》へ」と有《(あり)》ければ、中の君、「御返し候へ」と有《(あり)》ければ、その御返しもなければ、中の君《きみ》、かく、

11 片岡にまつとも知《し》らで春の野に立《た》ち出《い》でつらむことぞ悔しき

と在《(あり)》ければ、少将、「をかし」と思《(おぼ)》して、かくなん、

12 もろ共《(とも)》に野辺の小松《こまつ》をよそに見《み》て引《ひ》かでや今日《けふ》も立《(たち)》帰《かへ》るべき

とありければ、中の君《きみ》、「此度《(このたび)》は、大君《をほきみ》、御返事候へ」と、押《を》し返し〳〵、頻《しき》りにすゝめ給ふ。「よしなき今日《けふ》の遊《あそ》びに出《(いで)》て、少将に見《み》へ《(え)》つる事よと悲しきに、この返事さへ」と」つゝましうて、うち側《そば》み給へども、叶《かな》はずして、かくなん、

13 手《て》も触《ふ》れじ今日《けふ》はよそにぞ帰《かへ》りなむ人目《め》の岡《をか》の松《まつ》の辛《つら》さに

と言《い》はせ給へば、少将、いよ〳〵忍びがたくて、車の側《そば》に立《た》ち寄《よ》りて、「今《いま》は、何《なに》をか隠《かく》れさせ給ふぞ」と、の給《(たま)》へば、返事もなければ、力《ちから》及ばず。又、かくなむ、

14 年《とし》を経て思《をも》ひそめてし片岡《かたをか》の松の緑《みどりも》ぞ色ふかくなる

此度は、三の君《きみ》、かくなん、

15 君《きみ》はさは松の緑《みどり》にあらねどもひとしほまさる恋をこそせめ

との給《(たま)》へば、心のうちは知《し》りがたし。

〔11〕鶯の初音

さま〴〵遊《あそ》びに、鶯《うぐひす》、いと若《わか》き声にて鳴《な》けば、女房達の中に、かくなん、

16 我《わ》が宿《やど》にまだ訪《をとづ》れぬうぐひすの声する野辺に長居《ながゐ》しぬべし

と、うち詠《(なが)》めければ、敷島《しきしま》といふ女房、かくなん、

17 初音《はつね》をば今日《けふ》ぞ聞《き》きぬるうぐひすの古巣《ふるす》を出《い》でて幾世《いくよ》へぬらむ

となむ言《い》へば、少将、「いとをかし」と覚《(おぼ)》して。その日は、とかくにして、暮《く》れぬれば、夜《よ》に入《(いり)》て、皆、帰《かへ》り給ひぬ。

〔12〕思い乱れる男君

少将、有《(あり)》し面影《をもかげ》、身に添《そ》ひて、「今一度《(ひとたび)》、せめてよそながらも見聞《(きこ)》えばや」と、思ひかねて、日を経て、いとゞ思《をぼ》し歎《なげ》くを、見まい《(ゐ)》らせて、侍従、哀《(あはれ)》にや思《をも》ひけん、「叶《かな》はじと思《をも》へ共《(ども)》、見まい《(ゐ)》らせ候《(さぶらふ)》も、余りに御心苦《ぐる》しく候へば、御文一筆《(ひとふで)》、給《(たま)》はり候《(さぶらひ)》て、今一たび見《み》せ申候《(まうしさぶらは)》ばや」と申せば、嬉《うれ》しくを《(お)》ぼえて、御文あり。侍従、給《(たま)》はりて、姫姫《(ママ)》君《ぎみ》に奉る。取《と》りもあげ給はず。「いかに、見苦《みぐる》し。過《(すぎ)》し野遊《あそ》びに、一目見《み》へ《(え)》しだにも、心憂《う》く悲《かな》しく思《をも》ひしに、又、かゝる御文《ふみ》とは、いかに申共《(まうすとも)》、思《おも》ひ寄《よ》るまじき」よし、の給《(たま)》へば、侍従、力《ちから》及ばずして、御文《ふみ》、開きて見《み》れば、御ことばはなくて、かくなん、

18 思《をも》ひには身をも焼《や》けども涙河袖のしがらみせきもやられず

と有《(ある)》を見《み》て、侍従、あはれとや思《(おもひ)》けん、「強《しゐ》て、一筆の御返事候へかし」と申《(まうせ)》ば、「更《(さら)》に有《(ある)》べからず、心ならず見《み》えしだにも、あさましきに。返《かへ》しきこえよ」と、の給《(たま)》へば、侍従、憂《う》きことになむ思へ共《(ども)》、少将殿《どの》に、「かくこそ」と申《(まうし)》ける。

又、少将、内《(うち)》より出《い》で給ひしに、小《さ》夜《よ》更《(ふけ)》て、侍従《じじう》に逢《(あひ)》給ひて、消《き》え入《(いる)》こゝちせられける。しばし有《(あり)》て、又、かくなむ、

19 あはれ共《(とも)》いふ言《(こと)》の葉のあらばこそしばし涙《なみだ》も落《を》ちとまるらん

侍従、聞《き》こへ《(え)》は《(わ)》づらひて、「又、かやうに聞《き》こえさすれ共《(ども)》、叶《かな》はず」と、少将に申《(まうし)》ければ、袖もしぼるばかりにて、帰り給ふ。

かくて卯月《(うづき)》にも成《(なり)》ぬれば、青薄様《あをうすやう》に、下《した》絵書《(かき)》たる紙に、かくなむ、

20 つれなさを思《おも》ひも知《し》らぬ心《こゝろ》こそ身のうの花《はな》といふべかりけれ

と有《(あり)》けるを、姫君に、「御返事、遊ばされ候へ」と聞《(きこ)》えける。姫君《ぎみ》、岩木《いは》にあらねば、「いとをし《(ほ)》」と思《をぼ》せ共《(ども)》、世のつゝましさに過《す》ぐし給ふ。

〔B〕侍従をめぐるエピソード

さても、袴着《はかまぎ》の時《とき》、ほの見《み》し侍従《じじう》、少将、下燃《したも》へ《(え)》の煙《けぶり》絶《(たえ)》ざりけり。

又、侍従に会《あ》はむとて、たゝずみ給ひけれ共《(ども)》、音《をと》もせざりき。恨《うら》めしうて、出《(いで)》ざまに、

21 白浪《なみ》のよる〳〵《り》毎《(ごと)》に立《(たち)》くれど寄《よ》する渚《なぎさ》のなきぞ悲《かな》しき

と、うち詠《(なが)》め給ふ。姫君、さすがに「をかし」と、聞《きこ》き臥《えふ》し給ふ。

五月にもなりぬ。少将、菖蒲重《あやめがさ》ねの薄様《うすやう》に、かくなん、

「22 心ざし深《ふか》き沼《ぬま》〳〵尋《たつ》ねつゝ引《ひ》ける菖蒲《あやめ》のねのほどを知《し》れ

駒《こま》もすさめぬ菖蒲草《あやめ》」など、書《か》きすさみぬ。

姫君の御乳母《めのと》、心ち例ならずして、御暇申《いとままうし》て、里《さと》へ出《いで》ぬ。侍従もいざなひつゝ、朝夕、つきてぞ扱《あつか》ひける。姫君、淋《さび》しく思し召《めし》ければ、侍従がもとへ言《い》ひやり給ひて、忍《しの》びつゝ、をは《お》しましける。

〔13〕乳母の死

御乳母《めのと》、申《まうす》やう、「定《さだめ》なき世《よ》と申《まうし》ながら、年たけ、齢《よはひ》かたぶきぬ。心細《ぼそ》くこそ侍り候へ」とあれば、姫君《ひめ》も、侍従も、御涙《なみだ》にぞむせび給ひける。たゞ、繰《く》り返し、「姫君《ぎみ》の御名残《なごり》こそ惜《を》しく、黄泉路《よみぢ》の障《さは》りともなりぬべく候へ。かくて、むなしくなり候《さぶらひ》なば、侍従をこそ、忘《わす》れ形見《がたみ》共《とも》、思《をぼ》しめしなげかんずらめ」と、かき昏《く》れければ、さながら夢の心ちして悲《かな》しみ給ひける。

かくて、五月卅日《つごもり》に、つい《ひ》にはかなく成《なり》にけり。

さるほどに、姫君、侍従、かた〲の御なげき、さこそ有《あり》けれ。侍従は、母《はゝ》のなげきの中にも、姫君《ぎみ》の御事、折ふしにつけて、「御徒然《つれづれ》、さこそ」と思《をも》ひ参らせけり。姫君《ぎみ》は、御つれ〲のうちにも、いとゞ御歎《なげ》き、浅《あさ》からずぞ思《をぼ》しける。「侍従〔が〕心の内、さこそ」と思《をぼ》しやり給ひける。宮の遠《とを》き御別れだにも忘《わすれ》やり給はず、今又《いままた》、御乳母《めのと》さへ、かやうに別《わか》れ給へば、御心のうち、たとへむ方ぞ、をは《お》せざりける。

〔C〕笛の調べに琴の返事

さて、少将、今は侍従さへ忌《い》みの内なれば、かひなき御文をだにも参《まい》らせ給ふことなし。いとゞ詮方《せんかた》なきまゝに、たゝずみ給ふ。横笛《よこ》にて、かくぞ吹《ふ》き給ふ。

23 白浪《しらなみ》の深《ふか》き闇路《やみぢ》に立《た》ちくれて身《は》のうき舟《ふね》は寄《よ》るかたもなし

と、吹《ふ》き給ふ。さのみ、すごく、聞《きゝ》知《し》らぬさまなれば、

24 由良《ゆら》のとを渡《わた》る舟《ふな》人梶《かぢ》を絶《た》え行衛も知《し》らぬ恋《こひ》の道《みち》かな

姫君《ぎみ》も、琴の音《ね》にて返し給ふ。

25 梶《かぢ》を絶《た》へ《え》寄《よ》する渚《なぎさ》のうき舟《ふね》は思はぬかたに浪《なみ》や寄《よ》すらむ

と弾《ひ》き給へば、少将、

26 引網《ひくあみ》にたゞよふ海士《あま》の捨《す》て小舟《をぶね》寄《よ》るべ知《し》りぬる琴《こと》の浦風《うらかぜ》

此度《このたび》は、音《をと》もし給はず。少将、琴の音《ね》も聞《きゝ》知《し》り給へば、嬉《うれ》しくて、侍従が里へ尋《たづ》ねて、つかはすとて、かくなむ、

27 文《ふみ》つたふ《と》雲《くも》のかけ橋とだへ《え》して峰《みね》にたゞよふ山の端《は》の月

となん書《か》きて、「とく〲、雲はれて、参《まい》り給へ。弓張《はり》月」など書《かき》給へり。侍従、返事に、「かげと頼みし、母《はゝ》その森《もり》も、ち《あ》り果《は》てしより、下《した》の若葉《わかば》も露《つゆ》けくて、時雨《しぐれ》に濡《ぬ》るゝけしきも、とく〲、見《み》参《まい》らせてとこそ」とて、かくなむ、

28 かきくもる心《こゝろ》のうちに澄《す》める月《つき》とふにかゝりて光りをも見《み》む
と申《(まうし)》ければ、少将、哀《(あはれ)》に思《をぼ》す。

中の君《きみ》の御方より、侍従がもとへ御とぶらひ有《(あり)》。黄金《こがね》にて花橘《たちばな》を打《う》たせて、枝に時鳥《(ほととぎす)》をぞ付《つ》けられける。
29 ほとゝぎす昔《むかし》の人の香《かほ》りとて花橘《はなたちばな》の枝《えだ》に鳴《な》くらむ
となん有《(あり)》ければ、御返事に、侍従、
30 散《ち》りにけむ花橘《はなたちばな》に時鳥《(ほととぎす)》鳴《な》きても惜《を》しめ香《か》やはにほふと
かやうに、優《ゆう》に御返事ども申せば、心有《(ある)》さまに、人ゝ思《をぼ》しけり。侍従も、よき人に慣《な》るゝしるしに、白銀《かね》、黄金《こがね》、多《をゝ》く給《(たま)》はりて、孝養《けうやう》様ゝ《(さまざま)》にぞしける。

〔14〕姫君の弔問

姫君《ぎみ》の、御乳母《めのと》、袿《うちき》を参らせたる御一重《ひとへ》、侍従《じゞう》がもとへつかはすとて、かくなむ、
31 から衣《(ころも)》死出《しで》の山路を尋《たづ》ねつゝ我《われ》はぐくみし袖《そで》をとはばや
32 からころも立《(たち)》わかれても忘《わす》られず昔《むかし》の人《ひと》の形見《かたみ》と思へば
となむ有《(あり)》ければ、侍従、顔《かほ》に押《を》し当《あ》てて、声も惜《を》しまず泣《な》きつゝ、御返事にかくなむ、
33 から衣《(ころも)》見《み》るに心《こゝろ》ぞまさりけるたちし月日をへだつと思へば
中納言殿よりも、様ゝ、御とぶらひ在《(あり)》。

かくて、つながぬ月日なれば、ほどなく七月七夕《(たなばた)》になりぬ。さるほどに、少将、七夕《(たなばた)》にもなりぬれば、かやうに言《い》ひて、侍従がもとへ、つかはし給ひける。
34 年《とし》を経て逢ふこともなき恋路哉《(かな)》うらやまれぬる今日《けふ》の七夕《たなばた》
と、うち詠《(なが)》めて過《(すぎ)》給ふ。

〔D〕〔16〕ひとくだりの返事　(〔15〕「これを入相」の連歌と位置逆)

やがて、十日余りにもなりぬ。侍従、姫君《ぎみ》へ参りぬれば、嬉《うれ》しく思して、うち語らひて過《(すぎ)》給ふ。少将、日数を数《かぞ》へて、立《(たち)》寄《よ》り給へば、侍従〔が〕声すなり。いと嬉《うれ》しく聞《(きき)》給ひてけり。姫君は琴《(こと)》を鳴《な》らし給ふ。
35 はゝ散《ち》らば同《おな》じたぐひに散《ち》りもせでなどゆきとまる枝となるらむ
少将、端近《はしぢか》なるを、抱《いだ》きてや往《い》なましと思《をぼ》せども、「親《をや》たちの思《おぼ》さんことも恥かし」とて、又、かくなん、
36 たらちめの別《わか》れにもれば思《をも》ひ知《し》れいかばかり恋《(こひ)》は苦《くる》しかるらむ
と詠《(なが)》めて、うち叩《たゝ》き給へば、「あやし」と思ひて、立出《(たち)い》で見《み》れば、少将、簀子《すのこ》に懸《かゝ》りてを《(お)》はしけり。侍従、「げに〳〵、「思《をも》へば苦《くる》し

きものを」と、思ひ知《し》り給ひぬ《へ》らん」と聞《(きこ)》ゆれば、少将、又、かくなむ、

「37かくばかりさやかに照《て》らす秋の夜《よ》の月より先《さき》へ入《い》る人《ひと》ぞなき
入《い》る山の端《は》もつらし」とあれば、侍従、「かう」と申せば、さすが、「いとを《(ほ)》しや」と、聞《(きき)》臥《ふ》し給へり。少将、うち恨《うら》み顔にて、

38秋《あき》の夜《よ》の草《くさ》葉よりなを《(ほ)》浅ましく我《わ》が袂《(たもと)》こそ露けかりけれ

と詠《(なが)》め給へ共《(ども)》、音《をと》もし給はねば、「御心強《づよ》さよ。只《(ただ)》一筆《ふで》の御返事、給《(たまは)》わり候へかし。罪《つみ》の深《ふか》さよ」との給《(たま)》へば、侍従、「かく」と申す。「世中《(よのなか)》のつゝましさにこそ。〔さ〕あらば、かくなむ聞《(きこ)》えよ」とありけり。

39朝夕《あさゆふ》の風訪《かぜをとづ》れし草よりも露のこぼるゝ袖を見《み》よかし

40消《(きえ)》かへり歎《なげ》くとも知《し》れ露の身の心《こゝろ》ひとつに置《を》かるべきとは

侍従、「かく」と聞《(きこ)》ゆれば、少将、なゝめならず笑《ゑ》み給《(たまひ)》て、「一との御返事、承はりたるに、出《い》でさせ給ひて、隈《くま》なき月を御覧《らん》ぜよかし」とて、

41待《ま》つ空《そら》の雲居《くもゐ》はるけき月だにもながむる袖に宿《やど》るなりけり

42かくばかりさやけかりける月影《かげ》を夜《よ》な〳〵君《きみ》と見《み》るよしも哉《(がな)》

さま〴〵に宣《のたま》へ共《(ども)》、「此度《(このたび)》は、御返事もなし」と申せば、心憂《う》きことに思《をぼ》しなげく事、限《かぎ》りなし。

〔E〕〔15〕「これを入相」の連歌　（〔16〕ひとくだりの返事と位置逆）

しのゝめの空《そら》明行《(あけゆけ)》ば、鳥の声《こゑ》しきりにて、寺〻の鐘も鳴《な》れば、立《(たち)》帰らんとし給ふ。侍従、哀《(あはれ)》とや思《(おもひ)》けん、

43a暁の鐘《かね》の音こそ聞《き》こゆなれ

と、口ずさみければ、少将、うち笑《ゑ》みて、

43bこれを入相《(いりあひ)》と思《をも》はざらまし

と、戯《たはむ》れ給ふ。姫君、をかしと聞《き》き《ゝ》なし給へり。明《(あけ)》ぬれば、「又こそ」とて、泪《(なみだ)》を押《ゝ》さへて立《(たち)》帰り給ふ、心の中《うち》、見《み》る目までも痛はしくて、袖をぞ濡《ぬ》らしける。

〔F〕〔17〕三の君への思い、姫君への思い　（ただし「三の君への思い」を欠く）

少将殿、かく、

44断《た》ちなむと思《をも》ふものから玉鬘《かづら》袖にかけつゝくると知《し》らばや

とあれば、侍従、取《と》り敢《あ》へず、

45絶《た》えにけん事《こと》ぞ悲《かな》しき玉鬘《たまかづら》くる山人のたよりと思ふに

と言《い》へば、少将、わりなく思《をぼ》せ共《(ども)》、明《(あけ)》果《は》てぬれば、帰《かへ》りて臥《ふ》し給《(たまひ)》ぬ。目も合《あ》はず、ほのかなりし御気色《(けしき)》、恋しくて、かく、

「46白《しら》露とともにを《(お)》き居《い》てはかなくも明《あ》かしつるかな秋《あき》の夜《よ》すが

ら
露も哀《(あはれ)》と思《をぼ》しめさぬものゆへ《(ゑ)》に、夜《よる》〳〵、宮仕《づか》へ苦《くる》しくなりまされども、かひなし」など、言《い》ひやり給へ共《(ども)》、御返事もなし。
又、対《たい》を過《(すぐ)》るとて、
47 君があたり今《いま》ぞ過《(すぎ)》ゆく出《(い)》でて《ゝ》見《み》よ恋《こ》ひする人《ひと》のなれる姿《すがた》〔を〕《〈本ノまゝ〉》

と、声もやさしく、歌《うた》ひ給へば、侍従、妻戸を明《(あけ)》て見《み》れば、蔀《しとみ》のもとに、少将、立《(たち)》てを《(お)》はすれば、〔侍従、〕「さては、を《(お)》はします〔や〕」と申せば、「世中《(よのなか)》、あぢきなくて、山の奥にも」と宣《のたま》へば、侍従、「みち引《(びき)》給へ」と申せば、少将、うち笑ひ給ひて、「一念随《ねんずい》喜《き》とこそ、仏ものべ給《(たま)》ひけれ。まして、〔君は〕武蔵《むさし》野の草のゆかりと思へば。散《ち》りなば、一《ひと》つ蓮《はちす》の縁《えん》」と、の給《(たま)》へば、侍従、「さては、嬉《うれ》しく仰《(おほせ)》られ候《(さぶらふ)》。善智《ぜんち》識《しき》かな」と言《い》ひけり。

〔G〕 **兵衛佐とのエピソード**

さて、菊月にも成《(なり)》ぬ。九日の朝《あした》、菊の少《すこ》し移《うつ》ろひたるに、一筆つけて、かくなん、
48 秋深《あきふか》き露《つゆ》も結ぶに八重菊《(や)(へ)ぎく》の移《うつ》ろふ色をいかでかは見むとて、奥《をく》に、「四季の草木は変《かは》れ共《(ども)》、我《わ》が身ひとつは、もとの身にして」と、書《(かき)》すさみ給へり。

姫君は、御簾《みす》あげて、菊に綿着《わたき》せたるを御覧《らん》じて渡《(わた)》らせ給へり。対《たい》の局《つぼね》に人ゝの声すれば、立寄《(たち)よ》りて、透垣《すひがき》の隙《(ひま)》よりのぞき給へば、侍従は生絹《すゞし》の衣《きぬ》を着《き》たり。姫君は、青《あを》き衣《ゝぬ》に、紅《くれなゐ》の袴《はかま》を着《き》給へり。籬《まがき》の菊に映《は(え)》へさせ給ひて、いとゞ姿美《すがたうつく》しく、有《(あり)》がたければ、此《(この)》世の人とも覚《をぼ》えず。兵衛の佐《すけ》、うち笑《わら》ひて、「母《はゝ》に後《をく》れ給《たま》へる《り》、御弔《とむら》ひ申さまほしく侍りつるに、たゞ今、鷹《たか》を逸《そ》らして尋候《(たづねさぶらふ)》とて、ついでながら、対面《たいめむ》申《(まうす)》、嬉《うれ》しく候《(さぶらふ)》」などと《ゝ》て、かく、
49a はし鷹《たか》のかゝる恋ぢの苦《くる》しきに《〈本ノまゝ〉》

移《うつ》ろひたる菊、一房《ふさ》、「是、姫君《ぎみ》に参らせ給へ」と《は》、「今日《けふ》、殊更《ことさら》、よきことを、きくの花」と、戯《たはむ》れつゝ、かく、
50 菊もまた同《をな》じ籬《まがき》の菊《きく》なれど下《した》の心は我《われ》に《ぞ》移《うつ》ろへ
とあるを、侍従、取《と》り敢《あ》へず、かく、
51 口なしの色《いろ》に咲《(さき)》たる花《はなゝ》なれば《ど》きくべきものとえこそ言《い》はれね
「祝ゐ《いわ(ひ)》の花」とさぶらへば、姫君に参《まい》らせぬるなり。

〔18〕 **姫君、参内の準備**

かくて、神無月にもなりぬ。中納言、北の方に宣ふ様《(やう)》、「君《きみ》達は、みな有《(あり)》つき給ひぬ。対《たい》の君《きみ》の事、故《こ》母《はゝ》宮、最期《さいご》の言葉《ことば》に、宮仕への事をの給《(たま)》ひしに、同《をな》じくは、此節《(この)せち》に参らせばやと思へ共《(ども)》、

上《うへ》の、うち合《あ》はず思ひ給ふこと、心憂《う》き」とて、泪《(なみだ)》ぐみ給ふ。北の方、憎《にく》しとや思《をも》はれけむ。「されば、我《わ》が子に思ひ増《ま》したるにこそ」と、妬《ねた》く思《をも》ひ給ふ《(う)》て、「中〱《(なかなか)》に、覚《をぼ》え少《すくな》からん宮仕《(みやづかへ)》よりも、上達部《かんだちめ》などにあはせ給へかし」と、の給《(たま)》へば、「並《な》み〱ならむ人には、いかゞ見《み》すべき」と、の給《(たま)》へば、顔《かを》うちあかめて、「さらば、いかにも、心憂《う》し」とて、「いかにも、あやしからん名を立《た》てゝ、親《をや》にも思ひうとません」と思《おも》ひ立《た》ち給ひけり。

中納言は、かゝるうたてき企《くはだ》てをば、露程《(つゆほど)》も知《し》り給はで、内《うち》参りの御営《いとな》みを、ひしめき給ひけり。かゝりければ、北の方《かた》も、上《うへ》にては心《こゝろ》に入《い》れたるよしにて、ともに、いかゞぞと、営《いとな》み給ひけり。中納言、誠に思ひ給《(たまひ)》て、悦《(よろこ)》び給ふこと、限《かぎ》りなし。

〔H〕男君の傷心(1)

内《うち》参《(まゐり)》、近《ちか》づくよし、少将、聞《(きき)》給ひて、侍従に逢《(あひ)》て宣ひけるは、「さても、姫君《ぎみ》、雲居《くもゐ》はるかに立《(たち)》隔《(へだ)》て給ひて、いとゞ及ばぬ御事のみとなり給ふべき御事の、その日も近くなりさぶらふよし、聞《(きき)》参らせ候《(さぶらふ)》。只《(ただ)》、夢の心ちして、現《うつゝ》〔に〕たどる身の行衛《(へ)》、今、幾《いく》ほど有《(ある)》まじき。同《をな》じ世に永《なが》らへても、何《なにゝ》にかはせむ。憂《う》き世《よ》の中を厭《いと》ひ、深《ふか》き山にもと思ひ立《(たち)》候へども、片時《とき》も忘れやられ候《(さぶらふ)》まじければ、たゞ、とにもかくにも、〔つれなく〕恨《うら》めしきものには、恋の命《いのち》にてさぶらひけるぞや」とて、かきくどき、泪《(なみだ)》にむせび給へば、侍従、いつにも増《ま》さりて、哀《(あはれ)》に、いとを《(ほ)》しく思ひて、共に泪《(なみだ)》を流し、「憂《う》き世の中《なか》の有様《(あり)さま》、実《(げに)》ことは《(わ)》りにて。よろづ、人目《め》のつゝましければ、叶《(かな)》はぬ事にぞ。互《(たがひ)》に本《(ほ)》意《い》なふ《(う)》〔こそ〕候へ」とぞ申《(まうし)》ける。少将、うち歎《なげ》きて、

52 雲《くも》の上《うへ》にたちも《を》上《のぼ》らば鳥の音《ね》のいとゞ跡《あと》さへ見《み》えずやなりけん

とて、歎《なげ》き給ひけり。此有様《(あり)さま》、残《のこ》らず姫君《ぎみ》に申《(まうし)》ければ、哀《(あはれ)》とや思《をぼ》しけむ、

53 かひもなき憂《う》き世《よ》と思《をも》へば鳥《とり》の子の雲《くも》の上《うへ》にもいかゞすむべき

と、聞《(きこ)》えにけり。侍従、少将に、かくと申せば、「御返しは嬉《うれ》しけれ共《(ども)》、物越《ものご》しなり共《(とも)》、みづから」と、の給《(たま)》へば、「是だにも、を《(お)》ぼろけならず。いと難《かた》き仰《(おほせ)》にこそ」と申せば、いとゞ、かきくれて、うち臥《ふ》し給へば、侍従、いとを《(ほ)》しく思へば、「万《(よろづ)》は、人〔の〕口《くち》の恐《をそろ》しさに」など申せば、少将、涙《なみだ》を押さへて、

54 いかゞせむ逢坂山《さかやま》を知《し》らぬ身はたゞこの道《みち》に迷《まよ》ふばかりぞ

と聞《(きこ)》え給へども、此度《(このたび)》は、御返事もなし。かくて、夜更《よふ》け、暁にもなりぬれば、思《をも》ひかねに出《い》で給《たま》ひぬ。

〔19〕継母の策謀

中納言は、内《うち》参りの事《こと》、急《いそ》ぎ給ふ。北の方は、心に、「いかにしてか、言《い》ひさまたげん」と、人知《し》れず思ひて、ある夕《(ゆふべ)》、中納言に申《(まうし)》給ひけるは、「さても、宮姫の御ふるまひ、知《し》り給ひぬるや」と在《(あり)》ければ、「何事《ごと》やらむ」と言《い》ひ給へば、「申《(まうす)》もつゝまし、申さぬもうしろめたき様なりつる程に、ためらひて過《す》ぎ候ひぬれ共《(ども)》、今は、よそ目《め》もあさましくて、思ひ余りさぶらひ侍る。此秋の比《(ころ)》より、六角堂の別当といふ朽《く》ち法師めが、対《たい》の御方へ、常に通《かよ》ひける。此暁《あかつき》、寝《ね》過《(すぐ)》して、明《(あけ)》て後、人目《め》をも憚《はゞか》らず出《い》でけるを、人〳〵見て、心憂《う》きことに申《(まうし)》あひたり」と、の給《(たま)》へば、中納言も、あさましげにて、「さる事は、よもあらじ。女房たちの方へや通《かよ》ひ候《(さぶらふ)》らん」と、の給《(たま)》へば、「母は、誠《まこと》ならぬ親《をや》子の中なれば、なき事《こと》を申《(まうす)》とや思《おぼ》し候《(さぶらふ)》らん。さ候へばこそ申《(まうし)》かねて候《(さぶらふなり)》也。たゞ人伝《づて》の物語《もの(がたり)》にては候はず、あへなく、見及びてさぶらふ物なり。偽《(いつはり)》にて候はば、日本国六十余の国の神〳〵にも、にくしと御覧《らん》候へ。誠にて候《(さぶらふ)》」よし、押《を》し返し申《(まうし)》給へば、中納言、なをも誠しからず思《をぼ》しければ、弥《(いよいよ)》ねたくて、二三日ほど過《(すぎ)》て、あやしき僧を語らひて、暁方に、対《たい》の当《(あた)》りにたゝずませ置《を》きて、中納言殿に語り給ふやう、「あれ〳〵、見給《との》へ《(は》。例の朽《く》ち法師の通《かよ》ひ歩《あり》きし姿、浅まし」など申《(まうし)》給へば、中納言殿《どの》、「げにも」とや思ひ、「あな、あさましや、心憂《う》や。幼《をさな》くては母宮に後《をく》れ、又、幾《いく》ほどなくて乳母《めのと》に別れしかば、大人《をとな》しき人に添《そ》はぬ故、かゝる不思議次第《ふしぎしだひ》の事《こと》なり」とて、泣《な》く〳〵帰《かへ》り給ひぬ。

〔20〕姫君、真相を知る

明《(あけ)》ぬる日、対《たい》にを《(お)》はして見給へば、姫君、何心なく、うち笑《ゑ》み給ひて、源氏《げんじ》の古物《ふるもの》語、万葉、古今の草紙、取《と》り散《ち》らして居《ゐ》給へり。御子ながら、さもうつくしき有様《(あり)さま》、かゝるうとましき御ふるまひ、思《をぼ》し続《つゞ》けて、中納言殿《どの》、うち泪《(なみだ)》ぐみ給ふ。姫君《ぎみ》、あやしく思しける。

侍従を呼びて、の給《(たま)》ふは、「故《こ》母《はゝ》宮の遺言《ゆいごん》に違《ちが》へじと思《をも》ひて、宮仕《(みやづかへ)》の事を急《(いそ)》ぎつるに、浅ましき事《こと》を聞《き》けば、思《をも》ひとゞまりぬ。今は、さもあらん方にあはせ聞《(きこ)》えんと思ふ也。此《(この)》御方に御宿直《よりとのへ》のなきは、あやし」と、の給《(たま)》ひて、帰り給ひぬ。

侍従、心得まい《(ゐ)》らせぬ事なれば、御返事をも申さず。姫君《ぎみ》、「何事《なにごと》やらむ」と宣へば、侍従、かくと申《(まうす)》。「いか成《(なる)》事やらむ」と胸《むね》うち騒《さは》ぎ給へ共《(ども)》、「少《(すこし)》も驚《(をどろ)》き給ふことこそなけれ、なべて〔の〕事《こと》ぞ」と思《をぼ》しける所に、式部といふ女房、参りて申《(まうす)》やう、「さても、申《(まうす)》に付《(つけ)》て、憚《はゞか》り多《をほ》く候へ共《(ども)》、心憂《う》き事《こと》の聞《き》こへ《(え)》候《(さぶらふ)》。御方に、六角堂の別当、八月の頃より参り通ふ」と、北の方申《まうし》給へば、中納言、「さることあらじ、いかゞ」など、御耳にも入《い》れ給はねば、恐《を(そ)ろ》しき御誓《ちか》ひども申《まうし》給ひて、偽《いつは》りなきよし、申《まうし》給ふほどに、中納言殿《どの》も、今は誠と思《おぼ》めして候《さぶらふ》なり。さ侍《はべり》候《さぶら(へ)》ば、御内参りは思召《おぼしめし》とどまり候也《さぶらふなり》」と申せば、「こはいかゞ。夢か、現《うつつ》か、浅ましや。別当とやらん、名をだにも知《し》らぬぞかし。母なき者〔は〕此世《この》に永《なが》らへざらまし。かひなき命、永《なが》らへて、かゝる憂《う》き名の立《たち》ぬることよ」とて、呆《あき》れさせ給ひて、侍従と手を取《と》り組《く》みて、倒《たを》れ臥《ふ》して泣《な》き給ふこそ哀《あはれ》なれ。「かく永《なが》らへて、人に見《み》えんも心憂《う》し。宇治《うぢ》川に身を投《な》げん」と悲《かな》しみ給ふ。

侍従、申《まうし》けるは、「それは、さる御事《こと》にて候へ共《ども》、誠なき御事を人の申せばとて、やがてさやうの御事《こと》候はゞ、「さればこそ御身を御捨《す》て候なれ《さぶらふ》」と、中納言殿《どの》も覚《おぼ》しめすべし。御科《とが》の候はねば、後《のち》は、隠《かく》れ候《さぶらふ》まじ。唯、御心の中《うち》に、深《ふか》く神仏《ほとけ》を信じ給ふべし。分《わ》きて、北野の御神こそ、無実《むじつ》の者《もの》を哀《あはれ》み給ふなる物を」と、諫《いさ》め申《まうし》ければ、ことはり《わ》なりと思《をぼ》しめして、様ゝの御願《ぐわん》ども申《まうし》給ひけり。

〔I〕男君の傷心(2)

又、少将の御方よりも、かくなん、

55 紅《くれなゐ》に木ゝの木末《こ》は移《うつ》ろへど我《わ》が言《こと》の葉《は》は色も変《かは》らず

と有《ある》を、姫君、世の心憂《う》さに、何事《なにごと》も覚え給はず、見《み》も入《い》れ給はねば、侍従、「むげに、情《なさけ》なくや侍るべき。たゞ一筆の御返事、候へかし」と申せば、否《いな》みがたくや思《をぼ》しけん、かく、

56 我《わ》が身こそ菊のもみぢにたとへつゝ吹《ふ》く木枯《こがら》しに散《ち》りぬべき哉《かな》

となん」とて、「立寄《たちよ》らせ給ふことは、もしの御聞《き》こえも侍るべし。御心ざしは、同《をな》じ御事にも」と聞《きこ》えければ、少将、いとゞ心も空になりて、「筆の跡《あと》を見《み》るに付《つけ》ても、永《なが》らへてましとも覚《をぼえ》へ侍らず」と宣ひける。

〔21〕姫君の縁談

さて、まゝ母《はゝ》、「しえたり」と嬉《うれ》しと思《をぼ》して、「我《わ》が子たちには、見落《みをと》させてこそ」と思ひ給ひけり。中納言殿《どの》は、空《そら》ごととは思《をぼ》さず。「心憂《う》し」とは思《をぼ》しながら、並《な》み〳〵ならむ人に見《み》せ奉らむは、いたはしくて、「失《う》せ給ひし大臣殿《じんどの》の御〔子〕、宰相《さいしやう》にて兵衛の督《かみ》は、聞《き》こえたる人なり、御年廿五六ばかりにて、世の覚《おぼえ》、かしこく、何事もゆゝしき人にてをはし《お》けり。只今、大臣をも望み給ふべき人也。折節《をりふし》、此《この》ほど、上《うゑ》に後《をく》れ給ひて、淋《さび》しくをはせ《お》る」よしを、聞給《きき》ひ、「よし有《ある》さまの事《こと》」と思《をぼ》して、「この人に合《あ》

はせむ」と思《をぼ》して、内裏《うち》へ参り給ひぬ。

御物語《もの(がたり)》のついでに、「失《う》せ給ひし宮腹《ばら》に、娘のひとり侍り候《(さぶらふ)》を、母も候はねば、いとをしう《(ほ)》て。申方《(まうすかた)》、数多《(あまた)》候へ共《(ども)》、心につく方《かた》候はで、今迄《(まで)》、独住《(ひとりす)》ませ候《(さぶらふ)》を、おほそれながら、参らせ候はん」と申給へば、宰相《さいしやう》、「誠に、年比《(としごろ)》馴《(なれ)》て、浅《あさ》からず思ひし人に後《をく》れて後《のち》は、此世《(このよ)》の中《なか》も、もの憂《う》く、今迄《(まで)》、ひとり候《(さぶらひ)》つるに、かく仰候《(おほせさぶらふ)》事こそ、悦《(よろこび)》存じ候へ。さらば、とく〳〵」と、の給《(たま)》へば、中納言、帰《かへ》り給ひて、恐《をそろ》しき下《した》の心をも知り給はで、北の方《かた》に宣ひける様は、「今日《けふ》の内参《うち》りに、折節、兵衛の督に行《(ゆき)》逢《あひ》つるほどに、かくとこそ約束《(やくそく)》候《(さぶらひ)》つれ」と、うち解《と》けて語り給ふぞ、哀成《(あはれなる)》。

北の方、打笑《(うちゑ)》みて、「此人《(この)》は、実《(げに)》、あらま〔ほ〕し〔き〕、聞《(きこ)》えし人也。まめやかに嬉しく候《(さぶらふ)》」とぞ宣ひける。心の内には、なを《(ほ)》、かく世にあらせんと、こしらえ《(へ)》給ふ事《こと》をば、本意《ほい》なふ《(う)》、妬《ねた》き事に思《をぼ》して、「いかなる計事《(はかりごと)》をも廻《(めぐ)》らし、妨《さまた》げむ」とぞ思ひ給ひける。実《(げに)》、恐《をそろ》しかりける心の中《うち》なり。

扨《(さて)》、その後《(のち)》、中納言殿《どの》、対《たい》にを《(お)》はして、侍従に、此よし仰《(おほせ)》けり。母宮《はゝ》の御里《さと》、三条堀川なり。夫《(それ)》へ、兵衛の督《かみ》を呼《よ》び奉らむとぞ、定め給ひける。

〔J〕男君の傷心(3)

さて〳〵、少将、さらぬだに心を砕《くだ》く折節《(をりふし)》に、又、此事《こと》を聞《(きき)》給ひ、いとゞ胸安《むねやす》からず、「今は、心長《なが》くて叶ふまじ。盗《ぬす》みやせまし、よそにのみや見《み》む」と思へ共《(ども)》、よそに見《み》ては、世に有《(ある)》べき心ちもなし。とにかくに、心に心を争《あらそ》ひて、対《たい》の辺《(あた)》りを、休らひ給ふ。折節、侍従、端《はし》近く出《(いで)》ければ、近付《(ちかづき)》、「此ほどは、何とやらむ、承及《(うけたまはりおよ)》びさぶらふ。今は限《かぎ》りの有様、哀《(あはれ)》とは思《(おぼ)》し候はぬやらむ」と、侍従をさへ、或《(ある)》はかこち、或は恨《うら》み、又は語《かた》らひなど、身もあられぬさまにて、歎《なげ》き給へば、侍従も哀《(あはれ)》とぞ思《(おもひ)》ける。少将、かくなむ、

57 袂《(たもと)》にも袖にもあまる涙《なみだ》かな衣《ころも》川とは是をいふかは

と、うち詠《(なが)》め、直衣《なをし》の袖を絞《(しぼ)》るばかり也。侍従、哀《(あはれ)》に思《をも》ひて、「あな、うたての《や》御心や《の》。はかなき世《さよ》の中に、心深くも、心を悩ませ給ふもの哉《(かな)》。少将、げにも思《をも》ひ沈《しづ》み給ふも、いたはしや」と申せば、「世中《(よのなか)》、もの憂《う》し。よそに漏《も》れ聞《き》こゑなば、いとゞ罪《つみ》も重《をも》かるべし。心もなく、ものゝ給《(たま)》ふ哉《(かな)》」と仰《(おほせ)》ければ。

少将、夜《よ》もすがら憂《う》しと思《をぼ》して。

はかなき声にて、三の君、かくなん、

58 たまさかに満《み》ちくる潮《しほ》のほどもなく立《(たち)》かへりぬることぞ悲《かな》しき

と。少将、さすがに哀《(あはれ)》なれば、そむ〔き〕がたふ《(う)》て、日を暮《く》らし給ひけり。

さて、兵衛の督《かみ》の方よりは、度ゝ《(たびたび)》はやめられければ、中納言、霜月と定め給ふ。一定《(いちぢやう)》と聞《(きき)》給へば、少将、「いかゞせむ」と歎《なげ》き給ふ。侍従も、岩木《(いはき)》ならねば、さこそ、いと痛《いた》はしくぞ思《をも》ひける。

〔22〕 憎まれ役主計の助の登場

継母《まゝはゝ》は、かく日取《ひど》り迄《(まで)》、定まらせ給へば、いとゞ心憂《う》き事《こと》に思《をも》ひ、「いかにしてか、あしからむ様《(さま)》になさん」とて、「三の君の乳母成《めのとなり》けるが兄《あに》の、主計《かずへ》の允《ぜう》といふ朽《く》ち翁《をきな》あり、此男に盗《ぬす》ませばや」とぞ思ひ立《(たち)》給ひける。

かの者を近付《(ちかづけ)》、はじめよりの事、有《(あり)》の儘《(まま)》に語り給ひて、「いかゞ、世にあらせては見《み》るべき。あまつさへ、妾《わらは》が子達よりは、いつきかしづき給へば、本意《(ほ)い》なし。わが君の兄《あに》の主計《かずへ》に、「盗《ぬす》み取《と》りて、いかやうにも計《(はか)》らひ候へ」と申せかし」と、の給《(たま)》へば、「誠に、此ほど、妾《わらは》も本意《(ほ)い》なら覚え候《そろ》。急《いそ》ぎ、そのよしを申合《(まうしあはせ)》候《さぶらふ》べし。いかゞ子細《(しさい)》の候《(さぶらふ)》べき」と嬉しげにぞ申《(まうし)》ける。「さ候はば、時日を移し候《(さぶらふ)》まじ」。ものを申《(まうす)》も、むくつけき心ばへなり。「しかも、此主計《かずへ》は、年比《(としごろ)》あひ馴《(なれ)》たる〔妻《つま》〕老《(おい)》衰へ、浅ましき姿なれば、「いかにも、若《わか》くなびやかならむ妻〔を〕も」と、内ゝ、近きあたりを尋《(たづね)》候へ共《(ども)》、年比老《(おい)》たる男なれば、打《(うち)》あふものも候はねば、明《(あけ)》ぬ暮《く》れぬと、〔うはの〕空なる恋をするものなれば、此《(この)》御事は、「あらまほしき」とて、定《(さだめ)》て喜《よろこ》び、畏《(かしこま)》り候《(さぶらひ)》ぬと覚候《(おぼえさぶらふ)》」と申せば、北の方、思ふことなげに、「うち解《と》けば、ゆゝしく目《(め)》出《でき》たき事」とて、ゑ《居》み給ふこそ、いとあさましき思ひなり。

急ぎ兄《あに》のもとに行《(ゆき)》て、言《い》ひけるは、「中納言殿の、宮腹の姫君を、妾《わらは》が養ひ〔君〕よりも思《をぼ》しめして、かしづき給ひて、来月比《(ころ)》に宰相殿《どの》へ合《あ》はせ給ふべきよし、定め給ふ。わが養《やしな》ひ君よりも、かしづき給ふ事、胸安《むねやす》からず。北の御方も、「田舎《(ゐなか)》の人に盗《ぬす》ませてあらばや」と、の給《(たま)》ふに。「同じくは迎へ取《(とり)》給へ」と仰《(おほせ)》られつれば、夫《(それ)》を聞《(きき)》て、只今、帰りたり」と言《い》へば、なゝめならず悦《(よろこ)》びて、「是は、若《(もし)》、夢やらむ、覚《さ》めなば、いかゞせむ。現《(うつつ)》ならば、いかなる神仏《(ほとけ)》の御計《はか》らひやらむ」とて、うち笑ふ。頰《ほう》のゑくぼ、皺《しは》は、にが〳〵として、目《め》は頰先《ほうさき》までたゞれ、向歯《むかば》は、少《せう》〳〵落《お》ちたれば、よだれを垂《た》れ、言葉《ことば》も及ばぬ程にぞ悦《(よろこび)》ける。

「さあらば、急《いそ》ぎ給へ。頓《やが》ても御迎《(むかへ)》に参らむ」と申す。「去《(さり)》ながら、中納言殿の、むごに嫌《きら》ひや給《(たまふ)》べき」と言《い》へば、「盗《ぬす》み取《(とり)》給ふべき上は、さても候はじ」と言《い》へば、いとゞ嬉しくぞ思ひける。「此月たゝば、三条へ移り給ふべし。夫《(それ)》より内《うち》に、急ぎ給へ」と言《い》へば、「月の内《うち》は、清き神事《わざ》をして精進《しやうじん》をすれば、おはし所をも少《すこし》、しつらひて、朔日《ついたち》、二日の比《ころ》は、迎《むか》へ取申《とりまうす》べし」とて、言《い》ひ定めける。

扨《さて》、立帰《たちかへ》り、北の方に、かくと申せば、悦《よろこ》び笑《ゑ》み給ふ事、限《かぎ》りなし。

さるほどに、御心寄《よ》せの式部、ほの聞《き》ゝて、急ぎ対《たい》に参り、侍従に会《あ》ひつゝ、「さて《ま》も〳〵、北の方、しか〳〵の企《くはだ》てせさせ給ふを、夢にも知《し》り給ふまじ。実《げに》、あさましくさぶらふ」と、泣《な》く〳〵語りければ、侍従、胸打騒《むねうちさは》ぎ、申《まうし》けるは、「こは、そも何の御科《とが》の有《あり》て、かやうの事をば、たばかり給ふらむ。無《な》き名を立《た》て、訴《うつた》へ給ふ事をさへ、不思議《ふしぎ》の事にのみ思ひつるに、今又、御身をさへ、あさましく捨果《すてはて》て参らせむとの御計《はから》ひ、中〳〵《なかなか》、申《まうす》ばかりなき事にて候《さぶらふ》。昔も今も、かゝる例《ためし》あらじ」などと《ゝ》、泣《な》き悲しむ。

頓《やが》て、姫君に、かくと申せば、打聞《うちきき》て、「あな、口惜《くちを》しや。はかなき命、永《なが》らへて、かく憂《う》き事を聞《きく》のみにあらず、目《ま》の当《あた》り、鬼のやうなる朽《く》ち翁《をきな》に盗《ぬす》ませんと、たばかり給ふや。とにも角《かく》にも、かゝる浮世《うきよ》に永《なが》らへて、浮目《うきめ》を見《み》るこそ、恨めしき事はなかりけれ」とて、引《ひき》かづき、泣《なき》給ふ。

〔23〕住吉の尼君へ上京を依頼

侍従、申《まうし》けるは、「過《すぎ》にし比《ころ》、無《な》き名、立《たち》給ひし事をも、中納言殿へ申《まうす》べかりしかども、神仏《ほとけ》の御誓《ちか》ひ在候《ありさぶらへ》ばと、誠のなき事ならば、中納言殿も、聞《き》ゝ開かせ給ひなむと、妾《わらは》も申《まうし》とゞめさぶらひしぞかし。今は、何をか包《つゝ》ませ給ふべき。有《あり》の儘《まま》に中納言殿へ申開《まうしひら》かせ給へかし」と、すゝめければ、姫君《ぎみ》、「夫《それ》も有《ある》まじ。「北の方を憎《にく》み申《まうし》て、かやうの事《こと》を難《なん》じ申《まうす》にこそ」と、思しめさむずれ。たとひ申開《まうしひら》く共《とも》、思ひ立《たち》給ひぬる上は、一旦《たん》、遁《のが》れ候《さぶらふ》共《とも》、末には必ず浮《うき》めに逢《あひ》さぶらふべきなり。つら〳〵物《もの》を案ずるに、聞《きこ》えぬ里《ずさと》に行《ゆ》き、様を変《か》へ、ひとへに故母上《こはゝうへ》の御菩提《ぼだい》をも弔《とぶら》ひ、後世《ごせ》をも祈り候《さぶらふ》べし」と、思《をぼ》しめし定《さだ》めたるよし、の給《たま》へば、侍従も、「此度《このたび》は、ことは《わ》りなれば、いかにも思《をぼ》し計《はか》らへ」と申《まうし》ながらも、御様変《さまか》へむ事の心憂《う》さに、袖を〔ぞ〕絞りける。

「さらば、侍従諸共《もろとも》に尼に成《なり》、母《はゝ》の御菩提《ぼだい》を弔《とぶら》ひ候はん。その時《とき》、いかに哀ならん」とて、袖のしがらみせきあへず。

かくは言《い》ひ給へ共《ども》、若《わか》き人〳〵なれば、「いづくに行《ゆ》き、いかにすべし共《とも》、思《をぼ》えず」と、あきれ果《は》て給ふ。「乳母《めのと》あらませば、とにも角《かく》にも計《はか》らひ〔て〕まし。今は、そこをこそ頼み《め》たれ。此月もたちなむ。急《いそ》ぎ計《はか》らふべし」と仰《おほせ》ければ、故母《こはゝ》宮の乳母《めのと》なりける女房の、宮に後《をく》れ参らせて後《のち》、住吉《よし》に侍るを思《おも》ひ出《いだ》しつゝ、「覚《おぼ》え給はずや」と申せば、「さやうの者の《ものゝ》名《な》は、慥《たしか》ならね共《ども》、面影は覚え侍り《れ》」と、の給《(たま)》へば、「さ候はば、その方へ、ひとまづ忍《しの》び給へかし」とぞ申《(まうし)》ける。「さるべし」とて、もの頼もしくぞ思しける。

侍従、故《こ》母《はゝ》の遣《(つか)》ひし女をつかはして申《(まうし)》けり。文の詞《ことば》には、細《(こま)》〳〵《(ごま)》と身の有様《さま》をあそばしてけり。

あなゆゝし、久しく御行方《ゑ》承はらず候《(さぶらふ)》程に、かやうに申《(まうし)》候へば、「たれなるらん」と思《をぼ》しめさむずらんなれ共《(ども)》、姫君《ぎみ》、生《お》い《(ひ)》〔たち〕給《たま》ひし時、母宮はかなくならせ給ひながら、大人《をとな》しくならせ給ひて、その後《ち》、侍従が母《はゝ》なりし物《(もの)》さへかくれしかば、いとゞ便《(たより)》なく、申《(まうし)》交《かは》す方もなく候《(さぶらふ)》ほどに、その古《いにしへ》も床《(ゆか)》しくこそ侍れ。あならめし、さこそ憂《う》き世は背《そむ》かせ給ふ共《(とも)》、かき絶《た》え給ふらむ事よ。忘れ草《ぐさ》のしるしかや、是には、なを《(ほ)》もつれなくさぶらふまゝ、申《(まうし)》参らせさぶらふなり。さて〳〵、人《かへ》づてならで申《(まうし)》あわ《(は)》すべき事《こと》を《(お)》はします。万《(よろづ)》を捨《す》てゝて、夜《よ》を昼になして参り給へ。なべてならぬ事にて候《(さぶらふ)》。

よしをぞ、くれ〳〵申遣《(まうしつかは)》しける。

〔24〕　**姫君の脱出計画**

此尼君《(あま)人》も絶《た》えず思ひ参らせて、常は申出《(まうしいで)》ながら、この御文を見《み》て、嬉《うれ》しながら、「何事ならん」と覚束《(おぼつか)》なくて見れば、此由《(このよし)》、ありければ、泪《(なみだ)》をはら〳〵と流し、「あな、御痛《(いた)》はしや、幼《をさな》くては母宮に後《をく》れ、又、いく程ならず御乳母《めのと》さへ失《う》せ候《さむら》ひて、いか計《(ばかり)》、あへなく思《をぼ》すらん」とて、とにも角《(かく)》にも、先立《さき(だつ)》ものは泪成《(なみだなり)》けり。

尼君、頓《(やが)》て御返事に、かくなむ、

誠に世《よ》を背《そむ》き、静《しづ》かなる所にさぶらひながら、朝《あさ》夕、昔《むかし》の人の御事のみ心にかゝりて、明《(あか)》し暮《(くらし)》候《(さぶらふ)》心のうちにも、いかに生《を》ひ立《(たち)》給ひ候ひぬらんと、御床《(ゆか)》しくて、行《をこな》ひのさまたげにもなり給へば、忘れ草《ぐさ》も名のみ成《(なり)》けりと、恨めしくて、藻《も》に住《(すむ)》虫《むし》のわれながらと、音《ね》をのみ泣《な》きて、はかなき世を過《(すぐ)》し侍るなり。程久《ひさ》しく見《み》参らせで。仰《(おほせ)》さぶらふ嬉しさよ。さても、仰《(おほせ)》のまゝ急《いそ》ぎ参《(まゐり)》て、細《(こま)》やかに、自《(みづか)》らにて承り候はん。

とぞ申《(まうし)》ける。急《いそ》ぎ、御使の女房、此御返事を持《も》ちて参りけり。是を見給《み(たまひ)》て、少《(すこし)》はるゝ心ちして思しける。さすがに、都をふり捨《(すて)》出《(いで)》なん事を、悲しみ給ひけり。姫君、つら〳〵ものを案じ給ふに、「中納言殿《どの》、わりなく思召《(おぼしめし)》つるに、我《(われ)》ふり捨《す》てん《ゝ見》事《こと》の心憂《う》さよ」とて、かき暮《(くら)》し、引《(ひき)》かづき臥《ふ》し給へり。

さて、中納言、対《たい》にを《(お)》はして見《み》給へ〔ば、姫君、涙の漏れ出づるを、さりげなく、もてなし給へ〕共《(ども)》、せきあへ給はねば、打《(うち)》そばみて居給へり。是を中納言、見《み》給ひて、「いかに、常にものを思ひ歎《なげ》きたる様《さま》にてを《(お)》はするは。いかに、何事《ごと》を思《(おぼ)》し歎《なげ》くべき。

まろが候はん程は、わびしめ参らせ候《(さぶらふ)》まじ。又、始《(はじめ)》たる人に見《み》え給《たま》はん事、近《ちか》く成《(なり)》ぬるに、来月十日、三条へ渡し参らすべし。そのよし、用意《ようい》し給《(たまふ)ひ》べし」とて帰り給ひぬ。姫君、思し召《(めし)》けるは、「みづからが心の中《うち》も知《し》り給《たま(は)》わず、の給《(たま)》ふことの哀さよ。立《(たち)》隠《かく》れなむ後《(のち)》、いかに歎《なげ》き給はむずらん。罪にてこそ」など言《い》ひて、うち泣《(なき)》給へり。

〔K〕男君の傷心(4)

さるほどに、又、少将のもとより御文有《(あり)》。「あさましき思《(おもひ)》に、月日は積《をつ》もり候へども、露ばかりの験《しるし》も侍らねば、今は身の恨《うら》めしうて、何《なに》の報《むく》ひぞやと、前《さき》の世迄《(まで)》の事《こと》さへ思ひ知《し》られて。是程、心を尽《(つく)》すらむ罪の深《ふか》さよ」とて、かくなむ、

59 夜《よ》もすがらわがゐ《(い)》るたまの数積《かずつ》もり朝《あした》の床《(とこ)》を君《きみ》に見《み》せばや

と有《(ある)》を、侍従、給《(たま)》はりて、姫君《ぎみ》に申《(まうす)》様、「日比《(ひごろ)》、淋《さび》しく思《をぼ》し入《い》りたる。思《をも》ひ出《で》にもし給ふほどの御返事、さるべきさまに引《(ひき)》つくろひて、聞《(きこ)》え給へ」と申せば、「ことはり《(わ)》なり。今は、是に有《(ある)》べき身ならばこそ。一筆、御返し申《(まうす)》べき」とて、かくなん、

60 我《わ》が身《(み)》こそ置《を》き所《どころ》なき心ちして露より先《さき》に消《き》へ《(え)》ぬべき哉《(かな)》

その日も暮《く》れければ、又、対《たい》にをは《(お)》して、侍従に逢《(あひ)》、よろづ語《かた》らひ給ふ。物越《ものご》しにも答《たう》を問《と》ひ侍り、「出《い》で給へ」と、すゝめ給へば、「侍従に伝え給《(へ)》へかし」と、の給《(たま)》へば、此よし、少将に申《(まうす)》。「かく計《(ばかり)》、思ふをも、哀《(あはれ)》と思《をぼ》さぬうたてさよ」とて、恨み給ひて、「なを《(ほ)》〳〵立《(たち)》いで給ひて、月をも御覧《らん》ぜよ」とて、

61 人はいさ我《われ》は泪《(なみだ)》にかき曇《くも》り心の闇《やみ》の晴《は》るゝまぞなき

「みづから、何《なに》とてか立出《(たち)い》づべき。唯、かく計《(ばかり)》、聞《(きこ)》えさせよ」と、の給《(たま)》へば、少将、かくなんと聞《(きき)》給ひて、「何事を、さまでは思《をぼ》しめすらむ」とて、うち笑ひ給へば、哀《(あはれ)》に語《かた》らひ明《(あか)》して出《(いで)》給ひぬ。〔いつしか、御文《ふみ》あり。〕「夜《よ》もすがら、御宿直《とのゐ》つかまつり候はむ」とて、〔「侍従、見参《げんざん》に入《(いれ)》よ」とて、〕かくなん、

62 夜《よ》もすがら思ひ明石《(あかし)》の浦《うら》に出《い》でてなみだに袖を濡《ぬ》らしつる哉《(かな)》

身さへながるゝ心ちして、「此《(この)》返事、聞えばや」と有《(あり)》つれ共《(ども)》、折節《(をりふし)》、三の君《きみ》、中の君《きみ》、渡《わた》らせ給へば、思ひながらに過《(すぐ)》し給へり。

〔25〕ことばに出さぬ別れ

中の君《きみ》、申《(まうし)》給ひけるは、「いかに常《つね》は、うち臥《ふ》しがちにをは《(お)》すらむ。御心苦《くる》し」など語らひ給へば、姫君《ぎみ》の御返しには、「只、何となく、此ほどは、世中《(よのなか)》あぢきなく、心細くさぶらひて侍り。とても仮《かり》なる露の身の、消《(きえ)》も失《う》せ候はばや」など、戯《たはむ》れ給へば、中の君《きみ》、「あなゆゝし。なに故に、さる御事はあらん。若《(もし)》、さも

在《(あ)》らば、姉君《ぎみ》よりも、中〳〵《(なかなか)》侍従の、いかに恋しからむ」と宣へば、「いかならむ世迄《(まで)》も、かゝる憂《う》き身を、誰かは忍ばむと思ひ侍りつるに、仮《かり》の御戯《たはぶ》れながらも、忘れがたふ《(う)》、御嬉《うれ》しく候《(さぶらふ)》」とて、「とも角《(かく)》もなりなば、いかに恋しう、誰も〳〵思《をぼ》しめし出《(いで)》なんや」と、の給《(たま)》へば、中の君《きみ》、祝《いわ(ひ)》ゐて、かくなむ、

63 年《とし》経《(ふ)》とも色変《いろか》へで見む常盤《ときは》なる同《をな》じ緑《みどり》の松の梢《こずゑ》を

と。宮姫《みやひめ》、かくなん、

64 木枯《がら》しに散《ち》り果《は》てぬべき言の葉を松《まつ》の緑《みどり》になによそふらむ

となむ、万《よろづ》、心細《ぼそ》く、あぢきなく、なきことのみ、の給《(たま)》へば、人〳〵あやしく思《をぼ》せ共《(ども)》、いつとなく心を澄《す》まさせ給ふ御事なれば、世《よ》の常《つね》の御事とのみ思《をも》ひ給ひけり。

〔L〕**男君の傷心(5)**

又、少将、御文有《(あり)》。御もて遊《なし》び草《(ぐさ)》の面白きを参らせ給ひて、かくなん、

65 山川の絶《た》えま〳〵に流《なが》れ来《き》て絶《た》えぬ思《をも》ひの末《(すゑ)》いかにせむ

侍従がもとへも、櫛《くし》などつかはすとて、かくなむ、

66 朝寝《ね》髪《がみ》みだれてものを思《をも》ふには玉の小櫛《をぐし》もかひなかりけり

とあれば、「此かたばかりの御事なり。さのみ御心深《ふか》くさぶらはで、懐《なつ》かしき御様《さま》に〔て〕候へかし」と申せば、「誠に、住吉《よし》の尼上《うへ》の、今日《けふ》にても上《のぼ》りなば、立《(たち)》帰《かへ》るべき身ならねば、後《(のち)》の忍《しの》び草にも」とて、かくなむ、

「67 朝寝《あさね》髪《がみ》玉の小櫛《をぐし》にうちとけて梳《けづ》らばさのみなびかざらめやかきも絶《た》えなむ藻《も》塩《しほ》草」など、万《よろづ》、心細くのみ書《か》き給ふ。侍従、御返事に、

68 ゆかりまで袖こそ濡《ぬ》るれ武蔵野《むさしの》の露けきなかに入《い》りそめしより

など書《か》きて、つかはしければ、「いかなれば、心いそがはしき事《こと》を書《(かき)》送り給ふらむ。急《いそ》ぎ行《(ゆき)》て、侍従に聞《(きか)》ん」と思召《(おぼしめし)》けり。

〔26〕**住吉の尼君、上京**

さるほどに、住吉《よし》の尼上《うへ》、上《のぼ》りぬ。「暮《く》れ方《がた》に、忍《しの》びつゝ御車を参らせ候へ」と言《い》ひやりぬ。夫《(それ)》を待《(まつ)》ほどに、見苦《みぐる》しきもの共《(ども)》をぞ認《(したため)》ける。今を限りの事なれば、心の内、かきくれつゝ、中《(まうす)》に限りなかりけり。心のみ《そめ》とゞまりて、唯、泣《な》き給ふより外の事ぞなき。

折節《(をりふし)》も、中納言殿《どの》、渡り給へば、御気色見《み》え給ひ候はじと、もてなし給へ共《(ども)》、「見、見へ《ゝ(え)》奉らむ事も、今を限り」と思《をぼ》すほどに、更に詮方《(せんかた)》なく、忍びもあへず。御額《ひたい》の髪《かみ》より洩出《(もりいづ)》る御泪《(なみだ)》を、中納言、「猶《(なほ)》ゝあやしき御有様哉《(かな)》」と見《み》給ひて、呆《あき》れ給ひけり。

〔M〕〔27〕離京

侍従も、住《すみ》なれし花《はな》の都を捨《すて》て、遥成《はるかなる》、鄙《ひな》の住ゐ《すまひ》に思ひ立《たち》なむ事、心細《ぼそ》くて、かくなん、

69 なつかしき花《はな》の都《みやこ》をふり捨《す》て何急《なにいそ》ぐらむ賤《しづ》が庵《いほり》へ

と、うち詠《なが》めて、着《き》るものども取出《とりいだ》して、傍《かたはら》にうち置《を》きて、待《ま》ち給ふほどに、小夜更《さよふけ》て、御車、回《まは》して参りければ、出《いで》給ふべき御心、たとへん方ぞなかりける。さりとて、思ひとゞまらせ給ふべき身ならねば、御泪《なみだ》を押さへて、出立《いでたち》給ひけり。

比《ころ》は神無月廾日余りの事なれば、有明の月、いと心細く、折知《し》り顔に覚《をぼ》えて、いとゞ哀《あはれ》をぞ催しける。かくて、御泪《なみだ》と共に出《いで》させ給ふとて、

70 憂《う》き度《たび》に入《い》ると思《おも》ひし山《やま》の端《は》にうらやましくも出《い》づる月哉《かな》

と、詠《なが》め給へば、侍従も、又、かくなん、

71 古郷《ふるさと》をしのぶ泪《なみだ》に宿《やど》り来《き》て袖にくもれる有明の月

となん、ながめければ、諸共《もろともに》袖のしがらみ、せきあへずぞ覚《をぼ》えける。夜《よ》の中《うち》に、鳥羽《とば》より御船《ふね》に召《め》されける。

〔N〕〔27〕離京(続)〔29〕住吉の住まい

淀《よど》の渡りを過《すぎ》つゝ、跡《あと》をかへり見《み》れば、「都《みやこ》は、いと遠ざかりけり」とて、涙を押さへて、かくなん、

72 今日《けふ》よりはよそにみやこの古郷《ふるさと》をいとゞ隔《へだ》つる霧《きり》の曙《あけぼの》

侍従、又、かく、

73 憂《う》き里《さと》に跡《あと》はとゞめじ鐘《かね》の音《ね》の今日《けふ》より変《かは》る浦《うら》の波《なみ》かな

と、うち詠《なが》め、夕《ゆふ》日を眺《なが》むれば、「海の中に入《いる》か」とあやまたれける。

をぼろけにも、人の音信《おとづれ》侍るべき便《たより》もなき住家《すみか》にて、心住《すみ》ぬべき所なれば、かくなん、

74 住吉《よし》と名に流《なが》るゝもことわりや世《よ》の憂《う》き時《とき》は住《すみ》よかりけり

此住吉は、夕近《ゆふちか》くなるまゝに、淋《さび》しさまさりて、荒《あら》き風吹《ふ》けば、我《わ》が髪《ゝみ》の上《うへ》に白波のかゝる心ちして、

75 都《みやこ》をばうかれ出《いで》つゝ旅《たび》衣たちくる波《なみ》に沈《しづ》む比《ころ》かな

侍従、また、かくなん、

76 藻《も》塩焼《しほや》くけぶりも霧もろ共《とも》にあくがれ出《い》づる我《わ》が心《こゝろ》哉《かな》

77 松竹《たけ》の変《かは》らぬ色のめでたさをいづれ久《ひさ》しと君《きみ》のみぞ見《み》む

さて、尼君《ぎみ》のもとにを《お》はしたれば、対面《たいめん》申《まうす》。初より終《をは》り迄《まで》、有《あり》のまゝ、かきくどき給へば、「誠に、遥《はるか》なる道にと思《をぼ》しめし尋ね立《たち》ぬる事こそ、とかく申《まうす》ばかりなく候へ。昔《むかし》も今も、誠ならぬ親子の中ほど苦《くる》しきものはなし。されば、かやうの事《こと》、思《をぼ》し立《たち》ぬらむ」とて、かきくれてぞ泣《なき》ける。「さても、かほど迄《まで》、いつく

しき御姿《すがた》にて、此庵《(いほ)》りに住《(すま)》せ参らせんこと、御痛《(いた)》はしき事にて侍り。是を御乳母《めのと》、故母《こはゝ》宮の見捨《(すて)》参らせて、はかなく成《(なり)》給ひけんは、黄泉路《よみぢ》も、易《やす》くはを《(お)》はしまさじ。花《はな》の都をふり捨《す》てゝ、賤《しづ》が庵《(いほ)》りへ辿《たど》らせ給ふらむよ」とて、墨染《ぞ》めの〔袖《そで》〕しぼる計《(ばかり)》なり。

姫君も又、「中納言殿の、「いづくへ行《(ゆき)》ぬらん」と、いか計《(ばかり)》、歎《なげ》きを《(お)》はすらむ」と、思召《(おぼしめし)》続《つゞ》くるにも、せん方なく哀《(あはれ)》にて、かくなん、

78 古郷《ふるさと》を漕《こ》ぎ離《はな》れ行《(ゆく)》うき舟《ふね》は涙《なみだ》にのみや濡《ぬ》れ渡るらむ

と、詠《(なが)》め給へば、尼上《うへ》、哀《(あはれ)》に思《をも》ひて、かくなん、

79 わたつ海《うみ》にまだ下《を》りなれぬ尼《(あま)》なれば潮垂《しほた》れぬべし君をみるめ
に

と、詠《(なが)》めつゝ、袖に流《なが》るゝ涙《なみだ》川、せきとめがたきよし、申《(まうし)》ければ、侍従《じゞう》、かくなむ、

80 なさけなき人の心《こゝろ》や藻刈舟《もかりぶね》うき世《よ》に渡《わた》るたよりと思へば

尼上《うへ》、

81 住吉《よし》のあまとはなりて住《(すみ)》しかどかくまで袖を濡《ぬ》らしやはせし

と、詠《(なが)》め〔ける〕。姫君《ぎみ》、侍従、都のこと、語り暮《く》らし給ひけり。

〔O〕〔28〕翌朝の中納言邸　〔30〕中納言邸の人々

扨《(さて)》も、京には、姫君《ぎみ》、失《う》せ給へる夜《よ》、少将、対《たい》にを《(お)》はして、侍従を尋《(たづね)》給へば、琵琶《びわ》の前《まへ》と申《(まうす)》、若《わか》き女房出《(いで)》て、このよし聞《(きこ)》ゆれば、侍従もなし。引《ひ》き物《もの》の内《うち》を見《み》れば、姫君《ぎみ》もを《(お)》はしまさねば、人ゝを驚《おどろ》かして、騒《さは》ぎ求め参らせけれ共《(ども)》、更に見《み》え給はず。

少将、しきりに、「侍従は」と、の給《(たま)》へ共《(ども)》、「その事《こと》にてさぶらふ。姫君《ぎみ》も、侍従《じゞう》もを《(お)》はしまし候はぬ」由《(よし)》、うち騒《さは》ぎたる由《(よし)》にて聞《(きこ)》ゆれば、「あやしき事哉《(かな)》。いづくへを《(お)》はせんぞ」とて、前栽《せんざい》などを見《み》給へ共《(ども)》、を《(お)》はせず。三の君、中の君、打《(うち)》騒《さは》ぎて、尋ね参《まい》らせ給へり。

さるほどに、夜《よ》更《(ふけ)》ぬれば、「近《ちか》くて聞《き》かむ」とて、上の御方へを《(お)》はしたれば、「姫君《ぎみ》、失《う》せ給ひぬ」とぞ、ひしめきける。少将、「扨《(さて)》も、いづちへを《(お)》はしたるらん、哀《(あはれ)》なり」、三の君《きみ》、「心軽《かろ》くて、立出《(たちいで)》給ふべきにてを《(お)》はせず」「常に引《(ひき)》給ひし御琴も見《み》えず」「夜《よる》の衾《ふすま》もなし」「さればこそ、誠にこそ」とて、せん方《(かた)》なければ、中納言に参り、此由《(よし)》、かくと申《(まうし)》ければ、歎《なげ》き給ふこと限《かぎ》りなし。北の方は、泪《(なみだ)》も落《を》ちね共《(ども)》、泣《な》くよしにて、顔《かほ》うちあかめて居給ひけり。

中納言は、その日は対《たい》にを《(お)》はして、臥《ふ》しまろび、枕もあげ給はず、泣《(なき)》臥《ふ》し給へり。三の君も、爰《(ここ)》かしこを見《み》給へ共《(ども)》、更に行衛《(へ)》なし。御簾《みす》の揚《あ》げ巻を御覧《らん》ずれば、引結《(ひきむすび)》たる文有《(あり)》。開き見《み》れば、姫君の御文也《(なり)》。

82なき名《な》のみ立田《(たつた)》の山《やま》の薄《うす》紅葉散《ち》りなむのちを誰か忍《しの》ばむ

とぞ、あそばしける。奥《おく》に、「よに有難《(ありがた)》き事の、忍びがたさに、立《(たち)》隠《かく》れぬるを、父《ちゝ》の御心を始《(はじめ)》として、かた〴〵の君達、いかにあやしき者《もの》に思《をぼ》しめさんと、つゝましながら、世《よ》に有難《(ありがた)》き心ちして、行方《ゑ》も知らぬ波路《なみぢ》に、何《なに》しか」など書《か》きすさみ給ひて、かくなん、

83我《わ》が身こそ流《なが》れも行《ゆ》かめ水茎《ぐき》の跡《あと》をとゞめてかたみとも見《み》よ《ゆ》

となん、様〻にあそばしてぞ在《(あり)》ける。是を見《み》るに、いとゞ悲《かな》しくぞ覚《(おぼえ)》ける。

泣《な》く〳〵、中納言に、かくと申せば、此御文、御覧《らん》じて、「あやし、何の恨《(うらみ)》なるらむ。ゆゝしき事也共《(なりとも)》、我には知らすべきに、哀《(あはれ)》、親《をや》の思ふほど、子は思はぬ悲《かな》しさよ」とて、御文を顔に押《を》し当《あ》てて、泣《(なき)》給ふこと限りなし。「兵衛の督《かみ》に合《あ》はせ聞《(きこ)》えむとせしを、心づきなき事に思したりけるか」と思《をぼ》せ共《(ども)》、其《(その)》御事は、文にもなし。「もし〳〵、北の方、思《をぼ》したばかり候《(さぶらふ)》にも侍るやらむ」などと、推《を》し量《はか》り思しめしける。

中納言、我《わ》が御方にをはし《(お)》て、出居《でい》に泣《な》き臥《ふ》し給へるを、北の方、憎《にく》しと思ひ給ひて、あやなく、の給《(たま)》ひける様ぞ、浅まし。「さまで、歎《なげ》き思《をぼ》しめしさぶらひ《ふ》そ。男などのもとへぞ、をはし《(お)》たるらむ。いたくな思ひ沈《しづ》み給ひそ」と、の給《(たま)》へば、中納言、宣ふ様は、「本《(ほ)》意《ゐ》なき事、の給《(たま)》ふものかな。且《かつふ》は、夫《(それ)》に失《うしな》はれたるに非《(あらず)》や。心ならず憂《う》き事の有《(あり)》ける、此《心》を歎《なげ》きて、失《う》せ候也《(さぶらふなり)〈けり〉》」と聞及《(ききおよぶ)》」と、の給《(たま)》へば、北の御方《かた》、大《(おほき)》に腹《はら》立《(だち)》給ひて、「さほどに思しめさば、妾《わらは》を直《(ただち)》に、ともかくも計《はか》らひ給へかし。万《(よろづ)》は、侍従に狂《くる》はされて、あらぬふるまひし給ふをも知《し》ろしめされず」と、のゝしり給へば、「あなむつかしや、物のみ心憂《う》き中に、此君《きみ》故にこそ、世《よ》にもあらまほしく覚《をぼ》えつれ」とて、持仏堂に引籠《(ひきこも)》り、行《をこな》ひて居給へ〔るところへ〕中の君《きみ》、三の君、「いざや、中納言殿《どの》の、歎《なげ》き思《をぼ》し入《(いり)》たるに。慰《(なぐさ)》め参《まい》らせん」とて、参り給ひつゝ、「明《(あけ)》ぬる夜の夢に、姫君をこそ見《み》奉り侍りけれ。心細く候《(さぶらひ)》つる海の汀《みぎは》に、姫君と侍従とをはし《(お)》まし給ひて、かく詠《(なが)》めさぶらひつ」とて、

「84白波《(しらなみ)》のゆくゑ《(へ)》も知《し》らずうかれ来《き》て浦山《(うらやま)》しくも立《た》ち返《かへ》るかな

とて、もの哀《(あはれ)》なる御気しきにて見《み》えさせ給ひつる」と、中の君《きみ》、語り申《(まうし)》給へば、三の君も、「不思議《ふしぎ》や、妾《わらは》も、少《(すこし)》もたがはず、さやうにこそ夢に見《み》えさせ給ひつるぞや」とて、共《(とも)》に泣《(なき)》給ひけり。さて、終日《ひめもす》に、御伽《とぎ》してぞをはし《(お)》ける《り》。

さる程に、霜月も近付《(ちかづき)》ぬ。細《ほそ》やかなる女房の、薄衣《うすぎぬ》ほのかに、紅《(くれなゐ)》の袴《はかま》、着《き》たるを見《み》給ひしにも、「侍従の君にてもや有《(ある)》らん」と思《をぼ》しめしつゝ、かくなん、

85いつとなく胸《むね》の思《をも》ひの消《き》えやらで袖の上《うへ》まで燃《も》えいづる哉《かな》

かやうの折ふしも忘れず、我身《わがみ》ながらも浅ましくぞ思《をぼ》しける。

〔P〕〔33〕男君、三位中将となる　（〔32〕姫君の文と位置逆）

正月の司召《つかさめし》に、少将は中将になり給ふ。左大臣は関白殿になり給ひぬ。世《よ》の中、目出度《めでたき》こと限《かぎ》りなし。京中になびかぬ人もなく、万《よろづ》、めでたけれ共《ども》、中将、ものをのみ思《をぼ》しめせば、よその人まで、あやしくぞ思ひける。

住吉《よし》には、此《この》よし聞《きき》給ひて、侍従の君、心ひとつに、中将の御事をのみぞ、思《をも》ひ出《いで》参らせ、哀《あはれ》にぞ在《あり》ける。

〔Q〕南殿の桜の宴

かくて、二月十日余りにもなりぬ。南殿《なでん》の桜《さくら》、いみじく咲《さ》き乱《みだ》れて、盛《さか》り成《なる》を見《み》て、

〔86雲の上にあらましものを山桜
　　かすみを籠《こ》めて見えずぞなるらん〕

（校訂者注、底本二行空白）

と、さま〴〵に口ずさみ給ひて、明《あ》くる日も漸《やうやう》に暮《く》らし給ひけり。さるほどに、蔵人の宰相などをは《お》するに、物語《もの》りのついでに、「誠や、中納言の娘《むすめ》とかや、失《う》せぬらむ」と、問《とは》せ給へば、「さやうに承《をよ》り及びてこそ」と申《まうし》給ふ。「さて、その者《もの》は見たりしや」とあれば、「我《われ》〳〵は、親《した》しく候《さぶらふ》故に、左衛門《さへもん》の督《かみ》の袴着《はかま(ぎ)》の時《とき》、呼《よ》ばれ候《さぶらひ》しに、ともにまかり見《み》て候《さぶらふ》」と申《まうし》給へば、「いづれも、三人ながら、めやすく候《さぶらふ》」と申《まうし》給へば、「それこそ、犬《いぬ》の星《ほし》まぼる風情《ふぜひ》」と笑はせ給ふ。その後《のち》は、帝《みかど》も恋《こ》ひわびさせ給へ共《ども》、「都《みやこ》の中《うち》に有《あり》」と申《まうす》人なければ、行衛《へ》なき恋路に迷《まよ》はせ給ふ。御心尽しなる体《てい》なり。

〔R〕〔32〕姫君の文　（〔31〕冬の住吉欠。一部は〔N〕に入る）

かくて、三月にも成《なり》ぬ。住吉《よし》には、徒然《つれづれ》の余りに、立出《たちいで》給ひて、をかしき入江の有《あり》さま見《み》給ふにつけても、万《よろづ》、哀《あはれ》にて、かくなん、

87世《よ》の中《なか》に憂《う》き身ひとつを住《す》みかねて知らぬ浜辺《はまべ》に年《とし》を経にけり

侍従、又、

88思《をも》ひきや賤《しづ》が伏屋《ふせや》に旅寝《ね》して都《みやこ》をよそに恋《こ》ひむものとは

と、の給《たま》ひて、持仏堂《だう》に、本尊《ほんぞん》に向《む》かひて、みづからが事を申《まうし》給ふぞと覚《おぼ》えて、うち驚《をど》ろきて、「さこそ、思《をぼ》し歎《なげ》くらめ。罪《つみ》深きに、此世《よ》に生《い》きてありとだに知らせ参《まい》らせばや」と、の給《たま》へば、侍従も、「誠に、嬉《うれ》しく。思召《おぼしめさ》れけんに、をは《お》し所は、よく知《し》らせ参《まい》らせず共《とも》、ほのかに聞《きこ》しめしては、少《すこ》し思《をも》ひ慰《なぐ》さめて」など

申せば、「さあらば、やがて御文参《まい》らせむ」とて、尼君《ぎみ》のもとに有《(あり)》ける童《わらは》の、京の事知りたるを語らひて、「此《(この)》御文、しか〴〵の所へ持《も》ちて参りて、人に渡して後は、「いづちよりぞ」と問《と》ふ共《(とも)》、ものも言《い》はで帰るべし。あなかしこ、これよりと言《い》ふべからず」とて、やり給ふ。

京へ上《のぼ》りて、教《をし》へ給へる御所へ参り、主殿《しゆでん》の西面《をもて》の妻戸にさし寄《よ》りて、「物申さん」とて、「御文さぶらふ」とて、出《(いだ)》しければ、立出《(たちいで)》て、御文取《(とり)》給ふ。「いづちよりぞ」と問《と》へ共《(ども)》、ものも申さず。「不思議《ふしぎ》の者《もの》哉」とは思へ共《(ども)》、御文をば内《うち》へ取《と》り入《い》れけり。開きて見給へば、疑《うたが》ひなき姫君《ぎみ》の御手也《(なり)》。あさましさに、よく〳〵見《み》給へば、御言葉《ことば》には、かくぞ遊ばしける。

世《よ》の中の心憂《う》さに、立隠《(たち)かく》れ候《(さぶらひ)》しを、「いかばかり思《をぼ》し歎《なげ》くらん」と思《をも》ひやり参《まい》らせてさぶらふ。罪の深《ふか》きに、命計《(ばかり)》は、いまだ消果《(きえ)は》てず。

と申《(まうし)》給ひて、奥《をく》に、又、かくなん、

89 朝顔《あさがほ》の　花のうへなる　露《つゆ》よりも　はかなき物は　かげらふ《(ろ)》の　有《(ある)》かなきかの　心ちして　世《よ》を秋風《かぜ》に　うちなびき　群《む》れ居《ゐ》る田鶴《たづ》の　別《わか》れきて　只ひとりのみ　有磯海《(あり)そうみ》の　かひなき浦に　塩垂《しほた》るゝ　海士《あま》の衣は　我《わ》がごとく　乾《ほ》しぞ煩《わづら》ふ 日を経つゝ 思ひます田の ねぬなはの くる人もなき あし引《(びき)》の　山下水《した》の　浅《あさ》ましく　流《なが》れ出《(いで)》にし　故郷《ふるさと》へ　帰《かへ》らむことも　思《をも》ほえず　いかに契《(ちぎ)》りし　いにしへの　宿縁《(しゆくえん)》なれば　たらちをの　中を離《はな》れて　鶴《つる》の子の　雲居《くもゐ》遥《はる》かに　立《た》ち別《わか》れ　行衛《(へ)》も知らず　白波《(しら)なみ》の　よるの衣を　返しつゝ　寝《ぬ》る夜《よ》の夢の　夢《ゆめ》ならで　恋しき人を　みちのくの　あぶくま川の　渡《わた》るべき　我《わ》が身ならねば　蜘蛛《さゝがに》の　くも手《で》に物を　思《をも》ふかな　問《と》ふ人もなき　山里《ざと》の　鳥の声だに　音《をと》もせぬ　とをちの山の　谷深《たにふか》み　朽《く》ち果《は》てぬ共《(とも)》　年を経《へ》て　人に知《し》られぬ　埋《む》れ木の　なり果《は》てぬべき　我《わ》が身なりけり

90 忘らるゝ時《とき》もなぎさの浜千鳥《ちどり》波の立居《(たち)ゐ》に音《ね》をのみぞなく

又、侍従が御文にも、かくなむ、

91 君《きみ》が住《(すむ)》あたりの草《くさ》の露置《を》かば我《(わが)》思ひやる泪《(なみだ)》とも知《し》れとなむ書添《(かき)そ》へたる、哀《(あはれ)》に覚《をぼ》えけり。

姫君《ぎみ》、「是は三の君の御方へ」とぞ、上書《(うは)がき》に有《(ある)》を見《み》給ひて、いとけなくては、母《はゝ》宮に後《をく》れ参らせ、又、生《い》き給ひたる父《ちゝ》にも離《はな》れ参らせぬ。むつまじかりし弟兄《をとゝひ》、君たちにさへ離《はな》れ参《まい》らせて、名残惜《を》しかれど、恋しき花《はな》の都をふり捨《す》てゝ、行衛《(へ)》も知らぬ浜路《ぢ》の旅寝《ね》、あぢきなくて、世中《(よのなか)》に浮身《(うき)》をひとつ住《(すみ)》わびて、山雀《(やま)がら》の身《み》のほど隠《うちかへ》す籠《と》の中《うち》、羨《うらやま》しく、頼めたりし乳母《めのと》にさへ離《はな》れ、かた〴〵立《た》ち寄《よ》りぬべき方もなし。万《(よろづ)》、

あぢきなふ《(う)》こそ候へ。此《(この)》よし、父《ちゝ》中納《な》言殿《ごんどの》へも聞《(きこ)》えさせ給ひ
候へ。

と書《か》き給へるを、二人《ふたり》の人、此《(この)》文を顔にあてて泣《な》き給ふこと、限《かぎ》りなし。

中納言殿《どの》に見《み》せ参らせ給ひければ、御声を立《た》てて啼《(なき)》給ふ。「使《つか》ひを失《うしな》ひつる心憂《こゝろう》さよ」とて、尋《(たづ)》ね給へ共《(ども)》、なければ、言《い》ふにかひぞなかりける。日比《(ひごろ)》の思ひにも、今一しほまさりてぞ歎《なげ》き思《をぼ》しける。され共《(ども)》、その時《とき》よりは、「いまだ此世《(この)よ》に渡らせ給ふよ」とて、逢見《(あひ)み》ん迄《(まで)》の御祈り、さま〴〵にぞ在《(あり)》ける。

〔S〕中納言の夢

今《いま》、かく憂《う》き思《をも》ひをする事、御子《こ》の科《とが》とは思《おも》ひ給はず、「北の御方のしわざ」と思し召せ共《(ども)》、それも顕《(あらは)》れたる事なければ、力《ちから》なく、心ひとつにぞ過《(すぐ)》し給ひける。「たゞ、願《ねが》はくは、姫君の本《(もと)》の姿《すがた》を、今一度《(ひとたび)》、見《み》せ給へ」と、神仏《(ほとけ)》にぞ祈り給ひける。

ある夜《よ》、思《をも》ひかねの御夢に、姫君、もの思ひたる御有様《(ありさま)》にて、山近《ちか》き海の汀《みぎは》に、うちそばみて、かやう〔に〕詠《(なが)》めさせ給へり。

92世の中《なか》のむつかしければしばしとて忍ぶの山の奥にこそ住《す》め

と、詠《(なが)》め給ふと覚《をぼ》えて、打驚《(うち)をどろ》きて、思《をぼ》すやうは、「いかなれば、かく見《み》え給ふらむ」。中の君《きみ》の夢にも、かやうに見《み》え給へば、中納言殿《どの》、「海近《うみちか》く候《(さぶらふ)》里を尋《(たづね)》て見《み》ばや」と思《おぼ》せ共《(ども)》、「海《うみ》の近き里《さと》は多《をゝ》し。人の家にこそを《(お)》はすらめ。海の汀《みぎは》に、上《うは》の空には居《ゐ》給ふまじ」と、かた〴〵、疑《うたが》ひ給ひけり。

〔T〕夢想と託宣

住吉《よし》には、月日重《かさ》なれば、いとゞつらさもまさり、嵐吹《ふ》けば、「いかなる汀《みぎは》に住《す》むやらん」と、思《をぼ》し歎《なげ》く事、限《かぎ》りなし。扨《(さて)》、少《すこ》しも怠《をこた》らず仏に祈り給ひ、そのまゝ夜《よ》も更《(ふけ)》ぬれば、打《(うち)》まどろみ給ふ。

暁の御夢に、母宮、見《み》え給ひければ、四十《(よそぢ)》ばかりなる女房、大明神の御前《まへ》の広縁《えん》に居給ひて、

「我《われ》は中務《(なかつかさ)》の宮の御娘《むすめ》也《(なり)》。中納言の北の方は、たゞ人にてを《(お)》はすれば、いかでか果報《くわほう》、等《ひと》しからむと思《をも》ひしか共《(ども)》、いかなる報《むく》ひにかや、蠱《まじ》く呪《のろ》ひ失《うしな》はれつゝ、はかなく成《(なり)》ぬ。夫《(それ)》も、中納言ほどの人に落《お》ちたる故にや。果報尽《つ》き果《は》てて、父《ちと》母の仰《(おほせ)》を背《そむ》きし故共《(とも)》思《をも》ふなり。是を本意《ほい》なう思《(おもひ)》しに、又、姫君《ぎみ》、宮《(みや)》こを言《い》ひ出《(いだ)》しぬること、返〳〵《(かへすがへす)》も恨めしき事と思《をも》へば、目《ま》の当《(あた)》り、仇《かたき》とり見《み》せ参らせんと〔よ〕。子共《(ども)》の末迄《(まで)》も、世にはあらすまじ。〔国王の御末は、さりとも、絶えじものを」と。〕「いたくな思《をぼ》し歎《なげ》きそ、秋の末には、我《わ》が道しるべ

にて、世《よ》にあらせ参《まい》らせん」と。思《をも》ふ事《こと》、近《ちか》づきぬ。中納言殿にも、腹黒《はらくろ》く、そらごとども明《あか》し〔聞こふ《(ゆ)》べし〕。此世《よ》に有《(あり)》し時も、人のため悪《あ》しからねば、罪も深《ふか》く候はず。思《をも》ふ様《(さま)》にて、侘しき事なき故に、姫君《ぎみ》に夜昼《よるひる》、立添《(たち)そ》ひて、守《まも》るなり。さり共《(とも)》、中務の宮もろともに、引立《(ひき)た》ちて、我《わ》が仇《かたき》、とらざらんや」

と、返〳〵《(かへすがへす)》の給《(たま)》ふぞと思《(おもひ)》て、驚き給ひて、胸《むね》うち騒《さは》ぎて居給へる所に、うつゝにも、又、十ばかりなる幼ひ者《をさあ(い)もの》、俄《(にはか)》に、ものに狂《くる》ひければ、その時、侍従と尼君《ぎみ》、「こはいかに」と、驚き騒《さわ》ぎければ、此童《わらは》、申《(まうす)》やう、

93 あしかれと思はぬ山の峯《みね》にだに生《お》ふなる物を人の歎《(なげき)》は

と、幼《をさあ》ひ声にて歌《うた》ひ詠《(なが)》めて、

「宮上《こ》には、まさしく、召《め》し物《もの》につけて、毒《どく》を参《まい》らせたりしかば、十日といひしには、終《(つひ)》にはかなくなりし、口惜《を》しさよ。姫君をも、かやうにせんと、度〳〵《(たびたび)》たばかりしか共《(ども)》、かたじけなくも立《た》ち添《そ》ひて、その企《くはだ》てをば水になし、異様《ことざま》に違《ちが》ひ給ひしなり。それは、三寸の観音《くはんをん》の御守《まも》り仏《ほとけ》にし奉りしを君《きみ》に譲《ゆづ》り参らせし故なり。君の育《そだ》ちよく生《う》まれ給へること、胎内に宿《やど》り給ひし時より、持仏堂の観音に仕《つか(う)》ふまつりし故なり。此《(この)》観音をば伝へ奉りて、三度《たび》に成《(なり)》給ふなり。君《きみ》の代《よ》まで、四代《だい》になりぬ」と。「託宣《たくせん》すれば〔皆〕有事也《(あり)ごと(なり)》。一《ひと》つもたがはず、〔げにも〕此《(この)》宮の参らせ給ひし御守、不退《ふたっ》にを《(お)》はします。継母《まゝはゝ》の恥《はぢ》を広《ひろ》めんが為に、物《もの》に憑《つ》きにけり」

とて、やがて、止《や》みぬ。

されば、姫君、侍従、「立《(たち)》別れけんも、我《われ》らが命、生《い》きて有《(ある)》べきにこそ」とて、悦《(よろこ)》び給ひけり。

〔U〕ふたたび予言

かく〔て〕、尼君《ぎみ》を御伽《(とぎ)》にて遊び給ひし折節《(をりふし)》、秋の半《(なかば)》にもなりぬれば、十五夜の月も、いといみじく、さやけく、海の面《をもて》は静《(しづか)》に、波に映《うつ》れば、月を見《み》給ひて、「我《わ》が身のごとく揺《ゆ》られけり」と思ひて、人知《し》れず、何事《ごと》にたぐへても、すゞろに御目もあはず。夜《よ》もすがら琴《(こと)》を引《(ひき)》給ひて、

94 よそながらまつにかひ有《(ある)》今宵《こよひ》哉《(かな)》名《な》にお《あ》ふ秋の住《(すみ)》の江《(え)》の月

と、詠《(なが)》めゐ給へるに、玉の冠着《かぶりき》給へる人の、「今宵《こよひ》の琴《きん》の面白《(おもしろ)》かりつる悦《(よろこ)》びに、秋の末には、都《みやこ》へ返し入《い》れ参《まい》らせむ〔ずる〕ぞ」と、の給《(たま)》ふと思《をも》へば、煙《けむり》のごとくして見《み》え給はず。始《(はじめ)》は変化《(へんぐゑ)》のものかと覚《をぼ》えて、騒《さは》ぐ心有《(あり)》しが、さはなくして、気高《(け)だか》き御声、空にして、

かくなん、

95 玉姫のすける心や清からむ雲《くも》の上《うへ》まで行《(ゆく)》と思へば

と聞《き》こへ《(え)》ける。

さて、侍従が夢にも見《み》えけるは、「角髪《び(ん)ずら》結《ゆ》ひたる童子の、船《ふね》に乗《の》りて、御姫君《ぎみ》の母《はゝ》宮も同じく召《め》して、「姫君《ぎみ》、とく〳〵都へ帰《かへ》らせ給へ、姫君《ぎみ》、急《いそ》ぎ給へ」とて、「我《わ》が身は上《のぼ》りなむ」とて帰《かへ》らせ給《(たまひ)》て、後《(のち)》は、姫君《ぎみ》、侍従、もろ共《(とも)》に、院《いん》の御座船《ぶね》に乗《(のり)》て遊ぶと、この暁、見《み》たりつる」と語り、「昔《むかし》〔語り〕にも、御名あげさせ給ふべき例《(ためし)》」などと申《ゝ(まうし)》て、慰《なぐさ》め参《まい》らせて、明《あ》かし暮《く》らすほどに、九月にも成《(なり)》ぬ。

〔34〕初瀬の霊夢

さるほどに、中将殿《どの》、思ひかねて、初瀬の観音に七日籠り給ひて、終日《ひめもす》に祈念し、一筋《ひとすじ》に、「此度《(このたび)》、をはし《(お)》所、知らせて給《(た)》び候へ」と申《(まうし)》つゝ、命を限《かぎ》りとぞ祈り給ひける《り》。

「忝《(かたじけなく)》も、観音は、三十三身に御身を変《へん》じ給へり。願《(ねがはく)》は、此君に会《あ》はせ給へ。此思《おも》ひ叶《(かな)》はぬものならば、命を取《と》りて給はり候へ」と祈り、三千三百三拾度《ど》の礼拝、身をも惜《を》しまずして祈《いの》り参らせ給ふほどに、身も疲《つか》れ、既《すで》に心も身にそはず《ま》、少《(すこし)》、まどろみ給ひけり。

暁の御夢に、美《うつく》しき女房の、打《(うち)》そばみて居《ゐ》給へるを、引《(ひき)》向《む》けて見《み》れば、我《わ》が恋《(こひ)》かなしむ人なり。嬉しさ、せんかたなし。「などて、かく、いみじき目を見《み》せ給ひつるぞ。いか計《(ばかり)》、歎《なげ》くと思しける」と言《い》ひて、語《かた》らひ給ひければ、姫君《ぎみ》、うち歎き、の給《(たま)》ひけるは、「かく迄《(まで)》、思《を》ひ寄《よ》らざりつるを、御志の有《(あり)》がたく見《み》ゆるまゝ、かく参りつるなり。今は、帰りなむ」と、の給《(たま)》へば、御袖を控《ひか》へつゝ、落《(おつ)》る泪《(なみだ)》を押《ゝ》さへ、「さても、をはし《(お)》所を、いづくと知《し》らさせ給へ」と問《(とひ)》給へば、姫君《ぎみ》、かくなん、

96 わたつ海《み》のそことも知《し》らず侘《(わび)》ぬれば住《(すみ)》の江《(え)》とこそあまは言《い》ふ
　めれ

とて、立《(たち)》給ふを、又、引《(ひき)》とゞめて、着《き》給へる衣《きぬ》の袖を、我《わ》が上《うへ》に、うち着《き》ると覚えて、打驚《(うちおどろき)》て、呆《あき》れつゝ、「夢と思はば覚《ゝさ》めざらまし物を」と、悲《かな》しきこと限りなし。

「扨《(さて)》は、仏の御助《たす》けにてこそあるらめ、これほど定《(さだ)》かに教《をし》へ給ふに」とて、〔「住吉をこそ、尋ね見め」と思ひて、夜も明けぬれば、下向し給ふ。〕山城の泉川より、御馬に召《め》し、御供《とも》の人〳〵《(ひとびと)》をば返し給ひて、候《さぶら》ふ童《わらは》一人ばかりを具《ぐ》し給ひて、「我《われ》は、住吉《よし》、天王寺へ、精進《しやうじん》のついでに参り給ふ」由《(よし)》、京へは言《い》ひのぼせ給ひけり。

かくて、竜田山《たつたやま》を越《こ》へ《(え)》給ふに、鹿の声〳〵《(こゑごゑ)》に鳴《な》き、〔猿《ましら》の〕叫《さけ》ぶ声、耳に触《ふ》るゝものごとに、「身の類《たぐひ》か《哉》」など、いとゞ涙《なみだ》とゞまらずして、かくなむ、

97 都出《(いで)》て秋も立田《(たつた)》の山を《(お)》ろし鳴《な》きても惜《を》しめさを鹿の声
と詠《(なが)》め給ひけり。

〔35〕姫君の夢

住吉《よし》には、姫君、侍従に語り給ふ、「この暁、中将殿こそ夢に見《み》え給ひけれ《り》。いみじく心細《ぼそ》げなり。山中に、たゞ独《(ひとり)》、木の根《ね》を枕にして臥《ふ》し給ふ所へ、我《われ》行《(ゆき)》つれば、見《み》つけて、さも嬉しげにて、かくこそ、
98 尋《(たづね)》かね知《し》らぬ山路に迷《まよ》ふ哉《(かな)》君《きみ》が住《(すみ)》かをそこと知《し》らせよ
と有《(あり)》つる」と語り給へば、侍従、哀と思《をも》ひ、「正《又》夢にこそ。いみじう心深《ふか》く思《をぼ》したり」共《とも》、「いか計《(ばかり)》、歎《なげ》き給ふらむ」とぞ申《(まうし)》ける。

〔36〕男君、住吉へ下る

扨《(さて)》、中将殿《どの》、心細くも、いづくをしるべ共《(とも)》なく、たど《よ》り給ふほどに、其《(その)》日も暮《(くれ)》ぬ。中将、入相《(いりあひ)》の、かねて思《おも》ひしよりも憂《う》き旅《たび》ぞかし。いづくに草の枕をも定むべし共《(とも)》、覚《をぼ》えず。夕《(ゆふ)》露《つけ》も、泪《(なみだ)》も共《とも》に争《あらそ》ひて、旅の衣手、袖朽《く》ちぬ。たゞ、夢の心ちしてぞ呆《あき》れ給ひける《り》。御付《(つき)》の侍《さぶらひ》、野《の》中なる亭《でう》を宿《やどゝ》としけり。

折ふし、九月十三夜なりければ、月の光り、いつよりもさやかに、心も澄《す》みのぼる折ふし、雲居《くもゐ》遥《はるか》に、雁がね音《をと》づれければ、中将、かくなむ、
99 旅の空宿《やど》雁《(かり)》がねの声すなり雲《くも》の上《うへ》にも人や恋しき
と、口《くち》ずさみ給《(たまひ)》候へ共《(ども)》、語《かた》り合《あ》はする人もなし。古き《深》仏の御前《まへ》に居給へり。御供《とも》の人、かくなむ、
100 いざやさは同《をな》じ雲居《ゐ》の月なれど猶《(なほ)》も都は住《(すみ)》まさるらん
となむ詠《(なが)》めつゝ、夜もすがら、月をぞ詠《(なが)》め明《(あか)》しける《り》。

明《(あけ)》ぬれば、立出《(たちいで)》給ひけり。かくて、「習《(ならひ)》給はぬ藁沓《わらぐつ》なれば、さこそは御足も」と、いたはりけり。よその見《み》る目も、いたはしうこそ覚《をぼ》えけれ。憂《う》かりける恋の心をしるべにて、辿《たど》る〳〵、住吉にこそ付《(つき)》給ひけれ。然《(しか)》れ共《(ども)》、いづくを分《(わき)》て尋《(たづぬ)》べしとも思ひ分《(わき)》給へる方《(かた)》もなければ、かくぞ、
101 暁の夢を頼《たの》みて来《き》しか共《(ども)》住《(すみ)》の江《え》とだにいふ人もなし
と、うち詠《(なが)》めて立《(たち)》給ふ所に、十ばかりの童《わらは》の、松の落葉を掻《か》きて有《(あり)》しに、「こは、いづこぞ」と、問《と》ひ給へば、「住《(すみ)》吉《よし》の浜」とぞ申《(まうし)》ける。嬉《うれ》しくて、「さて、此当《(このあた)》りに、さあるべき人や住《す》む」と問《(とひ)》給へば、「神主殿、ひとりこそを《(お)》はし候へ」と、さかしくぞ申《(まうし)》ける。「夫《(それ)》ならず、人やを《(お)》はす〔る〕」と問《(とひ)》給へば、しばし、うち案じて、「住《(すみ)》の江《え》と申《(まうす)》所にこそ、京より下《(くだ)》り給ふとて、尼君《ぎみ》など申《(まうし)》て住《(すみ)》給ひ候へ」と申せば、胸《むね》うち騒《さは》ぎて、「哀《(あはれ)》、姫君などこそ、〔御様《さま》などをも変へてや〕を《(お)》はすらん」と〔ぞ〕思《をぼ》しける。「さ

あらば、そこを、くはしく教《をし》へよ《ん》」と、の給《(たま)》へば、「是より南に、川のやうにて、江《え》のさし入《(いり)》て有《(ある)》に、造《つく》り懸《か》けて候《(さぶらふ)》家の、あやしき、三《みつ》有《(あり)》、それにて尋《(たづね)》させ給へ」と言《い》ひければ、嬉《うれ》しく思《(おぼ)》えて、うつくしき物など賜《た》びてけり。

〔37〕琴の音に導かれて

扨《(さて)》、申《(まうし)》つる様《(やう)》に、尋ね行《(ゆき)》給へば、家有《(あり)》。され共《(ども)》、人も静《しづ》まりて、音《をと》もせざりけり。かくて、日も暮《く》れ、夜《よる》にもなりぬれば、籬《まがき》の辺《(あた)》りにたゝずみて、かくなん、

102 人ならば問《と》ふべきものを住吉《よし》の岸《きし》の姫松《まつ》いく世《よ》経ぬらむ

と詠《(ながめ)》て、たゝずみ給へば、琴の音《ね》、ほのかに聞《き》こゆ。「さればこそ」と、胸《むね》うち騒《さは》ぎて聞《(きき)》給へば、尋《(たづぬ)》る人の琴《こと》の音《ね》なり。疑《うたが》ふ所なければ、嬉《うれ》しくて、心を澄《す》まして聞《(きき)》給へば、琴《こと》を引《(ひき)》やみて、姫君《ぎみ》の御声と思《をぼ》しくて、「折しも哀《(あはれ)》なる浜風《〈松イ〉かぜ》哉《(かな)》」とて、

103 尋《たづ》ぬべき人もなぎさの住《(すみ)》の江《(え)》に誰《(たれ)》まつ風《かぜ》の絶《た》えず吹《(ふく)》らむ

とぞ、口すさび給ひける。これを聞《(きき)》給ひ《へ》て、中将の心の中《うち》、たとへむ方もましまさず。「誠に、泊瀬《(はつせ)》の観音の、あらたなる御利生なり」と、いよ〳〵有難《(ありがたく)》、尊《たつと》く思ふにも、先立《(さきだつ)》ものは泪《(なみだ)》なり。

扨《(さて)》、立《(たち)》寄《よ》りて、中将、かくなん、

104 白波《なみ》の行衛《(へ)》も知《し》らぬ君ゆえ《(ゑ)》に尋《たづ》ねてぞ来《く》る住吉の松

とて、うち叩《たゝ》き給へば、侍従、中将殿《どの》とも知らず、「誰成《(なる)》らん」とて、透垣《すいがき》の隙《(ひま)》より見《み》れば、中将殿也《どの(なり)》。簀子《すのこ》に寄《よ》りて立《(たち)》給へり。

侍従、あさましく思ひて、姫君に、かくと申せば、さこそは哀と思《おぼ》しけれども、「よそ目《め》もいかゞ」とや思《をぼ》しけむ、「「これには、なし」と答へ給へ」と、の給《(たま)》へば、侍従、出《(いで)》て、「あな、御珍らしや、いかに」と語らひて、まづ、かきくれて啼《(なき)》けり。「扨《(さて)》も、姫君《ぎみ》、いづくへかを《(お)》はしけん。尋《(たづね)》かね参らせて、侍従計《(ばかり)》、是にさぶらふ。君を見参《みまい》らせて、いとゞ昔《むかし》の心ちして、今更《(いまさら)》、泪《(なみだ)》もとゞまらず候《(さぶらふ)》」と申せば、中将、「恨めしく、侍従の君共《(とも)》、覚《をぼ》えぬ事、の給《(たま)》ふもの哉《(かな)》。〔姫《ひめ》君の御声まで、定《さだ》かに聞き参らせて候ふものを、隠し給ふ恨めしさよ」とて、かきくれ、涙に咽《むせ》ばせ給へば、侍従も、あはれとや思ひけん、尼君に、かく」と、の給へば、「いたはしや。深き御心ざしに候《(さぶらふ)》。先《(まづ)》、これへ入《い》らせ給へ」と、座敷《ざしき》しつらひ、請《しやう》じければ、中将、侍従に逢《(あひ)》て、悲《かな》しさ、泪《(なみだ)》と共に語り給ひける。たがひに、尽《(つき)》ぬものは、涙成《なみだ(なり)》けり。

〔38〕男君、姫君と再会

角《(かく)》て、言《い》ひ寄《よ》り給へ共《(ども)》、間《あひ》の障子《しやうじ》をも明《(あけ)》給はず、かく、

105 文杉《あやすぎ》の戸《と》ざしはなどやあやにくに心強《づよ》くも作《つく》りそめけむ

と詠《(なが)》め給へば、姫君《ぎみ》、かくなむ、

106 文杉《あやすぎ》の戸《と》ざしのいかに固《かた》からばもとの恋路《(こひ)ち》にかへれとぞ思ふ

更《(さら)》に許《ゆる》し給はねば、「いとゞ、心の憂《う》き事哉《(かな)》」と、障子《しやうじ》の細くあきたる隙《ひま》より、御袖を控《ひか》へて、その夜を明《(あか)》し給ふ。

かくて、しのゝめも明果《(あけ)は》てぬれば、中将、侍従に、の給《(たま)》ふ様は、「かほど迄《(まで)》、心強く。命を捨《す》てぬばかりに尋ね参りたるかひもなく、御心強き御事は。思《をも》ひまさりて、いとゞ憂《う》き身とこそなりなん。暇《いとま》申《(まうし)》て、出《(いで)》候はん」と、の給《(たま)》へば、侍従、申《(まうし)》けるは、「万《(よろづ)》、人目《ひと》を包《つゝ》ませ給ふ故にこそまし〳〵候へ。先《(まづ)》、今日《けふ》はとゞまり給へ」と、御袖を控《ひか》へて申《(まうし)》ければ、中将、かくなん、

107 言《い》ひ初《(そめ)》しことも悔しき紫の色なき人を思はずも哉《(がな)》

と、うち詠《(ながめ)》て、立出《(たちいで)》給へば、「今日《けふ》ばかり、御足をも休《(やすめ)》給へ」と、尼君も侍従も諸共《(もろとも)》にとゞめ参らせければ、とゞまり給ひぬ。姫君は、恋路《ち》に、うちも寝《ね》給はねば、くたびれさせ給ひて、我《(わが)》御方に、うち伏《(ふし)》給ひぬ。中将、「かくてやみなんも口惜《を》し。安《やす》からず」と思《をも》ひ、「人の御心強きも、さのみこそ候へ」とて、かきくどき恨《うら》み給へば、姫君も、御心なびかぬにてはあらねども、「世のつゝましければ」とてぞ有《(あり)》ける。などかは、なびき給はざらむ。互《(たがひ)》に、只《(ただ)》、夢の心ちして、語らひ給ひけり。来《こ》しかたより、行末《(ゆくすゑ)》の御むつごとは、語《かた》り給へ共《(ども)》、尽《(つき)》せめや。めでたき御契《(ちぎり)》なり。侍従も尼君《ぎみ》も、いと嬉《うれ》しうこそ思《(おもひ)》給ひけれ。

〔39〕京よりの迎え参集

かくて、関白殿の北の方、中将の初瀬《はせ》より住吉に詣《まふ》で給へるよし聞《(きき)》給ひて、御供の者《もの》共《(ども)》、皆、御勘当《かむだう》有《(あり)》ける。みづからはを《(お)》はしまさずして、関白殿の甥《をい》の君《きみ》、〔左〕衛門督の御子、蔵人の少将、また、北の政《まん》所より、さるべき人十人、住吉《よし》へ尋ねを《(お)》はしける。

三日と〔いふ〕あした、を《(お)》はする所に尋《たづ》ね逢《(あひ)》給《たま》ふ。頓《(やが)》て、対面し給ふ。「いかでか、かく、いやしき伏屋《ふせや》には住《(すみ)》給ふぞ」と問《(とひ)》給へば、「されば、思《をも》ひかけぬ人に行《(ゆき)》逢《(う)》ふて」と、の給《(たま)》へば、「さればこそ、様《やう》有《(ある)》御修行にこそ」とて、皆〳〵笑ひ給ふ。「とく〳〵、上《のぼ》り給へ。いみじく覚束《をぼつか》ながらせ給ふ」と申《(まうし)》給ひければ、「夜も既《すで》に明《(あけ)》なむとすれば、今日《けふ》計《(ばかり)》は、住の江《え》をも、よく見《み》て」とて、皆〳〵、伴《(ともな)》ひつゝ、詠《(なが)》め暮《く》らしつゝ、その日も暮《(くれ)》ぬ。

〔40〕姫君、男君と上京

明《(あけ)》ければ、みな〳〵上《のぼ》り給ふ。御迎《むか》ひの船ども、さまを尽《つく》して飾《かざ》りつゝ、御座舟より末〳〵の船《ふね》まで、或《(ある)》は竜田《(たつた)》、初瀬のもみぢ葉を手折《(をり)》、籬《(まがき)》の菊をかざし、常盤《ときは》の松、言《こと》の葉《は》も及ばず、七夕《(たなばた)》の妻迎《つまむか》へ舟も、角《(かく)》やと、いつくしくて飾《かざ》りたり。

扨《(さて)》、御船に召《め》しつゝ、漕《こ》ぎ出《(いで)》給ふ。浪間《ま》遥《(はるか)》に過《(すぎ)》給ふを見《み》て、

尼君、かくなむ、

108 紅葉《(もみぢば)》ゝのこがれてのみや思ふべき島隠《しまがく》れ行《(ゆく)》ふねを見《み》るにも

と、ほのかに詠《(なが)》め給へば、姫君《ぎみ》も同《をな》じ御心にて、「尼上《あまうへ》も、いかばかり名残《(なごり)を》惜しく思《をぼ》すらむ。我《わ》が身も誠に恋し」などと思《をぼ》して、かくなむ、

109 はかなくも我《わ》が住《(すみ)》なれし住《すみ》の江の松の梢《こずへ》の隠《かく》れ行《(ゆく)》かな

と宣へば、侍従、かくなむ、

110 住吉の松の梢もいかならむ遠ざかるにも袖ぞ濡《ぬ》れ行《(ゆく)》

かく言《い》ひて、川尻《じり》に着《つ》きて、さし上《のぼ》り給へば、程《ほど》なく、淀《よど》にも付《(つき)》給ひぬ。なを《(ほ)》〳〵御迎《むか》へ共《(ども)》、参りければ、ゆゝしく、めで度《(たき)》御有様にて、御所にも早く付《(つき)》給ひぬ。頓《(やが)》て、対《たい》をしつらひて住《す》ませ給ふ。

〔V〕〔41〕人々の反応（一部）〔43〕男君、右大将に、中納言は大納言に昇る（一部）

中将、関白殿へ参り給へば、北の政所《(まんどころ)》もろ共《(とも)》に。中将、かしこ〔ま〕つて申《(まうし)》給ふは、「別《べち》の子細《(しさい)》に候はず。住吉詣《よしまふ》での志にて候ひし」。されば、姫君《ぎみ》の御事、世の聞《き》こへ《(え)》も、「たゞ、片田舎《(かたゐなか)》の人《ひと》にて」とぞ聞《(きこ)》えし。

中将の北の御方、誰共《(とも)》知《し》り給はず、「哀《(あはれ)》、男《をとこ》の心ほど恨《うら》めしきものはなし」とて、明《(あけ)》暮《く》れ恨み泣《な》き給へり。御しうとめも、「哀《(あはれ)》、いかなる人ならば、関白殿も北方《(きたのかた)》も用ひ給はむ。今、見《み》てん」など、の給《(たま)》へば、実《(げに)》、はかなく、をかしかりける。

中将、やがて中納言になり給ふ。その年の除目《ぢもく》に大将にならせ給ふ。めで度《(たき)》事、ためし少《すくな》くこそ覚《をぼ》ゆれ《る》。

〔W〕姫君、関白北の方に対面

扨《(さて)》、関白殿〔の〕北の御方、「大将の北方《(きたのかた)》、田舎人《いかなる》と申《(まうし)》ながら、なべてならず思《をも》ひ給ふに、見参《げんざむ》すべし」とぞ、の給《(たま)》ひける。良《よ》き日を選《えら》びて御見《げ》参《ざん》有《(あり)》。姫君は、白き衣《きぬ》の上《うえ》に紫の織物《をりもの》に、紅の袴《はかま》、着《き》給へり。これを一目《(ひとめ)》見給ひて、北の政所《(まんどころ)》、うち驚き、「世《よ》には、かゝるめでたき人も有《(ある)》ものかな。我《わ》が姫君、后こそ、世《よ》に《は》すぐれ給へると思《おも》ふに、大将の身に代《か》へて思《をも》ひ給ひけんも、ことは《(わ)》りなり」とぞ思《をぼ》しける。「此《(この)》ほど、知らぬ顔して具《ぐ》しつらむ事よ。我《わ》が身の不《ふ》覚《かく》也《(なり)》」とぞ思《をぼ》し召《(めし)》ける。「侍従、浦路《う(ら)ち》の前、さゞなみなども、さしふるまふ有《(あり)》さま、田舎住《いなか(ずま)》ひとは見《み》えず」と思しめしけり。

北の政所、宣ひけるは、「今迄《(まで)》、ためらひさぶらひぬる御事。大将、世《よ》につゝましう、の給ふほどに、打過《(うちすぐ)》して候《(さぶらひ)》ぬ。今《いま》よりは、千代《ちよ》までも」など、御祝《いは(ひ)》ゐあれば、姫君《ぎみ》も、いと嬉しくこそ

思《をぼ》しけれ。げに目出《(めで)》たき御有様、いみじく見《み》へ《(え)》給ひける。

〔X〕〔42〕若君誕生　〔43〕（男君、右大将に、）中納言は大納言に昇る

かくて、姫君《ぎみ》、たゞならず成《(なり)》給ひて、明《(あけ)》ぬる年の七月に、光るばかりの姫君《ぎみ》を、まうけ給ひけり。かしづき給ふこと、限《かぎ》りなし。姫君《ぎみ》、かゝるにつけても、「まゝ母《はゝ》の、御心むくつけき人なれば、呪《のろ》はれぬべし」とて泣《な》き給ふ。大将も理《(ことわ)》りと思《をぼ》して、心苦《ぐる》しうこそ思ひ給ひけれ。

かくて、中納言殿《どの》は、明《(あく)》る年の除目《ぢもく》に大納言になり給ふ。按察《(あぜち)》をぞ兼《か》ね給《たま》ふ。

大将殿の、御娘《むすめ》かしづき給ふこと、限《かぎ》りなし。御子をば、姫松の君《きみ》とぞ申《(まうし)》ける。是は、住吉《よし》の御利生なりと思《をぼ》し出《(いで)》て、住吉《よし》の明神は松を愛しをわ《(おは)》しますとて、かく名《な》づけ給へり。

〔44〕男君、袴着に大納言を招く

かくて［また］、若《わか》君、出《(いで)》き給ふ。万《(よろづ)》、御心に残《のこ》ることぞなかりき《(ママ)》。御名をば、若《わか》松の君とぞ申《(まうし)》給ひける。

月日過行《(すぎゆく)》まゝ、姫君《ぎみ》七つ、若《わか》君五つになり給ふ。八月にも成《(なり)》しかば、関白殿《どの》より、御袴着《はかまぎ》有《(ある)》べしとて、ひしめき給ひけり。「さあらば、此つゐ《(い)》でに、父大納言殿《どの》に、かくと知らすべし」と、大将殿、の給《(たま)》へば、姫君《ぎみ》も、いと嬉《うれ》しくぞ思《をぼ》しける。

御祝《いは》ひ近《ちか》くなりぬれば、大将、内裏《うち》へ参らせ給ひけるに、大納言も参り逢《(あひ)》給へば、御物語《もの(がたり)》、いと睦《むつ》まじう聞《(きこ)》えて、「此《(この)》十六日に、幼《をさあ》ひ者《ものゝ》の袴着《はかまぎ》をせんと思ひ候《(さぶらふ)》。殊《こと》さら、見《み》せ合《あ》はせ申《(まうす)》べき事《こと》に候《(さぶらふ)》。渡《わた》らせ給へ《ふ》」と聞《(きこ)》え給へば、大納言、「仰《(おほせ)》かふむり候へば、進《すゝ》みても参り度《(たく)》侍れ共《(ども)》、せちに思《をも》ひし娘を、行方《(ゆきがた)》知《し》らず失《うしな》ひて後、思《をも》ひ出《(いで)》候へば、泪《(なみだ)》の先立候《(さきだちさぶらふ)》ほどに、存じながら承《う》け引《(ひき)》申さず」と申《(まうし)》給へば、「夫《(それ)》は、苦《くる》しかるまじ。たゞ御渡《わた》り候へ」と、の給《(たま)》へば、「承《(うけたまは)》りぬ」とて帰り給ひ《へ》て、大納言殿、北方《(きたのかた)》に、「かくこそ、大将、の給《(たま)》ひつれ」と語り給ふ。「わりなく承《(うけたまは)》り候《(さぶらひ)》つれ共《(ども)》、泪《(なみだ)》がちなる憂《う》き身なれば、斟酌《しんしやく》申《(まうす)》べし」と、の給《(たま)》へば、北の方、の給《(たま)》ふ様《(やう)》、「たゞ参り給へ。かく言《い》ひ給ふは、三の君《きみ》の事《こと》も、なつかしく思ひ給へばこそ」などと《ゝ》、うち笑《ゑ》みてぞ勧《すゝ》められける。哀《(あはれ)》、はかなき事《こと》かな。神ならぬ身は、「今《いま》さら、あぢきなきもの哉《(かな)》」と覚ゆる。

その日にもなりぬれば、大納言殿《どの》、大将殿《どの》へぞ参り給《(たまひ)》ける《り》。さるほどに、［大将《しやう》］、大納言の直衣《なをし》の袖を控《ひか》へて、御簾《みす》の内へ入《い》れ参《まい》らせ給ふ。御簾《みす》の前《まへ》に褥《しとね》うち敷《し》きて据《す》へ《(ゑ)》参らせ給ふ。

姫君《ぎみ》、年比《(としごろ)》、恋しく思ひ参《まい》らせ給へば、侍従と二人《ふたり》、几帳の隙《ひま》よりのぞき給へば、御年《とし》より給ふ《(う)》て、御鬢《びん》なども、いと白《しろ》く、面《をも》痩《や》せ給ふ御けしき、いと哀《(あはれ)》にて、御目は泪《(なみだ)》にすゝがれて、いと光り薄《うす》ふ《(う)》見《み》え給へば、御泪《なみだ》押《を》さへて、侍従と二人《ふたり》泣《(なき)》給へり。

御祝《いは(ひ)》ゐの為《(ため)》なれば、関白殿よりも、さま〴〵の物《もの》共《(ども)》、参らせ給ふ。姫君《ぎみ》の御前《まへ》には、亀の甲《かう》に菊を植《う》へ《(ゑ)》て置《を》かれたり。淡路島《あはぢしま》山といふこと成《(なる)》べし。若《わか》君の御前《まへ》には、蓬莱《(ほうらい)》の松山立《た》て、松の枝には、薄《うす》様にて、歌を書《(かき)》て結《(むす)》び付《(つけ)》られたり。姫君の御手《て》にて、これは若《わか》君の御前《まへ》に置《を》かれたり。

111 千歳《ちとせ》まで祝《いは》ふ今宵《こよひ》の緑子《みどりに》は君《きみ》が小松《まつ》の枝と知《し》らずや

など書《(かき)》給へり。され共《(ども)》、大納言は、思ひの闇《やみ》に見《み》も分《(わき)》給はず、たゞ、つく〴〵と、若君《わかぎみ》、姫君を見守《まも》り給へば、いつくしかりつる若君《わかぎみ》の御腰《くし》をば、大将、結《ゆ》ひ給《たま》ひけり。姫君の御腰《くし》をば、大納言、結《ゆ》ひ給ふ。

大納言、姫君《ぎみ》を、よく〳〵見《み》給ひて、直衣《なをし》の袖を顔に押《を》し当《あ》て、やゝ久しく有《(あり)》て、袖を押《ゝ》しのけて、「さればこそ、参らじと申せし物を。かやうに御祝《いは(ひ)》ゐの砌《(みぎり)》、忌《い》ま〳〵しく思《をぼ》しめさむずれ共《(ども)》、此《(この)》姫君《ぎみ》の御姿《すがた》、我《われ》、明《あ》け暮《く》れ恋しく思《をも》ふ対《たひ》の君に、少《(すこし)》も違《たが》はせ給はず。されば、不覚《ふかく》の泪《(なみだ)》、先立候《(さきだちさぶらふ)》」とて、かきくどき給ふ。理《(ことわり)》に思《をも》ひて、大将殿も泪《(なみだ)》にぞむせび給ひける。

〔45〕小袿の贈物

大将、内《うち》へ入《(いり)》て、の給《(たま)》ふ様、「心づくしも、いたはしく侍り。出《(いで)》て逢《(あひ)》参らせ給へ。今の歌をば見分《わ》け給はぬにこそ」と、勧《すゝ》め給へば、「されば、急《いそ》ぎ出《(いで)》て、見《み》え参らせ度《(たく)》は侍れども、今更《(いまさら)》に面映《をもは》ゆく候《(さぶらふ)》様なれば。父《ちゝ》ながら、一《(ひと)》しほ御恥《は》づかしく」とぞありける。理《(ことわり)》と思《をぼ》し煩ひける〔時〕、北の御方、宣《のたま》ひける様、「我《わ》が身の乳児《ちご》にてさぶらひし時、始《(はじめ)》て、あれより賜《た》び給ひぬる小袖侍り。これにて知《し》らせ参らせばや」と、の給《(たま)》へば、「よき事《こと》にこそ」とて、やがて取《と》り出《(いだ)》して、参らせ給ひけり。大納言、あやしく思《おぼ》せ共《(ども)》、御肩《かた》に引《(ひき)》かけて帰り給《(たまひ)》ぬ。上達部《かんだちめ》にも、殿上人にも、皆《みな》、引出物《(ひきで)もの》し給へり。人〻、帰り給へり。

大納言殿、北の方に語り給ふは、「いかほど、いつくしかりつる姫君《ぎみ》、若君《わかぎみ》かな。取《と》り分《(わき)》、姫君の有様、いつくしさよ。対《たい》の君《きみ》の幼《をさな》くを《(お)》はせしに、さも似給ひつるものかな。哀《(あは)》れ、常に見聞《(きこ)》ゆるわざもがな。いみじき御果報《くわほう》、幸《さいは》ひかな。いか成《(なる)》人の娘なるらん、御子をさへ産《う》み並《なら》べ給ふ」など、の給《(たま)》ふ。

〔46〕父、娘の再会

明《(あけ)》ぬれば、大納言、「不思議《ふしぎ》の事《こと》哉《(かな)》。我《われ》〔にしも〕、小《ちい》さく古《ふ》りたるものを賜《た》ばせ給ひつる」とて、御出居《でい》に出給《(いでたまひ)》て、忍《しの》びやかに取《と》り寄《よ》せて見《み》給へば、対《たい》の君《きみ》の、始《(はじめ)》て着《き》給ひし織物《をりもの》の袿《うちき》也《(なり)》。「老《をひ》の僻目《ひがめ》にもや」と、うち返し〳〵見給へども、疑《うたが》ふ所なし。「いかにと思《をぼ》して賜《た》びけるぞ。こはいかにして、大将殿《どの》にはをは《(お)》せし事ぞ。是を申さんも、さすがなり。又、あらぬ事を申出《(まうしいだ)》さんも、をこがまし」と、旁《(かたがた)》、胸《むね》うち騒《さは》ぎて思《(おもひ)》乱れ給ふ。「人を参らせても、御恐《をほそ》れや」と思ひて、とにかくに煩《わづら》ひ給ふほどに、その日も暮《く》れ方《がた》にぞ成《(なり)》ける。忍《しの》びやかに、雑色《ざうしき》二三人召《め》し具《ぐ》して、車にてぞ、大将殿《どの》へ参り給ひける。やがて、対面《たいめん》し給ふ。

大納言、の給《(たま)》ふ様、「さても、夕《ゆふ》べ、給《(たま)》はりて候《(さぶらふ)》表着《うはぎ》は、はかなく失《うしな》ひて、夜昼《よる》、恋しく思《をも》ひ候《(さぶらふ)》娘《むすめ》の表着《うはぎ》にて候へば、老《をひ》の僻目《ひが(め)》にやと、つゝましながら、忍《しの》びがてにて、御恐《をほそ》れながら申《(まうし》出候也《いでさぶらふなり)》」とて、泪《(なみだ)》を流《なが》し給へば、大将、哀《(あはれ)》と思《をぼ》しける所に、侍従は声も惜《を》しまず泣《な》きつゝ、泪《(なみだ)》を押さへ、参りたり。嬉《うれ》しきにも、先立《(さきだつ)》ものは泪《(なみだ)》なり。

大納言、侍従に、の給《(たま)》ふは、「姫君こそ、あやしき親《をやに》とて、音《(をと》信《づれ)》給はず共《(とも)》、侍従は、などや、かうも知《し》らせ候はぬぞ」とて恨み給へば、侍従《じゞう》、申様《(まうす)》、「さればこそ。北の御方の思ひたばかりにて、あやしき田舎《(いなか)》の下衆《げす》の果《は》てなる主計《かずへ》の頭《かみ》と申《(まうす)》朽《く》ち翁《をきな》に、盗《ぬす》ませむと、たばかり給ひし時、姫君、「御身を淵《ふち》川にも投《な》げん」とのみし給ふを、住吉《よし》の尼上《うへ》、聞《(きき)》参らせて、急《いそ》ぎ迎へ取《と》り参らせて候《(さぶらふ)》。かく浅ましき事、申《(まうす)》にも憚《はゞか》り多《おほ》く候へ共《(とも)》、六角堂のなどゝ聞《(きこ)》えて候《(さぶらひ)》し御時も、「心憂《う》き御事なり」とて、伏沈《(ふししづ)》み給ひて、御身を失《うしな》はんとし給ひしをも、漸《(やうやく)》に、申《(まうし)》とゞめて侍り。主計《かずへ》の督《(かみ)》に盗《ぬす》ませむと、たばかり給ひし時に、恐《をそろ》しき事に歎《なげ》かせ給ひしかば、都を立出《(たちいで)》させ給ひてこそ」と、少《(すこし)》も残《のこ》さず語申《(かたりまうし)》けり。

大将も、「〔はじめより〕此君の御事をこそ言《い》ひそめ給ひしか。北の御方の、三の君《きみ》を引《(ひき)》かへ給ひしかば、世《よ》の笑《わら》はれ種《ぐさ》となり給ひしも、知《し》り給はずや。北の御方の恐《をそろ》しき御ふるまひ、言葉《ことば》にも述《(のべ)》がたふ《(う)》候《(さぶらふ)》」と、有《(あり)》の儘《(まま)》にぞ申《(まうし)》ける。大納言殿《どの》は、余りの〔あさましさ、〕嬉《うれ》しさに、とかうの事も、の給《(たま)》はず。

さて、姫君、几帳の端《はし》を押しのけて、対面《たいめん》し給ふ、御心の内、たとへむ方もなし。誠に、此年比《(としごろ)》、埋《うづ》もれつる御事共《(ども)》、侍従、申《(まうし)》開きければ、嬉《うれ》しく覚《をぼ》え給ふこと限《かぎ》りなし。

かくて、その夜《よ》も明《(あけ)》ぬれば、立帰《(たちかへ)》り給ふ。大納言殿《どの》、例ならず、物《もの》も、の給《(たま)》はずして、〔御召《めし》物など、参らせたれども、目も見かけ給はずして〕をは《(お)》すれば、北方《(きたのかた)》、「何事を思ひ出《(いで)》て、物《もの》もの給《(たま)》はず候《(さぶらふ)》」と問《(とひ)》給へば、「嬉《うれ》しきにも、辛《つら》きにも、物は申されず。この年《とし》月、失《うしな》ひて恋《(こひ)》しく〔悲しく〕候《(さぶらひ)》つる姫君《ぎみ》の、出来《(いでき)》てをは《(お)》しつる嬉《うれ》しさよ」と、の給《(たま)》へば、北の方、顔うちあかめて、「いづくにを《(お)》はしけるや。よく〳〵語り給へ。を《(お)》ぼつかなきに、聞《(きかせ)》させ給へ」と、の給《(たま)》へば、「それの、の給《(たま)》ひし様に、東山《(ひんがし)やま》の朽《く》ち法《ほう》師《し》に具《ぐ》してを《(お)》はしけるにこそ。たゞ、憂《う》き世《よ》には、永《なが》らへぬぞよき」と、の給《(たま)》へば、誠しげに思《をも》ひて、「細《(こま)》やかに語り給へよ《は》。なを《(ほ)》〳〵、聞えさせ給《たま》へ」と宣ふ。「よく〳〵聞《き》き給へよ《は》。いかなる人のしはざ《(わ)》にてか有《(あり)》けむ。あさましき朽《く》ち翁《をきな》に盗《ぬす》ませて、田舎《いなか》の方へやらむと、たばかりければ、恐《をそろ》しさに、惑《まど》ひ歩《あり》きけるを、大将、修行し給ひし時、見付《(みつけ)》て、取《(とり)》置《を》き給へり。此《(この)》年月、知らざりけるはかなさよ。怪《(あや)》しき法師《ほうし》の妻《め》に成《(なり)》ぬれば、まうけたる子やらん。いつくしかりつる若《わか》君、姫君《ぎみ》も、我《わ》が孫《まご》也《(なり)》、あやしき在《(あり)》様《(さま)》なりと、の給《(たま)》ひしかども、大将の、又なきものと思《をぼ》しめし、かしづき給ふなり。よく〳〵聞《(きき)》給へ」と、の給《(たま)》へば、北の方、言葉《ことば》もなければ、口をあき、目《め》をしばたゝきてぞ、わたらせ給ひける。

〔47〕継母離別

大納言、つく〴〵北の方を見給ふ《(う)》て、「あな恐《をそろ》しの人の心や。さながら鬼の心ちしてけり。これほどの人を妻《つま》と思ひ、年月を送《をく》りけん我《わ》が心の中《うち》も浅ましく、不覚《ふかく》」とぞ思《をぼ》しける。かゝりけるほどに、北方《(きたのかた)》は、我《わ》が身のうへ顔《がほ》にぞなり給ひける。今は、中〳〵《(なかなか)》いたはしくも有《(あり)》ける。

三の君《きみ》、中の君《きみ》、此《(この)》事聞《(きき)》給ひて、「我《わ》が親ながら、憂《う》き人なり」とぞ、の給《(たま)》ふ。かく、の給《(たま)》ふよし、大将の北方《(きたのかた)》、聞《(きき)》給ひて、嬉《うれ》しと思《をぼ》しける。

大納言、くどき給ひて、「心憂《こゝろう》き人〔に〕は、見《み》え奉らむにつけて、恐《をそろ》しく思《をも》ふなり」とて、御櫛《くし》箱、硯など取《と》り出《(いで)》て、御車に入《(いれ)》給ひて、故《こ》宮の御里《さと》、三条堀川なる所へ渡《わた》り給ひぬ。人〳〵も皆《みな》、それへぞ参り集《あつま》りける。なか〳〵、昔《むかし》よりめでたくて、万《よろづ》、栄《さか(え)》へ給ふ事、限《かぎ》りなし。大納言、もとの北の方《かた》をば、疎《うと》ましき人と聞《(きこ)》えわたらせを《(お)》はしける。

このよし、聞《(きき)》給ひて、兵衛の佐《すけ》も、中の君《きみ》をすさめ給ひぬ。心細くて、音《ね》をのみ泣《な》きて明《(あか)》し暮《く》らし給ひける。大納言殿《どの》、ひとりを《(お)》はします御徒然《(つれづれ)》を《(ママ)》を思ひて、大将殿《どのゝ》の、叔母《をば》御前《ぜん》の、ひとりを《(お)》はしけるを合《あ》はせ参《まい》らせ給ふ。御契《ちぎ》り浅《あさ》からず、よろづ豊《ゆた》かにぞを《(お)》はしける。

関白殿《どの》、此よし聞《(きこ)》し召《(めし)》て、「いかなる人やらんとこそ思《おも》ひしに、按察使《あぜち》の大納言の宮腹《ばら》の娘《むすめ》なり。よき中也《(なり)》けるぞや」とて、御いとを《(ほ)》しみ深《ふか》く、めでたかりけり。

〔48〕関白家の栄え

さて、姫松の君《きみ》をば、御年《とし》十四と申す二月の比《(ころ)》、女御にぞ参らせ給ひける。いつしか、程《ほど》もなく、その年の六月より御心ち例ならず悩《なや》ませ給ひけり。明《(あく)》る歳《(とし)》、二月にぞ御産《さん》有《(ある)》べしと、京中のひしめきて、大将殿《どの》、北の御方を始め参《まい》らせて、御一門《もん》の人ゝ、集《つど》ひ給ふ。御産《はら》気つかせ給へば、聞《きゝ》き給ひて、貴僧《きそう》、高僧《か(う)そう》、皆《みな》〱、我《われ》も我もと参内《さんだひ》して、御加持《かぢ》をぞ申《(まうし)》給ひける。継母《まゝはゝ》御前《ぜん》、御憤《いきどを》りと覚《をぼ》えて、物気《(もののけ)》にわ〔た〕らせ給へば、験者《げんざ》、「いかにも〱」と責《せ》むれば、大納言、伺候《しこう》申《(まうし)》給ふを、「はづかしき人を《(お)》はすよ」とて、憑人《よりまし》に申せば、その時、「かの北の方の御物憑《ものつき》」とは、人皆《みな》、知《し》り申《(まうし)》ける。かくて、三時ばかり在《(あり)》て、御産《さむ》、平《たい》らかに、故なうなり給ひぬ。めでたう、あたりも輝《かゝや》くばかりなる若宮《わか》ぞ、産《む》まれまし〱ける。又、明《(あく)》る年《とし》、いつくしき姫君《ぎみ》、出《い》で来《き》給ひぬ。賀茂《かも》の斎宮《(いつき)》に据《す》へ《(ゑ)》参らせ給ひぬ。

〔**49**〕 継母の末路

大納言のありし北の方の、なり行《(ゆき)》給ふ果《は》てぞ、哀《(あはれ)》なる。人にものを思《をも》はせし報《むく》ひにや、大納言にも捨《す》て果《は》てられ、問《(とひ)》来《く》る人もなし。〔家は〕さん〴〵に破《やぶ》れ、板間《ま》漏《も》り来《く》る夜《よる》の雨、身を知《し》れとての音《をと》づれも、一《(ひと)》しほ泪《(なみだ)》をぞ催しける。添《そ》ひて語《かた》らふ者《もの》とては、むくつけき女ばかりぞ有《(あり)》ける。あぢきなさのまゝ、かくなむ、

112 宿《やど》荒《あ》れて籬《(まがき)》は野辺《(のべ)》の小《こ》萩原朝《はぎはらあさ》たつ鹿《しか》もこゝに鳴《な》くなり

となん、詠《(なが)》めて、明《あ》かさせ給へば、問《(とひ)》来《く》るものとては、空行《ゆ》く月の影《かげ》ばかり成《(なり)》ければ、また、かくなん、

113 世《よ》の中に心《こゝろ》ながきは久方《ひさかた》のつくるよもなき夜《よる》の月影《かげ》

とて、明《あ》かし暮《く》らし給ふ。思《をも》ひぞ衰《おとろ》へてや有《(あり)》けむ、心ち例ならず覚《をぼ》えければ、「大納言殿《どの》へ、御文ありなん」と、の給《(たま)》ふ。むくつけ女、申《(まうす)》やう、「中の君、三の君の事、思《おぼ》さんにつけても、よも放《はな》ち給はじ。人目《め》なればこそ、ものは、の給《(たま)》はざらめ《ね》」と慰め申せば、「さらば」とて、文書《ふみ(かき)》参らせ給ふぞ、あさまし〔き〕。

114 思ひやれ信田《(しのだ)》の森《もり》の下露の今《いま》はなげきのもとに積《つも》るを

となん書《(かき)》て、むくつけにぞ賜《た》びける。「三の君《きみ》、中の君《きみ》のうたてさよ。昼こそ人目を包《つゝ》むとも、などかは、夜《よる》の紛《まぎ》れには訪《と》ひ給はぬ」と、深《ふか》くぞ恨《うら》み給ひける。「親子《をやこ》の機縁《きえん》さへ、今は尽《(つき)》ぬるやらむ」とて、いとゞ思ひにぞ沈《しづ》み給ひける。「今一度《(たび)》、見《み》、見《み》えず《(ママ)》ずして、死《し》なんことの罪深《つみふか》さよ」とて、明《あ》かし暮《く》らすほどに、日を経で、北の方は、一かたならぬ思ひ、人のしは《(わ)》ざとは思はねども、瘠《や》せ疲《つか》れ、遂《つゐ》にはかなく亡《う》せ給ひける。

〔**Y**〕 継母追悼

中の君、三の君《きみ》、忌《い》みの程は里《さと》へぞ出《(いで)》給ひける。さすが、親《をや》の別れなれば、疎《うと》ましながら、泪《(なみだ)》にぞむせび給ひける。「あな恨《うら》め

しの世中《(よのなか)》や。今一度《(たび)》、見参らせずして、遂《つゐ》にはかなく成給《(なりたまひ)》ぬる口惜《を》しさよ。いかに恨《うら》めしと思《をぼ》しつらむ。かゝるほどに、過《(すぎ)》しほども、夢に恨《うら》みて見《み》え給ひしものを」とて、悔《く》ひ悲《(い)かな》しみ給ふも、かひぞなき。御心《こゝろ》ばかりの孝養《けうやう》有《(あり)》。三の君《きみ》、かくなん、

115 消《き》えぬ先《さき》に訪《と》はましものを垂乳女《たらちめ》の蓬《よもぎ》がもとの露と消《き》えけり

中の君《きみ》、かく、

116 この世《よ》こそ契《ちぎ》り薄《うす》くぞ別《わか》るとも来《こ》ん世《よ》を深《ふか》く待《ま》てよ垂乳女《たらちめ》

「いかでか、心の中《うち》は疎《をろ》かならん。此《(この)》四五年が間《あひだ》、見奉らぬこと、いかにぞや、親ながらも恨《うら》めしう思《をぼ》しつらむ。さすがに親《をや》なれば、愚《(おろ)》かならね共《(ども)》、万《(よろづ)》、つゝましさに、「北の政所《(まんどころ)》、いかに思《をぼ》さむ」と憚《はゞか》りて、はかなく遠ざかり果《は》てぬるも、我《わ》が身の上かなしき故なり。後《のち》の世《よ》だにも弔《(とぶら)》ひ参らせむ」とて、念仏など怠《をこた》らず申《(まうし)》給ふ。

中にも、兵衛の佐《すけ》、御心《み》ざしのほどの在《(あり)》がたさよ。歳月《(としつき)》、空《(むな)》しく過《(すぎ)》給ひしかども、此歎《なげ》きを思ひやり給ひて、御文有《(あり)》。

117 葉《は》は散《ち》らば蔭《(かげ)》と頼《(たの)》みし木《こ》のもとの袖《そで》にや露の玉《たま》と散《ち》るらむ

となむ有《(ある)》を、はづかしさに耐《た》え《(へ)》ね共《(ども)》、〔三の君、「なさけなく。御返事、聞こえ給へ」とあれば、〕御返事に、かく、

118 大方の露には何《なに》の成《(なる)》やらむ袂《(たもと)》に飼《か》へば泪《(なみだ)》なりけり

と有《(ある)》を見《み》給ひて、さすが哀《(あはれ)》と思《をぼ》しけり。

大納言、「北の方、はかなく成《(なり)》給ひぬ」と聞《(きき)》給ひて、「ほどなく、人の思ひは報《むく》ひけり」と、あさみ給ふ。「中〳〵《(なかなか)》、生《い》きてかひなからむよりは、〔よく〳〵」とて、中の君、三の君の御方へは、〕「孝養《けうやう》し給へ」とて、色〳〵の物《もの》をぞ送り給ひける。「哀《(あはれ)》、人《ひと》の持《も》つべきものは子成《(なり)》けり。御子なくは」などとぞ申《(まうし)》あひけり。北の政所《(まんどころ)》より、「孝養《けうやう》せさせ給へ」とて、物共《もの(ども)》参らせ給へば、「昔《むかし》より今《いま》も、情《(なさけ)》を《(お)》はして、優《ゆふ》にやさしき御例《(ためし)》なり」とぞ、人皆《みな》、申《(まうし)》ける。かやうの御弔《とぶら》ひの物《もの》にて、様ゝの孝養《けうやう》をぞし給ひける。

〔Z〕後日譚

扨〳〵《(さてさて)》、住吉《よし》の尼上《うへ》の方《かた》へ迎《むか》へに遣《(つか)》はし給ひて、「上《のと》り給へ」と、の給《(たま)》へども、「たゞ、住《(すみ)》よし、離《はな》れては、いかゞ」とて、参り給はねば、「さらば」とて、折にふれ時に随《(したが)》ひて、いろ〳〵の物共《もの(ども)》、送り給ひて、よろづ乏《とも》しき事なくて、心安《やす》く過《(すぐ)》し給ひけり。

北の政所《(まんどころ)》、「哀《(あはれ)》、かりそめにも、今一度《(たび)》、上《のぼ》り給へかし。見《み》、見へ《(え)》参《まい》らせむ」と、度ゝ《(たびたび)》、迎《むか》へをつかはし給へば、尼上《うへ》、上《のぼ》り給ひぬ。「御在様《(あり)さま》を見《み》参らせて、いよ〳〵、此世《よ》に思ひ置《を》く事も候はず」とて、さま〴〵の御もてなし有《(あり)》て、又、下《(くだ)》り給ひぬ。八十五と申《(まうす)》二月の比《(ころ)》、めで度《(たく)》、往生《わうじやう》し給ひぬ。昔《むかし》、釈尊《そん》の御別《わか》

れの比《(ころ)》、往生《わうじやう》の素懐《そくはひ》を遂《と》げ給はむこと、いよ〳〵頼《(たの)》もしうこそ覚《おぼ》えける《(ママ)》。その時《とき》、空に紫雲たなびき、二十五の菩薩《ぼさち》、音楽《をんがく》を調《とゝの》へ、異香《いきやう》四方に薫《くん》じて、住《(すみ)》の江《え》の浜にとゞまりぬ。後〳〵《(のちのち)》の供養《けうやう》も、故《こ》母《はゝ》宮の御仏事《ぶつじ》に、少《(すこし)》も劣《をと》り給はず、回向《ゑかう》し給ひける。頓《(やが)》て、かの庵《(いほ)》りの跡《あと》に堂《だう》を建《た》て、法《(のり)》の師《し》を供養《くやう》し置《を》き給ひて、昼夜《ちうや》の勤行《ごむぎやう》、怠《をこた》らず、ねむ比《(ごろ)》に供養《けうやう》し給ふ。「住《(すみ)》吉《よし》に、望《のぞ》みにて住《す》み給ひしかば」とて、御舎利《しやり》などをも、かの堂《だう》に置《を》き給ひけり。

三の君《きみ》は、母《はゝ》に後《をく》れて、もの思《をも》ひしかども、輝《かゝや》き姫《ひめ》の、産近《さんちか》くなりぬれば、忌《い》みばかりの月まれに、とく曇《くも》りなくて参《まい》らせ給へば、姫宮、「いかに、此ほどは見《み》え給はず」とて、珍らしく見給へり。東宮《(とうぐう)》は、拾三にならせ給ひて、后《きさき》まうけ参らせ給ふべきよし、人ゝ申《(まうし)》給ふに付《(つけ)》ても、中の君《きみ》、三《さん》の君、はなめき給ふことも、中〳〵《(なかなか)》めでたくて、申《(まうす)》に及ばず。

かくて、北の政所《(まんどころ)》、今は思《をも》ふ事なくて、御命《いのち》は、住吉《よし》の松の千《ち》歳《とせ》を譲《ゆづ》られ給ひしかば、末〳〵迄《(まで)》、遥《はる》〴〵と栄《さか(え)》へ給ひて、命《(いのち)》、長《なが》尾《を》の峰《みね》に生《を》ひたる菅《すが》の根《ね》よりも、長《なが》〳〵しき御代にて、御年《とし》は、九十九迄《(まで)》、保《たも》ち給へる。御果報《くわほう》、目出《(めで)》たき例《(ためし)》にも、これを引《(ひく)》べし。

〔又、みめよき人のためしにも、此君をぞ申し伝へたる。

今も昔も、初瀬の観音の御利生、めでたき御事、世の仏菩薩《ぶつぼさつ》にも越え給へり。信《しん》を致す人には、かやうに、あらたなる利生あり。心よき人を栄えさせ、心悪《あ》しきものをば、まのあたり罰《ばつ》し給へり。仰ぐべし、信ずべし。

宮姫、中務《なかつかさ》の親王の御娘の御子なり。かたじけなくも、腹黒く当《あた》り参らせんと企《たく》みし人、却《かへ》りて屍《かばね》を山野にさらすごとくして亡《う》せ給ひぬ。これを伝へ聞かん人、恐るべし〳〵。悪心《あくしん》を捨て、大慈悲《じひ》におもむくべし。さあらば、いかでか、観音の利生、なからんや。ゆめ〳〵疑ふべからず。信《しん》じ給はば、親族繁昌、寿命長《じゆみやうちやう》遠《おん》、疑ひあるまじきなり、〳〵。〕

住よしものがたり　大尾

広島大学蔵 奈良絵本 住吉物語（流布本系）

十行古活字本が非流布本系の本文を持つ部分について、段落全文、または長い異文のまとまりの部分を示した。

本文をあげていない部分は、十行古活字本の当該本文をあてることによって、流布本系の全本文の様態を察することができる。

校訂の要領は十行古活字本のそれに準ずる。

原本の絵はすべて写真版で収め、絵の説明の頭に対応する本文の章段番号、末尾に原本の巻丁数を示した。なお、原本には貼り違いがあるのでこれを正した。

〔1〕姫君の誕生、母宮の死去（十行古活字本は白峯寺本と同文）

昔《むかし》、中納言にて、左衛門督かけたる人侍《(はべり)》けり。上《うへ》、二人をかけてぞ通《かよ》ひ給《(たまひ)》ける。一人は時めく諸大夫の娘《むすめ》、その腹《はら》に女君二人いでき給へり。今一人《ひとり》は古《ふる》き帝《みかど》の娘《むすめ》にておはしけるが、いかなる宿世《すくせ》にて、この中納言、夜《よ》な夜《よ》な通《かよ》ひ給《たま》ひけるほどに、やがて人目《め》もつゝまずなりて住《(すみ)》わたり給ひけるが、光《ひか》るほどの女君《ぎみ》いでき給《たま》ひけり。思《おも》ひのまゝなれば、おぼしかしづき給《(たまふ)》こと限《かぎ》りなければ、姫君、日数《かず》ふるままに生《お》ひいで給《たま》へり。年《とし》月かさなりて八ばかりになり給ひける年《とし》、母宮《はゝ》、例《れい》ならず悩《なや》み給ひけるが、日をへて重《おも》くのみなりまさり給《(たまひ)》ければ、中納言に聞《き》こへ《(え)》給《(たまひ)》けるやうは、「我《われ》はかなくなりなば、この幼《おさな》きもの《ゝ》のため、うしろめたうなん侍《(はべる)》べき。我《われ》なからんあとなりとも、並《な》み〳〵ならんふるまひせさせ給《たま》ふな。いかにも〳〵、帝《みかど》に奉《たてまつ》らせ給へ。異娘《ことむすめ》たちに〔おぼし〕落《をと》すな」と、泣《な》く〳〵聞《(きこ)》えたまへば、中納言《なごん》もうち泣《な》き給ひて、「我《われ》も同《おな》じ親《おや》なれば、劣《おと》りてや」など語《かた》らひつゝ、明《あ》かし暮《く》らすほどに、世のあはれに、はかなく、常《つね》なき所なれば、情《なさけ》なく、昔語《むかしがたり》になり果《は》てにけり。中納言、「同《おな》じ道に」と悲《かな》しみ給ひながら、後《のち》〳〵のわざも、さるべきやうにして、四十九日もほどなふ果《(う)は》てぬれば、もとの北の方《かた》へ渡《わた》り給《(たまひ)》にけり。

1

〔2〕母宮没後、女君は乳母と侍従を相手にして暮す。室内に女君、簀子に涙する乳母と侍従。女君の衣裳は季節と関係なく全図統一して描かれているようである。(上３オ)

2

〔3〕女君は牛車で中納言邸へ迎えられる。広本系本文に「車三輛にて迎」えたとある。流布本系は、「車」のことにふれない。なお次の第３図以下は、原配列を誤りと見て改めた。(上９オ)

〔2〕**乳母の愛育**　(十行古活字本は白峯寺本と同文)

姫君《ひめぎみ》、幼《おさな》き御心地《こゝち》に、言《こと》の葉につけて、故《こ》宮《みや》の御ことをおぼしつゝ悲《かな》しみ給《たま》ひけるに、中納《な》言《ごん》さへ渡《わた》り給はねば、いとゞつれぐ\限《かぎ》りなく、二葉《ふたば》の小《こ》萩《はぎ》、露重《おも》げなりければ、乳母《めのと》、とかく慰《なぐさ》めてぞ過《(すぐ)》し侍《(はべり)》ける。中納言、ともすれば見聞《き》こえに渡《わた》りて、帰《かへ》り給へば、直衣《なをし》の袖をひかへて、行方《ゆくゑ》も知《し》らぬほどなれば、涙《なみだ》を流《なが》しつゝ、慕《した》ひまほしきけしきを御覧《らん》ずるにつけても、はかなくなりにし人の俤《(おもかげ)》ふと思《おも》ひ出《(いづ)》るにも胸《むね》うち騒《さは》ぎ、押《を》そふる袖もあやしくて、「いとゞ心苦《こゝろぐる》しくこそ。侍《はべ》らん」など語《かた》らはせ給《たま》ひて、こしらへ置《を》き、我《われ》にもあらぬ心地《こゝち》して帰《かへ》らせ給《(たまひ)》にけり。

帰り給《たま》ひても姫《ひめ》君のおぼし歎《なげ》きつるおもかげのみ心《こゝろ》にかゝりて、異娘《ことむすめ》たち一所に住《(すま)》せまほしくおぼしながら、「今も昔《むかし》も、誠《まこと》ならぬ親子《をやこ》の仲《なか》なれば」とて、乳母《めのと》のもとに住《す》ませ聞《(きこ)》え給へり。

日数《かず》ふるままに、光《ひかり》さし添《そ》ふ心地《こゝち》して見え給ひければ、乳母《めのと》、「あはれ、此《(この)》御けしきを、故宮《こみや》御覧ぜば、いかばかりおぼしかしづき給はん」など言《い》ひて、御髪《ぐし》をかきなで、泣《な》くよりほかの事なかりけり。

十あまりにも成《(なり)》ければ、乳母《めのと》、中納言に申《(まうし)》けるは、「幼《おさな》くおはしますほどこそ、とてもかくても侍れ。この一年《とせ》、二年《とせ》になりて、

3

〔3〕中の君と兵衛佐との結婚にかかわる場面か。室内にいるのは中納言と継母であろう。第7図と室内の構図は一致している。この図のみ、左端に紙を補って用紙の寸法を合わせている。（上13ウ）

4

〔4〕筑前が男君の文を侍従に渡す。女君は室内で琴を弾く。諸本に共通する図柄。（上19オ）

いかにならせ給《(たまふ)》、経《ふ》る年月《とし》、心《こゝろ》もとなくなん、悲《かな》しく。故《こ》宮の仰《おほ》せ候《(さぶらひ)》し御宮仕《みやづか》へは、いかに」と聞《き》こえければ、中納言、「嬉《うれ》しくも心《こゝろ》にかけぬることよ。我《われ》も忘るゝ時《とき》なけれども、思《おも》ふに叶《かな》はぬことのみにてこそは過《(すぎ)》ゆき侍れ。さりながら、迎《むか》へて見聞《(きこ)》えん」とて、正月の十日と定《さだ》めて帰《かへ》り給《(たまひ)》ぬ。

〔**3**〕**姫君、本邸西の対へ移る**　（十行古活字本同文）

〔**4**〕**四位の少将の文**　（十行古活字本は一部白峯寺本）

二九九頁一五行（「言《こと》の葉の露ばかりだに…」の歌なし）

〔**4**〕〔**5**〕**少将、再度の文**　（十行古活字本は一部白峯寺本）

三〇一頁一行「女郎花《をみなへし》の…」――八行「…持《も》ちて参《(まゐり)》たりければ…」

女郎花《をみなへし》の露重《おも》げにて、籬《まがき》のほどに倒《たを》れ出《(いで)》たる心ちして、その事《こと》となくあはれに、いとをしく、よその袂《たもと》までも所狭《せ》きほどに」など言《い》へば、いよ〳〵心《こゝろ》そらになりて、「はじめは、さのみこそは。又ゝも聞《き》こえさせよ。この事《こと》かなへたらば、此世ならず思《おも》ひ侍《はべ》りなん」と、の給《(たま)》へば、「すき〴〵しきやうに侍れども、君のかくまでおぼしたらんほどの事《こと》をば、いかで疎《おろ》かには」と聞ゆれば、

いと嬉《うれ》しくて、また文書《か》きて給《(たまひ)》ければ、取《と》りて侍従に取《と》らすれば、

(「たちかへり猶《(なほ)》ぞ恨《うら》むる」の歌なし)

〔6〕継母と筑前の共謀　(十行古活字本同文)

〔7〕少将、真相を知る　(十行古活字本は一部白峯寺本)

〔8〕少将、侍従に文を託す　(十行古活字本は一部白峯寺本)

〔9〕嵯峨野の遊び　(十行古活字本は一部白峯寺本)

三〇七頁八行「さしあゆみ…」――一〇行「…とおぼして」

さしあゆみ給へる姿《すがた》、いとらうたく、うつくしなど言《い》ふもおろかなり。髪《かみ》は袿《うちき》のすそにゆたかにあまり、たけのほど、まみ、口つき、いとあてやかに、異人《こと》ゝよりも今ひとしほ、にほひ加《くは》はりてぞ見え給へる。「これを人に見《み》せばや」と驚《おどろ》かれ給ふ。各《をの》ゝ、人ありとも知《し》らで遊《あそ》びあへるを、よく〳〵見給《たま》ひて、少将あくがれて、

〔10〕野辺の贈答　(十行古活字本は白峯寺本混合)

三〇八頁五行「とあれば…」――九行「…むげに知《し》らぬ様《(やう)》におぼえて」

といひまぎらはしたまへば、

(「君《きみ》と我野辺《われのべ》の小《こ》松を」の歌なし)

三〇九頁二行「年《とし》をへて…」――〔10〕末尾「悲《かな》しみ給ひける」

全文なし。

(「年《とし》をへて思《おも》ひ初《(そめ)》てし…」「程もなき松《まつ》の緑《みどり》の…」「千世までと思ひそめける…」「子《ね》の日《び》して春《はる》の霞に…」の歌なし)

〔11〕鶯の初音　(十行古活字本は白峯寺本と同文)

三〇九頁一二行「さて…」――〔11〕末尾「帰り給ひけり」

さても日暮《く》れぬれば、各《をの》ゝ帰《かへ》り給《たま》ひて、

(「我《わ》が宿にまだ訪《をとづ》れぬ…」「初声《こゑ》はめづらしけれど…」「初声《こゑ》は今日《けふ》ぞ聞《(きき)》つる…」の歌なし)

〔12〕思い乱れる男君　(十行古活字本は一部白峯寺本)

三一〇頁六行「日数ふるまゝに…」――七行「…人ゝにたばかられて」

少将、人のおもかげ身にそひたる心《こゝ》地して、思《おも》ひ離《はな》れがたく、心《こゝろ》のうちも苦《くる》しきまゝには、侍従にあひて、「あさましき人にばかされて、

5

〔**20**〕心寄せの式部の報告を聞いて事態を憂慮する女君と侍従。式部はまわりを気にする風情で声をひそめる。（上 25 ウ）

6

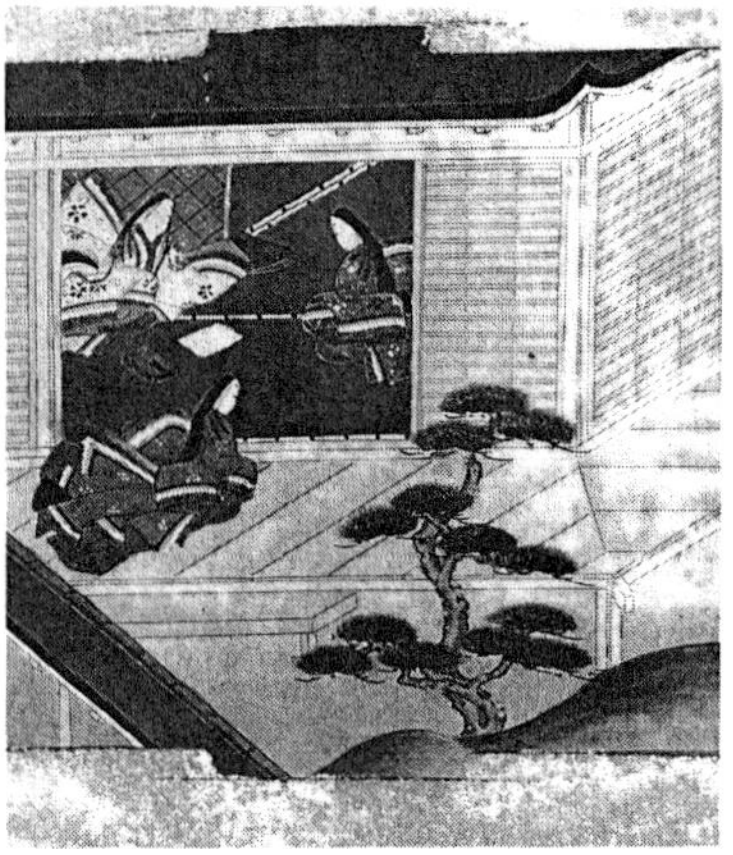

〔**23**〕侍従の進言で住吉の尼君へ文を書く女君。あるいは尼君からの返事を受取った場面か。三人の衣裳は第５図と一致している。（中５ウ）

〔**13**〕**乳母の死**　（十行古活字本は一部白峯寺本）

〔**14**〕**姫君の弔問**　（十行古活字本と同文）

〔**15**〕**「これを入相」の連歌**　（十行古活字本と同文）

〔**16**〕**ひとくだりの返事**　（十行古活字本は白峯寺本混合）

三一四頁一行「言《い》ひ通《かよ》はす程に…」――〔16〕末尾「此《この》たびは御返《かへり》事もなし」

いひかへしける。

（「天《あま》の原《はら》のどかに照《てら》す」の歌なし）

〔**17**〕**三の君への思い、姫君への思い**　（十行古活字本は白峯寺本混合）

三一四頁四行「何となく…」――三一五頁七行「立《たち》やすらひ給ひて、かくこそ」

かくしつゝ多《おほ》くの月日重《かさ》なるまゝに、いよ／＼思《おも》ひ増《ま》さりて、世中《よのなか》をもすさみ、宮仕《みやづか》へをも忘《わす》れて、心《こゝろ》のまゝなる事ならば消《き》えも失《う》せまほしきほどなりければ、三の君《きみ》、何心《なにごゝろ》なく、

7

〔**28**〕女君失踪後の中納言邸。室内に中納言と継母、簀子で泣きながら事態を報告するのは三の君か。(中 9 ウ)

8

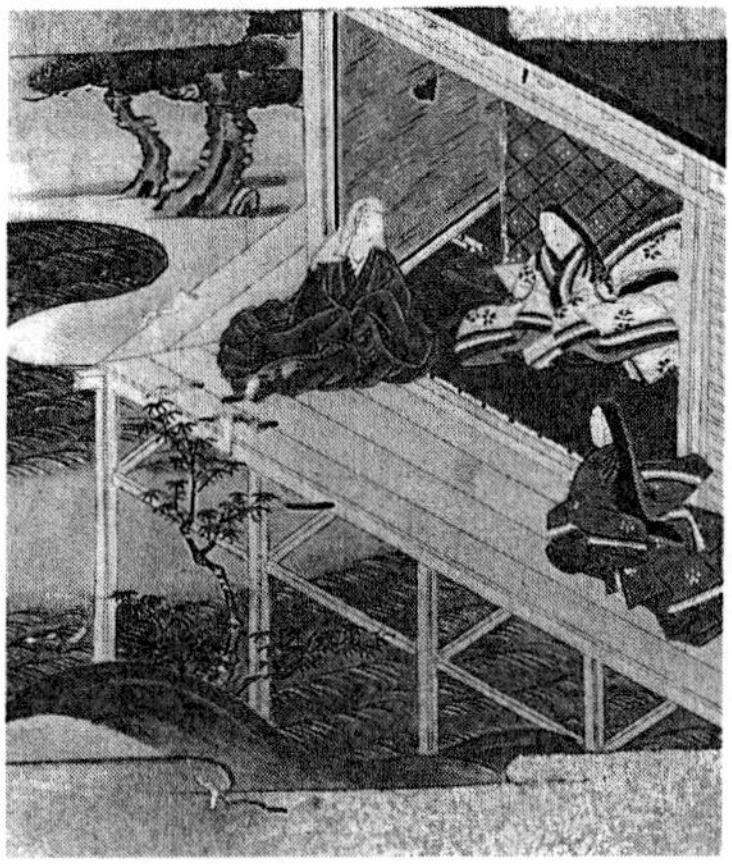

〔**29**〕住吉の尼君の住まい。「海さし入りたるに作りかけ」た家。室内にいるのが女君。(中 15 オ)

たまさかに満ちくる潮《しほ》のほどもなく立《た》ち返《かへ》りなん事《こと》をしぞ思《おも》ふ

と、したにほのめかし給ふも捨《す》てがたくて　（以上、上巻）

少将、の給《(たま)》ふやう、「何《なに》となく世中《(よのなか)》の心憂《こゝろう》くのみ侍れば、深《ふか》き山にと思《おも》ひ立《た》つに、その時《とき》、おぼし出《(いで)》なんや」と、のたまへば、三の君《きみ》、「いかに、何故《なにゆへ》に、さることは侍るべき。たまさかに待《ま》ちつけ侍るだにも、心憂《こゝろう》くこそ。まして、いかに哀にか」とて、うち泣《な》き給へば、あはれにて、「まこと〔に〕や、あらまし事ぞ」とて、とかく〔思ひ〕明《あ》かして、出《い》でざまに、対《たい》にやすらひて、

（「絶《た》えなむと思ふ物《(もの)》から…」「絶《(たえ)》はてむ事ぞかなしき…」「白露をともにおき居《ゐ》て」の歌なし）

三一五頁一四行「たはぶれ給《たま》ふ…」――三一六頁一行「九月にも成《(なり)》ぬれば」

たはぶるゝも忘《わす》れがたくて、「かくこそ笑《わら》ひ給《たま》ふとも、哀《(あはれ)》とおぼしあはする事もありなん物《(もの)》を」と、言《い》ひつゝ、明《あ》かしくらすほどに、九月にもなりぬれば、

〔**18**〕**姫君参内の準備**　（十行古活字本同文）

〔**19**〕**継母の策謀**　（十行古活字本同文）

9

〔**34**〕初瀬に詣でてまどろみ、夢に女君の所在を知る男君。(中18オ)

10

〔**36**〕住吉へ着き、松の落葉を拾う童とことばを交す男君。藁沓はぬいで、素足の姿。(中22ウ)

〔**20**〕**姫君、真相を知る**　(十行古活字本同文)

〔**21**〕**姫君の縁談**　(十行古活字本同文)

〔**22**〕**憎まれ役主計の助の登場**　(十行古活字本同文)

〔**23**〕**住吉の尼君へ上京を依頼**　(十行古活字本同文)

〔**24**〕**姫君の脱出計画**　(十行古活字本同文)

〔**25**〕**ことばに出さぬ別れ**　(十行古活字本同文)

〔**26**〕**住吉の尼君、上京**　(十行古活字本同文)

〔**27**〕**離京**　(十行古活字本同文)

〔**28**〕**翌朝の中納言邸**　(十行古活字本同文)

〔**29**〕**住吉の住まい**　(十行古活字本は一部別本)

11

〔**39**〕女君と面会を果たし、京からの迎えの人々と奏楽する男君。「三位の中将、琴、蔵人の少将、笛、兵衛の佐、笙の笛」という叙述に合致する。第８図の尼君の住まいと同じ場所。（下４オ）

12

〔**40**〕男君と舟で住吉をあとにする女君。舟の屋形の中に居るのが女君。（下６ウ）

三二八頁七行「いづちと行《ゆ》くらん…」――一二行「…住吉に行《(ゆき)》たれば」

いづちと行《(ゆく)》らんと思ひつゞけ〔け〕ん心のうち、いかばかりなりけん。これを見《み》て尼《あま》君、

住吉《すみよし》のあまとなりては過《(すぎ)》しかどかばかり袖を濡《ぬ》らしやはせし

など言《い》ひつゝ、住吉《よし》に行《ゆ》きたれば、

（「古里《ふる》をうきふねとのみ」の歌なし）

〔**30**〕**中納言邸の人々**　（十行古活字本同文）

〔**31**〕**冬の住吉**　（十行古活字本同文）

〔**32**〕**姫君の文**　（十行古活字本同文）

本意《ほい》なるべき御事とぞとゞめ申《(まうし)》ける。

（以上、中巻）

〔**33**〕**男君、三位中将となる**　（十行古活字本は一部別本）

三三二頁一五行「祈《いの》り給ひ…」――三三三頁二行「…験《しるし》もなかりけり」

祈《いの》り給《たまひ》けれども、させる験《しるし》もなかりけり。

（「我《わ》がごとく物や悲《かな》しき」の歌なし）

〔**43**〕若君、次いで姫君が誕生した平和な日々。室の奥に男君と女君、その手前が若君、左端に姫君を抱くのが侍従であろう。（下11オ）

〔**44**〕若君と姫君の袴着。「母屋の御簾の前」に招き寄せられた父大納言は、祝儀の席のためか緋の衣。その前に、右に姫君、左に若君。奥中央に男君。その脇の女君は、本来なら「几帳のほころび」からのぞいていなくてはならぬ場面。色様々な禄の品が並べてある。（下17ウ）

〔**34**〕**初瀬の霊夢**　（十行古活字本同文）

〔**35**〕**姫君の夢**　（十行古活字本同文）

〔**36**〕**男君、住吉へ下る**　（十行古活字本同文）

〔**37**〕**琴の音に導かれて**　（十行古活字本同文）

〔**38**〕**男君、姫君と再会**　（十行古活字本同文）

〔**39**〕**京よりの迎え参集**　（十行古活字本同文）

〔**40**〕**姫君、男君と上京**　（十行古活字本は一部別本）

三四〇頁二行「住吉《よし》の松の梢《こずゑ》の…」——五行「思ひ続《つゞ》けられける」

　住吉《すみよし》の松の梢《こずへ》のいかならん遠《とを》ざかるまで袖《そで》の露《つゆ》けき
と思《おも》ひ続《つゞ》けられける。

（「琴《こと》の音《ね》を尋《たづ》ねて通《かよ》へ」の歌なし）

15

〔46〕第14図に描かれていた御簾は、ここには見えない。若君と姫君は、袴着の時とは違ってくつろいだ様に描かれ、対座する男君の脇で、女君と侍従が大納言を迎える。大納言は急いで出て来たのだろう、いつもの黒ずくめの衣裳である。（下25ウ）

〔**41**〕**人々の反応**　（十行古活字本同文）

〔**42**〕**若君誕生**　（十行古活字本同文）

〔**43**〕**男君、右大将に、　中納言は大納言に昇る**　（十行古活字本同文）

〔**44**〕**男君、袴着に大納言を招く**　（十行古活字本同文）

〔**45**〕**小袿の贈物**　（十行古活字本同文）

〔**46**〕**父、娘の再会**　（十行古活字本同文）

〔**47**〕**継母離別**　（十行古活字本は一部白峯寺本）

三四八頁六行「はや…」――八行「喜《よろこ》びあひ給へり」

はや、按察使《あぜち》の大納《な》言殿《ごんどのゝ》の宮腹《ばら》の御娘《むすめ》とて、さもありがたきなからひとて、人〻も言《い》ひあひけるとかや。

〔**48**〕**関白家の栄え**　（十行古活字本同文）

〔**49**〕**継母の末路**　（十行古活字本は一部白峯寺本）

さて、まゝ母《はゝ》、見聞《みき》く人〱にうとまれ、朝夕《あさゆふ》は、音《ね》をのみ泣き給《たま》ひて、世中《（よのなか）》おとろへて、遂《つゐ》にはかなくなり給ふ。むくつけ女は、あさましきありさまにて、惑《まど》ひありきけるとかや。昔《むかし》も今《いま》も、人に腹《はら》ぐろなる人は、かゝることなり。これを見聞《みき》かん人〻は、構《かま》ひて人よかりぬべきなりとぞ。　（以上、下巻）

解説

落窪物語　解説

藤井貞和

一　書名とその意味、作者、成立年代

この物語の書名は正式に『おちくぼ』と言うらしい。十世紀後半のいつか、名前も何も知られない一作家により書かれた。

今日「落窪物語」と言い習わしているこの物語文学がその初期に確実に〝落窪物語〟という書名であったかどうか、証拠がない。同じことが、やはり十世紀後半代の〝うつほ物語〟についても言えるので、『うつほ』と称されたという古い記録にはいくらでもぶつかるのに、「物語」をつけて呼ばれたらしい形跡を見ない。〝住吉物語〟もまた、古く『住吉』と呼ぶ物語ではなかったか。『うつほ』『住吉』そして『おちくぼ(落窪)』は、それぞれ略称であるように見えて、けっして「物語」を省略したそれでなく、『うつほ』『住吉』そして『おちくぼ』と言うのが正式の呼称であるらしい。このことは、別の物語類が「かぐや姫の物語」(『源氏物語』蓬生の巻)、「伊勢物語」(同、絵合の巻、「在五が物語」とも)、「こまの物語」(枕草子)、「源氏の物語」「紫の物語」(ともに更級日記)などと「〜(の)物語」あるいは「〜(が)物語」と呼ばれうるのに対する、これらの物語が「〜物語」と呼ばれにくい何らかの理由を持つ書名の付け方を共通

に有している、という判断を導く。「〜物語」という書名はだいたいその「物語」という語に「物語する」つまり「お話しをする」という原意味を響かせていて、「〜について物語したもの」とか「(だれだれが)物語したもの」とかいった意味合いの書名であった。(注二)それに対して『うつほ』『住吉』そして『おちくぼ』の場合は、例えば『うつほ』について言うと、「うつほについて物語したもの」ではないから「うつほ物語」とは言われえないのであって、この物語の名は『うつほ』以外にありえない。最初第一巻の俊蔭の巻についてのみ付けられた名であったろう、と言われる。それが長編への成長と共に全体の呼称になった。これらの命名方法は、と言うと、『うつほ』のうつほ(木のほら穴)、『住吉』における住吉の地、『おちくぼ』の落窪の間《ま》と、いずれも空間であり、しかも重要な共通点がある、ということがヒントになる。『うつほ』の場合、主人公となる子供なかただとその母とがそこにこもる。『住吉』ではヒロインの姫君が逃れてこもる場所として印象深い。「住吉についての物語」でなく、住吉という主題的な場所を取り上げて命名されたということはほぼ疑いなかろう。そして『おちくぼ』である。女君がその少女期から成長してあたかも蝶のように羽化して飛び立とうとする直前までいたのが落窪の間であった。この物語の重要な、主題的な空間、これをめざして物語の名とし、またヒロインを落窪の君と呼称した。そのような命名方法の物語の場合、「〜物語」とは言われなかったのではないか。そう考えて、この物語の正式名称は『おちくぼ』(あるいは『落窪』)であると認定し、以下『おちくぼ』と名を呼ぶことにする。

作者は匿名でこの物語を書いた。物語の作者の名前は知られない、というのが物語史上の大きな原則であることをここでも確認するばかりである。匿名性のつよい行為、それが物語を書くことであった。隠れて行うから作品を産み出すことができた。その行為が恥ずかしいことであったからではなかろう。名をあらわすほどのことではなかった、という一面があろう。それとともに、物語内容が、伝承によってもたらされたものだ、という態度を取り続けるかぎりにおいて、物語文学は作者名をあらわすことと両立しようがない。その意味で物語文学は、説話や昔話や芸能や語り物が無名性の世界に生きることにはるかに近い。

　これだけのものを構想して書いた大変な人がいた、ということ以上の事実はまったく分からない。『うつほ』とは影響関係がないから、たぶんその存在を知らない場所で、依頼されてか自発的にかはどうでもよろしい、文学だけが持つ幻想力に身を委ねて架空の社会、創作の人々にたわむれた一人の作家の誕生である。男性か女性か、そんなことすら知られない。安易に男性作家であるように考えられているとしたら、確実なその証拠はどこにもないことに十分に醒めておきたいように思う。

　成立年代はたしかに知りたいことの一つであろう。『枕草子』(「成信の中将は」段)に『おちくぼ』が話題になっている(注二)ことから、それより以前の成立と知られる。諸説があるなかに、巻三の御代替りのことが、六、七月に行われていることにつき、花山天皇から一条天皇への御代替り(注三)と一致することを指摘している三谷邦明(日本古典文学全集の解説、昭和四十七年八月)の示唆は一応耳を傾けるに足る。御代替りの印象が物語に反映したとすれば、この物語の成立は一条天皇即位(寛和二年(九八六))以後だ、とするしごくまっとうな意見であるものの、物語の展開から見るならば疑問があろう。この六、七月に御代替りがあって、それとともに右大臣一族の天下が訪れ、男君が大納言になることは自然である。ここで大納言になるから、巻四の冒頭でその地位を老中納言に譲ることができる。物語の御代替りが六、七月であることは物語内部からの要請ではなかろうか。しかし原国人(昭和五十五年七月)(注四)は、三谷を継いで、同年六月の右大将藤原済時の白川における法華八講(『枕草子』「小白川といふ所は」段を参照のこと)の印象もまた物語に利用されているとしている。原はさらに永観二年（九八四）の賀茂臨時祭が十一月二十七日に行われたことについて、それが物語の記事と一致するという興味深い指摘をもしている。これらを思い合わせるならば、この物語の、西暦九八〇年代半ばか遅くとも九九〇年代はじめにはできていた作品ではないか、とする考えに、依然として重大な関心を寄せざるをえない。

（注一）　参照、拙著『物語文学成立史』東京大学出版会、昭和六十二年十二月、七三五頁以下。

（注二）　交野の少将もどきたる落窪の少将などはをかし。夜べ、をととひの夜もありしかばこそ、それもをかしけれ。足洗ひたるぞ憎き。きたなかりけむ。

（注三）　『大鏡』によると、寛和二年（九八六）六月二十二日夜、花山天皇が出家入道し、一条天皇が六月二十三日、位に即いた。『日本紀略』によれば一条天皇は、七月二十二日、大極殿に即位する。

（注四）　「落窪物語　研究文献目録」（吉海直人編）の当該年の論文。以下同じ。

二　落窪の間

ヒロインの女君は落窪の間に住むことによって「落窪の君」と呼ばれる。その居室は「寝殿《しんでん》の放出《はなちいで》の、また一間《ひとま》なる、おちくぼなる所の二間《ふたま》」（三頁）と言われる。これがどういうところであるか、古来よく分かっていない。古く落窪の間という呼称の空間は、この物語のほかでは見つけることが難しい。落ちる所とは建物のなかの低い所を言うので、『枕草子』「正月に寺にこもりたるは」段に、くれ橋を通って廊をゆくあたり、「そこもとは落ちたる所はべり」「あがりたり」など声をかけあって進む場面があるのは、一段低い所や高い所があって歩きにくいのである。寺院建築などにはそんな凹凸がなるほどよくありそうな気がする。清涼殿図や平安時代貴族家の指図《さしず》にしばしば見ることのできる「落板敷《おちいたじき》」は、一段低く作られた空間である。家から死者が出た時、宮廷ならば諒闇の時に、低い板敷にしたり板敷を取り払ったりするらしいことは古くからあり、この物語にもそれらしい所があり(二四三頁)、『徒然草』二十八段(注一)にそのことは見えて知られる。ずっとあとの用例だが、『調度歌合』(注二)に、最後になって和歌を申告したのは「おちくぼの所」にいた大つぼ(便器)と「おひの台」とであった。「おひの台」をも高橋亨(昭和五十七年六月)は便器であるとしているが、もしこのような「おちくぼの所」までをもわれらの落窪の君の居間にかかわり深く考えてよければ、落窪の間とはどうやらけがれの空間であるらしい。そういえば父中納言が便所(樋殿)に立ったついでに落窪の間を覗いているのは(一一頁)、一続きだからなのではあるまいか……。

「放出」は『源氏物語』の用例などに見るにその大体を知ることができるとして、『おちくぼ』の場合は「放出のまた一間なる」所に落窪の間はある、とあってややこしい。寝殿の一部、東半分ぐらいに塗りごめがあると仮に考えると、その西半分の、帳台などのしつらえられた部位を除き、儀式の時などにだだっぴろく開け放つことのできる空間が残る。日常的にそのような空間を「放出」と呼んでいたことは考えられる。そのもう一回り外部のどこかに仕組まれたけがれているらしい空間、落窪の間。あたかも母の死後十年以上その喪に服したままみたいではないか、とは前記高橋の鋭い読みであった。

しかし、どうやら現実に落ちている所が建築的にあるかどうかが問題なのではなさそうである。「昔、昔、ある女君がおったという。その女君はね、家のうらの落ち窪んだ所に住まわされていたのだよ。……」というようにでも想定される原話は、実際になくてただ作家の脳裏に思い浮かばれたものでしかなくても一向に構わないが、その場合の「家」、「落ち窪んだ所」とは、いかようにでも肉付けできる原「家」、原イメージとしての「落ち窪んだ所」であろう。『おちくぼ』は肉付けしていかにもありうる空間を物語のなかに作り出した。落窪の間、『おちくぼ』のそれそのものは物語のうちに創造されたどこにもない空間であるといわざるをえないのではないか。原イメージの「落ち窪んだ所」は明らかに一般生活空間の水準に対し低く区別された空間であった。とは、物語のヒロインの住むのにふさわしい、神聖な空間でもある、ということになるかと思う。神聖であることとけがれていることとは表と裏である。落窪の君の住まわされたここが家のなかのけがれている空間であったことはまちがいとして、それは裏返せばそれだけ彼女の女主人公らしさを保証する、神聖な位相にあったということであろう。

（注一）　倚廬の御所のさまなど、板敷を下げ、……。

（注二）　御伽草子。室町時代成る。歌合形式の異類物。

三　女君の結婚

『おちくぼ』の始まりは実子たちの裳着の準備からである。裳着は結婚を前提にして行われる。落窪の君には裳着が行われないことであろうと、早くも読者は気がついていい。落窪の君という名もそうだし、その待遇は完全に実子から差別されている。落窪の間というところに住まわされていることからして、この物語は差別の物語、本文中の語で示せば「懸隔《けんがく》」の物語なのである。まったく劣位におかれ、結婚の準備にありつけないヒロインが、いかに実子をさしおいて仕合せになることができるかの競争の物語であるとも見方をかえて言ってよい。この物語のいちじるしい特徴としてそのような対比の構造がそここに見られる。

『おちくぼ』から平安時代十世紀代の平均的な結婚の在り方がだいたい読みとれることはじつにありがたい。婚姻は裳着ののちまもなく、男が女のもとを訪問するていの、婿入り婚のかたちをとるのが通例であった。家と家との結びつきという要素があることは今日とかわらない。それとともに、いくら家と家との結婚といっても、婚姻の当事者である本人どうしが気がすすまなければどうしようもない、ということもまた今日と同じことであった。だからたてまえとしては男女合意婚のかたちを取る。男は三日間、連続して隠れるようにして女のもとにかよい、その三日めに家族や社会に対して所あらわし(「露顕」とも書く)をする。正式の結婚はそのような手続きを経て成立する。三の君はそのような正式のかたちで蔵人少将と結婚したし、巻二では面白の駒(兵部の少)もまたそのようにして四の君の婿になった。四日めからは家族化したとて面白の駒は朝になり居続けるが、むろん正しい。

それに対比させられるかのようにもう一つの結婚形態、自媒のそれが描かれる。言うまでもなくそれが落窪の君の結婚であった。三の君や四の君に比べると、いかにも非常階段を次々に昇ってゆく感じである。それでもありうるかたちの結婚であるとは読者に感じられていたろう。落窪の君方(女方)での結婚の開始は一応ルール通りであった。男君は三日続けてかようという、特にその三日めは時雨の激しい降りのなか、困難をきわめたが、ついに続けてかようことにより、この二人のあいだに正式の結婚が成立する。

しかし、裳着の行われていないことは既に指摘した。また、経済力を持っているように見えない女君が、今後どのようにしてこの結婚関係を維持してゆくというのであろうか。平均的な婚姻の場合、婿を迎える娘の家がその衣裳や身の回りを整えてやらなければならない。中納言は婿たちのために衣裳をいろいろに提供する。能力のある婿はある時期になれば一家をかまえ、娘を妻迎えして北の方に据えるということをする。中納言家の婿たちはいつまでも中納言にたよりっきりで、はなはだだらしないということはそれとして、そんな婿入り婚の形態がまあ平均的な在り方であるとすれば、ぜんぜん経済力を備えていないらしく見える落窪の君の場合、男が引き取る据え婚のかたちにたよるしかない。それまではなはだ不完全な結婚であるとの印象を免れない。真に完全な結婚形態に漕ぎつけるまでにはさまざまな苦難、試練が待ちかまえていよう。

果たして、落窪の間に男を導きいれたために、あわれ女君は折檻として、物置き部屋に閉じ込められることになる。「間」から「部屋」への下落。そればかりか、典薬助という老人にめあわせようというとんでもない企みを継母北の方は企んでいた。なぜ北の方は女君をそこまでひどく折檻しなければならなかったのだろう。たしかに北の方は、おのれのことをひどく言われて、腹立たしくてならなかった。だが部屋に閉じ込めるに当たってはあくまで老いほけた中納言、つまり女君の実父の意志に従う、というかたちをとっている。実父に讒言して怒らせた。讒言ではあるが、女君の所に男がかよっている、というその意味内容は、そんなに事実からはずれているわけでもない。ようするに折檻の理由は女君の自媒、つまり自由結婚にあった。とすれば、継母が押し付けようとした典薬助の記号的意味はあきらかに対抗的な求婚者である。「たはしき」(八一頁)とは好色のさまを言うのであろう。求婚行動にかりたてる力としての色好み性をこの老人は持つ。

貴族層においては色好みというかたちの恋愛形態がしばしば行われていた。まことに理屈に合わないようながら、色好み型の恋愛は一夫多妻制度に力を貸す。ヒトが本来ポリガミー的動物であったかどうかは分からない。貴族層は一夫多妻制度化される傾向にあったことだけをここではみとめれば足る。婿取り婚のかたちでそれは進むが、またそれは天下の色好みたちによっても支えられていたことは、かの『竹取物語』がまことによく描いてみせてくれた。色好みたちの活躍は結局、長者～貴族層の結婚の制度に奉仕する。『おちくぼ』の男君も、交野の少将も、もともとはその意味での貴族層の申し子のような色好み(あるいはその候補者)であった。一方、長者～貴族層の娘たちの自由結婚は家の管理のもとにどんどん制限ないし禁止されて行く。

男君の最初に女君に近づいた心は多分に色好み的であった。「『さればこそ入《い》れに入《い》れよとは。婿取《むこど》らるゝもいとはしたなき心ちすべし。らうたうなほおぼえば、こゝに迎《むか》へてん。』と、『さらずは、あなかまとてもやみなんかし。』」(九頁)などとはなはだ自己都合の論理を展開して、面目躍如たるものがある。それに対して女君はどうであったか。彼女は良家の娘ならしなくてよいはずの、つまり制限ないし禁止されているはずの恋愛、自由結婚に身を委ねるしかなかった。恋愛なんかしなければしないほうがいい危険なものであろう。しかし落窪の君は危険な恋愛のほうを拾うしかない。その理由は言うまでもなく実母を現実に持たないからである。もし実母が生きていたらば、娘の自由恋愛を憂慮し、制限ないし禁止したことであろうという意味合いにおいて、実母と継母とはどこか重なりあう。次節に言うように、継母は裏返しの慈母、ここでけっしてやさしくなれない代理の母なのである。しかも実母にふくむところのある継母であってみれば、継子の自由恋愛を憎んで妨害するのは当然のことでしかなかったろう。

四　継子いじめの物語

本書は『おちくぼ』『住吉』という二つの物語を扱う。この両書に共通するモチーフとして、ともに継子いじめの物語であるということがある。『住吉』においては姫君は父中納言のもとに引き取られても大切にされ、中の君や三の君と仲がよく、また乳母《めのと》によってその生存中は守られていた。『おちくぼ』の女君はそれに対して最初から乳母はなく、中の君その他の実子と気まずく、みじめな落窪生活をしいられ、いじめられていた。そのようなちがいがあるのは言うまでもないこととして、継母が卑劣にも讒言をし、老人(主計助・典薬助)を使ってヒロインを性的危機にさらすに至ることは共通する。『源氏物語』蛍の巻に「主計頭《かぞへのかみ》がほとほとしかりけむ」とあって、古い『住吉』には(『源氏』の誤写でなければ)その老人が主計助でなく主計頭であったこと、そいつが姫君に実際に襲いかかろうとしたらしいことが知られる。そのかたちだと、よりいっそう『おちくぼ』に近い。『おちくぼ』はその古い『住吉』を受けて書かれた、と判断されているので誤りなかろう、とここでも考えておく。

なぜ継母はわれらのヒロインたちを虐待しなければならないのであろうか。『おちくぼ』の場合、継母が女君を折檻する具体的な理由があることは前節に見た。しかし、『住吉』でも、いや継母の出てくる多くの物語、説話、昔話の継母たちが、せっせと継子いじめに励むのである。具体的に腹を立てる理由がなければ継子いじめをしない、などといったなまやさしい事柄ではない。しかし、とさらに言葉をついで言えば、継母だから継子に折檻をするのであろうと、納得してしまうのもいいことではない。継母だからひどいいじめをするのだろうと、読者は、『おちくぼ』を、『住吉』を読んで、ひとごとのように考え、安心していてよいのであろうか。子供を虐待することは継母だけの特権であるのかを考えてみればいい。実母もまたわが子を虐待するのである。虐待といっていけなければ、折檻、しつけ、体罰、どう言ってもかまわないが、親による子へのいじめは、それなくして正常に子を生おし立たせることができない、大切な〈教育〉としてある、とひとまずしておく。グリム説話のいくつかの継子いじめのそれも本当は実母による虐待が原話での語られ方であった、という報告もある。

だからここでの考えるべきことは、実母によるいじめ(折檻)が遠景に後退し、代理の親である継母が前面に出てそれをすることの深い、特別な意味であろう。実母が物語の舞台から退くこと、これは必要な条件、というより物語においてはありふれた話型であった。民間説話(昔話)や、中世の物語文学では、実母は、松本隆信(昭和二十九年一月)が論じたように、死して援助者であり、霊的存在として苦難する女主人公の近くにいつでもいるかのようである。『おちくぼ』では、実母は女君が六歳か七歳の時に亡くなる。女君の母親に呼びかける和歌「我に露《つゆ》あはれをかけば立《た》ち帰《かへ》りともにを消えようき離《はな》れなん」(八頁)は、時に八月という先祖霊を引きつける季節でもあり、あたかも実母の霊に呼びかけるごとき話型に沿う詠み方であるものの、この物語では残念ながら、実母があらわに神秘的な援助者になることはないので、ますますもって継母の独壇場である。彼女は代理の母であった。人生の通過儀礼、娘についていえば成女戒の段階(のいじめ)をとりしきるのは実母でなく、代理者でなければならない、という決まりが深層にあるからだ、と見るのが穏当であろう。女君はたしかにもう結婚しているというのが物語上の事実であるけれども、ぜひ完全な結婚、名実ともに結婚といえる事態に導くためには、遅れる成女戒をここに課し加えなければならない。実母ならざる代理の母はここにおいてどうしても役どころとして鬼ばばあにならざるをえないのではないか。ヤマハハの昔話(たとえば柳田国男の『遠野物語』のそれ)が親たちの留守の時間からはじまるように、『おちくぼ』の継母もまた実母の欠如した時間をぬっての大活躍である。『おちくぼ』の継母のやったいじめは、石山詣でに連れてゆかない、とか、もの縫い、調度のまきあげといった多分に彼女の性格に基づくそれはそれとして、計略を巡らして暗黒所(物置き部屋)に押し込め、食事をぬくという飢餓状態に置き、典薬助をして襲わせるという性的強制を加えているから、まさに一回的な成女戒のいじめを深層において形象化したものであったと分かる。物置き部屋は落窪の君を仮死によって美しく蝶のように飛び立たせるためのさなぎの場所でもある。老求婚者典薬助を無事にはねのけることができるか、最後の試練であった。

急いで付け加えておく。結婚をひかえる年齢期の読者にとってはかかる女主人公苦難の物語を読みふけり、女主人公とともにその苦難をくぐりぬけてゆくことが、精神的に成女戒を体験することになっているのだ、と。このことについてはなお研究史を概観するところでふれることにする。

五　色好みの終り

ヒロイン落窪の君は、『住吉』の姫君が古き宮腹の娘の腹に生まれた子であるのに似て、「わかうどほり腹の君」(三頁)であった。この「わかうどほり」は難解な語であるが、隋書の倭国伝に「和歌弥多弗利」という語があって(原文「利歌弥多弗利」とあるのをそう訂正してよければだが)、それは聖徳太子をさす用例であるらしく、もしこれが「わかうどほり」の古態であるとしたら、太子や皇族あるいは外国の王のような高貴な血筋をさす語であった、ということになる。母は亡く、乳母すら早くからいない。『住吉』の侍従は乳母子で、これが活躍するのは物語の話型であるが、『おちくぼ』のうしろみ(あこき)は、落窪の君と一応、赤の他人であるらしい。落窪の君は母方の係累のいない孤独の身を、うしろみと一緒に父方へ引き取られたのであった。

このヒロインはどんな性格、どんな考えの持ち主であったか。彼女は、自分のことを「人に知《し》られぬ人はうしむなるこそよけれ」(一九頁)と述べている。この「うしむ(有心)」は、男君が彼女のことを「心深《こゝろふか》き」(一五頁)女性であると聞いて引かれていたのに対応している。この「うしむ」と言い、「心深き」と言い、物語の基底を流れるある重要な情調にふれてゆくキーワードの一類ではないかと思う。落窪の君は心の深い、心のある女性であった。

一方、男君は、女君側の男君への最初の評価によれば、あこきの言葉だが、「いみじき色好《ごの》みと聞《き》きたてまつりし物を」(七頁)というような感じであった。『おちくぼ』の男君が色好みである、という評価は、むろんまちがっているわけでない。但し、実際の行動によって示している色好みでなく、考え方が色好みである、という程度であろう。交野の少将が行動派色好みであるのに対して、ぜんぜん行動の伴わない色好みである。その考え方とは、前々節に示したように、「さらずは、あなかまとてもやみなんかし」式の、女性物色型の思考を示すこともさりながら、「心深き」女性を求めることもまた色好みであることとなんら矛盾しない。色好みはまさに「心深き」女性を試して回り、そのためにさんざん(交野の少将のように)苦労するのであるから。

それはその通りだが、『おちくぼ』の「心深」さについて、もう少し考えをすすめておきたいような気がする。この女性をものにする気はむろん最初からあったが、しかしその最初から深くこの女性に愛情を感じて近づいたわけではなかった。またやめるつもりはなく、続けるつもりではあったにしても、結婚して三日めなど、例の土砂ぶりに、「心の罪《つみ》にあらねど、おろかに思《おも》ほすな」(四三頁)と言ってくるのは、結婚解消の危険を冒しかねない成り行きである。その危険は暗雨をついて(くそもついて)の訪問によって回避され、以後しだいに思いを深めてゆくが、決定的にその愛情というやつを深くしたのは、継母が口にした「おちくぼの君」(六九頁)という名を聞いて、この女性がどんなにつらくさいなまれてきたかを知った夜——結婚して一か月か二か月かのち(長沼英二、昭和六十二年三月)——のことであったという。何と実父までがその名を口にしてわが娘を叱責するのを男君は傍らにいて聞いて、ふつふつと沸きあがる怒りそして愛情であった。「落窪」とはそんなにもおかしい、みっともない語であったということはそれとして、同情の極点が愛情の極点でもあり、かの復讐行動の起点にもなっていった、と告白する辺り、この男君は、何というかおもしろい正直な人である。巻四に至り、このように告白している。

かのおちくぼの言《い》ひ立《た》てられてさいなまれ給し夜こそいみじき心ざしはまさりしか。その夜思《おも》ひ臥《ふ》したりし本意《ほい》のみなかなかなひたるかな。これがたふにいみじうちようじ伏《ふ》せて、のちにはよろこびまどふばかり返《かへ》り見《み》ばや、となん思《おも》ひしかば、四の君の事もかくするぞ。……(二六八頁)

これは巻一の当該箇所での「いかでよくて見《み》せてしがな」(七一頁)という思いと対応する。落窪の君が迫害される現場をまのあたりにして、それまでだんだんつのってきていた愛情が一気に頂点に達し、それがために報復をも決意したのだという理屈であった。

この愛情を強調するために、であろう、物語はこれ以後、男君が他の女には見向きもしないことが語られてゆく。けっして一夫一妻制の主張がここにあるなどと読まないように。一夫一妻制は古来の、とりわけ庶民層での結婚生活の基礎である。富の集中と共に一夫多妻化してゆく傾向が長者〜貴族層を中心に見られることは前節に述べた。一夫一妻制と一夫多妻制とは移行的なのである。若い女性読者は前者がいいと思うのにきまっている。『おちくぼ』の作者は男君の愛情の赴く方向を読者の好みに正直にあわせたのであって、けっして一夫多妻制を批判してやろうなどという思いあっての執筆ではないと知るべきであろう。

さて、「心深き」について考えてみると、落窪の君は、のちに男君の北の方となって、みごとに家政をとりしきることになる。これは器量比べの話型が感じられる巻四での大宰の帥と結婚して家政をようできない四の君のふがいなさに比較するまでもなく、まことにヒロイン女君の大貴族家の北の方としての資格が十分であることがそこここに語られる。四の君の娘を九州への旅に同道できるようにしてやるまでの才覚などには舌を巻かせるものがある。「心深」さとはそのような大貴族家の主婦を務めることができる心深さであったのではないか、と気づかされる。いや、物語のはじめの若い少将がそんな将来堂々の主婦である人を、と考えて女性を物色していた、とは考えられないが、結果が語るかぎりで色好みが探しあてる「心深」い女は、そのような男の生涯を家政の面から支えることのできる女人であった。

六　報復、孝養そして家

継子いじめのあまりの悪辣さに、少将は、あこきもそうだが、中納言家、特に継母北の方に対して報復することを決意する。ここにも『住吉』とのちがいがある。継母継子の話型として、最後に継母が不幸になるのはむろんのことであるのにしても、しつこい報復が語られる『おちくぼ』のようなのは他にありそうにない。もちろん『住吉』との相違点を挙げてゆけばきりがない。実母の遺言がない（三条の家についての遺言はあるが入内させることを希望するなどのそれはない）、継子の流離がない（いじめられることも流離も受苦という点では同じだという意見（広田収、昭和五十三年十一月）もあるにはあるが）、霊験譚がない（日向一雅、昭和五十四年五月）など。これらの相違点はまた森田実歳（昭和四十三年十二月）の作成する一覧表に照らすに、『おちくぼ』と多くの継子いじめの中世小説とのちがいでもある。とにかく『おちくぼ』の報復譚はこの作者の創作だ、と言われる。清水詣《きよみずもう》での場面に見せるような、継母北の方のけっしてへこたれぬ性悪さは変に現実味を獲得しており、男君が「懲《こ》りぬや」（まいったか）と訊かせたのに対して継母が「まだし」（なんの、まだまだ)と答えるところ(一五二―一五三頁)、男君と継母とのこのいたちごっこは地獄にまで突っ走るしかないのではないか、とは西村亘(昭和六十一年二月)の意見だが、中世小説にはない作者の独自なリアリズムがここにあらわされている、とするその意見に賛成したい。

報復はいくつにもわたっているが、一読して、継母によるいじめの数々と、大方のところ対応して書かれているのではないか、と気づかされる。その一つは、物語の中に言明されているように、物置き部屋にこめられたことと、清水詣での時に狭い車中で一泊したこととの対応である。物語のなかの二人の「をぢ」典薬助と面白の駒とが対応していることも分かりやすいかと思う。小山利彦(昭和五十四年五月)はほかに、落窪の君の持ち物をまきあげたいじわるに対するのに三条の家の横取り、もの縫い労働の強制に対するのが賀茂の祭りでの車争いに恥をかかせること、中納言への讒言に対して中納言を三条邸へ呼び寄せてこまごま事情を釈明すること、を指摘する。いずれも妥当な指摘だと言ってよい。

巻三のはじめ、三条の家の所有をめぐる攻防は手に汗にぎる描写である。双方が父を子を立てての所有争いであった。券が落窪の君の手元にあるのは事実であるのにしても、中納言方(越前守)の主張、(1)長年にわたる平穏な占有つまり取得時効、(2)建物の造作改築、という主張は、一見正当である。所有権があると言い返す男君側は券をふりかざすだけ。なんとなく権力をかさにきるその態度には、当時の読者なら胸のすく思いがしたことかもしれないが、現代の読者にとってあまり快いものでない。中納言側はさらに突っ込んでくる。たとい券がお手元にあろうと、それが盗品であるのであれば所有権を主張できないはずだと、まことにきわどく鋭い突っ込みである。しかしその論理がそのまま中納言方の敗北を決定する。券は盗品でなく、落窪の君が母宮から正当に伝えられたものにほかならないのであ

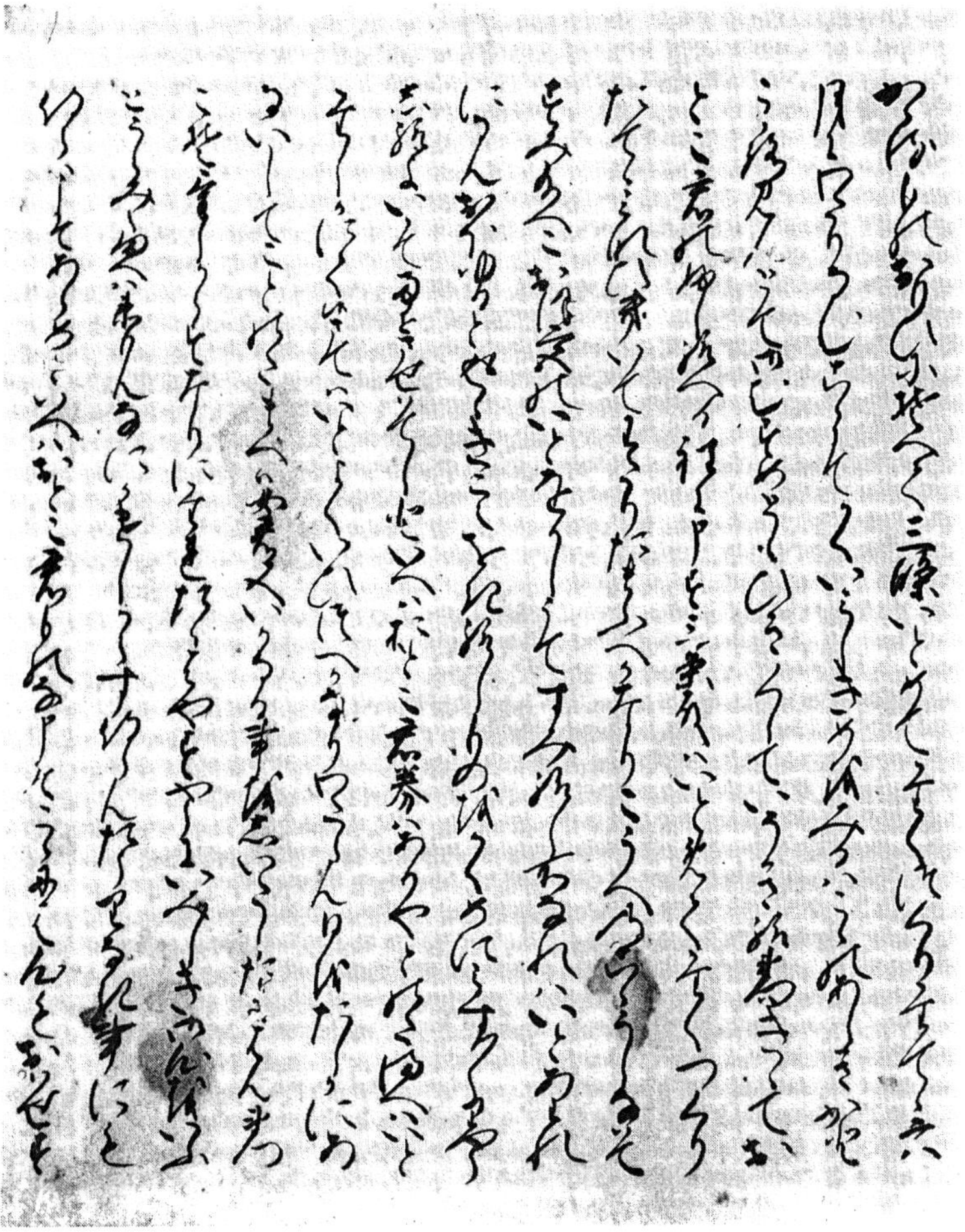

九条家本『をちくほ』第三巻頭

るから。ところで券が入れられてあったのはあの中納言邸から脱出する際にからくも持ち出された櫛の箱ではなかったか。ヒロインを仕合せにする如意宝の話型はこの玉櫛笥にみごとに表出されていると知られる。

巻三の後半から巻四にかけては孝養譚でうずめ尽くされる。報復が行われているさなかでも、報復が終わればそのあとは孝養を尽くそう、ということを男君は漏らしていた(一三四頁)。だから孝養は予定の行動なのである。これを単なる後日譚であるとみる読みは根づよいが、話型からみてこの孝養の付加が『おちくぼ』の独創的方法だとみる考え(上坂信男、昭和三十五年十月、小山、昭和五十四年五月)のほうが、『住吉』などに比較する時に分かりやすい。父中納言への孝養が主で、法華八講、七十賀、大納言位と続く。その見返りとして、老大納言の死後、女君は中納言邸を遺贈される。そこにも券の行方をめぐって読み取りにくい本文が展開するが、最終的に女君の手中に落ちた、と見ておく。孝養譚は継母への施しとして受け継がれ、不幸な三、四の君の面倒をみてやる、というかたちの孝徳譚のかたちに変奏されて続く。

巻四の後半はその四の君の再婚の話に当てられる。これを冗長であるとの批判がある。また「冗長」であるとの意見に対して、日向一雅(昭和五十四年五月)の「構成上からは蛇足であっても、落窪物語の文学的可能性はそこにおいて端緒が開かれたのではなかったかと思う」という反論がある。そのような「冗長」さこそは例えば『源氏物語』に引き継がれてゆく、と見ることはいい。しかし、巻四が「蛇足」である、あるいは文学的可能性の「端緒」がようやくここにして開かれる、というような認識は、それでよいのであろうか。巻四は、巻一以来おおまかにではあるが一貫している構想の完結編であって、その呼応が本文中に見られることについて、その最大の箇所を前節に引いた。けっして巻四が余剰の巻ではないことについて、神野藤昭夫(昭和四十六年三月)らの批判が既にあり、多くを説明するまでもなかろう。

なお、この物語の冒頭部、巻一の最初の和歌に「筑紫」(四頁)を詠みこみ、巻四を四の君の筑紫の帥との結婚そして九州下向(と帰還)によってとじるという物語としての完結性は意味ありげだが、理由は分からない。

七　物語の終り方

かのてんやくのすけはけられたりしをやまひにてしにけり。

「これ、かくておはするもみすなりぬるそくちをしき。なとてあまりけさせけん。しはしいけておいたへかりける。」

とそおとこ君の給ける。女御の君の御けいしにいつみのかみなりて、御とくいみしうみけれは、むかしのあこき、いまは内侍のすけになるへし。てんやくのすけは二百までいけるとかや。

物語の終わる最後の数行を底本のまま書き出してみた。古来、難解なところであって、典薬助が蹴られて死んだと書かれている直後なのに、「てんやくのすけは二百までいけるとかや」(典薬助は二百まで生けるとかや)とあるのは納得しがたいものがある。

また、「女御の君の御けいしにいつみのかみなりて」(女御の君の御家司に和泉守なりて)とあるところも、女御の君とはだれか分かりにくい。男君と女君との長女である姫君のことであろうか。だが、二八九頁に「御むすめの女御、后《きさき》にゐ給ぬ」とあって、彼女は中宮になった。では男君の二女のことであろうか。しかし二女が入内して女御になっているという本文上の証拠はどこにもない。この女御の君は、あこきのおばが和泉守の妻であったころの「女御」、つまり男君の姉妹(姉かあるいは妹)である人、巻一から巻三まで女御であった人、いまは皇太后である人のことだ、と見るのがいちばん自然であろう。「女御の君の御家司に和泉守なりて、御とくいみじう見けれぱ、むかしのあこき、いまは……」とある、「けり」を見落としてはならないので、過去にさかのぼりその結果が今に及ぼされる、という文体であった。和泉守が羽振りがよかったのは物語の冒頭から左大将家の(女御の君付きの)家司であったからだと、最後の最後になって知らされるのだ。その惜しみない協力によって今のあこきがあるのだ、という理屈。内侍のすけになれるということはたいした栄誉であった。

続く「てんやくのすけは二百まで……」が難解である。いったん死んだ典薬助が二百まで生きることがあろうか。斑山文庫本がここを消して上から「たちわき」と書いているのが印象的である。これを「すけ」あるいは「典侍」(内侍のすけ)の誤りであろうとしたのは、何らかの根拠があるのか、思いつきか、近世の研究家がこれを典薬助でなくあこきのこととし、現代の注釈もほぼそれを踏襲する。その改訂に従いたいきもちは分かるが、底本その他、三手文庫本によってみても「てんやくのすけ」である。そこでもう一度、死んだと書かれているほうを見ると「かの典薬助は蹴られたりしを病まひにて死にけり」とあるので、こんな「けり」はふたしかな伝承にかかわるそれであった、と気がつく。

つまり典薬助が死んだというのは物語内にもたらされた一つの情報としてある、ということだ。男君が、「どうしてあんなにひどく蹴させたのだろう。しばし生かしておくべきであったことよ。」とおっしゃったというのはその情報に基づいての感想であった。とすると、本当は典薬助は生きていて、なんと二百まで生きているとか言うことだ、というもう一つの情報を流してこの物語は終わった、とそのように最後の文を読む読み方はできないことであろうか。

舞台で死んだ配役がカーテンコールに生きて出てくるようなものだ、と考えてもよろしい。ここは典薬助を死にっぱなしにするよりも、古代の物語の一つの在り方、めでたしめでたしで終わろうとする祝福性のつよい表現のしかたとして考えるのがよくないか。あこきが二百まで生きるのは愉快だが、死んだと思った典薬助が長生きするのも意外性があってよいのではないかと考えてみる。

八　書き手と書くこと

「書き手」が何度も脚注に登場する。ここに言う書き手とはだれのことか、きちっと説明を施しておかなければならない。書き手と言う時、二種のそれが考えられる。

第一の「書き手」は、書くという行為を担う者であるとして、作品のただなかにではないが、かといって外部でもない位置に虚構としてある書き手。『うつほ』に「これより下にあれど、書かず」(蔵開・上)、「書かぬは本のままなり」(楼上・下)、『源氏物語』に「こまかなる事どもあれど、くはしく書かず」(夕顔)と出てくるような、物語の執筆者であることを自認する書き手であるが、『おちくぼ』のそこここにも省略を断わるこの書き手の言葉が見られるので注意させられる。そういうのは必要からはっきりと書き手が物語の前面に出てきたので、必要がなければあらわに出てこなくてよい。出てこなくても、物語は全体に書き手によって書き記されている、というたてまえ、つまり虚構になっている。

それに対して第二の「書き手」として、物語文学作品そのものを書く、という行為によって存在できる本来的な書き手がいる。書くという行為の担い手である。この書き手は第一の書き手のように物語の表面に出てくることがない。

物語作家、物語作者、著者である人と同一視してもいいかもしれない。但し、作家、著者あるいは作者という時には、紫式部なら紫式部といったような文学者を思い浮かべやすく、人格的、職業的な感じがある。厳密に言うと物語文学を書くことによって作者、作家あるいは著者であるのだから、書くという行為の担い手としては非人格的、非職業的である。そのような存在をやはり書き手と称しておくのがよかろう。『おちくぼ』は書かれた文学である以上、そのような書き手によってもたらされた。

さて、本書の脚注で「書き手」と言う場合、第一の書き手のことをだけ意味することにしよう。つまり物語は書き手によって書きもたらされた世界である、というたてまえがこの『おちくぼ』には貫かれているので、脚注はすべてその書き手の指示に従うことにした。その書き手が物語の前面に出てきてしきりにヒロインの心を察したり、叙述を面倒がったりするところは、従来「草子地」として注意されているところにほかならない。そのようなところはしかし無数にあるから、地の文はすべてそれだということも理屈として成り立ってくる。今回は草子地という用語をやめて極端に目立つところにだけ書き手の言葉であることを注意する程度にした。それにしても物語のすぐ傍らにいる虚構の書き手なのであるから、男か女か、古女房かだれか、ということぐらいでも分かりたいのに、その輪郭はどうもぼんやりとしている。すなわち書き手が男であるか女であるかは、この物語の作家にとってどうでもいいことであったのであろう。虚構の書き手は本来、男の会話や心理を描くかと思えば、女の会話や心理を描くことをもする、両性具有者でなければならないということが、ごく自然に、書き手から性差を奪ったのかと知られる。

書き手は物語内容を実際に見て知って書いたのか。それとも伝承として聞き知って書いたのか。むろん虚構であるから、見て書くか聞いて書くかといってもすべてはその虚構のなかでのちがいを問いかけているのにすぎないのだが。

——以下、いちいち虚構として云々と断わらないことにする。物語文学であることの大きな前提は「語りの文学」だ、と世上に言われることは、『おちくぼ』の場合、どこに語りはあるのか、という問題でもある。語りの担い手を語り手としよう。語り手はいるのであろうか。見てきたように「書き手」はいる。省略の断わりの箇所に「書かず」「書かず」といくらも出てくる。それに対して「語る」や「語らず」はない。『おちくぼ』は書いて読者に提供する、というたてまえになっていて、語って聞かせるもの、とか、語られたものを筆録したもの、というたてまえになっておらないように見受ける。また、物語文学は本文を目のまえにしては語ることのできない代物である。(注二) もう一度言う、語り手はこの物語文学のどこにいるのか。これはかなりやっかいな問題であった。

物語内容は過去のことに属する。このことは言うまでもない。叙事文学の大原則は過去の事件を扱う。過去のことであるから、書き手の見知っていたことのほかに聞き知ったことや見聞せずとも過去への推量判断のたぐいをないまぜて書くことができる。『おちくぼ』の場合、どうもその物語内容が伝承によりもたらされた過去の事件だという立場を徹底して取り続けていないようであることが気にかかる。伝承らしく感じられる部分があることはある。それは脚注に注意しておいた。「聞かないから書かない」(二六五頁)とわざわざ断わるようなところは、伝承を受けていないからではなくて、人のむつ言であるような、聞きにくいことについてである。『おちくぼ』の描写の魅力は見てきたことの報告であるかのように書くそのありありとした印象深さに一つあろう。しかし、だからと言って『おちくぼ』は、書き手の目撃したことをあとになって書いたものだとけっして言うことができない。なぜなら、巻一の終りに、「二の巻《まき》にぞこと〴〵もあべかめるとぞある」(九六頁)というややこしい言い回しが見られるので、ここに拠るかぎりで、書き手は元の本を書き写していることになっている。すなわち書承であると言明している。つまり元の本の書き手がいる、という体裁を取っているのだが、その元の本の書き手こそは落窪の君のことを親しく知っており、その見てきたことを書いた、という設定になっているのではなかろうか。

そう考えて冒頭の、「いまはむかし、中納言なる人の、むすめあまた持《も》たまへるおはしき」(三頁)の「き」がその体験性を残そうとする文体であることに気づく。そういうことではなかろうか。以下、元の本に在った見聞者のありありした口調を残しているのである。「けり」は多いが、伝承を示そうとする用例にとぼしく、多く過去から現在へかかわりを持とうとする「けり」であって、「…してきた」「…たことだ」などとしつこく現代語訳を脚注に示しておいたのはその理由による。

(注一)　藤井、『物語文学成立史』三一九頁。

九　物語の文体、喩、話型、描写

前節に語り手はどこにいるか、と問いかけた。むろん物語であるからには、モノガタリという語の中にカタリが含まれていることに明らかに示されているように、「語りの文学」の一類であるとの主張には十分に理屈がある。と同時に、前節にちらと言ったように、物語文学は書く文学であるからには、それを目のまえにしては語ることのできない、非モノガタリでもある。だから語り手はいるとしたら、語るように書く、語り手になって書く、という、書き手と語り手との重なり合いないし協力にある、と見るしかない。すなわち物語文学の文体は伝承によりもたらされる語りの文学の体裁を取る、という大原則があって、『おちくぼ』もまたけっして例外でありえなかった。

冒頭からして、まさに伝承の文体である。それは語りの世界に保存されてある基本的な形式である。それとともに、説話や物語文学一般の冒頭形式に対して、『おちくぼ』はややちがいを持つことも特徴とされてきた。前節にふれた「き」止めはそれである。

いまはむかし、……き。

「いまはむかし……」を単に「むかし……」と言い出してもほとんど同じであろうが、説話文学では『今昔物語集』その他に、また物語文学では『竹取物語』以下に見られることなど、復習するまでもない。「き」について寺本直彦(校注古典叢書の解説、昭和六十二年三月)は、『今昔物語集』の中に少数ながら「今ハ昔……(有リ)キ」とある諸例を検討して、採録時に近い記事であるとし、また『おちくぼ』の中の「むかし」の語例を調査してそれが「いま」に近い過去であると論じる。おもしろい見解であると思う。「き」の持つ目撃性(目撃的な過去をあらわしやすいこと)と、この物語の同時代の文学らしさの感じとは、向きあっていることなのではないか。

物語文学はだいたいどれでもその現実感覚の文体とでもいうべき性格を魅力としていて、われわれを飽きさせることがない。『おちくぼ』は特にそうなのだ、とぜひ言いたい。継母北の方の会話のおもしろさは特筆に値する。また別に、子供の言葉なら子供の言葉を活写してやまない。幽閉された女君に侍女あこきがなんとか連絡し食料でもさしいれようとするところ、幼い三郎君にその大任を托すところがある(九三頁)。そこにあらわされる三郎君の幼い様子は、「いかゞは」(どうして、そりゃもう)、「いで」(さあ、どうぞ)、「これあけむ〳〵、いかで〳〵」(これあけたい、あけたい、何とかして、何とかして)、と子供らしい言い回しをつらね、「あやにくに」「のゝしりて」「打《う》ちこほめかして」「おそばへて」などの表情豊かな語を駆使した、子供のだだをこねるしぐさの活写である。無事に手紙と強飯《こわいい》とが女君に手渡されるか、読者は分かっていてもはらはらしながら読み進める箇所。これを巧みな文体だと評価してもたぶん異論は出てこないと思う。

そんな巧みな文体から、われわれは物語を現実描写の文学であるかのように思ってしまうが、ちょっと待てよ、といささかでも言いたい。子供のしぐさを活写するのもいかにも子供のそれらしく苦心された表現ながら、要点は密室にものが届けられるかどうかにある。あこきのなんとか密室内の女君に連帯し続けたい熱い心にある。その思いはそのまま男君の心の熱さであった。物語世界や主人公の心情のいわば喩《ゆ》として場面描写は切実に語られている。喩というこの古代からある言葉を術語として脚注に時に使わざるをえなかった。文学作品は事物そのものでない。いわばさまざまな喩の組み合わせとして文学作品は何かをあらわす(表現)、あるいはあらわし(表象)としてある。その組み合わせた描写が不意に現実へ届くのである。

喩といえば和歌表現が主人公たちの心情にとってのそれであることもまたいうまでもない。女君の哀切な作歌に答えて、男君は、

いのちだにあらばと頼《たの》むあふことを絶《た》えぬと言《い》ふぞいと心うき　(九五頁)

と返歌して、「もろともにだにこめなん」と訴える、こんな極まった感情は「石城《いわき》(石の墓)にでも連れてこもってもいい」と詠んだと伝えられる古代びとの思いに通じるものがあるかもしれない。激情を和歌に巧みに入れ込んで、この物語の和歌は多からず少なからず(八十首余)、散文部分との調和はみごとであろう。物語文学を玄人向けのものにする引き歌のようなものはあまり多くない。

物語を成り立たせる重要な要素としての話型も、本書の脚注では無視しなかったことの一つである。話型は本来、

神話や昔話において見いだされるべきものであって、物語文学はむしろ話型から自由な、言い換えれば話型の壊れた文学であろう。だからこそ話型は、物語文学が、けっしてそれにもたれるようにしてあるものでなく、かえって意図的にそれに向き合い、それを取り入れようとする、物語文学の推進装置として働いているのではないかと考えた。『おちくぼ』において話型はとりわけ重要である。

この物語にあふれかえる哄笑、哄笑…の渦は、三日《みか》の夜の祝宴に、清水寺の喧騒に、祭りの都大路のにぎわいにと繰り広げられ、とどまるところを知らない。カーニバル的状況にこれでもかこれでもかと描写の筆はたわむれてゆく。また男君が結婚三日めの夜にくそつきでお出ましになるスカトロジー的な場面などは著名である。これらが『おちくぼ』の大きな特徴であることは言うまでもなく、十世紀物語文学がめざそうとしていた滑稽文学性のみごとな成功例である、とぜひ言いたい。われわれの読み馴れている十一世紀代の物語文学からは否定されかねないこれらの猥雑でおかしい要素が、十世紀の物語文学では大切で中心的な描写としてあった、とは考えられないか。あっけらかんとした性描写もまた印象深いところであった。

あこきや帯刀のような、周辺を演出する人物の大活躍はこの物語の特徴である。あこきについて「されたる女」(三頁)、帯刀について「されたる物」(六頁)と、いずれもしゃれ者であるとの紹介がなされていることは、日本文学をたてに貫く「しゃれ」の系譜にこれらの人物を置いてみる時、激しい興味をそそられないことであろうか。

今回、注釈を試みることによって、会話の文体の会話主による使い分け、敬語の使い分けと言った目立つ方面の文体の苦心がこの物語にはあることはむろんのこととして、例えば音便形か非音便形か、終止形止めか連体形止めか、文末の多様性などと言ったところにまで作者は書き分けの苦心を払っているらしいことが感じられて、まことに驚嘆させられるものがあった。この方面のフリッツ・フォス(昭和六十二年三月)の研究の意図は示唆的である。しかし、そのような諸研究にかかわる『おちくぼ』の文体論は、本文が古態を残している、という前提を立ててのみ成り立つことである。以下、本文のこと、底本の選定、校訂の方針などにふれてゆく。

一〇　本文について

現在の『おちくぼ』が十世紀後半代の古態を残しているか、むろん精密には何も分からない。本書には『おちくぼ』と『住吉』とが翻刻されているので、両者の文体の印象がかなりちがうことは一覧して見てとることができる。『住吉』には頻繁に見つけられる中世的な語彙を、『おちくぼ』にはまあ見いださないと言ってよく、内容にも既述のように霊験譚を持たないことなどから、概して中世の改変の手を加えられることはなかった、と判断できる。(注一)『おちくぼ』と『住吉』とでは、誕生ののちの運命のたどり方がちがう。『おちくぼ』はおそらく平安時代の古典として尊重されて、だいたい室町時代までは忠実に書き伝えようとされてきた、と考えてよい。尊重されて書き伝えられてきた、とは誤写や破損が途中に生じても、その誤写や破損をさかしらに大きく改めたりせずに、ほぼ忠実に写そうとしてきた、という意味合いにおいてである。実情を言えば、現行の『おちくぼ』の諸本のうちにはかなりの異文を持つものも行われている。誤写や破損のために古態から離れていった、という心配があるし、大きな改変はなかったのにしても、小さな改変ならば写本のつねとして書写者の筆のすさびにいろいろにありもしたろう。異文をしきりに生じてやまないのが写本の生きる姿であった。

今回の翻刻については底本に九条家本の『おちくぼ』を使用する。室町時代に書き写されたと見られる現存最古の、早くよりその存在を知られていた写本であるが、先年、写真版として刊行されたことにより、その全貌にふれることができるようになった。これは柿本奨(昭和四十八年三月)により「古本《こほん》」あるいは第一種本であるとされた一群の写本に近い本文を有しているので、この九条家本をも「古本」としておく。(注二)「古本」は、近世の研究者により改訂の手が施されるまえの本文状態を保つ一群の写本であって、われわれはこの「古本」の本文の検討を繰り返して、古態の分かるところはそれに近づくのがよい、とひとまず考えることができる。

古態をできれば知りたいわれわれにとって、気になる写本や文の一部がほかにもあることはある。物語の和歌を集めた『風葉和歌集』(文永八年(三七一)序)には、『おちくぼ』から八首の和歌が採用されていて、例えば『おちくぼ』巻三の、

十一月、山に雪いとふかくふれるいへに女なかめてゐたり、

雪ふかくつもりてのちは山里にふりはへてける人のなきかな　(一三三頁、九条家本の原文による)

は、『増訂 校本風葉和歌集』によれば、

大納言たゝよりの七十賀の屛風に山に雪たか

くふれる家ある所

よみ人しらす

雪深くつもりてのちは山里にふりはへてくる人のなき哉

とあり、ほぼ一致しているが、吉田幸一(『古典聚英』4の解説、昭和六十一年十一月)が注意しているように、微妙なちがいも見られる。『おちくぼ』の「ふりはへてける」は『風葉和歌集』において「ふりはへてくる」とある。「く」と「け」とは変体仮名で酷似する場合があるから、一方から一方への書き写しの際に生じた変化であろう。「古本」は

「ける」であるのに対して、「くる」とある『おちくぼ』に三手文庫本、静嘉堂文庫蔵天和本、真淵関係本(清田正喜蔵本「ふりはへてくる」、宮内庁書陵部本丙「ふりはてゝくる」)、木活字本(寛政六年刊)、寛政十一年刊本(上田秋成の校訂した本)などがある。『風葉和歌集』に一致するところから見ると、三手文庫本(や天和本)が「古本」と別の系統の古い本文を残している可能性をなしとしない。

巻四の、

おしめともしゐて行たにうきものを我こゝろさへなとかをくれぬ　(二八一頁)

は、『増訂校本風葉和歌集』によると、

おちくほの中宮

つくしにくたる人にのたまはせける

をしめともしひて行たにうき物を我心さへなとかおくれぬ

とあって、これだけでは問題でないが、やはり吉田(同)の注意にあるように、「うき」とあるところ、『風葉和歌集』の異文に「ある」(久曾神本・嘉永本・丹鶴叢書本)ともあって、この「ある」は『おちくぼ』の三手文庫本・天和本・真淵関係本や木活字本・寛政十一年刊本に一致する。やはり三手文庫本(や天和本)が気になるといえば気になる。

ちなみに『風葉和歌集』に「おちくぼの中宮」とあるのはこれで正しいので、『おちくぼ』の「姫君」(男君と女君とのあいだに生まれた長女)はのちに中宮にまで至る(原田芳起、昭和五十五年十二月)。『風葉和歌集』が正しく『おちくぼ』を読んでいる例であるが、「かへし」のほうは「大納言たゝよりの四君」の和歌としていて、「大納言たゝよりの四君のむすめ」とでもあるべきところを誤っているのは減点である。

三手文庫本というのは、賀茂別雷神社に蔵される四冊本(今井似閑奉納本)で、神尾暢子(『三手文庫本落窪物語』の解説、昭和五十九年六月)によれば、契沖の兄如水(一六三七―九八)の筆かと言う。これの成立には契沖そのひとが関与し、書き入れはその周辺で『おちくぼ』の研究が行われていたことを語る、と神尾は言う。新潮日本古典集成(稲賀敬二校注、昭和五十二年九月)が底本にしている広島大学蔵柏亭真直書写本(延享三年(一七四六)書写)はこれに近い本文を有する。

　天和本は、静嘉堂文庫蔵の二冊本。奥に天和三年(一六八三)里村昌迪の押判があった本の転写本で、かつて片寄正義(昭和十三年七月)はこれを重視した。しかしいかにも新しい本文だとの印象を避けられないから、一種の混交本であろう。

　契沖に続き、『おちくぼ』を研究したのが賀茂真淵たちであった。真淵たちは「古本」系統の本をベースにして研究を開始したらしく見られるが、それに三手文庫本の系統やその他の本文を随時取り入れて本文を作製していった。いくつも行われている真淵関係本がそれだが、このことはあとの研究史の概略のところでもふれることにしよう。

(注一)　中世小説(御伽草子)化された「落窪物語」、意想を借りた別本草子「おちくぼ」などが別にある。

(注二)　巻二の「せめそゐせむ」(一一九頁)が他の「古本」に「せめそさむ」とあるなど、柿本の言う第一種本に完全に一致するというわけではない。三手文庫本には「せめそさん」とある。なお寺本直彦(昭和六十二年十二月)によると、賀茂真淵らが校訂に使用した本のなかに「古本」と称したのは三手文庫本の系統の本文であった。

一一　底本の本文の性格と校訂の方針

柿本(昭和四十八年三月)は「古本」(第一種本)として、宮内庁書陵部本甲〔図書寮本(乙)〕、京都大学付属図書館蔵近衛

本〈陽明文庫本〉、尊経閣文庫本〈前田本〉、蓬左文庫本、刈谷図書館本乙、の五本を挙げる。これらのうち宮内庁書陵部本甲は角川文庫(柿本奨校注、昭和四十六年三月)の底本になった。さらに日本古典文学全集(三谷栄一校注、昭和四十七年八月)の底本である実践女子大学図書館常磐松文庫蔵本〈旧安田文庫本〉もこの系統に属する。また校注古典叢書(寺本直彦校注、昭和六十二年三月)の底本である東海大学図書館蔵藤原福雄奥書本〈桃園文庫旧蔵〉の本文もこの系統であるとされる。

これらの「古本」にはすべての本にわたって共通の欠陥を持っている箇所がある。「古本」どころか三手文庫本その他にも共通する欠陥で、従ってこれら諸本はことごとく一本(祖本x)から分かれてきた、ということになるが、その欠陥とは、例えば巻三の屛風の歌(二三三頁)に見ると、

十月、もみぢいとおもしろき中《なか》を行《ゆ》くに、散《ち》りかゝれば仰《あふ》ぎて立《た》てり、
旅《たび》人のこゝに手向《たむ》くるぬさなれやよろづ世《よ》を経《へ》て君に伝《つた》へん

とある、この和歌は上の句と下の句とがしっくりあわないので、もともと別の二首をうっかり一首に書き写してしまったものであろうと見られている。

旅人のこゝに手向くるぬさなれや(　　a　　)
(　　b　　)よろづ世を経て君に伝へん

ab及びそのあいだに挟まれる詞書きが欠文になっている、と見られている。aを試みに補う後世の腰折れも行われているが、abそれぞれの欠文のままにしておく寛政十一年(一七九九)刊本の上田秋成の態度が正しい。これを要するに「古本」のすべて(それどころか現存の『おちくぼ』全部)にわたって見られる欠文である以上、これらの祖本である一本

にあった欠陥であって、補いようがないのである。

aを補うような校訂は厳としてつつしむのにしても、「古本」の範囲内で処理できない本文上の疑問点を例えば三手文庫本の文を持ってきて校訂する、という方法ならば許されることであろうか。これは難問であろう。前節にふれたように、三手文庫本は古態を残していないともかぎらない。魅力的な異文がいくつも見られる。しかしこの本は一方に新しい感じのする語や文もまた有していて、われわれはそのどれを採りどれを捨てるか、判断に苦しみ、結局は恣意的な取捨をすることになろう。まして契沖らの手がはいったかもしれない本文である。校訂に使うことは危険ではないかと考える。

よって、「古本」の範囲でだけ校訂が行われるべきで、その範囲を逸脱できないことを確認しよう。しかし、「古本」の範囲で異文を校訂のための参照にするのにしても、やはり恣意的であってはならない。ここで、文学作品を読むということの基本を思い起こしてみるなら、流布本でもいい、眼前の一本に向きあい、ヒロインたちの一喜一憂に心を一つにして読むことをする。いまわれわれはある一本を底本に据えたら、その一本、複雑な回帰を経ていまここに現象する具体的な本文を読む、という基本に貫かれるべきだ。そしてその底本が、底本に至るまでのさまざまな伝本をかげのように引きずっていま眼前にある、と考えるのがいい。九条家本なら原九条家本群の成果としてのそれに対して謙虚な一読者でありたい。従って、底本を本文として読み通す、ということを確認事項としたい。どうしても読みえない箇所、疑問を消しようのない部位において、「古本」の範囲で校訂して正すことのできる場合であるなら、正してゆく。底本の一代まえ、あるいはもう一代まえぐらいまでに生じたきずはこうしてあまり恣意的な操作に陥ることなく正すことができよう。

底本の「古本」全体における位置はやや特異である。率直に言って、「古本」と言っても、独自な異文を多く有し、他の「古本」からやや孤立する、との印象がさけられない。特に巻二以下がそうなっている。九条家本『おちくぼ』の巻一は宮内庁書陵部本甲や近衛本や尊経閣文庫本に対立し、慶長大形本や斑山文庫本にどちらかといえば近い。印象であるが、すなおな、古態をよく残した優秀な本文であると信じられる。ところが巻二以下になると様相が変わる。九条家本は、他の五本、宮内庁書陵部本甲、近衛本、尊経閣文庫本、慶長大形本、斑山文庫本に対立して独自な本文であろうとし、孤立した感じをあらわにする。九条家本はその意味でも今日注目しなければならない最大の一本であろう。

一二　校訂の方針、続き

全面的に利用したのは結局つぎの五本である(「宮」「近」「尊」「慶」「斑」はそれらの略称)。

・宮――宮内庁書陵部本甲　写本四冊。近世前期写か。
　「古本」の一代表である。

・近――京都大学付属図書館蔵近衛本　写本四冊。
　これは宮内庁書陵部本甲の、字配りまでがよく似ている一本である。宮内庁書陵部本甲を補うために使用した。

・尊――尊経閣文庫本　写本四冊。近世初期写。〔古典文庫第二六一、二六二冊〕
　宮内庁書陵部本甲に近い一本。巻二と巻三とが入れ替わっている。

・慶――慶長大形本　写本四冊。慶長(一五九六―一六一四)前半頃か。〔吉田幸一編著、私家版「古典聚英」4〕
すこぶる大形の本で、独自異文がままある。

・斑――斑山文庫本(酔生書菴現蔵)　写本四冊。慶長元和頃。〔笠間影印叢刊80―83〕
能筆の見るべき本である。仮名づかいが他の「古本」に対して特異で、かつ漢字を多く仮名にひらいていることが目立つ。脱文や古い錯簡を残すなど、注目すべき一本。

これらに対して九条家本(略称「底」)は、巻二以下に独自な異文を有していることが特徴的である。先に底本を中心に読むという態度を堅持すると述べたように、九条家本の本文によって意味が通り、かつその意味するところや本文の状況が不自然に感じられない箇所は断然底本に拠ることにする。

逆に意義が通らずしかもその箇所が「古本」全体にわたって異文が見られない場合や、異文があっても少数の本にとどまる場合には、「古本」のおおもと(祖本y)が既に分かりにくい本文になっているのであるから、訂正の施しようがない。その箇所は勇気を出して脚注に「語義不明」とする。むろんある程度の推定が許される場合には校注者の責任においてその推測を記述してみた。しかし、スペースの関係もあるから、あやうい推定に走ることを多くあきらめることにした(その代りに基本的な語彙の意義考証に力を注いだ)。

語義不明の箇所が「古本」の諸本の中に異文を持つ場合には、原則としてそれを脚注に示して参考に供し、さらに「古本」以外から、

・三――三手文庫本　写本四冊。〔塚原教授華甲記念刊行会編『落窪物語　賀茂別雷神社三手文庫蔵本』新典社〕

・木――寛政六年刊木活字本　刊本四冊。〔国文学研究資料館蔵本を使用する〕

についても異文がある場合に掲げることにした。なおこの木活字本は日本古典文学大系(松尾聰、昭和三十二年八月)の底本になっている。

九条家本の本文が意義をなさない場合に、「古本」の多くによって訂正されうるならば、本文をそれによって変更し、その旨を脚注に明記した。巻一にはそのような訂正箇所をあまり見ないが、巻二以下になると意味の通らない独自本文が数を増し、訂正箇所が多くなっている。

脚注にはまた本文訂正に至らないが、何らかの意図から知っておいたほうがいいと思われる異文を、だいたい「古本」の範囲内において情報として掲げた。巻一はスペースの関係もあるし、独自の文が少ない、つまり宮内庁書陵部本甲と底本とが対立する場合にも、慶長大形本によって支持されるなどのケースが多いこともあるので、異文についての注記が少ないが、巻二以下は独自異文が多くなるので、極力それを注記して参考に供することにした。「底本以下」という場合には「底・宮・近・尊・慶・斑」の六本をさす。

他にも山岸文庫本(十二冊本)、高山郷土館蔵本など数本を参照したが、「古本」からはずれるようなので、今回は全面的に使用するには至らなかった。

その他、中邨秋香『落窪物語大成』(略称「大成」)、日本古典文学大系(略称「大系」)、日本古典文学全集(略称「全集」)、新潮日本古典集成(略称「集成」)、角川文庫(略称「角川」)、校注古典叢書など、近・現代の研究成果に当たって本文を決定した。

「へ」と「つ」、「は」と「か」、「り」と「る」とのような場合に判別の困難であることがしばしばあり、特に「給へれば」「給《たまひ》つれば」はなお流動的な箇所を二、三残している。

一三　研究史の概略

近世の『おちくぼ』の研究は、十七世紀代に契沖の周辺で始まっていたらしく、読解のあとが三手文庫本に見られるという（『三手文庫本落窪物語』の解説、神尾暢子、昭和五十九年六月）。

次に知られるのは賀茂真淵ら、その門弟による積極的な本文校合による校訂本の作製と注解作業とであって、その近辺から寛政六年（一七九四）の年記がある木活字本が生まれた（寺本直彦、昭和六十二年五月、同十二月）。

ついで上田秋成による寛政十一年（一七九九）の版本が刊行されたが、これは本文論からいろいろ問題があり（清田正喜、昭和二十八年七月）、秋成による書き換えではないかと疑うに足る箇所があるなど、信頼を置くことができない。しかしこの楽しまれるべき物語を流布させたという功績は大きい、と言えよう。何といっても物語じたいに生きがいがあるとしたら、第一にエンターテインメントであること、これだろう。特にこの物語じたいに大衆に受け入れられやすい要素がもしあるとすれば、刊行により多くの読者を獲得することはこの物語にとり仕合せなことであった。また研究を前進させることにもつながるにちがいない。

文政二年（一八一九）に巻一だけが出た源道別の『落窪物語註釈』は寛政六年（一七九四）加藤千蔭の序を有している。これのあとを継ごうとした田中大秀の研究（『落窪物語続解』など）も知られている（中谷一海・小川直子・柿本奨らの調査や翻刻がある）。『落窪物語証解』六巻は文中に「直麿案ずるに」などと自説を述べるから、日尾荊山（直麿）の作だとされる。諸家の説を広く引いている。

明治になり、よく知られているところでは、中邨秋香の『落窪物語大成』と『落窪物語講義』とがある。以後、注釈や現代語訳などに『おちくぼ』はめぐまれて現代に至る。詳しくは研究文献目録を見ていただくことにするが、戦後では日本古典全書(所弘校注、昭和二十六年十二月)がこの物語の流布に力を尽くした。寛政十一年刊本をもとにして、『大成』および九条家本(の転写本)によって校訂して定めた本文である旨、その凡例に見える。ついで昭和三十年代に至り松尾聰校注の日本古典文学大系の『落窪物語』があらわれた。底本を寛政六年木活字本に定めて、文法に精密に従う読解を終始推し進めるという校注の方法であったと見受ける。その後、数種の校注がそれぞれ苦心の取り組みをこの物語に対して試みて今日に至る。

『おちくぼ』は早くから、勧善懲悪を描こうとする文学であるとか、いや権勢を描くことこそ主調であるとか、いろいろに読まれ、論じられてきた。戦後では、権力について野口元大(昭和三十四年四月)が、通例なら継母への応報は、神仏などの超自然的な力によって実現されるのが、この物語では一切が人間的な権力によって置き換えられたのにすぎなく、権力の構造に対する作者の認識は不徹底だ、この物語は結局説話の伝統が第一義的な重要性を持っている、と論じた。

モデル論も行われてきた。男君はだれ。面白の駒はだれ。物語文学はけっしてモデル小説ではないはずだが、詮索心をかきたててやまないのもまた物語文学の習いであった、ということであろうか。

多様性に満ちた読みの広がりこそはこの物語にふさわしいのではなかろうか。三谷邦明(昭和四十四年十二月)は多様なその内容を統一的に捉える視点を模索して、享受層がだれであったかということに目を向け、下級の侍女階級の読み物として創作された大衆物語ではなかったか、とした。作中のあこきの大活躍を根拠としている三谷の論は、物語文学の読みを作者からいったん享受層へとずらそうとするところに意外性がある。また三谷(昭和四十六年一月)の、

「継母子物語の享受者である思春期の少女は、社会の構成員としての自覚を無意識的に学習している」とする発言にも的確なものがある。つまり、読者は、この物語を読むことによって、ヒロインとともに精神的な苦痛を味わい、それを自覚的に受け止めることによって越え、大人になろうとする「通過儀礼の文学」だという。『おちくぼ』の享受者の像が、わずかに『枕草子』からうかがわれるほかには資料が皆無であるから、なお仮説に留まるのにしても、『おちくぼ』への読みに示唆を与え続けている、と称してよい。

本文の研究は戦前に画期的な片寄正義(昭和十三年七月)のそれ、戦後になって清田正喜(昭和二十八年七月)、本格的な柿本奨(昭和四十八年三月)のそれがある。本書が「古本」をベースにして本文の構築を試みようとしたのはまったく柿本の視点に負っている。

語彙、語法、草子地、文末、敬語法の研究は積み上げられてきたが、今後ますます盛んになってゆくことだろう。

一四　年　立

最後に一言。校注者としては「年立《としだて》」(物語内容を時間の流れに沿って書きあらわす年表)の問題に深く立ち入らないことにする。物語として、大まかな「年立」が背後にあって書かれていることはまちがいなかろう。しかし、それが確乎とした「年立」であるかどうか、ということになると、『おちくぼ』の場合、よく分からないというほかはない。構想の立て直しによって「年立」が変更につぐ変更を余儀なくされているのかもしれないのである。だから、官位や年齢や季節や事件の順序にいろいろに「矛盾」らしきものが見つかっても、そのために本文を改訂するようなことはいっさいしなかった。校注者にできることは細部を照らすことだけである。個々の場面での年立への疑問を脚注に書きとどめるだけにした。

本書の成るにあたり、底本の使用を許可された吉田幸一氏に御礼を申し上げます。

住吉物語　解説

稲賀敬二

一　平安朝の『住吉』と現存諸本——〈古本〉〈新版〉〈改作〉——

『住吉物語』には異本が多い。また現存諸本は改作本であるともいわれる。問題の多いこの作品を解説するに当って、最初にこの物語の成立と変貌を、〈古本住吉〉、〈新版住吉〉、〈改作住吉〉の三段階に分けて述べておく。

第一段階〈古本住吉〉は、十世紀後半に成立した最初の形態をいう。異本『能宣集』(書陵部蔵)の歌・詞書から、その存在が推定される。堀部正二「新資料による住吉物語の一考察」(『国語国文』昭和十五年九月、『中古日本文学の研究』昭和十八年所収)に始まり、石川徹「古本住吉物語の内容に関する臆説」(『中古文学』3号、昭和四十四年三月、『平安時代物語文学論』昭和五十四年所収)などに至る研究がある。

『能宣集』の「住吉の物語、絵にかきたるを、歌なき所々に「あるべし」とて、あ(ると)ころの仰せごとにてよめる」七首の歌には、物語の場面が各歌に詞書として加えられている。行方不明の女君の行方を尋ねる男君は、現存の物語では「四位の少将」であるが、〈古本住吉〉では「侍従」と呼ばれていたようである。この外にも相違点は多い。円融天皇在位の晩年、大中臣能宣が家集をまとめたころに存在した〈古本住吉〉は、現存の物語と同じものではない。

『能宣集』に見えるのは絵画化された異本であって、〈能宣住吉〉とでも呼んで〈古本住吉〉と区別すべきだという山口博「古本住吉物語」(『体系物語文学史三　物語文学の系譜Ⅰ平安物語』昭和五十八年所収)の考えもあるが、論を単純化するために、私はこれらを含めた総体を〈古本住吉〉と呼ぶ。

第二段階〈新版住吉〉は、〈古本住吉〉を新しい時代に合うようにした新装版である。円融天皇の示唆で作られ、天皇の同母妹の大斎院選子に贈られた〈古本住吉〉は、大斎院のもとで、〈新版住吉〉に生まれかわる。大斎院のもとで『住吉物語』が享受されたことは『大斎院前御集』からうかがわれる。永観二年(九八四)から寛和二年(九八六)ごろの歌を集めたこの歌集には、「住吉の御絵うせたりと聞きて」という詞書の贈答や、斎院内の「物語司」「和歌司」の間で交わされた贈答歌などがあって、物語への高い関心がうかがわれる。

私は〈新版住吉〉の成立を寛和二、三年と想定した(拙稿「延喜・天暦期と『源氏物語』とを結ぶもの――大斎院のもとにおける新版『住吉』の成立」『源氏物語・その文芸的形成』昭和五十三年所収)。その後、この年時に幅を持たせ、永延三年(永祚元年＝九八九)までとした(拙稿「王朝物語テキストの変貌契機・序説――『住吉物語』の背後に《物語歌集化》《絵巻詞書化》本文を想定する」『源氏物語の内と外』昭和六十二年所収)。

永祚元年まで幅を持たせるにせよ、〈古本住吉〉成立後、十年もたっていない。主人公を「侍従」から「四位の少将」に変えることが、なぜ〝新しい時代〟に合うことになるのか。次節では、まずこの問題から考察を始める。

第三段階〈改作住吉〉は、一条朝初期に成った〈新版住吉〉が、各種の異本を生む長い流転の期間を一括して呼ぶ。現存する住吉の諸本は、桑原博史(『中世物語研究――住吉物語論考』昭和四十二年)、友久武文(「住吉物語からお伽草子へ」『文学』昭和五十一年九月他)に詳細な研究がある。現存諸本は鎌倉期を溯るものはないし、いずれも改作の手が加わっていることを感じさせる。

しかし、私は〈改作住吉〉の成立を鎌倉以後とは限定しない。諸本の系統は複雑に入り組んで、系統間の関係は見定めにくいが、私はその背後に《絵巻詞書化》と《物語歌集化》という二つの享受形態を想定する。〈新版住吉〉は、まずこの二流に分かれた。この仮説を軸にして、《絵巻詞書化》本文と《物語歌集化》本文の共通源泉となった一条朝の〈新版住吉〉の姿を、再建する道が開けるように思う。本解説の最後の節では、この問題にふれる。

平安朝の『住吉物語』を再現する道は、まだ遠い。最善本をえらんで底本とするという本大系に、流布本系の奈良絵本、中間本系の十行古活字本、広本系の野坂家本の三者を対照できるようにして収めたのも、以上の趣旨による。

二　男君の身分――「侍従」と「四位の少将」――

〈古本住吉〉の男君「侍従」と〈新版住吉〉の男君「四位の少将」とは、どう違うのか。藤原氏で「侍従」となるのは、藤原忠平の十七歳というように、十世紀はじめごろからは、将来を嘱望される貴公子が十六、七歳で就任する常識が定着している。円融天皇在位のころでは、兼家の長男道隆が康保五年(九六八)に、道隆の長男道頼が寛和二年(九八六)に、各〻十六歳で侍従となっている。同じころの物語の主人公も同様で、『宇津保物語』の仲忠、涼も侍従で登場する。〈古本住吉〉に男君が「侍従」だと書いてあれば、読者はそれだけで、〝将来有望な十六、七歳の貴公子〟を思い浮かべることができる。

ところが、道頼が侍従になった一月後の八月、道隆の二男、貴子の腹に生まれた伊周が十三歳で侍従となった。十三歳の侍従は伊周が最初ではない。安和二年(九六九)に実資の例がある。しかし、実資の祖父、関白太政大臣実頼が翌年没し、父斉敏も天禄四年(九七三)に没した。伊周の場合は違う。伊周が侍従になった時、祖父兼家は新帝の外戚として摂政、年も実頼より一回り若い五十八歳である。父道隆も権大納言に昇り、三年後、内大臣となる。万事に恵まれた伊周の出現で、物語中の若い貴公子「侍従」を、読者は十三歳と読む。しかし、十三歳の男君では恋物語の主人公にならない。若過ぎるのである。『宇津保物語』(俊蔭巻)の兼雅は十五歳の時、俊蔭の娘とめぐり会ったが、俊蔭の娘の所在を再度、ひとりで探し出す才覚を兼雅は持ち合わせていない。行方不明の女君を住吉まで尋ねて行く〈古本住吉〉の男君は、十六、七歳の侍従という通念に支えられてこそ可能なのである。〝男君は十六歳の侍従であった〟と年齢を書き加えればよさそうなものだが、物語の中に、すばらしい人物を求める読者は、〝それじゃあ、現実の伊周様の方がもっとすばらしいわ〟ということになってしまう。

では、「侍従」を「四位の少将」に変更した〈新版住吉〉の論理は何か。侍従伊周の出現した同じ寛和二年、道長が「四位の少将」となった。道長二十一歳の時である。更に、翌寛和三年、伊周の兄道頼が従四位下になって、十七歳の「四位の少将」が出現した。伊周は道頼よりもっと若くて、同じコースを辿るはずである。予想通り伊周は永延三年(九八九)十六歳で「四位の少将」になった。〈新版住吉〉の設定は、寛和二、三年の現実に対応するものと見てもよい。また、兼家―道隆―伊周三代の親子の織りなす栄光の時代を考えれば、〈新版住吉〉の設定に対応する時期を永延三年(永祚元年)まで幅を持たせてもよい。

〈新版住吉〉で男君は「四位の少将」に変更されたと私は書いた。が、〈新版住吉〉自体は伝わっていない。だが、以上のように考えて、現存諸本における男君の設定は、〈新版住吉〉をそのまま受けついでいるのだと申せよう。

三　女君の父——「中納言兼左衛門督」の意味——

男君の身分呼称が〈新版住吉〉以後の改作で変っていないとすると、女君の素姓はどうであろうか。中納言クラスの男が皇女と結婚して、「宮姫」(女君)が生まれるという設定は、〈新版住吉〉成立時、読者から、どのように受取られていたのであろうか。まず、女君の父の「中納言兼左衛門督」という官位設定から検討してみる。

仁明朝の源信から、長元八年(一〇三五)権中納言兼左衛門督となった藤原経通まで、左衛門督を兼任した四十例について調査した資料(拙稿「皇女と結婚した中納言兼左衛門督」『広島大学文学部紀要』46巻、昭和六十二年二月)について見る。寛平五年(八九三)源光の例以後、参議よりも中納言で兼ねる例が増す。左衛門督を兼ねた中納言は、大納言に昇進するか、近衛大将に昇った時、また例外的には大宰権帥となった時に、左衛門督の兼官を解かれる。しかし、中納言の身分のままで、督の兼任のみ解任、辞任という例は稀である。源融(中納言就任の時に辞し、すぐ按察使を兼任)、源能有(辞して翌春、右大将)、源是忠(親王復帰)、藤原有実(按察使を兼ね督を辞す)、藤原師尹(督を辞し、直後に右大将)の限られた例である。

従って、女君の父は、冒頭で紹介されてから、終り近くで大納言に昇進(本文〔43〕)するまで、ずっと中納言兼左衛門督であったことになる。こういう長期在任例は稀である。督在任の平均期間は六年強で、十年を越えるのは、藤原有実(十七年、但し参議のままなので中納言兼左衛門督の例ではない)。源信(十二年)、源能有(十一年)は、参議と、中納言の時期とに分ければ、平均値に近い。共に大臣に昇った人物である。私は残る二人、藤原師氏(十三年)、源重光(十七年)の二例に注目したい。

師氏は、忠平の男、母は師輔と同じ。権中納言、中納言の時代を通して十三年間、左衛門督を兼ね、安和二年（九六九）権大納言となり翌年没した。皇女との結婚歴を持ち、〈古本住吉〉成立時に近い人物である。

源重光は醍醐天皇の孫、中務卿四品代明親王の男で、母は右大臣定方の娘。参議、中納言時代を通して、左衛門督兼任十七年、中納言時代だけでも十五年間。〈新版住吉〉成立下限の永祚元年までに限っても十三年間である。

もう一つ、重光について注目されるのは、重光の娘が伊周に嫁していることである。伊周の息道雅の母がそれである（『尊卑分脈』など）。道雅は天喜二年（一〇五四）、六十三歳で没したから、誕生は正暦三年（九九二）。道雅誕生の年の八月、重光は上表し、前年九月に任ぜられた権大納言を辞して、これを伊周に譲った（『公卿補任』）。重光にとって、伊周は何ものにも代えがたい宝だったのだろう。

重光の娘と伊周との結婚は、〈新版住吉〉成立の下限、永祚元年、伊周十六歳の年だったと推定される。なぜなら、永祚二年には伊周の祖父兼家が関白を辞して入道し、七月に薨じている。その翌年の正暦二年の結婚よりも、兼家の薨ずる前年の結婚と見るのが順当である。ちなみに、永祚元年十一月二十二日、伊周の元服があり、加冠の役は「左衛門督」（重光）。そのついでに「左衛門督」の子どもたちの元服も行われた（『小右記』）。『源氏物語』の光源氏と葵上との結婚のように、伊周は加冠役の重光の娘と結婚したのかもしれない。『栄花物語』（様々のよろこび）では、伊周の結婚を、永祚元年春に位置させている。おそらく、縁談は早くから決っており、世の噂にのぼっていたのであろう。

「中納言兼左衛門督」のまま十余年を過した男の娘が、今を時めく貴公子と結婚するという現存本の設定は、父の官職の一致からもうかがわれるように、重光の娘と伊周との結婚を視野に収めているように思われる。〈新版住吉〉の設定は現存諸本においても受け継がれていることになる。

では、女君の父の官位も、男君を「四位の少将」に改めたように、〈新版住吉〉で新たに設定されたのか。私はこの設定は、もともと〈古本住吉〉にもあったのだと判断する。左衛門督を十三年兼ね、死ぬ前年、権大納言兼按察使という師氏の経歴を念頭においた〈古本住吉〉は、その特色の一部がそのまま源重光の例にもよく似た所がある。そう考えて、〈新版住吉〉は、女君の父の官位呼称を変更しなかったであろう。もし、そう考えてよければ「君があたり今ぞ過ぎ行く」の歌(本文〔17〕)は、注にも記したように、『後撰和歌集』の重光の歌の類想歌であるから、これなどは、〈新版住吉〉が読者へのサービスとして加えたのかもしれない。『源氏物語』は現存本住吉に見えるこの歌を引歌に用いる。『源氏物語』の作者が目にしたのは、〈古本住吉〉ではなく、〈新版住吉〉だったことになろうか。

四　皇女と結婚した中納言――藤原師氏と源清蔭――

結婚した皇女の配偶者については調査資料がある(今井源衛『源氏物語の研究』昭和三十七年刊)。平安朝初頭から一条朝以前まで、一六四人中、結婚した皇女二十五名、うち臣族との結婚十二名である。降嫁の相手は「摂関家かその子弟」、でなければ「父帝に近い源氏かその一族」で、「前者に褒賞的意味あいが強く、後者に後見的意味あいが強い」(後藤祥子『源氏物語の史的空間』昭和六十一年刊)。前者の例では、良房、その孫の忠平、忠平の子の師輔、師輔の孫顕光などがいるが、『住吉物語』の場合に近い大納言どまりというのは師氏である。後者の例では、源清平と源清蔭であるが、清平は天慶四年(九四一)、六十五歳で参議、同日、大宰大弐を兼ね、同八年、在所で卒したから、経歴は『住吉物語』の中納言から遠い。

醍醐天皇皇女韶子と結婚した源清蔭(陽成天皇皇子)は、いろいろな点で『住吉物語』の中納言に近い。清蔭は参議、右衛門督から権中納言、右衛門督は元の如しというあたり、「左衛門督」兼任ではないが、天慶四年、中納言、同十年、師輔が右大臣に昇った後を受けて按察使を兼ね、翌天暦二年、正三位大納言、同四年、六十七歳で没した。「大納言になりて按察使」を兼ねた『住吉物語』の中納言（本文〔43〕）と、到達点は同じである。清蔭の死後、韶子は河内守藤原惟風と結婚したから（『本朝皇胤紹運録』『賀茂斎院記』）、この点は住吉の女君の母宮とは事情を異にする。

清蔭の結婚は、『大和物語』の話題になっている（第三、十一、十二段）。「故源大納言の君」清蔭は、はじめ、「忠房のぬしの娘、東の方を、年ごろ思ひて住みわたり給」うた。「忠房」は延長五年（九二七）右京大夫、翌六年末没した藤原忠房である（『中古歌仙三十六人伝』）。清蔭の妻は右京大夫忠房の娘だから、『住吉物語』の継母「諸大夫の御娘」（本文〔1〕）に対比できる。

清蔭は、「亭子院の若宮につき奉り給ひて後」、忠房の娘とは「離れ給ひて、程経にけり」。それでも二人は「子どもなどありければ、言も絶えず、同じ所になん住み給ひける」。『大和物語』のこの部分の文脈解釈は諸説あるが（山本利達「『すむ』考」『滋賀大国文』第26号、昭和六十三年六月）、二人はこんな贈答を交している。「住吉の松ならなくに久しくも君と寝ぬよのなりにけるかな」と清蔭が詠むと、東の方は「久しくは思ほえねども住の江の松やふたたび生ひ変るらむ」と答えている。『拾遺和歌集』恋三には歌句に小異があるが、「住吉」「住の江」の松をめぐる贈答である点、注意をひく。忠房の娘は「東の方」と呼ばれる。『住吉物語』の女君は、中納言邸に引取られて、「西の対」に住んだ（本文〔3〕）。

清蔭が結婚した「亭子院の若宮」は、韶子と解すべきだろう。韶子は延長八年（九三〇）、醍醐天皇の崩御で斎院を退下、時に十三歳。清蔭との結婚はこれ以後である。父帝と死別し、斎院を退下した韶子を宇多法皇がお引取りになったから「亭子院の若宮」と呼ばれたのである。宇多法皇は清蔭に、韶子の後見を依頼し、翌承平元年七月に崩ぜられた。

清蔭は「かの宮を見奉り給ひて」の当初のころは、「帝のあはせ奉り給へりけれど」(宇多法皇は二人の仲を公認なさったが)、「初めごろ、忍びて夜々通ひ給」うた(第十二段)。この文脈、「かの宮を見奉り給ひて」とあるのは、初めに恋愛関係があったようにも読める。宇多法皇が二人の仲を公認なすったからは、誰はばかる必要もないわけだが、韶子の実の父である醍醐天皇の喪中に、五十歳近い清蔭が、十三、四歳の前斎院へ通うのだから、宇多法皇が〃そんなことは気にするな〃と仰せられても、「忍びて」世間体に気をくばる必要があったのだろう。

こういう清蔭と韶子内親王の結婚の真相は、当事者にしかわからない。『住吉物語』で、中納言と女君の母宮の結婚を、「いかなる宿縁にてか、此中納言、通ひ給ふ、やがて人目もつゝまぬことになりて」(本文〔1〕)とぼかして書いているのも似た事情である。これらの結婚は、『宇津保物語』(藤原の君)で、「一世の源氏」正頼が、「時の太政大臣の一人娘」と「時の帝の御娘」女一宮とを、正式に妻に迎えるケースなどとは大分様子が違っていたはずである。

皇女と臣下との結婚を話題にしようとすれば、師輔と勤子内親王、康子内親王との話など、数々あるわけであるが、『師輔集』に収められた贈答などを『大和物語』は取りあげようとしない。『大和物語』の成立は、天暦五、六年(九五一、二)とも、康保四年(九六七)ごろともいわれている。『大和物語』の成立した時期には、現職の実力者師輔の結婚をめぐる歌語りは、さしさわりもあって扱いにくかったのであろう。『大和物語』は、皇女と臣下との結婚にまつわる歌語りの話題を、源清蔭の例で代表させたわけである。

〈古本住吉〉の成立した時期、『宇津保物語』のように師輔の色好み像を、作中の兼雅に重ね合わせて書いたりする自由な雰囲気も生れてはいた。しかし、師輔は死んでも、兼家は師輔の子だし、村上天皇の皇女保子内親王が兼家の妻になったりしている。『住吉物語』の愛読者である大斎院選子の母は、師輔の娘安子である。〈古本住吉〉が円融天皇の示唆で選子のために作られた作品だとすれば、作者は物語中の女君の父が皇女と結婚する話を、師輔や兼家の結婚とは絶対に似ないように細心の注意を払うことになる。「中納言兼左衛門督」のまま、長らく昇進せず沈淪する人物にしたのは、そういう配慮が働いていたであろう。「中納言兼左衛門督」という人物なら、読者は、師輔ではなく、弟師氏の方を連想するはずだからである。師氏に降嫁した醍醐天皇皇女靖子内親王は天暦四年(九五〇)に没しているし、師氏も安和三年(九七〇)に世を去っている。これなら、モデルとかプライバシーの問題も少ない。いや、それ以上に、『大和物語』が皇女と臣下との結婚の代表例に扱った、一時代前の清蔭を、読者が連想してくれるならば、一層問題はないことになる。こう考えてよければ、現存諸本の中で、女君の父中納言の北の方を、「諸大夫の御娘」と書いている伝本の類が、〈新版住吉〉を忠実に受けついでいることにもなる。

五　女君の母宮――「中務の宮の御娘」の正体――

女君の母宮について、広本系の野坂本・真銅本などには、母宮の素姓とかかわる記述がある(野坂本〔T〕)。住吉で日を送る女君が、夢で託宣を聴く場面である。

この託宣は、わかりにくい。「我は中務の宮の御娘なり」と名のって託宣は始まる。野坂本にはないが、真銅本など同類の本には、野坂本〔Z〕末尾に〔　〕で示した長文があって、「宮姫、中務の親王の御娘の御子なり」とある。これによれば「宮姫」(女君)の母は、「中務の宮の御娘」だ。しかるに、物語の冒頭(本文〔1〕)では、野坂本など広本系にも、流布本系でも、母宮を「古き帝の御娘」とする(十行古活字本の例外的な本文については後にふれる)。女君の母は「母宮」と呼ばれている。従って母宮を「中務の宮の御娘」だと書くのは矛盾である。従来、広本系〔Z〕の末尾を欠く野坂本は、野坂本の欠落と見られて来た。しかし、事実は逆であろう。真銅本等は、〔T〕のわかりにくい文脈を誤解し、誤解の上に立って〔Z〕末尾に加筆を行なったのである。〔Z〕末尾の初瀬観音の利生を説く長文のない野坂本の形態こそ原型なのである。

野坂本〔T〕の託宣の語り手は「我は中務の宮の御娘なり」と語り始めているが、彼女が女君の母宮である証拠はない。託宣は女君の夢の中にあらわれる。「暁の御夢に、母宮、見え給ひければ、四十ばかりなる女房、大明神の御前の広縁に居給ひて」、託宣が始まる。託宣の主は、母宮ではなく、「四十ばかりなる女房」の方であり、この女房が「中務の宮の御娘」なのである。

託宣の内容は、〝中納言の北の方は、ただ人だ。(お前とは)前世の果報が違うから競争相手にはならぬと思っていたのに、(お前は)呪われて死ぬ運命になってしまった。これというのも、中納言ふぜいの人と結婚したのがまずかったのか。あるいは父母の期待に背いたのが原因か。それが残念なところへ、姫君までも都に居られなくした(北の方の)しうちが腹にすえかねる。きっとこの仇はとってやる……姫君に昼夜立ち添って(私は)お守りしているのだ。今に見ていろ、(わが父)中務の宮もろともに、きっと仇をうたずにおくべきや〟というもので、秋の末には都へ帰りうるよう計らってやると確約している。

この夢の託宣に応ずるように、「うつゝにも」「十ばかりなる幼い者」が「ものに狂」い、母宮絶命の舞台裏を語る。〝母宮には食事に毒を盛ったので、十日で絶命した。女君をも同様に殺してやろうと謀ったが、うまくゆかなかった。

「それは、三寸の観音の御守り仏にし奉りしを、(母宮が)君(女君)に譲り参らせし故なり」。女君がよく成育したのも「胎内に宿り給ひし時より、持仏堂の観音に仕うまつりし故なり」〃という。

注意すべきは、これに続けて、「此観音をば、伝へ奉りて、三度に成給ふなり。君の代まで、四代になりぬ」とある点である。「四代」という数え方は、中務の宮―中務の宮の娘―女君の母宮―女君という四代である。即ち、先の夢で託宣した「中務の宮の御娘」は、観音の守護で帝の配偶者になり、女宮を生んだのだが、女宮は父母の期待に背いて、中納言と結婚し、その罰を受けて、呪われ毒殺される運命になったもののようである。

「君の代まで、四代」という部分を注意深く読めば、夢の託宣の主が誰であるかはわかるはずだのに、真銅本などの類は、この文脈に充分な配慮を払わず、〔Z〕末尾を加筆する時、「宮姫、中務の親王の御娘の御子なり」と書いてしまったのである。それにしても、物語の冒頭に、女君の母が「古き帝の御娘」であると明記されていたなら、末尾補筆のミスも避けやすかったであろう。『落窪物語』でも、女君の母方の素姓は、冒頭部分ではぼかして書き、後で細かな説明を加える。ことによると〈新版住吉〉の冒頭も、十行古活字本や、白峯寺本のように、「今一人は古き宮腹の御娘にて」と、女君の説明とも母宮の説明ともとれる曖昧な表現になっていたのかもしれない。

六　中納言邸の袴着――広本系の物語世界――

女君には異腹の姉妹、中の君、三の君がいる。広本系では異腹の兄弟たちも登場する。流布本には見えない。その登場は、冒頭〔1〕〔2〕の次、十行古活字本が白峯寺本と同文の部分から、流布本と同文の本文へ移る〔3〕、野坂本〔A〕に当る場面である。まず、白峯寺本をあげる(適宜、漢字を当てた)。

Ⅰ その日にもなりぬれば、寝殿の東をしつらひて、車三輌にて渡し給ひぬ。

Ⅱ やがてその夜、御袴着せさせ給ふ。親しくおはします上達部、殿上人、参りあひ給ひけり。

Ⅲ ①御腰をば、中納言の御叔父にておはします三位の宰相殿とてわたらせ給ふ人、結ひ給ふ。②中宮《(ママ)》の御腰をば、右大臣と申す人、結ひ給ふ。③三の君の御腰をば、侍従の宰相、結ひ給ふ。

①は長女の腰結い、③が第三女の腰結い、従って②「中宮」(中の宮)は「中の君」を指す。『源氏物語』の八宮の娘「中の君」を「中の宮」と書く例もあるから、単純な誤写とはいい切れない。呼称からすると、これが「女君」であるようにも読める。読者は中納言に三人の娘がいることは知らされているが、女君が長女なのか次女なのかは知らされていない。腰結いの「右大臣」も、他の二人より身分は高い。右大臣といえば、男君「四位の少将」の父である。この袴着腰結いの場面に突然、未知の諸人物が登場すると、読者は混乱する。混乱を避けるために、十行古活字本は、ここで白峯寺本本文から流布本本文へ乗りかえたのではなかろうか。

この腰結いの場面は真銅本にもある。野坂本〔A〕もほぼ真銅本と同じである。しかし、白峯寺本とはやや異る。真銅本であげてみる。

Ⅰ さて、その日にもなりぬれば、車三輌にて迎へ取り給ひぬ。

Ⅱ 二月の彼岸の頃になりければ、今二人の姫君たちの袴着のついでにと思して、わたし給ひけり。女房、端者《はしたもの》、常よりも装束《しやうずき(ママ)》、ひきつくろひて、姫君を待ち奉るけしきと見ゆるほどに、〔やうやう日暮れぬれば、母屋の御簾の中に、二人の姫君たち、めでたくおはするに、時よくなりぬれば〕、「姫君の御袴着」とぞ、ささめきあへりける。(〔 〕内が野坂本にはない)。

Ⅲ　②中の君の御腰をば、中納言の叔父にておはします宰相にておはする人、結ひ給ふ。③三の宮の御腰をば、中納言の左衛門督、結ひ給ふ。①宮姫は、故宮の御時、過ぎにければ、さらねども、まじはりてなん、おはしますを、人々、目もあやにおぼしめす。

①「宮姫」(女君)の袴着は、母宮存命中にすんでいるから、腰結い役は不要である。②「中の君」の腰結いは、白峯寺本の、長女の腰結い役が当っている。③「三の宮」とあるのは、白峯寺本「中の宮」の表記と共通し、腰結いには、白峯寺本に見えぬ「中納言の左衛門督」が当ったことになっている。これは三の君の実父であるから、中納言の叔父と、中納言とが腰結い役をつとめたことになる。腰結いは尊族あるいは徳望のある貴人が当るたてまえだから、これでいいのだろう。

ところが、野坂本・真銅本はこれに続けて、袴着参会の人々が女君の美しさを口々にほめながら帰途についたと書いた後へ、次の文がある。

Ⅳ　宰相の御子の侍従の君、ほのかに見てし面影忘れがたくて、帰る空もなく思しける。左衛門督の御子蔵人の少将も同じ心にぞ思しける。(真銅本による)

「侍従の君」は、②「中納言の叔父」の「宰相」の子だから、女君の従兄弟。「蔵人の少将」は、「左衛門督」の子だというから、女君の異母兄弟である。

このⅣ冒頭を、野坂本は「宰相此侍従の君」と記している。これは「宰相(の)子の侍従の君」と読むべきだろう。真銅本はⅣの後へ女君の乳母子「侍従」の紹介を記し、野坂本は、Ⅳの前に乳母子「侍従」の紹介を記す。野坂本の形で読むと、Ⅳの「侍従の君」を乳母子「侍従」と誤認しやすい。野坂本が「此侍従の君」と誤写したのもそのためだろう。真銅本は混乱を避けるために、乳母子侍従紹介の記事をⅣの後へ移したのだろう。

真銅本と同系の北村季吟本では、「中納言のおとゝにておはする左衛門の督の御子」とある（小木喬『鎌倉時代物語の研究』昭和三十六年刊）。これでは左衛門督が二人存在したことになってしまう。おそらく、「中納言のおとゝにておはする」は「中納言のおぢにておはする」の誤写で、一行前の「宰相」に付せられた傍書注記が混入したものであろう。

このⅣが白峯寺本にはない。ということは、男女二人の侍従の登場、また、女君の求婚者となる「四位の少将」に対して、女君の異母兄弟の「蔵人の少将」という、読者を混乱させそうな要素を、白峯寺本は避けたのだと考えられる。逆にいえば、本来の『住吉物語』は、女君をめぐって、「四位の少将」、女君の従兄弟の「侍従の君」、女君の異母兄弟「蔵人の少将」などが登場し、『宇津保物語』の貴宮求婚譚にも似た筋立てであった可能性が生まれる。求婚者の候補の一人に「侍従の君」がいるということは、〈古本住吉〉の主人公が「侍従」だったことと無縁ではあるまい。〈古本住吉〉の「侍従」を〈新版住吉〉は「四位の少将」に改めた。しかし、読者にもなじみ深い「侍従」は完全に抹殺されることなく、女君の求婚者の一人として再登場させられたのかもしれない。野坂本・真銅本などが、新しい登場人物を必要として増補したのなら、乳母子「侍従」とまぎらわしい「侍従の君」の名を採用せずともよいはずである。

以上のように考えて、野坂本・真銅本など広本系のある本に見える袴着の場面は、もともと〈新版住吉〉に存したものと判断したい。

七　二人の「侍従」、二人の「少将」

前節で想定したように白峯寺本は、袴着の場面で「侍従の君」「蔵人の少将」を削除した。だから、白峯寺本では、以後、この人物たちは出て来ない。これに対して、野坂本・真銅本では、これらの人物が、随所に顔を出し、袴着の日を読者に回想させる。

〔9〕「嵯峨野の遊び」から、〔13〕「乳母の死」まで、流布本はじめ多くの本は、直線的に話が展開する。これに対して広本系の諸本では、野坂本〔12〕「思い乱れる男君」、〔B〕「侍従をめぐるエピソード」のあたりに固有の和歌を含む場面が続く。

白峯寺本はこの部分を、ⓐ「思ひには」、ⓑ「あはれとも」、ⓒ「つれなきを」、ⓓ「心ざし」、ⓔ「しらなみの」の五首で構成する。神宮文庫本・陽明文庫本なども同様であるが、ⓓⓔの歌順は逆になっている。野坂本・真銅本でも歌の順はⓔⓓの順になっているが、ⓔの歌の詠歌事情の説明は、神宮文庫本・陽明文庫本と異る。真銅本によってあげる。

　さても袴着の時、ほの見し侍従[A]、少将[B]、下燃えの煙絶えざりけり。又、少将[C]、侍従[D]に会はんとて、たたずみ給ひけれども音もせざりければ、恨めしうて、出でざまに、

　　白浪のよるよるごとに立ちくれど寄するなぎさのなきぞ悲しき

ABの「侍従」「少将」は、袴着の時、女君を見そめた「侍従の君」「蔵人の少将」で、Dの「侍従」は乳母子の侍従であるが、一般の読者は男女「侍従」の登場で混乱する。特に、Cの「少将」は、「蔵人の少将」とも「四位の少将」とも読める。

野坂本には、このC「少将」の一語がない、次の歌ⓓの詠者は「少将」としてあるから、ＡＢの「侍従」「少将」二人が、ひそかに女君を思い続けるこの場面の二首の歌は、一つが「侍従の君」、一つが「蔵人の少将」の歌で、ⓔは「侍従の君」の歌である――野坂本はこうも読める。ⓐⓑⓒが「四位の少将」、ⓔが「侍従の君」、ⓓが「蔵人の少将」の歌となって、求婚者三人が顔を並べる。真銅本では、二人の少将の歌はあっても、「侍従の君」の歌はないことになる。神宮文庫本・陽明文庫本では、五首ともすべて「少将」(四位の少将)の歌となる。白峯寺本がⓓⓔの歌順にしているのは、本来ⓔを野坂本のように「侍従の君」の歌と読める書き方がしてある本によって、ⓓの少将の歌に乳母子侍従が答えた形に改めようとしたのであろう。少将の心情に同情して、「御ことわりなりとて、かくなむ」という白峯寺本ⓔの詠歌説明には、そういうニュアンスが感じられる。ここも、C「少将」の一語がない野坂本の形が、欠落ではなく、意味を持っているようである。

この求婚者たちが次に登場するのは、野坂本〔Q〕「南殿の桜の宴」である。これも野坂本・真銅本などだけにある記事である。本文の引用は略するが、まず帝が女君失踪の噂を話題になさる。「蔵人の宰相」が、「我〳〵は、親しく候ふ故に、左衛門督の袴着の時、呼ばれ」て行って、女君の美しさをこの目で見たと答えている。もう一人の男が、「三人ながら、めやすく候ふ」という。この発言が「侍従の君」であろう。帝は二人の、女君への執心を見て取って、「犬の星まぼる風情」だとお笑いになる。この慣用句は『愚管抄』などにも見える。欲しがっても手がとどくまいと、二人をひやかしながら、実は、「その後は、帝も恋ひわびさせ給」い、「行衛なき恋路にぞ迷はせ給」うたとある。女君をめぐる求婚譚的色彩は、帝までまきこむ規模となる。大東急記念文庫本冒頭などにも、女君への帝の関心を叙した部分が見える。

「蔵人の少将」の最後の出番は、〔39〕「京よりの迎え参集」、住吉の場面で、真銅本では次のようにある。

Ａ　関白殿の甥の君、左衛門督の御子の蔵人の少将、又、北の政所よりさるべき人十人……。（野坂本同文）

「蔵人の少将」の素姓説明は、「袴着」の時と同じだから、これは同一人物である。「南殿の桜の宴」の時の官職呼称とのかかわり、「関白殿の甥の君」の解釈は、後節でふれる。

陽明文庫本・神宮文庫本などでは、ここが次のようにある。

Ｂ　御甥の、左衛門督御子におはす蔵人の少将をはじめまゐらせて、殿上人五人、公卿六人、随身四人……。

ここは右のように句読して、Ａと同じ「蔵人の少将」の説明と読むべきである。陽明文庫本・神宮文庫本は、この迎えの人々が住吉で奏楽する場面を持つ。中将（男君）「箏の琴」、蔵人の少将「横笛」、これに「兵衛督」が歌をうたう。白峯寺本では、「御迎へには、兵衛佐、蔵人大夫、その外の人々、数も知らず」とあって、管弦は、男君「箏の琴」、少将殿「琵琶」、兵衛佐「笛」のパートである。

流布本では十行古活字本の校異に示したように、「ゆかりのある人々」「左衛門佐、蔵人の少将、兵衛佐殿」が迎えの面々、奏楽は、男君「琴」、蔵人の少将「笛」、兵衛佐「笙の笛」で、左衛門佐が歌をうたう。同じ流布本でも成田本は、「左兵衛督、蔵人の少将、衛門佐」の面々で、男君「琴」、衛門佐「笙の笛」、左衛門督が歌をうたう。諸本の異同はまだ多様にあるが、挙げることは略す。人名を全くあげぬ伝本もあるが、「蔵人の少将」だけはほぼすべてに共通してあらわれている。

多岐にわたる異文の源は、ＡＢの表現に起因するのではあるまいか。大東急記念文庫本や書陵部蔵千種本が、「左衛門督、蔵人少将、左衛門佐」と三人を列記するのは、ＡＢの説明叙述を短絡した結果であろう。ここに女君の父

「左衛門督」が迎えの一員に加わるのは不合理だと判断した場合は、これを「左衛門佐」や「左兵衛督」に改めることになる。もともと袴着の場面を持たぬ多くの諸本においては、「蔵人の少将」の素姓説明自体が、なじみのないものなのである。

野坂本・真銅本になく、諸本には見える「兵衛佐」は「侍従の君」である可能性が強く、本来はここに登場してよいと思われる理由もあるが、煩雑になるので、今は述べない。ともかく、「蔵人の少将」と「侍従の君」は、袴着の場で登場し、女君が住吉から都へ帰る場面に至るまで、女君の運命の節目に当るところに登場する。登場のさせ方は、後人の勝手な増補とは考えられない配置である。野坂本・真銅本独自の記事は、〈新版住吉〉にかなり密着したものだと見てよい。

八　《絵巻詞書化》本文と《物語歌集化》本文の想定

私の立場は、野坂本・真銅本など、広本系の優位のみを主張するものではない。広本系を流布本系と対等の位置までひきあげようとするのが意図である。

野坂本・真銅本には、一二〇首に近い歌がある。連歌を含む数である。〔15〕「「これを入相」の連歌」は、『後拾遺集』の小一条院の歌や『風葉和歌集』の序文の解釈もからんで問題が多い(三角洋一「平安中後期の『住吉物語』」『国語と国文学』昭和五十七年八月。同「『住吉物語』の本文のなりたち」『東京大学教養部人文学部紀要』85輯、昭和六十二年三月)。野坂本・真銅本には、この外にも連歌がある。〔G〕の「はし鷹の」は下句を欠くので、野坂本は「本ノママ」と注しているが、兵衛佐の軽薄な、たわむれの詠みかけに、喪中の侍従が応じなかったから、これは連歌として完結しなかったのである。また[Q]の「雲の上に」の歌は、一首の歌と見ると意味不明であるが、これも連歌であろう。

雲の上にあらましものを山桜

この上句は、〃山桜よ、宮中、雲の上で咲けばよかったのに〃となる。続く下句は、〃霞で見えないのが残念だ〃とでもなるところだが、

霞をこめて見えずぞなるらん

とある。一首の歌として不審が残るので、野坂本は、ここを二行空白にしたのだろう。が、連歌として見れば、前句を受けて、〃「雲の上」で咲いたら、雲と霞で見えなくなりましょうね〃と応じたわけである。

連歌も含む一二〇首近い数というのは、流布本よりは数の多い十行古活字本の四十三首と比べても三倍に近い。異本の多い『狭衣物語』が、和歌の数では殆ど出入りがないという例に比べて、この歌数の違いは異常である。〈改作住吉〉の増補と見るには、増減の幅が大きすぎる。私は『源氏小鏡』などの源氏物語梗概書を思い出す。『小鏡』は、十四世紀ごろ、源氏原典五十四帖をダイジェストする時、現存本の七九五首の七分の一、一一〇首ばかりを引用した。この百十首本『小鏡』に、原典の歌を増補して百三十首本『小鏡』ができ、更にこれへ百余首を加える増補本もあらわれた（拙著『源氏物語の研究――成立と伝流』昭和四十二年）。原典の歌の増補ではあるが、原典からか、あるいは同じく梗概書で原典の和歌すべてを収める『源氏大鏡』などを介しての増補かは明らかでない。

これら源氏梗概書の源流の一つに源氏物語歌集がある。伝西行筆の断簡の類があり、実定の家集『林下集』や、定家の『明月記』に名の見える「源氏集」は、こういう源氏物語歌集だと考えられる。本文を梗概化する点は梗概書と同じであるが、ダイジェストされた地の文が詞書風に和歌より下げて書かれる（拙稿「王朝物語テキストの変貌契機・序

説」前掲、「源氏物語古筆切の形式と方法――後伏見院切、伝西行筆切など――」『水茎』4号、昭和六十三年三月)。十二世紀には、源氏のみならず、「住吉物語歌集」も作られたであろう。初期の梗概化は原典の辞句をそのまま生かして、つないで行く方法が採られる。従って、《物語歌集化》本文は、〈新版住吉〉に近く、かつ、物語歌集の性格上、物語中の和歌は可能なかぎり採用されていたはずである。広本系住吉の多量の歌と特異場面は、この《物語歌集化》本文と詞書に依拠しているのではあるまいか。

一方、物語原典は絵巻にされる。その際、十二世紀に成った国宝『源氏物語絵巻』に見られるように、詞書は絵との対応を考慮して原典を圧縮する。物語歌集の場合より相対的に和歌の比重は減ずるから、《絵巻詞書化》本文では和歌も略される。『住吉』の場合も、『風葉和歌集』に入る『住吉物語』関係七首の中、流布本系に見えぬ和歌が二首ある。これは、その各〻の場面で併存していた和歌の一首が、「絵巻として製作される際に、詞書の料紙の都合から機械的に省略されたものではないか」(伊藤学人「『住吉物語』諸本と絵巻詞書の関係――『風葉和歌集』所載和歌の欠落事情」『国語と国文学』昭和六十年八月)という。これは鎌倉期の絵巻遺品の料紙、寸法、行数、字詰めなどに基く推定であって、信ずべきである。東京国立博物館蔵や静嘉堂文庫蔵の『住吉物語絵巻』の本文は流布本本文に近い。流布本の源流は《絵巻詞書化》本文であろう。

《絵巻詞書化》本文は、『源氏物語絵巻』などから類推されるように、〈新版住吉〉の俤は伝えていても、和歌をはじめ、本文の枝葉を抜いた本文であって、そこに流布本系本文の限界がある。一方、《物語歌集化》本文は、住吉物語歌集の和歌と詞書を生かしながら〈新版住吉〉を復元したものであり、その土台に使ったものは《絵巻詞書化》本文であろうから、広本系本文にも、それなりの限界がある。両者は一長一短があって、優劣はつけがたいことになる。

九　流布本と広本住吉とのかなた

《絵巻詞書化》《物語歌集化》の二源流を想定した場合、諸本の具体的な本文現象の解釈の上に、これがどのように援用できるか、二、三の例を示しておく。

野坂本〔O〕の部分に、白峯寺本は次の四首を列記する。

A　なき名のみたつたの山の薄紅葉散りなんのちは誰かしのばん

B　別れ路に我が心な(る)涙さへとどめかねたることぞ悲しき

C　我が身こそ流れもゆかめ水茎のあとはとどめんかたみともみよ

D　嵐吹くわたりのうきにあま小舟ゆくへも知らでこがれぬるかな

大東急記念文庫本では、ＡＣの次へ、「風をいたみゆくへも知らぬわたのはら漕ぎ離れ行くあま小舟かな」があり、次にＢ(小異)を配する。原型は容易につかめないが、Ａは諸本に共通する。流布本はＡ一首だけである。《絵巻詞書化》の省略であろう。『風葉和歌集』はＡを採らずＣを採る。これは『風葉和歌集』が、素材・表現に即した和歌の配列を考えての選歌である(樋口芳麻呂「『住吉物語』と『風葉和歌集』」『国語国文学報』42集、昭和六十年三月)。陽明文庫本・神宮文庫本はＡＤＣの順で三首を列記する。これら数首羅列の形に対して、野坂本・真銅本は、ＡＣ二首であるが、ＡＣの間に説明の辞句を加え、単調な羅列を避けている。ＡＣの間の説明の辞句は、陽明文庫本などが三首羅列の後に記したものと近いから、これも原型は容易に推定できない。〈新版住吉〉では、母屋の御簾にＡ歌がさしはさまれていて、更に探したら歌反故が見つかったという筋書きだったかもしれない。それが住吉物語歌集では、歌反故の歌ともども、一つの詞書に一括されたかもしれない。その《物語歌集化》本文を、どのように使うかによって、広本系の諸本に様々な形が生まれたのであろう。

〔15〕「「これを入相」の連歌」の場面は、流布本では、「かくしつつ過ぎ行く程に」の一句を介して、次の〔16〕とは別の日のことになっている。白峯寺本は、野坂本〔D〕〔E〕より簡略になっているが、共に一夜一連の場面にしている。曾つて私は、《物語歌集化》本文が連歌を詞書の中に包みこんだ形になっていたために生まれた短略化と考えた。しかし、今は広本系が原型に近いと考えるようになった。野坂本の見出しを見てもわかるように、〔D〕「ひとくだりの返事」に一喜一憂する「男君の傷心」(1)—(5)は〔H〕〔I〕〔J〕〔K〕〔L〕と続き、〔16〕—〔25〕の流布本の流れを分断して繰返される。この「男君の傷心」一連の叙述を、《絵巻詞書化》本文は一つにまとめ、〔D〕の「秋の夜の」「朝夕の」の両歌の次へ、〔L〕の「ゆかりまで」の歌を続けて一場面に圧縮したのである。

この関連でいえば、〔F〕(〔17〕)の部分は、諸本に異同が多く、文の続きも不自然に見えるので、増補改訂されたかともいわれている(桑原博史、前掲)。私は、しかし、この記事がない形が正しいと判断する前に、この歌の詠者や場面が諸本によって異るゆれも、《物語歌集化》本文の性格と、それに依拠した操作に起因するものと考えたい。

最後に、私が《物語歌集化》ということばに固執する理由をあげておく。住吉物語歌集を想定するよりも、和歌を多く含む住吉梗概書を考えるだけでよいのではないかという疑問が、当然、予想されるからである。

第七節で述べた「南殿の桜の宴」で、袴着の時の「蔵人の少将」が「蔵人の宰相」と書かれていた。〔39〕で彼は再度「蔵人の少将」と呼ばれている。物語歌集の場合は、『風葉和歌集』の例でも、詠者名は最終官職で書かれる。「南殿の桜の宴」の時は、《物語歌集化》本文をそのまま使ってしまったとも解しうる。〔39〕では、脇役まで官職の変化に応じて呼び方を変える煩を避けて、読者になじみの旧官名「蔵人の少将」を使ったとも解しうる。

〔39〕で、野坂本は「蔵人の少将」を「関白殿の甥の君」とし、陽明文庫本・神宮文庫本は、「御甥の」「蔵人の少将」と書いていた。「蔵人の少将」は女君の異母兄弟、男君は女君の異腹の妹三の君の婿、従って男君と「蔵人の少将」は義理の兄弟である。当時の「甥」は今より広い人間関係を指すから、「蔵人の少将」は男君の父「関白」の「甥の君」なのだとも解しうる。しかし、こういう呼び方が定着するのは、女君が正式に男君の配偶者だと認知されてからではあるまいか。〔39〕の時点では、女君の素姓は関白家に知られていない。にもかかわらず「甥の君」だと説明したこの呼称は、物語の完結する時点でのものである。こう考えて来ると、広本系『住吉』の源流にあるのは、梗概書ではなく、《物語歌集化》本文であると推定する方が妥当である。

本解説では、一条朝に成った〈新版住吉〉の復元は可能かという課題に迫るために、従来とは異る視点を設定し、あわせて現存する『住吉物語』、特に広本系の野坂本などを読みとく上で参考になりそうな諸事象を述べた。

この外、野坂本冒頭部分の本文の性格はじめ、特有歌の類歌など、なお問題は多い。紙数の関係で、掲げることを略させていただいた論文著者の方々に、失礼をおわび申しあげたい。

付、「広本系」本文と「流布本系」本文

住吉物語の伝本の分類は、六類に分ける立場(桑原博史『中世物語研究――住吉物語論考』前掲)と四類に分ける立場(友久武文「住吉物語からお伽草子へ」前掲。『広本住吉物語集』(中世文芸叢書11)、昭和四十二年刊)とがある。本解説では、四類に分ける立場で、名称としては甲―丁類の名称よりも、伝本の具体性をよく示す、略本系、流布本系、中間本系、広

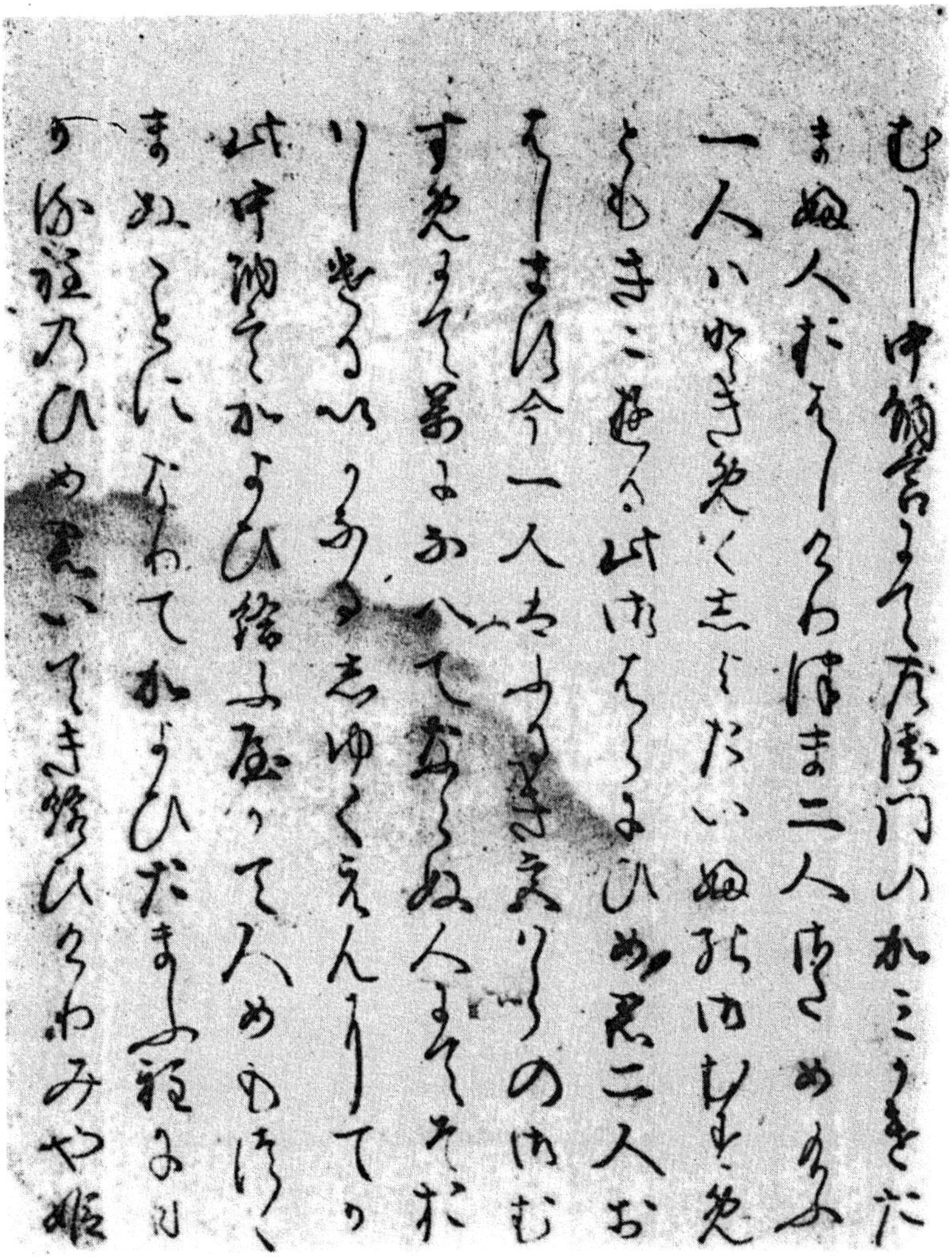

内閣文庫蔵　慶長古活字十行本『住吉物語』上巻巻頭

本系の名称を用いた。六類に分ける立場では、第一―三類を略本系統、第四―六類を広本系統と呼んでいる。四分類の「略本系」と六分類の「略本系統」とは、名称は似ているが別物である。同様に四分類の「広本系」と六分類の「広本系統」も、別物である。

本大系においては、右の四分類中、流布本系、中間本系、広本系の、おのおのの本文を読者に提供すると同時に、これら三者の違いが対照的に分明になるように構成した。

即ち「十行古活字本(中間本系)の部」を軸に据え、「野坂家蔵本(広本系)の部」、「広島大学蔵奈良絵本(流布本系)の部」を各〻共通する49段落で表示し、同時に、広本系の独自段落〔A〕―〔Z〕をきわだたせ、対照させた。

十行古活字本は、藤井乙男博士旧蔵天理図書館蔵本に代表される流布本系本文と、広本系の白峯寺本に近い本文(以下、「非流布本本文」と略称する)とを合体させた本文を有する。中間本系本文の成り立ちの一つの形態を、容易に辿ることができるという点で、興味多い伝本である。

十行古活字本に含まれる「非流布本本文」部分については、それに対応する流布本本文を比較的容易に示すことができる。十行古活字本の「非流布本本文」該当部分について「十行古活字本(中間本系)の部」と相関的に流布本の姿を示したのが、「広島大学蔵奈良絵本(流布本系)の部」である。

これに対して、十行古活字本に含まれる「流布本本文」部分について、その「非流布本本文」を示すことは、分量も多く、煩雑な操作を必要とする。十行古活字本に含まれる「非流布本本文」は、白峯寺本に近い本文ではあるが、白峯寺本そのものではないからである。この点を勘案して、広本系の、白峯寺本とは性格を異にする一本の全文を示すことにした。「野坂家蔵本(広本系)の部」がそれである。

異本がきわめて多い住吉物語においては、注釈に際して諸本の異文にふれざるをえないが、それは限られた脚注スペースの中では不可能である。主要底本に中間本系の十行古活字本を選んだのは、標準的な流布本本文全文を示す上で便利であるという、技術的な視点による。広本系の本文に野坂家蔵本を選んだのは、これが広本系の、本文の分量としては最も大きい真銅甚策氏蔵奈良絵本などに近い本文を持ち、部分的には真銅本よりすぐれた点があると判断したからである。その根拠の若干は、本解説で既に述べた。

住吉物語の場合、最善本の基準をどういう所に置くか、共通認識はまだないに等しい。そういう現状を考慮して、本書では、十行古活字本、野坂家蔵本、広島大学蔵奈良絵本の三本を、主要な柱に据え、解説において、その位置づけの見通しのあらましを述べた。

本書を成すに当って、御所蔵の貴重資料の使用を御許可いただいた内閣文庫及び野坂元良宮司、広島大学附属図書館をはじめ、資料閲覧等に便宜を与えていただいた諸機関や、直接、間接に学恩をこうむった多くの方々に、再度、御礼申しあげたい。

落窪物語 研究文献目録

吉海直人編

I 本文篇

a 本文・注釈

1 小中村義象・落合直文他『落窪物語』（日本文学全書3）博文館、明治二三年六月。

2 飯田永夫『標註参考落窪物語』上原書店、明治三一年二月。

3 中邨秋香『落窪物語大成』全四冊 大日本図書、明治三四年四月。→再版、成蹊学園出版部、大正一二年五月。→28

4 中邨秋香『落窪物語講義』全三冊 誠文堂書店、明治三四年八月。→『国文評解落窪物語釈義』誠文堂書店、大正一一年六月。

5 松下大三郎『落窪物語』（国文大観3）板倉屋書房、明治三六年三月。

6 甫喜山景雄『落窪物語証解』（国文註釈全書10）国学院大学出版部、明治四二年八月。→再版、すみや書房、昭和四三年七月。→28

7 古谷知新『落窪物語』（国民文庫9）国民文庫刊行会、明治四三年九月。

8 武笠三『平安朝物語集 全』（有朋堂文庫6）有朋堂書店、大正二年三月。

9 池辺義象『落窪物語』（校註国文叢書6）博文館、大正二年一二月。

10 物集高量『落窪物語』（日本文学叢書）広文庫刊行会、大正七年一〇月。→（新釈日本文学叢書4）日本文学叢書刊行会、大正一一年七月。

11 吉村重徳『落窪物語新釈』大同館書店、大正一五年七月。

12 吉川秀雄『校註落窪物語』明治書院、大正一五年九月。

13 金子彦二郎『落窪物語』（校註日本文学大系5）国民図書、昭和二年八月。→誠文社、昭和八年一月。→（新訂校註日本文学大系3）風間書房、昭和三〇年四月。

14 沼沢龍雄『落窪物語』中興館、昭和三年九月。

15 笠因直麿『落窪物語証解』（国文学註釈叢書12）名著刊行会、昭和四年八月。→（日本文学古註釈大成）名著刊行会、昭和九年九月。→28

16 笹川種郎『落窪物語』（博文館叢書10）博文館、昭和五年一月。

17 石橋健夫『全釈落窪物語精解』健文社、昭和八年四月。

18 堀越喜博『詳註落窪物語』受験研究社、昭和九年二月。

19 吉沢義則『物語文学集』（大日本文庫43）春陽堂、昭和一〇年五月。

20 矢吹久『落窪物語』（古典研究5-7別冊付録）雄山閣、昭和一五年六月。

21 所弘『落窪物語 堤中納言物語』(日本古典全書) 朝日新聞社、昭和二六年一二月。→再版

22 松尾聰『落窪物語 堤中納言物語』(日本古典文学大系13) 岩波書店、昭和三二年八月。

23 小川直子「落凹物語続解副巻(翻刻)」 名古屋大学国語国文学15、16、昭和三九年一一月、四〇年六月。

24 柿本奨『落窪物語』(角川文庫) 昭和四六年三月。

25 横山青娥『落窪物語』(古典文学選5) 塔影書房、昭和四七年。

26 三谷栄一『落窪物語 堤中納言物語』(日本古典文学全集10) 小学館、昭和四七年八月。

27 稲賀敬二『落窪物語』(新潮日本古典集成14) 新潮社、昭和五二年九月。

28 『落窪物語古註釈大成』(日本文学古註釈大成) 日本図書センター、昭和五四年五月。

29 吉田幸一『おちくぼ 九条家本と別本草子』(古典聚英4) 古典文庫、昭和六一年一一月。

30 寺本直彦『落窪物語』 明治書院、昭和六二年三月。

b 影印

1 『真淵書入本落窪物語』 落窪物語研究会、昭和四三年九月。

2 『おちくぼ上・下』(古典文庫261、263) 昭和四四年三、五月。〈尊経閣文庫本〉

3 神作光一『影印本落窪物語 一』 新典社、昭和五四年四月。〈寛政一一年刊本〉

4 神作光一『落窪物語一-四 斑山文庫旧蔵』 笠間書院、昭和五八年五月。

5 塚原鉄雄『落窪物語 賀茂別雷神社三手文庫蔵本』 新典社、昭和五九年六月。

6 吉田幸一『九条家本・慶長写本落窪物語』(古典聚英4) 古典文庫、昭和六一年一一月。

c 抄出・訳本・索引・その他

1 鴻巣盛広『口訳落窪物語』 博文館、大正元年一〇月。

2 青木存義『落窪物語』(新訳国文叢書6) 文洋社、大正四年。

3 浜中貫始『新訳おちくぼ姫』 紀元社、大正一〇年一二月。

4 吉沢義則『全訳落窪物語』(全訳王朝文学叢書10) 王朝文学叢書刊行会、大正一三年一〇月。

5 栗原武一郎『落窪物語』(平安朝前期物語選) 裳華房、昭和四年一月。

6 Wilfrid Whitehouse & Eizo Yanagisawa『OCHIKUBO MONOGATARI OR THE TALE OF THE LADY OCHIKUBO』(J. L. Thompson & Co.)(Kegan Paul, Trench, Trubner & Co.) 昭和九年五月。→再版『OCHIKUBO MONOGATARI』(北星堂書店) 昭和四〇年一一月。→再版(Anchor) 1971.

7 藤村作他『落窪物語』(物語日本文学4) 至文堂、昭和一〇年一二月。

8 窪田空穂『落窪物語 伊勢物語』(現代語訳国文学全集2) 非凡閣、昭和一三年八月。

9 所弘『竹取物語 伊勢物語 落窪物語』(現代語訳日本古典文学全集1) 河出書房、昭和二九年三月。

10 木俣修『竹取・落窪物語』(少年少女のための国民文学3) 福

村書店、昭和三一年八月。
11 戸川高志『落窪物語』(日本少年少女古典文学全集) 弘文堂、昭和三二年七月。
12 小島政二郎『王朝物語集一』(日本国民文学全集5) 河出書房、昭和三三年一〇月。→河出書房新社、昭和三五年九月。
13 塩田良平『落窪物語』(古典日本文学全集7) 筑摩書房、昭和三五年。
14 弘津千代『落窪物語』(縮刷日本文学全集1古代古典篇) 日本週報社、昭和三六年九月。
15 今井卓爾・鵜月洋『国文古典物語文学』 開文社、昭和三八年八月。
16 秋山虔『宇津保物語・落窪物語・堤中納言物語』(私たちの日本古典文学18) さえら書房、昭和三八年。
17 松尾聰・江口正弘『落窪物語総索引』 明治書院、昭和四二年一一月。
18 横山青娥「全訳落窪物語」 学苑368～380、昭和四五年八、九、一一、一二月、四六年二、三、五、八月。
19 小宮山カウ『新・落窪物語』 私家版、昭和四七年四月。
20 和田芳恵『竹取物語 伊勢物語 落窪物語』(日本古典文庫7) 河出書房新社、昭和五一年六月。
21 田辺聖子『舞え舞え蝸牛―新・落窪物語―』 文藝春秋、昭和五二年九月。→(文春文庫)、昭和五四年一〇月。→(田辺聖子長編全集) 昭和五七年。
22 山岸凉子「落窪物語」『妖精王2』(花とゆめCOMICS) 集英社、昭和五二年一二月。
23 田辺聖子『おちくぼ姫』(平凡社名作文庫17) 昭和五四年。
24 『落窪物語』(人民文学出版社) 1984, 2. 河出書房王朝物語集翻訳。
25 Simone Mauclaire『Un "Cendrillon" japonais du Xe siècle—L'Ochikubo-monogatari』(Editions Maisonneuve et Larose), 1984.
26 石川透「天理図書館蔵『落窪物語抄』解題・翻刻」 三田国文8、昭和六二年一二月。
27 ロシア語訳『落窪物語 竹取物語』 一九八八年。

Ⅱ 論文篇

d 論文

1 長谷川福平「源氏物語に於ける落窪物語の重なる影響」 国学院雑誌7-6、明治三四年六月。
2 青木苫汀「落窪物語の価値」 わか竹5-4～7、明治四五年四～七月。
3 津田左右吉「貴族文学の成熟時代」『文学に現はれたる我が国民思想の研究一』 洛陽堂、大正五年八月。→『津田左右吉全集巻2』 岩波書店、昭和四一年三月。
4 中谷一海「田中大秀及び其の著書」 国語国文の研究29、昭和四年二月。
5 たべのつかさ「落窪物語に現はれたる描写的態度について」 名国国漢研究6、昭和四年九月。
6 橋本佳「落窪物語に就いて」 国語と国文学7-10、昭和五年一〇月。

7 市村平「落窪物語とその系統的作品の史的展開」歴史と国文学6-5〜9、昭和七年五〜九月。
8 市村平「落窪物語の作意と理想」国語教育17-6、昭和七年六月。
9 西下経一「落窪物語の成立に関する臆説」文学1-7、昭和八年一〇月。
10 岩城準太郎「枕草子と拾遺集と落窪物語との成立序次に就いて」国語と国文学12-1、昭和一〇年一月。
11 曾沢太吉「落窪物語の成立をめぐる諸条件について」国語国文5-3、昭和一〇年三月。
12 所弘「落窪物語の成立期に就いて」国語と国文学13-6、昭和一一年六月。
13 鴻巣盛広「落窪物語の滑稽」[落窪物語の研究]解釈と鑑賞2-4、昭和一二年四月。
14 所弘「落窪物語の研究史」[落窪物語の研究]解釈と鑑賞2-4、昭和一二年四月。
15 山岸徳平「落窪物語概説」[落窪物語の研究]解釈と鑑賞2-4、昭和一二年四月。
16 茅野蕭々「落窪物語について」文学5-4、昭和一二年四月。
17 横山重・巨橋頼三『物語草子目録前篇』大岡山書店、昭和一二年六月。→『物語草子目録』角川書店、昭和五三年六月。
18 片寄正義「落窪物語伝本攷—落窪物語の本文について—」国語国文8-7、昭和一三年七月。
19 宮田和一郎「落窪物語とその敬譲語法—主として用言・助動詞に就いて—」古典研究3-12、昭和一三年一〇月。→28
20 古田和子「落窪・住吉物語の研究」国語3-4、昭和一三年一〇月。
21 藤田徳太郎「小説史上の落窪物語の位置」古典研究5-7、昭和一五年六月。→『王朝文学の歴史と精神』楽浪書院、昭和一六年一〇月。
22 石川徹「落窪物語の構成」古典研究5-7、昭和一五年六月。→『古代小説史稿』刀江書院、昭和三三年五月。
23 高田瑞穂「落窪物語の性格」古典研究5-7、昭和一五年六月。→116
24 高崎正秀「民俗学より見たる落窪物語—継子苛めを中心として—」古典研究5-7、昭和一五年六月。→『物語文学序説』青磁社、昭和一七年一二月。→『高崎正秀著作集5』桜楓社、昭和四六年四月。→116
25 石村貞吉「落窪物語に描かれた平安時代上流社会の家庭生活」古典研究5-7、昭和一五年六月。
26 篠原悦夫「継子物語の歴史」古典研究5-7、昭和一五年六月。
27 小島政二郎「落窪物語」『わが古典鑑賞』中央公論社、昭和一六年一二月。→(筑摩叢書14)昭和三九年三月。
28 宮田和一郎「落窪物語」『物語文学攷』文進堂、昭和一八年三月。
29 塚原鉄雄「落窪物語の人物とその成立」国語国文19-1、昭和二五年九月。→116
30 所弘「落窪物語証解について」国語と国文学29-7、昭和二七年七月。
31 池田弥三郎「まま子いじめの文学とその周辺」新文明、昭和二八年一月〜二九年一一月。→『文学と民俗学』岩崎書店、

昭和三一年五月。→『池田弥三郎著作集4』角川書店、昭和五五年二月。

32 清田正喜「落窪物語の伝本」国学院雑誌54-2、昭和二八年七月。

33 松本隆信「住吉物語以後―継子苛め譚の類型に関する一考察―」芸文研究3、昭和二九年一月。→116

34 筑土曙生「落窪物語の成立過程」東京女子大学日本文学3-5、昭和三〇年六月。→116

35 奥山誉男「落窪物語の構成㈠―作者の巻別意識とその事情―」平安文学研究17、昭和三〇年六月。

36 大原一輝「落窪物語の笑ひ」語文研究3、昭和三〇年一一月。

37 高橋正樹「落窪物語の成立に関する私見」桐朋学報5、6、7、昭和三〇年一二月、三二年二月、三三年二月。

38 市古貞次「公家小説」『中世小説の研究』東大出版会、昭和三〇年一二月。

39 春田宣「落窪物語ノート―面白の駒について―」国学院雑誌57-4、昭和三一年七月。→95

40 岡精己「落窪物語の主題考察に関する試論」下関商経論集1-1、昭和三二年一月。

41 井上豊「「おちくぼ物語註釈」について―日本文学覚書㈡―」解釈3-2、昭和三二年二月。

42 今井卓爾「物語と日記文学―落窪物語―」『平安時代日記文学の研究』明治書院、昭和三二年一〇月。

43 神作光一「落窪物語の消息文をめぐっての試論」東洋文学論藻8、昭和三二年一〇月。

44 春田宣「落窪物語ノート―典薬の助について―」文学・語学6、昭和三二年一二月。→95

45 浦部重雄「「聞こえさす」の解―落窪物語の一用例―」解釈4-6、昭和三三年六月。

46 曾田文雄「「落窪物語」に見える文脈の折れまがり」解釈4-11・12、昭和三三年一二月。

47 野口元大「落窪物語論おぼえ書」日本文学8-4、昭和三四年四月。→『古代物語の構造』有精堂、昭和四四年五月。→116

48 堀内秀晃「落窪物語の方法」国語と国文学36-4、昭和三四年四月。

49 野村一三「落窪物語」『平安物語の成立―源氏物語を中心として―』刀江書院、昭和三四年一〇月。

50 長谷章久「落窪物語における笑い」国文学5-1、昭和三四年一二月。

51 清水泰「継子物語の研究」『日本文学論考』初音書房、昭和三五年六月。

52 玉上琢弥「物語の現実―落窪物語―」『物語文学』塙書房、昭和三五年七月。

53 上坂信男「落窪物語の方法」国文学研究22、昭和三五年一〇月。→『物語序説』有精堂、昭和四二年四月。→増補版、昭和五六年四月。

54 須田哲夫「平安朝の物語と賜姓源氏―宇津保物語、落窪物語、源氏物語について―」国文学研究22、昭和三五年一〇月。

55 若林邦枝「落窪物語小考―消息文について―」女子大国文22、昭和三六年七月。

56 春田宣「落窪物語ノート―文章上の特質について㈠―」日本文学論究20、昭和三六年一〇月。↓95
57 関敬吾「婚姻譚としての住吉物語―物語文学と昔話―」国語と国文学39-10、昭和三七年一〇月。↓『日本の古典と口承文芸』（日本文学研究資料叢書）有精堂、昭和五八年三月。
58 塚原鉄雄「物語文学と素材人物」古代文化13-5、昭和三九年一一月。↓『王朝の文学と方法』風間書房、昭和四六年一月。
59 高橋巌「落窪物語「三条の家」の読解作業」解釈11-3、昭和四〇年三月。
60 森田実歳「落窪物語巻之四の成立」解釈11-6、昭和四〇年六月。
61 高橋巌「「雨もよに」の意味」文芸研究51、昭和四〇年一〇月。
62 高橋巌「落窪物語の解釈ところどころ㈠」解釈12-10、昭和四一年一〇月。
63 三谷栄一「物語の享受とその季節」『物語史の研究』有精堂、昭和四二年七月。
64 奥津春雄「「落窪物語」の創作意図」平安朝文学研究2-4、昭和四二年一二月。
65 石川徹「継子ものとその周辺―落窪物語をめぐって―」国文学12-15、昭和四二年一二月。↓『平安時代物語文学論』笠間書院、昭和五四年四月。
66 志津田藤四郎「現存落窪物語成立考」佐賀竜谷学会紀要14、昭和四三年一月。
67 神作光一「源氏物語が落窪物語から受けたもの」解釈と鑑賞33-6、昭和四三年五月。
68 嵩和雄「「落窪物語」成立年代の一考察」二松学舎大学人文論叢1、昭和四三年六月。
69 岡一男「宇津保・落窪物語論」『古典の再評価』有精堂、昭和四三年六月。
70 石川徹「物語文学の成立と展開」『講座日本文学3・中古篇I』三省堂、昭和四三年一二月。↓『平安時代物語文学論』笠間書院、昭和五四年四月。
71 森田実歳「落窪物語論考」清泉女子大学紀要16、昭和四三年一二月。↓116
72 神作光一「源氏前後の物語と古今集―宇津保・落窪・源氏・浜松・寝覚・狭衣の各物語に見られる古今集―」武蔵野文学16、昭和四三年一二月。
73 鈴木一雄「『源氏物語』の文章」解釈と鑑賞34-6、昭和四四年六月。
74 井上京子「落窪物語の構成」女子大国文54、昭和四四年九月。
75 三谷邦明「落窪物語の方法―その享受と表現をめぐって―」平安朝文学研究2-8、昭和四四年一二月。↓116
76 江口正弘「落窪物語の動詞について―語彙論的考察―」（熊本大学）国語国文学研究5、昭和四四年一二月。
77 村川和子「引歌の発生、育成期における表現技巧―伊勢物語、土左日記、宇津保物語、落窪物語を中心として―」国文目白9、昭和四五年一月。
78 三谷邦明「平安朝における継母子物語の系譜―古『住吉』から『貝合』まで―」早稲田大学高等学院研究年誌15、昭和四六年一月。↓116

79 江口正弘「「落窪物語」の語彙と文体についての一考察」国文学攷55、昭和四六年二月。
80 神野藤昭夫「落窪物語の方法と読者」『平安朝文学研究―作家と作品―』有精堂、昭和四六年三月。
81 神作光一「源氏前後の物語と後撰集―宇津保・落窪・源氏・浜松・寝覚・狭衣の各物語に見られる後撰集―」宇津保物語研究会会報4、昭和四六年八月。
82 北村英子「伊勢物語から落窪物語へ―「なまめかし」の源流を求めて―」平安文学研究47、昭和四六年一一月。→『なまめかし―平安美的辞詞「なまめかし」の研究―』桜楓社、昭和五〇年四月。
83 藤村潔「源氏物語に見る原拠のある構想とその実態」藤女子大学・藤女子短期大学紀要9、昭和四七年一月。→『古代物語研究序説』笠間書院、昭和五二年六月。
84 神尾暢子「落窪物語の笑咲表現」文学史研究13、昭和四七年七月。
85 神尾暢子「『落窪物語』の笑咲語彙―滑稽表現を体系づける端緒として―」『国語国文学論集』塙書房、昭和四七年一二月。
86 宮田裕行「落窪物語の漢文訓読語と漢語について」東洋大学短期大学紀要4、昭和四八年三月。
87 柿本奨「落窪物語伝本考(第一部)」大阪大学教養部研究集録21、昭和四八年三月。
88 梅野きみ子「紫式部より以前の散文作品の「えん」をめぐって―宇津保物語・落窪物語・枕草子―」国文研究2、昭和四八年四月。
89 三谷邦明「継子物―世界と日本―」解釈と鑑賞39-1、昭和四九年一月。
90 稲賀敬二「落窪物語の成立とその作者・補作者」広島大学文学部紀要33、昭和四九年三月。
91 川瀬一馬『古写古版物語文学書解説』雄松堂書店、昭和四九年一〇月。
92 高橋巌「落窪物語疑義」聖和12、昭和四九年一二月。
93 三谷栄一「落窪物語の方法」『物語文学の世界』有精堂、昭和五〇年二月。
94 田中新一「交野少将もどきたる落窪の少将―「落窪物語」の原初構想―」日本文学24-3、昭和五〇年三月。
95 春田宣『中世説話文学論序説』桜楓社、昭和五〇年四月。
96 今村節子「落窪物語の成立に関する考察」国文43、昭和五〇年七月。
97 乗岡憲正「『落窪物語』私論―説話性をめぐって―」大谷女子大学紀要10、昭和五〇年一〇月。→『物語文学の伝承基盤―日本文学伝承論―』桜楓社、昭和五五年二月。
98 河内山清彦「『源氏物語』を貫く一つの骨格―『落窪物語』的継子物語の影響―」『『源氏物語』の理想的女性―紫上をめぐって―』青山学院短期大学学芸懇話会、昭和五一年七月。
99 所弘「落窪物語の英訳本について」解釈23-2、昭和五二年二月。
100 今井卓爾「落窪物語」『物語文学史の研究 前期物語』早稲田大学出版部、昭和五二年二月。
101 斎木泰孝「落窪物語・宇津保物語の侍女たち(上)―「ごたち」に

ついて―」国語国文論集7、昭和五二年八月。
102 伴利昭「千蔭本「落窪物語」における注釈的研究について」立命館文学8-12、昭和五二年一〇月。
103 斎木泰孝「落窪物語・宇津保物語の侍女たち㈥―「大人」「童」「下仕」について―」国語国文論集8、昭和五三年三月。
104 稲賀敬二「女性が意志を貫く時―『落窪物語』の主従、姫君とあこき―」国文学23-4、昭和五三年三月。
105 稲賀敬二「延喜・天暦期と『源氏物語』とを結ぶもの」『源氏物語―その文芸的形成―』大学堂書店、昭和五三年九月。
106 広田収「物語とカタリの構造―落窪物語の前後―」日本文学27-11、昭和五三年一一月。
107 吉岡曠「落窪物語の語り手」『論叢王朝文学』笠間書院、昭和五三年一二月。
108 樋田恵子「落窪物語―その結婚を中心に―」日本文学論叢4、昭和五四年三月。
109 小山利彦「『落窪物語』の構造―報復譚と出世譚を軸に―」『初期物語文学の意識』（論集中古文学2）笠間書院、昭和五四年五月。→『源氏物語を軸とした王朝文学世界の研究』桜楓社、昭和五七年一〇月。
110 日向一雅「落窪物語―現実主義の文学意識―」『初期物語文学の意識』（論集中古文学2）笠間書院、昭和五四年五月。
111 伴利昭「長嘯室本『落窪物語』について」論究日本文学42、昭和五四年五月。
112 田中司郎「『落窪物語』の禁止表現（「な」・「な…そ」）について」国語国文薩摩路23・24、昭和五四年六月。
113 柿本奨「田中大秀の『おちくぼ』研究」平安文学研究61、昭和五四年六月。
114 塚原鉄雄「挿入技法の修辞構文―落窪物語と助動詞「き」―」解釈25-7、昭和五四年七月。
115 山室静『世界のシンデレラ物語』新潮社、昭和五四年八月。
116 『平安朝物語Ⅲ』（日本文学研究資料叢書）有精堂、昭和五四年一〇月。
117 増淵勝一「『落窪物語』の成立年代」並木の里18、昭和五四年一〇月。→『平安文学成立の研究　散文編』笠間書院、昭和五七年四月。
118 水谷尚美「草子地をめぐっての落窪物語私論」名古屋大学国語国文学45、昭和五四年一二月。
119 仲田庸幸「落窪物語の文芸的特質」源氏こぼれ草15、昭和五五年三月。
120 斎木泰孝「落窪物語・宇津保物語の侍女たち㈦―按察使の君・孫王の君・侍従の乳母について―」国語国文論集10、昭和五五年三月。
121 高橋巌「落窪物語の解釈とところどころ㈡」聖和17、昭和五五年三月。
122 長谷部恵子「「住吉物語」の性格―「落窪物語」との比較を中心に―」徳島大学教育学部国語科研究会報5、昭和五五年三月。
123 原国人「『落窪物語』の成立について」国学院雑誌81-7、昭和五五年七月。
124 松岡武彦「落窪物語の一問題―「雨夜訪問」譚序説―」愛文16、昭和五五年七月。

125 稲賀敬二「『落窪』と『住吉』―一条朝のはじめ―」『源氏物語前後』和泉書院、昭和五五年八月。

126 原田芳起「物語文章解釈の一つの視野を探る―落窪物語の場合―」樟蔭国文学18、昭和五五年一二月。

127 鈴木克昭「落窪物語研究」物語文学論究5、昭和五五年一二月。

128 高橋巌「落窪物語の敬語―男君の昇進に伴う待遇表現の変化―」聖和18、昭和五六年三月。

129 伴利昭「落窪物語の草子地」『語文叢誌』田中裕先生の御退職を記念する会、昭和五六年三月。

130 中井育子「落窪物語成立年代」椙山国文学16、昭和五六年三月。

131 板垣直樹「『落窪物語』の意図―『住吉物語』との対比を通じて―」国文学踏査11、昭和五六年八月。

132 須郷真木子「『落窪物語』試論―大衆文学としての評価―」弘前学院大学国語国文学会学会誌8、昭和五七年三月。

133 高橋巌「落窪物語の女君に対する待遇表現」聖和19、昭和五七年三月。

134 前川ふさ子「『落窪物語』の作者像―人物の登場方法による―」昭和学院国語国文15、昭和五七年三月。

135 神尾暢子「規定映像と期待映像―落窪物語の笑咲表現―」『王朝国語の表現映像』新典社、昭和五七年四月。

136 高橋亨「〈落窪〉の意味をめぐって―物語テクストの表層と深層―」日本文学31-6、昭和五七年六月。

137 松田由美「『落窪物語』の男女主人公について」国文白百合14、昭和五八年三月。

138 林多香子「『落窪物語』について―一夫一妻制思想の主張―」城南国文4、昭和五九年三月。

139 長沼英二「『落窪物語』の成立に関する一考察―登場人物のモデル論を中心として―」二松学舎大学人文論叢28、昭和五九年八月。

140 矢作道子「『落窪物語』論」米沢国語国文11、昭和五九年九月。

141 南崎晋「落窪物語の対話文について―その文末表現を中心として―」大阪城南女子短期大学研究紀要17・18、昭和五九年一〇月。

142 大槻憲二「落窪物語と紅皿欠皿伝説」『民俗文化の精神分析』堺屋図書、昭和五九年一〇月。

143 大槻修「今も昔も続く継子虐め」『王朝の姫君』世界思想社、昭和五九年一〇月。

144 山森雅樹「『落窪物語』から『鉢かづき』への道」『古典の変容と新生』明治書院、昭和五九年一一月。

145 樋口芳麻呂「『風葉和歌集』の入集歌―『竹取物語』『落窪物語』を中心に―」『国文学論集』奈良大学文学部国文学研究室、昭和六〇年三月。

146 西村亘「リアリズムの質」共立女子短期大学文科紀要29、昭和六一年二月。

147 中山マサヱ「『落窪物語』小考―その読者層をめぐる試論―」甲南国文33、昭和六一年三月。

148 日暮佐緒里「『落窪物語』研究―道頼の人物像を中心に―」東洋大学短期大学論集日本文学編22、昭和六一年三月。

149 フリッツ・フォス「ロマンとしての落窪物語」国際日本文学

研究集会会議録9、昭和六一年三月。

150 北村英子「「そのかみ」考㈢」大阪樟蔭女子大学論集23、昭和六一年三月。

151 藤井貞和「落窪物語―継母哀しき―」国文学31-13、昭和六一年一一月。

152 中畑八寿子「『落窪物語』の娯楽性と宗教性」芸文東海8、昭和六一年一二月。

153 吉海直人「継子譚としての『住吉物語』再検討―藤と桜の揺れ―」国学院雑誌87-12、昭和六一年一二月。

154 鈴木泰「古代日本語の過去形式の意味」『松村明教授古稀記念国語研究論集』明治書院、昭和六一年一〇月。

155 南崎晋「『落窪物語』の「草子地」について」城南国文7、昭和六二年二月。

156 待井新一「物語の技法考―源氏物語の「継子物語」取り―」相模国文14、昭和六二年三月。

157 長沼英二「『落窪物語』の場面構成―時間設定の果たす役割―」二松1、昭和六二年三月。

158 フリッツ・フォス「落窪物語の語彙―特に漢語、人称代名詞、所謂人称代名詞をめぐって―」国文学研究資料館紀要13、昭和六二年三月。

159 寺本直彦「「恋ざめ」考―落窪物語の用語をめぐって―」青山語文17、昭和六二年三月。

160 芥川初美「『落窪物語』のあこき像について―その性格と設定―」昭和学院国語国文20、昭和六二年三月。

161 寺本直彦「賀茂真淵と一門の落窪物語研究㈠―桃園文庫旧蔵藤原福雄本・河島氏蔵真淵校合千蔭校本・寛政六年奥書木活字本三書の関係を通じて―」平安文学研究77、昭和六二年五月。

162 寺本直彦「「まうとの小盗人」―落窪物語私注㈠―」解釈33-5、昭和六二年五月。

163 寺本直彦「「まはししきふせん」―落窪物語私注㈡―」解釈33-6、昭和六二年六月。

164 寺本直彦「「中将、殿に参りて」の一節―落窪物語私注㈢―」解釈33-9、昭和六二年九月。

165 寺本直彦「「雨降る夜なめり。ひとりな寝そ」―落窪物語私注㈣―」解釈33-11、昭和六二年一一月。

166 三谷邦明「『落窪物語』―継子いじめ譚―」解釈と鑑賞52-11、昭和六二年一一月。

167 寺本直彦「賀茂真淵と一門の落窪物語研究㈡―真淵自跋の「いとふるき本二つ」について―」平安文学研究78、昭和六二年一二月。

168 漆崎正人「『落窪物語』における待遇表現の場面性―継母北の方の、落窪の君に対する敬語使用の揺れと「言行不一致」をめぐって―」藤女子大学国文学雑誌40、昭和六三年三月。

169 神尾暢子「落窪和歌の表現機能」学大国文31、昭和六三年三月。

170 柿本奨「落窪物語人物抄」国語国文57-7、昭和六三年七月。

171 湯原美陽子「落窪物語に見られる容姿美の美的表現語彙」『王朝物語文学における容姿美の研究』有精堂、昭和六三年八月。

172 柿本奨「落窪物語の年立」中古文学42、昭和六三年一一月。

173 柿本奨「落窪物語に関する十四の断章」国語国文58-2、平成元年二月。
174 吉海直人「平安朝の乳母達」国文学研究資料館紀要15、平成元年三月。

e 文学史・辞典・論文目録

1 藤岡作太郎「落窪物語」『国文学全史―平安朝篇―』東京開成館、明治三八年一〇月。→復刊、岩波書店、大正一二年一月。→改造文庫、昭和一五年一〇月。→東洋文庫198、平凡社、昭和四六年一一月。→講談社学術文庫、昭和五二年九月。
2 宮田和一郎「宇津保・落窪物語研究」『新潮社日本文学講座4 平安時代上』昭和六年六月再版。
3 橋本佳「落窪物語」岩波講座日本文学、昭和六年七月。
4 山岸徳平「日本文学書目解説㈢鎌倉時代上・下」岩波講座日本文学、昭和六年七月、七年九月。
5 池田亀鑑「日本文学書目解説㈡平安時代上」岩波講座日本文学、昭和七年一月。
6 佐藤良二・佐藤一三「落窪物語」『国文学書史』厚生閣、昭和九年一月。
7 岩城準太郎「落窪物語の研究」『改造社日本文学講座3 物語・小説篇㊤』昭和九年二月。→『国文学群像』修文館、昭和一六年一一月。
8 五十嵐力「落窪物語」『平安朝文学史』(日本文学全史)東京堂、昭和一二年六月。
9 西下経一『平安時代前期㊤』(日本文学史4)三省堂、昭和一七年一一月。
10 野村八良「落窪物語」『中古文学史論』明治書院、昭和一九年五月。
11 池田亀鑑「落窪物語」『日本文学大辞典1』新潮社、昭和二五年二月。
12 所弘「落窪物語」『日本文学史2 中古』至文堂、昭和三〇年五月。→増補改訂版、昭和三九年六月。→新版、昭和四六年九月。
13 片桐洋一「落窪物語」『物語・小説㊤』(研究と鑑賞日本文学講座一)創元社、昭和三二年一月。
14 神作光一・橘りつ「落窪物語研究文献目録―明治時代以降―」[落窪物語研究会]王朝文学3、昭和三四年一一月。
15 片桐洋一「落窪物語成立年代論争」解釈と鑑賞27―7[古典文学論争事典]、昭和三七年六月。
16 所弘「落窪物語」国文学9-8[古典文学研究必携]、昭和三九年六月。→再版 昭和四二年。
17 所弘「落窪物語」『平安朝文学史』明治書院、昭和四〇年四月。
18 阿部秋生「落窪物語」『日本文学史 中古篇』塙書房、昭和四一年四月。
19 松尾聰「落窪物語」『王朝の文学 日本の文学2』至文堂、昭和四一年六月。
20 清水好子「落窪物語」国文学14-2[文体に見る100人の作家]、昭和四四年一月。
21 三谷邦明「落窪物語」『日本古典文学史の基礎知識』有斐閣、昭和五〇年二月。
22 神作光一「落窪物語」『中古の文学』(日本文学史2)有斐閣、

昭和五一年六月。
23 稲賀敬二「落窪物語」『日本文学全史2 中古』学燈社、昭和五三年五月。
24 神野藤昭夫「落窪物語研究参考文献」『平安朝物語Ⅲ』（日本文学研究資料叢書）有精堂、昭和五四年一〇月。
25 室伏信助「落窪物語」別冊国文学「日本古典文学研究必携」、昭和五四年一一月。
26 広田収「落窪物語」解釈と鑑賞45-1「総覧・物語文学」、昭和五五年一月。
27 高橋亨「落窪物語」『体系物語文学史3』有精堂、昭和五八年七月。
28 藤井貞和「落窪物語」『研究資料日本古典文学1 物語文学』明治書院、昭和五八年九月。
29 柿本奨「落窪物語」『日本古典文学大辞典1』岩波書店、昭和五八年一〇月。
30 吉海直人『『落窪物語』研究文献目録』（影月堂文庫）私家版、昭和六一年三月。
31 神野藤昭夫「落窪物語」『日本古典文学 卒論・レポートを書く』有精堂、昭和六一年六月。
32 福嶋昭治「初期物語の隆盛」『物語文学の系譜』世界思想社、昭和六一年九月。
33 藤井貞和「成人儀礼と物語—落窪物語その他—」『日本文芸史二 古代Ⅱ』河出書房新社、昭和六一年一〇月。
34 神野藤昭夫「落窪物語」別冊国文学「王朝物語必携」、昭和六二年九月。

f エッセイ・パンフレット・その他

1 所弘「思ひ浮かぶままに」日本古典全書付録、昭和二六年一二月。
2 春田宣「物語冒頭描写の一考察—落窪・住吉と中世小説を中心に—」国学院大学文学会会報27、昭和三二年一月。
3 山岸徳平「落窪物語の成立」『国文学の栞』寧楽書房、昭和三二年四月。
4 松尾聰「中古の作品のユーモア—堤中納言物語・落窪物語などに触れて—」日本古典文学大系13月報、昭和三二年八月。
5 野口元大「〈落窪物語〉の落窪の姫君」国文学14-14、昭和四四年一〇月。
6 神作光一「落窪物語の歌一首をめぐって—「踏み」と「文」との掛詞表現考—」和歌史研究会会報40、昭和四五年一二月。
7 関敬吾「落窪とシンデレラ」日本古典文学全集10月報、昭和四七年八月。→『日本の古典と口承文芸』（日本文学研究資料叢書）有精堂、昭和五八年三月。
8 三谷栄一「落窪物語校訂断想」日本古典文学全集10月報、昭和四七年八月。
9 原国人「『落窪物語』の成立について」物語研究会会報8、昭和五二年四月。
10 稲賀敬二「「下簾をかけた網代車」の効用（落窪物語の一節）」国文学攷74、昭和五二年六月。
11 伴利昭「研究室の窓から—落窪物語古写本のこと—」立命館学園広報78、昭和五二年七月。
12 藤井貞和「古代女性のふんどし」月刊みんぱく10-8、昭和六二年九月。

一年八月。

13 藤井貞和「落窪物語」国文学32-4、昭和六二年三月。

14 寺田透「落窪からの眺め」海燕7-1、昭和六三年一月。

15 藤井貞和「主人公たちの息づかい—『落窪物語』を読む—」図書474、昭和六三年一二月。

住吉物語 研究文献目録

吉海直人編

I 本文篇

a 本文・注釈

1 小中村義象『住吉物語』（日本文学全書1）博文館、明治二三年四月。〈群書類従本〉

2 『住吉物語』（群書類従物語部巻310）経済雑誌社、明治二七年三月。→『群書類従17』続群書類従完成会、昭和五五年六月。

3 『住吉物語』（国文大観4）板倉屋書房、明治三六年七月。〈群書類従本〉

4 筥崎博道『住吉物語通釈全』公論社、明治三六年七月。〈寛永九年版本〉

5 武笠三『平安朝物語集 全』（有朋堂文庫6）大正二年三月。〈古活字本〉

6 『住吉物語』（袖珍文庫78）集文館、大正三年一月。

7 池辺義象『住吉物語』（校註国文叢書14）博文館、大正四年三月。〈群書類従本〉

8 藤井乙男・有川武彦『註解新訳住吉物語』（国文新訳文庫）成象堂、大正一〇年三月。

9 金子彦二郎『住吉物語』（校註日本文学大系5）国民図書、昭和二年八月。→誠文堂新光社、昭和一三年一月。→（新訂校註日本文学大系7）風間書房、昭和三〇年六月。〈契沖本〉

10 井上通泰『住吉物語』（日本古典全集）日本古典全集刊行会、昭和二年一二月。〈群書類従本〉

11 『住吉物語』（新校群書類従14）内外書籍、昭和三年九月。→（名著普及会）昭和五三年。

12 笠川種郎・藤村作・尾上八郎『住吉物語』（博文館叢書）博文館、昭和五年一月。〈群書類従本〉

13 浅井峯治『住吉物語詳解』大同館書店、昭和七年七月。→有精堂、昭和六三年。〈群書類従本〉

14 大阪高等学校国文学同好会『異本住吉物語』大阪高等学校国文学同好会、昭和八年。

15 横山重『住吉物語本文篇』大岡山書店、昭和一八年一二月。〈成田本・藤井本・横山本・真銅本・京博本・十行古活字本〉

16 礒部貞子『住吉物語蓬左文庫本成田本』（古典文庫69）昭和二八年四月。〈徳川本・成田本〉

17 簗瀬一雄『再訂住吉物語』（碧冲洞叢書50）昭和三九年六月。〈簗瀬本〉

18 桑原博史『住吉物語集とその研究』未刊国文資料刊行会、昭和三九年一〇月。〈国会本・住吉本・教育大本〉

19 佐藤高明「住吉物語」（阿讃諸文庫国文学翻刻双書3）阿南工

業高専国語研究室研究紀要3、昭和四〇年一一月。〈多和A本〉
20 桑原博史「甲南女子大学蔵住吉物語翻刻ならびに解説」甲南国文13、昭和四一年一月。〈甲南女子大学本〉
21 臼田甚五郎『はつしぐれ（複製と翻刻）』（古典文庫236）昭和四二年三月。〈臼田本〉
22 友久武文「翻刻・野坂家蔵残欠異本住吉物語—翻刻、付その特色について—」国文学攷43、昭和四二年六月。〈野坂本〉
23 友久武文『広本住吉物語集』（中世文芸叢書11）昭和四二年一一月。〈白峯寺本・神宮本・野坂本〉
24 桑原博史『中世物語研究—住吉物語論考—』二玄社、昭和四二年一一月。〈国会本・住吉本・教育大本・契沖本・御所本・真銅本〉
25 礒部貞子『尾州徳川家本住吉物語とその研究』笠間書院、昭和五〇年二月。〈徳川本〉
26 武山隆昭「明日香井家本住吉物語翻刻と総索引」『国語学論集一』笠間書院、昭和五三年三月。〈明日香井本〉
27 友久武文「多和文庫蔵『住吉物語』—翻刻と解説—」『国語学国文学論攷』渓水社、昭和五三年一二月。〈多和B本〉
28 横山重・松本隆信『住吉物語』（室町時代物語大成八）角川書店、昭和五五年二月。〈十二行古活字本〉
29 伊藤学人「徳川本『住吉物語絵巻』考(上)—画中詞の翻刻—」国文学攷98、昭和五八年六月。
30 高橋貞一『住吉物語』（文芸文庫11）勉誠社、昭和五九年三月。〈白峯寺本・陽明文庫本〉
31 吉海直人・菊地仁・小林健二・板垣直樹『住吉物語』桜楓社、昭和六一年一月。〈十行古活字本〉
32 武山隆昭『住吉物語』（有精堂校注叢書）昭和六二年一月。〈成田本・中之島図書館本〉
33 吉海直人「国文学研究資料館所蔵『住吉物語』の翻刻と研究」国文学研究資料館紀要13、昭和六二年三月。〈資料館本〉
34 橋本直紀「赤木文庫本『すみよし物語絵巻』の絵詞について（付・翻刻）」関西大学国文学64、昭和六三年一月。〈赤木文庫本〉

b 影印

1 臼田甚五郎『はつしぐれ（複製と翻刻）』（古典文庫236）昭和四二年三月。〈臼田本〉
2 桑原博史『住吉物語御所本』（勉誠社文庫34）昭和五三年三月。〈御所本〉
3 田村憲治『住吉物語』（愛媛大学古典叢刊30）愛媛大学古典叢刊刊行会、昭和五六年七月。〈鈴鹿本〉
4 中野幸一『奈良絵本絵巻集2 住吉物語』早稲田大学出版部、昭和六二年一二月。

c 抄出・訳本・索引・その他

＊「稿本住吉物語（附小解）」ちぐさの花201、発行年不明。
1 武山隆昭「明日香井家本住吉物語翻刻と総索引」『国語学論集一』笠間書院、昭和五三年三月。〈明日香井本〉

Ⅱ 論文篇

d 論文

1 平出鏗二郎「住吉物語」『近古小説解題』 大日本図書、明治四二年一〇月。→名著刊行会、昭和四九年九月。
2 野村八良「住吉物語の一異本」 芸文16-6、大正一四年六月。
3 小山朝丸「狭衣・堤・住吉三物語の語法について」 国語教育、昭和二年四月。
4 島津久基「ふせやの物語(考説)」『近古小説新纂』 中興館、昭和三年四月。→覆刻、有精堂、昭和五八年一〇月。
5 土井光知「平安朝の住吉物語か」 思想100、昭和五年九月。→『日本語の姿』 改造社、昭和一八年六月。
6 池田亀鑑「古本住吉物語と浜松中納言物語末巻の発見」 国語と国文学7-11、昭和五年一一月。
7 佐佐木信綱「住吉物語絵巻の文詞と藤波絵巻」 思想104、昭和六年一月。
8 清水泰「住吉物語の異本研究より製作年代に及ぶ」 芸文22-1、2、昭和六年一月、二月。→34
9 西下経一「住吉物語の形態に関する研究」 岩波講座日本文学、昭和六年六月。
10 山岸徳平「日本文学書目解説(三)」 岩波講座日本文学、昭和六年七月。→『山岸徳平著作集Ⅲ』 有精堂、昭和四七年二月。
11 野村八良「鎌倉時代の小説」 岩波講座日本文学、昭和六年八月。
12 池田亀鑑「日本文学書目解説(二)」 岩波講座日本文学、昭和七年一月。
13 新名登「住吉物語の研究」 月刊日本文学2-6、昭和七年五月。
14 清水泰「住吉物語考一二」 文学1-7、昭和八年一〇月。
15 清水泰「住吉物語の研究」『日本文学講座3』 改造社、昭和九年二月。
16 横山重・巨橋頼三「住吉物語」『物語草子目録前篇』 大岡山書店、昭和一二年六月。→『物語草子目録』 角川書店、昭和五三年六月。
17 小木喬「住吉物語考」 国語と国文学15-2、昭和一三年二月。→『鎌倉時代物語の研究』 東宝書房、昭和三六年一一月。
18 古田和子「落窪・住吉物語の研究」 国語3-4、昭和一三年一〇月。
19 石川徹「落窪物語の構成」 古典研究5-7、昭和一五年六月。→31
20 篠原悦夫「継子物語の歴史」 古典研究5-7、昭和一五年六月。
21 堀部正二「新資料による住吉物語の一考察」 国語国文10-9、昭和一五年九月。→『中古日本文学の研究』 京都教育図書、昭和一八年一月。
22 礒部貞子「絵詞本住吉物語」 文学17-12、昭和二四年一二月。→85
23 石川徹「竹取から宇津保の頃までの物語について(上)・(下)」 日本文学研究25、26、昭和二六年九月、一〇月。→31
24 市古貞次「とりかへばや物語と住吉物語」『中世小説』(至文堂日本文学教養講座Ⅶ) 昭和二六年一二月。
25 三谷栄一「物語の崩壊」『物語文学史論』 有精堂、昭和二七年五月。
26 松本隆信「住吉物語以後—継子苛め譚の類型に関する一考察—」 芸文研究3、昭和二九年一月。→101

27 清田正喜「住吉物語の考察—まま子いじめ物語の様式について—」西南学院大学論集5-3、昭和二九年三月。
28 清田正喜「住吉物語の考察㈡—現存流布本について—」西南学院大学文学論集1-1、昭和三〇年二月。
29 清田正喜「住吉物語の考察㈢—いわゆる古本について—」西南学院大学文学論集1-2、昭和三〇年三月。
30 市古貞次「公家小説」『中世小説の研究』東大出版会、昭和三〇年一二月。
31 石川徹『古代小説史稿』刀江書院、昭和三三年五月。
32 清水泰「古本住吉物語の考察—異本能宣集・祭主輔親卿集によるー」平安文学研究23、昭和三四年七月。→34
33 臼田甚五郎「『住吉物語』私見—『はつしぐれ』の和歌を中心にして—」国学院雑誌60-9、昭和三四年九月。
34 清水泰「住吉物語」『日本文学論考』初音書房、昭和三五年六月。
35 桑原博史「住吉物語の成長—写本から絵巻への過程を中心に—」文学語学17、昭和三五年九月。→62
36 上坂信男「落窪物語の方法」国文学研究22、昭和三五年一〇月。→57
37 藤井隆「物語系古筆切について㈠—概観と新資料—」名古屋大学国語国文学7、昭和三五年一二月。
38 三谷栄一「住吉物語」『群書解題12』続群書類従完成会、昭和三六年二月。→『群書解題10』昭和五二年一月。
39 上坂信男「古『住吉物語』についての覚書」国文学研究23、昭和三六年三月。→57
40 桑原博史「住吉物語と絵—京都博物館本を中心に—」言語と文芸17、昭和三六年七月。→62
41 桑原博史「中世における住吉物語絵巻の一享受」言語と文芸23、昭和三七年七月。→62
42 宮地幸一「住吉物語」『おはす活用考』白帝社、昭和三七年七月。
43 関敬吾「婚姻譚としての住吉物語—物語文学と昔話—」国語と国文学39-10、昭和三七年一〇月。→『日本の古典と口承文芸』(日本文学研究資料叢書) 有精堂、昭和五八年三月。
44 三谷邦明「屏風絵と物語—屏風絵物語と住吉物語について—」平安朝文学研究1-9、昭和三八年七月。
45 山口博「住吉物語考—異本能宣集を中心に—」富山大学文理学部紀要13、昭和三九年三月。→59
46 藤井隆「物語系古筆切について(補遺篇)」名古屋大学国語国文学14、昭和三九年四月。
47 桑原博史「古本住吉物語から現存本へ」言語と文芸34、昭和三九年七月。→62
48 桑原博史『住吉物語集とその研究』未刊国文資料刊行会、昭和三九年一〇月。→62
49 友久武文「住吉物語の流布本系統と広本」中世文芸30、昭和三九年一一月。
50 桑原博史「住吉物語諸本解題㈠」王朝文学11、昭和三九年一一月。→62
51 三谷邦明「澪標巻における栄華と罪の意識—八十島祭と住吉物語の影響を通じて—」平安朝文学研究2-1、昭和四〇年五月。
52 桑原博史「住吉物語現存本の成立をめぐる二つの問題」国語と国文学42-7、昭和四〇年七月。→62
53 礒部貞子「物のふなりとも—その他㈠—」解釈12-1、昭和四一年一月。
54 山口博「大中臣能宣論—住吉物語を中心に—」富山大学文理学部文学紀要15、昭和四一年三月。→59
55 礒部貞子「物のふなりとも—その他㈡—いなせのこと—」解釈12-5、昭和四一年五月。
56 友久武文「住吉物語諸本における矛盾の一様相」国文学攷41、昭和四一年一一月。
57 上坂信男「住吉物語の古物語性」『物語序説』有精堂、昭和四二年四月。→改訂版、昭和五六年四月。
58 松本隆信「擬古物語系統の室町物語(続)」斯道文庫論集5、昭和四二年七月。
59 山口博「大中臣能宣論」『王朝歌壇の研究—村上冷泉円融朝篇1』桜楓社、昭和四二年一〇月。
60 三谷邦明「古本住吉物語論ノート(1)—異本能宣集の解釈あるいは物語の絵画化—」国文学研究36、昭和四二年一〇月。
61 礒部貞子「尾州徳川家本住吉物語の研究」山梨英和短期大学紀要1、昭和四二年一〇月。→85
62 桑原博史『中世物語研究—住吉物語論考—』二玄社、昭和四二年一一月。
63 友久武文「住吉物語の和歌・連歌・歌謡—原本性追及の試み—」『連歌とその周辺』(中世文芸叢書別巻1)昭和四二年一二月。
64 礒部貞子「物のふなりとも—その他㈢—」解釈14-1、昭和四三年一月。
65 石川徹「古本住吉物語の内容に関する臆説」中古文学3、昭和四四年三月。→『平安時代物語文学論』笠間書院、昭和五四年四月。
66 藤河家利昭「継子物の時代的様相—室町中期以後—」中世文芸43、昭和四四年三月。
67 村井順「成田図書館本『住吉物語』について」淑徳国文9、昭和四四年九月。
68 礒部貞子「尾州徳川家本住吉物語本文研究㈡」山梨英和短期大学紀要3、昭和四四年一〇月。→85
69 桑原博史「小学館蔵住吉物語絵巻について」言語と文芸69、昭和四五年三月。
70 友久武文「住吉物語の異本群と代表本文」国文学攷52、昭和四五年三月。
71 三谷邦明「平安朝における継子物語の系譜—古『住吉』から『貝合』まで—」早稲田大学高等学院研究年誌15、昭和四六年一月。→101
72 上坂信男「継母子物語の構成—『住吉物語』のばあい—」『古代物語の研究』笠間書院、昭和四六年三月。
73 礒部貞子「尾州徳川家本住吉物語本文研究㈢」山梨英和短期大学紀要5、昭和四六年一〇月。→85
74 藤村潔「源氏物語に見る原拠のある構想とその実態」藤女子大学・藤女子短期大学紀要9、昭和四七年一月。→94

75 三谷邦明「落窪物語」『落窪物語堤中納言物語』（日本古典文学全集10）小学館、昭和四七年八月。
76 友久武文「住吉物語諸本の分類―和歌の固定と流動相を手がかりとして―」中世文芸叢書別巻3、昭和四八年一月。
77 友久武文「住吉物語現存本の原形について―覚え書―」広島女子大学文学部紀要8、昭和四八年三月。
78 土居光知「住吉物語と源氏物語」日本学士院紀要31-2、昭和四八年六月。
79 森下純昭「古本住吉物語と狭衣物語―飛鳥井の物語との関係―」語文研究35、昭和四八年八月。
80 池田恭子「継子物語研究―継子物語の誕生に関する一仮説―」東京女子大学日本文学40、昭和四八年一一月。
81 藤村潔「住吉物語と源氏物語」藤女子大学・藤女子短期大学紀要11、昭和四八年一二月。→94
82 藤井貞和「御伽草子における物語の問題〈中世神話と語りと〉」解釈と鑑賞39-1、昭和四九年一月。→『言問う薬玉』砂子屋書房、昭和六〇年三月。
83 三谷邦明「継子もの〈世界と日本と〉」解釈と鑑賞39-1、昭和四九年一月。
84 川瀬一馬「住吉物語」『古写古版物語文学書解説』雄松堂書店、昭和四九年一〇月。
85 磯部貞子『尾州徳川家本住吉物語とその研究』笠間書院、昭和五〇年二月。
86 三谷栄一「落窪物語の方法」『物語文学の世界』有精堂、昭和五〇年二月。
87 藤河家利昭「浮舟物語と住吉物語」国文学攷66、昭和五〇年三月。
88 武山隆昭「住吉物語の祖本と古本―語彙の上からみた祖本の内容と成立年代に関する考察―」名古屋大学国語国文学36、昭和五〇年七月。
89 磯部貞子「尾州徳川家本住吉物語本文研究㈣」山梨英和短期大学紀要9、昭和五〇年一〇月。
90 上坂信男「源氏物語の思惟の源泉とその超克―継母子物語のばあい―」平安文学研究54、昭和五〇年一一月。
91 広田収「聖なるものの末裔―孤児・継子・申し子―」『神話・禁忌・漂泊』桜楓社、昭和五一年五月。
92 藤河家利昭「藤壺像の形成―住吉物語との関わりにおいて―」『源氏物語の探究二』風間書房、昭和五一年五月。
93 友久武文「住吉物語からお伽草子へ」文学44-9、昭和五一年九月。
94 藤村潔「住吉物語と源氏物語」『古代物語研究序説』笠間書院、昭和五二年六月。
95 友久武文「住吉物語の諸伝本について」伝承文学研究20、昭和五二年六月。
96 小松茂美「二つの「住吉物語絵巻」」『住吉物語絵巻』（日本絵巻大成19）中央公論社、昭和五三年二月。
97 友久武文「「住吉物語絵巻」の文学史的背景」『住吉物語絵巻』（日本絵巻大成19）中央公論社、昭和五三年二月。
98 稲賀敬二「《展開・『住吉』から『源氏』へ》延喜・天暦期と『源氏物語』とを結ぶもの」『源氏物語―その文芸的形成―』大学堂

書店、昭和五三年九月。
99 日向一雅「落窪物語―現実主義の文学意識―」『初期物語文学の意識』(論集中古文学2）笠間書院、昭和五四年五月。
100 日向一雅「『源氏物語』と継子譚」『論纂説話と説話文学』笠間書院、昭和五四年六月。→『源氏物語の主題』桜楓社、昭和五八年五月。
101 『平安朝物語Ⅲ』(日本文学研究資料叢書）有精堂、昭和五四年一〇月。
102 武山隆昭「住吉物語展開過程における千種本系の位置」『国語国文学論集』笠間書院、昭和五四年一一月。
103 藤井隆「住吉物語の古筆切について―新資料を中心に―」愛知大学国文学20、昭和五五年三月。
104 長谷部恵子「「住吉物語」の性格―「落窪物語」との比較を中心に―」徳島大学国語科研究会報5、昭和五五年三月。
105 藤村潔「源氏物語と住吉物語との関係」『源氏物語の研究』桜楓社、昭和五五年三月。
106 村瀬実恵子「住吉物語絵巻」『在外日本の至宝』毎日新聞社、昭和五五年五月。
107 稲賀敬二「『落窪』と『住吉』―一条朝のはじめ―」『源氏物語前後』和泉書院、昭和五五年八月。
108 三角洋一「散佚物語研究の現在」国語と国文学57-11、昭和五五年一一月。
109 板垣直樹「『落窪物語』の意図―『住吉物語』との対比を通じて―」国文学踏査11、昭和五六年八月。
110 伊藤学人「静嘉堂本『住吉物語絵巻』私考―錯簡復原の一試案―」金沢大学国語国文8、昭和五七年三月。
111 三角洋一「『住吉物語』のおもしろさ」国文白百合13、昭和五七年三月。
112 吉海直人「『住吉物語』の琴をめぐって」国学院雑誌83-7、昭和五七年七月。→『源氏物語研究而立篇』(影月堂文庫）私家版、昭和五八年一二月。
113 三角洋一「平安中後期の『住吉物語』―「暁の」の連歌をめぐって―」国語と国文学59-8、昭和五七年八月。
114 三角洋一「『住吉物語』おぼえがき」国文白百合14、昭和五八年三月。
115 豊島秀範「『住吉物語』の作品世界―躍動する女房たち―」弘前学院大学国語国文学会学会誌9、昭和五八年三月。
116 板垣直樹「住吉物語試論―遺言の働きを中心に―」国文学試論9、昭和五八年三月。
117 伊藤学人「徳川本『住吉物語絵巻』考(上)―画中詞の翻刻―」国文学攷98、昭和五八年六月。
118 山口博「古本住吉物語」『体系物語文学史三』有精堂、昭和五八年七月。
119 吉海直人「『住吉物語』の乳母達」中古文学32、昭和五八年一一月。
120 豊島秀範「『住吉物語』試論―年立上の期日と改作姿勢―」弘前学院大学・弘前学院短期大学紀要20、昭和五九年三月。
121 豊島秀範「『住吉物語』の改作姿勢―物語内引用としての試論―」弘学大語文10、昭和五九年三月。
122 武山隆昭「『住吉物語』の引歌」『国語国文学論集』名古屋大学

国語国文学会、昭和五九年四月。
123 武山隆昭「『住吉物語』の中古語彙と中世語彙」平安文学研究71、昭和五九年六月。
124 伊藤学人「『住吉物語絵巻』の受容と変貌」『古典の変容と新生』明治書院、昭和五九年一一月。
125 豊島秀範「『住吉物語』諸本論—姫君の家出の場面を中心に—」弘前学院大学・弘前学院短期大学紀要21、昭和六〇年三月。
126 豊島秀範「住吉物語「契沖本」の系譜上の位置」弘学大語文11、昭和六〇年三月。
127 武山隆昭「『住吉物語』の描写時代」椙山国文学9、昭和六〇年三月。
128 樋口芳麻呂「『住吉物語』と『風葉和歌集』」国語国文学報42、昭和六〇年三月。
129 伊藤学人「『住吉物語』諸本と絵巻詞書の関係—『風葉和歌集』所載和歌の欠落事情—」国語と国文学62-8、昭和六〇年八月。
130 森本穫「「住吉」連作解説」『注釈遺稿「雪国抄」・「住吉」連作』林道社、昭和五九年一〇月。
131 豊島秀範「『住吉物語』成田本・契沖本の相貌」弘学大語文12、昭和六一年三月。
132 豊島秀範「『住吉物語』論—成田本・契沖本を中心に—」弘前学院大学・弘前学院短期大学紀要22、昭和六一年三月。
133 伊藤学人「『住吉物語』の改作についての私論」中世文学31、昭和六一年五月。
134 菊地仁「絵画と和歌と物語—住吉物語をめぐって—」解釈と鑑賞51-6、昭和六一年六月。
135 吉海直人「継子譚としての『住吉物語』再検討—藤と桜の揺れ—」国学院雑誌87-12、昭和六一年一二月。
136 稲賀敬二「皇女と結婚した中納言兼左衛門督—住吉物語の人物設定とその成立—」広島大学文学部紀要46、昭和六二年二月。
137 吉海直人「国文学研究資料館所蔵『住吉物語』の翻刻と研究」国文学研究資料館紀要13、昭和六二年三月。
138 三角洋一「『住吉物語』の本文のなりたち」東京大学教養部人文学部紀要85、昭和六二年三月。
139 豊島秀範「日本文芸研究史の課題—『住吉物語』研究に即して—」国学院雑誌88-6、昭和六二年六月。
140 伊藤学人「藤井本系『住吉物語』についての一考察—「はまちどり」の歌の位置と挿絵の関係—」国文学攷114、昭和六二年六月。
141 武山隆昭「『住吉物語』諸本分類の一視点」名古屋平安文学研究会会報16、昭和六二年九月。
142 稲賀敬二「王朝物語テキストの変貌契機・序説—『住吉物語』の背後に《物語歌集化》《絵巻詞書化》本文を想定する—」『源氏物語の内と外』風間書房、昭和六二年一一月。
143 伊藤学人「物語と物語絵—『異本能宣集』所載の住吉物語絵をめぐって—」『源氏物語の内と外』風間書房、昭和六二年一一月。
144 森本穫「住吉物語から「住吉」へ」『川端文学への視界』教育出版センター新社、昭和六二年一二月。

145 伊藤学人「『住吉物語』の変容—〈世の中〉の物語から継子いじめへ—」国文学攷116、昭和六二年一二月。

146 伊藤一男「『住吉物語』和歌総覧」東京学芸大学紀要人文科学39、昭和六三年二月。

147 稲賀敬二「広本住吉物語の「蔵人少将」—女君の異母兄弟は流布本で抹殺された—」広島大学文学部紀要47、昭和六三年二月。

148 友久武文「住吉物語」『体系物語文学史4』有精堂、平成元年一月。

e 文学史・辞典・論文目録

1 永井一孝「住吉物語」『国文学書史』早稲田大学出版局、明治四〇年六月。

2 藤岡作太郎「住吉物語」『鎌倉室町時代文学史』大倉書店、大正四年五月。→国本出版社、昭和一〇年九月。

3 野村八良「住吉物語及び其の他の小説」『鎌倉時代文学新論』明治書院、大正一一年一二月。→増補版、同、大正一五年五月。

4 佐藤良二・佐藤一三「住吉物語」『国文学書史』厚生閣、昭和九年一月。

5 大野木克豊「住吉物語」『日本文学大辞典4』新潮社、昭和二五年一〇月。

6 野口元大「住吉物語成立論争」解釈と鑑賞27-7、昭和三七年六月。

7 榊原邦彦・武山隆昭「住吉物語研究文献目録」解釈24-8、昭和五三年八月。

8 山下太郎「住吉物語関係文献目録」古代文学研究3、昭和五三年八月。

9 友久武文「住吉物語」『日本古典文学研究必携』別冊国文学特大号、昭和五四年一〇月。

10 吉海直人「住吉物語文献目録」（影月堂文庫）私家版、昭和五六年二月。→『住吉物語』桜楓社、昭和六一年一月。

11 三角洋一「住吉物語」『研究資料日本古典文学1』明治書院、昭和五八年九月。

12 友久武文「住吉物語」『日本古典文学大辞典3』岩波書店、昭和五九年四月。

f エッセイ・パンフレット・その他

1 「長隆筆本住吉物語絵（図版）」国華53、明治二七年一〇月。

2 井上通泰「住吉物語の話」心の花、明治三七年四、五、六月。→『日本古典全集2』日本古典全集刊行会、昭和二年一二月。→『南天荘雑筆』春陽堂、昭和五年二月。

3 「土佐長隆筆住吉物語画巻（図版）」国華240、明治四三年五月。

4 「住吉物語絵巻（図版）」国華272、大正二年一月。

5 帰鞍子「岩崎家の住吉物語画巻（図版）」国華320、大正六年一月。

6 「住吉物語画巻解（図版）」国華422、大正一五年一月。

7 田中一松「住吉物語絵巻」『日本絵巻物集成2』雄山閣、昭和四年八月。

8 虹衣生「伝長隆筆舟遊図〈住吉物語絵巻残欠〉解説」清閑1、昭和一二年一〇月。

9 春田宣「物語冒頭描写の一考察—落窪・住吉と中世小説を中

心に―」国学院大学文学会会報27、昭和三二年一月。
10 野村純一「『住吉物語』について(読者相談室)」解釈と鑑賞26―11、昭和三六年九月。
11 梅津次郎「住吉物語絵巻」日本美術工芸318、昭和四〇年三月。→『絵巻物残欠の譜』角川書店、昭和四五年一月。
12 高橋亨「住吉物語における継子譚の表現構造(要旨)」日本文学28-10、昭和五四年一〇月。
13 神尾暢子「住吉物語」解釈と鑑賞45-1、昭和五五年一月。
14 「『住吉物語』を読んで(座談)」園田国文7、昭和六一年三月。
15 三角洋一「挿絵・美人揃え・享受史」日本古典文学会会報107、昭和六一年四月。
16 三角洋一「住吉物語」国文学32-4、昭和六二年三月。
17 伊藤一男「物語の和歌―可変／不可変―」物語研究会会報18、昭和六二年八月。
18 吉海直人「住吉物語」[王朝物語必携]別冊国文学32、昭和六二年九月。

新 日本古典文学大系 18
落窪物語　住吉物語

1989年 5月19日　第1刷発行
2001年 4月10日　第3刷発行
2017年 8月 9日　オンデマンド版発行

校注者　藤井《ふじい》貞和《さだかず》　稲賀《いなが》敬二《けいじ》

発行者　岡本 厚

発行所　株式会社 岩波書店
〒101-8002 東京都千代田区一ツ橋 2-5-5
電話案内 03-5210-4000
http://www.iwanami.co.jp/

印刷／製本・法令印刷

ISBN 978-4-00-730654-9　Printed in Japan